BASTEI
LÜBBE

Douglas E. Winter
(Herausgeber)

OFFENBARUNGEN

Ins Deutsche übertragen von
Frank Borsch, Dietmar Dath,
Hannes Riffel und Susanne Zilla

BASTEI LÜBBE

BASTEI LÜBBE TASCHENBUCH
Band 25684

Vollständige Taschenbuchausgabe

Bastei Lübbe Taschenbücher ist ein Imprint
der Verlagsgruppe Lübbe

Titel der amerikanischen Originalausgabe: REVALATIONS

Umschlaggestaltung: Tanja Diekmann
Titelfoto: Repro Rózsa
Satz: KCS GmbH, Buchholz/Hamburg
Druck und Verarbeitung: AIT Trondheim
Printed in Norway

ISBN: 3-404-25684-0

Inhalt

CLIVE BARKER

Chiliade: Eine Meditation über den Menschen und die Sünde

In meiner Vorstellung fließt der Fluß in beide Richtungen. Auf die See hinaus, in die Zukunft; zum Tode natürlich; zur Offenbarung vielleicht; möglicherweise zu beiden. Und zurück zum Ursprung, zumindest an jenen Stellen, wo die Strömungen am widerspenstigsten sind; wo Wirbel entstehen und das Wasser schaumigen Röcken an den Hüften der Felsen gleicht. Solche Orte habe ich mir zur Beobachtung ausgesucht. Luftige Verstecke an sumpfigen Ufern, Nester aus Stöcken und Tüchern in der Umarmung der Äste; Aussichtspunkte, von denen aus ich heimlich den Fluß beobachten kann, wie er sich selbst widerspricht. Dort halte ich Einzelheiten in meinem Notizbuch fest, um mir später Gedanken darüber zu machen. Gelegentlich habe ich mich in die Fluten vorgewagt: einmal absichtlich, einmal versehentlich – ein Ast brach unter meinem Gewicht, und ich wäre fast ertrunken, hin- und hergeworfen zwischen den Felsen wie ein Federball. Das war alles andere als angenehm, glaubt mir. Schenkt den Schamanen keinen Glauben, die Euch mit verquollenen Augen weismachen wollen, wie großartig es sei, im Fluß zu baden. Sie haben ihre Wandlungsfähigkeit, die sie vor Schaden bewahrt. Wir anderen sind viel zerbrechlicher und holen uns in den Fluten nur Blutergüsse und Brüche. Es ist, der Wahrheit die Ehre, abscheulich, mitten in eine solch alles beherrschende Springflut zu geraten: ohne zu wissen, ob sie Dich zurück in den Schoß trägt – in die Behaglichkeit der mütterlichen Wasser – oder hinab, in den väterlichen Tod. Für einen Augenblick überwiegt die Hoffnung, im nächsten die Verzweiflung; und die ganze Zeit bleibt fraglich, welche Aussicht Trost verspricht und welche Furcht erregt.

Doch solange ich mich am sicheren Ufer aufhalte, ein unbeteiligter Beobachter, ist es ein geeigneter Ort der Besinnung. Und manchmal beschwört die Nähe des Wassers Visionen herauf – vielleicht liegt es an der Gischt, an den aufsteigenden Nebelschwaden oder am Tosen, das das Herz erzittern läßt.

Einmal zum Beispiel saß ich in meinem Versteck und betrachtete den Fluß, als ich mich urplötzlich auf einem Hügel wiederfand. Vor mir breitete sich ein bunter Flickenteppich von Feldern aus, auf denen Männer und Frauen arbeiteten. Der Anblick erinnerte mich unmittelbar an mittelalterliche Buchmalerei. Die Bauern leisteten Schwerstarbeit, nichts wies auf unser Jahrhundert hin – ein Fahrzeug etwa oder ein Telegraphenmast. Doch noch viel bezeichnender war die Eindimensionalität des ganzen Panoramas. Der tiefblaue Himmel, der wogende Horizont, alles, was zwischen dem Hügel, auf dem ich mich befand, und dem Horizont lag, schien sich auf derselben Ebene zu befinden; alles ausgesprochen scharf und in perfektem Verhältnis zueinander. Ich hatte den Eindruck, daß diese Welt irgendwo zwischen Wirklichkeit und Entwurf existierte. Sie hatte teils dokumentarischen, teils dekorativen Charakter.

Mein Blick richtete sich auf einen Landarbeiter, der in einiger Entfernung von mir Leichen ausgrub; seine Schaufel brachte die Toten ans Licht, einen nach dem anderen. Befand er sich auf einem Friedhof? Ich konnte Wegmarkierungen in der Erde entdecken, sie sahen aber nicht wie Grabsteine aus; es waren einfach entrindete Zweige, die in die Erde gesteckt worden waren, um in regelmäßigen Abständen die Ruhestätten der Kadaver zu kennzeichnen.

Doch dann bemerkte ich, daß ich das Geschehen falsch beurteilt hatte. Die Leichname *bewegten* sich. Sie drehten sich in ihren wurmstichigen Betten auf den Rücken, um den Himmel sehen zu können. Sie reckten ihre blassen, nackten Arme und Beine, Schläfern gleich, die aus dem Schlaf gerissen worden waren. Einige setzten sich auf; manche standen bereits, immer noch voller Zweifel an der Standfestigkeit ihrer Körper. Die meisten waren alt, mit zerfurchten Gesichtern, leeren Brüsten, blinden oder wäßrigen Augen. Und doch waren sie zufrieden mit ihrem Zustand. Sie wurden immer ausgelassener, je mehr sie ihren Beinen und ihrem Glück vertrauten. Sie begrüßten sich mit einem zahnlosen Lächeln. Dann machten sie sich auf den Weg, die ausgefahrene Straße hinunter zu jener Ansammlung von Hütten, die in der Nähe ihres Feldes lag, und ihre Schritte wurden mit jeder Minute sicherer. Die Türen der Hütten wurden aufgestoßen, die Toten willkommen geheißen, als wären sie erwartet worden. Überall wurden Feuer angezündet, an denen sie sich wärmen konnten; Eintopf, Brot und Wein wurde ihnen vorgesetzt. Sie aßen, kleideten sich an und setzten sich zu den Kindern ihrer Gastgeber, die mit großer Ernsthaftigkeit auf sie einredeten, wie Kinder es nun mal tun.

Nach einer Weile fanden sie sich in ihr Leben; sie kümmerten sich um ihre täglichen Pflichten wie Frauen und Männer, die ein Ziel haben, sich an ihrem Dasein freuen. Und mit der Zeit – während sie bauten und fischten und den Himmel betrachteten – konnte ich beobachten, wie die Last der Jahre mehr und mehr von ihnen abfiel. Ihr Haar wurde dicker, ihr Fleisch bekam Farbe; die Brüste der Frauen wurden üppiger, ihre ausgezehrten Gesichter wurden glatt; die Männer wurden kräftiger, ihre Zähne wuchsen nach, und beiderlei Geschlechter warfen einander verlockende Blicke zu – und heirateten.

Ich fing an, die Vision besser zu verstehen. Diese Menschen wurden aus den Gräbern geboren und lebten rückwärts dem Mutterschoß entgegen. Kein Wunder, daß sie den Kindern nach ihrer Wiederkunft solche Aufmerksamkeit gewidmet hatten; sie lauschten den Ratschlägen ihrer Ältesten.

Ich wollte unbedingt wissen, worüber sie sich unterhielten; wollte sie fragen, sofern wir dieselbe Sprache sprachen, wie es war, aus dem Grab geboren zu sein. Aber es sollte nicht sein. Die Paare, deren Ausgrabung ich beobachtet hatte, waren inzwischen zu hochgeschätzten Kindern geworden. Die Ältesten unter ihnen wurden auf Armen getragen und schrumpften stetig weiter, bis sie kaum mehr als rote Würmer in den Händen ihrer Beschützer waren. In diesem Zustand wurden sie zu jenem Gelände gebracht, dem sie entstiegen waren, und ohne jede Pietät – viel Gelächter und einem Gelage – begraben. Einige Frauen zogen sich aus und tanzten stampfend auf der Erde, um sie über den Köpfen der Sämlinge festzutreten. Dann kehrte die Menschenmenge ins Dorf zurück. Sie überließen es der Sonne, dem Regen und der Güte des Allmächtigen, eine weitere Generation aufzuziehen.

Dies war meine Vision, die mich am Ufer des Flusses überkam. Ich bin mehr als einmal davor gewarnt worden, in solchen Träumen nach einer Bedeutung zu suchen. Viele Menschen sagen, sie existieren nur, um uns von den einfachen Wahrheiten abzulenken, die ein pragmatisches Leben für uns bereithält. Aber das glaube ich nicht, jedenfalls nicht ausschließlich. Obwohl ich selbst die Bedeutung dieser Vision nicht kenne, heißt das noch lange nicht, daß darin keine Weisheit zu finden wäre.

2

In meiner Vorstellung fließt der Fluß in beide Richtungen. Vorwärts, auf eine Erklärung der Dinge zu, einem Bestimmungsort entgegen, der die Qualen der Reise rechtfertigen wird. Und zurück, zurück in eine Zeit, als der Fluß noch wirklich war, und diejenigen, die seinem Uferlauf folgten, sich nicht für Visionen interessierten.

Zum Beispiel jener Mann, der dort zwischen den Bäumen hervortritt. Seine Stiefel streifen den Rauhreif von den Grashalmen, seine Augen sind auf die Böschung gerichtet und auf das Wasser: Er ist nicht auf der Suche nach einer Offenbarung hierhergekommen. Er möchte nur die Frau wiederfinden, die seit vier Jahren seine heruntergekommene Hütte mit ihm geteilt hat, ungefähr eine halbe Meile flußaufwärts von hier. Sie heißt Agnes. Sein Name ist Martin, aber sie hat ihn aus einem Grund, an den er sich nicht mehr erinnern kann, Shank getauft, und so heißt er nun Shank. Außerdem ist er, auch das sei gesagt, der häßlichste Mann in dieser Grafschaft Englands; sein Gesicht ist ein einziges zuckendes Geschwür, sein Bart, den er selten stutzt, ist verfilzt.

Mit dem morgigen Tag werden genau tausend Jahre seit dem Jahre Null vergangen sein, und fast alle gottesfürchtigen Männer und Frauen, die entlang des Flusses leben, haben sich in der Kirche des Örtchens Tress versammelt, um ihrem Erlöser zu danken. Aber Shank hat nur eine Hoffnung auf Erlösung: seine Agnes, die den Mut hatte, trotz seiner Häßlichkeit und seiner gewalttätigen Seele das Leben mit ihm zu teilen; seine Agnes, die im frühen Morgengrauen hinausgegangen war, um sich zu erleichtern, und nicht in ihr gemeinsames Bett neben dem Herd zurückgekehrt ist; seine Agnes, die ihm einmal erzählte, daß sie nicht an das Paradies glaube, daß aber eine Ewigkeit mit ihm im gemeinsamen Grab, an seiner Seite zu vermodern, ihr völlig genügen würde. Er hatte sie nicht merken lassen, wie sehr ihn das berührte. Erst später, allein am Fluß, ließ ihn ein tierhaftes Geräusch aufhorchen, und er wurde sich bewußt, daß es sein eigenes Schluchzen war, daß er Tränen des Dankes weinte.

Die Menschen aus der Gegend mögen Agnes ebensowenig wie Shank. Sie hat zwar ein großes Herz und ausladende Hüften, doch ihr Körper ist zwischen den Beinen seltsam geraten. Sie hat dort etwas von einer Frau und etwas von einem Mann, merkwürdig angeordnet. Shank ist das gleichgültig; ehrlich gesagt beruhigt es ihn, daß kein Mann sie zur Frau nehmen würde, obwohl sie lange schwarze Haare und glühende Augen hat. Was soll's, wenn sie ihm nie wird Kinder schenken können; er haßt Kinder. Er haßt alles, ausgenommen Agnes und den Fluß.

Kein Leben, das man guten Gewissens zivilisiert nennen könnte. Sie flüstern sich keine Liebesworte zu. Sie beten nicht. Sie unterhalten sich nicht über abstrakte Dinge. Sie reden nur über Essen, Feuer und das Dach über ihren Köpfen. Manchmal vögeln sie, obwohl keiner von beiden darauf besonders versessen ist. Shank onaniert manchmal, wenn er allein im Wald ist. Manchmal mißbraucht er ein Tier. Nichtsdestotrotz leben sie in einer Art Ehe. Dennoch eine Ehe, ohne jeglichen zivilisatorischen Anstrich, aber sie sind einander ebenso verbunden, als hätten sie sich vor dem Altar die Treue geschworen.

Aber jetzt ist Agnes fort, und Shank hat entsetzliche Angst. Sie leben in gesetzlosen Zeiten; es ist schon vorgekommen, daß Frauen hier am Fluß angegriffen und vergewaltigt wurden, von Männern, die aus den Bergen herabkamen und nach vollbrachter Tat dorthin zurückkehrten, jeder Hoffnung auf Vergeltung spottend. Noch viel seltsamere Dinge sind ihm zu Ohren gekommen. Männer, die nicht wirklich Männer sind, sondern sich manchmal in Tiere verwandeln, die Kinder wegschleppen und sie verschlingen. Vergangenen Sommer haben sie einen Mann vor seinem Haus überrascht, der sich an Blut und Kinderfleisch gütlich tat. Die Wiege im Haus war leer, die Windeln zerfetzt. Immerhin haben sie jene Kreatur aufgeknüpft, doch noch am Baum behauptete er, der Große Alte wäre in ihn gefahren und hätte zu ihm gesprochen: *»Nach tausend Jahren wird der Sohn Gottes unter die Lebenden zurückkehren, und meine Macht über die Menschen wird zu Ende sein, und so muß ich nun mein Schlimmstes tun.«*

Damals hat Shank diese Geschichte nicht geglaubt, aber jetzt ist er sich nicht mehr so sicher; heute liegt etwas Seltsames in der Luft, für das er keine Worte findet. Er zieht sein Jagdmesser hervor und hält es in der Hand. Was auch seinen Weg kreuzen wird, er wird bereit sein: sei es Mensch, Tier oder beides in einem.

3

In meinem vierundvierzigsten Jahr überkam mich eine Krankheit und packte mich mit ihren Klauen, so wie Shank es von dem Wolfsmann befürchtet. Aber ich hatte kein Messer. Ich war ohne Bedacht in meine mittleren Jahre eingetreten, und so wurde ich überrumpelt und niedergeschlagen. Meine Arme und Beine wurden bleiern, die ermüdende Pflicht des Atmens erfüllte meine Brust mit Schmerzen; mein ganzes Leben, mein ganzes Wollen erschienen mir ohne Wert. Jenes Tier warf mich in einen Abgrund, der so tief war, daß ich den Himmel nicht mehr sehen konnte. Und so lag ich da; mein Körper war nutzlos geworden, und mein Verstand drehte sich blöde im Kreis herum. An guten Tagen hatte ich die Kraft zu weinen.

Meine Freunde boten mir herkömmliche Erklärungen: Ich würde schlicht die übliche Krise eines Mannes in mittleren Jahren durchleben, sagten sie; ich hätte den Glauben an den Sinn meines Lebens verloren und müßte nun einen neuen finden. Mir wäre die Freude abhanden gekommen, der Glaube an mich selbst; auch Beliebtheit und Überfluß hätten das nicht verhindern können.

Aus diesem Grund ließ ich alles zurück, was ich in glücklicheren Zeiten mein eigen genannt hatte (zu sehr erinnerte es mich an das, was ich verloren hatte; an den, der ich nicht länger war), und suchte mir einen neuen Ort, mich niederzulassen. Ich ging zum Fluß. Ich war früher bereits dort gewesen, ein oder zwei Mal. Aber ich hatte seine Regungen noch nie so ausführlich in Augenschein genommen, noch nie hatte ich die Strömungen so genau betrachtet und meinen Gedanken gestattet, ihnen zu folgen, flußauf- oder flußabwärts.

Eine Erzählung drängte sich in meine Gedanken. Auch in den Abgrund hatten mich Geschichten verfolgt, wie Einladungen zu Partys, auf die ich unmöglich hätte gehen können, übergeschnappt und entstellt wie ich war. Doch diese sprach in einem sanfteren Tonfall zu mir. Diese hatte nichts gemeinsam mit den Geschichten, die ich in jüngeren Jahren erzählt hatte: Sie war sich ihrer selbst nicht so sicher, noch ihres Sinns und Zwecks. Sie und ich hatten viel gemeinsam. Mir gefiel, wie sie sich in sich selbst kräuselte, den Wassern des Flusses gleich; wie sie sich an meine Trauer schmiegte, um dort für einige Zeit liegen zu bleiben, bis ich meine Sprache wiedergefunden hatte. Mir gefiel, daß sie sich jeder Rührseligkeit enthielt. Mir gefiel, daß sie sich jedes moralischen Urteils enthielt.

Ich glaube, jene Geschichte rief in mir die erste Vision hervor: der Friedhof und die aus ihm geborenen Seelen. Ich schrieb die Vision nieder; und kaum bewegte sich meine Hand über das Papier, ließ meine Trägheit etwas nach, als ob die vertraute Tätigkeit mich beruhigte. Die Worte formten sich. Ich sah Shank am Fluß; den armen, verlassenen Shank. In meinem Wörterbuch fand ich einen Titel, der mir gefiel. Chiliade: Der Zeitraum von eintausend Jahren. Desgleichen Chiliasmus, eine Doktrin, die die Wiederkunft Christi auf Erden postuliert, in sichtbarer Form; und die Schaffung eines theokratischen Königreiches. Als ich mit dem Schreiben anfing, wußte ich noch nicht, ob Christus in meiner Geschichte eine Rolle spielen würde. Ich weiß es immer noch nicht. Vielleicht wird dies schlußendlich eine Geschichte des Antichiliasmus: über eine Zeit, in der Christus *nicht* wiederkehrt, in der die Himmelstore *nicht* aufgestoßen werden, und anstelle der unendlichen göttlichen Seligkeiten bleiben uns nur unsere eigenen Tröstungen; eine Zeit, in der die Lichter am Himmel nur die Spiegelungen der Sterne in einer erkrankten Stratosphäre sind; in der die Wunderheilungen, die an heiligen Stätten geschehen, als schlichte Selbsttäuschungen enttarnt werden, die – kaum haben sich die Zuschauer abgewandt – gleichfalls verschwinden; in der die Mathematiker uns mitteilen, daß ihre bisherigen Berechnungen neuesten Ergebnissen zufolge falsch waren, daß uns nichts zusammenhält, nichts paßt, nirgends gibt es auch nur die geringsten Zeichen von Eleganz und Erhabenheit.

Unserer Natur liegt ein katastrophaler Drang nach Erfüllung zu Grunde. Haben wir einmal etwas angefangen, oder sind wir auch nur in etwas hineingeraten, so möchten wir es auf jeden Fall zu Ende führen. Wir möchten, daß es eine Spur in den Chroniken der Zeitalter hinterläßt. *Hier haben wir unseren Anfang genommen. Und dort unser Ende gefunden.* Und wenn unser Tod mit einem allumfassenden Zusammenbruch einhergeht, wäre das so schlimm? Wenn wir unseren Nachkommen nur Schmutz und tote Gewässer hinterließen, wäre das so schlimm?

Ihr könnt mir glauben: Jeder hegt diesen Wunsch, obwohl dieses elende Verlangen nur von Wahnsinnigen offen zugegeben wird – von jenem abtrünnigen Heiland, der seine zerlumpte Herde in die Berge führt, wo sie die Stunden bis zu seinem Weltuntergang zählen, der durch ihre Gebete aufgeschoben wird. Wir alle zählen die Stunden. Alle suchen wir nach Vollendung, auch wenn wir sie fürchten. Wir alle bedürfen der Erfüllung; auch ich. Würde ich Shank am Fluß begegnen, müßte ich mich sehr zusammennehmen, seinem Messer aus dem Weg zu gehen.

4

Jetzt hat er sie entdeckt. Dort liegt sie, im Schlamm, mit dem Gesicht im Schlamm. Sie ist nicht nackt, aber das Wasser hat ihr Kleid hinaufgeschoben und ihr Gesäß bloßgelegt. Ihr Fleisch ist verlockend, selbst im matten Dezemberlicht; blaß hebt es sich von dem schwarzen Schlamm ab. Als Shank den Körper erreicht, zieht er als erstes den groben, durchnäßten Stoff über ihre Blöße. Der Himmel und der Fluß sollen sie so nicht sehen. Erst dann hebt er ihr Gesicht aus dem Schlamm und dreht sie um. Die tödlichen Wunden befinden sich an ihrem Hals, aber an ihren Armen und Händen befinden sich viele kleinere Schnittwunden, die darauf schließen lassen, daß sie sich gegen ihren Mörder verteidigt hat. Die Verletzungen an ihren Brüsten bemerkt Shank erst, als er ihr Gesicht und ihren Oberkörper mit dem Eiswasser des Flusses reinigt. Es ist wenig Blut zu sehen; das meiste wurde weggespült; ihre Wunden bestehen nur noch aus Hautfalten, die eine rosafarbene Flüssigkeit absondern. Schließlich reißt er sich zusammen und wirft einen Blick zwischen ihre Beine; die seltsamen Gebilde ihres Geschlechts sind aufs fürchterlichste zerschnitten und herausgerissen; ihr Unterleib, den er nachts, wenn sie schlief, oft liebend betrachtet hatte, eine verstümmelte Masse zerfetzten Fleisches. Seine Hoffnungen reichen nicht weit, aber er hofft, das sie bereits tot war, als ihr das angetan wurde.

So geht er zum Fluß zurück und watet ein paar Schritte hinein, um ganz sicher zu sein, daß das Wasser ausreichend sauber ist. Liebevoll, noch liebevoller als er ihr Gesicht gebadet hat, reinigt er ihren Unterleib. Wie er jetzt weint; er weint und weint; vielleicht würde ein Dichter schreiben, seine Tränen vereinigten sich mit dem Wasser, ihr Geschlecht zu reinigen; und wenn Tränen heilen könnten, wie das manchmal in Gedichten der Fall ist, wenn Tränen Wunder wirken könnten, wie es gelegentlich in den Romanen ihre Aufgabe ist, dann würde diese Hingabe ihre seltsamen Mißbildungen wieder erstehen lassen. Natürlich geschieht dies nicht. Und schließlich versiegen seine Tränen.

Er hebt sie auf und trägt sie zu den Bäumen hinüber, und er bettet ihr Gewicht auf ein hübsches Kissen aus bereiftem Gras. Dann überlegt er sich: *Wenn ich mir jetzt die Zeit nehme, mich noch länger um sie zu kümmern, wird der Mann, der dies getan hat, längst geflohen sein, zurück in die Berge. Ich kann sie später begraben. Aber ihn kann ich nur jetzt einholen. Was sie auch erlitten haben mag, er wird ein Vielfaches erleiden. Wie laut sie auch geschrien haben, ihn um Gnade angefleht haben mag, ihr Mörder wird weit lauter schreien.*

In diesem Augenblick verwandelt er sich: Er wird zum Tod-im-Leben, dem Mann, dessen Messer seine einzige Ausdrucksmöglichkeit ist. Er ist nicht wütend; ein Messer kennt keine Wut. Er ist nicht traurig; Messer kennen keine Tränen. Er ist nur noch scharf und stark und unaufhaltsam.

Sucht jedoch keinen vorschnellen Trost in dieser Veränderung.

Ich weiß, daß es schwerfällt, sich nicht über den Schwung zu freuen, mit dem er zwischen den Bäumen hindurchschlüpft; über die Einfachheit dessen, was aus ihm geworden ist.

Zwei Meilen entfernt hat Pfarrer Michael in der Kirche von Tress seine Gemeinde mit einer ordentlichen Predigt versorgt und an der Türe verabschiedet. Er zieht sich in seine kleine Hütte zurück und trinkt ein Glas sauren Wein. Er ist mit einer eisernen Konstitution gesegnet, obwohl er für seine zweiunddreißig Jahre alt aussieht. Er hofft jedoch, nicht mehr lange zu leben. Diese Menschen, die triefäugig in seinen Kirchenbänken sitzen und kaum ein Wort von dem verstehen, was er sagt, werden bald einen neuen Pfarrer zugeteilt bekommen. Jemanden, der sie mehr liebt, als er das tut.

Er schenkt sich nach, reibt ein kreisrundes Loch in das frostbeschlagene Fenster und blickt hinaus in den Friedhof. Himmel hilf, weder will er hier begraben werden, noch hat er es verdient. Die Leiber, die dort draußen in der gefrorenen Erde eingeschlossen liegen, gehören Männern und Frauen, die in ihrer Unwissenheit die wahre Bedeutung des Wortes Sünde nicht kannten. Für ihn gilt diese Entschuldigung nicht. Er hat es nicht verdient, in Frieden unter ihnen zu ruhen. Die Frage lautet: Was hat *er* verdient?

Er wendet sich vom Fenster ab, trinkt seinen Wein und läßt seine Gedanken schweifen. Welche Strafe mag der Teufel für ihn bereithalten? Er hat die Lehrsätze seines Glaubens unter einem Mann studiert, der die Baugesetze der Hölle auswendig herunterbeten konnte: die Bratspieße, die Bottiche, die Einöde. Jedes hatte den Zweck, die Sünder für die Dauer ihrer Strafe an ihre Sünden zu erinnern. Jener Lehrmeister, der es inzwischen zum Bischof gebracht hatte, erinnerte seine Studenten oft daran, daß diese Qualen, so entsetzlich sie auch sein mochten, gegenüber der Einsamkeit der von Gott verstoßenen Seele verblaßten. Michael versuchte, dies zu glauben, aber es gelang ihm nicht. Es war eine theologische Anmaßung. Sogar der winzigste Stich einer Biene, ein Schnitt in den Daumen, ließ ihn vor Schmerz aufschreien: Körperliches Leiden von einem Ausmaß, das sein Lehrer beschrieben hatte, übertraf sicherlich jede Einsamkeit. Schließlich war er jetzt auch einsam und gottlos, und er konnte es ertragen. Der Wein vertrieb den Schmerz, man mußte ihn nur mit schöner Regelmäßigkeit trinken.

Welche Qualen mochten ihn erwarten? Eine schreckliche Vorrichtung, nur für ihn und ihn allein entworfen? Eine ganz persönliche Folterbank, die seinem Körper Schmerzen zufügen würde, tausendmal schlimmer als alles, was er in dieser Welt erleiden konnte?

Nun, je länger er sich ihrer Umarmung entziehen konnte, desto besser. Vielleicht würde er doch nicht in jungen Jahren sterben. Er würde sich in schlechten Wein einlegen und Methusalem überleben; dem Teufel die Freude seiner Qualen ein paar Jahrzehnte vorenthalten und vielleicht, ganz vielleicht, inzwischen seine Erlösung finden.

Pfarrer Michael tut mir leid, in seiner Trunkenheit. Ich würde gerne Christus zu ihm schicken, jetzt gleich. Ich würde Euch jetzt gerne erzählen, wie – während Michael sich ein weiteres Glas Wein einschenkt – er das Geräusch flatternder Tauben in den Eichen des Kirchhofes hört und zur Tür geht; dort auf seinen Erlöser trifft, der unter den Bäumen sitzt, die wundersamerweise blühen. Michael würde das Glas fallen lassen, in das winterliche Licht hinausstolpern, auf die Knie fallen und seine Sünden bereuen. Und Jesus würde ihm eine blutige Handfläche auf die Stirn legen und ihm leise erklären, daß er die Hölle nicht zu fürchten brauche, er sei gerettet.

Aber ich kann den Schmerzensmann heute nicht finden. Als ich vergangenen Abend an meinem Schreibtisch saß und mir meine Arbeit für den nächsten Tag zurechtlegte, fühlte ich mich Christus nahe genug, um ihn zu beschreiben. Aber heute ist der Nebel zu dicht; ich kann den Sohn nicht finden; wie könnte ich ihn da an jenen Ort unter den Eichen plazieren? Oh, Ihr sagt, ich soll ihn erfinden; das wäre doch des Schriftstellers Aufgabe. Manchmal trifft das zu; aber nicht hier, nicht jetzt. Am heutigen Morgen sehe ich Pfarrer Michael deutlich vor mir, wie er sich seine Gedanken über die Schrecken der Hölle macht und seinen Wein hinunterkippt; aber sein Erlöser läßt sich nirgendwo blicken.

Der Arzt erklärt mir, meine Depressionen hätten in mir einen Haß auf die Sinnesfreuden ausgelöst; anders ausgedrückt, ich kann keine Freude mehr an den Dingen finden. Besonders akut ist das bei meiner gegenwärtigen Beschäftigung: dem Schreiben. Er fragt mich, wie lange mir das schon so geht, und ich sage ihm, daß ich das nicht weiß. Habe ich bei der Ausübung meines Handwerks jemals *Freude* verspürt? Die Bewegung des Stiftes auf dem Papier bereitet mir ein gewisses sinnliches Vergnügen, das vermute ich zumindest; das Anwachsen des Papierstapels befriedigt meine puritanische Ader. Aber Freude? Wie zum Beispiel beim Liebesakt oder beim Schokoladeessen? Nein.

Was mich zu der Überlegung führt, ob meine ganze Arbeit über die Jahre hinweg nicht eine Form der Selbstkasteiung war; ob ich darin nicht Pfarrer Michael in seiner Zelle gleiche, der sich ein kleines Guckloch geschaffen hat, durch das er die Welt betrachtet, und dann, an ihrem Anblick verzweifelnd, zu seinen Betrachtungen über das Leiden zurückkehrt.

(Später denke ich: weshalb sollte ich überhaupt *erwarten*, an meiner Arbeit Freude zu finden? Freude ist eine Belohnung der Evolution für unsere Dienste zur Erhaltung und Vermehrung der Gattung. Meine Geschichtenerzählerei dient keiner natürlichen Notwendigkeit. Es bringt die Spezies keinen Deut weiter, wenn ein Schriftsteller von Zweifeln und Finsternis und Offenbarung erzählt. Weshalb sollte ich mit Freude an meiner Arbeit belohnt werden? Die Tatsache, daß unserer Vorstellungskraft Raum gegeben wird, daß wir nicht nur Brutmaschinen mit Fortpflanzungsprogrammen sind, ist für mich der deutlichste Beweis für das Göttliche in unseren Geschäften. Der Schwule in seiner unfruchtbaren Lust, die Eremitin in ihrer verschlossenen Zelle, der Wissenschaftler, der die Abstände unerreichbarer Galaxien mißt, der Dichter, der über einer passenden Silbe brütet – alle führen sie ein Leben ohne evolutionären Zweck. Ist das Göttliche nicht am sichtbarsten in unserem Mangel an praktischer Anwendbarkeit? Unseren Träumereien, unserer Weigerung, uns dem Diktat von Eizelle und Sperma und Familie zu unterwerfen?)

5

Ein Mann namens Oswald lebt mit seiner Familie am Rande des Waldes, in Sichtweite des Dorfes. Als einziger Mann in der Gegend pflegt er regelmäßigen Umgang mit Shank. Er hat einen Stiernacken, eine Glatze und ein eigensinniges Temperament. Oswald lacht gerne, besonders über schlechte Neuigkeiten. Das beunruhigt seine Nachbarn, und hinter vorgehaltener Hand fragen sie sich gelegentlich, ob er alle Sinne beieinander hat. Aber er verfügt über einen gesunden Menschenverstand, der ihm kaum abzusprechen ist. Als die ergiebigste seiner vier Kühe starb und man ihn laut lachend neben ihrem Kadaver antraf, war sein einziger Kommentar: sie sähe so komisch aus, mit allen vieren steif gen Himmel gerichtet, und was solle er denn tun? Er könne sie wohl kaum wiedererwecken, also was brächte das Geheule?

Heute trifft Shank Oswald vor seiner Hütte an, wo er auf einem Baumstamm sitzt. Er erklärt, daß seine Frau ihn hinausgeworfen hat, bis er aufhört, seine dummen Scherze mit ihr zu treiben. Shank erzählt, was Agnes zugestoßen ist, und ausnahmsweise lacht Oswald nicht.

»Drei von den Bergleuten sind hier vorbeigekommen«, sagt er zu Shank. »Gerade mal vor einer Stunde. Ich hab' selbst mit ihnen geredet, und einer von ihnen war ein wirklich übler Bursche.«

Shank fragt, wie der Kerl ausgesehen hat, und Oswald beschreibt ihn: klein, rothaarig, mit einem Gesicht wie ein rasiertes Schwein. Darüber muß Oswald lachen.

»Soll ich mit dir kommen?« will er wissen.

Shank lehnt ab, das ist allein seine Angelegenheit. Oswald versichert ihm, daß er den Mann mit Freuden aufhängen würde; er hat das schon früher getan, wenn die Gerechtigkeit es verlangte, und ihm gefällt diese Pflicht, besonders wenn sie strampeln; das bringt ihn immer zum Lachen.

Als Shank schließlich gehen will, schlägt er vor, Agnes zu begraben. Wieder lehnt Shank ab.

»Dann laß mich wenigstens ihren Leichnam in dein Haus bringen«, bietet er an. »Sonst machen sich noch irgendwelche Tiere über sie her.«

Shank gibt seinem Dank Ausdruck, so gut sein plumper Wortschatz das gestattet: Ja, er würde sich freuen, wenn Oswald Agnes' Leichnam ins Haus bringen würde. Dann macht er sich an die Verfolgung des rasierten Schweins.

Ich muß über jenen Mann nicht viele Worte verlieren, dessen Klinge Agnes angeblich so Fürchterliches angetan hat. Ihr sollt nur wissen, daß er unschuldig ist, zumindest an diesem Verbrechen, für das er bald sein Leben lassen wird. Er hat andere Verbrechen begangen, von ähnlicher Grausamkeit (Oswald hat ihn keineswegs falsch eingeschätzt); vielleicht ist nur gerecht, was ihm bald widerfahren wird. Aber da er – zumindest heute – nicht damit rechnet, verfolgt zu werden, und da er sich in Gesellschaft zweier weiterer Männer befindet, einer davon sein Halbbruder, die sich an jenem Nachmittag eines ähnlich guten Gewissens erfreuen, unternimmt er nichts, um seine Fährte zu verwischen. Shank stößt recht bald auf die Spuren der drei und kommt ihnen stetig näher. Einmal kommt er nahe genug an sie heran, um sie sehen zu können. Aber der Abend dämmert erst, und so läßt er sich zurückfallen und wartet. Die drei haben unter den Bäumen ein kleines

Feuer angezündet und braten darüber ein Kaninchen, das einer von ihnen gefangen hat; heute nacht werden sie nicht mehr weitergehen. Shank hockt sich an einen Baum gelehnt auf die Fersen, und bis sie schlafen, beobachtet er, wie die Sterne hervorkommen. Dann wird er sich über sie hermachen, einen nach dem anderen. Er verschwendet keinen Gedanken auf die Frage, ob er die Gefährten des Mörders schonen soll: Ihre Gegenwart verurteilt sie. Alle drei werden für das Verbrechen des einen sterben.

In Tress kehrt die Gemeinde zur Abendmesse in die Kirche zurück. Einer nach dem anderen treten sie ein, um für einen weiteren Tag unter dem Schutz des Herrn Dank zu sagen. Doch die Herde des Pfarrers Michael wartet vergebens auf ihren Prediger. Schließlich steht jemand auf und sucht nach ihm. Er ist nirgends zu finden.

(Nein, das ist nicht wahr. Ich kann ihn Euch zeigen. Er sitzt ganz weit oben, in den höchsten Ästen der größten Eiche des Friedhofs. Obwohl es Nacht ist, kann man seine Umrisse durch die Abwesenheit der Sterne ausmachen. Niemand blickt auf, während sie einer nach dem anderen hinaustreten, niemand schüttelt den Kopf über diese seltsame Situation. Warum sollten sie auch? Niemand rechnet damit, seinen Pfarrer auf einem Ast sitzend anzutreffen.)

Oswald ist inzwischen unterwegs, um Agnes' Leichnam in Sicherheit zu bringen. Er ist, gemessen an seinem Zeitalter, kein ausgesprochen abergläubischer Mann. Würde in diesem Augenblick eine halb menschliche, halb tierische Kreatur an ihm vorbeispringen, würde er seinen Augen sicherlich Glauben schenken; aber er rechnet nicht mit einem solchen Schrecken. Er stammelt keine Gebete oder alten Sprüche vor sich hin, um das Böse von seinem Weg fernzuhalten; er trägt keinen Talisman in der Tasche oder ein Kreuz. Doch ein beklemmendes Gefühl überkommt ihn, als er sich dem Ufer entlang der Stelle nähert, die Shank ihm beschrieben hat. Mit dem grausigen Anblick, der ihn erwartet, hat das nichts zu tun; er hat die fürchterlichsten Dinge gesehen, die die Welt seiner Zeit dem menschlichen Fleisch antun kann. Es ist eine seltsame Fülle der Gefühle, die ihn veranlaßt, etwas langsamer zu gehen und sich die Bäume sorgfältiger anzusehen. Er möchte weinen, und er weiß nicht warum. Seine Augen brennen, seine Nase läuft, und er muß einen Augenblick innehalten, um den Rotz aus seinem Schnurrbart und die Tränen von seinen Wangen zu wischen. Nachdem er dies getan hat, hebt er seinen Kopf und gewahrt den seltsamsten Anblick seines langen Lebens. Ganz in seiner Nähe ist ein Mann am Ufer des Flusses aufgetaucht. Er hat Oswald den Rücken zugewandt, aber der Fremde scheint ein Licht zu tragen, sein Körper zeichnet sich vor dem Hintergrund eines blassen Glanzes ab. Der Anblick hat etwas Beruhigendes. Das Licht leuchtet mit der Schönheit eines Frühlingsmondes, und mit eben solcher Gleichmäßigkeit. Die Lampe des Mannes flackert nicht im geringsten, obwohl ein Wind aufgekommen ist, seit Oswald sich auf den Weg gemacht hat. Auch wirkt die Silhouette auf Oswald keineswegs bedrohlich. Eher haftet ihr eine gewisse Körperlosigkeit an; je klarer Oswalds Blick wird, desto mehr hat er den Eindruck, daß das Licht durch den Körper des Mannes hindurchsickert, als wäre er nur teilweise aus fester Materie.

Oswald weiß, wie die Toten dem Vernehmen nach aussehen, wenn sie von den Lebenden wahrgenommen werden: wie sie sich um Körperlichkeit bemühen und scheitern. Sieht er hier einen Toten vor sich? Aber warum fühlt er dann eine solche Gelassenheit? Weshalb möchte er sich dem Manne nähern, ihn besser sehen?

Er stellt seine instinktive Reaktion nicht länger in Frage, sondern folgt ihr und geht auf den Geist zu, ohne einen Versuch, sich zu verbergen. Der Mann wird ihm immer unheimlicher. Er ist in Stoffe gekleidet, die Oswalds Augen fremd sind: glatte, blasse Kleidungsstücke, die zu einem Adeligen aus einem fremden Land passen mochten. Er trägt keine sichtbare Waffe, noch spricht etwas dafür, daß er sich in Gesellschaft befindet. Er steht einfach zwischen den Bäumen, in das Licht gebadet, das er trägt, und von ihm durchdrungen.

Erst als er nur noch einen Steinwurf entfernt ist, erkennt Oswald, was zu Füßen des Mannes liegt: Agnes' Leichnam.

Oswald bleibt stehen, plötzlich verwirrt. Steht vor ihm Agnes' Schlächter? Ein Phantom, dem sie am Fluß begegnet ist, das ihr das Leben genommen hat und nun zurückgekehrt ist, um sich an ihrem Leichnam zu weiden? Falls das stimmt, wird sich Shank am falschen Mann rächen. Unter anderen Umständen hätte Oswald laut gelacht – er hat sich früher bereits über die Absurdität fehlgeleiteter Morde amüsiert. Doch heute bleibt er ernst. Fast hätte er sich abgewandt und versucht, Shank an seiner Mission zu hindern, aber in diesem Augenblick der Entscheidungslosigkeit spürt das Phantom seine Gegenwart und dreht sich um. *Und oh, das Gesicht, das Oswald zwischen den Bäumen sieht, der Blick in den Augen des Geistes, der traurige Ausdruck beraubt ihn der Hoffnung, jemals wieder zu lachen.* Nach diesem Augenblick wird Oswald nicht mehr lachen – niemals wieder. Er wird alt werden, sehr alt, gemessen an den Maßstäben seiner Zeit; aber es wird ein Leben in fortwährender Trauer sein.

Das Phantom spricht. *Dies ist nicht meine Frau*, sagt es. Und dann, nach einer ganzen Weile: *Wer ist sie?*

Oswald möchte mit dem Geist keine Worte wechseln. Je weniger er mit ihm zu tun hat, überlegt er, desto besser. Soll der Geist doch einen anderen Reisenden befragen.

Er macht sich davon, Schritt um stolpernden Schritt, die Augen dabei auf die Tote gerichtet.

Wer ist sie?, will das Phantom erneut wissen, mit einer Stimme, die ebenso ausgefranst ist wie seine Erscheinung.

Es fällt Oswald schwer, nicht zu antworten, so mitleiderregend ist das Gesicht des Geistes. Aber er zwingt sich wegzuschauen, und sein Blick fällt auf das Licht in der Hand des Mannes. Er sieht, daß es keine Lampe ist; nein, es gleicht auch keinem anderen Licht, das Oswald je gesehen hat. Es scheint, als trage der Mann einen Steinbrocken direkt vom Mond, ruhig und gelassen. Das

Licht strahlt Ruhe aus, denkt Oswald; vielleicht ist es eine tödliche Ruhe, eine Ruhe, die sein Herz zum Stillstand bringen wird, wenn er sich nicht sofort von ihm abwendet, schnell, schnell, so lange er noch kann. Verschwitzt und außer Atem erreicht er schließlich seine Hütte; jenen Baumstumpf, auf dem ihn Shank angetroffen hatte. Er setzt sich und gibt sich alle Mühe, zur Ruhe zu kommen. Er möchte seinen Kindern keine Angst einjagen. Nach einer Weile geht die Türe auf, und seine Frau tritt heraus. Sie fragt ihn, wo er war und was er mitgebracht hat. Er war nirgendwo, antwortet er; er hat nichts mitgebracht. Natürlich glaubt sie ihm kein Wort. Sie kennt ihn zu gut. (Zumindest glaubt sie das. Nach dieser Nacht wird sich das ändern. Ihr lachender Gatte ist fort, und an seiner Stelle lebt ein Mann, den sie nicht lieben kann. In zwei Wintern wird sie sterben und ihm auf ihrem Todesbett die Frage stellen, die sie jetzt, während sie ihm in die Augen blickt, nicht zu stellen wagt: Sie wird ihn fragen, was ihm widerfahren ist. Und er wird versuchen, es ihr zu erzählen, doch noch während er über die Worte stolpert, wird sie dahingehen.)

6

Wenden wir uns wieder Shank zu, der seine Beute viele Stunden lang beobachtet hat. Geduldig wartet er auf die Gelegenheit, sein Schlimmstes zu tun. Die Bergleute haben das Feuer dreimal geschürt. Hell loderte es auf, während sie tranken und redeten und tranken. Aber ihr Bier hat seinen Preis gefordert. Sie haben sich schlafen gelegt und das Feuer herunterbrennen lassen. Nur die Glut leuchtet noch, und in ihrem unsteten Licht erkennt Shank die Gesichter der drei Männer, die sich in ihre zerschlissenen Felle eingerollt haben.

Er hat einen Plan: Den Mann, der ihm am nächsten liegt, wird er sich als erstes vornehmen; er ist der größte und ihm damit am gefährlichsten. Das nimmt er zumindest an. Gerade als Shank sich aus seinem Versteck wagen will, steht der dritte Mann – nicht der

Riese, nicht der Mörder – müde auf und stolpert grunzend und ächzend von dem Lagerplatz fort. Shank vermutet, daß der Mann pissen gegangen ist, was seinen Absichten entgegenkommt. Er wird den Mann töten, während dieser damit beschäftigt ist, seine Blase zu leeren. Schnell und leise umrundet er das Lager und folgt dem Mann in die Finsternis. Plötzlich sieht er ihn vor sich, kaum eine Körperlänge entfernt, wie er vor einem Baum in der Hocke sitzt und scheißt. Er hat eine Verstopfung; er grunzt und flucht. Shank fällt über ihn her, bevor er etwas bemerkt, und geschickt schlitzt er ihm den Hals von einem Ohr zum andern auf. Der letzte Atemzug des Mannes aus den Bergen entfährt seinem Hals, und er setzt sich in seine eigenen Ausscheidungen, an den Baum gelehnt.

Shank sieht sich nach den beiden anderen Männern um. Keiner ist aus seinem benommenen Schlaf erwacht. Er würdigt den toten Mann keines zweiten Blickes, sondern hastet schnell zum Feuer zurück, um den zweiten Gefährten des Mörders zu erstechen. Das Messer hebt sich und fährt hinab, direkt in die Brust des Mannes. Aber das Fell um den Körper ist dicker, als Shank erwartet hat, und hindert die Klinge an ihrer tödlichen Pflicht. Der Mann fährt brüllend auf, das Fell durch Shanks Messer an seiner Brust festgehalten. Er stößt Shank in Richtung des Feuers, aber anders als sein Opfer leidet Shank nicht an den Folgen des Biers. Einen Herzschlag später stürzt er sich wieder auf den Mann und reißt das Messer aus dessen Brust. Das Fell rutscht hinab. Der Mann blickt auf seine Brust, auf das fließende Blut. In diesem Augenblick greift Shank erneut an, rammt ihm das Messer in den Bauch und zieht es ruckartig nach oben, durchtrennt Haut und Muskeln und Fleisch. Als er das Messer herauszieht, folgen die Innereien des Mannes: seine Gedärme, sein Abendessen, sein Bier. Ein Schluchzen entfährt dem Mann, und er fällt auf das Fell. Shank wartet nicht ab, bis er tot ist. Er hat es auf den Mann abgesehen, den Oswald mit einem rasierten Schwein verglichen hat; den Mann, den er wieder und wieder quälen wird, um Agnes' Tod zu rächen.

Natürlich ist der dritte Mann wach geworden und aufgestanden. Aber er hat nicht vor, zu kämpfen; Flucht, so hat er entschieden, ist seine beste Verteidigung. Shank kommt jedoch seine Raserei zugute. Sein Brustkorb schwillt an; sein Körper bebt und vibriert mit der Leidenschaft des Augenblicks. Er kann sich nicht an ein vergleichbares Hochgefühl erinnern. Er packt das Schwein an den Haaren, setzt das Messer an seinen Hals und zieht es durch; nur einen fingerlangen Schnitt, nicht mehr; aber es genügt, der Mann weiß, daß er stirbt, wenn er sich wehrt. Dann zerrt Shank ihn ans Feuer und drückt sein Gesicht den Flammen entgegen, die hier und dort aus der Asche emporzüngeln.

»Du hast meine Frau umgebracht«, sagt er, ganz nahe am Ohr des Mannes.

Das Schwein widerspricht, trotz seiner Angst: »Nein, nein, nein«, flüstert er, »ich habe nichts getan.« Vielleicht einer der anderen, aber er nicht. Er schwört, beim heiligen Blut Christi, er hat nichts getan.

Shank stößt das Gesicht seines Gefangenen näher an das Feuer heran. Die Locken seines zottigen Bartes fangen Feuer und lodern auf, flink und hell. Er beteuert erneut seine Unschuld, doch mit jedem Wort wird er näher an die Glut gedrückt. Inzwischen brennt sein Bart; die Haare um seine Ohren herum verglühen, desgleichen seine Augenbrauen und die Fransen an seiner Stirn. Er dreht durch; er versucht, sich aus Shanks Umklammerung zu befreien. Aus seinen Unschuldsbeteuerungen sind Schreie geworden. Er zappelt, und einige Glutstückchen fliegen umher, aber er kann seinen Peiniger nicht abschütteln, der plötzlich genug von der Folter hat und das Gesicht des Mannes in die Überreste des Feuers stößt. Oh, das Schwein quiekt. Von den Schmerzen getrieben, verdoppelt sich sein Zappeln, entwickelt genügend Kraft, Shank beiseite zu werfen. Er hebt seinen Kopf aus der Glut, Bart und Haare brennen, er springt auf und wirbelt schreiend herum. Shank hält einen Augenblick inne, von dem Schauspiel vor seinen Augen gebannt. Er wünschte, jemand wäre bei ihm, Oswald vielleicht; Oswald würde Tränen lachen.

Dann rennt der Mann plötzlich los, immer noch in Flammen, stolpert er zwischen den Bäumen davon. Shank hebt sein Messer auf, das er im Kampf hat fallen lassen, und folgt ihm. Seine Beute ist nicht schwer zu finden: Ihr Kopf ist eine leuchtende Kugel, die sich durch die Finsternis schlängelt.

Und dann hört Shank den Fluß. Der Mann aus den Bergen hat ihn zum Fluß geführt. Vor ihm glänzt das Wasser; er sieht sogar seine Beute, die in die schäumende Flut stolpert, sich hineinwirft, um ihre Schmerzen auszulöschen. Die Flammen erlöschen, aber inzwischen watet Shank durch den gefrorenen Schlamm; er sieht sein Opfer immer noch deutlich vor sich. Er wirft sich in das Wasser und bekommt den Mann zu fassen; er brüllt gegen das Brüllen des Flusses an. Sie befinden sich an einer Stelle des Flusses, wo die Strömung schnell und weiß dahinschießt, und erschöpft und verwundet wie sie sind, haben sie den Fluten nichts entgegenzusetzen. Shanks Opfer wird zuerst von den Füßen gerissen, und Shank nutzt seinen Vorteil und drückt den Kopf des Mannes unter Wasser. Er wird den Mann nicht ersäufen, beschließt er. Er wird ihn nur soweit betäuben, daß er keinen Ärger mehr macht. Dann wird er ihn ans Ufer schleppen und ihn aufschneiden und schneiden und schneiden, so lange sein Schluchzen anhält. Erst dann, wenn der Mann keinen gequälten Laut mehr von sich geben kann, wird er ihn in die Augenhöhlen stechen, und Agnes' Tod wäre gerächt.

Aber erst einmal muß er den Kerl aus dem Wasser bekommen, und das ist schwierig. Obwohl der Kopf des Schweins bereits eine Weile unter Wasser ist, schlägt er immer noch nach Shanks Gesicht, reißt seine Wangen auf. Shank zieht ihn an die Oberfläche – das Mondlicht zeigt ihm den Umfang der Verbrennungen – und schlägt ihm dann mit der Faust in das rote Gesicht. Der Bursche gibt den Kampf noch immer nicht auf. Er greift nach Shanks Hals und zieht ihn ins Wasser hinab. Dieses Mal werden Shanks Beine von der Strömung unter ihm weggerissen. Sie werden stromabwärts geschwemmt, ineinander verkrallt, gegen die Felsen geworfen, verhaken sich in schwimmenden Abfällen: Ästen,

Exkrementen, einer toten Ziege. Die Heftigkeit der Strömung verschlägt Shank den Atem, aber er will seine Beute nicht loslassen. Diese Beharrlichkeit bedeutet seinen Untergang. Der Körper des Mannes wird scheinbar schwerer, und er reißt Shank mit sich. Shank atmet Wasser, spuckt, verschluckt sich erneut und sinkt unter die Oberfläche.

Erst jetzt bemerkt er, daß der Mann, der solch ein mörderisches Durchhaltevermögen zeigt, bereits ertrunken ist. Nur die Erstarrung der zusammengezogenen Muskeln läßt den Mann aus den Bergen an Shank festhalten. Alles weitere – die Bewegung seines Körpers, die scheinbar absichtsvolle Art und Weise, wie er Shank hinabzieht – sind die Taten des Flusses. Es ist jedoch zu spät, den Kampf aufgeben zu wollen. Er könnte sich jetzt nicht einmal mehr losreißen, wenn er wollte: Das Wasser und der tote Mann halten ihn umklammert. Steil hinab geht es, und sein letzter Atemzug entfährt ihm in Form eines silbrigen Blasenschwarms.

Viel später werden die beiden Körper durch einen Streich des Wassers voneinander getrennt. Shanks Opfer wird auf das Meer hinausgezogen; Shank selbst wird in der Nähe der Mündung ans Ufer gespült. Der Schlamm dort ist fest, und obwohl in den nächsten Tagen einige Menschen vorbeiwaten, auf der Suche nach Krabben und sogar toten Fischen, um ihre kargen Mahlzeiten zu ergänzen, bleibt Shanks Leiche unbemerkt. Die Krabben sehen jedoch nicht so nachlässig über seine Gegenwart hinweg. Pilgern gleich nähern sie sich der Leiche, schleichen sich über ihre Erhebungen, kriechen in seine Kleider, in seinen Mund, in seine Bauchhöhle, um an jeden eßbaren Fetzen heranzukommen. Seine Knochen sinken in den Schlamm, und die Sonne scheint nie wieder auf ihn herab.

7

In meiner Vorstellung erreicht der Fluß schließlich die Hütte, in der Agnes und Shank zusammengelebt haben. Es dauert vier Jahre, vier Jahre, während derer sich niemand in die Nähe traut, aus Aberglauben, aber eines Februars schmilzt eine plötzliche Schönwetterperiode den schweren Schnee, und der Fluß steigt höher, als sich irgend jemand erinnern kann, und das Wasser dringt in die Hütte. Er benimmt sich wie ein uneingeladener Gast, reißt die Tür auf und verwandelt die Zimmer in ein Schlachtfeld. Er schlägt die wenigen armseligen Möbelstücke zu Kleinholz; er spült die letzten Aschereste aus dem Herd; er bemächtigt sich der Tierschädel, die Shank gesammelt hatte, und der glatten, cremefarbenen Kiesel, die Agnes hin und wieder vom Ufer mitgebracht hatte und die sie ihre Kinder nannte; er verschlingt ein paar hölzerne Tassen, eine kleine Reiseflasche, ein oder zwei Messer, die modernden Felle, unter denen sie schliefen; verschlingt alles und spült es fort.

Die Wände der Hütte überstehen eine weitere Jahreszeit, aber in der Hitze des darauf folgenden Sommers bricht das Gebäude plötzlich in sich zusammen. Als die Fluten im nächsten Winter wiederkehren, tragen sie die Überreste davon, und im Frühling wächst Gras, wo früher die Hütte stand.

8

Weitere tausend Jahre lang wird sich hier nichts von Bedeutung verändern. Der Fluß wird fließen, Jahr um Jahr; in den kältesten Wintern wird er manchmal fast frieren, in den heißesten Sommern auf ein schlammiges Rinnsal zusammenschrumpfen; aber im wesentlichen wird er unverändert bleiben. Oh, er gräbt sich einen neuen Weg, zweifellos; am einen Ufer knabbert er, am anderen lagert er Schlick ab. Aber diese Veränderungen sind so geringfügig, daß der Verlauf einer Chiliade nicht ausreicht, um sie sichtbar zu machen.

Natürlich wachsen die Bäume am Ufer üppiger in die Höhe. Sie werfen ihre Samen ab, und wenn die Elterngeneration an Krankheit oder Alter stirbt, werden diese Samen von der warmen Fäulnis aus Holz und Blättern am Leben erhalten und gedeihen. In manchen Jahren ist das Unterholz fast undurchdringlich; dann kommt es zu einem kleinen Buschbrand, der das tote Gehölz ausforstet, und ein neuer Wachstumskreislauf beginnt.

Von den Geschichten der Menschen kann ich Euch nur wenig mitteilen. Zweifelsohne überschlagen sich die Ereignisse an solch einem Ort: Akte der Verführung und der Unterwerfung; kleine Liebenswürdigkeiten, kleine Gemeinheiten. Nichts Bemerkenswertes, mit einer Ausnahme: Im Sommer 1850 besucht der Maler John Everett Millais die Gegend, auf der Suche nach einem Flußpanorama, das in einem geplanten Gemälde Verwendung finden soll. Die ertrunkene Ophelia soll den Stoff abgeben, wie sie von Blumen umkränzt davontreibt. Millais bleibt einen Tag lang und betrachtet die Windungen des Flusses. Nach einer Weile überlegt er es sich jedoch anders. Er sucht einen Ort, der Shakespeares Text besser entspricht; an diesem Fluß wachsen keine Weiden. Schlußendlich entscheidet er sich für den Hogsmill River in Surrey und malt dort ein Jahr später sein Meisterwerk.

Erst 1940 – das Ende des Jahrtausends rückt näher – wird die Landschaft grundlegenden Veränderungen unterworfen. Im September jenes Jahres wirft ein einzelner Luftwaffenbomber, von Flakfeuer auf seinem Flug über der englischen Küste getroffen, seine gesamte Ladung Bomben ab, und einige schlagen um den Fluß herum ein. Eine explodiert nicht und wird – im Gebüsch verborgen – erst ungefähr siebzig Jahre später entdeckt. Eine zweite explodiert knapp nördlich des Dorfes und tötet einiges Vieh. Es ist die dritte Bombe, die uns interessiert, denn sie sprengt die Kirche von Tress in tausend Stücke und die zahlreichen guten Christen aus ihren Gräbern, die dort in dem Glauben zur Ruhe gelegt worden waren, daß sie den Himmel nicht vor dem Tag des Jüngsten Gerichts wiedersehen würden.

Als die Kirche nach dem Krieg wieder aufgebaut werden soll,

wird mit dem Entwurf von vier Buntglasfenstern ein Künstler beauftragt, der ursprünglich den Fluß aufgesucht hatte, weil er ein Anhänger von Millais war und irrigerweise annahm, hier wäre das Opheliagemälde entstanden – und der sich so in die friedliche Atmosphäre der Gegend verliebte, daß er im darauffolgenden Frühling mit seiner Familie hierherzog. Nur drei der vier Entwürfe werden abgeliefert und ausgeführt. Sie sind großartig, der Höhepunkt seiner Karriere. Auf einem ist Johannes der Täufer zu sehen, wie er im Fluß steht, umgeben von einer Gemeinde glücklicher Gefolgsleute, die auf ihre Taufe warten. Das zweite zeigt den Heiligen Christopherus, der das Jesuskind auf seinen Schultern über einen anderen Fluß trägt, weit turbulenter als jener, in dem Johannes steht. Auf dem dritten schreitet Christus der Erlöser über das Wasser, während Fische um seine verletzten Füße herumspringen. Für den Fall, daß irgend jemand denken sollte, es handle sich dabei um die Wasser Galiläas, hat der Künstler Süßwasserforellen abgebildet.

Auf dem vierten Fenster sollte dem Vernehmen nach die zweite Wiederkunft zu sehen sein: Wenn der Fluß rückwärts fließen und Sonne, Mond und Sterne zur gleichen Stunde scheinen würden, und Christus und die verängstigte Seele, die ihn trug, und der Schamane, der ihn taufte, in ihrer ganzen Glorie zueinander fänden, um den Sündern zu vergeben und sie der Glückseligkeit teilhaftig werden zu lassen. Aber der Künstler stirbt, bevor er seine große Arbeit beendet, und das vierte Fenster besteht aus einfachem Glas, durch das die Gemeinde nur den Himmel sieht.

JOE R. LANSDALE

Der große Knall 1900

für Norman Partridge

Die Bewohner jener Inseln, die wir heute die Westindischen nennen, fanden ihr Paradies einem fürchterlichen Gott ausgeliefert, der erst sie mit heftigen Stürmen und Regengüssen heimsuchte, und schließlich ihr Land. Sie nannten ihren fürchterlichen Gott Hurakan.

Dienstag, 4. September 1900, 16.00 Uhr

Telegrafische Nachricht aus Washington, D. C., Hauptstelle des Wetteramtes, an Issac Cline, Galveston, Texas, örtliches Wetteramt:

Tropisches Sturmtief bewegt sich in nördlicher Richtung über Kuba hinweg.

18.38 Uhr

Jener Nachmittag war heißer als zwei rammelnde Ratten in einer Wollsocke. John McBride, einsneunundachtzig groß, neunundneunzig Kilo schwer, tolpatschig, mit dem Körperbau und dem

Temperament eines wilden Ebers, setzte mit der Fähre vom texanischen Festland nach Galveston Island über, einen Revolver unter seiner Jacke und ein Rasiermesser im Schuh.

Während die Fähre anlegte, stellte McBride seinen Koffer auf die Planken, nahm seine Melone vom Kopf, zog ein frisches weißes Taschentuch aus der Innentasche seiner Jacke, rieb damit das Schweißband der Melone trocken, fuhr sich über die Stirn und über sein sich lichtendes schwarzes Haar und setzte den Hut wieder auf.

Ein alter Chinese in San Francisco hatte ihm allen Ernstes erklärt, die Haare gingen ihm aus, weil er immer einen Hut aufhatte; und McBride hielt dies immerhin für eine Möglichkeit. Inzwischen trug er allerdings eine Kopfbedeckung, weil er sich seiner Glatze schämte. Mit dreißig Jahren hatte man schließlich noch Haare auf dem Kopf! Der Chinese hatte ihm für eine beträchtliche Summe ein Haarwasser überlassen. McBride massierte es mit großer Gewissenhaftigkeit in seine Kopfhaut ein, doch bisher hatte es ihm nur eine glänzende Platte eingebracht. Sollte er jemals wieder nach Frisco kommen, dann würde er diesen Chinesen zur Rede stellen und ihm vielleicht ein paar Beulen verpassen.

McBride nahm seinen Koffer in die Hand und verließ, den Blick aufwärts gerichtet, mit den anderen Fahrgästen die Fähre. Das Grün des Himmels wirkte wie der Bezug eines Billardtisches. Als die Sonne in den Meerbusen eintauchte, um ihren Durst zu stillen, erwartete McBride fast, von jenseits der Insel Dampf aufsteigen zu sehen. Er atmete die Seeluft ein und fand Gefallen an ihrem Geschmack. Er hatte Hunger. Ganz oben auf seinem Plan stand eine Frau, dann ein Steak, und schließlich eine Mütze Schlaf, bevor er sich dem letzten Gang widmete – dem Grund für seine Anwesenheit. Er würde einen Nigger zusammenschlagen.

Er winkte einen Einspänner heran und ließ sich zu einem Freudenhaus bringen, von dem ihm seine Auftraggeber erzählt hatten, die Kerle, die seine Reise von Chicago hierher bezahlen würden. Wenn er ihnen glauben konnte, gab es dort eine Rothaarige, die war so scharf und unverbraucht, daß er hinterher Sopran singen würde. Wenn sie nur rothaarig, weiblich und willig war, das würde ihm schon genügen, und zur Hölle mit den Arien. Es ging jedenfalls nicht auf seine Rechnung.

Während die Kutsche durch Galveston trabte, sah McBride sich das Örtchen näher an. Es glich einer südlichen Variante von New York, mit eher tropischem Flair. Die Häuser standen auf Stelzen – breiten Stützpfeilern genaugenommen –, die sie vor Sturmfluten schützten; und im Stadtkern schienen die Häuser einer Plantage aus dem tiefsten Süden nachempfunden.

Das Rathaus mußte von einem Architekten mit einer Vorliebe für maurische Baukunst entworfen worden sein. Überall reckten sich Kuppeln und Zwiebeltürmchen in die Höhe. Stilistisch paßte das eindeutig nicht zu der wundervollen Uhr, die am höchsten Punkt des Gebäudes, einem spitzen Turm, angebracht war. Die Uhr sah aus wie ein zu klein geratener Big Ben. Halb England, halb Mittlerer Osten.

Elektrische Straßenbahnen zischten vorbei, und er sah eine große Anzahl von Fahrrädern, Kutschen, Einspännern und Fußgängern. McBride entdeckte sogar ein Automobil.

Die Straßen selbst bestanden aus eingegrabenen Holzklötzen; Schiffsballast, wie McBride feststellte. Einige Seitenstraßen waren mit weißen Muscheln gepflastert, andere mit gestampftem Sand. Was er sah, gefiel ihm, und er dachte: Vielleicht bleibe ich ein Weilchen, nachdem ich den Nigger erledigt habe. Am Strand ein bißchen Sonne tanken. Bei ein paar einträglichen Geschäften mitmischen.

Als die Kutsche schließlich vor dem Bordell zu stehen kam, war es bereits stockdunkel. Er gab dem schwarzen Kutscher ein ordentliches Trinkgeld, rückte seine Melone gerade, packte seinen Koffer, trat durch das verzierte eiserne Tor und stieg die Stufen hinauf. Mal sehen, ob er hier auf seine Kosten kommen würde.

Nachdem er sich der stämmigen Madam vorgestellt hatte, die so aussah, als könnte sie sich selbst noch um den einen oder anderen Kunden kümmern, wurde er mit ausgesuchter Hochachtung bedient. Madam selbst begleitete ihn nach oben, half ihm aus den Kleidern, badete ihn und liebkoste ihn ein wenig.

Als er sauber war, trocknete sie ihn ab, brachte ihn ins Bett, küßte ihn wie einen kleinen Jungen auf die Stirn und zwitscherte dann ab. Kaum war sie verschwunden, stand er auf, stellte sich vor den Spiegel, der auf der Kommode stand, und kämmte seine Haare, um seine Platte möglichst gut zu verstecken. Er war eben damit fertig geworden und wieder ins Bett geschlüpft, als die Rothaarige hereinkam.

Sie hatte grüne Augen und eine etwas breite Taille, war aber ansonsten recht ansehnlich. Ihre Haare waren feuerrot, und ein noch dunkleres Feuer brannte zwischen ihren Beinen, die weiß wie ein Laken und glatt wie ein neugeborenes Schweinchen waren.

Zuerst tat er ihr ein bißchen weh: Er zwickte ihr in die Brüste, nur um klarzustellen, wer hier das Sagen hatte. Sie tat so, als würde ihr das gefallen. Bei dem Geld, das seine Auftraggeber hinblätterten, ging er davon aus, daß sie auf Kommando ein Stück Scheiße im Sand wälzen und mit der Nase über den Boden schieben würde, und zwar mit Begeisterung.

McBride bearbeitete ein Weilchen ihr Hinterteil, warf sich dann in den Sattel und rammelte drauf los. Später spurte sie einmal nicht gleich, und er schlug ihr ein Auge blau.

Als die Vertreter des Galveston Sporting Club ihre Aufwartung machten, lag er mit der Rothaarigen im Bett, die Decke zur Seite geschlagen, und ließ den heißen Wind, der durch das offene Fenster wehte, seine Säfte und die der Rothaarigen trocknen.

Madam ließ die Mitglieder des Clubs herein und verschwand. Sie waren zu viert, alle in Abendkleidung, den Zylinder in der Hand. Zwei hatten graue Haare und graue Schnurrbärte. Die beiden anderen waren ein ganzes Stück jünger. Der eine groß, mit einem Gesicht, das so aussah, als würde es mit schöner Regelmäßigkeit einer Kanonenkugel Paroli bieten. Der letzte Zusammenstoß schien noch nicht lange zurückzuliegen: Er hatte zwei blaue Augen. Seine Nase war platt und neigte sich nach links. Er atmete durch den Mund. Er hatte oben keine Vorderzähne mehr.

Der andere jüngere Herr war schmal und stutzerhaft. Das, vermutete McBride, war Ronald Beems, der Mann, der ihm im Auftrag des Sporting Club geschrieben hatte.

Alles an Beems erregte McBrides Abscheu. Im Unterschied zu den faltigen und schlotternden Anzügen seiner Begleiter waren sein Jackett und seine Hose frisch gebügelt, wie gefeit gegen die Feuchtigkeit des Nachmittags. Er roch leicht nach Mottenkugeln und Naphtha und irgendeinem Haarwasser, das mit Ingwer versetzt war. Ein schmaler dünner Bart zierte seine Oberlippe, und seine Haare erfüllten McBride mit blankem Neid. Schwarz, voll und lang, mit breiten Koteletten. Seine Gesichtszüge waren makellos. Keine Faust war ihnen je nahegekommen. Er stand so gerade, als ob er einen Besenstil im Arsch hätte.

Beems und seine Begleiter starrten McBride und die Rothaarige mit weit aufgerissenen Augen an. McBride saß breitbeinig da, ein Kissen im Rücken. Er bot einen durchaus beeindruckenden Anblick. Seine Beine, Schultern und Arme waren breit und muskulös. Ein Schweißfilm überzog seine Haut. Sein Bauch stand etwas hervor, machte jedoch einen festen Eindruck.

Die Nutte lag neben ihm, verschwitzt, mit einem blauen Auge, gespreizten Beinen und vor Hitze schlaffen Brüsten. Ihr schien die Situation immerhin peinlich zu sein. Sie hätte sich am liebsten zugedeckt, wagte jedoch nicht, einen Finger zu rühren. Der Schlag ins Gesicht hatte sie sichtlich beeindruckt.

»Um Himmels willen, Mann«, sagte Beems. »Bedecken Sie sich.«

»Was denkst du denn, was wir hier gemacht haben?« wollte McBride wissen. »Schach gespielt?«

»Es gibt keinen Grund, das so zur Schau zu stellen. Womit ein Mann sich vergnügt, ist seine Privatsache.«

»Das sind doch nicht die ersten Nüsse, die du zu sehen kriegst«, stellte McBride fest. Er langte nach einer Zigarre, die neben seinem Revolver und einer Schachtel Streichhölzer auf dem Nachttisch lag. Dann sah er Beems lächelnd von oben bis unten an. »Oder vielleicht doch … andererseits, tja, möglicherweise hast du schon öfters welche aus der Nähe bewundert. Du scheinst mir ein Kerl zu sein, der lieber einen dicken Buben furzen hört als ein hübsches Mädchen singen.«

»Sie widerliches Stück Vieh«, brauste Beems auf.

»Jetzt zeigst du's mir aber«, antwortete McBride. »Das trifft mich. Bis ins Mark.« Er tätschelte die Oberschenkel der Rothaarigen. »Du weißt doch, was das ist, oder? Wenn nicht, erklär' ich dir's gerne. Wir Männer, wir nennen das eine Frau, und das dort zwischen ihren Beinen, das ist eine hübsche, rote Möse.«

»So können Sie nicht mit uns reden«, schnaubte Beems.

McBride lächelte, nahm ein Streichholz aus der Schachtel und zündete eine Zigarre an. Er zog daran und fuhr fort: »Ihr feinen Pinkel habt mich den ganzen langen Weg von Chicago hierherbestellt. Ich hab' euch nicht darum gebeten. Ihr habt mir einen Job angeboten und ich hab' ihn angenommen – ich kann's auch wieder lassen, wenn mir das paßt. Ihr wolltet mich hier haben, und ich bin gekommen; ihr habt mir einen bezahlten Fick besorgt, wir treffen uns in einem Puff, und jetzt wollt ihr mir weismachen, ihr seid euch zu fein, meine Nüsse anzuschauen. Oder zu verklemmt, euch eine Möse anzugucken. Dann verschwindet doch und laßt mich hier in Ruhe zu Ende bringen, was mir wirklich Spaß macht. Morgen verschwinde ich dann wieder von hier, und ihr könnt euch euren Nigger selbst vornehmen.«

Für eine Weile war nur das Geräusch scharrender Füße zu hören, dann beugte sich einer der älteren Herren zu Beems hinüber und flüsterte ihm etwas zu. Beems schnappte kurz nach Luft, wie ein gestrandeter Fisch, und sagte dann: »Nun gut. Es ist nicht viel, worüber wir uns unterhalten müssen. Wir möchten, daß dieser Nigger seine Tracht Prügel bezieht, und zwar nicht zu knapp. Wir haben gehört, daß Ihr letzter Gegner nicht mehr lebt?«

»Yeah«, antwortete McBride. »Ich hab' ihn kaltgemacht und seine Alte genagelt. In derselben Nacht.«

Das war gelogen, aber die Vorstellung gefiel McBride. Er mochte die erschrockenen Gesichter der Männer, wenn er ihnen das erzählte. In Wirklichkeit war die Frau nur eine Halbschwester gewesen, und der Kerl war erst drei Tage nach dem Kampf gestorben.

»Und der Mann war weiß?« wollte Beems wissen.

»Schneeweiß. Mausetot. Wieviel?«

»Wir haben unseren pekuniären Rahmen bereits erläutert.«

»Dann tut's noch mal. Nichts klingt so schön wie Geld.«

»Hundert Dollar, bevor Sie mit dem Nigger in den Ring steigen. Weitere zweihundert, wenn Sie ihn besiegt haben. Fünfhundert extra, wenn er den Kampf nicht überlebt. Einen kurzen Kampf. Keine fünfundvierzig Runden. Kein Profiboxer verdient in so kurzer Zeit so viel Geld. Nicht mal John L. Sullivan.«

»Ihr müßt den Nigger wirklich hassen. Warum? Hat er euern Hund gevögelt?«

»Das ist unsere Sache.«

»In Ordnung. Aber ich will die Hälfte des Geldes jetzt.«

»So war das nicht abgemacht.«

»Kleine Änderung der Marschrichtung. Und ich laß anschreiben, so lange ich hier bin. Auf eure Rechnung.«

Wieder scharrende Füße. Die beiden älteren Herren steckten schließlich ihre Köpfe zusammen und holten ihre Geldbörsen hervor. Sie legten zusammen und gaben das Geld an Beems weiter. »Diese Gentlemen sind unsere Geldgeber«, erklärte Beems. »Dies ist Mr. …«

»Es ist mir egal, wer sie sind«, unterbrach ihn McBride. »Gib mir die Mäuse.«

Beems warf die Scheine auf das Fußende des Bettes.

»Heb sie auf und bring sie mir.«

»Das werde ich nicht tun.«

»Und ob du das wirst, schließlich soll ich diesen Nigger fertigmachen. Das scheint euch verdammt wichtig zu sein. Brauchst du noch einen weiteren Grund? Wenn du nicht spurst, steh' ich auf und versohl' dir nach Strich und Faden den Hintern.«

Beems zitterte leicht. »Warum?«

»Weil ich's kann.«

Beems raffte mit hochrotem Gesicht die Scheine zusammen

und brachte sie McBride ans Kopfende des Bettes. McBride, schneller als ein Furz auf einer Gardinenstange, packte Beems' Handgelenk und riß ihn zu sich heran. Beems ließ die Geldscheine fallen, die sich auf McBrides Brust verteilten. McBride nahm die Zigarre aus dem Mund und drückte sie Beems auf den Daumen. Beems kreischte und rief: »Forrest!«

Der große Mann ohne Zähne und mit den beiden blauen Augen eilte um das Bett herum, doch McBride fuhr ihn an: »Verschwinde, oder du brauchst jemanden, der dir dieses halbe Hemd aus deinem Arsch zieht.«

Forrest zögerte, schien einen Moment lang weitergehen zu wollen, machte dann doch ein paar Schritte rückwärts und ließ den Kopf hängen.

McBride zog Beems' Hand zwischen seine Beine hinab, fuhr damit ein paarmal über seine schweißigen Hoden und stieß ihn dann zur Seite. Beems blieb mit offenem Mund stehen und starrte auf seine Hand.

»Hier wird nach meiner Pfeife getanzt«, stellte McBride klar. »Und dabei bleibt es auch. Ihr werdet mich mit Respekt behandeln. Wenn ich euch sage, ihr sollt meinen Rüssel halten, wenn ich pinkle, dann haltet ihr ihn. Wenn ich sage, ihr sollt meine Eier vom Laken heben, während ich ficke, dann tut ihr das.«

Beems zitterte. »Du Hurensohn. Ich könnte dich umbringen lassen.«

»Dann tu's. Ich hasse solche Kerle wie dich. Ich hasse jeden, der auch nur so aussieht. Ich hasse jeden, der auf so Kerle steht oder gerne so wäre. Ich verachte euch schwanzlosen Geldsäcke. Ich verachte euch, weil ihr nicht mal in der Lage seid, diesen Nigger selbst fertigzumachen. Und wißt ihr was? Ich lach' mich tot, daß ihr's nicht könnt, und ich kann's und ihr bezahlt mich dafür. Also meinetwegen, schickt eure Killer. Ihr werdet schon sehen, was von ihnen übrigbleibt. Und von euch. Und ich hasse deine verfluchten Haare, Beems.«

»Sobald diese Angelegenheit erledigt ist«, flüsterte Beems, »verschwinden Sie von hier.«

»Mach' ich, aber nicht wegen dir. Sondern weil ich euch Scheißkerle nicht riechen kann.«

Der große Mann mit der Zahnlücke hob den Kopf und sah McBride haßerfüllt an. McBride sagte: »Der Nigger hat dir den Arsch versohlt, was, Forrest?«

Forrest gab keine Antwort, aber sein Gesichtsausdruck sprach Bände. McBride fuhr fort: »Der Nigger hat dich plattgemacht, und deswegen hat dein Boß mich hergeholt. Ich werd's dem Nigger zeigen. Also glaub bloß nicht, du könntest es mit mir aufnehmen.«

»Kommt«, sagte Beems. »Laßt uns gehen. Bei dem Kerl wird mir übel.«

Beems folgte seinen Begleitern, eine Hand zur Seite weggestreckt. Die älteren Herren erweckten den Eindruck, als hätten sie sich im Wald verlaufen. Nach einem Augenblick der Besinnung fanden sie immerhin den Weg zur Tür. Beems wandte sich noch einmal um und warf McBride einen wütenden Blick zu.

McBride grinste. »Und nicht die Hand waschen, Beems. Du kannst jetzt sagen: ›Sehet diese Hand, denn sie hat John McBrides Nüsse berührt‹.«

»Zur Hölle mit ihnen.«

»Haltet mich auf dem laufenden«, antwortete McBride. Beems trat hinaus. »Es war mir ein Vergnügen, mit euch ins Geschäft zu kommen, Gentlemen«, brüllte McBride ihm und seinen Leuten hinterher.

21.12 Uhr

Später am Abend erregte die Nutte erneut McBrides Unwillen, und er verpaßte ihr einen Schlag auf das andere Auge. Dann drückte er sie in die Kissen, legte sich über sie drüber und schlief ein. Er träumte, er hätte eine Mähne wie Mr. Ronald Beems.

Draußen wurde der Wind langsam stärker. Er blies heiße, salzige Luft durch Galvestons Straßen und die Fenster des Freudenhauses.

21.34 Uhr

Bill Cooper war damit beschäftigt, im zweiten Stockwerk den Boden einzuziehen. Bis auf etwas Feinarbeit war er damit fertig. Schon vor einiger Zeit hatte ihn die Dunkelheit überrascht, und er bemühte sich, im Schein der Laterne den Rest der Arbeit zu erledigen. Er klopfte gerade das Brett an einer Außenwand fest, als er einen Regentropfen spürte. Er hielt inne und blickte hoch. Der Nachthimmel sah seltsam aus, und für einen Augenblick wurde er nachdenklich. Er betrachtete den Himmel noch etwas länger und kam dann zu der Feststellung, daß er so bedrohlich nun auch wieder nicht aussah. Das Licht der Sterne mochte diese ungewöhnliche Färbung verursachen. Kein weiterer Tropfen fiel.

Bill ließ den Hammer auf die Planken fallen, ohne den Nagel ganz hineingeschlagen zu haben, nahm die Laterne in die Hand und ging ins Haus hinein, zu seiner Frau und zu seinem kleinen Sohn. Für heute hatte er genug.

23.01 Uhr

Die Wellen brachen sich mit Getöse am Strand, und die Luft war für diese späte Stunde erstaunlich drückend. Sie lastete heiß und feucht auf dem nackten Oberkörper von ›Little‹ Arthur John Johnson. Er holte tief Luft, atmete aus und drosch vielleicht zum hundertsten Mal mit aller Kraft auf die hölzerne Schienenschwelle ein. Sein rechte Faust traf das Holz, und die Schwelle vibrierte im Sand. Er ließ einen linken Haken folgen und legte seine ganzen 180 Zentimeter und 100 Kilo in eine rechte Gerade. Die Schwelle bog sich nach hinten, rutschte aus ihrer Verankerung und knallte auf den Strand.

Arthur trat einen Schritt zurück. Er hob seine breiten, schwarzen Hände und untersuchte sie im Licht des Mondes. Sie waren schartig, aber im großen und ganzen unverletzt. Er lief die wenigen Schritte zum Wasser und ging in die Hocke. Langsam streckte er die Arme und ließ die Wellen über seine Hände spülen. Das Salz brannte nicht einmal mehr. Seine Hände waren wie Leder. Er rieb sie aneinander und achtete darauf, daß sie überall naß wurden. Dann schöpfte er Wasser in seine hohle Hand, wusch sich damit das Gesicht und seinen rasierten Kugelkopf.

Neben den Schlagübungen beschäftigte er sich nun seit Monaten damit, seine Hände und sein Gesicht mit Training und Salz zu stählen. Gerüchten zufolge hatte dieser Kerl, gegen den er kämpfen mußte, dieser McBride, Fäuste wie Rasierklingen, Fäuste, die direkt durch die Handschuhe fuhren und das Fleisch aufschnitten.

›Little‹ Arthur atmete erneut tief ein, und dieses Mal roch die Luft nicht nur nach Salzwasser und totem Fisch, sondern nach den Abwässern, die mit schöner Regelmäßigkeit in den Meerbusen geleitet wurden.

Dann griff er nach der Schaufel und grub ein Loch in den Sand. Er rammte die Schwelle hinein, klopfte den Sand fest und machte sich wieder an die Arbeit. Die Schwelle löste sich nach zwei kurzen Schlägen. Er wusch erneut seine Hände und sein Gesicht, hob dann die Schwelle auf eine breite Schulter und rannte den Strand entlang. Nachdem er eine längere Strecke zurückgelegt hatte, hob er die Schwelle auf die andere Schulter und rannte zurück. Er war nicht einmal außer Atem.

Schließlich hob er die Schaufel auf und trabte mit der Schwelle auf der Schulter zur Hütte seiner Familie in jenem Viertel, das auch unter dem Namen Nigger Town bekannt war.

Vor der Hütte ließ ›Little‹ Arthur die Schwelle fallen und stellte die Schaufel auf die baufällige Veranda. Er wollte eben hineingehen, als er einen Mann bemerkte, der gerade ihren lächerlichen Vorgarten betrat. Der Mann war weiß. Er trug Abendkleidung und Zylinder.

Als er die Veranda fast erreicht hatte, blieb er stehen und nahm den Hut ab. Es war Forrest Thomas, den ›Little‹ Arthur vor drei

Wochen grün und blau geschlagen hatte. Es hatte nur bis zur Hälfte der dritten Runde gedauert.

Selbst im wolkengedämpften Mondlicht konnte ›Little‹ Arthur erkennen, daß Forrest mitgenommen aussah. Für einen Augenblick, einen winzigen Augenblick, tat es ihm fast leid, daß er ihn so zugerichtet hatte. Dann kam ihm der Gedanke, daß der Mann eine Waffe bei sich tragen könnte.

»Arthur«, sagte Forrest, »ich würd' gern einen Moment mit dir reden, wenn's dir nichts ausmacht.«

In jener Nacht, als ›Little‹ Arthur mit ihm in den Ring gestiegen war, hatte er sich anders angehört. Damals war Forrest Thomas arrogant aufgetreten, wie der allerletzte Kotzbrocken, das Wort Nigger auf den Lippen, als wäre es dort festgewachsen. Sein Boß hatte ihn gezwungen, mit einem Schwarzen zu kämpfen, und das machte ihn wütend. Glaubte man seinen Worten, wollte er mindestens gegen John L. Sullivan antreten; jenen Sullivan, der sich weigerte, gegen einen Neger zu kämpfen – er war der Meinung, das wäre unter der Würde eines Schwergewichtsweltmeisters.

»Yeah«, antwortete Arthur. »Was willst du?«

»Ich hab' nichts gegen dich«, sagte Forrest.

»Und wenn schon.«

»Du hast mich völlig fair besiegt.«

»Ich weiß, und ich könnt's wieder.«

»Früher hätt' ich das nie zugegeben, aber jetzt weiß ich, daß du recht hast.«

»Und deshalb bist du hergekommen? Hast dich rausgeputzt, um mit einem Nigger zu reden, der dich geschlagen hat?«

»Das ist nicht der einzige Grund.«

»Dann red schon. Ich bin müde.«

»McBride ist angekommen.«

»Das soll mir weiterhelfen? Ich hab' mir fast gedacht, daß er irgendwann aufkreuzt. Wie hätt' ich auch sonst gegen ihn kämpfen sollen?«

»Du hast keine Ahnung, was dich erwartet. Kein bißchen. Bei seinem letzten Kampf in Chicago hat McBride einen Mann umgebracht. Das ist auch der Grund, warum Beems ihn ausgesucht hat: Er soll dich umbringen. Du hast einen Weißen geschlagen, und deshalb wollen dich Beems und seine Bande tot sehen. Es ist ihnen egal, daß du *mich* geschlagen hast. Du hast einen *Weißen* geschlagen, nur das zählt. Beems hält das für eine Beleidigung der weißen Rasse. Dieser McBride hat es auf die Weltmeisterschaft abgesehen, so gut ist er.«

»Machst du dir etwa Sorgen um mich?«

»Ich wollt' dir nur sagen, daß Beems und die anderen Mitglieder des Clubs das nicht auf sich sitzen lassen wollen. Außerdem haben sie 'ne Menge Geld bei den Wetten verloren. Sie wollen das unbedingt wieder gutmachen. Ich mag dich nicht besonders, aber ich glaube, das bin ich dir schuldig. Ich warne dich, dieser McBride ist ein Mörder.«

›Little‹ Arthur lauschte einen Augenblick dem Geräusch der Grillen, die an ihren Beinen sägten, und antwortete dann: »Wenn mir das angst machen würde, daß dieser Kerl ein Mörder ist, das würde deinem Boß in den Kram passen, was? Dann könnte Beems sagen, der miese Nigger ist nicht aufgetaucht. Er hat Angst gehabt vor dem weißen Mann.«

»Wenn du gegen diesen McBride antrittst, steh'n die Chancen gut, daß er dich umbringt oder zum Krüppel schlägt. Boxen ist gegen das Gesetz, also wird auch niemand eingreifen. Kein Stück. Die Zuschauer war'n einfach nie da. Sie hätten ja nicht hingeh'n dürfen. Wenn du dabei draufgehst oder schwer verletzt wirst, dann landest du mit einem Brocken Granit um den Schwanz in der Bucht, und das war's dann.«

»Soll ich vielleicht wegrennen?«

»Wenn du verschwindest, rettet Beems seinen Ruf, und du wirst nicht zusammengeschlagen oder umgebracht. Überleg's dir.«

»Damit hilfst du mir auch nicht weiter. Du gehst doch nur für Beems auf'n Strich. Du willst mich mit deiner Schnauze fertigmachen – wart's ab, mich schlägt niemand so leicht. Ob weiß, farbig oder gestreift: Das ist mir egal. Wenn McBride in den Ring steigt, polier' ich ihm die Fresse. Geh nur zu Beems zurück. Sag ihm, daß ich keine Angst hab' und nicht weglaufen werd'. Er kann sich so was in Zukunft sparen.«

Forrest setzte seinen Hut auf. »Wie du willst, Nigger.« Er wandte sich um und ging davon.

Bevor ›Little‹ Arthur das Haus betreten konnte, ging die Tür auf, und Henry, sein Vater, kam heraus. Er zog sein linkes Bein nach und stützte sich auf einen Stock. Er trug ein zerlumptes Unterhemd und Arbeitshosen. Er schwitzte. Und sah müde aus. Grau. Das Grau vom Mondlicht noch hervorgehoben.

»Du solltest nicht so mit einem Weißen sprechen«, sagte Henry. »Sonst kommen die Ku Kluxer.«

»Ich hab' keine Angst vor den Ku Kluxern.«

»Yeah, aber ich, und ich bin gespannt, was du sagst, wenn du an einem Seil baumelst und sie dir die Eier abschneiden. Du hast keine Ahnung vom Leben. Du bist grad mal zweiundzwanzig. Setz dich, mein Junge.«

»Papa, ich bin nicht wie du. Ich hab' kein schlimmes Bein. Ich fürchte mich vor niemandem.«

»Ich hab' auch nicht immer ein schlimmes Bein gehabt. Setz dich.«

›Little‹ Arthur setzte sich neben seinen Vater. Henry fuhr fort: »Ein farbiger Mann muß das Spiel mitmachen; er muß es gewinnen. Hörst du mir überhaupt zu?«

»Ich hab' nicht oft geseh'n, wie du gewonnen hast.«

Henry verpaßte ›Little‹ Arthur blitzschnell eine Ohrfeige. ›Little‹ Arthur wurde einmal mehr bewußt, von wem er seine flinken Hände geerbt hatte. »Halt bloß die Klappe«, fuhr Henry fort. »So redest du mir nicht mit deinem Vater.«

›Little‹ Arthur faßte sich an die Wange. Sie tat nicht weh, aber er war immer noch ziemlich überrascht. »Für einen farbigen Mann heißt gewinnen am Le ben bleiben, so lange Gott es ihm zugesteht«, sagte Henry.

»Aber wie du die Zeit nutzt, die Gott dir gegeben hat, das geht ihn nichts an, Papa. Eines Tages bin ich Weltmeister im Schwergewicht. Du wirst schon sehen.«

»Es wird nie einen farbigen Weltmeister geben, Arthur. Mit dir kann man einfach nicht reden. Du bist ein Spinner. Der Tag wird kommen, da werd' ich dich mit langgezogenem Hals von einem Baum runterschneiden müssen. Hilf mir auf! Ich geh' ins Bett.«

›Little‹ Arthur half seinem Vater auf, und der alte Mann schleppte sich auf seinen Stock gestützt in die Hütte.

Einen Augenblick später kam Tina heraus, ›Little‹ Arthurs Mutter. Sie hatte grobe Gesichtszüge, war klein und stämmig und fast zwanzig Jahre jünger als ihr Mann.

»Du sollst nicht so mit Vater sprechen«, sagte sie.

»Er rührt keinen Finger und würde am liebsten seh'n, wenn ich genauso wär'«, antwortete ›Little‹ Arthur.

»Er hat viel durchgemacht, Arthur. Er ist als Sklave auf die Welt gekommen. Er mußte für die Weißen kämpfen wie ein Kampfhahn, und er hat im Kampf für die Südstaaten fast sein Bein verloren. Denk da bitte dran. Er hat furchtbar in der Klemme gesteckt. Als Farbiger muß er auf die Yankees schießen, denn sonst erwischen die ihn. Und wenn er sich weigert, erschießen ihn die Rebellen.«

»Was kümmern mich die Yankees? Die können Nigger genausowenig leiden.«

»Das stimmt. Aber in einem hat dein Vater recht. Du bist noch nicht lang genug auf der Welt, um da mitreden zu können. Du willst unbedingt ein Weißer sein. Denk dran, mein Junge, du bist Afrikaner. Deine Eltern sind Kinder von afrikanischen Sklaven.«

»Bist du etwa seiner Meinung?«

»Nein, bin ich nicht. Du wirst dem Kerl den Arsch versohlen, und zwar ordentlich. Weißt du noch, als die Rabauken dir hinterhergerannt sind und ich dir gesagt hab', wehr dich, oder du bekommst noch eine Tracht Prügel obendrauf?«

»Ja, Mama.«

»Und wie du gelernt hast, deinen Mann zu stehen, damit du nicht von mir verdroschen wirst?«

»Ja, Mama.«

»Siehst du! Die Weißen, die sich diesen Kerl eingekauft haben, sind wie die Rabauken. Du gehst da hin und verprügelst ihn, mit allem, was dir Gott gegeben hat. Aber denk dran, du wirst es nicht leicht haben. Du kannst den Weißen den Respekt nur mit den Fäusten einbleuen, hörst du? Im Ring kannst du den Kerl verdreschen. Hier draußen wärst du nur ein mieser Nigger, den sie aufknüpfen würden. Trotzdem sollst du mit deinem Papa nicht so reden. Er tut sein Bestes. Er hat einen festen Job, und er hält seine Familie beisammen.«

»Er arbeitet als Hausmeister!«

»Das ist mehr, als du von dir behaupten kannst.«

»Und die Familie wird von dir zusammengehalten.«

»Dazu braucht es mehr als einen, mein Sohn.«

»Ja, Mama.«

»Gute Nacht, mein Sohn.«

›Little‹ Arthur umarmte sie, küßte sie auf die Wange, und sie ging hinein. Er folgte ihr ins Haus, aber die Enge der beiden Räume, all die Körper auf ihren Matten – seine Eltern, drei Schwestern, zwei Brüder, ein Schwager – lastete auf ihm. Und die Tauben machten ihn krank. Sie waren überall. Sie hatten ein Loch im Dach entdeckt – das Loch, das er mit Teerpappe verschlossen hatte –, und jetzt hockten sie auf den Dachsparren. Morgen würde das Haus wieder voller Vogelscheiße sein. Er mußte dort hinauf und das Loch mit frischer Teerpappe abdichten. Er hatte das schon eine ganze Weile vorgehabt. Papa kam nicht dort hoch, und er verbrachte seine Zeit mit dem Training. Er war seiner Familie mehr schuldig als die paar Dollar, die er mit dem Kämpfen verdiente.

›Little‹ Arthur nahm den Stock, den sie zu eben diesem Zweck neben die Tür gestellt hatten, und verjagte damit die Tauben. Eine müßige Geste. Die Vögel flogen gerade mal aufs Dach und schlüpften dann, einer nach dem anderen, wieder hinein. Doch das plötzliche Flügelschlagen, ihre Flucht durch das Loch im Dach, besserte sein Laune.

Sein Schwager Clement auf seiner Matte stützte den Kopf auf einen Ellbogen, und seine Frau, ›Little‹ Arthurs Schwester Lucy, wälzte sich herum und legte ihm ihren Arm über die Brust, ohne dabei aufzuwachen.

»Arthur, was machst du?« flüsterte Clement. »Kannst du einen nicht schlafen lassen? Ich muß morgen zur Arbeit. Nicht jeder kann den ganzen Tag rumliegen.«

»Dann schlaf doch. Und halt dich aus meiner Schwester heraus. Lucy kann jetzt keine Kinder gebrauchen. Das Haus ist so schon voll genug.«

»Sie ist meine Frau. Es steht geschrieben, daß das unsere Aufgabe ist. Daß wir uns vermehren.«

»Dann vermehrt euch woanders. Hier ist kein Platz mehr.«

»Arthur, du spinnst.«

Arthur hob den Taubenstock. »Leg dich hin und halt den Mund.«

Clement verstummte, und Arthur stellte den Stock an seinen Platz zurück. Er nahm seine Matte und ging hinaus. Er suchte sie nach Vogelscheiße ab, fand keine, streckte sich auf der Veranda aus und versuchte zu schlafen. Er überlegte, ob er mit seiner Gitarre an den Strand gehen und ein bißchen drauf rumspielen sollte, aber er war zu müde. Zu müde, um irgend etwas zu tun; zu wach, um zu schlafen.

Seine Mutter hatte ihm oft erzählt, daß eine alte Negerin, die mit dem ›Zweiten Gesicht‹ gesegnet war, ihm, als er noch klein war, aus der Hand gelesen hatte. »Dieser Junge wird sein Brot in vielen Ländern der Erde essen«, hatte sie gesagt.

Das hatte ihm immer wieder die nötige Kraft verliehen. Doch langsam kamen ihm Zweifel. Er hatte nur einmal versucht, Galveston zu verlassen, und war dabei in einem Waggon eingeschlafen, der die ganze Nacht über am Bahnhof im Kreis fuhr, um Vorräte abzuladen. Am nächsten Morgen aß er sein Brot immer noch in Galveston, ohne auch nur das kleinste Abenteuer erlebt zu haben.

Die ganze Nacht hindurch kämpfte er gegen die Moskitos an, gegen die Hitze und gegen seinen Ehrgeiz. Am Morgen war er völlig erschöpft.

Mittwoch, 5. September, 10.20 Uhr

Telegrafische Nachricht aus Washington, D. C., Hauptstelle des Wetteramtes, an Issac Cline, Galveston, Texas, örtliches Wetteramt:

Zentrum des Tiefs Nähe Key West bewegt sich in nordwestliche Richtung. Schiffe mit Zielhafen in Florida und Kuba sollten Vorsicht walten lassen. Sturm könnte sich ausweiten.

10.23 Uhr

McBride wachte auf, vögelte die Rothaarige, setzte sich an den Rand des Bettes, ließ seine Knöchel krachen und sagte: »Ich esse jetzt was, Rotschopf, und trainiere dann. Du hältst hier deinen Arsch in Bereitschaft, bis ich wiederkomme. Setz es dem Sporting Club auf die Rechnung. Und wasch dich, um Himmels willen.«

»Jawohl Sir, Mr. McBride«, antwortete sie.

McBride stand auf, goß Wasser in das Becken, wusch seinen Schwanz, seine Achseln und sein Gesicht. Dann setzte er sich vor die Kommode, betrachtete sich im Spiegel und verbrachte zwanzig Minuten damit, das Heilmittel des Chinesen in seine Kopfhaut zu massieren und sich die Haare zu kämmen. Als er schließlich mit sich zufrieden war, setzte er seinen Hut auf.

Er schlüpfte in eine weite Hose, ein kurzärmliges Hemd und weiche Schuhe, bandagierte seine Knöchel mit Mull, steckte ein kleines Notizbuch und einen Bleistift in eine Hosentasche und zog sich weiche Lederhandschuhe über. Als die Rothaarige einmal nicht hersah, wickelte er seinen Revolver und das Rasiermesser in einen Waschlappen und stopfte sie in seine Hose.

Im Erdgeschoß sah er sich um, und als er niemanden entdeckte, holte er den Lappen mit Revolver und Rasiermesser hervor und versteckte beides unter dem wuchernden Grünzeug. Dann verließ er das Haus.

Er bummelte die Straße entlang, setzte sich in ein Café und bestellte ein Steak mit Eiern und viel Kaffee. Während des Essens behielt er die Handschuhe an und den Hut auf dem Kopf. Er bezahlte, bat jedoch um eine Quittung.

Satt und zufrieden begann er sein Training.

Den Anfang machte er an den Docks, wo ein paar Männer schwer schufteten. Sie luden Säcke mit Baumwollsamen auf ein Schiff. Die Hände hinter dem Rücken verschränkt, blieb er stehen und sah zu. Das Meer verströmte einen starken Geruch. Das Wasser leckte hungrig an den Pollern, und die Luft hatte das Gewicht eines Baumwollsacks.

Nach einiger Zeit spazierte er zu einem großen, glatzköpfigen Arbeiter hinüber, dessen Arme und Beine den Umfang einer Säule hatten. Der Mann trug einen verblichenen Overall ohne Hemd darunter; seine Brust war so haarig wie der Arsch eines Bären. An seinen schweren Stiefeln waren die Seiten aufgesprungen, so daß man seine nackten Füße sehen konnte. McBride konnte es nicht leiden, wenn ein Kerl nicht auf sein Äußeres achtete, selbst bei der Arbeit. Mit dem Stolz war es wie mit einem Hund, dachte er. Wenn du dich nicht um ihn kümmerst, geht er ein.

»Wie heißt du?« fragte McBride.

Einen Sack Baumwollsamen unter jedem Arm blieb der Mann stehen und schaute irritiert auf. »Ketchum«, antwortete er. »Warner Ketchum.«

»Yeah«, sagte McBride. »Dacht ich's mir. Du bist das also.«

Der Mann blickte ihn wütend an. »Was also?«

Die anderen Männer hörten zu arbeiten auf und sahen herüber.

»Ich wollte dir einfach einen Besuch abstatten«, fuhr McBride fort. »Yeah, die Beschreibung paßt auf dich. Ich hätte nie gedacht, daß ein Weißer sich für so etwas hergeben würde. Eigentlich kaum vorzustellen, daß irgend jemand sich für so was hergibt.«

»Kerl, was schwafelst du da?«

»Tja, ich hab' gehört, daß der Dockarbeiter Warner Ketchum manchmal gern an kleinen Niggerschwänzen lutscht.«

Ketchum ließ die Säcke mit Baumwollsamen fallen. »Wer zum Teufel bist du? Wo hast du das her?«

McBride legte seine behandschuhten Hände auf den Rücken und ließ sie dort. »Ich hab' mir sagen lassen, daß du in einer guten Nacht mehr Spaß an einem Niggerschwanz hast als eine Katze an einem Wollknäuel.«

Der Mann kochte. »Da verwechselst du mich mit jemand anderem, du räudiger Yankee-Bastard.«

»Nee, ich hab' dich nicht verwechselt. Du heißt Warner Ketchum. Du siehst genauso aus, wie dich der Nigger beschrieben hat, dem du den Schwanz geschniegelt hast.«

Warner machte einen Schritt nach vorne und schwang die rechte Hand, als würde er eine Sichel halten. McBride wich aus, ohne seine Hände hinter dem Rücken hervorzuholen. Er drehte sich in den Hüften und feuerte einen rechten Aufwärtshaken auf Warners Oberkörper ab.

Die Luft wich explosionsartig aus Warners Lunge, und er taumelte rückwärts. McBride griff sofort wieder an, ein linker Haken auf die Rippen, eine rechte Gerade in die Magengrube. Warner klappte vornüber und ging in die Knie.

McBride verbeugte sich und küßte ihn aufs Ohr. »Sag schon. Schmecken Niggerschwänze wirklich nach Lakritz?«

Warner fuhr wutentbrannt in die Höhe. Er versuchte erst einen rechten und dann einen linken Haken. McBride tauchte unter seinen Schlägen weg. Warner trat nach ihm. McBride sprang zur Seite, ließ den Tritt vorbeirauschen, drosch mit der Linken auf Warners Kinn und ließ eine Rechte folgen, die mit der Wucht einer Bombe einschlug.

Warner brach zusammen. McBride packte ihn an den Haaren und rammte ihm das Knie ins Gesicht. Warners Nase verteilte sich über die Docks. Er fiel nach vorne, fing sich mit den Händen ab und wäre fast wieder auf die Beine gekommen. Dann ging er ganz langsam zu Boden, blieb liegen und rührte sich nicht mehr.

McBride betrachtete die Männer, die um ihn herumstanden. »Er hat gar keine Niggerschwänze gelutscht. Das hab' ich erfunden«, sagte er. Er zog Notizbuch und Bleistift hervor und schrieb: Schulden des Clubs. Ein Sparringpartner, FÜNF DOLLAR.

Er steckte Notizbuch und Bleistift wieder weg, entnahm seiner Geldbörse fünf Dollar und stopfte sie in Warners Hemdtasche. Dann wandte er sich wieder den anderen Männern zu, die ihn anstarrten, als wäre er eines der sieben Weltwunder.

»Wenn ihr's wissen wollt, seid ihr alle ein Haufen armseliger Arschlöcher, und ich bin mir sicher, daß ich es mit jedem einzelnen von euch aufnehmen könnte. Irgend jemand Lust?«

»Kaum«, antwortete ein stämmiger Mann, der ihm am nächsten stand. »Du bist ein Kämpfer.« Er packte den Sack mir Baumwollsamen, den er hingestellt hatte, und schleppte ihn zum Schiff. Die anderen Männer folgten seinem Beispiel.

»In Ordnung«, stellte McBride fest und ging davon.

Vielleicht, überlegte er, würde sich weiter unten an den Docks noch der eine oder andere Sparringpartner auftreiben lassen.

17.23 Uhr

Als der Tag sich seinem Ende näherte, kurz vor Einbruch der Dunkelheit, kontrollierte McBride die Ausgabenliste auf seinem Notizblock und stellte fest, daß der Sporting Club ihm fünfundvierzig Dollar für Sparringpartner schuldete, ein neues Paar Handschuhe, sowie ein Frühstück und das bevorstehende Abendessen. Er fügte einen Betrag für Schuhwichse hinzu. Einer dieser scheißdummen Hurensöhne war ihm auf die Schuhe getreten.

Er besorgte sich die Schuhwichse und aß ein Steak. Als er das Bordell betrat, ließ er seine Muskeln spielen. Er fühlte sich immer noch locker genug, um es mit zwei, drei weiteren dieser Bauerntrampel aufzunehmen.

Er ging hinein, holte seine Sachen aus der Topfpflanze und stieg die Stufen hinauf.

Donnerstag, 6. September, 18.00 Uhr

Telegrafische Nachricht aus Washington, D. C., Hauptstelle des Wetteramtes, an Issac Cline, Galveston, Texas, örtliches Wetteramt:

Zentrum des Sturmtiefs jetzt nordwestlich von Key West

19.30 Uhr

An jenem Abend lief ›Little‹ Arthur zum Sporting Club hinunter und blieb, die Hände in den Hosentaschen, davor stehen. Es wehte ein frischer Wind, und die Luft roch außergewöhnlich streng.

Am Samstag würde er gegen einen Anwärter auf den Schwergewichtstitel antreten, und obwohl es kein offizieller Kampf sein würde und McBride sich nur des Geldes wegen darauf eingelassen hatte, freute sich ›Little‹ Arthur, gegen einen Mann zu kämpfen, der eines Tages um den Weltmeisterschaftstitel kämpfen mochte. Sollte er es schaffen, ihn zu besiegen, würde das zwar McBrides Ruf nicht schaden, aber ›Little‹ Arthur würde sich daran erinnern; dann hätte er einen Anwärter auf den Weltmeisterschaftstitel im Schwergewicht besiegt.

Er hatte es weit gebracht, seit jenen Prügeleien, an denen er sich früher beteiligt hatte. Von Zeit zu Zeit blickte er fast wohlwollend auf diese entwürdigenden Veranstaltungen zurück.

Er konnte sich noch an seinen ersten Schaukampf erinnern. Sein Freund Ernest hatte ihn dazu überredet. Einmal im Monat, manchmal öfters, machten sich die weißen »Sportler« einen Spaß daraus, ein paar farbige Jungs und Männer für eine Schlägerei im Sporting Club einzuspannen. Sie schickten neun oder zehn von ihnen in den Ring, manchmal nackt und mit Kaffermasken. Einmal hatte er sich auch daran beteiligt.

Während die Farbigen kämpften, warfen die Weißen mit Geldstücken und riefen ihnen zu, sie sollten sich gegenseitig umbringen. Manchmal banden sie zwei Farbige an den Fußknöcheln zusammen und ließen sie aufeinander los. Das Blut floß so verschwenderisch wie Marmelade auf Pfannkuchen. Knochen brachen. Muskeln rissen. Die Weißen hatten einen Heidenspaß daran, den Affen zuzuschauen, wie sie sich gegenseitig den Schädel einschlugen.

›Little‹ Arthur merkte bald, daß er ein recht brauchbarer Kämpfer war, und er schlug sogar Ernest bewußtlos, was ihrer Freundschaft ein abruptes Ende setzte. Er konnte nichts dafür. Wenn er erst mal im Ring stand, kochte das Blut in ihm, und er ging auf jeden los, der sich in seiner Nähe befand.

Er fing an, regelmäßig zu boxen, und mit der Zeit bekam er Übung. Keine Schaukämpfe mehr. Mit der Zeit sprach sich sein Name unter den farbigen Boxern herum, und schließlich auch bei den Weißen.

Dem Sporting Club waren wieder einmal die Herausforderer für ihren Champion, Forrest Thomas, ausgegangen, also bot man ›Little‹ Arthur fünfundzwanzig Dollar, gegen ihn anzutreten. Der Kampf eines Farbigen gegen einen Weißen war mal etwas Neues, und die weiße Rasse würde ihre Überlegenheit in einem Wettbewerb von Geschick und Timing einmal mehr unter Beweis stellen.

Direkt vor dem Kampf sprach ›Little‹ Arthur sein Gebet. Dann bedachte er, daß er vor einer Horde wütender, übellauniger weißer Männer und erstmals auch Frauen – Sportlerinnen, aber trotzdem Frauen – in den Ring steigen würde, die sehen wollten, wie ein Schwarzer zu Brei geschlagen wurde; er nahm etwas Mullbinde und bandagierte seinen Schwanz, bis er so dick wie ein Totschläger war. Jetzt hatten die Weißen wenigstens etwas zum Glotzen. Davor fürchteten sie sich am meisten: ein rabenschwarzer Nigger mit einem riesigen Schwanz.

Er verprügelte Forrest Thomas wie ein hühnerbrüstiges Schulbübchen. Er verprügelte ihn so heftig, daß sie den Kampf abbrachen, damit niemand zusehen mußte, wie ein Farbiger einen Weißen k.o. schlug.

Der Sporting Club sah sich gezwungen, seinen Titel ›Little‹ Arthur John Johnson zu überlassen. Die Tatsache, daß nun ein Farbiger ihre geliebte Boxkrone trug, steckte wie ein Hühnerknochen in ihren Hälsen. Vor allem in Beems' Hals. Beems war derzeit Präsident des Sporting Clubs, der Kampf war Beems' Idee gewesen, und Forrest Thomas war Beems' Mann.

Auftritt McBride. Hinter den Kulissen überredete Beems einige der wohlhabenderen Mitglieder des Sporting Club, einen Kampf zu finanzieren. Ein wahrer Anwärter auf die Krone des Schwergewichtsmeisters würde ›Little‹ Arthur besiegen und den örtlichen Titel für die Weißen zurückgewinnen, auch wenn das bedeutete, daß der Mann vor seiner Rückkehr nach Chicago auf seinen Anspruch verzichten und den Thron unbesetzt lassen würde. ›Little‹ Arthur war sich sicher, daß er danach nie wieder die Gelegenheit erhalten würde, um den Meisterschaftstitel des Sporting Club zu kämpfen. Sie wollten ihn loswerden, mit allen Mitteln.

›Little‹ Arthur hatte McBride nie kämpfen sehen. Er wußte nicht, wie er vorging. Dem Vernehmen nach war er ein knallharter Kerl mit Nüssen aus Granit. ›Little‹ Arthur ging davon aus, daß er selbst aus dem gleichen Material geschmiedet war. Er hatte nicht vor, den Titel zu verlieren. Am Samstag würde er herausbekommen, ob er das Zeug dazu hatte.

21.00 Uhr

Die Rothaarige hatte es inzwischen auf eine geschwollene Lippe, zwei blaue Augen und einen Bluterguß auf ihrem Bauch gebracht. Vorsichtig drehte sie sich auf die Seite und legte einen Arm über McBrides haarige Brust. »Haben Sie genug?«

»Ich werd's dir schon sagen, wenn ich genug hab'.«

»Ich dachte nur, ich könnte mal nach unten geh'n und mir was zu essen holen. Dauert nur ein paar Minuten.«

»Du hast genügend Zeit zum Essen gehabt, als ich weg war.

Wenn du dir nichts geholt hast, bist du selbst schuld. Schließlich kostest du mich Geld. Oder zumindest den Sporting Club.«

»Ein Motor braucht Kohle, wenn er laufen soll.«

»Yeah?«

»Yeah.« Die Rothaarige langte nach oben und strich mit ihren Fingern durch McBrides Haar.

McBride langte über seine Brust hinweg und verpaßte ihr eine Ohrfeige. »Faß meine Haare nicht an. Geh mir nicht auf die Nerven. Und halt die Klappe. Mir ist egal, ob du vögeln willst, oder nicht. Wenn ich vögeln will, vögeln wir. Klar?«

»Jawohl, Sir.«

»Hör zu, ich geh jetzt auf's Scheißhaus. Bis ich wieder da bin, wäschst du dir dein verdammtes Dreckloch. Glaubst du, mir macht das Spaß, meinen Rüssel da reinzustecken, wenn's da nicht sauber ist? Du mußt dich öfters waschen.«

»Es ist heiß. Ich schwitze. Und Sie bringen sowieso wieder alles durcheinander.«

»Das ist mir egal. Du wäschst dich. Wenn ich mit einem so dreckigen Dödel rumlaufen würde, wär' er mir längst abgefallen. Mädchen, wenn ich mir bei dir was hole, komm' ich wieder und tret' dir so lange in den Hintern, bis du dein Arschloch nicht mehr von deiner Möse unterscheiden kannst.«

»Ich hab' nichts, Mr. McBride.«

»Gut.«

»Warum sind Sie nur so böse zu mir?« fragte die Rothaarige plötzlich und konnte dann selbst nicht glauben, was ihr da rausgerutscht war. Nicht nur würde eine derartige Bemerkung McBride wütend machen, sie war schlicht dumm. Ebenso könnte man ein Huhn fragen, warum es im Dreck herumpickte. Es tat es einfach. McBride war eben bösartig, und damit hatte sich das.

Die Rothaarige zuckte zusammen, doch McBride wurde plötzlich nachdenklich. »Das hat nichts mit böse zu tun. Ich kann eben machen, was ich will, und andere nicht. Hast du das verstanden, Schwester?«

»Sicher. Ich hab' mir nichts dabei gedacht.«

»Wenn es jemand mit *mir* machen kann, in Ordnung, dann liegen die Dinge halt so. Kein Mann, keine Frau, kein Tier auf der Erde ist auch nur die Luft wert, die sie atmen. Ist dir das klar?«

»Sicher. Sie haben recht.«

»Darauf kannst du wetten. Auf dieser Welt ist nur ein Baby noch unschuldig. Ob Mensch oder Tier, ein Baby kommt hungrig und unschuldig auf die Welt. Dann wächst es auf und wird wie alle anderen. Ein Baby ist in Ordnung, bis es ungefähr zwei ist. Dann sollte man es ersäufen, um auf der Welt Platz zu sparen. Meine Schwester war in Ordnung, bis sie ungefähr zwei war, doch dann wollte sie immer nur noch irgendwas haben, und meine Mutter hat es ihr auch noch gegeben. Später wollte auch Mama nichts mehr mit ihr zu tun haben, so wie ich. Seit sie zwei ist, macht sie nur Ärger. Wie ich auch. Wie alle.«

»Sicher«, sagte die Rothaarige.

»Ach, halt die Klappe, du würdest doch dein eigenes Arschloch nicht im Dunkeln finden, nicht mal mit 'ner Taschenlampe.«

McBride stand auf und ging auf's Klo. Er nahm seinen Revolver, seine Geldbörse und sein Rasiermesser mit. Er traute keiner Nutte über den Weg – und auch keiner anderen Frau.

Während er die neue Wasserspülung der Toilette ausprobierte, schlich sich die Rothaarige nur mit einem Laken begleitet davon. Sie schlüpfte zur Tür hinaus, die Treppe hinunter und auf die Straße. Dort winkte sie den erstbesten Einspänner an den Straßenrand und überredete den Mann, sie mitzunehmen. Nachdem sie den Preis – in Naturalien – ausgehandelt hatten, verschwand sie mit unbestimmtem Ziel und ward nicht mehr gesehen.

21.49 Uhr

McBride war äußerst wütend auf die Rothaarige und ließ sich nun von Madam selbst bedienen. Als sie andeutete, daß so viel Sex vor einem Kampf nicht gut sei, schlug er ihr beide Augen blau.

Als sie später im Bett lag, McBrides muskulösen Arm über ihren fülligen Brüsten, seufzte sie leise und betrachtete den Widerschein der Straßenlaterne an der Decke des Zimmers.

Nun ja, dachte sie, *zumindest kann ich davon leben.*

Freitag, 7. September, 10.35 Uhr

Telegrafische Nachricht aus Washington, D. C., Hauptstelle des Wetteramtes, an Issac Cline, Galveston, Texas, örtliches Wetteramt:

Sturmwarnung. Galveston, Texas: Vorsichtsmaßnahmen treffen.

Issac Cline, der Chef des Wetteramtes von Galveston, saß an seinem Tisch im dritten Stock des Levy Building und las das Telegramm. Dann ging er nach unten vor die Tür, um sich von der Sache selbst ein Bild zu machen.

Das Wetter wirkte tatsächlich unerwartet bedrohlich, aber es sah nicht nach einem richtigen Wirbelsturm aus. Er war seit acht Jahren beim Wetteramt, und er war der Meinung, daß er inzwischen gelernt hatte, die Vorzeichen eines Orkans zu deuten. Heute sah es nicht danach aus. Der Himmel hatte nicht die richtige Färbung.

Er ging auf einen Sprung an den Strand hinunter. Der Wind war stärker geworden und es herrschte hoher Seegang. Die Wolken glichen Daunenfedern, die aus einem Kissen gerupft worden waren. Er ging ein Stück den Strand entlang, stieß auf eine in Seetang eingewickelte Schildkröte und stupste sie mit einem Stock an. Sie war mausetot.

Issac machte sich auf den Rückweg. Als er beim Levy Building angekommen war, blies der Wind deutlich heftiger. Er stieg die Treppe hinauf auf das Dach. Das Barometer fiel äußerst schnell, und der Wind wurde bedrohlich. Er stellte fest, daß er doch noch einiges über Stürme lernen konnte. Er schätzte die Windgeschwindigkeit auf zwanzig Meilen pro Stunde, Tendenz steigend. Er kämpfte dagegen an, schaffte es bis zum Wettermast und hißte zwei Fahnen. Obenauf flatterte ein weißer Wimpel, der hektisch hin und her peitschte. Jeder, der ihn sah, wußte nun, daß der Wind aus nordwestlicher Richtung kam. Darunter befand sich eine rote Fahne mit einem schwarzen Kreis in der Mitte; diese Fahne bedeutete, daß der Wind mit einer teuflischen Geschwindigkeit blies und daß in wenigen Stunden ein ernst zu nehmender Wirbelsturm erwartet wurde.

Die Luft roch nach Feuchtigkeit und Fisch. Cline dachte einen Augenblick, er hätte die tote Schildkröte doch angefaßt und ihren Gestank angenommen. Doch es war der Wind.

Ungefähr zur gleichen Zeit legte das Dampfschiff *Pensacola* unter dem Kommando von Kapitän James Slater von Pier 34 ab und verließ den Hafen von Galveston mit Ziel Pensacola, Florida.

Slater hatte die Sturmwarnungen des vorigen Tages gelesen, und obwohl der Wind zunahm und die Luft dampfte, suchte er den Himmel vergeblich nach eindeutigen Veränderungen ab. Die staubige, ziegelrote Farbe, das sichere Zeichen für einen Wirbelsturm, war nirgends zu sehen. Seiner Meinung nach beruhte das ganze Wetteramtsgedönse zum Großteil doch nur auf Schätzungen und einer ordentlichen Portion Glück. Seine eigenen Voraussagen waren mindestens so genau.

Er gab den Befehl zum Auslaufen.

13.06 Uhr

Die Tauben flatterten durch die Öffnung in Johnsons Dach herein. Teerpappe wurde hochgerissen, riß und flog davon. Es sah aus, als hätte die Seele des Gebäudes ein kleines schwarzes Stück verloren.

»Das sind wieder die Vögel«, sagte seine Mutter.

›Little‹ Arthur drückte sich aus einer Liegestütze hoch und sah an die Decke. Die Tauben drängten sich auf den Dachsparren. Vogelscheiße überall. Durch das Dach konnte man einen großen Ausschnitt des Himmels sehen. Er war tiefschwarz. Ein bedrohliches Schwarz.

»Mist«, fluchte ›Little‹ Arthur.

»Schon in Ordnung«, sagte sie. »Laß sie in Ruhe. Sie haben Angst. Ich auch.«

›Little‹ Arthur stand auf. »Du brauchst keine Angst haben. Das wäre nicht der erste Sturm, den wir überstehen. Das Haus steht auf einem Hügel. So hoch steigt das Wasser nie.«

»Wenn es stürmt, hab' ich mich noch nie wohl gefühlt. Ich bin froh, wenn Papa und die Kleinen heimkommen.«

»Papa hat noch eine Plane, die ich über das Loch spannen könnte. Damit es nicht reinregnet.«

»Wenn du meinst, kannst du's probieren.«

»Hätt' ich schon längst machen sollen«, sagte ›Little‹ Arthur.

Er ging hinaus, kroch unter die Veranda und zog die Plane hervor. Sie war ziemlich angefressen, mochte jedoch ihren Zweck erfüllen, zumindest vorübergehend. Er schleifte sie in den Hof, kroch wieder zurück und holte die quietschende Leiter und den rostigen Hammer. Auf dem Weg ins Haus hörte er plötzlich ein seltsames Tosen. Er blieb stehen und lauschte.

Es war die Brandung. Er hatte sie schon oft gehört, doch noch nie so laut, aus dieser Entfernung. Er holte die Nägel, stellte die Leiter an die Hauswand und schleppte die Plane auf das Dach. Sie wurde ihm fast aus der Hand gerissen, als er sie ausbreitete, und fast hätte es ihn selbst vom Dach geblasen. Nur mit größter Mühe gelang es ihm, sie über dem Loch festzunageln. Jetzt waren alle Tauben, die nicht geflüchtet waren, unter dem Dach eingesperrt.

14.30 Uhr

Im Bordell war Madam über die blauen Augen hinaus noch mit einer geschwollenen Lippe beglückt worden. Sie lag im Bett und sah McBride zu, wie er auf einem Stuhl vor dem Kommodenspiegel saß, sorgsam seine Haare ölte und sie über seine Platte kämmte. Die Fenster waren geschlossen, und der Wind schüttelte sie wie Würfel in der Hand eines Spielers. Die Luft im Puff war zum Schneiden dick.

»Was riecht denn da so?« fragte sie.

Sie meinte das Haarwasser des Chinesen. Er sagte: »Hältst du die Fresse, oder soll ich dir noch mal eins auf die Titten geben?«

»Schon gut«, sagte sie.

Die Fenster klirrten erneut. Regentropfen schlugen gegen die Scheibe.

McBride ging ans Fenster. Sein Schwanz kam auf der Fensterbank zu liegen und berührte fast das Glas, wie eine große, faltige Larve, die einen Fluchtweg suchte.

»Sieht nach Sturm aus«, sagte er.

Was du nicht sagst, dachte Madam.

McBride öffnete das Fenster. Der Wind blies einen Kamm und eine Haarbürste von der Kommode. Ein Mann lief die sandige Straße hinunter, die eine Hand fest auf seinem Hut. Er blickte zu McBride hinauf. McBride nahm seinen Schwanz in die Hand und wedelte ihm damit zu. Der Mann wandte den Kopf ab und lief schneller.

McBride sagte: »Mach deine fetten Beine breit, Honigarsch, ich komm in den Hafen gesegelt und werfe meinen Anker.«

Seufzend drehte sich Madam auf den Rücken, und McBride machte sich über sie her. »Und laß dieses Mal meine Haare in Frieden«, sagte er.

16.30 Uhr

Das Arbeitszimmer roch nach Zigarrenqualm und Schweiß und ein bißchen nach Babyöl. Die Standuhr schlug vier Uhr dreißig. Feuchte, schwüle Luft kam zum Fenster hereingeweht und fing sich in den dunklen Vorhängen. Das Sonnenlicht blitzte von Zeit zu Zeit hinter grünlichen Wolken hervor und ließ die gläsernen Augen und gelblichen Zähne von Dutzenden ausgestopfter Tierköpfe an den Wänden aufleuchten. Bären. Eber. Rotwild. Sogar ein Wolf.

Beems, die primäre Quelle des süßlichen Geruchs, dachte: Noch mindestens eine Stunde, bis meine Frau nach Hause kommt. Gut.

Forrest nahm ihn derart hart ran, daß Beems' Stirn gegen die Wand knallte. Der Kopf des Keilers über ihm wackelte, und es sah fast so aus, als ob er die Schnauze heben und die Ohren spitzen würde. Ein seltsamer Anblick.

»Ich mach' das nicht, weil ich einer von denen bin«, sagte Beems. »Aber du weißt, o ja, Schatz … meine Frau gönnt mir rein gar nichts. Ich meine, man muß doch was vom Leben haben. Ein Mann hat doch ein Recht auf … o ja … fester … ein Mann hat doch ein Recht auf seine kleinen Freuden, stimmt's? Selbst wenn er ein ganz normaler Kerl ist?«

Forrest hatte seine Hände auf Beems' nackte Schultern gelegt und drückte ihn nach unten, bis seine Nase sich in das Sofakissen bohrte. Forrest bewegte seine Hüften und stieß mit zusammengebissenen Zähnen tief in Beems' Arsch hinein. Er sagte: »Ja. Klar.«

»Meinst du das ehrlich? Deswegen bin ich doch noch lange nicht schwul, oder?«

»Nein«, keuchte Forrest. »Im Leben nicht. Hat rein gar nichts zu bedeuten. Kein bißchen. Alles in Ordnung. Du bist ein ganzer Kerl. Sei jetzt still, ich muß mich konzentrieren.«

Forrest mußte sich wirklich konzentrieren. Er haßte diese Angelegenheit, aber es gehörte zum Geschäft. Was Beems allerdings nicht wußte: er schob seine Nümmerchen auch mit Beems' Frau.

Und wenn das so bleiben sollte, mußte er mit dem Boß im reinen sein. Mrs. Beems hatte natürlich keine Ahnung, daß er es ihrem Gatten besorgte oder daß ihr Gatte ungefähr so viel Interesse an Frauen aufbrachte wie ein Schwein an einem silbernen Teeservice.

Was für ein Witz. Er vögelte Beems' Alte, machte für Beems – und ein ordentliches Entgelt – die Drecksarbeit und fickte Beems in den Arsch. Wobei er ihm die ganze Zeit erzählen mußte, er sei nicht, was er eindeutig war: eine Tunte. Und erfreulicherweise würde nicht er morgen abend mit dem Nigger kämpfen müssen. Das war ein großes Plus. Dieser Hurensohn hatte einen Schlag wie der Tritt eines Maultiers. Hoffentlich zahlte McBride es ihm heim. Wenn der Nigger dabei draufging, würde er vor allen Leuten auf sein Grab scheißen. Direkt unters Kreuz.

Nun ja, überlegte Forrest, während er sein Becken nach vorne rammte und Beems einen Schrei ausstieß. So sehr mißfiel ihm diese Angelegenheit gar nicht. Nicht ausschließlich. Er mußte sich von Beems allen möglichen Scheiß gefallen lassen. Es tat irgendwie gut, wenn der Mistkerl ihm vor dem Sofa seinen Arsch entgegenreckte und mit dem Kopf gegen die Wand knallte. Verdammte feige Schwuchtel. Vor anderen Leuten machte er ihn zur Sau und spielte den starken Mann.

Forrest nahm die Flasche mit Babyöl vom Couchtisch und kippte sie auf Beems' Arsch. Er stellte die Flasche wieder hin und spürte, wie er langsam schlaff wurde. Er versuchte sich vorzustellen, daß er Mrs. Beems in den Arsch vögelte. Mrs. Beems hatte den weichsten Hintern und die blondesten Schamhaare, die er je gesehen hatte. »Mir kommt's gleich«, sagte Forrest.

»Stoß zu, Forrest! Stoß zu, Mann. Stoß!«

Beems stellte sich im Augenblick des Höhepunktes vor, daß der große Nigger, ›Little‹ Arthur, seinen Schwanz in sein haariges Arschloch rammte. Er mußte unablässig an ›Little‹ Arthur denken. Seit er ihn bei einem Schaukampf gesehen hatte, nackt bis auf eine Kaffermaske.

Und wie ›Little‹ Arthur Forrest auseinandergenommen hatte. Mein Gott. So gründlich. So gekonnt. Bis zu jenem Zeitpunkt war Forrest der Champ gewesen, und als solchen hatte er ihn begehrt. Aber jetzt wollte er den Nigger.

Mein Gott, dachte Beems, wenn er mich nur einmal vögeln würde, mit dieser Maske vorm Gesicht, das würde mir für immer reichen. Nur einmal. Oder zweimal. Himmel, ich will es so sehr, er darf einfach nicht länger am Leben bleiben. Ich muß unbedingt verhindern, daß ich dem Nigger nicht irgendwann Geld biete, denn wenn er den Kampf mit McBride überlebt, halt ich's nicht länger aus und versuch's. Und wenn er nein sagt und es sich herumspricht, oder wenn er's mir besorgt, und es spricht sich herum, oder wir werden ertappt … das könnt' ich nicht ertragen. Es ist so schon schlimm genug. Aber mit einem Nigger …?

Dann gab es da noch McBride. Er mußte dauernd an ihn denken. Er hatte McBrides Eier angefaßt und so getan, als würde er sich ekeln. Aber bisher hatte er seine Hand noch nicht gewaschen; genau wie McBride es vorgeschlagen hatte.

Wenn McBride den Kampf mit dem Nigger gewinnen, oder noch besser, ihn umbringen würde, vielleicht hatte er dann bei McBride eine Chance. McBride war ein Herr, der Geld zu schätzen wußte, und er mißhandelte alle, die er bumste. Beems hatte es der Rothaarigen angesehen. Das wäre natürlich schön. Das wäre sogar großartig. McBride gehörte zu den Menschen, die alles und jeden vögelten, das wußte Beems.

Er stellte sich vor, McBride würde ihn bearbeiten, nicht Forrest. McBride, nackt, bis auf die Melone.

Als er kam, grunzte Forrest »O yeah«, und fast wäre ihm Mrs. Beems' Name herausgerutscht. Er hob den Kopf und blickte in die harten Glasaugen des ausgestopften Ebers. Die Augen glänzten im Sonnenlicht. Dann flatterten die Vorhänge, und die Augen wurden schwarz.

16.45 Uhr

Die *Pensacola* aus Galveston dampfte in den Meerbusen hinaus, und ein Windstoß fuhr über sie hinweg. Kapitän Slater spürte, wie sein Herz sich verkrampfte. Die Dünung brauste hoch und mächtig aus dem Osten heran, und das Schiff hob und senkte sich. Die Wellen, dunkelgrün und von dichten Wolken überschattet, bäumten sich beiderseits des Schiffes auf, zischten und stürzten wieder hinab. Die *Pensacola* wurde hin und her geworfen. Jake Bernard, der Beauftragte der Lotsenbehörde, betrat die Brücke. Sein Gesicht hatte die Farbe der Wellen angenommen. Er war von Slater zu dieser Fahrt eingeladen worden, und jetzt wünschte er, er wäre zu Hause geblieben. Er konnte nicht fassen, wie krank er sich fühlte. In all den Jahren hatte er keinen solchen Seegang erlebt, er war noch nie seekrank geworden.

»Ich weiß nicht, wie Sie sich fühlen, Slater«, sagte Bernard. »Aber ich habe mich nicht mehr so amüsiert, seit eine Bulldogge meinen Vater zerfleischt hat.«

Slater versuchte ein Lächeln, brachte es jedoch nicht zustande. Er war sich bewußt, daß Bernard trotz seiner Hänselei nicht eben fröhlich aussah. »Sehen Sie sich das Barometer an«, sagte er.

Bernard überprüfte den Stand der Nadel. Er konnte fast sehen, wie sie fiel.

»Einen solchen Tiefstand hab' ich noch nie erlebt.«

»Ich auch nicht«, stimmte Slater zu. Dann kümmerte er sich um seine Mannschaft. Er befahl ihnen, das Sonnensegel einzuholen, die Luken dichtzumachen und sich auf eindringendes Wasser vorzubereiten.

Bernard, der das Barometer nicht aus den Augen gelassen hatte, sagte: »Himmel. Sehen Sie sich das an!«

Slater ging hinüber. Das Barometer stand bei 28,55.

Bernard sagte: »Ich glaube, jetzt hilft uns nur noch Beten.«

18.30 Uhr

Die Coopers – Bill, Angelique und ihr achtzehn Monate altes Baby Teddy – waren gerade im Einspänner unterwegs zum Abendessen in ein Restaurant, als ihr Pferd Bess, eine wunderschöne schokoladenfarbene Stute, ausbrach und auf die tosende Brandung zugaloppierte.

Eigentlich hatte das Pferd Angst vor dem Wasser, doch im Augenblick höchster Furcht versuchte es, sich kopfüber dem Ursprung seiner Furcht entgegenzuwerfen, was Bill zu der Überlegung veranlaßte, Pferde seien wirklich die dümmsten Tiere auf Gottes Erde.

Er zerrte an den Zügeln und beschimpfte das Pferd. Bess wirbelte herum und hätte dabei fast den Wagen umgerissen, aber sie fing sich wieder, und Bill lenkte das Gefährt auf die Spur zurück.

Angelique, dunkelhaarig und ausgesprochen hübsch, sagte: »Ich glaub', ich hab' mir in die Hosen gemacht … ich rieche es … Nein, das ist Teddy. Gott sei Dank.«

Bill brachte den Einspänner vor dem Restaurant, das am Strand auf hohen Pfosten errichtet worden war, zum Stehen. Angelique wechselte die Windeln und legte den verschmutzten Lappen hinten in den Wagen.

Dann banden sie die Zügel fest und gingen hinein. Sie saßen am Fenster und hatten die Kutsche im Blick. Das Pferd bockte, bäumte sich auf und zog so sehr an den Zügeln, daß Bill befürchtete, es könne sich losreißen und durchgehen. Auf dem Flachdach des Gebäudes spielte der Wind mit den Steinen Fangen. Teddy saß in einem der hochbeinigen Kinderstühle des Restaurants und patschte mit dem Löffel in einem Teller Apfelkompott herum.

»Wenn ich gewußt hätte, daß das Wetter so schlecht ist«, sagte Angelique, »wären wir zu Hause geblieben. Bill, es tut mir leid.«

»Wir sind oft genug zu Haus«, antwortete Bill. Das Tosen der Brandung war so laut, daß er die Stimme heben mußte. »Die Arbeit am oberen Stockwerk des Hauses tut meinen Nerven auch nicht eben gut. Langsam habe ich das Gefühl, daß ich einfach nicht zum Zimmermann geboren bin.«

Angelique riß ihre dunklen braunen Augen auf. »Nein? Du bist gar kein Zimmermann?«

Bill lächelte sie an.

»Das hab' ich schon an deinen Schimpftiraden bemerkt. Schatz, wie oft hast du dir auf den Daumen geschlagen?«

»Ich habe aufgehört, zu zählen.«

Angelique wurde ernst. »Bill. Schau.«

Ein Großteil der Restaurantbesucher hatte seine Gedecke stehen lassen, war zu den großen Aussichtsfenstern hinübergegangen und blickte auf das Meer hinaus. Die Wellen fluteten bis an das Gebäude heran und brachen sich an den Pfosten. Schaum spritzte bis zum Fenster hinauf.

»Mein Gott«, sagte Bill. »So schlimm war es vor ein paar Minuten noch nicht.«

»Ein Wirbelsturm?« fragte Angelique.

»Ja. Und ob das ein Wirbelsturm ist. Immerhin sind die Fahnen gehißt. Ich hab' sie vorhin gesehen.«

»Wovor hast du Angst? Das ist nicht der erste Wirbelsturm, den wir erleben.«

»Ich weiß nicht. Ich hab' ein komisches Gefühl. Schon in Ordnung. Ich bin einfach unruhig, sonst nichts.«

Sie beeilten sich mit dem Essen und fuhren mit der Kutsche nach Hause. Bess legte sich die ganze Strecke ordentlich ins Zeug. Hinter ihnen brandete das Meer. Die Wolken rasten Furien gleich über sie hinweg.

20.00 Uhr

Kapitän Slater schätzte den Wind auf mindestens achtzig Knoten. Ein Orkan. Die *Pensacola* hüpfte wie ein Frosch. Unter Deck zerbrach das Geschirr. Ein Arzneischrank, den zwei Männer nicht hätten tragen können, wurde emporgeworfen und durch ein Fenster der Brücke auf Deck geworfen. Er rutschte ein Stück, kollidierte mit der Reling, wurde in die Höhe geschleudert und fiel über Bord in die kochende See.

Slater und Bernard schlugen so fest mit den Köpfen aneinander, daß sie fast das Bewußtsein verloren hätten. Slater rappelte sich auf, zog ein dickes Seil unter einem Bord hervor, warf es um einen Stützpfeiler herum und band es erst sich selbst und dann Bernard um die Taille. So konnten sie sich auf der Brücke bewegen, ohne das Schicksal des Arzneischrankes zu teilen.

Slater suchte händeringend nach einer Beschäftigung, aber er hatte getan, was er konnte. Er hatte seine Mannschaft Anker werfen lassen, hundert Faden tief, und den Männern befohlen, in der Nähe ihrer Posten Schutz zu suchen und zu beten.

Die *Pensacola* schaukelte vor Anker und kämpfte wie ein Bulle an der Leine. Slater hörte die gequälten Schreie der Bolzen und Platten, die das Schiff zusammenhielten. Wenn diese Bolzen brachen, die Platten zersprangen, brauchte es keinen Käpt'n Ahab, der ihm erzählte, daß ihnen nicht einmal Zeit für einen letzten Atemzug bleiben würde, bevor sie den Seemannstod starben.

Slater tastete sich an der Wand vor, bis er die zerbrochene Fensterscheibe erreichte. Die Gischt traf ihn wie Nadeln, aus einer Kanone geschossen. Er versuchte gerade, die Neigung des Vorderdecks abzuschätzen, als Bernard ein Geräusch von sich gab, das nicht ganz ein Wort ergab. Immerhin konnte man ihm ansatzweise eine Bedeutung entnehmen.

Slater fuhr herum. Bernard umklammerte den Riegel eines Fensters mit solcher Kraft, daß er befürchtete, er würde ihn jeden Moment abbrechen. Dann sah er, was Bernard sah.

Das Meer war so schwarz geworden wie ein Kohleofen; der Himmel hatte sich brandig verfärbt; und zwischen Wasser und Himmel wuchs etwas empor, etwas Endloses, Unfaßbares. Dann begriff Slater, was er vor sich sah – eine riesige Wasserwand, ein Vielfaches größer als das Schiff, und sie bewegte sich direkt auf sie zu und über sie hinweg.

Samstag, 8. September, 3.30 Uhr

Bill Cooper öffnete die Augen. Eine schreckliche Angst hatte von ihm Besitz ergriffen. Er stand vorsichtig auf, um Angelique nicht zu wecken, ging in das gegenüber liegende Schlafzimmer und sah nach Teddy. Der Junge schlief tief und fest, den Daumen im Mund.

Bill lächelte, beugte sich hinunter und streichelte ihn sanft. Der Junge schwitzte, und Bill bemerkte, daß die Luft im Zimmer faulig roch. Er öffnete ein Fenster, streckte den Kopf hinaus und blickte nach oben. Der Himmel hatte sich aufgeklärt, und der Mond leuchtete hell. Auf einmal kam er sich dumm vor. Das ganze Theater um den Sturm und die Werkelei am oberen Stockwerk hatten ihn unruhig und ängstlich werden lassen. Es sah eindeutig so aus, als sei der Sturm vorübergezogen.

Sein Gefühl der Erleichterung verschwand von einem Moment auf den anderen. Denn als er den Hof betrachtete, sah er eine Fläche geschmolzenen Silbers. Das Mondlicht spiegelte sich auf der glatten Wasseroberfläche. Die Flut war bis an ihr Haus herangeschlichen. Ein kleines Ruderboot hatte sich losgerissen und trieb an den Stützpfeilern vorbei.

8.06 Uhr

Issac Cline war mit seinem Einspänner zum Strand hinunter gefahren und forderte die Anlieger auf, ihre Häuser zu verlassen. Einige hatten es getan. Andere nicht. Die meisten hatten bereits mehr als ein Unwetter überstanden und waren der festen Überzeugung, daß sie noch ein weiteres überstehen würden.

Trotzdem machten sich viele Inselbewohner und Touristen auf den Weg über die lange hölzerne Bockbrücke zum texanischen Festland hinüber. Das Wasser hatte bereits die Unterseite der Brücke erreicht, leckte daran und prüfte ihre Stärke.

Einspänner, größere Fuhrwerke, Pferde und Fußgänger drängten sich auf der Brücke wie Ameisen auf einem Lebkuchen. Heute früh war der Himmel noch seltsam klar gewesen; der Mond stand hell am Horizont. Inzwischen waren graue Wolken aufgezogen, und es regnete. Von den drei Eisenbahnbrücken, die auf das Festland führten, lag eine bereits unter Wasser.

15.45 Uhr

›Little‹ Arthur half Henry Johnson zu seiner Frau auf den Wagen. Tina hielt einen Regenschirm über ihre Köpfe. Der Rest der Familie saß hinten im Wagen. Die Plane, die sich bisher auf dem Dach des Hauses befunden hatte, schützte sie jetzt, von vier Eckpfosten gehalten, vor dem Regen.

Den ganzen Tag hatte Henry mit sich gerungen, ob sie die Insel verlassen sollten. Zwei Stunden nach Mittag war ihm endlich klargeworden, daß dies nicht einfach nur ein Sturm unter vielen werden würde. Es sah eher nach einem gottverdammten, arschnassen Brummer aus. Er hatte seine Familie zusammengerufen, und jetzt machten sie sich auf die Socken, koste es, was es wolle. Er warf einen letzten Blick auf seine Hütte. Das Wasser strömte durch das Dach wie die Niagarafälle. Es war nicht viel, aber es war alles, was er besaß. Er bezweifelte, daß sie diesem Sturm lange standhalten würde; es war besser, nicht darüber nachzudenken. Im Augenblick hatte er größere Probleme. »Du kommst mit uns«, beschwor er ›Little‹ Arthur.

»Ich muß kämpfen«, antwortete sein Sohn.

»Du mußt überhaupt nichts. Bei diesem Sturm spült es dir nur den Arsch weg.«

»Papa, ich muß.«

Tina sagte: »Vielleicht solltest du auf deinen Papa hören, mein Junge. Du solltest mit uns kommen.«

»Das kann ich nicht, und ihr wißt es. Sobald der Kampf um ist, mach' ich mich auf den Weg. Bei dem schlechten Wetter werd' ich McBride nicht viel Zeit lassen.«

»Du machst das schon«, sagte Tina.

›Little‹ Arthur kletterte auf den Wagen, umarmte seine Mutter und schüttelte seinem Vater die Hand. Henry sprach schnell und blickte seinem Sohn dabei nicht in die Augen. »Viel Glück, mein Junge. Zeig's ihm.«

›Little‹ Arthur nickte. »Danke, Papa.« Er sprang hinunter, ging um den Wagen herum, zurrte die Plane fest, nahm jede seiner Schwestern in den Arm und schüttelte seinem Schwager Clement die Hand. Er zog ihn zu sich heran und sagte: »Du hältst dich aus meiner Schwester raus, verstanden?«

»In Ordnung, Arthur. Sicher. Aber ich glaube, wir haben da ein Problem. Sie wird schon langsam dicker.«

»Verdammte Scheiße«, sagte ›Little‹ Arthur.

16.03 Uhr

Als Henry Johnson die Pferde auf die hölzerne Brücke trieb, die Galveston mit dem Festland verband, spürte er ein Gefühl von Übelkeit in sich aufsteigen. Das Wasser schwappte über die seitlichen Begrenzungen, gegen die Räder des Fuhrwerks. Die Pferde waren unruhig, und die Schlange der Flüchtenden auf der Brücke schien endlos. Es würde lange dauern, sie zu überqueren, Stunden vielleicht. So wie die Dinge lagen, und angesichts des Tempos, mit dem das Wasser anstieg, würde die Brücke bald unter Wasser liegen.

Er sprach ein stilles Gebet: »Herr, schütze meine Familie, ganz besonders meinen dummen Jungen Arthur.«

Er kam nicht auf den Gedanken, sich selbst in das Gebet einzuschließen.

16.37 Uhr

Bill und Angelique Cooper schleppten alle wertvollen Sachen, die sie tragen konnten, in das obere Geschoß des Hauses. Das Wasser schwappte bereits unter der Tür hindurch. Der Regen traf mit solcher Gewalt auf die Fensterscheiben, daß sie im Rahmen wackelten, und die Schindeln klapperten laut auf dem Dach.

Bill blieb einen Augenblick stehen, schlurfte durch knöcheltiefes Wasser an ein Fenster und sah hinaus. »Angelique«, sagte er, »ich glaube, wir können uns die Mühe sparen.«

»Aber ich hab' doch noch nicht die …«

»Wir müssen hier weg.«

»Weg? Ist es so schlimm?«

»Noch nicht.«

Bess ließ sich nur unter großen Schwierigkeiten vor den Wagen spannen. Sie war unruhig und hatte die Augen weit aufgerissen. Die Scheune war an allen Ecken und Enden undicht. Angelique hielt sich einen Regenschirm über den Kopf und wartete, bis das Fuhrwerk abfahrbereit war. Sie spürte, wie das Wasser über den Rand ihrer Stiefel lief.

Bill ließ das Pferd einen Moment in Ruhe, sah zu Angelique hinüber und dachte, wie schön sie doch aussieht, während das Wasser ihr in Strömen den Regenschirm hinunterlief. Sie hielt Teddy fest an sich gedrückt. Der Junge schlief, ohne die geringste Ahnung, was um ihn herum vorging. Sonst schrie das Baby immer. Der Regen und der Wind kamen seinem Schlaf tatsächlich zugute. Immerhin etwas, dachte Bill.

Bis das Pferd endlich am Wagen festgezurrt war, standen sie bis über die Waden im Wasser. Bill hatte große Mühe, das Scheunentor aufzubekommen. Der Hof war verschwunden, desgleichen die Straße. Er würde die Richtung schätzen müssen. Was noch schlimmer war: Es war kein Regenwasser, das die Straßen bedeckte. Es war eindeutig Salzwasser; das Wasser des Meerbusens war gestiegen und hatte Galveston verschluckt, so wie der Ozean einst Atlantis.

Bill half Angelique und Teddy auf den Wagen, nahm die Zügel und schnalzte mit der Zunge. Bess ruckte und ging in die Höhe, bis es Bill schließlich gelang, sie zu beruhigen. Langsam trottete sie los, durch das schwarze, trügerische Wasser.

17.00 Uhr

McBride fuhr aus dem Schlaf empor. Der Wind heulte. Die Fensterscheiben klirrten heftig, obwohl die Flügel nach oben geschoben worden waren. Die Luft war ungewohnt kühl und feucht. Im Zimmer war es dunkel.

Madam saß in eine Decke eingeschlagen in ihrem Stuhl, den sie möglichst weit vom Fenster weggeschoben hatte. Sie wandte sich um und sah McBride an. Sie sagte: »Draußen ist der Teufel los.«

»Tatsächlich?« McBride stand auf und ging nackt ans Fenster. Der Wind war so stark, daß er dagegen ankämpfen mußte. »Verdammt«, sagte er. »Es ist stockfinster. Sieht schlimm aus.«

»Schlimm?« Madam lachte. »Das ist der schlimmste Wirbelsturm, den ich je geseh'n hab', und ich glaub', es hat noch nicht mal richtig angefangen.«

»Du glaubst doch nicht etwa, daß sie den Kampf absagen werden?«

»Kannst du in einem Boot boxen?«

»Zum Teufel, Schätzchen, ich kann in einem Boot gleichzeitig boxen und vögeln. Wenn es sein muß, kann ich sogar auf einem schwimmenden Baumstamm vögeln und boxen. Ich hab' droben im Norden als Holzfäller gearbeitet.«

»Wenn ich du wäre, würd' ich mir einen Baumstamm suchen und loslegen.«

Ein grellweißer Blitz spaltete den Himmel, und für einen Augenblick war es draußen hell. McBride konnte erkennen, daß die Straßen hüfthoch mit Wasser bedeckt waren.

»Dann mach' ich mich mal besser auf den Weg«, sagte er. »Das könnte ein Weilchen dauern.«

Sauber, Schätzchen, laß dich nicht aufhalten, dachte Madam. Hoffentlich ersäufst du.

17.20 Uhr

›Little‹ Arthur stand auf der Veranda und überlegte, ob er sich ins Wasser wagen sollte, das inzwischen den Rand des Bretterbodens erreicht hatte, als er ein herrenloses Ruderboot vorbeitreiben sah.

Blitzschnell sprang er ins Wasser und schwamm mit der Strömung hinterher. Mit wenigen Stößen hatte er es eingeholt. Als er hineinkletterte, stellte er fest, daß es zu einem Drittel mit Wasser vollgelaufen war. Er entdeckte ein Paddel und einen Eimer, den jemand zur Hälfte mit Erde gefüllt hatte. Die Erde hatte sich in Schlamm verwandelt und schwappte über den Rand des Eimers. Ein paar tote Würmer wirbelten in dem Dreck herum. Wind, Wasser und Finsternis beherrschten die Welt.

›Little‹ Arthur nahm den Eimer, kippte den Schlamm und die Würmer in die Strömung und fing an zu schöpfen. Von Zeit zu Zeit legte er den Eimer beiseite und benutzte das Paddel. Nicht daß er es wirklich gebraucht hätte. Das Wasser trug ihn in die richtige Richtung. Stadteinwärts.

Stadteinwärts war das Wasser nicht ganz so tief, aber McBride benötigte für den Weg zum Sporting Club fast eine Stunde. Am Anfang reichte ihm das Wasser noch bis an die Taille, dann bis zu den Knien und schließlich nur noch bis zu den Knöcheln. Seine Melone hatte jegliche Form verloren, und seine Kleider waren ruiniert. Auch seinem Revolver und dem Rasiermesser hatte das Wasser nicht eben gutgetan.

Als er das Gebäude erreichte, stellte er überrascht fest, daß sich auf den Stufen eine Menschenmenge versammelt hatte. Die meisten hatten unter einem Regenschirm Schutz gesucht, aber viele hatten ihre Kopfbedeckung verloren. Auch einige Frauen waren darunter. Hauptsächlich Nutten. Anständige Frauen gingen nicht zu Boxkämpfen.

McBride stieg die Stufen hinauf, und die Menge verstellte ihm den Weg. Er sagte: »Hört mal. Ich bin McBride. Ich soll mit dem Nigger kämpfen.«

Die Menge teilte sich, und McBride wurde hineingelassen, von ein paar ermunternden Worten und Schulterklopfen begleitet. Drinnen konnte er den Wind immer noch hören, aber er klang weit entfernt. Der Regen war nur noch ein leises Summen.

Beems, Forrest und die beiden älteren Herren standen im Foyer. Eine fette Henne mit Ausblick auf einen ihr zugedachten Kochtopf hätte nicht nervöser wirken können. Sobald sie McBride erblickten, entspannten sich ihre Gesichtszüge, und die beiden Gentlemen gingen hinaus. »Wir hatten befürchtet, Sie würden es nicht schaffen«, sagte Beems.

»Habt ihr euch Sorgen um eure Investitionen gemacht.«

»Möglich.«

»Ich wäre hierher geschwommen, wenn es nicht anders gegangen wäre.«

»Wenn der Nigger nicht auftaucht, gehört Ihnen das Geld und der Titel.«

»So will ich das nicht«, sagte McBride. »Ich will ihn fertig machen. Das Geld nehm' ich natürlich trotzdem, wenn er nicht kommt. Hast du schon mal so ein Wetter erlebt?«

»Nein«, antwortete Beems.

»Ich hab' nicht erwartet, daß jemand hier ist.«

»Spieler kommen immer«, sagte Forrest. »Wenn sie ihr Geld riskieren, riskieren sie auch ihr Leben.«

»Forrest, such dir irgendwo eine Beschäftigung. Ich zeig' Mr. McBride die Umkleidekabine.«

Forrest blickte Beems in die Augen und grinste. Er wußte, was Beems vorhatte. Beems kochte vor Wut. Forrest trollte sich. Beems nahm McBride am Ellbogen und führte ihn in die hinteren Räume.

»Ich bin kein Hund, den man an die Leine nehmen müßte«, knurrte McBride.

»Nun gut«, sagte Beems, und McBride folgte ihm durch eine Nebentür und zu den Spinden hinunter. Eine fünf Zentimeter hohe Wasserfläche bedeckte den Boden.

»Mein Gott«, rief Beems. »Es muß irgendwo eine undichte Stelle geben.«

»Bei dem Wasserdruck«, sagte McBride, »spült es den Mörtel aus den Backsteinen, und das Wasser sickert durch die Wände herein ... Zur Hölle damit, für meine Zwecke langt's.«

»In dem Spind dort finden Sie kurze Hosen und Stiefel«, erklärte Beems. »Sie können sich gleich umziehen.«

McBride watete durch das Wasser, setzte sich auf eine Bank, legte die Beine hoch und zog Schuhe und Socken aus. Beems stand da und blickte wie gebannt auf das ansteigende Wasser.

McBride zog das Rasiermesser aus einem der Schuhe und hielt es Beems unter die Nase. »Mexikanische Boxhandschuhe«, sagte er.

Beems grinste. Er sah zu, wie McBride seine Melone abnahm, Jacke und Hemd auszog. Er sah etwas genauer hin, als McBride seine Hose und Unterhose auszog. McBride langte in den Spind, den Beems ihm gezeigt hatte, hielt inne, wandte sich um und starrte Beems an.

»Dir gefällt, was du siehst, was, Freundchen?«

Beems brachte kein Wort heraus. Sein Herz schlug ihm im Hals.

McBride grinste ihn an. »Als ich dich das erste Mal gesehen hab', hab' ich gemerkt, daß du 'ne Schwuchtel bist.«

»Nein«, wehrte Beems ab. »Keineswegs. So kann man das nicht sagen.«

McBride lächelte. In diesem Augenblick sah er sehr sanft aus. »Ist schon in Ordnung. Komm her. Ich hab' gar nichts dagegen.«

»Nun ja ...«

»Wirklich. Du weißt doch, man muß eben aufpassen. Sonst weiß es gleich jeder. Nicht alle hab'n da Verständnis für.«

Beems war kurz davor, sich die Lippen zu lecken; er ging auf McBride zu. McBrides Lächeln wurde breiter, und er feuerte einen rechten Haken in Beems Magengrube. Er schlug so fest zu, daß Beems' nach vorne kippte, mit den Knien ins Wasser und mit dem Kopf auf die Bank knallte. Sein Zylinder fiel ins Wasser, segelte die

Spinde entlang, vollführte vor der Wand eine Rechtskurve und verschwand hinter einer Bank außer Sichtweite.

McBride packte Beems an den Haaren und zog Beems' Kopf an seinen Schwanz heran. »Schau ihn dir genau an«, sagte er, »es wird das letzte Mal sein.«

Dann zog er ihn an seinem hübschen Haarschopf auf die Füße und fiel über ihn her. Linker Haken, rechter Haken. Nicht zu fest. Doch mehr, als Beems jemals hatte wegstecken müssen. Als er mit ihm fertig war, ließ er ihn hustend neben der Bank im Wasser liegen.

McBride sagte: »Wenn du das nächste Mal pissen mußt, wirst du Blut pissen, du Schwuchtel.« Er holte ein Handtuch aus dem Spind, setzte sich auf die Bank, legte die Beine hoch und trocknete sie ab. Dann zog er die Boxershorts an. An der Innenseite der Spindtüre war ein Spiegel angebracht, und McBride stellte verärgert fest, daß sich seine Haare in Unordnung befanden. Es dauerte einige Minuten, bis er wieder mit ihnen zufrieden war. Dann blickte er zu Beems hinunter, der den toten Mann spielte.

»Steh auf, Fickärschchen«, sagte McBride. »Zeig mir, wo ich kämpfen werde.«

»Erzählen Sie es niemandem«, jammerte Beems. »Ich bin ein verheirateter Mann. Mein Ruf! Bitte erzählen Sie es niemandem.«

»Ich versprech' dir was«, sagte McBride und drückte die Spindtür ins Schloß. »Wenn der verdammte Nigger mich besiegt, fick ich dich in'n Arsch. Scheiße, dann kannst du *mich* in'n Arsch ficken. Aber behalt erst mal die Hosen an. Ich hab' so ein Gefühl, ich könnt' es heute abend mit John L. Sullivan aufnehmen.«

McBride nahm seine Socken und Boxstiefel in die Hand und schlurfte aus der Umkleidekabine. Beems blieb im Wasser liegen und ließ ihm einen angemessenen Vorsprung.

18.00 Uhr

Henry konnte nicht fassen, wie langsam die Menschenschlange vorwärts kam. Hunderte von Leuten, die stundenlang dahinkrochen. Als die Johnsons das Ende der Brücke erreicht, es fast ans Festland geschafft hatten, überflutete das Wasser vor ihnen die Fahrbahn und riß einen Einspänner mit sich. Ihr Fuhrwerk wurde von einem Ausläufer der Strömung erfaßt, rutschte jedoch nur bis ans Geländer. Der Einspänner dagegen krachte gegen die Brüstung, prallte ab und kippte darüber hinweg. Das Pferd wurde hinterhergezogen, hing einen Augenblick fest, mit den Hinterläufen in der Luft. Die Vorderbeine suchten Halt, dann brach allerdings das Geländer und die ganze Chose fiel ins Wasser.

»O Gott«, hauchte Tina.

»Haltet euch fest«, rief Henry. Er wußte, daß er nicht viel Zeit hatte. Wenn eine stärkere Welle sie erwischte oder sie in die Lücke rutschten, die der Einspänner in das Geländer gerissen hatte, waren sie ebenfalls verloren.

Hinter sich hörten die Johnsons die Schreie der Flüchtenden. Das Wasser auf der Brücke stieg mit großer Geschwindigkeit. Die Menschen in der Mitte und am Ende der Schlange erkannten, daß sie sich beeilen mußten, wenn sie noch das Festland erreichen wollten. Unter dem Ansturm der Menge ächzte und stöhnte die Brücke mit fast menschlicher Stimme.

Der Wind zerrte an der über den Wagen gespannten Plane und riß sie hinweg. »Scheiße«, sagte Clement. »Schaut euch das an.«

Ein Mann und eine Frau rasten auf dem Rücken eines Pferdes an den Johnsons vorbei. Die Frau trug einen riesigen Strohhut, der ihr fast bis auf die Schultern herunterhing. Doch die Oberfläche der Brücke war zu glatt und das Pferd zu schnell. Es verlor den Boden unter den Füßen, streckte die Beine in alle Himmelsrichtungen und kam ins Rutschen; zielsicher auf die Lücke zu, die der Einspänner in die Brüstung gerissen hatte. Sekunden später waren Pferd und Reiter im Wasser verschwunden. Henry warf einen Blick in ihre Richtung und sah den Strohhut der Frau, der kurz auftauchte und dann wieder unterging.

Als sich Henrys Fuhrwerk auf gleicher Höhe mit der Lücke im Geländer befand, brandete eine weitere braune Welle über die Fahrbahn, höher und heftiger als zuvor. Sie traf seitlich auf Pferd und Wagen. Das Geräusch, das dabei entstand, erinnerte Henry an seine Zeit im Bürgerkrieg. Damals war seine Kutsche von einer Kanone der Yankees getroffen worden; der Aufprall hatte ihn heruntergeschleudert. Bei dem Versuch, sich wieder aufzurichten, hatte ihn sein Bein nicht mehr getragen. Er war der Überzeugung gewesen, daß er nie wieder solche Angst haben würde. Er hatte sich geirrt. Das hier war schlimmer.

Der Wagen rutschte seitlich weg und krachte gegen die Brüstung. Das Gespann paßte jedoch nicht durch die Lücke, und so blieb es an dem zersplitterten Geländer hängen. Das Holz knirschte unter der Wucht des Aufpralls. Die ganze Familie brüllte durcheinander und warf sich flach auf den Boden des Fuhrwerks, als das Wasser wie eine schwere Hand auf sie niederstürzte. Der Wasserdruck brach die Räder von den Achsen, und der Kasten knallte auf die Brücke. Doch noch hielten die Seitenwände.

»Runter mit euch!«, schrie Henry.

Sein schwaches Bein gehorchte ihm nicht, und er stürzte aus dem Wagen auf die Brücke, die inzwischen knietief unter Wasser lag. Er zog sich am Wagen hoch, half Tina herunter und langte nach seinem Stock.

Clement und die anderen sprangen herab und drängte sich auf das Ende der Brücke zu. Als sie neben Henry stehen bleiben wollten, sagte er: »Macht schon, beeilt euch. Macht euch um mich keine Sorgen.«

Tina klammerte sich an seinen Arm. »Beeil dich, Frau«, rief er. »Kümmere dich um die Kinder. Ich muß die Pferde losschneiden.«

Henry zog sein Taschenmesser hervor und befreite die Pferde von ihrem Geschirr. Kaum hatte er das geschafft, gingen beide Tiere durch und rasten gegen das Geländer. Eines prallte ab, drehte sich im Kreis und galoppierte auf das Festland zu; doch das andere traf mit solcher Wucht auf die Brüstung, daß es emporgeschleudert wurde, die Hufe himmelwärts gereckt. Es klatschte ins Wasser und war verschwunden.

Henry wandte sich um und suchte seine Familie. Er konnte sie nirgends entdecken. Sicherlich hatten sie bereits das Festland erreicht.

Andere waren nachgerückt und hatten die Lücke geschlossen; Menschen in Kutschen, auf Fuhrwerken, auf Pferden, zu Fuß. Menschen, die auf dem Wasser zu gehen schienen – die Brücke befand sich inzwischen vollständig unter dem Meeresspiegel.

In diesem Augenblick hörte Henry ein Brüllen. Er blickte über die Brücke in östlicher Richtung. Eine riesenhafte Welle bäumte sich vor ihm auf und fuhr auf ihn herab wie eine überdimensionale nasse Fliegenklatsche. Sie fegte über Henry hinweg, über die Brücke und über alle, die sich auf ihr befanden. Sie drückte sie zu Boden und riß sie mit sich in den tosenden Rachen des Meeres.

18.14 Uhr

Bill und Angelique Cooper saßen auf ihrem Einspänner, der sich bereits bis zur Deichsel unter Wasser befand. Sie blickten hilfesuchend zur Brücke hinüber, die von einem Augenblick auf den nächsten aus ihrem Gesichtsfeld verschwand. Die Brücke und die Menschen wurden zusammengeknüllt und verschluckt.

Sekunden später hob sich die Brücke aus den Wellen wie eine sich windende, spiralförmige Säule. Noch immer klammerten sich Menschen daran fest. Die Brücke wurde ruckartig nach vorne gerissen, das eine Ende schnellte empor; dann war sie verschwunden, und die Menschen mit ihr.

»Gott sei ihren Seelen gnädig«, flüsterte Angelique.

»Das war's dann wohl«, sagte Bill.

Es gelang ihm nur mit großer Anstrengung, den Wagen im Wasser zu wenden. Um sie herum wurden Schindeln durch die Luft geschleudert wie Bombensplitter.

19.39 Uhr

›Little‹ Arthur ließ sich immer noch stadteinwärts treiben. Das Wasser wurde zunehmend flacher. Zum Glück, denn es goß in Strömen, und das Boot lief langsam voll. Er konnte einfach nicht schnell genug schöpfen und gleichzeitig paddeln. Er kletterte über Bord und überließ das Boot den Wellen.

Die Strömung war überraschend stark. Fast hätte sie ihn von den Beinen gerissen, aber das Wasser war so flach, daß er Fuß fassen und sich dagegenstemmen konnte. Er watete zum Sporting Club hinüber und ging um das Gebäude herum zum Hintereingang, der den Farbigen vorbehalten war. Ein ältlicher Schwarzer, den alle Onkel Cooter riefen, ließ ihn ein und sagte: »Mann, an deiner Stelle wäre ich zu Hause geblieben.«

»Was?« antwortete ›Little‹ Arthur. »Dann hätt' ich eine Bootsfahrt verpaßt.«

»Eine Bootsfahrt?«

›Little‹ Arthur erzählte ihm, wie er es bis hierher geschafft hatte.

»Verdammich, »sagte Onkel Cooter. »Der Herr wird diese Insel untergehen lassen, um sie vom Bösen zu befreien. Wie damals mit Sodom und Gomorrha.«

»Was haben du und ich ihm angetan?«

Onkel Cooter lächelte. »Nun, wir sind die einzigen treuen Kinder Gottes. Er wird auf uns acht geben. Auf mich, zumindest. Wenn du dich mit diesem McBride einläßt, Arthur, wird Gott dir nicht helfen. Dabei ist Mr. McBride auch nicht ganz bei Verstand. Er hat Mr. Beems verprügelt, dabei hat der ihn eingeladen und wird ihn bezahlen.«

»Warum hat er ihn verprügelt?«

»Verdammt, werd du mal aus den Weißen schlau. Die spinnen alle. Mr. Beems sieht jedenfalls aus wie ein Waschbär. Beide Augen blau geschlagen und die Lippen geschwollen.«

»Wo kann ich mich umziehen?«

»Im Kabuff des Hausmeisters. Sie haben deine Hosen und Schuhe dort reingelegt. Und etwas Mull für deine Hände.«

›Little‹ Arthur besah sich die Shorts. Sie waren alt und verblichen. Die Stiefel taugten auch nicht viel mehr. Er fand ein paar verdreckte Lumpen und trocknete sich damit ab. Erst umwickelte er seine Hände mit Mull, dann seinen Schwanz. Er war der Meinung, daß es nicht schaden konnte, alte Gewohnheiten beizubehalten.

19.45 Uhr

Als Bill und Angelique und Teddy wieder bei ihrem Haus angekommen waren, mußten sie feststellen, daß das Wasser die Eingangstür eingedrückt hatte. Es lief durch die Diele und bis über die untersten Stufen des Treppenhauses. Im obersten Stockwerk brannte ein Licht. Sie waren so eilig geflüchtet, daß sie vergessen hatten, es zu löschen.

Bess schnaubte und ging durch. Der Wagen wurde nach vorne gerissen und blieb am Bordstein hängen. Das Geschirr riß so plötzlich, daß Bill und Angelique nicht von ihren Sitzen geschleudert wurden, sondern nur leicht vor und zurück wippten. Die Zügel glitten mit einer solchen Geschwindigkeit durch Bills Hände, daß das Leder seine Handflächen verbrannte.

Bess trabte über den Hof, durch die offene Haustür und stieg dann langsam und vorsichtig die Stufen empor.

»Meine Herren«, sagte Angelique.

Bill kletterte leicht betäubt vom Wagen, ging um ihn herum und half Angelique und dem Baby herab. Das Baby war naß und heulte. Angelique versuchte, den Regenschirm schützend über sich zu halten, aber Wind und Regen kamen inzwischen aus allen Richtungen. Der Regenschirm war nur noch ein nasser Lappen.

Sie wateten ins Haus, versuchten, die Türe zu schließen, scheiterten jedoch an der Strömung. Schließlich gaben sie auf.

Bess war am oberen Treppenabsatz angekommen und verschwand. Sie folgten ihr nach oben. Die Schlafzimmertür stand offen, dort war sie hineingegangen. Sie stand neben dem Tisch, auf dem die Kerosinlampe leuchtete. Sie zitterte von Kopf bis Fuß.

»Armes Ding«, flüsterte Angelique und holte ein paar Handtücher aus dem Schrank. »Sie hat noch schrecklichere Angst als wir.«

Bill befreite Bess von dem restlichen Geschirr, streichelte sie und versuchte sie zu beruhigen. Als er ans Fenster ging, um hinauszuschauen, lief ihm das Pferd hinterher. Es war kein Wunder geschehen. Das Wasser stieg weiter.

»Vielleicht sind wir hier in Sicherheit«, sagte Angelique. Sie trocknete Teddy ab, der heftig weinte. Er fror und war naß. »So hoch kann das Wasser doch nicht steigen, oder?«

Bill fuhr gedankenverloren durch Bess' Mähne und dachte an die Brücke. Sie war wie ein Holzspielzeug auseinandergebrochen. »Natürlich nicht«, sagte er.

20.15 Uhr

Der Kampf hatte spät angefangen. Erst waren zwei einbeinige farbige Jungs für ein paar Runden in den Ring gestiegen, hüpften darin herum und versuchten, einander mit überdimensionalen Boxhandschuhen ins Nirvana zu befördern.

Die Zuschauermenge war klein, aber lautstark. So laut zumindest, daß ›Little‹ Arthur den tobenden Sturm draußen vergaß. Die Menge schrie immer wieder: »Tod dem Nigger«, und skandierte: »Die Kaffer sehen alle gleich aus« – ein netter kleiner Ohrwurm, an dem ›Little‹ Arthur wider Willen seinen Spaß hatte.

Das Geschrei und das Liedchen sollten ihm eigentlich Angst einjagen. Statt dessen spürte er, wie er immer kampflustiger wurde. Er gefiel sich in seiner Rolle des scheinbar sicheren Verlierers. Er freute sich darauf, wenn den Arschlöchern ihre eigenen Sprüche im Hals steckenbleiben würden. Außerdem war er der Titelverteidiger, nicht McBride, auch wenn die Zuschauer das nicht wahrhaben wollten. Er würde heute abend als Sieger über die Seile steigen. Er würde nicht länger zulassen, daß sie ihn als ›Little‹ Arthur vorstellten. Als sein Name ausgerufen wurde und der Ansager ihn widerwillig als Titelverteidiger des Galveston Sporting Club präsentierte, hatte er seiner Bitte entsprochen. Er hatte ihn bei demjenigen Namen genannt, den er von jetzt ab tragen würde. Nicht ›Little‹ Arthur Johnson. Nicht Arthur John Johnson, sondern den Namen, den er sich selbst gegeben hatte. Jack Johnson.

Bisher war der Kampf jedoch ausgeglichen verlaufen. Und eins mußte er McBride lassen, der Kerl hatte einen ordentlichen Schlag drauf. Kurze, schnelle Hiebe auf die Rippen, Treffer wie Messerstiche.

Vor dem Kampf hatte Jack mit dem Daumen die Baumwollbinde in seinen Handschuhen so gut es ging hin und her geschoben, damit seine Knöchel möglichst direkt unter dem Leder lagen und McBrides Körper möglichst effektiv bearbeiten konnten – McBride hatte fraglos das Gleiche getan. Doch bisher war McBride den meisten seiner Schläge ausgewichen. Der Mann schlüpfte meisterhaft zwischen seinen Fäusten hindurch. Etwas Derartiges hatte Jack noch nie gesehen. Außerdem blockte er Jacks Haken mit blitzartigen Bewegungen seiner Unterarme. Alles sehr professionell und lehrreich.

Nichtsdestotrotz fand Jack heraus, daß er McBrides Schläge ganz gut wegstecken konnte. Und noch etwas erregte seine Aufmerksamkeit. Bisher war es ihm nur dann gelungen, einen Treffer zu landen, wenn er sich im Eifer des Gefechts vorbeugte, sein Gewicht auf die Fußballen verlagerte und einen Aufwärtshaken schlug. Das hatte er nicht oft trainiert, und wenn doch, dann verlagerte er normalerweise sein Gewicht nach vorne, auf die Zehen, und kam aus der Drehung; so stand es jedenfalls in den Handbüchern. Er merkte jedoch schnell, daß er diesen Schlag auch bei vollem Bodenkontakt ins Ziel brachte, vornübergebeugt und mit ordentlicher Kraft.

McBride schien überrascht, als er den ersten derartigen Treffer kassierte. Die Überraschung, die Jack selbst verspürte, war jedenfalls echt.

Dann bekam er ein paar Kunststücke vorgeführt, die er noch nie gesehen hatte. Es war schon beeindruckend, wie dieser Kerl sich bewegte. McBride sprang herum wie eine Katze, wie er es über Gentleman Jim erzählt bekommen hatte, und er hatte verdammt schnelle Hände. Er schoß Kanonaden ab, die mit deutlich größerer Wucht daherkamen als bisher. Jack wurde klar, daß McBride sich bisher zurückgehalten hatte, um den Kampf spannend zu machen. Und er bemerkte noch etwas Anderes, etwas sehr Wichtiges. Er wußte nicht halb so gut über Boxen Bescheid, wie er bisher gedacht hatte.

Er versuchte, den einen oder anderen Haken zu landen, doch McBride blockte mit den Unterarmen ab. Jack versuchte es mit seiner Überraschungswaffe, dem Aufwärtshaken. Das hatte zumindest ansatzweise Erfolg. Er traf McBride in den Magen, jedoch viel zu schwach, als daß er ihn hätte auf die Bretter schicken können. Als die fünfte Runde eingeläutet wurde, hatte Jack Angst. Und Schmerzen. Der Schiedsrichter – ein hagerer Schweinehund mit einem dünnen Schnurrbart – war ihm auch keine große Hilfe. Jedesmal, wenn er sich bei McBride einhakte, trieb der Kerl sie auseinander. McBride dagegen konnte ihn umarmen und ihm die Fresse polieren, ihn mit dem Kopf rammen – der Schiedsrichter grinste, als gäbe es Eis zum Nachtisch.

Jack war kurz davor, sich fallenzulassen. Einfach umkippen und liegen bleiben, wenn McBride ihn das nächste Mal mit einem seiner schnellen Schläge erwischte, dann hätte er es hinter sich. Doch dann ertönte der Gong, und er saß auf der Bank. Onkel Cooter, der einzige Mann in seiner Ecke, spritzte ihm Wasser in den Mund und ließ ihn das Blut in einen Eimer spucken.

Onkel Cooter flüsterte: »Wenn ich du wäre, würde ich mich tot stellen. Laß dich einfach auf die Matten fallen, bleib liegen und rühr dich nicht. Wenn nicht, schlägt das Arschgesicht dich in Stücke. So bekommst du wenigstens ein paar Dollar fuffzig und bleibst am Leben. Die paar Kröten geh'n in Ordnung. Du stirbst noch früh genug.«

»Jesus Maria, der Kerl ist gut. Wie besieg' ich den nur.«

Onkel Cooter massierte Jack die Schultern. »Gar nicht. Laß dich fallen.«

»Es muß eine Möglichkeit geben.«

»Yeah«, grunzte Onkel Cooter. »Wenn er tot umfällt. Das ist die einzige Chance, die du hast. Wenn er von selbst tot umfällt.«

»Vielen Dank, Cooter. Du bist mir eine große Hilfe.«

»Keine Ursache.«

Jack hatte Angst vor dem Gong. Er warf einen Blick in McBrides Ecke hinüber. McBride saß da, als ginge ihn das alles nichts an. Er trank einen Schluck aus einer Bierflasche und unterhielt sich mit einem Zuschauer. Er bat einen Mann, ihm doch ein Sandwich zu besorgen.

Forrest Thomas stand in McBrides Ecke, ein zusammengelegtes Handtuch über dem Arm für den Fall, daß McBride es brauchen könnte. Was außerordentlich unwahrscheinlich war, schließlich müßte McBride dafür erst einmal ins Schwitzen geraten.

Forrest erwiderte Jacks Blick, richtete einen Zeigefinger auf ihn und formte mit dem Daumen den Hahn eines Revolvers. Seine Lippen formten lautlos ein Wort: PENG!

Der Schiedsrichter schlenderte in McBrides Ecke hinüber, lehnte sich an den Pfosten und lachte mit McBride über einen gemeinsamen Witz.

Der Gong ertönte. McBride reichte seine Bierflasche an Forrest weiter und kam aus seiner Ecke. Jack stand auf und bemerkte Beems, der in der ersten Reihe saß. Er sah mitgenommen aus. Beide Augen waren blau und fast zugeschwollen. Trotzdem machte er einen glücklichen Eindruck. Er sah Jack an und grinste wie ein Totengräber.

In dieser Runde bezog Jack ordentlich Prügel. Er hatte McBrides schnellen kurzen Schlägen einfach nichts entgegenzusetzen. Mit Ausnahme seines Aufwärtshakens brachte er keinen einzigen Treffer an den Mann, und der hatte nicht genügend Dampf. McBride kam immer besser in Form, wurde langsam warm. Noch ein Bier und ein Sandwich, und er würde Jack k. o. schlagen, damit er sich Kaffee und Kuchen zuwenden konnte.

Jack versuchte schließlich nicht länger, McBrides Kopf und Rippen zu treffen, sondern beschränkte sich auf seine Arme. So brachte er wenigstens ein paar Schläge unter. Am Ende der Runde stellte er erstaunt fest, daß McBride seine Deckung vernachlässigte.

Jack setzte sich in seine Ecke, und Onkel Cooter sagte: »Schlag ihm weiter auf die Arme. Das geht ihm an die Substanz. Du machst ihm sein Werkzeug kaputt.«

»Das hab' ich schon gemerkt. Vielen Dank.«

»Keine Ursache.«

Jack beobachtete die Zuschauer auf den hinteren Tribünenplätzen. Sie achteten nicht mehr auf den Kampf. Sie hatten ihre Köpfe der östlichen Wand zugewandt, und mit gutem Grund. Die Wand wackelte. Wasser sickerte herein und bedeckte den Boden unter dem Ring fünfzehn Zentimeter hoch. Die Zuschauer auf den untersten Tribünenplätzen mußten ihre Füße hochhalten. Jack hörte über sich ein Geräusch, als würde etwas Großes und Gefährliches einem Elefanten die Haut vom Kopf ziehen.

Als schließlich der Gong ertönte und Jack aus seiner Ecke schlurfte, war das Wasser weitere fünf Zentimeter gestiegen.

20.46 Uhr

Bill hielt die Lampe um Armeslänge von sich und ging auf dem oberen Treppenabsatz in die Hocke. Das Wasser war bis zur Hälfte der Treppe angestiegen. Das Haus bebte wie der Arsch eines fetten Mannes, der auf einem Wildpferd ritt. Er konnte hören, wie Schindeln vom Dach gerissen wurden und wegflogen.

Er ging zurück ins Schlafzimmer. Der Wind heulte. Die Fenster bebten im Rahmen; einige Scheiben hatte es einfach hinausgeblasen. Das Baby weinte. Angelique saß mitten im Bett und versuchte, das Kind zu stillen, aber Teddy ließ sich nicht beruhigen. Bess stand in einer Ecke des Zimmers, den Kopf gegen die Wand gepreßt. Das Pferd peitschte unruhig mit dem Schwanz hin und her und wieherte jämmerlich.

Bill ging in alle Zimmer und öffnete die Fenster, um etwas Druck vom Haus zu nehmen. Er wußte, daß er das bereits viel früher hätte tun sollen, aber er wollte dem Baby das Heulen des Windes und die Nässe ersparen.

Der Wind fuhr durch die offenen Fenster herein. Der Regen folgte augenblicklich. Fast hätte es Bill von den Füßen geblasen.

Eine Viertelstunde später hörte er, wie die Möbel unter ihm gegen die Decke stießen. Sie schrammten den Boden entlang, auf dem er stand.

21.00 Uhr

Mein Gott, dachte Jack, wie viele Runden dauert das noch? Sein Kopf schmerzte, seine Rippen brannten, und seine Weichteile fühlten sich an, als hätte er heiße Nägel verschluckt und wäre gerade dabei, sie wieder von sich zu geben. Sogar seine kräftigen Beine machten sich langsam bemerkbar. Er war davon ausgegangen, daß der Kampf auf fünfzehn Runden festgelegt war, doch inzwischen näherten sie sich der zwanzigsten, und wenn er bis dahin noch nicht verloren hatte, würden sie wohl noch mal fünf Runden dranhängen.

Jack knallte McBride einen Handschuh gegen den Ellbogen. McBride zog eine Grimasse und senkte den Arm. Jack ließ sofort den Aufwärtshaken folgen, und dieses Mal landete er nicht einfach nur einen Treffer, sondern er traf mit Wucht. McBride taumelte rückwärts und furzte. Das Sandwich, das er zwischen den Runden gegessen hatte, war wohl doch keine so gute Idee gewesen.

Als Jack diese Kombination das nächste Mal versuchte, traf der Aufwärtshaken erneut. McBride wich zurück, doch Jack blieb an ihm dran und brachte einen Aufwärtshaken nach dem anderen ins Ziel. Jetzt drangen sogar seine linken Haken und rechten Geraden durch.

Dann gingen auf einen Schlag alle Lichter aus. Die Wände barsten, und eine riesige Woge riß die Tribünenbänke in die Höhe und schleuderten sie in die nasse Finsternis. Der Ring selbst fing an sich zu bewegen und näherte sich der Decke. Doch bevor er zur Seite kippte, landete McBride einen solchen Schlag, daß Jack fühlte, wie alles vergangene Leben aufhörte zu existieren. Seine Ahnen im urzeitlichen Schleim erzitterten von diesem Schlag, und der Nachhall trieb Wellen bis in die Gegenwart und in die Zukunft und wieder zurück. Die Decke wurde von einer Sekunde auf die andere hinweggefegt, und Jack streckte seinen Arm aus, bekam etwas zu fassen und hielt sich mit aller Kraft daran fest.

»Du blödes Rindvieh«, fauchte Onkel Cooter. »Laß sofort meinen Kopf los.«

21.05 Uhr

Kapitän Slater hatte damit gerechnet, daß sie sich längst auf dem Meeresgrund befänden, und stellte überrascht fest, daß das nicht der Fall war. Eine riesige Wasserwand hatte sie vorige Nacht überrollt und ihre Ankerkette abgerissen. Das Schiff wurde hinuntergedrückt, tief hinunter, und dann toste alles Wasser der Welt über sie hinweg, hüllte sie in vollständige Finsternis und abgrundtiefes Grauen ein. Stunden vergingen, obwohl alles nur Sekunden gedauert haben konnte. Dann teilten sich die Wellen, und die *Pensacola* flog wie aus einer Kanone geschossen durch die Luft, kam wieder herunter, kippte soweit nach Steuerbord, daß Wasser eindrang, und richtete sich dann wunderbarerweise wieder auf. Seither war das Meer wechselhaft und wild gewesen.

Slater schüttelte Scheiße und Salzwasser aus seinen Hosenbeinen und folgte dem Seil, das um seine Taille lief, bis zu dem Pfosten. Er legte einen Arm um das Holz und suchte das andere Seilende. »Bernard! Bist du noch da?« rief er in die Finsternis hinein.

»Schon möglich«, vernahm er Bernards Stimme aus der Dunkelheit. Dann hörten sie, wie einige Bolzen herausknallten. Es hörte sich an wie ein mehrschüssiges Gewehr. »O Himmel«, flüsterte Bernard. »Spürst du die Dünung? Es geht wieder los.«

Slater drehte den Kopf und sah hinaus. Eine einzige schwarze Wand bewegte sich auf sie zu. Im Vergleich dazu war die erste Welle eine kleine Erhebung gewesen; das hier war größer als die Chinesische Mauer.

22.00 Uhr

Bill und Angelique lagen mit Teddy auf dem Bett. Das Wasser umspülte den oberen Rand der Federmatratze. In dem Zimmer wehte ein kalter, nasser Wind. Sie hatten das Grammophon in Betrieb gesetzt und eine Platte mit Gospelstücken aufgelegt, aber der Wind und der Regen waren schließlich in den Mechanismus eingedrungen und hatten ihn zerstört.

Nachdem die Musik aufgehört hatte, begann sich die gegenüberliegende Wand nach innen zu senken, und eine Welle splitternder Bretter lief durch das Zimmer. Die Decke hing durch, genauso wie das Bett. Bess verschwand plötzlich durch ein Loch im Boden. Den einen Augenblick war sie noch da, den nächsten war sie im Wasser verschwunden. Bill packte Angelique am Arm und zog sie im knietiefen Wasser auf die Beine. Sie hielt Teddy fest an sich gedrückt. Er führte sie durch das Zimmer, während der Boden sich bewegte, zog sie durch die Tür auf den frisch gezimmerten Flur hinaus. Er stolperte über einen Hammer, der unter Wasser auf dem Boden lag, konnte sich aber fangen.

Bill mußte daran denken, wieviel Arbeit er in die Erweiterung dieses Stockwerks gesteckt hatte. Jetzt würde er es nie zu Ende bringen. Es machte ihn wütend, wenn er eine Arbeit nicht zu Ende bringen konnte. Noch wütender machte es ihn, daß der Boden langsam seitlich wegkippte.

Ein einziger Mittelpfosten schien noch vergleichsweise stabil, und so bezogen sie in seiner Nähe Position. Der Pfosten war einer von mehreren, um die das Haus herum gebaut war; ein Stützpfeiler, um das Haus über der normalen Hochwassermarke zu halten. Er verband das Schlafzimmer mit dem Flur.

Bill versuchte, in dem strömenden Regen etwas zu erkennen. Er sah überall nur Wasser. Das Meer bedeckte Galveston vollständig. Es war emporgestiegen und hatte die Stadt und die Insel verschluckt.

Das Haus wackelte plötzlich heftigst. Sie hörten Balken bersten, spürten die zunehmende Neigung. Der Absatz schwankte zunehmend.

»Bill, wir werden das nicht überleben, oder?«

»Nein, mein Schatz. Wohl kaum.«

»Ich liebe dich.«

»Ich liebe dich.«

Er nahm sie in die Arme und küßte sie. Sie sagte: »Für uns ist das nicht so schlimm. Aber was ist mit Teddy. Er hat keine Ahnung. Er versteht nicht, was passiert. Lieber Gott, warum Teddy? Er ist doch nur ein Baby … Liebling, wie ertrinke ich am besten?«

»Einmal tief durchatmen, und es ist vorbei. Nur ein tiefer Atemzug, wehr dich einfach nicht.«

Angelique fing an zu weinen. Bill ging in die Hocke und suchte mit der Hand unter Wasser den Boden ab. Der Hammer steckte an einer Stelle fest, die er noch nicht abgedichtet hatte. Bill holte den Hammer aus dem Wasser. In dem zentralen Stützpfeiler steckte ein langer Nagel. Er hatte ihn gestern dort hineingeschlagen, damit er nicht verlorenging. Es war sein letzter langer Nagel, und er hatte auf Nummer Sicher gehen wollen, daß er wiedergefunden wurde.

Er setzte die Nagelklaue an und zog ihn heraus. Dann blickte er Angelique in die Augen. »Wir können dafür sorgen, daß Teddy eine Chance bekommt.«

Angelique konnte Bill in der Finsternis kaum erkennen, aber irgendwie wußte sie, was ihm ins Gesicht geschrieben stand. »O, Bill.«

»Es ist eine Chance.«

»Aber …«

»Wir werden das nicht überstehen, aber der Stützpfeiler …«

»O Gott, Bill.« Angelique ging in die Knie und drückte Teddy an sich. Bill packte sie an den Schultern und sagte: »Gib mir meinen Sohn.«

Angelique schluchzte. In diesem Augenblick sackte das Haus nach rechts ab – mit Ausnahme des Stützpfeilers. Alle anderen Pfosten gaben langsam nach, aber dieser eine hatte sich bisher nicht gerührt.

Angelique legte Bill das Kind in die Arme. Bill küßte ihn, schwang ihn so hoch er konnte, drückte seinen Rücken gegen den Pfosten und hob seinen Arm. Angelique stand plötzlich neben ihm und hielt das Baby. Bill küßte sie. Er nahm Hammer und Nagel, plazierte den Nagel direkt über Teddys kleinem Handgelenk und trieb den Nagel mit einem festen Schlag durch das Fleisch ins Holz.

Der Sturm blies voller Wut, und der Bretterboden verwandelte sich in Gelatine. Bill hielt Angelique umklammert, und Angelique hätte fast noch ein ›Teddy‹ herausgebracht. Dann bemächtigten sich die Naturgewalten der beiden Menschen und ihres Häuschens.

Hoch über allem klatschte das Wasser gegen den Pfosten. Teddy schrie vor Kälte und Schmerzen.

Bess kam zwischen Holz und Abfällen an die Wasseroberfläche. Sie paddelte sofort wie rasend mit den Beinen. Wasser lief ihr über die Nüstern. Ein Nagel, der aus einem Brett ragte, schnitt ihr ins Maul und riß eine klaffende Wunde. Das Pferd wieherte, schlug wütend mit den Beinen, hob seinen Kopf und versuchte, sich über Wasser zu halten.

Sonntag, 9. September, 4.00 Uhr

Der Drehmechanismus des Leuchtturmes hatte aufgehört zu funktionieren. Das Treppenhaus, das zur Leuchtkammer emporführte, füllte sich nach und nach mit Menschen, die sich im selben Tempo die Stufen empordrängten, wie der Wasserspiegel stieg. Ein Mann mit einem kleinen Jungen war als Letzter hereingekommen und befand sich entsprechend auf der stetig höher wandernden untersten Stufe. Immer wieder rief er: »Geht weiter, geht weiter, sonst ertrinkt hier ein Mann mit seinem Sohn.« Und alle stiegen eine Stufe höher. Wenn das Wasser ihn wieder eingeholt hatte, wiederholte der Mann seinen Spruch.

Der Leuchtturm war nicht für so viele Menschen gebaut worden und schwankte leicht. Jim, der Leuchtturmwärter, und seine Frau Elizabeth entzündeten die Kerosinlampe, stellten sie in die Mitte der runden Vergrößerungslinse und drehten den Strahl von Hand im Kreis. Man sollte dort draußen sehen, daß es hier noch einen Unterschlupf gab; auch wenn der Leuchtturm überfüllt war und bald nicht mehr stehen mochte. Es wäre das Beste gewesen, das Licht zu löschen und zu hoffen, daß sie diejenigen retten konnten, die sich bereits hier befanden; und natürlich sich selbst. Aber Jim und Elizabeth brachten das nicht übers Herz. Elizabeth sagte: »Jim, ich glaub', jetzt geht's um alles oder nichts. Der Herr will es so. Und ich will es so.«

Die ganze Nacht hindurch hörten sie Schreie und Hilferufe, und einmal, als der Drehmechanismus noch funktionierte, hatten sie einen Mann gesehen, der sich an einen Balken klammerte. Als die Lampe sich einmal um die eigene Achse gedreht hatte, war er verschwunden.

Schließlich wurde es ihnen zu anstrengend, den Lichtstrahl von Hand weiter zu drehen. Sie ließen ihn in eine Richtung leuchten und entdeckten zwei Leichen, die sich in einem großen Stück Leinwand verfangen hatten. Rundherum baumelten Seile, und das Ganze sah aus wie ein große Qualle. Die Seile wanden sich in einem seltsamen Muster um das Paar, und die Stoffbahnen schienen einer eigenen Gesetzmäßigkeit zu folgen: Sie bewegten sich wie zwei große Flügel auf und ab, als gehörten sie zu einem seltenen Meeresbewohner, der die beiden gerade in seine geheime Höhle davontrug, um sie dort in Ruhe zu verspeisen.

Weder Jim noch Elizabeth Marlin kannten die aufgedunsenen Gestalten; sie hatten keine Ahnung, daß sie Ronald Beems und Forrest Thomas gesehen hatten.

5.00 Uhr

Ein erster Lichtschimmer. Der Morgen graute. Jim und Elizabeth waren gegen das Fundament der großen Lampe gelehnt eingeschlafen. Sie erwachten und sahen in den ersten Strahlen der Morgensonne den Bug eines Schiffes vor dem Fenster des Leuchtturms. Darin stand ein tropfnasser Mann in Uniform, sah zu ihnen herein und weinte herzerweichend.

Jim ging ans Fenster. Das Schiff war auf einem großen Haufen Sand und Holz gestrandet. Auf dem Bug las er den Schriftzug *Pensacola*. Der Mann lehnte sich gegen die Scheibe. Er trug eine Kapitänsmütze. Er legte eine Handfläche auf das Glas. Jim legte seine Hand von innen dagegen.

Hinter dem Kapitän tauchten weitere nasse Männer auf. Als sie den Leuchtturm sahen, fielen sie auf die Knie und hoben ihre Hände betend gen Himmel. Sie hatten vergessen, daß es schließlich dieser Himmel gewesen war, der sie niedergeschmettert hatte.

6.00 Uhr

Die ersten Sonnenstrahlen brachen sich auf der glänzenden Wasseroberfläche. Der Wasserspiegel sank erstaunlich schnell, und John McBride saß bequem auf dem großen Stundenzeiger und was sonst noch von der Rathausuhr übrig geblieben war. Er saß da und hielt sich an einem Stück Metall fest, das an der Uhr baumelte. Irgendwann heute nacht war eine große Feder aus dem Zifferblatt gesprungen und hatte ihn am Kopf erwischt. Einen Augenblick dachte McBride, er würde immer noch gegen den Nigger kämpfen. Er konnte sich nicht entscheiden, was schlimmer war: der Sturm oder der Nigger. Doch im Verlauf der Nacht hatte er sich dankbar an der Feder festgehalten.

Unter sich konnte er die Ruinen des Sporting Club besichtigen, einschließlich der Spinde, in denen sich seine Sachen befanden. Das ganze gottverdammte Gebäude war in Einzelteilen an die Rathausfront gespült worden.

McBride löste die Verschnürung seiner Boxhandschuhe mit den Zähnen und streifte sie ab. Die ganze Nacht hindurch waren ihm die Handschuhe lästig gewesen. Er hatte unablässig befürchtet, daß er abrutschen würde, weil er das Metall nicht richtig zu packen bekam. Es tat gut, das enge nasse Leder los zu sein.

McBride beugte sich zu dem Minutenzeiger hinüber, schaukelte ein paarmal daran, bis der Zeiger sich senkte und er auf einen Schutthaufen springen konnte. Er kletterte über Holz und anderes Treibgut und entdeckte einen Haufen aufgedunsener Leichen: Männer, Frauen und Kinder. Den meisten ragten Schindeln aus Kopf und Körper. Er durchsuchte ihre Taschen nach Geld, ohne Erfolg; aber eine der Frauen – nur noch ihre Haare und ihr Kleid verrieten ihr Geschlecht, ihre Gesichtszüge waren bis zur Unkenntlichkeit aufgequollen – trug einen Ring. Er versuchte, ihr den Ring vom Finger zu ziehen, aber es ging nicht. Das Fleisch war zu aufgedunsen.

Er watete zu den angeschwemmten Spinden hinüber und durchsuchte sie so lange, bis er seine Kleider gefunden hatte. Sie waren so verdreckt, daß er sie einfach liegenließ. Das Rasiermesser und den Revolver nahm er jedoch an sich. Der Revolver war voller Sand. Er nahm die Patronen heraus, schüttelte sie und schob sie wieder in die Kammer. Dann steckte er ihn in seine Boxershorts. Er klappte das Rasiermesser auf, schüttelte den Sand heraus, ging zu der Frau zurück und schnitt ihr damit den Finger ab. Die Klinge zerteilte das Fleisch ohne Probleme. Den Knochen mußte er allerdings abhacken. Er steckte sich den Ring an den kleinen Finger, klappte das Messer zusammen und steckte es neben seinen Revolver in den Hosenbund.

Daß ausgerechnet ihm so eine Scheiße passieren mußte. Er hatte sein Geld im Puff versteckt, und wahrscheinlich trieb es zusammen mit der wohlgenährten Madam auf hoher See. Madam würde vermutlich ein paar Harpunen abbekommen.

Und die Arschgeigen, die ihn hätten bezahlen sollen, waren allesamt ersoffen, einschließlich des Oberarschlochs, Beems. Sollten sie wider alle Erwartungen überlebt haben, war ihnen ganz sicher ihre Barschaft abhanden gekommen.

Was für eine beschissene Reise. Keine Kleider. Kein Geld. Der Nigger war ihm durch die Lappen gegangen. Und keine einzige Frau in Sicht. Von den aufgelaufenen Kosten mal ganz zu schweigen.

Was zum Teufel konnte denn sonst noch schiefgehen?

Er beschloß, zu dem Bordell hinüberzuwaten. Vielleicht stand es ja noch, und unterwegs konnte er ein paar Leichen plündern – um zumindest einen Teil seiner Verluste auszugleichen.

Er war kaum losgegangen, als er einen Hund bemerkte, der auf einer Hundehütte an ihm vorbeitrieb. Er war an die Hütte gekettet, und die Kette hatte sich verfangen und fesselte ihn flach auf das Dach. Er hob die Augen, sah McBride und bellte erschöpft um Hilfe. McBride schätzte, daß er auf diese Entfernung einen Schuß riskieren konnte.

Er hob den Revolver und zog den Abzug durch. Es klickte, aber nichts geschah. Er versuchte es erneut, gegen jede Hoffnung. Diesmal löste sich ein Schuß und erwischte den Hund am Schädel. Das Tier rutschte vom Dach, blieb an der Kette hängen und trieb außer Sichtweite.

»Armes Vieh«, sagte McBride.

7.03 Uhr

Das Wasser sank mit großer Geschwindigkeit. Zurück ließ es Tausende von Toten und einen Schutthaufen, der einst Galveston gewesen war. Der Gestank war fürchterlich. Jack und Cooter hatten die Nacht in einem Baumhaus verbracht. Als sie erwachten, wunderten sie sich, daß sie noch am Leben waren.

Die riesige Eiche war aller Blätter und Äste entkleidet, aber das Baumhaus war unversehrt geblieben. Ein erstaunlicher Zufall. Sie waren direkt an den Baum gespült worden und einfach von dem Balken, an den sie sich geklammert hatten, heruntergekrabbelt und hineingeklettert. Drinnen war es trocken, und sie fanden eine Dose mit harten Keksen und drei Flaschen jenes verrückten texanischen Getränks, *Dr. Pepper*. An der Wand hing ein Telefon – ein Spielzeug aus Holz und Konservendosen. Jack mußte sich zusammennehmen, um nicht nach dem Hörer zu greifen. Vielleicht war es ein direkter Draht zum lieben Gott, denn es stand außer Zweifel, daß der Herr sie hierhergeführt hatte.

Cooter half Jack dabei, die Handschuhe auszuziehen, dann aßen sie die Kekse, tranken jeder eine Flasche *Dr. Pepper*, teilten sich die letzte Flasche und schliefen ein.

Als es schließlich ganz hell geworden war, machten sie sich an den Abstieg. Die Leiter war spurlos verschwunden, aber sie glitten den Baum hinunter wie an einer Stange.

Sie sprangen in das knöcheltiefe Wasser und wateten durch den Schlamm hindurch. Die Welt, die sie gekannt hatten, gab es nicht mehr. Galveston bestand nur noch aus einem Haufen aufgedunsener Leichen und Kadaver – Menschen, Hunde, Maultiere, Pferde – und zersplittertem Holz. In einiger Entfernung konnten sie eine triefend nasse Familie sehen, die wie Enten hintereinander herliefen. Jack erkannte sie wieder. Er hatte sie gelegentlich in der Stadt getroffen. Das waren Issac Cline, dessen Bruder Joseph, Issacs Frau und Kinder. Er fragte sich, ob sie ein Ziel vor Augen hatten. Oder liefen sie wie Cooter und er selbst einfach in der Gegend herum? Er hielt die zweite Möglichkeit für wahrscheinlicher.

Jack und Cooter gingen wieder stadteinwärts, den Hügel hinauf. Wenig später konnten sie das Rathaus sehen – schwer beschädigt, aber es stand noch. An der großen Uhr hatte sich eine Sprungfeder gelöst. Sie ragte aus dem Zifferblatt wie eine verdrehte stählerne Zunge.

Der Turm lag noch ein Stück entfernt, als sie auf einen Mann trafen, der ihnen entgegenkam. Er trug wie Jack Stiefel und Boxershorts und saß auf dem blanken Rücken einer schokoladenbraunen Stute. Er hatte ein Stück ausgefranstes Seil um das Maul des Pferdes geschlungen und hielt das Tier damit im Zaum. Seine Haare waren perfekt gekämmt. Es war McBride.

»Verdammter Mist«, sagte Cooter. »Wenn das kein Zufall ist. Tja, Jack, paß auf dich auf. Wir sehen uns später.«

»Arschloch«, sagte Jack.

Cooter steckte die Hände in die Taschen und wandte sich nach rechts. Sein Weg führte über Schutthaufen und Leichen ins Nirgendwo.

Als McBride Jack erkannte, brüllte er: »Du bist schon 'ne Nummer, Nigger. Nicht mal ein Wirbelsturm kann dich ersäufen.«

»Dich genauso wenig«, antwortete Jack. Sie standen ein halbes Dutzend Meter voneinander entfernt. Jack bemerkte den Revolver und das Rasiermesser in McBrides Hosenbund. Das Pferd, ein wunderschönes Tier mit einer klaffenden Wunde am Maul, ging plötzlich in die Knie und blieb mit untergeschlagenen Beinen liegen. Sein Kopf sank in den Schlamm.

McBride kletterte herunter und sagte: »Ist das zu fassen? Das verdammte Vieh hat diese Nacht überstanden, und jetzt kann's mich nicht mal mehr tragen.«

McBride zog den Revolver und schoß dem Pferd in den Kopf. Langsam kippte es zur Seite und blieb liegen. McBride blickte Jack in die Augen. Der Revolver lag locker in seiner Hand. »Wenn er nicht losgegangen wär'«, erklärte er, »hätt' ich's mit einem Brett totschlagen müssen. Ich kann Tiere nicht leiden seh'n. Die Knarre ist naß geworden und funktioniert nur noch zwei von drei mal. Ist das zu fassen?«

»Das Pferd hätt's überstanden«, sagte Jack.

»Nein, hätt's nicht«, antwortete McBride. »Warum rüttelst du's nicht wach, vielleicht passiert ein Wunder?« McBride steckte den Revolver in seinen Hosenbund zurück. »Was ist mit uns beiden? Machen wir weiter, wo wir aufgehört haben?«

»Das soll wohl 'n Witz sein«, sagte Jack.

»Hörst du mich lachen?«

»Ich weiß nicht, wie's dir geht, Schwachkopf, aber ich komm' mir vor, als hätt' ich 'n Wirbelsturm überstanden. Dann bin ich ein paar Meilen mit Boxhandschuhen 'rumgeschwommen, hab die Nacht in einer Baumhütte geschlafen und Kekse und *Dr. Pepper* gefrühstückt.«

»Ich hab' nicht mal gefrühstückt, Nigger. Hör mal zu. Ich kann nicht einfach nach Hause fahren, ohne zu wissen, ob ich's mit dir aufnehmen kann. Zur Hölle, vielleicht schaff' ich's nicht mal bis nach Hause. Ich will wissen, wer von uns der Stärkere ist. Und dir geht's genauso.«

»Yeah. Stimmt. Aber ich kämpf' nicht gegen Pistolen und Rasiermesser.«

McBride zog den Revolver und das Rasiermesser aus seinem Bund, suchte sich eine trockene Stelle und legte sie hin. »Also los.«

»Wo?«

»Warum nicht hier?«

Jack blickte sich um. Hinter dem ganzen Schutt erhob sich eine freie Fläche. Dort hatte ein Haus gestanden. Einer der Stützpfeiler war noch zu sehen.

»Dort drüben, »sagte er.

Sie gingen hinüber und suchten sich ein ebenes Stück Land von der ungefähren Größe eines Boxrings. Um sie herum häuften sich die Leichen, auf denen zahllose Möwen saßen und nach zartem Fleisch und Augäpfeln pickten. McBride betrachtete die Leichen und was von Galveston übrig war, drehte sich um und sagte zu Jack: »Scheiß auf die Regeln.«

Sie gingen mit nackten Knöcheln aufeinander los. Bereits nach wenigen Augenblicken wurde deutlich, daß beide erschöpft waren. Sie schlugen einfach drauflos, und das Klatschen ihrer Fäuste ging im Krächzen und Schreien der Möwen unter. McBride bückte sich und rammte Jack den Kopf unter das Kinn. Jack packte ihn im Nacken und stieß ihm das Knie in die Magengrube.

Sie rollten auf dem Boden und im Schlamm umher, lösten sich voneinander, kamen wieder auf die Beine und gingen erneut aufeinander los. Plötzlich wurden das Geräusch ihrer Schläge und die Schreie der Möwen von einem Aufheulen übertönt, daß so einmalig und wütend klang, daß sie ihren Schlagabtausch unterbrachen.

»Pause«, sagte Jack.

»Was zum Teufel ist das?« wollte McBride wissen.

Sie gingen auf das Heulen zu und lehnten sich gegen den massiven Stützpfeiler. Früher hatte hier einmal ein ansehnliches Haus gestanden. McBride sagte: »Ich weiß nicht, wie's dir geht, Nigger, aber ich bin fix und fertig.«

Erneut ertönte das Heulen. Über Jack. Er blickte auf. Ein Baby hing fast am oberen Ende des Pfostens an einem Nagel. Der erhobene Arm war mit getrocknetem Blut bedeckt. Möwen umflatterten seinen Kopf, fast wie ein Heiligenschein.

»Ich will verflucht sein«, flüsterte Jack. »McBride, hilf mir da rauf.«

»Was?«

»Hilf mir rauf.«

»Du willst mich verarschen.«

Jack hob ein Bein. McBride seufzte, verschränkte seine Finger zu einer Baumleiter und wuchtete Jack in die Höhe. Langsam kletterte er den Pfosten hinauf. McBride hob ein paar Steine auf und warf sie nach den Möwen.

»Du triffst noch das Baby, du Rindvieh«, rief Jack.

Als er oben angekommen war, sah er, daß der Nagel ein Stück aus dem Handgelenk des Babys ragte. Er wickelte seine Beine um den Pfosten, hielt sich mit einem Arm fest, packte den Nagel und versuchte, ihn zu lockern. Er rührte sich nicht.

»Ich bekomm' ihn nicht raus«, schrie er hinunter. Er konnte

sich kaum noch halten. Seine Arme und Beine hatten sich in Butter verwandelt.

McBride rief: »Halt aus«, und lief davon.

Es schien eine Ewigkeit zu verstreichen, bis er wiederkam, den Revolver in der Hand. Er blickte zu Jack und dem Baby hinauf. Einen langen Augenblick sah er sie nur an. Jack beobachtete ihn und rührte sich nicht. Dann sagte McBride: »Hör zu, Nigger. Ich werf dir die Knarre rauf. Vielleicht bekommst du damit den Nagel raus.«

McBride entfernte die restlichen Patronen und warf die Waffe in die Höhe. Jack fing sie beim dritten Versuch. Er hakte den Abzugsbügel unter den Nagelkopf, drückte dabei aber immer wieder dem Baby aufs Handgelenk. Der Junge hatte aufgehört zu heulen. Er gab nur noch leise mähende Töne von sich, wie eine sterbende Ziege.

Der Nagel löste sich, und fast hätte Jack das Kind nicht aufgefangen. Er erwischte es nur noch an seinem verletzte Arm und hörte deutlich, wie die Schulter knackend auskugelte. Er hatte keine Kraft mehr und wußte, daß er jeden Augenblick herunterfallen würde.

»McBride«, rief er. »Fang.«

Das Baby fiel, zusammen mit dem Revolver. McBride streckte die Arme aus und fing das Kind. Es schrie, als er zupackte. McBride hob es über seinen Kopf und lachte. Dann legte er es auf einen Bretterhaufen und betrachtete es.

Jack war den Pfosten halb hinunter, als ihn die Kraft verließ. Er landete auf dem Rücken und blieb erschöpft und keuchend liegen. Es dauerte eine Weile, bis er wieder auf die Beine kam, den Revolver aufhob und auf unsicheren Beinen zu McBride hinüberstolperte. McBride hatte dem Kind inzwischen die Schulter eingerenkt und gurrte ihm zu.

Jack sagte: »Er wird es nicht schaffen. Er hat zu viel Blut verloren.«

McBride richtete sich auf, das Baby auf einer Schulter. »Quatsch. Der Kleine hält was aus. Der kommt mit einer Narbe davon. In dem Alter sind sie noch beweglich. So arg hat er gar nicht geblutet. Besorg ihm etwas Milch, und in fünfzehn, sechzehn Jahren rennt er jeder Frau hinterher. Das Beste wär' natürlich, wenn er nicht älter als zwei wird. Sonst wird aus ihm eh nur ein Kerl wie wir.«

McBride hielt das Kind mit ausgestreckten Armen von sich weg und betrachtete es ausgiebig. Der Penis des Babys hob sich, und es pinkelte ihn von oben bis unten an. McBride lachte aus vollem Hals.

»Verdammte Scheiße, Nigger, heut' ist einfach nicht mein Tag. Und es ist auch nicht der Tag, an dem wir rausfinden, wer von uns der Bessere ist. Hier. Ich kenn' niemanden hier. Nimm du ihn.«

Jack nahm das Kind, gab McBride den Revolver und sagte: »Ich weiß nicht, ob noch jemand am Leben ist, den ich kenne.«

»Laß dir's gesagt sein, Nigger, du hast ein saumäßiges Glück«, antwortete McBride. »Ich werd' dich nicht verprügeln und auch nicht umbringen.«

»Tatsächlich?«

»Jaaa. Jemand muß sich um das Kind kümmern, und wenn ich ihn behalte, hab' ich ihn in einer Stunde vielleicht schon satt und steck seinen Kopf unter Wasser.«

»Das würdest du wirklich tun, was?«

»Möglich. Und weißt du, du bist ein ziemliches Rindvieh, daß du mir die Knarre zurückgibst.«

»Nee. Als ich an dem Nagel herumgemacht hab', ist sie kaputt gegangen.«

McBride grinste, warf den Revolver in den Schlamm, legte eine schützende Hand über seine Augen und betrachtete den Himmel. »Ist das zu fassen? Sieht nach einem richtig schönen Tag aus.«

Jack nickte. Das Baby nuckelte an seiner Schulter. McBride hatte wohl recht. Das Kerlchen hielt was aus. Es kuschelte sich an ihn, als ob nichts geschehen wäre, und saugte durstig an seiner Haut. Was wohl mit seiner Familie passiert war? Wie es seiner eigenen Familie gehen mochte? Wo waren sie? Waren sie noch am Leben?

McBride grinste und sagte: »Nigger, du hast da einen höllischen Aufwärtshaken.« Dann drehte er sich um und ging davon.

Jack tätschelte den Rücken des Babys. McBride steckte sein Rasiermesser ein und ging weiter. Jack blickte ihm nach, bis er ihn hinter einem Berg Schutt und Leichen aus den Augen verlor. Er sollte ihn nie wiedersehen.

DAVID MORRELL

Wenn ich sterbe, bevor ich aufwache 1910

Es war nicht der erste Fall, der auftrat. Aber es war Dr. Jonas Bingamans erster, obwohl ihm das erst zwei Tage später klarwerden sollte.

Der Patient, ein rothaariger Junge mit Sommersprossen, lag teilnahmslos in seinem Bett. Es war Abend, und Bingaman war gerade dabei, seine Praxis zu schließen, als ihn der Anruf der besorgten Mutter erreichte. Jetzt stand er in der Tür des kleinen Zimmers und sah sofort, daß der Junge Fieber hatte. Und das nicht nur, weil Joey Carter, den Bingaman zehn Jahre zuvor auf die Welt gebracht hatte, rot im Gesicht war. Immerhin war es in diesem Sommer des Jahres 1918 ungewöhnlich heiß gewesen, und selbst jetzt noch, Ende August, mußte der Arzt immer wieder Fälle von Sonnenbrand behandeln. Nein, er sah, daß Joey Fieber hatte, weil er trotz der anhaltenden Hitze unter dem Laken und zwei Decken zitterte.

»Seit er kurz vor dem Abendessen nach Hause gekommen ist, geht es ihm so«, sagte Joeys Mutter, Rebecca, eine Frau von fünfunddreißig Jahren, dünn und nicht besonders hübsch, die dem Arzt die Tür zu Joeys Zimmer geöffnet hatte und ihn jetzt drängte, einzutreten. »Ich habe seine nasse Badehose gefunden. Er muß schwimmen gewesen sein.«

»Im Bach. Ich habe ihm gesagt, er soll nicht im Bach schwimmen«, sagte Joeys Vater, Edward, der beste Tischler von Elmdale. Er war groß und schlaksig und trug noch immer seinen Overall und die schweren Stiefel. In seinem dicken, dunklen Haar waren noch Spuren von Sägemehl. »Ich habe ihm gesagt, er soll da wegbleiben.«

»Vom Bach?« Bingaman drehte sich jetzt um und sah Edward an, der besorgt im Flur stand.

»Das Wasser ist nicht in Ordnung. Es macht krank. Ich weiß es, weil Bill Kendricks Junge letzten Sommer krank geworden ist, nachdem er im Bach geschwommen ist. Er hat aus Versehen ein bißchen Wasser geschluckt, und dann hat er sich die ganze Nacht übergeben müssen. Ich habe ihm gesagt, er soll einen großen Bogen um den Bach machen, aber er hat nicht auf mich gehört.«

»Der Bach, der durch Larrabees Farm fließt?«

»Ja, genau der. Das Vieh macht in das Wasser, und der Dreck fließt dann flußabwärts bis an die Stelle, wo die Jungen schwimmen.«

»Ja, ich erinnere mich, daß Bill Kendricks Junge letzten Sommer von dem Wasser krank geworden ist«, sagte Bingaman. »Hat Joey sich übergeben?«

»Nein«, sagte Rebecca, und ihre Stimme klang müde.

»Ich sehe ihn mir besser einmal genauer an.«

Als Bingaman jetzt auf das Bett des Jungen zuging, sah er den Baseballschläger in der Ecke. Ein Modell eines Curtiss Doppeldeckers aus Balsaholz, den die *American Expeditionary Force* gegen die Deutschen einsetzten, hing an einer Schnur an der Decke.

»Geht es dir nicht gut, Joey?«

Der Junge mußte sich sehr anstrengen, um den Kopf zu schütteln, und er konnte die Augen kaum offenhalten. Er hustete.

»Warst du schwimmen im Bach?«

Joey nickte schwach. »Ich hätte auf Daddy hören sollen«, flüsterte er mit heiserer Stimme.

»Das nächste Mal weißt du es besser. Aber jetzt möchte ich, daß du dich darauf konzentrierst, wieder gesund zu werden. Ich werde dich jetzt untersuchen, Joey. Keine Angst, ich bin ganz vorsichtig. Ich werde dir sicher nicht weh tun.«

Bingaman öffnete eine schwarze Tasche und beugte sich über Joey. Er konnte die Hitze spüren, die der Junge ausstrahlte. Joeys Eltern kamen näher und sahen gespannt zu. Joeys Husten wurde schlimmer.

Zehn Minuten später legte Bingaman sein Stethoskop wieder zurück in die Tasche und richtete sich auf.

»Und, ist es das?« fragte Edward rasch. »Das schlechte Wasser von Larrabees Farm?«

Bingaman zögerte. »Warum gehen wir nicht woanders hin, damit sich Joey ausruhen kann.«

Sie gingen die Treppe hinunter in die Küche, wo das Abendessen – Kartoffeln, Karotten und Schweinekoteletts – noch auf dem Herd stand und langsam kalt wurde.

»Aber was, glauben Sie, ist es dann?« fragte Rebecca, sobald sie sich an den Küchentisch gesetzt hatten.

»Wie ernst ist es denn?« wollte Edward wissen.

»Er hat Fieber, 39 Grad. Seine Lymphknoten sind geschwollen, und seine Lungen sind voller Schleim.«

»Um Gottes willen, Sie glauben doch nicht, daß er von dem Wasser Diphtherie bekommen hat?« Rebeccas Sorge verwandelte sich in stille Verzweiflung.

Edward starrte auf den Fußboden und schüttelte den Kopf. »Das habe ich befürchtet.«

»Nein, ich glaube nicht, daß es Diphterie ist«, sagte Bingaman.

Joeys Vater hob den Kopf und sah ihn hoffnungsvoll an.

»Einige Symptome haben zwar Ähnlichkeit mit Diphtherie, aber bei der Diphterie findet man bläulich-weiße Flecken, die die Konsistenz von Leder haben. Diese Gewebsveränderungen sind von Entzündungen umgeben, und man findet sie in der Hauptsache in der Nasenschleimhaut und auf den Mandeln.«

»Aber bei Joey ...«

»Sind sie nicht vorhanden«, sagte Bingaman. »Ich glaube eher, daß Joey an Bronchitis leidet.«

»Bronchitis?«

»Wenn ich ihn morgen wieder untersuche, werde ich mehr wissen. In der Zwischenzeit müssen wir die Symptome behandeln. Geben Sie ihm die Hälfte der Erwachsenendosis Aspirin alle sechs Stunden. Und dann reiben Sie ihn mit Alkohol ab. Beides wird helfen, das Fieber zu senken. Wenn sein Schlafanzug und sein Bettzeug durchgeschwitzt sind, wechseln Sie beides. Lassen Sie das Fenster geöffnet. Die frische Luft wird helfen, die Keime aus seiner Brust zu vertreiben.«

»Und?« fragte Joeys Vater.

Bingaman verstand nicht, was er meinte.

»Das ist alles? Mehr können Sie nicht tun?«

»Und dann müssen Sie dafür sorgen, daß er reichlich Wasser trinkt.«

»Wenn er es bei sich behält. Das Wasser ist ja schuld an seinem Zustand.«

»Vielleicht. Hat Joey Ihnen erzählt, ob noch andere Jungen mit ihm schwimmen waren?«

»Ja. Pete Williams. Ben Slocum.«

Bingaman nickte. Nicht nur, daß er sie kannte; er hatte sie auf die Welt gebracht, so wie er Joey auf die Welt gebracht hatte. »Messen Sie Joeys Temperatur alle paar Stunden. Rufen Sie mich an, wenn sie höher steigt oder sich noch andere Symptome zeigen.«

»Mrs. Williams, hier spricht Dr. Bingaman. Es klingt vielleicht merkwürdig, aber – geht es Ihrem Sohn Pete gut? Kein Fieber? Keine geschwollenen Drüsen? Kein Husten?«

Er machte noch einen weiteren Anruf.

»Gar nichts in der Art, Mrs. Slocum? Ihr Sohn ist kerngesund? Gut. Vielen Dank. Bitte grüßen Sie Ihren Gatten von mir. Warum ich angerufen habe? Oh, ich mache nur hier und da einige Stichproben. Ich möchte mich versichern, daß alle Schüler von Elmdale gesund sind, bevor das Schuljahr anfängt. Gute Nacht. Und noch einmal vielen Dank.«

Bingaman hängte die Ohrmuschel mit dem langen Griff zurück auf die Gabel an der holzverkleideten Wand im Flur seines Hauses. Besorgt drehte er das Deckenlicht ab, lehnte sich an die Wand und sah durch das Glas der Haustür nach draußen. Es war schon fast vollkommen dunkel, und die Glühwürmchen tanzten in der Luft. Ein Ford Model T fuhr ratternd vorbei. Auf der Veranda gegenüber saß Harry Webster im Licht, das aus dem Fenster seines Wohnzimmers strömte und rauchte seine Pfeife.

»Jonas, was ist?«

Bingaman drehte sich um. Seine Frau Marion kam auf ihn zu, und trotz der Dunkelheit erkannte er ihre breitschultrige Silhouette. Sie war die Tochter eines deutschen Einwanderers, was sie allerdings wegen des Krieges in Europa so gut wie möglich zu erwähnen vermied. Marion war auf einer Farm im Staat New York aufgewachsen und dann Krankenschwester geworden, und gerade ihre robuste Erscheinung hatte Jonas Bingaman von Anfang an ganz besonders anziehend an ihr gefunden. Vor fünfundzwanzig Jahren. Im Alter von zweiundfünfzig Jahren war sie noch immer so robust wie damals, und er liebte sie mehr denn je. Sicher war das blonde Haar, das er so gern streichelte, jetzt von silbernen Strähnen durchsetzt. Aber sein eigenes Haar war nicht nur silbern geworden, sondern auch weniger, so daß er jetzt beinahe ganz kahl war. Marion nannte es ›würdevoll‹.

»Was los ist?« wiederholte Bingaman. »Das weiß ich selbst nicht so genau.«

»Das ganze Abendessen über, seit du von Joey Carter zurück bist, hast du kaum etwas gesagt.«

»Mir geht da etwas im Kopf herum. Joey scheint Bronchitis zu haben. Sein Vater glaubt, daß er sich beim Schwimmen heute nachmittag infiziert hat. Aber es dauert mehrere Tage, bis sich eine Bronchitis entwickelt, und keiner der Jungen, die mit Joey zusammen schwimmen waren, ist krank.«

»Und was glaubst du, was es dann sein könnte?«

»Was immer es auch ist, Joey muß sich woanders angesteckt haben. Aber normalerweise findet man nicht nur einen Fall von Bronchitis, sondern eine ganze Reihe. Wo hat er sich also angesteckt, wenn niemand sonst in der Stadt es hat?«

Rebecca hielt ungeduldig die Fliegentür auf, während Bingaman die Stufen zum Haus hinaufstieg. »Ich hatte schon Angst, daß ich Sie nicht erreichen würde.«

»Tatsächlich war ich gerade auf dem Weg zu Ihnen, als Sie mich angerufen haben. Joey ist der erste Patient auf meiner Liste für heute früh.«

Er hatte in letzter Zeit ziemlich zugenommen, und das Gewicht lastete jetzt schwer auf ihm, während er die zweite Treppe hinaufstieg. Aber plötzlich hielt er inne, als er angestrengtes Husten aus dem Schlafzimmer direkt über ihm im ersten Stock hörte. »Hat Joey die ganze Nacht über so gehustet?«

»Nicht so schlimm wie jetzt.« Rebeccas Gesicht war gezeichnet vom Schlafmangel. »Das hat erst kurz vor Morgengrauen angefangen. Ich habe ihm Aspirin gegeben und ihn mit Alkohol abgewaschen, wie Sie es mir gesagt haben, aber es scheint nichts genützt zu haben.«

Der Arzt eilte die Stufen hinauf und erschrak, als er das Schlafzimmer betrat. Joey sah so winzig aus unter seiner Decke. Sein Gesicht war viel stärker gerötet, aber zusätzlich hatte sich die Haut um seine Lippen herum bläulich verfärbt. Er atmete mühsam, auch wenn er nicht hustete.

Bingaman machte sich sofort an die Arbeit, nahm seine Instrumente aus der Tasche und mußte feststellen, daß Joeys Temperatur gestiegen war. Der Zustand seiner Lungen hatte sich verschlechtert, sein Hals war entzündet, und seine Drüsen waren noch stärker geschwollen. Auch hatte der Junge nicht die Kraft, auf seine Fragen zu antworten. Am Tag vorher hatte sein Puls bei 85 gelegen und seine Atemfrequenz bei 20. Jetzt waren Puls auf 100 und Atemfrequenz auf 25 gestiegen.

»Es tut mir leid, daß ich Ihnen das sagen muß, Mrs. Carter.«
»Was, um Himmels willen, hat er denn?«
»Es könnte eine Lungenentzündung sein.«
Rebecca Carter rang erschrocken nach Luft.
»Ich weiß, daß Sie ihn lieber zu Hause behalten würden«, sagte Bingaman, »aber es ist jetzt das Beste für Joey, wenn wir ihn ins Krankenhaus einliefern.«
Rebecca sah den Arzt ungläubig an, so als ob sie ihren Ohren oder ihrer geistigen Zurechungsfähigkeit nicht traute. »Nein, ich kümmere mich um ihn. Das schaffe ich schon.«
»Das bezweifele ich keineswegs, aber Joey braucht eine spezielle Behandlung, die man hier nicht durchführen kann.«
Rebecca sah noch verängstigter aus. »Was denn?«
»Das erkläre ich Ihnen, nachdem ich das Krankenhaus angerufen und alles organisiert habe.« In der Hoffnung, sie abgelenkt zu haben, eilte Bingaman die Treppe hinunter zum Telefon, das im Flur gleich neben der Haustür hing. Was er ihr nicht sagen wollte, war, daß die blaue Verfärbung um Joeys Lippen bedeutete, daß der Junge bereits an Sauerstoffmangel litt. Wenn er nicht sobald wie möglich ins Krankenhaus gebracht wurde und eine Sauerstoffmaske bekam, dann konnte er wohl möglich an der Flüssigkeitsansammlung in seinen Lungen ersticken.

»Die Symptome weisen eindeutig auf Pneumonie hin«, sagte der Chefarzt des Krankenhauses von Elmdale zu Bingaman. Er hieß Brian Powell, und sein drahtig ausgemergelter Körper stand in krassem Gegensatz zu Bingamans stattlichem Umfang. Die beiden Ärzte waren schon seit Jahren befreundet, und Powell, der zufällig gerade in der Notaufnahme war, als Joey eingeliefert wurde, hatte Bingaman anschließend auf einen Kaffee in sein Büro eingeladen. Bingaman konnte Mrs. Carters Weinen nicht vergessen.
»Aber wenn es eine Lungenentzündung ist, woher hat er sie dann?« Bingaman schenkte der dampfenden Tasse Kaffee, die vor

ihm stand, keinerlei Beachtung. »Hast du vielleicht irgendwelche Patienten mit ähnlichen Symptomen?«

Powell schüttelte den Kopf. »Im Winter wären solche Symptome ja nicht ungewöhnlich. Erkältungen und damit einhergehende Infektionen können schon einmal zu einer Lungenentzündung führen. Aber im Sommer? Daran könnte ich mich sicher erinnern.«

»Es macht einfach keinen Sinn.« Bingaman schwitzte unter seinem Jackett. »Warum ist Joey der einzige?«

»Nein.« Rebecca Carter wartete vor Joeys Zimmer in der Hoffnung, daß man sie irgendwann doch hineinließ. Ihre Augen waren vom Weinen gerötet. »Alles war so wie immer, ein ganz gewöhnlicher Sommer. Wir haben alles so gemacht wie immer.«

»Können Sie das vielleicht ein wenig ausführlicher beschreiben?« fragte Bingaman.

Rebecca tupfte sich mit einem Taschentuch die Augen trocken. »Hin und wieder ein Picknick. Joey spielt gern Baseball. Wir gehen in den Park, und Edward zeigt ihm, wie man den Ball trifft. Und das Kino. Manchmal gehen wir ins Kino. Joey sieht so gerne Charlie-Chaplin-Filme.«

»Das ist alles?«

»Ein ganz gewöhnlicher Sommer. Ich habe meinen Nähklub. Wir haben nicht oft Gelegenheit, etwas gemeinsam als Familie zu tun, da Edward oft erst spät von der Baustelle zurückkommt, weil er das gute Wetter ausnutzen will. Warum fragen Sie? Ist Joey denn nicht von dem Wasser im Bach krank geworden?«

»Können Sie sich noch an irgend etwas anderes erinnern, was Joey diesen Sommer gemacht hat? Irgend etwas, auch wenn es nur ein ganz klein wenig ungewöhnlich war?«

»Nein. Tut mir leid. Ich …«

Sie wurde von ihrem Mann unterbrochen, der jetzt den Flur entlangeilte. »Rebecca.« Edward Carters lederiges Gesicht glänzte vor Schweiß. »Ich bin nach Hause gegangen, weil ich nach Joey sehen wollte. Da hat mir Mrs. Wade von nebenan gesagt, daß du … mein Gott, Doktor, was ist denn mit Joey?«

»Das versuchen wir noch herauszufinden. Es könnte eine Lungenentzündung sein.«

»Lungenentzündung?«

Die Tür zu Joeys Zimmer öffnete sich. Einen kurzen Augenblick lang sahen sie Joey unter einem Laken in einem Metallbett liegen. Sein Gesicht verschwand fast völlig unter der Sauerstoffmaske. Dann kam eine Krankenschwester heraus und schloß die Tür.

»Wie geht es ihm?« Joeys Mutter konnte nicht länger warten.

»Er ist ein bißchen wirr«, antwortete die zierliche Schwester. »Er sagt, daß er sich fühlt wie auf einem Riesenrad.«

»Einem Riesenrad?« Bingaman schüttelte verständnislos den Kopf.

»Er erinnert sich wahrscheinlich an den Jahrmarkt«, sagte Joeys Vater.

»Jahrmarkt?«

»In Riverton. Letzte Woche. Ich mußte dort Holz für einen Auftrag kaufen. Joey ist mitgefahren. Wir waren eine Stunde auf dem Jahrmarkt. Das Riesenrad hat ihm ganz besonders gefallen.«

»Ja, die Patienten haben Fieber, geschwollene Lymphdrüsen und Schleim in den Lungen.« Bingaman benutzte das Telefon in Dr. Powells Büro. »Unter Umständen Lungenentzündung.« Er sprach mit dem Chef des Krankenhauses im fünfzig Meilen entfernten Riverton. »Gar nichts? Nicht einen ähnlichen Fall? Warum ich …? Ich versuche die Ursache für die Symptome meines Patienten zu finden. Er war nämlich letzte Woche in Riverton. Ich dachte, daß er sich vielleicht auf dem Jahrmarkt angesteckt haben könnte … Wenn doch noch irgend etwas in dem Zusammenhang auftritt, würden Sie mich bitte anrufen? Vielen Dank.«

Bingaman hängte den Hörer auf die Gabel und rieb sich den Nacken. Während des Gesprächs hatte ihn Powell, der an seinem Schreibtisch saß, beobachtet. »Mach dir keine Sorgen. Lungenentzündung ist oft wie Pollen im Wind. Du wirst wahrscheinlich nie herausfinden, wo der Junge sich angesteckt hat.«

Bingaman starrte aus dem Fenster. Ein Rotkehlchen saß auf einem Zweig in der Ulme. »Wie Pollen im Wind?« Er seufzte. »Du kennst mich doch. Damit kann ich mich nicht zufriedengeben. Ich muß den Dingen auf den Grund gehen. Ich kann einfach nicht aufhören darüber nachzudenken, selbst wenn es dem Patienten längst wieder gutgeht. Aber …«

»Ja?« sagte Powell und zog die Augenbrauen in die Höhe.

»In diesem Falle geht es meinem Patienten keineswegs gut.«

Marion sah, wie er seinen Teller anstarrte. »Magst du den Braten nicht?«

»Was?« Bingaman hob den Kopf. »Oh … tut mir leid. Ich glaube, ich bin heute abend keine gute Gesellschaft.«

»Machst du dir noch Sorgen?«

Er schob etwas Kartoffelpüree auf die Gabel. »Ich hasse es, so hilflos zu sein.«

»Aber du bist doch nicht hilflos. Heute nachmittag hast du all deinen Patienten sehr geholfen, die zu dir in die Praxis gekommen sind.«

Bingaman ließ die Gabel wieder sinken. »Das waren alles ganz unproblematische Fälle. Ich kann eine klaffende Wunde im Arm nähen und Natron bei Sodbrennen verschreiben. Und auch für jemanden, der in die Brennesseln gefallen ist, habe ich eine Salbe, aber bei einer Lungenentzündung kann ich nichts weiter machen, als die Symptome zu bekämpfen. Wir können nichts weiter tun, als Joeys Fieber zu senken, ihn mit ausreichend Flüssigkeit zu versorgen und ihm Sauerstoff zu geben. Aber wenn der Junge nicht stark genug ist, über die Infektion hinwegzukommen, dann kann ich nichts daran ändern. Es liegt alles in Gottes Hand. Und Gott kann manchmal sehr grausam sein.«

»Da muß ich dir recht geben, wenn ich an den Krieg denke«, erwiderte Marion. Sie war Amerikanerin und unbeirrbar loyal, aber ihre Vorfahren waren Deutsche, und sie war sich nur zu bewußt, daß auf beiden Seiten der Hindenburg-Linie brave Männer starben.

»So viele sterben an infizierten Wunden – es ist so sinnlos.« Bingaman tippte mit der Gabel gegen den Teller. »Es ist ganz ähnlich wie bei Joey. Himmel, wenn ich doch nur noch einmal jung sein könnte. Noch einmal studieren könnte. Ich versuche zwar, wissenschaftlich auf dem laufenden zu bleiben, aber ich habe trotzdem das Gefühl, daß meine Methoden veraltet sind. Ich wünschte mir, ich wäre in die Forschung gegangen. Mikrobiologie. Ich würde alles dafür geben, wenn ich in der Lage wäre, eine Infektion an der Wurzel zu bekämpfen. Vielleicht wird einmal jemand ein Medikament entwickeln, das diese Mikroben, die die Krankheit auslösen, erkennt und zerstört.«

»Das wäre allerdings eine enorme Erleichterung für deine Arbeit. Aber bis dahin …«

Bingaman nickte ernst. »Wir tun, was wir können.«

»Du arbeitest zuviel. Warum verwöhnst du dich nicht ein bißchen? Geh hinauf ins Arbeitszimmer und probier das Funkgerät aus, daß du gekauft hast.«

»Das hatte ich beinahe schon vergessen.«

»Du warst jedenfalls Feuer und Flamme dafür, als du am Sonntag nachmittag die Antenne auf dem Dach montiert hast.«

»Und du hast dir solche entsetzlichen Sorgen gemacht, daß ich vom Dach fallen und mir den Hals brechen könnte.« Bingaman lachte leise. »Als ich das Funkgerät gekauft habe, fand ich es ungeheuer aufregend. Ein Wunder des zwanzigsten Jahrhunderts.«

»Das ist es immer noch.«

»Wenn ich mir vorstelle, daß man damit mit jemandem in einem anderen Staat sprechen kann. In einem anderen Land. Drahtlos. Sogar mit einem Schiff auf See. Oder man kann einen Kriegsbericht direkt von der Front hören.« Bingaman wurde wieder ernst. »Nun, das ist vielleicht nicht so großartig. Aber der Rest … Ja, ich glaube, ich werde heute abend etwas damit herumspielen.«

Aber als er in den Flur ging, um die Treppe in den ersten Stock hinaufzusteigen, klingelte das Telefon. Müde nahm er den Hörer von der Gabel und beugte sich über das Mikrofon.

»Hallo.« Er hörte zu. »Oh.« Und noch einmal leiser: »Oh.« Seine Stimme klang düster, als er sagte: »Ich komme sofort.«

»Ein Notfall?« fragte Marion.

Bingaman spürte eine plötzliche Enge in der Brust. »Joey Carter ist tot.«

Marion wurde bleich. »O mein Gott.«

»Mit dem Sauerstoff habe ich geglaubt, daß er es schaffen könnte ... Wie furchtbar.« Er fühlte sich wie gelähmt und hatte Mühe, sich zu bewegen. »Dann gehe ich jetzt wohl besser zu seinen Eltern.«

Aber nachdem Bingaman seine Jacke angezogen und seine schwarze Tasche genommen hatte, klingelte das Telefon wieder. Er meldete sich und hörte schweigend zu. Als er den Hörer wieder auf die Gabel hängte, fühlte er sich noch älter und müder.

»Was ist denn?« Marion hielt ihn am Arm zurück.

»Das war noch einmal das Krankenhaus. Joeys Vater ist zusammengebrochen: hohes Fieber, Husten und geschwollene Lymphdrüsen. Die beiden Jungen, die mit Joey schwimmen waren, sind auch krank – die gleichen Symptome. Ihre Eltern haben sie gerade in die Notaufnahme gebracht.«

»Wenn es nur Joeys Freunde gewesen wären, hätte ich gesagt, daß Larrabees Fluß die Ursache ist«, sagte Bingaman zu Dr. Powell, der auf Bingamans dringende Aufforderung ebenfalls ins Krankenhaus gekommen war. Es war Mitternacht. Sie saßen sich in Powells Büro gegenüber, und in dem bleichen Licht der Schreibtischlampe wirkte ihre Gesichtshaut teigig und fahl. »Aber Joeys Vater ist nicht einmal in die Nähe des Flusses gekommen, und er hat sich auch angesteckt.«

»Glaubst du immer noch, daß Riverton etwas damit zu tun hat?«

»Das scheint mir die einzig sinnvolle Antwort. Joey hat sich wahrscheinlich auf dem Jahrmarkt angesteckt. Vielleicht hat ein Arbeiter in seiner Nähe geniest, oder vielleicht war es jemand auf dem Riesenrad. Wie auch immer es passiert ist, Joey hat dann seinen Vater und seine Freunde angesteckt. Sie sind erst einen Tag später erkrankt, weil sie sich später infiziert haben.«

»Und es war Joey, der sie infiziert hat. Das klingt alles logisch bis auf ein Detail.«

»Und was ist das?«

»Warum hat sich Joeys Mutter …?«

Jemand klopfte an die Tür. Ohne auf Antwort zu warten, stürzte die Schwester ins Zimmer. »Entschuldigen Sie die Störung, aber Joeys Mutter ist gerade mit den gleichen Symptomen eingeliefert worden wie ihr Sohn und ihr Mann.«

Beide Ärzte standen auf.

»Wir müssen sofort Vorsichtsmaßnahmen ergreifen und eine Quarantänestation einrichten«, sagte Bingaman und verließ mit der Schwester das Büro.

»Ja, allerdings.« Powell holte ihn ein. »Keine Besucher. Alles medizinische Personal muß ab sofort Masken tragen, überhaupt jeder, der die Zimmer betritt. Die Notaufnahme muß desinfiziert werden.«

»Gut«, sagte Bingaman. »Und das Zimmer, in dem Joey gestorben ist. Die Schwestern, die mit ihm in Kontakt gekommen sind, sollen sich sofort gründlich waschen und die Kleidung wechseln.«

»Aber wir wissen immer noch nicht, wie wir diese Krankheit behandeln sollen, abgesehen von den Maßnahmen, die wir bisher ergriffen haben.«

»Und die waren nicht besonders erfolgreich.« Bingamans Brustkasten fühlte sich hohl an.

»Wenn du recht hast mit deiner Vermutung, was Riverton angeht, warum gibt es dann dort keine Fälle?« fragte Powell.

»Ich weiß es nicht. Eigentlich weiß ich so gut wie gar nichts über diese Krankheit. Wann bekommen wir die Ergebnisse von Joey Carters Autopsie?«

Der gebeugte Mann zog sich die Gummihandschuhe aus und warf sie in einen Behälter für medizinischen Müll. Dann schob er die Maske herunter und lehnte sich gegen einen Schrank. Er hieß Peter Gingrich. Er war Chirurg und führte unter anderem auch die Autopsien in Elmdale durch. Er sah erst Bingaman und dann Powell an und sagte: »Die Lungen waren vollständig mit Flüssigkeit angefüllt. Der Junge hat unmöglich noch atmen können.«

»Könnte das erst nach seinem Tod geschehen sein?« fragte Bingaman.

»Woran denken Sie?«

»An eine andere Todesursache. Haben Sie sein Gehirn untersucht?«

»Selbstverständlich.«

»Hat es irgendwelche Zeichen von …?«

»Wonach genau suchen Sie denn?«

»Könnte die Todesursache vielleicht so etwas wie eine besonders ansteckende Meningitis gewesen sein?«

»Nein. Es gibt keine Anzeichen für eine Meningitis. Die Lungen sind es, woran der Junge gestorben ist.«

»Pneumonie«, sagte Powell. »Es gibt keinen Grund, die erste Diagnose zu verwerfen.«

»Wenn man davon absieht, daß sich Pneumonie normalerweise nicht so schnell verbreitet.«

»Sich schnell verbreitet?« Gingrich richtete sich auf. »Haben Sie denn noch weitere Fälle?«

»Vier, seit der Junge gestorben ist.«

»Du lieber Himmel.«

»Ich weiß, es klingt wie der Beginn einer Epidemie.«

»Aber was ist der Grund?« fragte Bingaman.

»Das werde ich versuchen herauszufinden«, sagte Gingrich. »Ich habe Gewebeproben entnommen und werde Kulturen anlegen. Ich werde alles tun, um den verantwortlichen Mikroorganismus aufzuspüren. Was können wir sonst noch …«

Bingaman ging zur Tür. »Ich glaube, es ist Zeit, noch einmal in Riverton anzurufen.«

Das Blut wich aus Bingamans Gesicht, als er dem diensthabenden Arzt in der Notaufnahme des Krankenhauses in Riverton zuhörte. »Aber ich habe Ihren Chef gebeten, mich sofort zu verständigen, falls ähnliche Fälle gemeldet werden.« Zum Teufel mit ihm, dachte Bingaman. »Zuviel zu tun? Keine Zeit? Ja. Und ich fürchte, daß wir schon bald alle sehr viel mehr zu tun haben werden.«

Als er sich umdrehte, war er erschüttert über die tiefe Beunruhigung in Powells Gesicht.

»Wie viele Fälle haben Sie?«

»Zwölf«, antwortete Bingaman.

»Zwölf?«

»Sie sind alle in den letzten paar Stunden eingeliefert worden. Zwei der Patienten sind gestorben.«

Bingaman parkte seinen Ford Model T in der Einfahrt und schaltete schon vorher das Licht aus. Es war bereits nach drei Uhr morgens, und er hoffte, daß das Rumpeln und Rattern des Wagens seine Frau nicht aufgeweckt hatte, aber dann entdeckte er den blaßgelben Lichtschein im Schlafzimmerfenster, schüttelte verärgert den Kopf und sehnte sich nach Pferd und Wagen zurück. Der Gestank der Auspuffabgase hing in der Luft. Zu viele Erfindungen. Zu viele Komplikationen. Aber trotzdem gab es eine Erfindung, die er sich jetzt wünschte – ein Medikament, das infektiöse Mikroben eliminieren konnte.

Seine Beine protestierten, als er aus dem Auto stieg. Marion hatte bereits die Haustür geöffnet und wartete auf ihn, als er die Stufen hinaufkam.

»Du siehst furchtbar aus.« Sie nahm seine Tasche, legte den Arm um ihn und führte ihn ins Haus.

»Es war auch eine furchtbare Nacht.« Bingaman erklärte, was im Krankenhaus geschehen war, erzählte von den neuen Patienten, die er untersucht hatte, und beschrieb die einzelnen Stufen der Behandlung. »Zusätzlich zum Aspirin geben wir jetzt noch Chinin, um das Fieber zu senken. Dann reiben wir den Patienten die Brust mit Kampferöl ein und legen ihnen noch darin getränkte Stoffstreifen über Mund und Nase, damit sie es einatmen und ihre Bronchien offen bleiben.«

»Und wirkt das?«

»Wir wissen es noch nicht. Ich bin so müde, daß ich keinen klaren Gedanken mehr fassen kann.«

»Komm, ich bring' dich ins Bett.«

»Marion ...«

»Was denn?«

»Ich weiß nicht genau, wie ich mich ausdrücken soll.«

»Sag's einfach.«

»Wenn diese Krankheit wirklich so ansteckend ist, wie es den Anschein hat ...«

»Sprich weiter.«

»Ich bin der Infektion direkt ausgesetzt gewesen. Vielleicht solltest du etwas Distanz halten. Vielleicht sollten wir nicht mehr in einem Bett schlafen.«

»Nach fünfundzwanzig Jahren? Ich denke nicht daran, nach so langer Zeit plötzlich getrennt von dir zu schlafen.«

»Ich liebe dich.«

Der Patient, Robert Wilson, war ein zweiundvierzigjähriger, blauäugiger Tischler und Arbeitskollege von Carter. Er hatte geschwollene Gelenke und angegriffene Lungen. Er klagte über Kopf- und Muskelschmerzen. Seine Temperatur betrug 38,3 Grad Celsius.

»Ich fürchte, ich muß Sie ins Krankenhaus einweisen«, sagte Bingaman.

»Ins Krankenhaus?« Wilson hustete.

Bingaman trat einen Schritt zurück.

»Aber ich kann es mir nicht leisten, krank zu sein«, sagte der stämmige Tischler. »Können Sie mir nicht irgend etwas zum Einnehmen geben?«

Oh, wie gern ich das täte, dachte Bingaman. »Das geht in diesem Fall leider nicht.«

Wilson hielt sich die Hand vor den Mund und hustete wieder. Seine blauen Augen waren ganz glasig. »Aber was habe ich denn?«

»Ich muß Sie im Krankenhaus erst noch näher untersuchen, bevor ich das sagen kann«, erwiderte Bingaman, und hinter der so professionell klingenden Antwort verbarg sich die eigentliche Wahrheit: Das, was Joey Carter umgebracht hat. Und auch Joeys Vater, wie Bingaman erfuhr, als er nach seinen morgendlichen Hausbesuchen im Krankenhaus ankam. Und Joeys Mutter und den beiden Freuden ging es ebenfalls nicht besonders. Sie hatten trotz des Sauerstoffs große Schwierigkeiten zu atmen. Und es waren noch acht weitere Fälle eingeliefert worden.

»Wir gehen noch immer davon aus, daß es sich um Lungenentzündung handelt«, sagte Powell, als sie sich die Masken anzogen und sich darauf vorbereiteten, die Quarantänestation zu betreten.

»Zeigen das Chinin oder das Kampferöl irgendeine Wirkung?«

»Kaum. Einige Patienten fühlen sich immerhin für eine gewisse Weile besser. Für kurze Zeit sinkt ihre Temperatur. Rebecca Carters ist zum Beispiel von 40 auf 38,8 °C gesunken. Ich dachte, wir würden Fortschritte machen. Aber dann ist das Fieber rasch wieder angestiegen. Einige der Patienten wären ohne Sauerstoff sicher schon gestorben, aber ich weiß nicht, wie lange unser Vorrat reicht. Ich habe mehr bestellt, aber unser Lieferant in Albany ist selbst im Augenblick knapp.«

Bingaman machte seine Visite auf der Quarantänestation. Die Maske drückte ihm aufs Gesicht. Es gab zu wenig Personal, und die überarbeiteten Schwestern gaben sich alle Mühe, es den Patienten so angenehm wie möglich zu machen. Überall hörte man das Zischen des Sauerstoffs und gequältes Husten. In einer Ecke war der Vorhang ums Bett herum zugezogen.

»Einige der Patienten husten Blut«, sagte Powell.

»Was hast du da gesagt?«

»Blut. Sie ...«

»Davor. Der Lieferant in Albany hat keinen Sauerstoff mehr?«

»Ja.«

»Warum?«

»Das stand nicht in ihrem Telegramm.«

»Könnte es sein, daß es in vielen anderen Krankenhäusern auch gebraucht wird?«

»Wie kommst du denn darauf?«

»Der Jahrmarkt muß doch vorher in einem anderen Ort gastiert haben. Und im Anschluß an Riverton sind sie auch wieder weitergezogen.«

»Jonas, willst du damit etwa sagen …«

»Hältst du es für möglich, daß die ganze Region infiziert ist?«

»Es tut mir leid«, sagte die Dame in der Vermittlung. »Ich komme nicht durch nach Albany. Alle Leitungen sind besetzt.«

»Alle?«

»Albany ist immerhin die Hauptstadt. Da herrscht oft ein reger Betrieb. Wenn alle gleichzeitig versuchen, die Vermittlung zu erreichen …«

»Versuchen Sie Riverton. Versuchen Sie, das Krankenhaus dort zu erreichen.«

»Einen Augenblick … Es tut mir leid, Sir. Ich kann auch dort die Vermittlung nicht erreichen. Alle Leitungen sind besetzt.«

Bingaman nannte der Dame noch drei weitere größere Städte in der Umgebung, aber auch diese konnte sie nicht erreichen. Wiederum waren alle Leitungen besetzt.

»Und hier handelt es sich jedenfalls nicht um die Hauptstadt«, sagte Bingaman. »Warum wird überall gleichzeitig telefoniert?«

»Dafür habe ich leider auch keine Erklärung, Sir.«

»Können Sie sich nicht einschalten und zuhören?«

»Nur hier im Ort. Wie ich schon erklärt habe, kann ich die Vermittlungen der anderen Orte nicht erreichen. Außerdem darf ich mich nirgendwo einschalten, nur im äußersten Notfall.«

»Genau das ist es.«

Die Dame in der Vermittlung hustete. »Was für eine Art Notfall?«

Bingaman brachte es gerade noch fertig, es ihr nicht zu sagen. Wenn ich nicht aufpasse, dachte er, löse ich noch eine Panik aus.

»Ich versuche es später noch einmal.«

Er hängte den Hörer auf die Gabel. Er bekam Kopfschmerzen.

»Kein Glück gehabt?« fragte Powell.

»Das ist so verdammt frustrierend.«

»Aber selbst wenn wir entdecken, daß die ganze Region infiziert ist, dann hilft uns das hier auch nicht weiter.«

»Vielleicht doch, wenn wir wüßten, womit wir es zu tun haben.« Bingaman rieb sich die pochenden Schläfen. »Wenn wir doch nur irgend jemanden erreichen könnten ...« Plötzlich schoß ein Prickeln durch seinen Körper. »Aber es gibt eine Möglichkeit.«

Das Funkgerät stand auf dem Schreibtisch in Bingamans Arbeitszimmer. Es war schwarz, einen halben Meter breit und etwas weniger hoch und tief. Es gab Skalen und Knöpfe, eine Taste zum Morsen und ein Mikrofon. Seit Marconi 1901 die erste drahtlose Nachricht über den Atlantik gesendet hatte, war Bingaman von diesem Phänomen fasziniert. Jede weitere dramatische Entwicklung auf dem Gebiet der Radiowellen hatte sein Interesse noch verstärkt, bis er endlich aus Neugier, ob er Kriegsberichte aus Europa würde empfangen können, sich das Gerät anläßlich seines zweiundfünfzigsten Geburtstags im März gekauft hatte. Auch die staatliche Prüfung für Amateurfunker hatte er bereits erfolgreich absolviert. Aber nachdem er sein Ziel erreicht hatte, mußte er feststellen, daß seine Praxis ihn so sehr in Anspruch nahm, ganz zu schweigen vom fortschreitenden Alter, daß ihm nur wenig Energie blieb, um sich spät am Abend noch an das Gerät zu setzen und mit Amateurfunkern im ganzen Land zu sprechen.

Jetzt aber hatte er plötzlich mehr Energie als in all den Jahren zuvor. Marion war überrascht, ihren Ehemann mitten am Nachmittag nach Hause kommen und nach einem knappen ›Hallo‹ die Treppe hinaufeilen zu sehen. Erstaunt folgte sie ihm und sah zu, wie er die Jacke seines Anzugs auszog, sich vor das Funkgerät setzte und es einschaltete. Als sie ihn fragte, warum er sich den

Nachmittag frei genommen hatte, bat er sie, still zu sein. Dann sagte er ihr, er hätte zu tun.

Still sein? dachte sie. Er hat zu tun? »Jonas, ich weiß, daß du sehr unter Druck stehst, aber das ist keine Entschuldigung dafür …«

»Bitte.«

Marions Erstaunen wuchs noch, als er jetzt begann, an den Knöpfen zu drehen und mit entschiedener Stimme ins Mikrofon zu sprechen. Er nannte seinen Namen und die Nummer, die ihm vom Staat zugeteilt worden war. Das wiederholte er immer wieder und wartete darauf, daß jemand antwortete. Es krachte leise, und manchmal hörte Marion ein elektronisches Summen. Sie kam näher und spürte die Anspannung ihres Mannes. Sie war überrascht, als sie plötzlich eine Stimme aus dem Gerät kommen hörte.

Erleichtert antwortete Bingaman. »Ja, Harrisburg, ich verstehe Sie.« Er hatte gehofft, jemanden in Albany oder einem anderen Ort im Staat New York zu erreichen, aber die Hauptstadt des benachbarten Pennsylvania war wahrscheinlich immer noch nahe genug. Er erklärte den Grund seines Funkrufs, die Situation in Elmdale, die Information, die er brauchte, und er konnte das Stöhnen nicht unterdrücken, als er die ungeheuerliche Antwort empfing. Es war bei weitem schlimmer, als er befürchtet hatte. »Vierzigtausend? Nein. Ich glaube, ich habe Sie nicht richtig verstanden, Harrisburg. Bitte wiederholen Sie. Over.«

Aber auch als die Antwort wiederholt wurde, konnte Bingaman es einfach nicht glauben. »Vierzigtausend?«

»Die spanische Grippe«, Bingamans Stimme klang heiser. Die Worte kamen einem Todesurteil gleich.

Powell starrte ihn erschüttert an.

Gingrich beugte sich nervös vor. »Und Sie sind sich ganz sicher.«

»Ich habe es mir noch von zwei weiteren Quellen am Funkgerät bestätigen lassen.«

Die hastig zusammengerufene Gruppe, zu der auch Elmdales zweiter Arzt, Douglas Kramer, und die sechs Schwestern des Krankenhauses gehörten, waren erschüttert. Sie hatten sich im größten Raum des Krankenhauses versammelt, der nicht der Öffentlichkeit zugänglich war: dem Ruheraum des Pflegepersonals, in dem sie allerdings nur mit Mühe überhaupt Platz hatten. Schnell war es so heiß und stickig geworden, daß allen der Schweiß auf der Stirn stand.

»Die spanische Grippe«, sagte Powell leise, als ob er die so bedeutsamen Worte prüfen wollte, sich davon überzeugen, daß er sie wirklich gehört hatte.

»Spanisch ... Das müßte ich erst in meinen Büchern nachlesen«, sagte Kramer, »aber wenn ich mich recht erinnere, war die letzte Grippeepidemie ...«

»Achtzehnhundertneunundachtzig«, sagte Bingaman. »Ich habe es noch schnell nachgelesen, bevor ich hierher zurückgekommen bin.«

»Fast dreißig Jahre.« Gingrich schüttelte den Kopf. »Lange genug, daß man hoffen konnte, daß die Krankheit nicht zurückkommen würde.«

»Davor ist sie das letzte Mal im Winter 1847/48 ausgebrochen«, sagte Bingaman.

»In dem Falle liegen sogar vierzig Jahre dazwischen.«

»Unverwüstlich.«

»Spanische Grippe?« fragte eine Schwester mit blassem Gesicht. »Warum nennen sie es ... ? Hat es diesmal in Spanien begonnen?«

»Sie wissen nicht, wo es angefangen hat«, sagte Bingaman. »Aber sie vergleichen es mit einem Ausbruch im Jahre 1647, und da hat es tatsächlich in Spanien begonnen.«

»Wo es diesmal herkommt, ist ganz unwichtig«, sagte Powell und stand auf. »Die Frage ist, was tun wir dagegen. Vierzigtausend?« Er drehte sich um und sah Bingaman skeptisch an. »Und das haben sie dir am Funkgerät bestätigt? Vierzigtausend Fälle von Influenza in Pennsylvania?«

»Nein, das stimmt nicht. Da hast du mich mißverstanden.«

Powell entspannte sich. »Das habe ich gehofft. Die Zahl ist einfach zu ungeheuerlich, als daß man sie glauben könnte.«

»Es ist noch viel schlimmer.«

»Schlimmer?«

»Nicht vierzigtausend *Patienten* mit Influenza. Vierzigtausend Tote.«

Jemand rang zischend nach Luft. Es wurde unheimlich still im Raum.

»Tote«, flüsterte eine Schwester.

»Und das bezieht sich nur auf Pennsylvania. Die Zahlen aus New York City sind noch nicht vollständig, aber sie schätzen ungefähr zweitausend Neuzugänge pro Tag. Und davon sterben einhundert.«

»Pro Tag?«

»Nach konservativer Schätzung. Bis zu fünfzehntausend Patienten dürften dort mittlerweile gestorben sein.«

»Im Staat New York?«

»Nein, in New York City.«

»Also das geht über jede Vorstellungskraft hinaus!« sagte Gingrich.

»Und das ist noch nicht alles.« Bingaman spürte, wie ihn die gesamte Gruppe anstarrte. »Die Funker, mit denen ich gesprochen habe, haben auch mit anderen Teilen des Landes Kontakt aufgenommen. Die Spanische Grippe ist auch in Philadelphia, Boston, Chicago, Denver, San Francisco und ...«

»Eine ausgewachsene Epidemie«, sagte Kramer.

»Warum haben wir darüber bis jetzt nichts gehört?« wollte eine Schwester wissen.

»Genau. Warum sind wir nicht gewarnt worden?« Powells Wangen waren gerötet. »Albany hätte uns warnen müssen! Sie haben uns einfach allein gelassen, ohne jeden Schutz. Wenn man uns informiert hätte, hätten wir Vorsichtsmaßnahmen treffen können. Wir hätten Vorräte an Medikamenten anlegen können. Wir hätten ... wir hätten ...« Er schien an seinen Worten zu ersticken.

»Du willst wissen, warum wir bisher noch nichts davon gehört haben?« sagte Bingaman. »Weil Telefon und Telegraf einfach nicht effizient genug sind. Wie viele Einwohner von Elmdale haben ein Telefon? Etwa ein Drittel. Wie viele von denen führen Ferngespräche? Nur sehr wenige, da es so teuer ist. Und wen sollten sie schon anrufen? Die meisten ihrer Verwandten leben hier in dieser Stadt. Unsere Tageszeitung ist nicht an die *Associated Press* angeschlossen, daher erfahren wir nur, was hier in der Gegend geschieht. Bis es ein nationales Radionetz gibt, mit dessen Hilfe Neuigkeiten sofort im ganzen Land verbreitet werden können, ist jede Stadt isolierter, als wir es gerne hätten. Und warum die Behörden in Albany Gemeinden wie Elmdale nicht gewarnt haben, nun, da hatten die Funker, mit denen ich gesprochen habe, auch eine Theorie. Sie glauben, daß die Behörden niemanden warnen wollten.«

»Aber warum ...?«

»Um eine Panik zu vermeiden. Es hat keine öffentlichen Bekanntmachungen gegeben. Die Zeitungen haben so gut wie nichts über den Ausbruch einer Grippe geschrieben.«

»Aber das ist doch absolut unverantwortlich.«

»Sie wollten wohl verhindern, daß die Bevölkerung außer Kontrolle gerät und aufs Land flieht. Offenbar haben die Behörden jeden Tag damit gerechnet, daß die Zahl der neuen Fälle schwinden würde, daß das Schlimmste überstanden war und sich die Situation wieder normalisieren würde.«

»Aber die Lage hat sich keineswegs normalisiert, nicht wahr?« sagte Gingrich.

»Nein, leider überhaupt nicht.«

Gingrichs Bemerkung ging Bingaman nicht aus dem Kopf, auch nachdem sie die Besprechung beendet hatten und alle wieder an ihre Arbeit im öffentlichen Bereich des Krankenhauses gegangen waren. Und hier wurden sie mit dem langsam einsetzenden Chaos Elmdales konfrontiert. In der halben Stunde, die die Besprechung gedauert hatte, waren zwanzig neue Patienten eingeliefert worden, alle mit den typischen Symptomen der Grippe, wie das Personal jetzt wußte: hohes Fieber, Muskelschmerzen, schwere Kopfschmerzen, Lichtempfindlichkeit, Schwindel und Schwierigkeiten beim Atmen. In dem ihn umgebenden Hustenkonzert wagte Bingaman kaum noch, Luft zu holen. Hastig griff er nach seiner Maske. Vor seinem geistigen Auge wurden die Erreger sichtbar, Tausende und Tausende ergossen sich über den Raum der Notaufnahme. Dieses Bild war so deutlich, daß Bingaman schon befürchtete, unter Halluzinationen zu leiden.

»Mrs. Brady«, sprach er eine der ungelernten, freiwilligen Hilfsschwestern an, die die Notaufnahme während der Besprechung beaufsichtigt hatte. »Ihre Maske. Sie haben vergessen, Ihre Maske anzulegen. Und alle diese neuen Patienten brauchen ebenfalls eine. Sie dürfen sich nicht auch noch gegenseitig anhusten.«

Oder uns, dachte Bingaman erschrocken.

Das Ende der Normalität, das Hereinbrechen des Chaos, wurden nicht nur durch die plötzliche ungewohnte Geschäftigkeit oder die dramatische Zunahme an Patientenzahlen deutlich. Das ganze Ausmaß des sich langsam entwickelnden Alptraums wurde Bingaman klar, als das Krankenhaus von Elmdale, das mit einer Kapazität von dreißig Betten für die Gesundheitsversorgung der gesamten Region konzipiert worden war, bereits jetzt hoffnungslos überfüllt war.

»Was sollen wir tun?« drängte Powell. »Wir können Patienten auf Matratzen und Bahren in den Fluren unterbringen, aber bei dem Tempo wird auch das nicht lange reichen. Das gleiche gilt für mein Büro und den Ruheraum der Schwestern.«

Die Oberschwester, Virginia Keel, eine gänzlich humorlose Person, unterbrach kurz die Aufnahme eines Patienten und drehte ihren rotblonden Kopf zu ihnen um. »Das wird alles nicht reichen. Wir müssen eine Notstation einrichten, irgendwo, wo genug Platz für so viele Patienten ist.«

»In der höheren Schule«, sagte Bingaman.

Die Oberschwester und der Chefarzt sahen ihn an, als wäre er von allen guten Geistern verlassen.

»Kurz bevor die Schule anfängt, möchtest du das Gymnasium in eine Pesthöhle verwandeln?« fragte Powell in fassungslosem Erstaunen.

»Wer sagt, daß die Schule bald wieder anfängt?«

Powell erschrak und begann langsam zu verstehen.

»Ein Drittel unserer Patienten sind Kinder«, sagte Bingaman. »Und es kann wohl kein Zweifel daran bestehen, daß wir in der nächsten Zeit noch mehr Patienten bekommen werden, und sehr viele davon werden wiederum Kinder sein. Es wäre ein Verbrechen, in dieser Situation die Schule beginnen zu lassen. Dadurch würde sich die Infektion nur noch schneller verbreiten. Wir müssen bei den Behörden beantragen, daß wir den Schulbeginn um einige Wochen verschieben können, bis wir das Ausmaß der Epidemie absehen können. Vielleicht hat sie den Höhepunkt ja schon überschritten.«

»Nach deinem Gesichtsausdruck zu urteilen, glaubst du nicht daran«, sagte Powell.

»Den Schulbeginn verschieben?« rief Bürgermeister Halloway, der ebenfalls Vorstand der lokalen Schulbehörde war, und blinzelte ungläubig. »Das ist absurd. Die Schule beginnt in vier Tagen. Können Sie mir sagen, wie ich die wütenden Eltern besänftigen soll? Diejenigen, die ein Telefon haben, werden nicht aufhören, mich anzurufen. Die anderen werden sich statt dessen vor meinem Büro versammeln und mich beschimpfen. Diese Eltern wollen, daß sich das Leben wieder normalisiert. Den ganzen Sommer lang haben ihre Kinder faul zu Hause gesessen und sich in der Stadt herumgetrieben, jetzt reicht es ihnen. Sie wollen, daß sie sobald wie möglich wieder in einem Klassenraum vor einer Tafel sitzen und etwas lernen.«

»Wenn die Epidemie auch nur eine Woche so wei ter wächst wie bisher, dann werden diese Eltern Sie anflehen, die Schulen zu schließen«, prophezeite Bingaman.

»Dann werden wir sie eben dann schließen«, sagte Halloway

und blinzelte wieder. »Wenn die Bürger, die mich gewählt haben, mir den Auftrag dazu geben.«

»Sie hören mir nicht zu.« Bingaman legte beide Hände auf den Schreibtisch des Bürgermeisters. »Die Menschen sterben. Sie müssen in dieser Sache die Initiative ergreifen.«

Halloway hörte auf zu blinzeln. »Ich bin nicht bereit, eine überstürzte Entscheidung zu treffen.«

»Nun, dann treffen Sie wenigstens irgendeine Art von Entscheidung. Werden Sie erlauben, die höhere Schule in eine zusätzliche Krankenstation umzuwandeln?«

»Darüber muß ich erst mit den anderen Mitgliedern der Schulbehörde sprechen.«

»Gut«, sagte Bingaman wütend. »Während Sie sich beraten, werde ich in der Turnhalle Betten aufstellen lassen.«

»Ist es wirklich so ernst, wie Sie sagen?«

»Ernst genug, daß Sie darüber nachdenken sollten, alles zu schließen, wo viele Menschen zusammenkommen: Restaurants, das Kino, Geschäfte, die Bars, die ...«

»Die Geschäfte schließen?« Halloways Kopf zuckte so heftig, daß ihm um ein Haar die Brille von der Nase gerutscht wäre. »Die Geschäfte ...? Allenfalls die Bars. Ich bekomme immer mehr Beschwerden von den kirchlichen Organisationen über die Bars und was sich dort abspielt. Die Prohibitionsbewegung wird immer mächtiger. Aber die Restaurants und die Geschäfte? Allein die Empörung der Besitzer über die Umsatzeinbußen ...« Halloway lachte bitter. »Da könnten Sie mich genausogut bitten, die Kirchen zu schließen.«

»So weit könnte es durchaus kommen.«

Plötzlich lachte der Bürgermeister nicht mehr.

Er macht sich Sorgen, welche Wirkung die Epidemie aufs Geschäft hat? Verärgert dachte Bingaman über das Gespräch nach, während er in seinem Ford durch Elmdales täuschend ruhige Straßen fuhr. Nun, um ein Geschäft mußte sich der Bürgermeister jedenfalls keine Sorgen machen: die Beerdigungsunternehmer.

Seine böse Vorahnung bestätigte sich, als er auf dem Parkplatz des Krankenhauses ankam, der vollgeparkt mit Lastwagen und Fahrzeugen aller Art war. Offenbar waren noch weitere Patienten eingetroffen. Noch mehr beunruhigte ihn Powells niedergeschlagener Gesichtsausdruck, den er im Eingang der lauten und überfüllten Notaufnahme traf.

»Achtzehn Neuzugänge«, sagte Powell. »Drei weitere Todesfälle, unter anderem Joey Carters Mutter.«

Einen Augenblick lang bekam Bingaman keine Luft. Auch seine Kopfschmerzen, die seit gestern zum Dauerzustand geworden waren, hatten sich verschlimmert. Es war unerträglich heiß in der Notaufnahme, und das gestärkte Hemd klebte ihm am Körper. Er sehnte sich danach, den engen Kragenknopf zu öffnen und die Krawatte zu lösen, aber in seiner Position konnte er sich so etwas nicht erlauben.

»Hat schon jemand Ballard und Standish vorgewarnt?« fragte er schließlich. Das waren Elmdales Beerdigungsunternehmer.

Powell nickte und ging mit Bingaman in eine Ecke, fort von der Hektik der Notaufnahme. Offenbar wollte er nicht, daß jemand hörte, was er zu sagen hatte. »Wir mußten es ihnen nicht sagen«, flüsterte er. »Sie sind beide bereits mehrmals hiergewesen. Ich habe Ballards Bemerkung noch immer nicht ganz verarbeitet.«

»Und was hat er gesagt?«

Powell sprach jetzt noch leiser. »Er sagte: ›Du lieber Himmel, wo soll ich bloß all die Totengräber hernehmen? Und die vielen Särge?‹«

»Wir haben keinen Sauerstoff mehr.« Virginia Keel, die Oberschwester, war zu ihnen gekommen. »Und Aspirin, Chinin und Kampferöl sind auch kaum noch da.«

»Wir müssen sämtliche Vorräte der Apotheken in der Stadt herholen«, sagte Powell.

»Bevor eine Panik entsteht und die Leute die Vorräte aufkaufen«, warnte Bingaman.

»Aber ohne entsprechenden Nachschub …«

»Versuchen Sie, die Patienten so gut wie möglich mit Flüssigkeit zu versorgen«, sagte Bingaman der Schwester. »Und achten Sie auf Ernährung. Suppen, Pudding, alles was mild schmeckt und leicht verdaulich ist.«

»Aber wir haben niemanden, der für unsere Patienten kocht.«

»Der Frauenverein«, sagte Powell. »Die werden wir fragen, ob sie für uns kochen können.«

»Und den Schwestern helfen«, sagte Keel. »Selbst mit den Freiwilligen, die heute morgen gekommen sind, sind wir noch viel zu wenig.«

»Wen können wir sonst noch fragen?« Bingaman dachte verzweifelt nach. »Hat schon jemand mit der Polizei gesprochen? Oder der freiwilligen Feuerwehr? Und was ist mit den Pfarrern? Sie können ihrer Gemeinde wichtige Informationen mitteilen.«

Erst um kurz vor zwei morgens kam Bingaman nach Hause. Wieder schaltete er das Licht aus, bevor er in die Einfahrt rollte. Und wieder sah er den blassen Schein der Lampe im Schlafzimmer. Trotz seiner Erschöpfung brachte er es fertig zu lächeln, als Marion ihn an der Tür empfing.

»Du kannst nicht weiter so hart arbeiten«, sagte sie.

»Ich habe keine Wahl.«

»Hast du etwas gegessen?«

»Ein Brot im Stehen. Hier und da eine Tasse Kaffee.«

»Nun, dann wirst du dich jetzt an den Küchentisch setzen. Ich mache dir das Huhn und die Klöße warm, die ich zum Abendessen gekocht habe.«

»Ich bin nicht hungrig.«

»Du hörst mir nicht zu. Du wirst dich an den Küchentisch setzen.«

Bingaman lachte. »Wenn du darauf bestehst.«

»Und morgen gehe ich mit dir mit. Das hätte ich heute schon tun sollen.«

Plötzlich war er hellwach. »Marion, ich bin nicht sicher …«

»Nun, aber ich schon. Schließlich bin ich eine gelernte Krankenschwester, und man braucht mich.«

»Aber das hier ist anders, als du es dir vorstellst. Es ist …«

»Was?«

»Eine der Schwestern ist heute zusammengebrochen. Die gleichen Symptome.«

»Und die anderen Schwestern?«

»Sie sind erschöpft, aber bis jetzt ist noch keine krank geworden, Gott sei Dank.«

»Dann sieht es für mich ja gar nicht so schlecht aus.«

»Ich möchte dich nicht verlieren, Marion.«

»Ich kann mich nicht in diesem Haus verbarrikadieren. Und was ist mit dir? Sieh doch nur, welches Risiko du auf dich nimmst. Ich möchte dich schließlich auch nicht verlieren. Aber wenn du dich dem Risiko aussetzen kannst, dann kann ich das auch.«

Bingaman wollte sich weiter dagegen wehren, aber er wußte, daß sie recht hatte. Die Stadt brauchte ihre Hilfe, und sie würden beide nicht mit dem beschämenden Gefühl leben können, nicht alles getan zu haben. Soviel Unglaubliches war ihm heute widerfahren. Menschen, mit deren Hilfe er fest gerechnet hatte, hatten empört abgelehnt. Er sei wohl verrückt zu glauben, daß sie ihr Leben aufs Spiel setzen würden, um irgendwelchen Patienten zu helfen. Andere, die nie in die Kirche gingen oder sich sonst an Angelegenheiten der Gemeinde beteiligten, kamen von selbst und boten ihre Hilfe an. Vielleicht war diese Epidemie eine Prüfung, die Gott den Menschen auferlegt hatte, um herauszufinden, wer von den Überlebenden es wert war, erhört zu werden, dachte Bingaman.

Dieser Gedanke ließ ihn auch jetzt nicht los, als er das Huhn und die Klöße aß, die Marion ihm aufgewärmt hatte. Es war sein Lieblingsessen, obwohl er es jetzt kaum schmeckte. Er ging hinauf, aber anstatt ins Bett zu gehen, sank er müde in seinen Schreibtischsessel im Arbeitszimmer und schaltete das Funkgerät ein.

»Jonas?«

»Einen Augenblick noch.«

Es krachte und summte, und er drehte an den Knöpfen und starrte auf die Skalen. Alle paar Sekunden sprach er ins Mikrofon und nannte seinen Namen und seine Kennummer.

Endlich erreichte er jemanden, diesmal in Boston, aber als der Mann ihm das Ausmaß der Katastrophe dort beschrieb – dreitausend Neuerkrankungen pro Tag in Boston und derart viele Todesfälle, daß die 291 Leichenwagen kaum nachkamen –, da grübelte Bingaman wieder über Gott nach. Der Mann in Boston sagte ihm, daß kein Fleck in den gesamten Vereinigten Staaten verschont geblieben war. Von Minneapolis bis New Orleans, von Seattle bis Miami, von Nord nach Süd und von West nach Ost und überall dazwischen starben die Menschen in einem schwindelerregenden Tempo. In Kanada, in Mexiko, in Argentinien und Brasilien, England und Frankreich, Deutschland und Rußland, China und Japan … Das war keine Epidemie mehr, sondern eine *Pan*demie. Es waren nicht nur die Vereinigten Staaten betroffen. Es war *überall*. Voller Entsetzen dachte Bingaman an die Pest, die man den schwarzen Tod nannte, die im Mittelalter in Europa gewütet hatte, aber was er jetzt hörte, übertraf den schwarzen Tod an reiner Ausdehnung bei weiten, und wenn die Zahlen stimmten, die man ihm genannt hatte, dann war die augenblickliche Seuche auch bei weitem tödlicher. Und das kalte Wetter war noch nicht einmal da. Was würde geschehen, wenn ein strenger Winter die Anfälligkeit noch erhöhte? Bingaman sah Berge von gefrorenen Leichen überall in der Welt vor sich, und niemand, der sie begraben könnte. Ja, dachte er, die spanische Grippe war eine Prüfung Gottes, die Überlebenden würden nach ihren Handlungen beurteilt werden. Aber dann kam ihm noch ein weiterer schrecklicher Gedanke, der ihn erschauern ließ. Oder war dies vielleicht das Ende der Welt?

»Es scheint in Kansas angefangen zu haben«, sagte Bingaman. Sie hatten beschlossen, sich jeden Morgen um acht Uhr im Ruheraum der Schwestern zu treffen, um Informationen auszutauschen und Gerüchten sogleich begegnen zu können. Danach trennten sie sich und informierten wiederum die Freiwilligen über die Ergebnisse ihrer Besprechung.

»Kansas?« Powell runzelte ungläubig die Stirn. »Ich hätte geglaubt, daß es an einem exotischeren Ort begonnen hat.«

»In Fort Riley«, fuhr Bingaman fort. Er hatte in der vorangegangenen Nacht nur zwei Stunden geschlafen und kämpfte mit seiner Erschöpfung. In seinem Kopf pochte es dumpf. »Fort Riley ist eines der wichtigsten Ausbildungszentren für die *Allied Expeditionary Force*. Im März hatten sie einen ungewöhnlich heftigen Sandsturm.«

»Sand«, sagte Gingrich. »Ich arbeite an einer Theorie, wonach Krankheitserreger in Sand oder Staub über weite Strecken verbreitet werden.« Er drehte sich zu den Schwestern um. »Wir müssen besondere Vorsichtsmaßnahmen treffen. Schließen Sie jedes Fenster und wischen Sie auch das kleinste Staubkörnchen fort.«

»In dieser Hitze?« widersprach Virginia Keel. Als Oberschwester hatte sie nie Skrupel, ihre Meinung zu sagen, auch nicht einem Arzt gegenüber. »Und wo alle Patienten hohes Fieber haben? Das werden sie nicht aushalten.«

Dieser offene Widerspruch ließ Gingrichs Augen ärgerlich aufblitzen.

Bevor es noch zu einem wütenden Wortwechsel kommen konnte, lenkte Bingaman sie ab. »Es könnte noch etwas anderes für die erste Übertragung der Erreger verantwortlich gewesen sein. Ich habe heute morgen über Funk mit jemandem aus Kansas gesprochen, und er hat mir gesagt, daß man im Fort eine andere Theorie hat. Der Sandsturm, der drei Stunden lang den Tag zur Nacht gemacht hat, hat nicht nur eine dicke Schicht Sand und Staub überall im Lager hinterlassen, sondern auch eine Unmenge Asche von verbranntem Mist.«

Kramers Nase zuckte. »Verbrannter Mist?«

Bingaman nickte. »Ich weiß, daß das ein ungehöriges Thema ist. Bitte entschuldigen Sie, meine Damen. Aber wir können auf solche Feinheiten in dieser Notsituation leider keine Rücksicht nehmen. Es gibt eine recht große Abteilung Kavallerie in Fort

Riley. Tausende von Maultieren und Pferden. Man schätzt, daß von diesen Tieren neuntausend Tonnen Mist pro Monat im Lager anfallen. Um mit diesem Hygieneproblem fertig zu werden, hat der Kommandant angeordnet, den Mist zu verbrennen. Der Rauch des Feuers und die Asche, die von dem Sturm im ganzen Lager verteilt worden sind, haben offenbar auch die infektiösen Mikroben im ganzen Lager verbreitet. Kurz nach dem Sturm sind Soldaten an der Grippe erkrankt, und der Chef des Krankenhauses im Fort hatte schon Sorge, daß die dreitausend Betten nicht ausreichen könnten. Glücklicherweise hat der Ausbruch nach fünf Wochen dann nachgelassen.«

»Und dann?« Powell runzelte die Stirn. Er schien schon zu ahnen, was kommen würde.

»Zwei Divisionen sind nach Europa geschickt worden. Auf den Truppentransportschiffen ist die Grippe ausgebrochen. Als die Soldaten in Frankreich angekommen sind, haben sie die Briten und die Franzosen angesteckt. Wahrscheinlich auch die Deutschen. Nach letzten Schätzungen sind in der Royal Navy über zehntausend Menschen erkrankt. Natürlich ist auch die Zivilbevölkerung betroffen. Danach hat sich die Seuche von Europa nach Asien und Afrika und überallhin ausgebreitet, und natürlich auch zurück nach Amerika. Eine andere Theorie besagt, daß die Krankheit bei den Tieren einer Farm in China ihren Anfang genommen hat, und von dort von chinesischen Kulis, die die Alliierten zum Anlegen der Schützengräben eingesetzt haben, nach Frankreich verschleppt worden ist. Vielleicht wird man den wahren Ursprung niemals herausfinden.«

»Aber wie viele Tote gibt es?« fragte eine Schwester zaghaft, da sie schon im vorhinein Angst vor der Antwort hatte.

»In drei Monaten sind in Europa mehr Menschen an der Grippe gestorben, sowohl unter den Soldaten als auch unter der Zivilbevölkerung, als in militärischen Manövern auf beiden Seiten in den gesamten vier Jahren des Krieges.«

Einen Augenblick lang waren alle sprachlos.

»Aber das bedeutet *Millionen* von Toten«, sagte Virginia Keel.

»Und noch *mehr* Millionen, die noch immer krank sind.«

»Dann …«

»Ja?« Bingaman wandte sich einer sichtbar beunruhigten Schwester zu.

»Dann ist es hoffnungslos.«

Bingaman schüttelte den schmerzenden Kopf. »Wenn wir das glauben, dann wird es wirklich keine Hoffnung mehr geben. Aber wir müssen hoffen.«

Die Schwester hielt sich die Hand vor den Mund und hustete. Alle anderen im Raum erstarrten und neigten sich von ihr weg.

»Sie ist tot?«

Bingaman hatte gerade bei der Aufnahme von fünfundzwanzig neuen Patienten in der zur Krankenstation ernannten Turnhalle des Gymnasiums geholfen. Als er und Dr. Kramer das weitläufige Gebäude – das sich mehr und mehr mit belegten Betten füllte – verließen, blinzelten sie im hellen Sonnenlicht eines strahlenden Septembertages und sahen, wie Leichen auf einen Pferdewagen verladen wurden.

»Wie viele sind letzte Nacht gestorben?«

»Fünfzehn.«

»Es wird immer schlimmer.«

Bingaman wurde plötzlich langsamer.

»Was ist?« fragte Kramer. »Fühlst du dich nicht wohl?«

Bingaman antwortete nicht, sondern machte einige mühsame Schritte auf den Karren zu. Dort wurde gerade die Leiche einer Frau in Schwesternuniform aufgeladen.

»Aber ich habe sie doch erst gestern noch gesehen. Wie kann das so schnell passieren?«

»Berichten zufolge, die ich gehört habe, ist der Verlauf der Krankheit deutlich beschleunigt«, sagte Kramer hinter ihm. »Von den ersten Anzeichen bis zum voll ausgeprägten Krankheitsbild dauert es oft nicht länger als vierundzwanzig Stunden. Heute morgen habe ich gehört, wie ein Mann offenbar vollkommen gesund morgens zur Arbeit ging. Er hat nicht gehustet und wohl auch kein Fieber gehabt. Er ist einen Block von der Fabrik entfernt, in der er arbeitete, auf der Straße gestorben. Und ich habe noch eine andere Geschichte gehört.«

»Ja?«

»Vier Frauen haben gestern abend Bridge gespielt. Um elf war das Spiel beendet. Heute morgen lebte keine von ihnen mehr.«

Bingamans Oberkörper fühlte sich plötzlich schwer an. Die Schultern schmerzten. Seine Augen brannten – daran war der Schlafmangel schuld, sagte er sich. Er nahm die Gazemaske aus seiner Tasche, die er nach Verlassen des Krankenhauses abgenommen hatte. »Von jetzt an sollten wir die Masken die ganze Zeit über tragen, selbst wenn wir nicht mit Patienten in Kontakt kommen. Tag und Nacht. Zu Hause und im Dienst. Überall.«

»Zu Hause? Geht das nicht ein bißchen zu weit?« fragte Kramer.

»Glaubst du?« Bingaman warf noch einen letzten Blick auf die tote Schwester. Sie war vielleicht Mitte Zwanzig und hatte langes, braunes Haar. Dann rumpelte der Karren davon. So jung, dachte Bingaman. Das ganze Leben lag noch vor ihr. »Niemand ist immun. Wir sind umgeben von der Krankheit und wissen nicht, wer uns ansteckt.« Er warf Kramer einen Blick zu. »Ich muß immer daran denken, daß sie die Schwester war, die gestern bei unserer gemeinsamen Besprechung gehustet hat.«

»Rühr mich nicht an. Verschwinde!«

Der plötzliche Ausbruch ließ Bingaman von seinem Patienten aufblicken. Er stand in der Mitte einer Reihe von Betten in der Turnhalle, und um ihn herum herrschte rege Geschäftigkeit. Mit eiserner Entschiedenheit gingen die Schwestern und Freiwilligen ihrer Arbeit nach, widmeten sich einem Patienten nach dem anderen, gaben ihnen Wasser oder Suppe, wenn sie etwas zu sich nehmen konnten, und rieben ihnen mit in Handtücher gewickeltem Eis die fiebrige Stirn ab. Eine andere Gruppe von Freiwilligen kümmerte sich um die unappetitliche und gefährliche Aufgabe der

Entsorgung von Ausscheidungen der vielen hilflosen Patienten. Der Gestank von Exkrementen, Schweiß und Tod erfüllte die mittlerweile viel zu klein gewordene Turnhalle. Im Gegensatz zu Gingrichs Theorie über Staub und geschlossene Fenster hatte Bingaman angeordnet, alle Fenster zu öffnen. Trotzdem wurde ihm von dem scheußlichen Gestank in der Halle übel.

»Ich habe dir doch gesagt, nimm deine dreckigen Hände weg, verdammt noch mal!«

Die rüde Sprache erregte Bingamans Aufmerksamkeit ebenso wie die offensichtliche Wut des Mannes, der jetzt heiser hustete. Jetzt hatte Bingaman ihn entdeckt. Er lag auf der rechten Seite, drei Reihen weiter. Schwestern, Freiwillige und die wenigen Patienten, die noch Kraft genug dazu hatten, blickten alle in die gleiche Richtung.

»Du Schlampe, wenn du mich noch einmal anfaßt …« Darauf folgte ein heiserer Hustenanfall.

Eine solche Sprache konnte er auf keinen Fall dulden. Bingaman hörte auf, den Patienten zu untersuchen und schlängelte sich mühsam zwischen den Reihen hindurch. Als er näher kam, sah er einen Mann auf einem Bett liegen, den drei andere offenbar hereingetragen hatten. Er wehrte sich gegen die Schwester und beschimpfte sie. Bingamans Ärger wuchs noch bei dem Gedanken, daß eine Schwester so etwas über sich ergehen lassen mußte, aber was er als nächstes hörte, war noch erschütternder und nahm ihm den Atem.

»Du verdammte deutsche Schlampe!«

Marion. Die Schwester, die der Mann beschimpfte, war Bingamans eigene Frau. Die drei Männer, die den Patienten gebracht haben, schoben sie weg.

Außer sich vor Wut kam Bingaman am Ort des Geschehens an. »Rühren Sie sie nicht an! Was ist hier los?«

Das Gesicht des Patienten war rot angelaufen von der Heftigkeit des Hustenanfalls. Speichel flog durch die Luft. Bingaman wich automatisch einen Schritt zurück und versicherte sich, daß Marion von ihm abgeschirmt hinter ihm stand.

»Ziehen Sie diese Masken an. Niemand kommt ohne sie hier herein. Was haben Sie für ein Problem?«

»Sie ist das Problem«, sagte einer der Männer. Er sprach undeutlich. Er war groß, trug Arbeitskleidung und hatte offensichtlich getrunken. »Diese elende Deutsche.«

»Passen Sie auf, was Sie sagen.«

»Kraut!«, sagte ein zweiter, der noch massiger war als der erste. »Du machst uns nichts vor.« Auch er war offensichtlich betrunken. »Das ist deine Schuld! Du hast meinen Freund krank gemacht! Du hast alle mit der Grippe angesteckt!«

»Was für ein Unsinn …!«

»Von wegen spanisch.« Der Mann auf dem Bett hustete wieder. Er wurde rasch schwächer. Trotz seiner fiebrig geröteten Wangen waren die schwarzen Ringe unter seinen Augen besorgniserregend. »Die deutsche Grippe ist das.«

Der erste Mann taumelte auf Marion zu. »Wieviel hat der Kaiser dir bezahlt, Kraut?«

»Ihr bezahlt?« meinte der zweite. »Die Schlampe hat das auch ohne Bezahlung gemacht. Sie ist schließlich eine Deutsche, oder? Nichts tun die Deutschen lieber als Amerikaner umbringen.«

»Jetzt reicht's.« Bingaman bebte vor Zorn. »Raus aus diesem Krankenhaus. Und zwar sofort. Oder ich lasse einen Polizisten holen, darauf können Sie sich verlassen.«

»Und sie soll hierbleiben?« Der dritte ebenfalls betrunkene Mann zeigte jetzt auf Marion, die schockiert nach Luft rang. »Sie hierlassen, damit sie noch mehr Amerikaner umbringt? Sie ist es, die die Grippe hergebracht hat. Die deutsche Grippe. So, glaubt der Kaiser, kann er den Krieg gewinnen. Mörderische, deutsche Schlampe.«

»Ich sage es nicht noch einmal. Wenn Sie nicht sofort verschwinden, hole ich …«

Bingaman machte ein paar Schritte auf die Männer zu und zwang sie in die Richtung der Tür. Der erste Mann richtete sich auf und murmelte: »Diese Schweine haben meinen Sohn in Frankreich umgebracht, du verdammter Hund«, und dann schlug er den Doktor ins Gesicht.

Die Zeit schien stillzustehen. Dann begann sie plötzlich wieder. Bingaman hörte Schreckensschreie um sich herum und taumelte zurück. Unter der Maske spürte er das Blut aus seiner Lippe quellen. Jemand schlug ihm auf die Nase, und er sah doppelt. Blut schoß ihm aus der Nase. Er hatte keine Kontrolle mehr über seine Beine. Er glaubte, plötzlich zu schweben. Als er auf dem Boden aufschlug, hörte er Schreie in weiter Ferne.

Dann war alles verschwommen. Er hatte das vage Gefühl, daß man ihn aufhob und trug. Wieder weit entfernte, eindringliche Stimmen. Dann setzte man ihn ab, und alles taumelte wieder wild durcheinander.

Er lag auf einer Pritsche in einem dunklen Nebenraum der Turnhalle.

»Jonas, wie geht es dir? Jonas?«

Er erkannte Marions Stimme. Mit jedem besorgten Wort schien sie näher zu kommen, als ob sie sich über ihn beugte.

»Jonas?«

»Ja. Ich glaube, es ist alles in Ordnung.«

»Laß mich dir die Maske abnehmen, damit du atmen kannst.«

»Nein. Ich darf mich nicht anstecken. Das Risiko ist zu groß.«

Sie wischte ihm das Blut aus dem Gesicht. »Ich hole dir wenigstens eine saubere.«

»Jonas?« Eine Männerstimme. Besorgt. Powell.

»Ich bin nur etwas benommen«, antwortete Bingaman langsam. »Ich habe nicht damit gerechnet.« Seine Worte schienen zu hallen. »Ich bin bald wieder in Ordnung.« Er versuchte, sich aufzusetzen, aber sein Kopf schien aus lauter Kugellagern zu bestehen, die alle nach hinten rollten und seinen Kopf herabzogen. »Diese Männer. Sind sie …?«

»Sie sind weg.«

»Der Polizist. Habt ihr einen Polizisten …?«

»Wozu? Als sie die Schulen, die Restaurants und die Geschäfte geschlossen haben, sind auch die Gefängniszellen ausgeleert worden. Was hätten sie mit den Männern schon machen sollen?«

»Ich verstehe nicht, was in sie gefahren ist. Marion zu beschuldigen. Unfaßbar.«

Bingaman zwang sich, die Augen zu öffnen und zu fokussieren. Er sah Marions besorgtes Gesicht. Und Powell, der zögernd wirkte.

»Was ist? Was verheimlichst du mir?« fragte Bingaman.

»Das ist nicht das erste Mal.«

»Ich verstehe nicht.«

»Die Menschen haben Angst«, sagte Powell. »Sie wollen nicht akzeptieren, daß das alles rein zufällig und ohne tieferen Sinn geschieht. Sie wollen einfache Erklärungen. Etwas Spezifisches.«

»Ich verstehe immer noch nicht.«

»Sie wollen einen Schuldigen. Die Deutschen. Marion.«

»Aber das ist absurd. Wie können sie so dumm sein zu glauben, daß Marion …?«

Als Bingaman das Unbehagen in Marions Gesicht sah, runzelte er die Stirn. »Du kennst das alles?«

»Ja.«

»Wie lange geht das schon so?«

»Ein paar Tage.«

»Und trotzdem hast du dich freiwillig gemeldet, um uns zu helfen? Ich verstehe nicht, wieso …« Aber Bingaman dachte darüber nach, und dann verstand er es sehr wohl. Marion tat, was richtig war, selbst wenn es schwierig war.

»Ich möchte nicht, daß du einen falschen Eindruck bekommst«, sagte Powell. »Es ist nicht so, als ob jeder so empfinden würde. Nur eine Minderheit. Eine kleine Minderheit. Aber sie machen weiß Gott keinen Hehl aus ihrer Auffassung.«

»Ich werde zu Hause bleiben müssen«, sagte Marion.

»Nein«, sagte Powell. »Du darfst dich nicht von ihnen einschüchtern lassen.«

»Es hat nichts damit zu tun. Ich habe Wichtigeres zu tun. Fühle einmal Jonas' Stirn und die Lymphknoten in seinem Hals. Leg ihm eine Hand auf die Brust. Du brauchst kein Stethoskop. Man kann es auch so fühlen. Er hat es.«

Die Schlaglöcher und der Auspuffgestank des Ford verstärkten Bingamans quälende Kopfschmerzen noch, und ihm wurde übel, als Marion ihn nach Hause fuhr. Seine Verletzungen schienen seinen Widerstand gebrochen zu haben, mit dem er sich beständig gegen die Symptome gewehrt und sie der allgemeinen Erschöpfung zugeschrieben hatte. Jetzt, als das Delirium langsam von ihm Besitz ergriff, dachte er einen letzten klaren Gedanken, der an das erinnerte, was er beim Anblick der Leiche der jungen Schwester zu Dr. Kramer gesagt hatte: Wie konnte das so schnell gehen? Aber als Marion vor dem Haus anhielt, verblaßte der Schmerz seiner geschwollenen Lippe und Nase im Vergleich mit den entsetzlichen Glieder- und Gelenkschmerzen, die jetzt von ihm Besitz ergriffen. Er war so wirr und benommen, daß er das Gefühl hatte, von seinem Körper getrennt zu sein und schwebend dabei zuzusehen, wie Marion sich abmühte, ihn aus dem Wagen zu zerren und die Stufen hinauf ins Haus zu schleppen.

Er bemühte sich, so gut er konnte, nicht in ihre Richtung zu husten, und war froh, daß er auf einer neuen Maske bestanden hatte. Aber als sie ihn aufs Bett gelegt hatte, wobei sie ein angestrengtes Keuchen nicht unterdrücken konnte, öffnete sie seinen Hemdkragen und nahm ihm die Maske ab, die nach der Fahrt blutgetränkt war.

»Nein«, flüsterte er.

»Keine Widerrede, Jonas. Ich muß sie erst waschen.«

»Du hättest mich im Krankenhaus lassen sollen.«

»Nicht, wenn du zu Hause eine ausgebildete Krankenschwester hast, die sich rund um die Uhr um dich kümmern kann.«

Sie zog ihm die Schuhe aus, die Socken und die Hose, seinen blutverschmierten Anzug, die Weste und das Hemd, zuletzt auch noch die Unterwäsche. Zitternd und nackt lag er mit verschränkten Armen und klappernden Zähnen auf dem Bett und betrachtete die sich seltsam kräuselnde Zimmerdecke, während Marion ihn von Kopf bis Fuß mit Wasser und Seife abwusch. Sie trocknete ihn sorgfältig ab und bat ihn, sich aufzusetzen, damit sie ihm ein frisches Nachthemd über den Kopf ziehen konnte. Dann zog sie ihm noch kniehohe, wollene Strümpfe an und deckte ihn mit einem Laken und drei Decken zu. Als das noch immer nicht reichte und sein Frösteln stärker wurde, brachte sie ihm eine Wärmflasche und die daunengefüllte Steppdecke.

Bingaman hustete und bat um seine Maske.

»Sie hindert dich am Atmen«, sagte Marion.

»Ich könnte dich anstecken …«

»Ich glaube nicht, daß sie viel nützt. Außerdem bin ich den Erregern schon ausgesetzt gewesen.« Während sie arbeitete, atmete Marion schwerer.

Minuten oder vielleicht auch Stunden später flößte sie ihm löffelweise heißen Tee ein, und als der Schüttelfrost von beunruhigenden Mengen Schweiß abgelöst wurde, nahm sie die Decken weg, zog ihn wieder aus und rieb ihn mit Alkohol ab. Sie ignorierte seinen Husten und ließ ihn vorsichtig zu Boden gleiten. Er hatte die Kontrolle über seine Körperfunktionen verloren und das Bett beschmutzt. Sie mußte die Laken und sein Nachthemd wechseln, ihn waschen und dann wieder ins Bett legen und zudecken, da der Schüttelfrost zurückgekehrt war. Sie legte ihm einen heißen Waschlappen auf die Stirn, flößte ihm noch mehr heißen Tee ein und versuchte, ihm in Tee getränkte warme Brotstückchen zu füttern.

Dann verlor er jedes Gefühl für die Außenwelt und versank in der Finsternis. Sein Bewußtsein trieb wie ein Boot in einer immer unruhigeren See. Eine nächtliche See – sturmgepeitscht, die ihn herumwarf, bis sich alles drehte.

Er wußte nicht, wie lange er fort gewesen war, aber nach und nach hörte das Drehen auf, das Wetter beruhigte sich, und als er langsam und verschwommen zurückkam, hatte er das Gefühl, daß sein Hals noch nie so trocken oder er schon jemals so schwach gewesen war. Seine Augen schmerzten, als wären sie in den Schädel gesunken. Seine Haut spannte durch den großen Flüssigkeitsverlust und war klebrig und fettig von den vielen Schweißausbrüchen. Außerdem schien sie zu groß, als wenn er sehr abgenommen hätte.

All das spürte er nur langsam und allmählich. Er lag regungslos da und sah die Sonne durchs linke Fenster hereinscheinen. Dann verschwand sie und kehrte schließlich im rechten Fenster zurück. Ihm wurde klar, daß er in halbwachem Zustand den ganzen Tag vor sich hin gedöst hatte, während die Sonne von Osten nach Westen gewandert war. Aber er war nicht zu benommen zu merken, daß sich nichts im Zimmer verändert hatte, daß sein Nachthemd und die Laken dieselben waren wie am Morgen und daß niemand im Zimmer gewesen war, daß Marion nicht im Zimmer gewesen war.

Er versuchte, sie zu rufen, aber seine Lungen waren zu schwach, sein Hals zu trocken, und es kam nichts heraus. Er versuchte es noch einmal und brachte nur ein tierisch anmutendes, klägliches Wimmern heraus.

Marion! dachte er verzweifelt. Nicht um sich hatte er Angst, nicht darum, daß er allein und hilflos dort lag. Marion galt seine panische Angst. Wenn sie sich nicht um ihn kümmerte, hieß das, daß sie nicht mehr dazu in der Lage war, und das bedeutete …

Als er versuchte, sich zu bewegen, mußte er husten. Es rasselte in seiner Lunge. Die Luft suchte sich pfeifend einen Weg durch die geschwollenen Bronchien und das von der Entzündung rohe Fleisch seines Halses. Aber trotz der Schmerzen und der Lethargie merkte er, daß es ihm besser ging. Das Fieber mußte gesunken sein, und die Kopfschmerzen waren nicht mehr so stark, daß er glaubte, sein Kopf müßte explodieren. Seine Muskeln schmerzten noch, aber nicht so, als läge er auf einer Streckbank.

Als er auf die Seite des Bettes rutschte und zu stehen versuchte, weigerten sich seine wackeligen Beine, die Last zu tragen, und er fiel hin. Marion! dachte er wieder und wieder. Er kroch. Die abwechselnde Bewegung seiner Arme erinnerte ihn an die Angst und die Entschlossenheit bei seinen ersten Schwimmversuchen. Dann sah er einen Krug auf dem Tisch stehen, packte ein Stuhlbein und zog sich mühsam hoch. Er kippte den Krug, und das Wasser lief in seinen Mund, über seine aufgesprungenen, ausgetrockneten Lippen, an seinem Kinn entlang und aufs Nachthemd. Unbeholfen stellte er den Krug wieder hin, da er Angst hatte, ihn fallen zu lassen. Das Wasser war zu wertvoll für ihn. Aber so herrlich es auch schmeckte, es war trotzdem schal und abgestanden und schmeckte nach Staub. Es mußte schon eine ganze Weile dort gestanden haben, und seine Vorahnung wurde nur noch düsterer und erfüllte ihn mit blankem Entsetzen. Er versuchte noch einmal, Marions Namen zu rufen, und erschauerte bei dem kläglichen Klang seiner heiseren Stimme. Dann kroch er weiter.

Er fand sie auf dem Boden der Küche. In seiner ersten Panik befürchtete er, daß sie tot war. Aber als er stöhnte, glaubte er zuerst, ein Echo zu hören, bis ihm klar wurde, daß das zweite Stöhnen von ihr gekommen war, schwach und kaum zu hören, aber immerhin ein Stöhnen. Er kroch mühsam, aber dennoch so rasch er nur konnte, näher an sie heran und fühlte ihre Stirn. Sie war furchtbar heiß. Jawohl! Sie lebte! Aber die Intensität ihres Hustens und die völlige Lethargie, als er versuchte, sie zu wecken, erfüllten ihn mit Schrecken, und er wußte, daß er sie als erstes mit Flüssigkeit versorgen mußte. Er packte die Kante des Küchenschranks und zog sich hinauf. Er schwitzte, während er die Pumpe in der Spüle bediente und eine Schüssel mit Wasser füllte. Beinahe verschüttete er das Wasser, und er vergaß auch zuerst den Löffel, aber endlich saß er erschöpft neben Marion auf dem Küchenboden, hielt ihren Kopf und löffelte ihr das Wasser zwischen die trockenen, geschwollenen Lippen. Die Hitze, die sie ausstrahlte, war unglaublich. Er kämpfte sich zum Eisschrank und hackte mit einem Eispickel unbeholfen auf dem schon halbgeschmolzenen Block im oberen Fach herum, bis ein paar Splitter abbrachen. Diese Eisstücke wickelte er in ein Geschirrtuch und sackte wieder neben Marion zusammen. Dann wischte er ihr mit dem kühlen Tuch über das tiefrote Gesicht. Er legte ihr das Tuch auf die Stirn und flößte ihr noch mehr Wasser ein, dann gab er seinem eigenen Durst nach und trank aus der Schüssel, aber sie fiel ihm aus der

Hand, und das Wasser ergoß sich über Marion und ihn selbst. Er stöhnte, dann wurde ihm wieder schwindelig, und er legte den Kopf auf den Boden.

Die Zeit verschwamm. Als er wieder zu sich kam, saß er in einem Sessel im Salon. Marion lag ihm gegenüber auf der Couch. Eine Wolldecke war über sie gebreitet. Ihre Brust hob und senkte sich. Sie hustete. Ein Teller mit altem Brot und ein Krug mit Wasser standen auf dem Beistelltisch. Jemand hat uns gefunden, dachte Bingaman und hustete. Aber in den nächsten anstrengenden Stunden mußte er sich mit der Erkenntnis abfinden, daß offenbar er Marion irgendwie in den Salon geschleppt und auf die Couch gelegt hatte und daß er das Brot und den Krug mit Wasser gebracht hatte. Das Brot war so alt und hart, daß er es erst in Wasser einweichen mußte, bevor er es vorsichtig Marion in den Mund stecken konnte. Er schickte ein Dankgebet zum Himmel, als sie schluckte. Als sie hustete, machte er sich Sorgen, daß sie das Brot wieder ausspucken könnte, aber sie behielt es bei sich, zusammen mit dem unfaßbar köstlichen Wasser.

Wieder verschwamm die Zeit. Diesmal fand er kein Brot, sondern Erdbeermarmelade und einen Löffel auf dem Tischchen neben der Couch. Er erinnerte sich daran, im Eisschrank ein Glas mit Marmelade gesehen zu haben. Marion hustete. Er rieb ihre glühende Stirn mit dem Handtuch ab, in das die letzten Eisstücke aus dem Eisschrank gewickelt waren. Er fütterte sie mit der Marmelade und hielt ihr ein Glas an die Lippen. Er selbst trank aus einem anderen Glas und fühlte, wie seine verdorrten Lippen und sein rauher Hals das Wasser förmlich aufsaugten.

Dunkelheit. Licht.

Dann wieder Dunkelheit. Im Keller. Taumeln. Die Tür zum Vorratskeller öffnen. Trotz der Kälte schwitzen. Zwei Gläser von Marions Eingemachtem greifen. Husten. Schwanken. Die Kellertreppe hinaufstolpern, in der schmerzenden Helligkeit des strahlenden Sonnenuntergangs blinzeln, entdecken, daß die Gläser mit Eingemachtem, die soviel Mühe gekostet haben, Dillgurken sind.

Dunkelheit. Licht.

Dunkelheit. Licht.

Wieder Licht. Marion hustete nicht mehr. Bingaman kam später zu dem Schluß, daß es ihre robuste Konstitution gewesen war, die sie gerettet hatte, obwohl sie wach genug war, darauf zu bestehen, daß er ihr das Leben gerettet hatte. Seine Fürsorge, nannte sie es, und fand, er sei viel zu bescheiden.

»Pscht«, sagte er liebevoll. »Verschwende deine Kraft nicht unnötig.«

Andererseits wußte er sehr wohl, daß es Marions eigene Fürsorge im Frühstadium seiner Krankheit gewesen war, die ihn ganz sicher gerettet hatte. Dieser furchtbaren Krankheit konnte man nur durch gezielte Bekämpfung der Symptome begegnen. Darüber hinaus war es nur noch die Verfassung des Patienten, die über Leben oder Tod entschied, und jetzt, wo Bingaman die zerstörerische Kraft der Influenza am eigenen Leib kennengelernt hatte, wunderte er sich, daß überhaupt jemand die Kraft hatte, ihr zu widerstehen.

Aber vielleicht war Kraft nicht der entscheidende Faktor. Vielleicht war es Glück. Oder Schicksal. Oder Gottes Wille. Aber wenn letzteres wirklich der Fall war, dann hatte sich Gott gegen eine Unzahl von Menschen gerichtet. Für einen Presbyterianer wie Bingaman, für den der Weg zum Heil in harter Arbeit und Wohlstand lag, war der Gedanke, daß Gott in der Grippewelle seine Unzufriedenheit mit der Welt ausdrückte, ausgesprochen beunruhigend. Selbst wenn man den Krieg mit einbezog, war die Welt doch kein so schlechter Ort. Oder war der sogenannte Weltkrieg mit seinen Maschinengewehren, Tränengas, Chlorgas, Phosgengas und Senfgas, den sich häufenden Greueln und den Millionen von sinnlosen Opfern das eigentliche Problem?

Aber wenn das so war, warum reagierte Gott darauf mit weiteren Millionen von sinnlosen Opfern?

»Dr. Bingaman.« Die Krankenschwester wich erschrocken zurück, und ihr Gesicht war beinahe so weiß wie ihre Uniform. »Das ist nicht möglich!«

»Was soll denn das heißen?«

»Man hat mir gesagt, Sie wären tot!«

»Tot?« Bingaman machte noch einen Schritt auf die Schwester im Flur des Krankenhauses zu.

Wieder wollte sie zurückweichen. »Nachdem Dr. Powell gestorben war und Dr. Gingrich ...«

»Augenblick. Dr. Powell ist tot?«

»Ja, und Dr. Gingrich und ...«

»Tot.« Der Schock überwältigte ihn. Ihm war so schwindelig, daß er schon an einen Rückfall glaubte, und er stützte sich an der Wand ab, um nicht das Gleichgewicht zu verlieren. Er holte tief Luft, unterdrückte ein Husten und sah sie eingehend an. »Wieso haben Sie geglaubt, daß ich tot bin?«

»Das hat man mir gesagt!«

»Wer hat Ihnen das gesagt«

»Eine Menge Leute. Ich weiß nicht. Ich erinnere mich nicht mehr, wer es genau war. Es war alles so furchtbar. So viele sind krank geworden. Ich weiß schon gar nicht mehr, wer noch lebt und wer gestorben ist. Ich weiß nicht mehr, wann ich das letzte Mal geschlafen habe, oder wann ...«

Wegen seiner eigenen Müdigkeit und Sorge beim Betreten des Krankenhauses hatte Bingaman gar nicht bemerkt, wie erschöpft die Schwester selbst aussah. »Setzen Sie sich«, sagte er, und noch etwas wurde ihm klar – warum niemand zu seinem Haus gekommen war, um ihn zu fragen, ob er Hilfe brauchte. Warum hätte sich jemand damit abgeben sollen, wenn alle glaubten, daß er tot war? Und es mußten eine Menge Menschen gestorben sein.

»Gehen Sie nach Hause«, sagte Bingaman. »Essen Sie etwas und ruhen Sie sich aus.«

»Das kann ich nicht. Es gibt noch so viele Patienten. Ich kann die Lebenden und die Toten schon gar nicht mehr auseinanderhalten. Die einen verschwinden und die anderen kommen. Es gibt so viel zu tun. Ich …«

»Das ist schon in Ordnung. Ich gebe Ihnen die Erlaubnis. Gehen Sie nach Hause. Ich werde mit Virginia sprechen.« Damit meinte er die Oberschwester. »Ich bin sicher, daß sie nichts dagegen hat.«

»Das können Sie nicht.«

»Wie?«

»Mit ihr sprechen.«

»Wieso nicht?«

»Virginia ist tot.«

Sprachlos vor Entsetzen starrte er sie an und wagte nicht mehr, sich noch nach anderen zu erkundigen, da er Angst hatte, daß auch sie gestorben waren. Es war alles so schnell gegangen. Man trug eine Bahre an ihm vorbei, auf dem die Leiche des Bürgermeisters Halloway lag.

Dann kam ihm ein weiterer entsetzlicher Gedanke. »Wie lange?« stieß er mühsam hervor.

Die erschöpfte Schwester schüttelte verwirrt den Kopf.

»Ich meine …« Seine Stirn fühlte sich wieder heiß an. »Was für ein Tag ist heute?«

Verständnislos antwortete sie: »Mittwoch.«

Er rieb sich die Stirn. »Nein, was ich wissen wollte, ist – das Datum.«

»Der neunte Oktober.« Jetzt runzelte die Schwester ungläubig die Stirn.

»Der neunte Oktober?« Bingaman fühlte sich, als ob er einen Schlag ins Gesicht erhalten hätte, und taumelte zurück.

»Dr. Bingaman, fühlen Sie sich nicht wohl?«

»Einen Monat.«

»Ich verstehe Sie nicht.«

»Das letzte, woran ich mich erinnern kann, war Anfang September.«

»Ich weiß immer noch nicht …«

»Ich habe den restlichen September verloren und … einen ganzen Monat. Ich habe einen ganzen Monat verloren.«

Voller Entsetzen versuchte er, der Schwester zu erklären, wie es war, wenn man einen ganzen Monat damit kämpfte, durch entzündete Lungen zu atmen, während man hilflos in der tosenden, schwarzen See des Deliriums umhertrieb. Er bemühte sich, ihr den unfaßbar intensiven Durst zu beschreiben, die Agonie der schmerzenden Glieder, die unerträgliche Enge in der Brust.

Der beunruhigte Blick der Schwester verriet ihm, daß er offenbar hysterisch vor sich hin plapperte. Es war ihm gleich. Solange es ihm nur gelang zu erklären, warum er einen ganzen Monat verloren hatte. Und ihm wurde klar, daß sein eigenes Schicksal vielleicht auch vielen anderen widerfahren war. Um Himmels willen, dachte er, wie viele Menschen sitzen in ihrem eigenen Haus in der Falle, zu schwach, um das Telefon zu beantworten, wenn sie überhaupt eines besitzen, oder auf ein Klopfen an der Tür zu reagieren. Als er vor einer Stunde sein eigenes Haus verlassen hatte, war er zu den Nachbarhäusern rechts und links gegangen und hatte an die Tür geklopft, aber niemand hatte geantwortet. Überhaupt machte die ruhige Ulmenallee, in der er wohnte, einen völlig verlassenen Eindruck, und das beunruhigte ihn noch mehr. Eine kühle Brise strich durch die Blätter, die sich in so wenigen Tagen, wie er geglaubt hatte, bereits herbstlich gelb gefärbt hatten – jetzt erst wußte er, daß ein ganzer Monat vergangen war. Und die Nachbarn waren sicher nicht weggefahren. Sein Herz begann heftiger zu klopfen, als ihm klar wurde, daß sie durchaus in ihren Häusern sein konnten, entweder hilflos oder tot.

»Jonas, du siehst furchtbar aus. Du mußt dich ausruhen«, sagte Dr. Kramer. »Geh nach Hause und kümmere dich um Marion.«

»Ihr geht es gut. Andere sind viel schlimmer dran. Sie hat darauf bestanden, daß ich gehe und den anderen helfe.«

»Aber…«

»Du und ich, wir sind jetzt die einzigen Ärzte in der Stadt! Die Menschen sterben! Da kann ich doch nicht einfach nach Hause gehen! Ich werde gebraucht!«

Alle Kirchen der Stadt waren in Krankenstationen umgewandelt worden, und alle waren voll.

Auf den Friedhöfen gab es keinen Platz mehr für die Leichen, und die Totengräber kamen mit dem Ausheben der frischen Gräber nicht mehr nach. Lange Reihen von Leichen lagen auf einer Wiese am Stadtrand, und bewaffnete Wachposten sorgten dafür, daß sie nicht von Tieren angefressen wurden. Alle trugen Gazemasken und hofften verzweifelt, daß sie sich an den Toten nicht ansteckten. Die Pfarrer bemühten sich, die Beerdigungszeremonien so schnell abzuwickeln, wie es die Würde gerade noch erlaubte.

»Wir müssen weitersuchen!«, sagte Bingaman, der Suchtrupps zusammenstellte. »Wer weiß, wie viele Menschen unsere Hilfe brauchen? Selbst wenn sie tot sind, müssen wir sie finden. Die Seuchengefahr ist zu groß. Cholera, ja sogar die Pest drohen. Die verwesenden Leichen könnten eine neue Epidemie auslösen.«

Mit seinem eigenen Trupp marschierte Bingaman durch die Straßen und klopfte energisch an die Türen. Manchmal öffnete ihnen eine zittrige Hand, und eine geisterhafte Gestalt mit knochigem Gesicht und eingesunkenen Augen versicherte ihnen, daß im Haus alle über das Schlimmste hinweg waren. Offenbar waren sie sich nicht bewußt, daß Bingaman sie gerade noch rechtzeitig gefunden hatte, um sie zu retten. Manchmal antwortete auch niemand auf ihr Klopfen, und dann brachen sie die Tür auf. Ein schwaches Husten deutete hier und da auf Überlebende hin, aber oft wurde ihnen übel vom Gestank der Verwesung. Ganze Familien lagen schon längere Zeit tot in ihren Häusern.

I had a little bird.
Its name was Enza.
I opened the window.
And in-flu-Enza.

In einem anderen Haus hörte Bingaman, wie ein kleines Mädchen mit eingefallenen Wangen dieses Lied wieder und wieder monoton vor sich hin sang, beinahe wie eine Wahnsinnige, während man ihre toten Eltern aus dem Haus brachte. Die Szene ließ ihn nicht mehr los, und das Lied spukte ihm unablässig im Kopf herum. *I opened the window and in-flu-Enza.* Der Rhythmus war geradezu heimtückisch – wie die Krankheit selbst. Wieder und wieder hörte er es, bis er ganz schwindelig wurde und schon befürchtete, Enza würde ihn noch einmal besuchen. Das Fenster öffnen. Ja. Die Krankheit war überall. Im Himmel, in der Luft. In jedem Atemzug. Bingaman wußte, daß er eigentlich Kramers Rat befolgen sollte und sich ausruhen, aber ganz gleich, wie schwindelig er sich auch fühlte … *in-flu-Enza* … er gab nicht auf, wie Marion es ihm aufgetragen hatte, und kämpfte sich von Haus zu Haus, brachte den Leidenden Hilfe und den Toten Gnade. *In-flu-Enza.* Er gab nicht auf, weil er mittlerweile fest daran glaubte, daß, wenn es sich bei der Krankheit wirklich um eine Strafe Gottes handelte, es gleichzeitig eine Gelegenheit war, ein Angebot Gottes, die Welt zu verbessern, das Böse auszumerzen und für das Heil der Erlösung zu arbeiten.

Bingamans Gruppe brach die Tür auf und tastete sich durch das trübe Zwielicht der verstaubten Räume im Erdgeschoß, ersten Stock, Keller und Speicher. Aber seine Sorge schien grundlos. Es war niemand hier, weder lebendig noch tot.

Erleichtert traten sie wieder an die frische Luft und gingen weiter den hölzernen Gehsteig entlang. Das tote Laub raschelte unter ihren Füßen.

»In diesem Haus haben wir noch nicht nachgesehen.«

»Das ist unnötig«, sagte Bingaman.

»Warum?«

»Es ist mein eigenes.«

»Aber der Geruch.«

»Ich weiß nicht, was Sie meinen.«

»Er kommt aus dem ...«

»Nein, aus dem nächsten Haus«, sagte Bingaman.

»Nein, aus diesem Haus. Ihrem Haus.«

»Unsinn. Ich rieche überhaupt nichts.«

»Ich glaube, wir sollten nachsehen.«

»Die Tür ist verschlossen.«

»Bleiben Sie da weg.«

»Der Geruch ist hier oben auf der Veranda noch schlimmer. Geben Sie uns den Schlüssel.«

»Verlassen Sie sofort mein Grundstück!«

»Die Gardinen sind zugezogen. Ich kann durch die Fenster nichts erkennen.«

»Ich sage Ihnen doch, Sie sollen gehen!«

»Dieser Geruch ist ... wir müssen die Tür aufbrechen.«

Bingamans hysterischer Protest konnte sie nicht davon abhalten, die Tür aufzubrechen, und der Gestank war so intensiv, daß sich mehrere Männer übergeben mußten. Er kam aus dem Salon. Marion Bingaman war schon eine ganze Weile tot. Ihre Haut war ganz grau und ihr Körper aufgebläht. Sie war vollgeschmiert mit Kampferöl und Erdbeermarmelade. In ihren Mund waren so viele Aspirin und Chinintabletten gestopft, daß ihre Backen ganz aufgebläht waren und der Mund offenstand. Zwischen den Lippen ragte eine Dillgurke heraus. Ihr nackter Rücken sah aus wie ein Nadelkissen. Aber die Nadeln, die zwischen ihren Rippen steckten, stammten von den Spritzen, mit denen der Doktor in seiner Verzweiflung versucht hatte, die Flüssigkeit aus ihren Lungen zu saugen, in der sie ertrunken war. Auf dem Boden standen ein paar Gefäße, die mit einer übelriechenden, gelblichen Flüssigkeit gefüllt waren.

»Marion«, Bingaman strich ihr übers Haar. »Es tut mir leid. Ich habe versucht, sie wegzuschicken. Ich weiß doch, wie wichtig dir dein Mittagsschlaf ist. Warum versuchst du nicht, wieder einzuschlafen?«

Der Höhepunkt der weltweiten Epidemie fiel mit dem Waffenstillstandsabkommen in Europa zusammen, der Friedenserklärung am 11. November 1918. Danach lösten sich die Streitkräfte auf, und die erschöpften Soldaten machten sich auf die lange Heimreise. Sie brachten keine neuen Grippeerreger mit, die zu einem Wiederaufflammen der Krankheit in ihrer Heimat geführt hätten. Ganz im Gegenteil und aller Logik widersprechend verlor die Seuche rasch an Kraft, und zum Ende des Jahres mitten im Winter, wo die Krankheit in dem kalten, feuchten Wetter eigentlich ihren Höhepunkt hätte erreichen sollen, ließ die Epidemie nach. In einigen sehr entfernten, isolierten Regionen – auf ein paar Inseln im Pazifik oder in entlegenen Dschungelsiedlungen tobte sie noch weiter. Ansonsten kam die spanische Grippe, nachdem sie die gesamte Welt verwüstet hatte, ohne einen Unterschied zwischen einem Eskimodorf oder einer Großstadt zu machen, langsam zu einem Ende.

Bingaman, dessen Gesicht nie wieder die frühere, rosige Fröhlichkeit zurückerlangte und dessen spärlicher Rest von silbrigen Haaren nun vollständig ausgefallen war, setzte sich zur Ruhe wie viele andere der Überlebenden. Von Elmdales zwölftausend Einwohnern waren achttausend erkrankt und von diesen wiederum zweitausendfünfhundert gestorben. Viele der viertausend übriggebliebenen Gesunden hatten Tag und Nacht gearbeitet, um die Kranken zu pflegen und die Toten zu begraben. Einige allerdings hatten sich aus Angst vor der Ansteckung bis zuletzt geweigert zu helfen. Sie würden ihren Frieden mit Gott schließen müssen.

Die Menschheit war geprüft worden. In den großen Pestepidemien des Mittelalters schätzte man die Zahl der Opfer auf fünfundzwanzig Millionen. Die der Opfer unter den Soldaten in den fünf Jahren des Ersten Weltkriegs betrug achteinhalb Millionen.

Diese Zahlen erfuhr Bingaman an den Abenden, an denen er oft bis spät in die Nacht hinein an seinem Funkgerät saß und mit anderen Amateurfunkern in Amerika und Europa kommunizierte. Aber nach letzten Schätzungen waren in der Grippeepidemie beinahe vierzig Millionen Menschen gestorben. Noch unfaßbarer war die Zahl der Erkrankten, die man auf eine Milliarde schätzte, mehr als die Hälfte der Weltbevölkerung. Hätte die Seuche sich weiterhin so ausgebreitet wie zu Beginn, dann hätte die Zivilisation in ihrer jetzigen Form bereits im Frühjahr des Jahres 1919 aufgehört zu existieren. In diesen Gesprächen mit Amateurfunkern seines Heimatlandes und der ganzen Welt teilte Bingaman ihre Gefühle der Hilflosigkeit und des Verlusts. Aber er erkannte auch die verborgene Hoffnung in einigen ihrer Äußerungen. Ja, die Besten der Jugend in Amerika und Europa waren im Krieg ausradiert worden. Was der Krieg nicht fertiggebracht hatte, hatte die Grippe bei den anderen Altersschichten nachgeholt. So hatten alle Gesellschaftsschichten gleichermaßen verloren.

Aber was, wenn … und dieser Gedanke war beinahe undenkbar, aber trotzdem hatten ihn einige auf der Basis der Schriften Charles Darwins ausgesprochen … was, wenn diese weltweite Epidemie ein Mittel der natürlichen Auslese gewesen war und die Menschheit auf diese Weise von den Schwachen gereinigt hatte, die sich dadurch genetisch verbessern konnte? Bingaman verachtete eine solch materialistische Denkweise. Er hatte genug über die Theorie des Darwinismus gehört, um zu wissen, daß sie auf rein zufälligen Ereignissen beruhte, daß sie im Grunde zutiefst atheistisch war und nur der Beliebigkeit huldigte. Nach seiner Auffassung gehorchte alles einem übergeordneten, kosmischen Plan, und jede Theorie, die Gott ausschloß, war für ihn unannehmbar. Aber eine andere Theorie konnte er durchaus akzeptieren – daß nämlich diese Plage, einer der apokalyptischen Reiter, von Gott geschickt worden war, um die Aufmerksamkeit der Menschen zu erregen, den Überlebenden ihre Sünden vor Augen zu führen und ihnen die Möglichkeit zu geben, aus ihren Fehltritten zu lernen und einen neuen Anfang zu machen.

»Wie der Krieg«, hatte Bingaman zu Marion gesagt, die drei Wochen nach ihrem Begräbnis in sein Arbeitszimmer gekommen war. Er hatte den Kopf gehoben und sie durch seine Tränen hindurch angelächelt. Seitdem sprach er mit ihr.

»Die Grippe war eine Warnung Gottes, daß es nie wieder einen Krieg wie diesen geben darf. Haben sie ihn nicht auch so genannt? Der Krieg, der das Ende aller Kriege sein wird? Ich bin davon überzeugt, daß dies eine Gelegenheit ist, über die Zukunft nachzudenken.«

Marion antwortete nicht.

»Außerdem habe ich gelesen, daß die Prohibition als Zusatz in die Verfassung aufgenommen werden soll. Als die Bars geschlossen wurden, um die Grippe an der Ausbreitung zu hindern, hat das ganz offensichtlich eine positive Wirkung auf die Gesellschaft gehabt. Die Menschen haben ihre Fehler gesehen. Die Bars werden auch weiterhin geschlossen bleiben.«

Marion antwortete immer noch nicht.

»Und noch etwas«, sagte Bingaman. »Ich weiß, daß du immer versuchst optimistisch zu sein. Ich bin davon überzeugt, daß die Gesellschaft auch in anderer Hinsicht von der Grippewelle profitieren wird. Wir waren dem Tod so nahe, alle, die ganze Welt. So daß wir alle daraus gelernt haben, das zu würdigen, es zu respektieren, es zu verbessern. Dieses Jahrzehnt ist bald zu Ende. Ein neues bricht an. Ein neuer Anfang. Es wird faszinierend sein, zu sehen, wie wir uns von soviel Tod erholen.«

Marion schwieg noch immer.

»Aber eines macht mir Sorgen«, sagte Bingaman. »Am Funkgerät habe ich letzte Nacht gehört, daß ein medizinischer Forscher in New York City herausgefunden hat, daß Influenza nicht von Bakterien, sondern von Viren ausgelöst wird. Theoretisch müßte es dadurch einfacher sein, ein Heilmittel zu finden. Normalerweise.« Er runzelte nachdenklich die Stirn. »Wenn alles gleich bliebe, dann sollten wir in der Lage sein, einen Impfstoff zu entwickeln. Aber nicht in diesem Fall. Denn der Forscher hat auch herausgefunden, daß das Influenzavirus ständig mutiert. Jeder

Impfstoff wäre damit nur für eine begrenzte Zeit wirkungsvoll. Und das Virus könnte sich in der Zwischenzeit in eine noch tödlichere Variante umformen. Oder eine andere noch schlimmere Seuche könnte auftauchen.«

Zum ersten Mal sprach Marion. »Dann gnade uns Gott.« Sie hustete. Blutiger Speichel lief über ihre blauschwarzen Lippen.

Bingaman erschauerte und hatte Angst, sie ein zweites Mal zu verlieren, daß sich das Grauen wieder und wieder wiederholen könnte. »Ja, das ist wohl der Kern des Ganzen. Vertrauen in Gott, in Gottes Gnade. Erinnerst du dich noch, wie leidenschaftlich wir versucht haben, Kinder zu bekommen, wie enttäuscht wir waren, als wir feststellen mußten, daß wir keine bekommen konnten? Da haben wir uns gesagt, daß es vielleicht Vorsehung war, daß Gott uns diese Bürde auferlegt hat, um unseren Glauben zu prüfen. Nun … Vielleicht war es wirklich das Beste so.« Er schluchzte, als Marions Gestalt verblaßte. »Ich könnte es nicht ertragen, noch jemanden zu verlieren.«

Draußen hatte es zu schneien begonnen. Ein eiskalter Wind fegte durch die Skelette der Ulmen und begrub die letzten ihrer modrigen, gelben Blätter.

F. Paul Wilson

Arier und Absinth 1920

Deutschland erleidet einen Nervenzusammenbruch. Es gibt von dort nichts Normales mehr zu vermelden.

Ben Hecht, 1923

Heute kostet ein amerikanischer Dollar 40 000 Mark.
Völkischer Beobachter, **4. Mai 1923**

Ernst Drechsler hielt die merkwürdigsten Dinge für unterhaltsam. Er benutzte immer denselben Begriff, *unterhaltsam*. Selbst die Inflation konnte unterhaltsam sein, behauptete er.

Karl Stehr hatte Ernst monatelang an den Künstlertreffpunkten Berlins gesehen, bevor er ihn wirklich kennenlernte. Ernst stach aus der schmutzigen und zerrissenen Menge heraus. Er trug stets einen sorgfältig gebügelten Anzug mit Weste, gestärktem Kragen und Krawatte; der Hut saß entweder auf dem Kopf, oder er hatte ihn unter den Arm geklemmt. Sein Spazierstock mit dem silbernen Knauf war in Nashornleder eingeschlagen. Sein schwarzes, glänzendes Haar war stets sorgfältig nach hinten gekämmt, und seine hellen blauen Augen, die seine Adlernase einrahmten, standen nie still, huschten unablässig unter den dunklen Augenbrauen hin und her. Dünne Lippen, ein markantes Kinn und ein sonnengebräunter Teint, der selbst im Winter unverändert blieb, rundeten das Bild ab. Karl schätzte Ernst auf Mitte Dreißig, aber sein Gebaren war das eines weit älteren Mannes.

Wochenlang schien Ernst überall gleichzeitig zu sein, und er war nie um eine spitze Bemerkung verlegen. Bei der Paul-Klee-Ausstellung, wo Klees ›Die Zwitscher-Maschine‹ zum ersten Mal gezeigt wurde, hörte er zufällig Ernsts sarkastischen Kommentar, daß Klee sich dem Bauhaus keine Sekunde zu früh angeschlossen hätte. Ernst war bei allen wichtigen Ereignissen: Bei der Uraufführung von ›Dr. Mabuse, der Spieler‹, bei der Premierenparty für das tschechische Theaterstück ›R.U.R. – Rossums Universal Robots‹ und den geheimen Vorführungen von Murnaus ›Nosferatu‹, um nur einige zu nennen.

Und dann war er plötzlich unauffindbar. Er verschwand einfach für Wochen oder sogar für Monate, ohne irgend jemanden davon zu unterrichten. Bei seiner Rückkehr nahm er sein vorheriges Leben an derselben Stelle wieder auf, an der er es verlassen hatte; ganz so, als hätte es nie eine Unterbrechung gegeben. Und wenn er in der Stadt war, schien er fast seine gesamte Zeit im Romanischen Café zu verbringen, wo er jeden Abend mit einem Glas in der Hand zwischen den Tischen pendelte; ein sich schlängelnder Quell von Spott und Plauderei, der unablässig trockene, geistreiche und ätzende Kommentare über Kunst und Literatur von sich gab. Niemand schien sich daran erinnern zu können, wer ihn in das Café eingeführt hatte. Er schmeichelte sich mehr oder weniger in eigener Regie bei den Stammgästen ein. Bald schien es, als ob er schon immer dazugehört hätte. Jeder kannte Ernst, aber niemand kannte ihn gut. Ernst war gleichzeitig offen und reserviert, und das faszinierte Karl.

Ihre Freundschaft begann an einem kühlen Samstag abend im Frühling. Karl hatte seine Buchhandlung vorzeitig geschlossen und schlenderte die Budapester Straße entlang zum Romanischen Café, das an der Ecke bei der Tauentzienstraße gegenüber der Gedächtniskirche lag. Man konnte dort auf einer weitläufigen Fläche auf dem Gehweg sitzen, oder sich bei schlechtem Wetter und in der kalten Jahreszeit in das großzügige Innere zurückziehen.

Karl hatte es sich unter der Markise bequem gemacht; seine in Knickerbocker gehüllten Beine ruhten auf dem leeren Stuhl neben ihm. Er las zum zweiten Mal ›Siddhartha‹ und nippte ab und zu an seinem Aperitif. Jedesmal, wenn er das Klappern hoher Absätze hörte, blickte er auf und sah den Frauen in der neuesten Mode nach, die in Zweier- und Dreiergruppen an ihm vorüberströmten. Die enganliegenden Kleider wedelten um ihre Knie; die straffen, schwungvollen Hüte verbargen ihre Bubikopfschnitte; ihre Lippen waren rot, die Wimperntusche betonte ihre Augen, und die mit flauschigen Fellen besetzten Mäntel schmiegten sich um ihre schlanken Hälse.

Karl liebte Berlin. Seit sein Vater ihn vor dem Krieg in die Stadt mitgenommen hatte, war er in sie vernarrt. Vor zwei Jahren, an seinem zwanzigsten Geburtstag, hatte er die Universität verlassen, um sich ganz seiner Leidenschaft für die Stadt zu widmen. Berlin war der Nabel der Künstlerwelt, der neuen Freiheiten. Dort konnte man sein, was immer man wollte: Freidenker, Kommunist oder sogar Faschist; man konnte sich der freien Liebe hingeben; Männer durften sich wie Frauen kleiden und Frauen wie Männer. Die Freiheit war schrankenlos. Die neuen Bewegungen in der Musik, den Künsten, im Film und im Theater hatten hier ihre Wurzeln. Jeden Tag erwarteten Karl neue Wunder.

Karls Geliebte hatte sich bereits zum Schlafen zurückgezogen, als Ernst Drechsler an seinem Tisch haltmachte und sich vorstellte.

»Wir wurden einander noch nicht vorgestellt«, sagte er und streckte seine Hand aus. »Sie heißen Stehr, nicht wahr? Kommen Sie doch herüber an meinen Tisch. Es gibt da einige Dinge, die ich mit Ihnen besprechen möchte.«

Karl fragte sich, was ein mindestens zehn Jahre älterer Mann wohl mit ihm zu besprechen wünschte, aber da er an jenem Abend nichts Besonderes vorhatte, folgte er ihm.

Im Romanischen hatte sich die übliche Gästeschar versammelt.

In letzter Zeit war das Café zum Mittelpunkt der Berliner Boheme geworden – hier trafen sich die Künstler, Schriftsteller, Journalisten, Kritiker, Komponisten, Herausgeber, Regisseure, Drehbuchautoren und die übrigen, die sich in irgendeiner Weise zur Avantgarde der deutschen Kunstszene zählten. Dazu kamen die Freundinnen, Freunde und das restliche Gefolge. Rauch wogte in einem Musselintuch über dem Durcheinander der verschiedensten Bärte, langen Mähnen, Bubiköpfen, schwarzumrandeten Augen, Hamburger Hüten, Baskenmützen, Monokeln, unterarmlangen Zigarettenspitzen, weiten Pullovern, dunklen Strümpfen und historischen Kostümen, deren Zeitrahmen vom Hellenismus bis zur präraffaelitischen Periode reichte.

»Ich sah Sie vor kurzem bei ›Siegfried‹«, sagte Ernst, als sie sich an einem Tisch in einer dunklen Ecke abseits des Gewimmels niederließen. Ernst setzte sich auf den Stuhl mit dem Rücken zur Wand, von dem aus er das Café überblicken konnte, und überließ Karl den anderen. »Was halten Sie von Langs neuestem Werk?«

»Sehr germanisch«, sagte Karl, als er sich setzte und dem Raum zögernd den Rücken zuwandte. Er liebte es, die Menge zu beobachten.

Ernst lachte. »Wie diplomatisch! Und so zutreffend. Falschheit, Betrug und Verrat – bildlich und buchstäblich. In der Tat germanisch, aber wohl kaum Neue Sachlichkeit.«

»Ich glaube, Lang hatte alles mögliche im Sinn, nur das nicht. ›Die Straße‹ dagegen …«

»Die Neue Sachlichkeit wird im Mausoleum der Kunstbewegungen landen, wo der Expressionismus bereits auf sie wartet. Und je früher, desto besser. Die Neue Sachlichkeit ist Mist.«

»›Kunst ist Scheiße?‹« sagte Karl und lächelte. »Dada ruht in der hintersten Kammer des Mausoleums.«

Ernst lachte wieder. »Mann, Sie sind auf Draht, Karl. Deshalb wollte ich mit Ihnen sprechen. Sie sind sehr klug. Sie gehören zu den wenigen Leuten in diesem Café, die meinen neuen Zeitvertreib zu schätzen wissen werden.«

»Tatsächlich? Und was für ein Zeitvertreib ist das?«

»Die Inflation.«

Bevor Karl Gelegenheit hatte zu fragen, was er damit meinte, winkte Ernst einem Kellner zu, der gerade an ihnen vorbeiging.

»Das Übliche für mich, Freddy, und für ihn ... ?« Er deutete auf Karl, der einen Schnaps bestellte.

»Inflation?« sagte Karl. »Davon habe ich noch nie gehört. Ist das ein neues Kartenspiel?«

»Nein, nein«, wehrte Ernst lächelnd ab. »Man spielt es mit Geld.«

»Selbstverständlich. Aber wie ...«

»Man spielt Inflation mit echtem Geld in der wirklichen Welt. Es ist ein sehr unterhaltsames Spiel. Ich spiele es seit Neujahr.«

Freddy kam mit dem Schnaps für Karl. Ernst brachte er ein leeres Weinglas, eine Karaffe mit eiskaltem Wasser, deren Außenseite mit Tropfen übersät war, und eine kleine Schüssel mit Zuckerwürfeln. Karl sah gebannt zu, wie Ernst einen silbernen Flachmann aus seiner Brusttasche zog und ihn öffnete. Er füllte das Glas drei Finger hoch mit einer klaren, grünen Flüssigkeit und steckte den Flachmann wieder weg. Dann holte er einen geriffelten Löffel hervor, legte einen Zuckerwürfel in die Höhlung und hielt ihn über das Glas. Er nahm die Karaffe, und das Wasser tränkte den Zucker und tropfte in das Glas, wo es sich mit der grünen Flüssigkeit vermengte, die sich daraufhin zu einem blassen Gelb verfärbte.

»Absinth!«, flüsterte Karl.

»Ganz richtig«, sagte Ernst. »Ich habe vor dem Krieg Geschmack daran gefunden. Schade, daß er jetzt verboten ist – obwohl er nicht schwer zu beschaffen ist.«

Jetzt wußte Karl, warum Ernst so oft diesen Tisch in der hinteren Ecke reservierte. Unwillkürlich blickte er sich um, aber niemand nahm Notiz von ihnen.

Ernst nippte an dem Absinth und leckte sich die Lippen ab. »Haben Sie jemals welchen probiert?«

»Nein.« Es hatte sich für Karl nie eine Gelegenheit geboten. Außerdem hatte er gehört, daß man davon verrückt wurde.

Ernst schob sein Glas über den Tisch. »Probieren Sie einen Schluck.«

Etwas in Karl drängte ihn abzulehnen, während ein anderer Teil von ihm seine Hand nach vorne schob und seine Finger um den Stiel des Glases schloß. Er führte es an seine Lippen und nahm einen vorsichtigen Schluck.

Die Bitterkeit ließ seinen Kopf zurückschnellen. Seine Wangen zogen sich zusammen.

»Das ist der Wermut«, sagte Ernst und griff nach dem Glas. »Braucht eine Weile, bis man sich daran gewöhnt hat.«

Karl zitterte beim Schlucken. »Wie konnte das jemals der letzte Schrei sein?«

»Ein halbes Jahrhundert lang nannte man überall in Europa die Cocktailstunde ›l'heure verte‹* nach dieser Mischung.« Er nahm einen weiteren Schluck und schloß genießerisch die Augen. »Zur richtigen Zeit, am richtigen Ort kann Absinth ... die Augen öffnen.«

Er winkte Karl näher heran.

»Hier. Kommen Sie herüber und setzen Sie sich zu mir. Ich will Ihnen etwas zeigen.«

Karl stellte seinen Stuhl neben den von Ernst, so daß sie beide den überfüllten Saal des Romanischen überblickten. »Sehen Sie sich diese Leute an, Karl«, sagte Ernst und deutete in den Raum. »Die Creme der hiesigen Kunstszene, begleitet von ihren vor Lachen brüllenden Claqueuren und dem Klüngel von Epigonen und Gefolgsleuten, die mit der Unterwelt und den Verrückten der Stadt verkehren. Morphinsüchtige und Vegetarierer auf Tuchfühlung mit Bolschewisten und Bummlern, Emporkömmlingen und Anarchisten, Abtreibungsbefürwortern und Gegnern der Vivisektion, Regisseuren und Dilettanten, Doyens und Halbweltdamen.«

Karl fragte sich, wieviel Zeit Ernst damit verbrachte, seinen Absinth zu schlürfen und die Gäste zu beobachten. Und wieso. Er klang wie ein Insektenkundler, der einen besonders interessanten Ameisenhaufen studierte.

»Alle wollen dabeisein«, fuhr er fort. »Sie bilden sich ein, die Kontrolle zu haben: ›Was heute in der Kunstszene Berlins passiert, ahmt morgen die ganze Welt nach.‹ Und vielleicht haben sie sogar recht. Aber das ist die Maske des roten Todes, Karl. Um sie herum toben gewaltige Mächte, und wenn das Spiel fortschreitet, werden sie zweifellos zerquetscht. Um uns herum geht Deutschland zugrunde – die unerfüllbaren Reparationsforderungen erdrosseln uns; die Franzosen und die Belgier halten seit Januar die Ruhr besetzt; die Kommunisten versuchen, im Norden die Macht an sich zu reißen; Bayern ist praktisch in der Hand der Rechten und der Monarchisten, und das einzige, was der Reichsbank zur Wirtschaftskrise einfällt, ist, mehr Geld zu drucken.«

»Ist das schlimm?« fragte Karl.

»Natürlich. Es ist nur Papier. Es läßt die Preise nach oben schießen.« Er zog eine Brieftasche aus seiner Brusttasche, nahm einen Geldschein heraus und reichte ihn Karl.

»Ein amerikanischer Dollar«, sagte Karl.

Ernst nickte. »Hart wie Gold, so sagt man. Ich habe im Januar zehntausend Mark dafür eingetauscht. Möchten Sie wissen, was mir die Bank heute dafür geben würde?«

»Ich weiß nicht«, setzte Karl an. »Vielleicht …«

»Vierzigtausend Mark.«

Karl war beeindruckt. »Sie haben Ihr Geld in vier Wochen vervierfacht.«

»Nein, Karl«, sagte Ernst und lächelte gequält. »Ich habe lediglich die Anzahl der Mark in meinem Besitz vervierfacht. Meine Kaufkraft ist exakt dieselbe wie im Januar. Aber ich zähle zu den wenigen Menschen in diesem sturmgepeitschten Land, die das von sich behaupten können.«

»Vielleicht sollte ich das auch versuchen«, sagte Karl leise, der die elegante Schlichtheit von Ernsts Vorgehen bewunderte. »Meine Ersparnisse in amerikanische Dollar umtauschen.«

»Das sollten Sie unbedingt tun, Karl«, sagte Ernst. »Plündern Sie Ihr Konto, ziehen Sie jede Mark, die Sie besitzen, unter der Matratze hervor und machen Sie Dollar daraus. Aber damit sichern Sie lediglich Ihr Überleben – von Unterhaltung kann keine Rede sein.«

»Mir reicht es zu überleben«, sagte Karl.

»Nein, mein Freund. Überleben allein genügt nicht. Tiere begnügen sich damit, aber Menschen streben nach Unterhaltung. Deshalb müssen wir nach Wegen forschen, die Inflation unterhaltsam zu machen. Die Inflation existiert, daran können wir nichts ändern. Also lassen Sie uns etwas Spaß mit ihr haben.«

»Ich weiß nicht …«

»Besitzen Sie ein Haus?«

»Ja«, sagte Karl vorsichtig. Er wußte nicht, wohin die Frage führte. »Und nein.«

»Sie wollen damit sagen, daß es über und über mit Hypotheken belastet ist?«

»Nein. Eigentlich gehört es meiner Mutter. Es ist ein kleines Gut im Norden in der Nähe von Bernau. Ich kümmere mich für sie darum.«

Karls Vater, ein Oberst, war in den Argonnen gefallen und hatte es ihr vermacht. Aber seine Mutter hatte noch nie mit Geld umgehen können, und sie war seit dem Tod ihres Mannes vor fünf Jahren nicht mehr die Alte. Also kümmerte sich Karl um das Gut und die Bücher, verbrachte aber die meiste Zeit in Berlin. Er liebte die Stadt und die künstlerische Erneuerung, die von ihr ausging. Seine Buchhandlung deckte gerade die Kosten, aber er hatte sie nicht um des Profites willen eröffnet. Er hatte sie zu einem Treffpunkt für Autoren und Künstler gemacht. Im hinteren Teil des Ladens konnten sie sitzen und sich unterhalten und den heißen Kaffee trinken, den er immer bereithielt. Karl träumte davon, daß eines Tages einer der namenlosen Habenichtse, die seine Gastfreundschaft genossen, berühmt wurde und seinen Laden in guter Erinnerung behielt. Und vielleicht würde er irgendwann mit Thomas Mann oder dem scheuen Hermann Hesse im Schlepptau vorbeischauen, um guten Tag zu sagen. Bis zu jenem Augenblick genügte es Karl vollauf, die hungernden Schreiberlinge mit Kaffee und Brötchen zu versorgen.

Die Buchhandlung brachte ihm aber vom ersten Tag an eine Dividende, die sich nicht in Geld messen ließ. Sie verschaffte Karl Zutritt zu den Literaten und damit zu der Karawane der Künstler, die durch Berlin wirbelte.

»Besteht irgendeine Gefahr, daß Sie das Gut verlieren könnten?«

»Nein.« Das Gut warf genug ab, um seiner Mutter zusammen mit der Witwenrente eine komfortable Existenz zu ermöglichen.

»Gut. Dann nehmen Sie eine Hypothek darauf auf. Leihen Sie, soviel Sie können. Dann tauschen Sie das Geld in amerikanische Dollar um.«

Die Vorstellung machte Karl sprachlos. Auf dem Familiengut hatte noch nie ein Pfandrecht gelastet. Niemals. Der Gedanke war unvorstellbar.

»Nein. Das ... das kann ich nicht.«

Ernst legte den Arm um Karls Schulter und lehnte sich vor. Karl konnte den Absinth in seinem Atem riechen.

»Tun Sie es, Karl. Vertrauen Sie mir. Es ist sehr unterhaltsam, aber Sie werden auch praktischen Nutzen daraus ziehen. Glauben Sie mir: In sechs Monaten werden Sie die gesamte Hypothek mit einem einzigen Dollar zurückzahlen können. Mit einer einzigen Münze.«

»Ich weiß nicht ...«

»Sie müssen es tun. Ich brauche jemanden, der mit mir spielt. Es ist viel unterhaltsamer, wenn man jemanden hat, mit dem man den Spaß teilen kann.«

Ernst richtete sich auf und hob das Glas.

»Lassen Sie uns darauf trinken!« sagte er und stieß sein Glas gegen Karls. »Übrigens«, sagte er, »wissen Sie eigentlich, woher die Sitte des Anstoßens kommt? Vor langer Zeit, als das Vergiften von Rivalen in der Oberschicht noch in Mode war, wurde es üblich, dem Trinkgenossen die Gelegenheit zu geben, etwas von seinem Getränk in das eigene Gefäß zu gießen und andersherum. Auf diese Weise waren beide betroffen, wenn ein Getränk vergiftet sein sollte.«

»Wie reizend«, sagte Karl.

»Ganz recht. Dabei stießen die Trinkgefäße unweigerlich aneinander. Daraus entstand unsere moderne Sitte.« Er stieß seinen Absinth noch einmal gegen Karls Schnapsglas. »Vertrauen Sie mir, Karl. Die Inflation kann sehr unterhaltsam sein – und einträglich. Ich erwarte, daß die Mark in den nächsten sechs Wochen die Hälfte ihres Werts verliert. Zaudern Sie nicht.«

Er hob das Glas und rief: »Auf die Inflation!« Dann trank er den Absinth in einem Zug.

Karl nippte schweigend an seinem Schnaps.

Ernst stand auf. »Ich rechne darauf, daß Sie bei meiner Rückkehr reich an Dollar und arm an Mark sind.«

»Wohin gehen Sie?«

»Auf eine kleine Reise, die ich hin und wieder unternehme. Ich fahre gern durch Sachsen und Thüringen, um zu sehen, was die örtlichen Bolschewiken treiben – wissen Sie, ich bin Mitglied der KPD, Abonnent der ›Roten Fahne‹, lausche den Reden der Zentrale und gehe auf Kundgebungen. Es ist sehr unterhaltsam. Aber wenn ich des Ganzen müde bin –, Marxistische Rhetorik kann ja langweilig sein – fahre ich weiter nach München und sehe mir an, was sich am anderen Ende des politischen Spektrums tut. Ich bin auch Mitglied der dortigen Nationalsozialistischen Deutschen Arbeiterpartei und beziehe ihr Parteiorgan, den ›Völkischen Beobachter‹.«

»Noch nie von ihnen gehört«, sagte Karl. »Wie können sie sich als ›national‹ bezeichnen, wenn man sie nicht in ganz Deutschland kennt?«

»Mit dem gleichen Recht, mit dem sie sich als Sozialisten bezeichnen, obwohl sie lautstarke Faschisten sind. Ich muß allerdings eingestehen, daß ich Schwierigkeiten habe, einen großen Unterschied zwischen den beiden Enden des politischen Spektrums zu erkennen – sie lassen sich nur durch ihr Drum und Dran und ihre Rhetorik auseinanderhalten. Die Nationalsozialisten – sie nennen sich Nazis – sind in München und Teilen Bayerns an der Macht, aber hier in Berlin schenkt ihnen niemand große Aufmerksamkeit. Ich muß Sie irgendwann einmal mitnehmen, damit sie einen ihrer Führer hören können. Herr Hitler ist eine ganz besondere Persönlichkeit. Ich bin sicher, unser Freund Freud hätte ihn gerne auf seiner Couch.«

»Hitler? Von dem habe ich ebenfalls nie gehört.«

»Sie sollten wirklich einmal eine Rede von ihm miterleben. Sie sind sehr unterhaltsam.«

Heute kostet ein amerikanischer Dollar 51 000 Mark.
Völkischer Beobachter, **21. Mai 1923**

Einige Wochen später, als Karl seiner Mutter die Hypotheken-Papiere zur Unterschrift brachte, entdeckte er etwas am Türpfosten. Er hielt an und sah es sich genauer an.

Eine Mesusa.*

Er nahm sein Taschenmesser und hebelte es aus dem Holz. Dann ging er hinein.

»Was ist das hier, Mutter?« fragte er und legte den Gegenstand auf den Küchentisch.

Sie blickte ihn aus großen, braunen und intelligenten Augen an. Graue Strähnen zogen sich durch ihr braunes Haar. Sie hatte unmittelbar nach dem Tod seines Vaters stark abgenommen und ihr altes Gewicht nie wiedererlangt. Sie war eine lebhafte und glückliche Frau gewesen, deren fröhliches Lächeln Grübchen in ihre roten Wangen gemacht hatte. Jetzt war sie schweigsam und blaß. Sie schien körperlich wie seelisch dahingeschwunden.

»Du weißt genau, was das ist, Karl.«

»Ja, aber habe ich dir nicht gesagt, daß du es nicht draußen aufhängen sollst?«

»Es gehört nach draußen.«

»Nicht in diesen Zeiten. Bitte, Mutter. Es ist nicht gut für uns.«

»Du solltest stolz darauf sein, daß du Jude bist.«

»Ich bin kein Jude«, sagte er.

Es kam ihm so vor, als ob sie in der letzten Zeit tausendmal über dieses Thema gestritten hätten, aber seine Mutter wollte es einfach nicht einsehen. Sein Vater, der Oberst, war Christ gewesen, und seine Mutter war Jüdin. Karl hatte beschlossen, keines von beiden zu sein. Er war ein Atheist, ein Zweifler, ein Freidenker, ein Intellektueller. Er war in Deutschland geboren, und Deutsch war seine Muttersprache, aber er betrachtete sich lieber als Weltbürger. Länder und Grenzen gehörten abgeschafft, und in nicht allzuferner Zukunft würde das auch geschehen.

»Wenn die Mutter Jüdin ist«, sagte sie, »dann ist man jüdisch. Für immer. Ich habe keine Angst davor, in der Öffentlichkeit dazu zu stehen, daß ich Jüdin bin. Ich habe keinen so großen Wert darauf gelegt, solange dein Vater noch am Leben war, aber jetzt, wo er nicht mehr hier ist …«

Tränen schossen in ihre Augen.

Karl setzte sich neben sie und nahm ihre Hände.

»Mutter, hör mir zu. Dort draußen gibt es heute eine Menge Feindseligkeit gegen Juden. Ich bin sicher, daß es vorübergehen wird, aber im Moment leben wir in einem maßlos stolzen Land, das einen Krieg verloren hat und irgend jemandem dafür die Schuld geben will. Einige der verbittertsten Leute haben sich die Juden als Sündenböcke ausgesucht. Es ist nur vernünftig nicht aufzufallen, bis das Land wieder im Lot ist.«

Sie lächelte matt. »Du mußt es ja wissen, mein Lieber.«

»Gut.« Er klappte die Mappe auf, die er von der Bank gebracht hatte. »Und jetzt zum Papierkram. Das sind die Dokumente für die Hypothek; du mußt sie lediglich unterschreiben.«

Sie drückte seine Hände. »Bist du dir sicher, daß wir das Richtige tun?«

»Ganz sicher.«

In Wirklichkeit kamen ihm jetzt, da alles bereit war, Zweifel.

Karl hatte jeden Pfennig, den ihm die Bank auf das Gut seiner Mutter geben würde, geliehen. Er erinnerte sich daran, wie sehr ihn das begehrliche Glitzern in den Augen der Bankangestellten verstört hatte. Sie witterten finanzielle Rückschläge, Spielschulden und womöglich einen verzweifelten Bedarf nach Bargeld, der unweigerlich zu Säumnis und damit zur Zwangsvollstreckung einer erstklassigen Immobilie führen würde. Die Augen des Bankpräsidenten hatten über der Lesebrille gefunkelt; er hätte sich vor Vorfreude beinahe die Hände gerieben.

Zweifel und Angst griffen jetzt nach Karl, als der Federhalter seiner Mutter über dem Vertrag schwebte. Machte er sich zum Narren? Er war ein Buchhändler, und sie waren aus dem Bankenwesen. Für wen hielt er sich, daß er sich anmaßte, mehr zu wissen als diese Männer, die täglich mit Geld umgingen? Er handelte aus einer Laune heraus, angetrieben von einem Mann, den er kaum kannte.

Aber dann rief er sich die Nachforschungen, die er angestellt hatte, ins Gedächtnis. Er hatte schon immer eine gute Spürnase gehabt. Er wußte, wie man an Informationen herankam. Er hatte in Erfahrung gebracht, daß Rudolf Haverstein, der Präsident der Reichsbank, die Papierbestellungen erhöht hatte und die Druckerpressen pausenlos am Laufen hielt. Er sah wortlos zu, wie seine Mutter die Hypothek unterschrieb.

Er hatte bereits Kredite auf seinen Namen aufgenommen und mit dem Schmuck seiner Mutter dafür gebürgt. Mit der Hypothek auf das Gut zusammen besaß er jetzt fünfhundert Millionen Mark. Wenn er sie auf der Stelle umtauschte, würde er beim derzeitigen Wechselkurs neunhundertachtzig Dollar dafür bekommen. Neunhundertachtzig Dollar für eine halbe Milliarde Mark. Der Gedanke schien ihm absurd. Er fragte sich, wer verrückter war – die Reichsbank oder er selbst.

Heute kostet ein amerikanischer Dollar
500 000 000 Mark.
***Völkischer Beobachter*, 1. September 1923**

»Auf die galoppierende Inflation«, sagte Ernst Drechsler und stieß sein mit einer trüben, gelblichen Flüssigkeit gefülltes Glas gegen Karls Schnapsglas.

Karl nahm einen kurzen Schluck und schwieg. Er und Ernst hatten sich vor der Hitze und dem grellen Schein der Spätsommersonne in das kühle, schattige Innere des Romanischen Cafés geflüchtet.

Es war Samstag mittag, und das Romanische war nahezu ausgestorben. Aber wer konnte es sich heutzutage schon leisten auszugehen?

Nur Diebe und Währungsspekulanten.

Vor vier Monaten hatte Karl es nicht glauben wollen, aber eine Zeitlang hatten sie tatsächlich ihren Spaß an der Inflation gehabt.

Jetzt jagte sie ihm Angst ein.

Denn jetzt, nicht einmal vier Monate, nachdem er eine halbe Milliarde Mark geliehen hatte, entsprachen seine neunhundertachtzig US-Dollar beinahe fünf Billionen Mark. Fünf *Billionen*. Die Zahl bedeutete ihm nichts. Er konnte sich nicht einmal eine Milliarde Mark vorstellen, und er besaß die fünftausendfache Summe davon.

»Mir ist heute zu Bewußtsein gekommen«, sagte Karl leise, »daß ich meine halbe Milliarde Mark Schulden mit einem einzigen Dollarschein abbezahlen kann.«

»Tu das nicht«, antwortete Ernst schnell.

»Wieso nicht? Ich wäre gerne schuldenfrei.«

»Das wirst du auch sein. Du mußt nur warten.«

»Wie lange?«

»Bald wird der Kurs bei einer Billion Mark für einen Dollar stehen. Wäre es nicht viel unterhaltsamer, wenn du deine Bankschulden mit einer einzigen amerikanischen Münze tilgen würdest?«

Karl starrte auf sein Glas. Das Spiel war nicht mehr ›unterhaltsam‹. Die Menschen hatten jeden Funken Vertrauen in die Reichsmark verloren. Und sie hatten allen Grund dazu: Die Währung befand sich im freien Fall. Innerhalb von nur dreißig Tagen war der Kurs von einer Million Mark für einen Dollar auf eine halbe *Milliarde* Mark für den Dollar gefallen. Lange Zahlenkolonnen, die sich um immer neue, bedeutungslose Nullen verlängerten, prangten auf den Geldscheinen. Obwohl die Druckerpressen der Reichsbank rund um die Uhr arbeiteten, konnten sie mit der Nachfrage nicht Schritt halten. Man druckte jetzt ›ZEHN MILLIONEN‹ in großen, schwarzen Buchstaben auf die Eine-Million-Mark-Scheine. Anfangs hatte man den Arbeitern zweimal im Monat den Lohn ausbezahlt, dann wöchentlich, und jetzt erhielten sie täglich ihr Geld. Manche Arbeiter verlangten bereits, zweimal am Tag bezahlt zu werden, damit sie in der Mittagspause ihren Lohn ausgeben konnten, bevor er die Hälfte seines Wertes verlor.

»Ich habe Angst, Ernst.«

»Mach dir keine Sorgen. Du hast dich abgesichert; du hast nichts zu befürchten.«

»Ich habe Angst um unsere Freunde und Nachbarn. Um Deutschland.«

»Ach, darum.«

Karl verstand nicht, wie Ernst die Not, die um sie herum wie eine Flutwelle aufwallte, so unbekümmert abtun konnte. Die Not bedrückte Karl. Er fühlte sich schuldig, ja schämte sich fast dafür, daß er sicher auf seinem Berg ausländischer Währung saß.

Ernst trank den Absinth aus und erhob sich. Seine Augen funkelten. »Wie wäre es mit einem Spaziergang? Laß uns nachschauen, was unsere Freunde und Nachbarn an so einem schönen Sommertag treiben.«

Karl ließ den Schnaps stehen und folgte ihm auf die Straße. Sie schlenderten die Budapester Straße entlang, bis sie an einer Bäckerei vorbeikamen.

»Sieh mal«, sagte Ernst und deutete mit seinem schwarzen Spazierstock auf das Geschäft. »Ein gesellschaftlicher Anlaß.«

Der Sarkasmus machte Karl wütend. Man konnte die lange Schlange der abgehärmten Gesichter mit den müden, ausdruckslosen Augen – Männer, Frauen, Alte und Kinder –, die sich aus der Tür und den Gehweg entlangzog, kaum als gesellschaftlichen Anlaß bezeichnen. Das Anstehen für Brot, Fleisch, Milch, für alle Grundnahrungsmittel war eine derart alltägliche Beschäftigung geworden, daß sie als selbstverständlich betrachtet wurde. Die

Menschen standen mit Papiertüten, Leinentaschen und Weidenkörben voller Markscheine in den Händen da und traten von einem Bein aufs andere. Sie schoben sich langsam vorwärts; immer auf der Hut, den Abstand zum Vordermann so klein zu halten, damit niemand auf die Idee kam, sich vorzudrängen. In Gedanken zählten sie immer wieder ihr Geld nach und hofften, daß es noch etwas zu kaufen gab, wenn sie an den Ladentisch gelangten, und ihr Geld nicht bereits seinen Wert verloren hatte.

Karl hatte niemals in einer Schlange gestanden. Er hatte es nicht nötig. Er mußte lediglich einem Bäcker oder Metzger eine Bestellung mit dem Vermerk schicken, er zahle in amerikanischen Dollar. Innerhalb von Minuten stand dann der Ladeninhaber mit dem Verlangten an seiner Tür. Diese Fähigkeit flößte ihm weder Lust noch ein Gefühl der Überlegenheit ein, er war einfach nur erleichtert, daß seine Mutter nicht dem Hunger und der Existenzangst dieser armen Teufel ausgesetzt war.

Während Karl die Schlange musterte, ging ein Junge auf deren Mitte zu, wo eine junge Frau einen Weidenkorb voller Geldscheine neben sich abgestellt hatte. Als er an ihr vorbeilief, bückte er sich, packte einen Griff und drehte den Korb auf den Kopf. Die Scheine fielen auf den Boden, und der Junge rannte mit dem Korb davon. Die Frau schrie, aber niemand machte Anstalten, den Jungen aufzuhalten – niemand war bereit, seinen Platz in der Schlange aufgeben.

Karl wollte dem Jungen hinterherrennen, aber Ernst hielt ihn zurück.

»Bemüh dich nicht. Du wirst ihn nie einholen.«

Karl sah zu, wie die junge Frau die Scheine in ihrer Schürze sammelte und dann weinend weiter in der Schlange stand. Mitleid wallte in ihm auf.

»Das muß aufhören«, sagte er zu Ernst. »Irgend jemand muß etwas unternehmen.«

»Ach ja«, sagte Ernst und nickte weise. »Aber wer?«

Sie gingen weiter. Als sie in die Nähe einer Straßenecke kamen, hob Ernst plötzlich seinen Spazierstock und preßte den Stiel gegen Karls Brustkorb.

»Hör mal. Was hat der Lärm zu bedeuten?«

Vor ihnen an der Kreuzung war der Verkehr zum Erliegen gekommen. Statt dem Dröhnen der Motoren hörte Karl etwas anderes. Geräusche, die leiser und weniger regelmäßig als die der Maschinen waren, erfüllten die Luft. Wildes Klopfen und eine schlurfende Kakophonie von Kratztönen wurden von einem atonalen Chor schriller Stimmen und Quietschen begleitet.

Und dann kamen sie in Sicht: Die Lahmen und Blinden, die Verkrüppelten, Verstümmelten und Entstellten zweier Kriege. Die wenigen noch verbliebenen Veteranen des Deutsch-Französischen Kriegs von 1870/71 – gebeugte, schrumpelige Greise, die Paris belagert und den preußischen König Wilhelm im Spiegelsaal von Versailles zum Kaiser gekrönt hatten – führten einen endlosen Zug jämmerlicher Überlebender des verhängnisvollen Weltkriegs an; des Krieges, der allen Kriegen ein Ende hatte setzen sollen. Die geschlagenen Führer dieser tapferen Männer hatten vor fünf Jahren in kriecherischer Weise im selben Spiegelsaal den unerfüllbaren Reparationen zugestimmt.

Karl sah bestürzt zu, wie einige Meter weiter ein einarmiger Mann an ihm vorüberging, der einen Handwagen hinter sich herzog. Auf der Pritsche lag ein Mann ohne Glieder, nur noch der Kopf und der Torso waren geblieben.

Die beiden Männer waren nur wenig älter als er selbst. Die Schreckensparade wimmelte vor diesen Überbleibseln von Menschen und ihren blinden, tauben, humpelnden, stolpernden, taumelnden und strauchelnden Kameraden. Karl wußte, daß er zu ihrem traurigen Zug hätte gehören können, wenn er nur ein oder zwei Jahre älter gewesen wäre.

Einige der Männer trugen Schilder, die um höhere Pensionen und Hilfen für Kriegsbeschädigte bettelten, baten oder sie verlangten. Sie sahen alle verbraucht und niedergeschlagen, aber vor allem *hungrig* aus. Vor ihren Augen marschierten die bemitleidenswertesten Opfer der Hyperinflation.

Karl schloß sich dem Zug an und zog Ernst mit sich.

»Ich bitte dich«, sagte Ernst, »einen unterhaltsamen Nachmittag stelle ich mir anders vor.«

»Wir müssen ihnen zeigen, daß sie nicht auf sich allein gestellt sind, daß wir sie nicht vergessen haben. Wir müssen der Regierung zeigen, daß wir sie unterstützen.«

»Es macht keinen Unterschied«, sagte Ernst, der widerwillig mit Karl Schritt hielt. »Die Regierung braucht Zeit, um eine Erhöhung der Renten zu genehmigen. Und selbst wenn sie einer Erhöhung zustimmt, wird die Steigerung zu dem Zeitpunkt, an dem sie in Kraft tritt, von der Inflation aufgefressen sein.«

»So kann es nicht weitergehen!« rief Karl. »Irgend jemand muß etwas gegen dieses Chaos unternehmen!«

Ernst deutete mit seinem schwarzen Stock nach vorne. »Da hast du einen Vorschlag.«

An der Straßenecke standen zwei Männer mit braunen Hemden und paramilitärischer Ausrüstung und Kappen. Am linken Oberarm trugen sie jeweils rote Armbinden, die mit einem merkwürdig verzerrten schwarzen Kreuz auf einem weißen Kreis geschmückt waren. Sie hielten zusammen ein Spruchband hoch:

KOMMT ZU UNS, KAMERADEN!

ADOLF HITLER WIRD EUCH HELFEN.

»Hitler«, sagte Karl langsam. »Du hast ihn schon einmal erwähnt, nicht wahr?«

»Ja. Der österreichische Gefreite. Er wird morgen bei dieser großen Faschistenkundgebung in Nürnberg sein, um irgendwelcher Helden zu gedenken. Ich hoffe, wieder eine Rede von ihm zu hören. Er ist ein fabelhafter Rhetoriker. Willst du mitkommen?«

Karl hatte von der Kundgebung gehört – genauso wie der Rest Deutschlands. Mehr als 200 000 Veteranen und Mitglieder aller rechten paramilitärischen Gruppen des Landes wurden dort erwartet, um den Jahrestag der Schlacht von Sedan im Deutsch-Französischen Krieg zu begehen.

»Ich glaube nicht. Ich mag keine großen Menschenmengen und am allerwenigsten einen Haufen Faschisten.«

»Dann ein andermal. Ich rufe dich an, wenn er wieder vor einer dieser Bierkellerversammlungen in München spricht. Er hält dort ständig Reden. Auf diese Art spürst du die volle Wirkung seiner Stimme. Höchst unterhaltsam.«

Adolf Hitler, dachte Karl, als er an den Männern in den braunen Hemden mit den seltsamen Armbinden vorbeiging. Könnte er der Retter Deutschlands sein?

»Ja«, sagte er Ernst. »Ruf mich an. Ich will diesen Mann hören.«

Heute kostet ein amerikanischer Dollar 200 Milliarden Mark.
***Völkischer Beobachter*, 22. Oktober 1923**

»Es kommt mir vor, als ob wir ein anderes Land beträten«, murmelte Karl, als sie auf dem Bahnsteig des Münchner Hauptbahnhofs standen.

»Es ist kein anderes Land«, sagte Ernst, der neben ihm stand. Sie warteten auf einen Träger, der sich ihres Gepäcks annehmen würde. »Sondern ein bewaffnetes Lager voller Leute, die genauso deutsch sind wie wir übrigen. Vielleicht sogar noch deutscher.«

»Menschen, die Uniformen lieben.«

»Was könnte deutscher sein als das?«

Ernst hatte ihm in der vorigen Woche eine Nachricht geschickt. Er hatte sie in seiner nach rechts geneigten Schrift auf die unbedruckte Rückseite eines Hundert-Millionen-Scheins gekritzelt. Obwohl die Reichsbank ihre überlasteten Druckerpressen auf Hochtouren laufen ließ, konnte sie der immer weiter ansteigenden Nachfrage nach Geld nur noch Herr werden, indem sie die Banknoten lediglich einseitig bedruckte. Ernst fand Gefallen daran, die Rückseiten kleiner Scheine als Briefpapier zu benutzen. Und diese Nachricht hatte Karl in den Süden eingeladen, um Adolf Hitler zu hören.

Karl wünschte sich jetzt, er hätte die Einladung nicht angenommen. Er hatte zu frösteln begonnen, als der Zug in Bayern einfuhr. Die Kälte stieg aus seiner Magengrube auf, umschlang dann den Brustkorb und kroch das Rückgrat zum Hals hinauf. Er spürte eiskalte Finger, die sich um seine Kehle schlossen. Uniformen ... überall waren militärische Uniformen. Sie lehnten lässig gegen die Wände der Bahnhöfe, marschierten durch die Straßen, standen an den Ecken, und keine von ihnen zeigte das vertraute Feldgrau der regulären Reichswehrtruppen. Jungen und Männer mittleren Alters trugen braun und schwarz, blau und grün. Ihre Augen waren lauernd und mißtrauisch; ihre Mienen feindselig.

Etwas Unheilvolles wuchs hier im Süden heran, etwas Unreines, Gefährliches.

So sind die Zeiten, sagte er sich. Eine weitere Facette des chaotischen Zeitgeists.

Natürlich glich Bayern einem bewaffneten Heerlager. Es war noch keine drei Wochen her, daß die bayerische Regierung – entsetzt über das feige Nachgeben Berlins gegenüber den französischen und belgischen Truppen im Ruhrgebiet – den Ausnahmezustand erklärt und die Weimarer Verfassung innerhalb ihrer Landesgrenzen außer Kraft gesetzt hatte. Gustav von Kahr war zum Generalstaatskommissar Bayerns ernannt und mit diktatorischen Befugnissen ausgestattet worden. Berlin hatte mit wüsten Drohungen reagiert, aber bisher keine Maßnahmen gegen den streitlustigen Südstaat eingeleitet. Für den Augenblick gab man noch diplomatischen Mitteln den Vorzug.

Aber wie lange würde es dabei bleiben? Die Kommunisten versuchten, in Sachsen eine Revolution auszulösen, riefen den ›Deutschen Oktober‹ aus, und die Radikalen in Bayern riefen zu einem Marsch nach Berlin auf, um gegen die Machtlosigkeit der Regierung im Finanz- und Währungswesen zu protestieren.

Währung ... als der Dollarkurs zwei Wochen zuvor auf fünf Milliarden Mark gestiegen war, hatte Karl die Hypothek auf das Gut seiner Mutter und die Kredite, die er auf ihren Schmuck aufgenommen hatte, mit einem einzigen Zehn-Cent-Stück abbezahlt.

Irgend etwas mußte geschehen. Die Bombe war gelegt, die Zündschnur brannte. Wo würde sie hochgehen? Und wann?

»Sie sind wie Vögel«, sagte Ernst und deutete auf zwei Gruppen Uniformierter zu ihrer Linken. »Du kannst sie an ihrem Gefieder erkennen. Die grauen sind Soldaten … reguläre Reichswehreinheiten. Die grünen sind Bayrische Landespolizei. Und wenn wir durch München fahren, wirst du Münchner Polizisten in ihren blauen Uniformen sehen …«

»Grau, grün, blau«, brummte Karl.

»Richtig, das sind die Farben der Staatsorgane. Die *anderen* tragen braun und schwarz. Ihre Träger gehören zur SA und den Kampfverbänden Reichkriegsflagge und Bund Oberland.«

»Klingt ziemlich verwirrend.«

»Das ist es auch. Seit dem Krieg ist Bayern die Brutstätte der Faschisten, aber anfangs war das Ganze eine sehr zersplitterte Angelegenheit – es gab unzählige kleine paramilitärische Gruppen. Das ist heute anders. Die Gruppen sind miteinander verschmolzen, und jetzt haben sich drei von ihnen im sogenannten Kampfbund zusammengeschlossen.«

»Sind sie wirklich kampfbereit?«

»Absolut. In den Münchner Kellern sind mehr Gewehre, Maschinengewehre und Granaten versteckt, als Berlin sich in seinen übelsten Alpträumen ausmalt. Hitlers Nazis sind die führende Gruppierung innerhalb des Kampfbundes, und er und die bayerische Regierung liegen im Streit. Hitler will nach Berlin marschieren, Generalstaatskommissar Kahr nicht. Im Augenblick behält Kahr die Oberhand. Er befehligt die grüne und blaue Polizei und die Reichswehreinheiten und kann den Kampfbund in Schach halten. Die Frage ist nur, wie lange die Treue seiner Soldaten und Polizisten hält. Viele von ihnen sympathisieren mit den Nazis, und Hitlers Reden ziehen täglich neue Mitglieder an.«

Karl fühlte, wie eine eisige Hand sich um seinen Hals schloß. Er wünschte, Karl hätte ihn nicht nach München eingeladen. Er wünschte, er hätte abgelehnt.

»Vielleicht ist das kein guter Zeitpunkt, um hierherzukommen.«

»Unsinn!« rief Ernst. »Es gibt keinen besseren! Kannst du nicht die Aufregung, die die Luft erfüllt, wahrnehmen? Spürst du nicht die gewaltigen Kräfte, die um uns herum am Werk sind? Sei ruhig, und du wirst hören, wie sich die gewaltigen Zahnräder der Geschichte langsam in Bewegung setzen. Die Wolken haben sich zusammengezogen und laden sich auf. Der Blitz der Geschichte wird bald einschlagen, und wir sind in unmittelbarer Nähe. Das weiß ich so sicher, wie ich meinen Namen weiß.«

»Blitze können töten.«

»Das macht die Sache um so unterhaltsamer.«

»Warum ein Bierkeller?« fragte Karl, als sie sich im riesigen Hauptsaal des Bürgerbräukellers niederließen.

»Weil München die Hauptstadt eines Landes der Biertrinker ist«, sagte Ernst. Eine dralle Kellnerin setzte auf dem grob gearbeiteten Tisch vor ihnen zwei Maßkrüge ab. »Wenn du an diese Leute herankommen willst, mußt du dort mit ihnen sprechen, wo sie ihr Bier trinken.«

Der Bürgerbräukeller lag auf einem weitläufigen Areal östlich der Isar. Nach dem Zirkus Krone war er der zweitgrößte Versammlungsort in München. In dem gewaltigen Komplex fanden sich zahlreiche gesonderte Gasthäuser und Restaurants, aber das Herz des Bürgerbräukellers war der große Saal, der Platz für dreitausend Menschen bot. An jenem Abend war der Saal voll besetzt; in den Gängen und im hinteren Teil drängten sich die Nachzügler.

Karl nahm einen langen Schluck von seinem Bier, um die Wurst herunterzuspülen. Überall um ihn herum warteten in Schwarz oder verschiedenen Brauntönen gekleidete Männer ungeduldig auf das Eintreffen ihres Führers. Er registrierte auch einige Geschäftsmänner in Anzügen; manche der Anwesenden trugen sogar Lederhosen und Tirolerhüte. Karl und Ernst hatten sich die Freundschaft ihrer Sitznachbarn gesichert, indem sie die riesige, mit Wurst, Käse und Brot belegte Platte, die sie aus der geschäftigen Küche bestellt hatten, mit ihnen teilten. Obwohl sie weder Uniform noch Armbinden trugen und zu keinem Kampfverband gehörten, wurden die beiden Berliner Neuankömmlinge von den Einheimischen an ihrem Tisch als Kameraden betrachtet. Ihr Ansehen stieg noch weiter, als Ernst erwähnte, daß Karl der Sohn des in den Argonnen gefallenen Obersten Stehr sei.

Es war besser, hier für einen Kameraden gehalten zu werden, dachte Karl. Er hatte den Gesprächen am Tisch aufmerksam zugehört. Immer wieder fiel der Name Adolf Hitler in ehrfurchtsvollem Tonfall. Er galt als der Mann, der Deutschland vor seinen inneren und äußeren Feinden retten und dem Vaterland die Ehre wiedergeben würde, die es verdiente. Karl hatte das Gefühl, daß nicht einmal der liebe Gott in dieser Menge einen Mann retten könnte, der etwas gegen Hitler zu sagen wagte.

In der dunstigen Luft hingen die üblichen Gerüche eines Bierkellers: verschüttetes Bier, Tabakrauch, der scharfe, knoblauchlastige Duft von Bratwürsten, reifem Käse, schwitzenden Körpern und ungeduldiger Erwartung. Karl nahm gerade den letzten Zug aus seinem Maßkrug, als er hörte, wie die Menge plötzlich in Wallung kam. Ein Mann mit vernarbtem Gesicht war an das Rednerpult auf dem Podium getreten. Er sagte einige Worte, die im aufgeregten Gemurmel der Menge untergingen, und stellte schließlich Adolf Hitler vor.

Mit einem donnernden Schrei sprang die Menge auf und schrie ›Heil! Heil!‹, als ein schmächtiger, ungefähr einsfünfundsiebzig großer Mann die Stufen zum Rednerpult erklomm. Karl schätzte ihn zwischen fünfunddreißig und fünfundvierzig Jahre. Der Mann trug eine braune Wolljacke, ein weißes Hemd mit steifem Kragen und eine schmale Krawatte. Seine kurzen O-Beine steckten in Knickerbockern und Strümpfen. Das braune Haar war rechts durch einen Seitenscheitel getrennt und über die Stirn gekämmt. Seine Haut war fahl, ja fast gelblich, und unter dem Schnurrbärtchen befanden sich dünne Lippen. Er ging leicht gebeugt und mit nach links geneigtem Kopf; die Hände hatte er in der Jackentasche.

Diesen Mann nennen sie den Führer? Er sieht aus wie ein Ladenbesitzer oder Beamter, dachte Karl. Sie glauben, daß dieser

Mann Deutschland retten wird? Sind sie alle verrückt oder betrunken … oder beides?

Hitler, der inzwischen am Rednerpult angekommen war, starrte in das jubelnde Publikum, und in jenem Augenblick erhaschte Karl seinen ersten Blick auf die unvergeßlichen Augen dieses Mannes. Sie funkelten wie Leuchtfeuer in den Augenhöhlen, durchdrangen den Raum und überwältigten Karl mit ihrem blassen, blauen Feuer. Glitzernd, hypnotisch und strahlend vor Fanatismus durchstreiften sie den Raum und ließen jedes Gespräch verstummen.

Und dann sprach er mit überraschend voller Baritonstimme, die sich wie in einer Wagner-Oper emporschwang und die zur Betonung abrupte Kehllaute wie faustgroße Pflastersteine in die Luft schleuderte.

Die ersten zehn Minuten sprach Hitler gleichmäßig und stand steif da; die Hände blieben in den Jackentaschen. Aber als mit wachsender Leidenschaft seine Stimme lauter wurde, befreiten sich die Hände. Zarte, anmutige, langfingrige Hände, die wie Tauben flatterten und wie Falken herabstießen, um sich dann zu Fäusten zu ballen, die wie Vorschlaghämmer auf das Rednerpult donnerten.

Die Minuten zerrannen, wurden zu einer Stunde, dann zweien. Anfangs gelang es Karl, reserviert zu bleiben. Er zerpflückte Hitlers Worte, trennte die sorgsam ausgewählten Wahrheiten von den Halbwahrheiten und glatten Lügen. Dann geriet auch er gegen seinen Willen in den Bann dieses Mannes. Dieser Adolf Hitler war ein derart leidenschaftlicher Redner, war derart von seinen eigenen Worten gefangen, daß keine andere Wahl blieb als mitzugehen. Seine Rhetorik mochte vor Unwahrheiten und falscher Logik strotzen, aber dieser Mann glaubte zweifellos vorbehaltlos an jedes seiner Worte, und irgendwie gelang es ihm, seine inbrünstige Überzeugung auf seine Zuhörerschaft zu übertragen, so daß auch sie nicht mehr an seinen Wahrheiten zweifelte.

Hitler entfaltete seine ganze Macht, als er alle treuen Deutschen dazu aufrief, dem kranken und leidenden Deutschland zu Hilfe zu eilen. Einer Nation, die nicht nur wirtschaftlich krankte, sondern intellektuell und moralisch auf dem Sterbebett lag. Deutschland litt, war von einer Krankheit niedergestreckt, die weder Salben noch Pillen noch andere Medizin heilen konnten. Nur eine drastische Operation konnte Deutschland noch retten: Die kranken und brandigen Teile, die das restliche System vergifteten, mußten entfernt und verbrannt werden. Erst dann konnte die Heilung beginnen. Karl lauschte hingerissen. Er war wie versteinert, jedes Zeitgefühl war ihm abhanden gekommen. Er war ein Gefangener dieser Stimme, dieser Augen.

Und dann stand dieser Mann, Adolf Hitler, schweißgebadet vor dem Rednerpult. Die Haare klebten an seiner Stirn, und er schwenkte die Arme und rief alle treuen Deutschen, denen das Schicksal des Vaterlandes wirklich am Herzen lag, sich um die Nazis zu scharen und einen Marsch auf Berlin zu fordern.

Dort würden sie den saft- und kraftlosen Anhängern der Weimarer Republik das Versprechen aufzwingen, die Juden und Kommunisten aus allen einflußreichen Positionen zu entfernen und die französischen und belgischen Truppen von der Ruhr zu vertreiben und damit die Unversehrtheit der Grenzen des Vaterlandes wiederherzustellen. Wenn das geschah, würde es, bei Gott, eine neue Regierung in Berlin geben, und zwar eine, die Deutschland wieder zu der Größe führte, die sein Schicksal war. Der deutsche Stahl mußte die deutsche Not brechen. Dies ist unser Tag! Dies ist der Augenblick, auf den wir gewartet haben!

Der Saal verwandelte sich in einen Hexenkessel, als Hitler vom Rednerpult zurücktrat und das Gebrüll von über dreitausend Stimmen die Wände und Dachsparren erbeben ließ. Selbst Karl war aufgesprungen, wollte seine Hand zur Faust ballen und in die Höhe recken und so laut schreien, wie er konnte, als er sich plötzlich wieder fing.

Was mache ich nur?

»Nun, was hältst du von Hitler?« fragte Ernst. »Unserem großspurigem Gefreiten?«

Sie liefen die Rosenheimer Straße entlang zum Hotel zurück, und das Läuten in Karls Ohren hatte endlich aufgehört. Vor ihnen in der Dunkelheit glitzerte in den Straßenlaternen der Ludwigsbrücke der Nebel, der von der Isar aufstieg.

»Er ist der packendste und faszinierendste Redner, den ich je gehört habe. Er jagt mir Angst ein.«

»Hm, er ist offensichtlich übergeschnappt – ein total Verrückter. Ein Meister der irreführenden Übertreibung, aber nicht gerade furchteinflößend.«

»Er ist so … so … antisemitisch.«

Ernst zuckte die Achseln. »Das sind sie alle. Das ist ihre Rhetorik. Hat nichts weiter zu bedeuten.«

»Du hast leicht reden.«

Ernst blieb stehen und starrte Karl an. »Einen Augenblick. Du willst mir damit doch nicht etwa sagen, daß du …?«

Karl wandte sich um und nickte wortlos in der Dunkelheit.

»Aber Oberst Stehr war kein …«

»Aber seine Frau.«

»Du lieber Himmel! Ich hatte ja keine Ahnung!«

»Nun, was ist daran so ungewöhnlich? Was ist daran verkehrt, wenn ein deutscher Offizier eine Frau heiratet, die zufällig Jüdin ist?«

»Nichts, natürlich. Ich habe mich nur so an diese Soldaten und ihren …«

»Weißt du, daß General von Seeckt, der Kommandant der Reichswehr, eine jüdische Frau hat? Und Reichskanzler Stresemann ebenfalls.«

»Natürlich. Die Nazis lassen keine Gelegenheit aus, darauf hinzuweisen.«

»Recht haben sie! Wir stecken überall!« Karl zwang sich zur Ruhe. »Es tut mir leid, Ernst. Ich weiß nicht, warum ich mich so aufrege. Ich betrachte mich nicht einmal selbst als Juden. Ich bin ein Mensch, nicht mehr und nicht weniger.«

»Vielleicht, aber nach jüdischem Gesetz sind die Kinder einer jüdischen Mutter ebenfalls Juden.«

Karl fixierte ihn. »Woher weißt du das?«

»Jedermann weiß das. Aber das ist egal. Die Einheimischen, die wir bisher trafen, kennen dich als den Sohn Oberst Stehrs. Nur das wird hier in den nächsten Tagen zählen.«

»In den nächsten Tagen? Fahren wir nicht zurück nach Berlin?«

Ernst ergriff seinen Arm. »Nein, Karl. Wir bleiben. Die Lage spitzt sich zu. Die nächsten Tage versprechen, überaus unterhaltsam zu werden.«

»Ich sollte nicht …«

»Komm, wir gehen ins Hotel. Ich mische dir einen Absinth. Du siehst so aus, als ob du einen gebrauchen könntest.«

Karl dachte an den bitteren Geschmack, dann ging ihm auf, daß er in dieser Nacht etwas Vergessen gut gebrauchen konnte.

»In Ordnung«, sagte er. »Aber nur einer.«

»Ausgezeichnet. Heute nacht Absinth und morgen planen wir unser weiteres Vorgehen.«

**Heute kostet ein amerikanischer Dollar
4 Billionen Mark.**
Völkischer Beobachter, **8. November 1923**

»Hitler spricht heute abend in Freising«, sagte Ernst. Sie schlenderten in der hellen, frischen Morgenluft an den Zwiebeltürmen der Kirchen und pastellfarbenen Fassaden entlang, die besser an das Ufer des Tibers als das der Isar zu passen schienen.

»Wie weit ist das?«

»Ungefähr 30 Kilometer nördlich von hier. Aber ich habe eine bessere Idee. Gustav von Kahr, Bayerns ehrenwerter Diktator, spricht heute abend im Bürgerbräukeller.«

»Ich würde lieber Hitler hören.«

Man schrieb bereits die erste Novemberwoche, und Karl war immer noch in München. Er wollte schon längst zu Hause sein, aber Adolf Hitler fesselte ihn zu sehr, als daß er hätte gehen können. Es war eine merkwürdige Anziehung, die der Ex-Gefreite auf ihn ausübte, zu gleichen Teilen Faszination und Abscheu. Hier war ein Mann, der das zerstrittene Deutschland einen könnte, aber dabei die Freiheiten der Weimarer Verfassung zerschmettern würde. Aber was wäre von der Verfassung bis zum Jahresende noch übrig, wenn man jetzt die Eine-Mark-Scheine mit ›EINE BILLION‹ überdruckte?

Karl fühlte sich wie ein hungernder Spatz, der über das Angebot der Schlange nachdachte, sein Nest zu bewachen, während er sich auf Nahrungssuche begab. Das Nest des Spatzen würde in seiner Abwesenheit sicherlich vor anderen Vögeln geschützt sein, aber konnte er damit rechnen, bei seiner Rückkehr noch irgendwelche Eier vorzufinden?

Er hatte mit einer Reihe von Münchner Juden, vor allem Ladenbesitzern, gesprochen und sie in unverfängliche Gespräche über die Kampfverbände und Adolf Hitler verwickelt. Die eruptionsartigen wirtschaftlichen Umwälzungen hatten sie schwer mitgenommen. Sie waren verzweifelt. Wenn nicht irgend jemand etwas unternahm, würde das Land vor Jahresfrist am Boden sein. Die meisten sagten, sie würden jeden unterstützen, der das wirtschaftliche Chaos und die Hyperinflation unter Kontrolle bringen könnte. Hitler und die Nazis versprachen endgültige Lösungen. Das Land mußte dann vielleicht eine Zeitlang unter einer Diktatur leben, aber wenn schon? Nichts – nichts – konnte schlimmer als das hier sein. Was war der Kaiser schon anderes als ein Diktator gewesen? Und ihnen war es unter ihm bestimmt besser ergangen als in dieser Weimarer Republik mit ihrer Verfassung, die so viele Freiheiten garantierte. Was hatte man schon von der Presse-, Rede- und Versammlungsfreiheit, wenn man hungerte? Den Antisemitismus taten die meisten der Münchener Juden ähnlich wie Ernst ab: reine Rhetorik, mehr nicht. Großspuriges Geschwätz, um die Stammtische für sich zu gewinnen.

Karl, der sich immer noch unbehaglich fühlte, wurde immer wieder von Hitlers Reden angezogen – in den Zirkus Krone, den

Bürgerbräukeller oder anderen Bierkeller Münchens. Jedesmal hoffte er, daß Hitler etwas sagen würde, das seine Ängste besänftigen würde, damit er die Hoffnung annehmen konnte, die die Nazis boten.

Der Absinth erhöhte noch den Zwang. Karl trank jetzt einen vor jeder Rede Hitlers, die sie besuchten, und hatte Gefallen an der bitteren Flüssigkeit gefunden.

Und Hitler schien die ganze Zeit Reden zu halten, besonders seit dem gescheiterten Kommunistenputsch in Hamburg. Der Aufstand mißlang, weil die deutschen Arbeiter sich nicht um die rote Flagge scharen wollten.

Reichswehrtruppen schlugen die Revolution bereits am zweiten Tag nieder. Es würde keine deutsche Oktoberrevolution geben. Aber der Versuch hatte die Kampfverbände zu nahezu hysterischen Anfällen getrieben. Karl sah in den Straßen Münchens mehr Uniformen, als er während der gesamten Kriegsjahre in Berlin gesehen hatte. Und Adolf Hitler war mittendrin und bemühte sich, wo immer er ein Publikum fand, die Funken patriotischen Eifers zu einem Scheiterhaufen zu entfachen.

Karl wohnte zum zweiten Mal einer Rede Hitlers unter dem Einfluß des Absinths bei, als er seine erste Halluzination hatte. Es geschah, als sich Hitler dem abschließenden Crescendo seines Auftritts näherte: Der Saal verschwamm vor Karls Augen, das Licht verdüsterte sich, die Farbe verschwand; er konnte nur noch schwarz und weiß und verschiedene Grauschattierungen unterscheiden. Er hatte das Gefühl, sich in einem eng mit Menschen gedrängten Raum wie dem Bierkeller zu befinden, dann war es vorbei. Die Halluzination hatte nicht lange genug gedauert, als daß es Karl gelungen wäre, irgendwelche Einzelheiten wahrzunehmen. Trotzdem zitterte er vor Angst.

Am Abend darauf geschah es wieder – derselbe schwarzweiße Blitz, dasselbe Nachbeben von Furcht.

Der Absinth war schuld, da war er sich sicher. Er hatte gehört, daß er bei übermäßigem Genuß Fieberwahn, Halluzinationen und sogar Wahnsinn verursachte. Aber Karl hatte nicht das

Gefühl, verrückt zu werden. Nein, hier ging etwas anderes vor. Das, was er erlebte, war nicht Wahnsinn, sondern eine andere Wahrnehmungsebene. Eine verborgene Wahrheit, die gerade außerhalb seines Fassungsvermögens lag, lockte ihn, griff nach ihm. Er hatte das Gefühl, die Oberfläche dieser schrecklichen Wahrheit nur gestreift zu haben. Wenn er nur weitermachte, konnte er sie zu fassen bekommen.

Und er wußte, wie er seinen Griff verlängern konnte: mit Absinth.

Ernst war entzückt, einen weiteren Schwärmer für sein bevorzugtes Trankopfer gefunden zu haben.

»Vergiß Hitler für heute abend«, sagte Ernst. »Das ist viel besser. Bayerns Triumvirat persönlich wird sich dort versammeln – Kahr, General Lossow und Seißer, der Chef der bayrischen Landespolizei. Man murmelt, Kahr hätte eine dramatische Ankündigung zu machen. Manche sagen, daß er Bayern für unabhängig erklären will, andere, daß er Kronprinz Rupprecht wieder auf den Thron heben und die Monarchie wiederherstellen wird. Das sollten wir auf keinen Fall versäumen, Karl.«

»Was ist mit Hitler und den restlichen Kampfverbänden?«

»Sie schäumen vor Wut. Man hat sie zum Beiwohnen eingeladen, aber nicht zur Teilnahme. Es ist klar, glaube ich, daß Kahr versucht, dem Kampfbund die Schau zu stehlen und seine Führungsposition zu festigen. Hitler und seine Kumpane werden vielleicht schon morgen früh feststellen, daß eine hysterische Welle des bayerischen Nationalismus sie weggefegt hat. Das wird für sie schlimmer sein als jede andere politische Niederlage – sie sind dann … belanglos. Stell dir nur ihre Wut und Enttäuschung vor.« Ernst rieb sich ausgelassen die Hände. »Oh, das wird überaus unterhaltsam.«

Karl stimmte ihm widerwillig zu. Er fühlte, daß er der schwer faßbaren Vision immer näher kam, aber selbst wenn der Generalstaatskommissar versuchte, dem Kampfbund den Boden unter den Füßen wegzuziehen, war sich Karl sicher, daß er noch oft Gelegenheit haben würde, Hitlers Reden zu hören.

Karl und Ernst waren zu ihrem Glück früh im Bürgerbräukeller eingetroffen. Landespolizisten in blauen Uniformen waren um Viertel nach sieben gezwungen, die Türen zu verschließen, da der Saal vor Menschen überquoll. Anders als bei Hitler versammelten sich hier die oberen Gesellschaftsschichten. Gediegen gekleidete Geschäftsmänner mit hohen Hüten und Frauen in langen Kleidern vermischten sich mit Offizieren und Angehörigen der Landesregierung. Für die örtlichen Zeitungen waren keine geringeren Vertreter als ihre Herausgeber erschienen. Jedermann in München wollte hören, was Generalstaatskommissar Kahr zu sagen hatte, und diejenigen, die draußen im kalten Nieselregen vergeblich auf Einlaß warteten, protestierten aufgebracht.

Die Ausgesperrten hatten Glück, wie Karl, bald nachdem Gustav von Kahr seine Rede begonnen hatte, klar wurde. Der untersetzte, kahl werdende Royalist hatte nichts Aufrüttelndes zu verkünden. Statt dessen stand er gebeugt über dem Rednerpult und verlas mit monotoner Stimme eine schwerfällige, endlose antimarxistische Abhandlung. Lossow und Seißer, die beiden anderen Angehörigen des regierenden Triumvirats, saßen hinter ihm auf dem Podium.

»Laß uns gehen«, sagte Karl nach einer Viertelstunde eintönigen Geleiers.

Ernst schüttelte den Kopf und warf einen Blick nach rechts. »Sieh mal, wer da ist.«

Karl wandte den Kopf und erkannte eine Gestalt in einem hellen Trenchcoat, die hinter einer Säule in dem hinteren Teil des Saals stand und an den Nägeln kaute.

»Hitler! Ich dachte, er wollte in Freising reden.«

»Das stand auf den Flugblättern. Offensichtlich hat er es sich anders überlegt. Oder vielleicht wollte er nur, daß jeder denkt, er wäre in Freising.« Ernsts Stimme wurde leiser, als er sich im Sitzen umdrehte und das Publikum musterte. »Ich frage mich …«

»Du fragst dich was?«

Er beugte sich vor und flüsterte in Karls Ohr. »Ich frage mich, ob Hitler heute abend etwas vorhat.«

Karls Eingeweide zogen sich zu einem Knoten zusammen. »Einen Putsch?«

»Leise. Warum nicht? Das bayerische Regierungstriumvirat und der größte Teil des Kabinetts sind hier. Für eine Machtübernahme wäre hier der ideale Ort und Zeitpunkt.«

»Aber die ganze Polizei vor dem Gebäude.«

Ernst zuckte die Achseln. »Vielleicht reißt er einfach die Bühne an sich und hält eine seiner Reden. So oder so, heute abend könnte hier Geschichte gemacht werden.«

Karl blickte noch einmal zu Hitler und fragte sich, ob seine schwer faßbare Vision sich um ihn drehte. Er stupste Ernst.

»Hast du den Absinth mitgebracht?«

»Selbstverständlich. Aber wir können ihn hier nicht richtig zubereiten.« Er dachte kurz nach. »Aber mir kommt da eine Idee.«

Er winkte eine Kellnerin herbei und bestellte zwei Kognaks. Sie blickte Ernst verwundert an, aber einige Minuten später stellte sie die verlangten Gläser neben ihre Maßkrüge. Ernst zog den silbernen Flachmann aus der Tasche und gab in jeden der Kognaks eine reichliche Portion Absinth.

»Er wird nicht gelb«, sagte Karl.

»Das geschieht nur in Wasser.« Ernst hob den Schwenker und wirbelte die grünliche Flüssigkeit durcheinander. »Toulouse-Lautrec hat seinen Absinth am liebsten auf diese Weise verdünnt. Er nannte ihn sein ›Erdbeben‹.« Ernst grinste und stieß sein Glas gegen Karls. »Auf erschütternde Ereignisse.«

Karl nahm einen vorsichtigen Schluck und hustete. Der bittere Geschmack des Wermuts hatte sich durch das Brennen des Kognaks noch gesteigert. Er vertrieb den Nachgeschmack mit einem großen Schluck Bier. Er hätte den Rest seines ›Erdbebens‹ in Ernsts Glas geschüttet, wenn er nicht geglaubt hätte, jeden Tropfen des Absinths zu benötigen, um die Vision einzufangen. Also trank er den ganzen Schwenker aus; nach jedem Schluck folgte mehr Bier. Er fragte sich, ob er am Ende des Abends ohne Hilfe würde nach Hause laufen können.

Er setzte gerade den leeren Schwenker auf dem Tisch ab, als von draußen Schreie zu hören waren. Die Türen am Ende des Saals sprangen mit einem ohrenbetäubenden Knall auf, und behelmte Männer stürmten herein und schwangen drohend Säbel, Pistolen und Gewehre mit aufgesetzten Bajonetten. Ihre braunen Hemden und die roten Armbinden mit den Hakenkreuzen verrieten Karl, daß es sich bei ihnen nicht um Polizisten handelte.

»Die Sturmabteilung der Nazis«, sagte Ernst.

Das Inferno brach los. Einige Männer schrien vor Schock und Wut auf, während andere ›Heil!‹ riefen. Manche verkrochen sich unter die Tische, während andere auf die Tischplatten sprangen, um besser sehen zu können. Beim Anblick eines Maschinengewehrs, das an der Tür in Stellung gebracht wurde, schrien einige Frauen schrill auf und verloren das Bewußtsein. Karl sah sich nach Hitler um. Der Ex-Gefreite stürmte mit hocherhobener Pistole den Hauptgang hinunter. Am Podium angekommen, feuerte er einen Schuß in die Decke.

Mit einem Schlag setzte Stille ein.

Hitler stellte sich neben Generalstaatskommissar von Kahr und wandte sich der Menge zu. Der Anblick ließ Karl ungläubig blinzeln. Hitler hatte den Trenchcoat ausgezogen und trug einen schlecht geschnittenen Herrenrock. Auf der linken Brust prangte ein Eisernes Kreuz. Er wirkte … lächerlich; mehr wie ein Oberkellner in einem schäbigen Restaurant als wie der Retter Deutschlands.

Aber dann entfalteten seine blaßblauen Augen ihre Wirkung, und der vertraute Bariton hallte durch den Saal und verkündete die nationale Revolution. Augsburg, Nürnberg, Regensburg und Würzburg befänden sich in seiner Hand. Die Reichswehr und die Landespolizei marschierten unter der Naziflagge aus den Kasernen; die Regierung von Weimar war abgesetzt. Ein neues Deutsches Reich war im Entstehen. Hitler führte den Befehl.

Ernst kicherte. »Unser Gefreiter sieht aus wie ein Kellner, der einen Putsch gegen die übrigen Restaurantangestellten führt.«

Karl konnte ihn kaum verstehen. Die Vision … kam jetzt … näher … der Absinth, verstärkt vom Kognak und Bier, brachte sie näher heran als jemals zuvor … der Saal begann vor seinen Augen zu flickern, die Farben verblaßten …

Und dann war der Bürgerbräukeller ganz verschwunden, und um ihn herum war Dunkelheit … lautlose, formlose Schwärze … aber er war nicht allein. Er nahm Bewegung wahr.

Und dann sah er sie.

Die Umrisse von Menschen, dünn, blaß, verwahrlost, mit eingesunkenen Wangen und erloschenen Augen. Sie trugen Lumpen, viele waren nackt, aber sie waren ausnahmslos dünn, so dünn, daß sie wie mit Pergament überzogene Skelette aussahen. Man konnte jede einzelne Rippe und jeden Lymphknoten an Becken und Hüften abzählen. Sie alle stolperten, rutschten, taumelten, watschelten und tappten ihm aus der Dunkelheit entgegen. Anfang hielt er die Vision für einen Traum; eine alptraumhafte Neuauflage des Marsches der hungernden Veteranen, den er in Berlin gesehen hatte, aber diese … Menschen … waren anders. Hier gab es keine zerlumpten Uniformen. Die wenigen Bekleideten trugen gestreifte Gefängnisanzüge, und ihr Zug war viel größer als der der Veteranen. Links und rechts von Karl erstreckten sich ihre Reihen bis zum Horizont. Er konnte sie unmöglich zählen … Tausende, Hunderttausende, Millionen …

Und sie alle kamen auf ihn zu.

Als sie näher kamen, wurden sie schneller und stolperten wie verängstigtes Vieh. Ihre ausgemergelten Gesichter verwandelten sich in angsterfüllte Fratzen; farblose Lippen öffneten sich und entblößten zahnlose Münder. Nichts deutete darauf hin, daß sie ihn sahen … in ihren dunklen Augenhöhlen konnte er nicht das geringste Glitzern erkennen … aber sein Atem stockte, als er weitere Einzelheiten erkennen konnte.

Man hatte sie verstümmelt – oder genauer gesagt gebrandmarkt. In das Fleisch jedes einzelnen hatte man einen sechszackigen Stern geschnitten. Auf Stirnen, zwischen Brüsten und auf Bäuchen bluteten Davidssterne. Die einzige Farbe außer Schwarz, Weiß und Grau war das Rot des Bluts, das aus den sechszackigen Verstümmelungen quoll.

Aber warum rannten sie? Was war der Grund ihres wilden Ansturms?

Und dann hört er eine Stimme. Zuerst war sie weit weg und leise, steigerte sich aber bald zu einem Schrei: »Juden raus!« Immer und immer wieder: »Juden raus! Juden raus!« Die Stimme wurde schließlich so laut, daß Karl die Hände schützend über die Ohren pressen mußte.

»JUDEN RAUS! JUDEN RAUS!«

Und dann hatten sie ihn erreicht, stürmten über ihn hinweg, stießen ihn erst auf die Knie und dann mit dem Gesicht voraus zu Boden. In ihrer blinden Flucht ins Nichts liefen und stolperten sie über ihn, ohne Notiz von ihm zu nehmen. Er schaffte es nicht mehr, wieder auf die Beine zu kommen; er versuchte es gar nicht. Er hatte keine Angst davor, zertrampelt zu werden, weil sie fast nichts wogen, aber gegen ihre Zahl konnte er nicht ankommen. Also lag er mit dem Gesicht nach unten in der Dunkelheit, die Hände über dem Kopf und lauschte der Stimme.

»JUDEN RAUS! JUDEN RAUS!«

Nach einem Zeitraum, der Karl wie eine Ewigkeit vorgekommen war, hatten sie ihn passiert. Er hob den Kopf. Er war allein in der Dunkelheit. Nein … nicht ganz allein. Jemand anderes … eine einzelne Gestalt näherte sich ihm. Eine nackte Frau, alt, klein und ausgemergelt, mit langem, grauem Haar, die auf gichtgeplagten Knien heranhumpelte. Irgend etwas an ihr kam ihm bekannt …

»Mutter!«

Er war wie versteinert, konnte sich von ihrer Blöße nicht abwenden. Sie war so dünn und so viel älter, als ob sie zwanzig Jahre gealtert wäre. Und in jede ihrer schlaffen Brüste hatte man einen Davidsstern geschnitten.

Schluchzend streckte er ihr die Arme entgegen.

»Mein Gott, Mutter! Was haben sie dir angetan?«

Aber sie beachtete ihn nicht und schleppte sich an ihm vorbei, als ob er nicht existierte.

»Mutt …!«

Er drehte sich um, um im Vorübergehen ihren Arm zu ergreifen, aber der Berg, der sich hinter ihm auftürmte, ließ ihn wortlos erstarren.

Die ausgemergelten lebenden Toten, die an ihm vorübergezogen waren, formten einen Berg, gegen den selbst die Alpen winzig erschienen. Wie nicht mehr gebrauchte Puppen hatte man sie auf einen Leichenhaufen geworfen, der sich in der Dunkelheit kilometerweit fortsetzte.

Aber jetzt hatten die Toten Augen. Leblose Augen, die blind in seine Richtung starrten. Jedes einzelne Augenpaar stieß ein stummes Flehen aus … hilf uns … rette uns … laß es nicht zu …

Seine Mutter – sie war dort drinnen. Er mußte sie finden, sie dort herausholen. Er stürmte auf den Turm des vergeudeten Menschenfleisches zu, aber bevor er ihn erreichte, begannen das Schwarz und Weiß zu schimmern und schmelzen und nahm Farbe an. Gleichzeitig wurde diese verfluchte Stimme immer lauter … »JUDEN RAUS! JUDEN RAUS!«

Und plötzlich erkannte Karl die Stimme. Bei Gott, er kannte sie.

Adolf Hitlers Stimme.

Plötzlich stand er wieder im Bürgerbräukeller und starrte Hitler an, der immer noch am Rednerpult stand. Nur wenige Sekunden waren verstrichen, auch wenn es ihm ganz anders erschienen war.

Hitler beendete seine feierliche Ansprache, und Kahr, Lossow und Seißer wurden mit vorgehaltener Waffe vom Podium geführt. Und Adolf Hitler stand breitbeinig da, die Arme vor der Brust verschränkt und starrte herausfordernd in die geschockte Menge, die aufgeregt zu seinen Füßen murmelte.

Karl verstand jetzt, was er gesehen hatte. Hitlers Haß war mehr als bloße Rhetorik. Dieser Wahnsinnige meinte jedes Wort so, wie er es sagte. Jedes einzelne. Er wollte die Juden Deutschlands, die Juden überall vernichten. Und jetzt war er in diesem Saal und griff nach der Macht, um genau das zu tun. Und es gelang ihm!

Ich muß ihn aufhalten!

Als Hitler dem gefangenen Triumvirat folgen wollte, stolperte Karl mit erhobenem Arm nach vorne. Sein Finger zeigte auf Hitler, er war bereit, ihn anzuklagen, ihn anzuprangern. Aber kein einziger Ton kam aus seiner Kehle. Seine Lippen formten die Worte, seine Lungen pumpten, aber seine Stimmbänder waren blockiert. Er konnte lediglich einige heisere Zischlaute ausstoßen.

Das genügte aber, um die Aufmerksamkeit der SA auf sich zu ziehen. Die am nächsten stehenden Braunhemden legten ihre Gewehre auf ihn an. Ernst sprang an Karls Seite und hielt ihn zurück. Er zog seinen Arm herunter.

Karl versuchte, sich von Ernst frei zu machen. Die SA und ihre Gewehre waren ihm egal. Diese Menschen mußten erfahren, was Hitler und seine Nationalsozialisten planten. Aber dann verließ Hitler hinter dem Triumvirat das Podium.

In dem angstvollen und aufgeregten Chaos, das seinem Abgang folgte, lotste Ernst Karl zu einer der Seitentüren. Ein milchgesichtiger SA-Mann versperrte ihnen den Weg.

»Ohne Erlaubnis des Führers verläßt niemand den Saal.«

»Dieser Mann ist krank!« schrie Ernst. »Wissen Sie, wer der Vater dieses Manns war? Kein geringerer als Oberst Stehr! Dieser Mann hier ist der Sohn des Heldens der Argonnen! Lassen Sie ihn sofort an die frische Luft!«

Ernsts Ausbruch verblüffte den jungen SA-Mann, der allenfalls 18 oder 19 war. Es war mehr als unwahrscheinlich, daß er jemals von Oberst Stehr gehört hatte, aber er trat trotzdem zur Seite.

Der Nieselregen hatte sich in Schnee verwandelt, und die kalte Luft verschaffte Karl wieder einen klareren Kopf, aber ihm fehlte immer noch die Stimme. Er machte sich von Ernsts helfendem Arm los und durchquerte halb rennend, halb stolpernd das Gelände des Bürgerbräukellers, das vor überschwenglichen Mitgliedern des Kampfbunds wimmelte. Er hielt auf die Straße zu, wollte seine Angst hinausschreien und die Stadt, das ganze Land warnen, daß ein blutrünstiger Wahnsinniger im Begriff war, die Macht an sich zu reißen.

Auf der gegenüberliegenden Seite der Rosenheimer Straße fand er eine Gasse und übergab sich. Als sein Magen leer war, wischte er den Mund mit dem Ärmel ab und kehrte zu dem auf dem Gehweg wartenden Ernst zurück.

»Um Himmels willen, Mann! Was ist dort drinnen in dich gefahren?«

Gegen eine Straßenlaterne gestützt, erzählte Karl von seiner Vision, von den Millionen toter Juden, von Hitlers Stimme und dem, was sie schrie.

Ernst sagte lange nichts. Seine Augen nahmen einen abwesenden, fast glasigen Ausdruck an, als ob er versuchte, die Zukunft zu sehen, die Karl ihm beschrieben hatte.

»Das war der Absinth«, sagte er schließlich. »Lautrecs Erdbeben. Du hast dir in letzter Zeit eine Menge davon genehmigt, und du bist nicht daran gewöhnt. Man hat Lautrec deswegen in eine Irrenanstalt eingewiesen. Van Gogh hat sich unter seinem Einfluß ein Ohr abgeschnitten.«

»Nein«, sagte Karl und packte Ernsts Mantel. »Ich gebe zu, daß der Absinth schuld ist, aber er hat nur eine Tür für mich geöffnet. Das war mehr als eine Halluzination. Das war eine Zukunftsvision, eine Warnung. Man muß ihn aufhalten, Ernst!«

»Wie? Du hast ihn gehört. Eine nationale Revolution ist im Gange, und er führt sie an.«

Eiskalte Entschlossenheit, so eisig wie der Schnee, der um sie herum fiel, nahm in Karl Gestalt an.

»Man hat mir eine Warnung anvertraut«, sagte er leise. »Ich werde sie nicht ignorieren.«

»Was willst du tun? Das Land verlassen?«

»Nein«, sagte er. »Ich werde Adolf Hitler aufhalten.«

»Wie?«

»Durch was immer es auch dazu brauchen mag.«

Deutschland erleidet einen Nervenzusammenbruch. Es gibt von dort nichts Normales mehr zu vermelden.

Ben Hecht, 1923

Der Rest der Nacht war ein von Schreien, Schüssen und einander widersprechenden Gerüchten erfüllter Alptraum – ja, im ganzen

Land herrschte Revolution; nein, es gab keine Aufstände in Nürnberg oder anderen Städten.

Über eines war sich Karl im klaren: In München war tatsächlich eine Revolution im Gange. Er und Ernst liefen die ganze Nacht durch die Stadt und begegneten immer wieder Abteilungen von Braunhemden, die unter der Hakenkreuzflagge marschierten. Männer und Frauen jedes Alters säumten die Gehwege und jubelten ihnen zu.

Karl wollte jeden einzelnen von ihnen packen und schütteln und ins Gesicht schreien: *Ihr wißt nicht, was ihr da tut! Ihr wißt nicht, was sie vorhaben!*

Niemand unternahm etwas gegen den Putsch. Weder die Landes- noch die städtische Polizei, noch die Reichswehr ließ sich blicken. Ernst führte Karl über die Isar zum Hauptquartier der Reichswehr, wo sie Angehörige des Kampfverbands Reichkriegsflagge durch den Eingang hinein- und hinausstolzieren sahen.

»Es stimmt also«, sagte Karl. »Die Reichswehrtruppen unterstützen sie!«

Karl versuchte nach Berlin zu telefonieren, um herauszufinden, was dort vor sich ging, konnte aber keine Verbindung erhalten. Dann gingen sie zum Gebäude der sozialdemokratischen Münchener Post. Die Büros waren geplündert, die Schreibmaschinen verschwunden, und jede einzelne Druckerpresse war zerstört.

»Der Putsch ist noch keinen Tag alt, und sie haben bereits begonnen«, sagte Karl, der im ersten Morgenlicht auf dem mit Glasscherben übersäten Gehweg stand und den Schaden übersah. »Vernichte jeden, der anderer Meinung ist.«

»Ja!« schrie eine Stimme hinter ihm. »Vernichtet sie alle! Zermalmt sie unter euren Absätzen!«

Sie drehten sich um und sahen einen Mann mittleren Alters, der mit einer Champagnerflasche winkte und sich zu ihnen gesellte. Er trug einen zerlumpten Armeemantel und eine Armbinde mit Hakenkreuz.

»Jetzt sind wir an der Reihe!« rief der Mann. Er kippte einen großen Schluck Champagner hinunter und hielt die Flasche hoch.

»Ein Toast! Deutschland den Deutschen, und das verfluchte Judenpack soll zur Hölle fahren!« Er streckte Karl die Flasche entgegen. »Hier! Von einem Juden weiter unten an der Straße gespendet.«

Karl spürte das Stechen Tausender eisiger Nadeln in seinem Brustkorb.

»Tatsächlich?« fragte er und nahm die halbvolle Flasche. »Gespendet?«

»Eigentlich requiriert.« Er lachte bellend. »Zusammen mit einer Uhr und dem Schmuck seiner Frau … nachdem man beide verhaftet hat!«

Das Unbehagen, das in Karl in den vergangen zwei Wochen herangewachsen war, und der Schrecken seiner Vision im Bierkeller machten sich in unbändiger Wut Luft. Er packte die Flasche und zertrümmerte sie auf dem Kopf des Mannes.

»Mein Gott, Karl!« rief Ernst.

Der Mann wurde steif und fiel mit dem Rücken in den Schneematsch. Sein Mantel war offen, Arme und Beine lagen schlaff auf dem Boden.

Karl starrte auf ihn hinunter; der Schock über seine Tat ließ ihn erstarren. Er hatte in seinem ganzen Leben noch niemanden geschlagen. Er beugte sich über den Mann.

»Er atmet noch.«

Dann sah er die Pistole im Gürtel des Mannes. Er packte den Griff und zog sie aus der Halterung. Er richtete sich auf und drehte sich, die Waffe in den zitternden Händen, zu Ernst.

»Du hast gefragt, wie ich Hitler aufhalten will. Hier hast du die Antwort.«

»Bist du verrückt geworden?« fragte Ernst.

»Du mußt nicht mitkommen. Es ist sicherer für dich im Hotel zu bleiben, während ich Hitler ausfindig mache.«

»Soll das eine Beleidigung sein? Ich bleibe natürlich bei dir, egal, was geschieht.«

Karl sah Ernst überrascht an. Seine Antwort überraschte ihn angenehm.

»Danke, Ernst.«

Ernst grinste. Seine Augen leuchteten vor Aufregung. »Ich wollte das um nichts in der Welt verpassen!«

Den ganzen Morgen durch wanden sich mit der Regelmäßigkeit der Straßenbahnen einander widersprechende Gerüchte durch die Straßen beiderseits der Isar: Es hieß, das Triumvirat mache jetzt gemeinsame Sache mit Hitler ... das Triumvirat sei frei und plane, gegen den Putsch vorzugehen ... die Reichswehr revoltiere und wolle mit Hitler nach Berlin marschieren ... Reichswehreinheiten seien auf dem Weg, um den Putsch genauso wie den Kommunistenaufstand im vergangenen Monat in Hamburg niederzuwerfen ... Hitler kontrolliere München und die bewaffneten Organe ... die Unterstützung für den Putsch schwinde bei den jungen Offizieren und manchen Polizeieinheiten dahin ...

Karl ging jedem einzelnen Gerücht nach, aber die Wahrheit schien in München nur schwer zu fassen. Er pendelte zwischen dem Hauptquartier der Putschisten im Bürgerbräukeller auf dem östlichen Iasarufer und den Regierungsgebäuden um den Marienplatz auf dem Westufer hin und her. Seine rechte Hand umklammerte den Griff der Pistole in der Manteltasche. Er und Ernst hatten sich getrennt, da sie sich ausrechneten, daß sie auf diese Weise ein größeres Areal absuchen konnten, als wenn sie zusammenblieben.

Um den Mittag herum machte sich in Karl das Gefühl breit, daß Hitler nicht soviel Gewalt über die Lage hatte, wie er die Menschen glauben zu machen suchte. Die Putschisten schienen zwar die Stadt östlich der Isar fest in der Hand zu haben, und vom Balkon des Neuen Rathauses flatterte immer noch die Hakenkreuzflagge, aber Karl war nicht entgangen, wie sich die grünen Uniformen der Bayrischen Landespolizei auf den Westseiten der Isarbrücken sammelten. Die Polizisten hielten zwar den Verkehr nicht auf, schienen aber Wache zu halten. Und Reichswehrtruppen der Siebten Division marschierten durch die Stadt. Das Hauptquartier der Reichswehr auf dem Westufer wurde zwar immer noch von Einheiten des Kampfverbands Reichskriegsflagge gehalten, aber das Gebäude war jetzt von zwei Infanteriebataillonen und einigen Artillerieeinheiten der Armee umstellt.

Das Blatt wendet sich, dachte Karl. Der Gedanke erfüllte ihn mit grimmiger Genugtuung.

Vielleicht mußte er die Pistole doch nicht benutzen.

Er stand gerade mit dem Rücken zum Wind auf der Westseite der Ludwigsbrücke, als er sah, wie Ernst ihm vom anderen Ende der Brücke entgegeneilte.

»Sie kommen hier entlang!« rief Ernst. Kälte und Aufregung hatten seine Wangen gerötet.

»Wer?«

»Alle! Die ganzen Putschisten – Tausende. Sie marschieren durch die Stadt. Und Hitler führt sie an.«

Ernst hatte kaum den Satz beendet, da erspähte Karl die vordersten Reihen des Zugs – Nazis in braunen Hemden mit rotweißen Flaggen, die im Wind flatterten. Hinter ihnen folgte der übrige Zug in Zwölferreihen und hielt genau auf die Ludwigsbrücke zu. Er erkannte Hitler, der einen gelbbraunen Trenchcoat und einen Filzhut trug. Neben ihm lief General Ludendorff, einer der meistgeachteten Kriegshelden der Nation.

Anhänger des Putsches und Schaulustige versammelten sich auf den Gehsteigen. Die Landespolizei rannte ans Ostende der Brücke, um den Marsch aufzuhalten, aber SA-Einheiten strömten ihnen von den Flanken des Zugs entgegen, kreisten sie ein und entwaffneten sie.

Der Zug drängte ungehindert über die Brücke.

Karls Finger schlossen sich noch fester um die Pistole. Er würde es hier und jetzt zu Ende bringen, egal, was danach mit ihm geschehen würde. Aber er konnte Hitler in der Menschenmenge nicht klar ausmachen. Zu seiner Bestürzung schlossen sich viele der Zuschauer dem Zug an und vergrößerten damit das Gedränge.

Der Zug strömte auf den bereits mit Menschen übersäten Marienplatz vor dem Rathaus. Die mehreren tausend Wartenden begrüßten den Marsch mit begeisternden Rufen. ›Deutschland,

Deutschland über alles!‹ ließ die Fenster um den Platz herum klirren und mündete schließlich in endlose ›Heil Hitler!‹-Rufe.

Karl gelang es kein einziges Mal, sich seinem Ziel auch nur auf einhundert Meter zu nähern.

Und jetzt zog der Marsch, der inzwischen auf das Doppelte angeschwollen war, weiter, diesmal nach Norden, die Weinstraße hinauf.

»Sie gehen in Richtung Reichswehrhauptquartier«, sagte Ernst.

»Es ist umzingelt«, sagte Karl. »Sie werden nicht einmal in seine Nähe gelangen.«

»Wer soll sie aufhalten?« fragte Ernst. »Wer soll auf die ganzen Zivilisten schießen? Und wer soll auf Hitler feuern, solange General Ludendorff an seiner Seite ist?«

Karl spürte, wie sich seine Kiefermuskeln zusammenzogen, als die Erinnerung an die Vision durch sein Gehirn raste. Er sah wieder seine gealterte, verhutzelte, nackte, blutende Mutter vor sich.

»Ich.«

Er rannte los, bog in eine Parallelstraße zu dem Zug ein und ließ die sich langsam dahinschiebende Menge mühelos hinter sich. Er vertraute darauf, daß die Marschierenden die Residenzstraße entlanggehen mußten, um zum Reichswehrgebäude zu gelangen. Fast am Ende der Straße drückte er sich schließlich in eine Türöffnung der Feldherrnhalle und ging keuchend in die Hocke. Er war solche Anstrengungen nicht gewohnt. Einige Sekunden später gesellte sich Ernst zu ihm, dessen Atem fast gleichmäßig war.

»Du hättest nicht mitkommen müssen«, sagte Karl.

»Natürlich muß ich das. Hier wird Geschichte gemacht, und wir können ihre Zeugen sein.«

Karl zog die Pistole aus der Manteltasche. »Aber von heute an werden andere Leute als Adolf Hitler sie machen.«

Karl sah zu, wie die Landespolizei am Ende der Residenzstraße, die in einen Platz mündete, eine Barrikade errichtete.

Gut. Der Zug mußte langsamer werden, wenn er die Absperrung erreichte, damit er die Gelegenheit bekam, die er brauchte.

»Da kommen sie«, sagte Ernst.

Karl spürte, wie sich Schweiß auf seinen Handflächen ausbreitete, als er die vorderen Reihen nach seinem Ziel absuchte. Als er Hitler erkannte, war der Griff der Pistole bereits schlüpfrig. Es war soweit. Dies war seine Chance, Geschichte zu machen. Seine Chance, die Schrecken abzuwenden, die ihm die Vision gezeigt hatte.

Zweifel nahmen seinen Hals in den Würgegriff. Was, wenn die Vision nicht echt war? Was, wenn nur der Absinth daran schuld war? Was, wenn er einen Mann wegen einer Halluzination ermordete?

Er machte sich von den bohrenden Fragen los. Nein. Keine Zweifel mehr. Kein Zögern. Hitler muß sterben. Hier und jetzt. Durch meine Hand.

Wie erwartet verlangsamte sich der Zug vor der Barrikade. Die SA-Männer liefen auf die Landespolizisten in den grünen Uniformen zu und riefen: »Nicht schießen! Wir sind Kameraden! General Ludendorff ist bei uns!«

Karl hob die Pistole und wartete auf seine Chance.

Und dann öffnete sich ein Korridor zwischen ihm und Hitlers Gestalt im Trenchcoat.

Jetzt! Du mußt jetzt schießen!

Karl zielte langsam und vorsichtig. Er hatte keine Erfahrung im Schießen. Sein Vater hatte ihn als jungen Mann ab und zu zur Jagd mit Gewehr und Schrotflinte mitgenommen, aber er hatte nie viel Gefallen daran gefunden. Er fand auch jetzt keinen Gefallen daran, er tat lediglich seine Pflicht. Aber er wußte, wie man zielte, und er hatte das Herz dieses großspurigen kleinen Monsters im Visier. Er erinnerte sich an die Worte seines Vaters: »Drücken, nicht ziehen … drücken … laß dich vom Schuß überraschen …«

Und während Karl auf die Überraschung wartete, stellte er sich vor, wie der spitz zulaufende Bleizylinder auf Hitler zuraste, in seinen Brustkorb drang, ein Loch in Lunge und Herz riß und sein Leben beendete, bevor er die unglücklichen, hilflosen, unschuldigen Millionen, die er so sehr haßte, vernichten konnte. Er sah, wie Hitler verdreht zu Boden fiel; sah den kurzen, wirren Wutanfall der Putschisten, die wild um sich schossen und tobten, bis die Landespolizei und Reichswehreinheiten eingriffen, ihre Anführer verhafteten und die übrigen zerstreuten. Vielleicht würde ein anderer Judenhasser versuchen, Hitlers Platz einzunehmen, aber dieser Mann würde nicht über die einmalige Kombination von magnetischer Anziehungskraft und Redegewalt verfügen. Die Zukunft, die Karl in seiner Vision erblickt hatte, würde nie geschehen. Seine Kugel würde die Verbindung des Hier und Jetzt mit dieser Zukunft zertrennen.

Und so ließ er seinen schweißglatten Zeigefinger über die Rundung des Abzugs streichen … drückte …

Im selben Augenblick, in dem er schoß, streifte etwas seinen Arm. Die Kugel raste viel zu hoch durch die kühle Luft und verfehlte Hitler.

Die Zeit blieb stehen. Die Marschierer waren wie versteinert. Nur nicht Hitler. Sein Kopf wandte sich in Karls Richtung, seine blaßblauen Augen suchten die Türöffnungen und Fenster ab. Und dann hefteten sie sich auf Karl. Die beiden Männer starrten einander einen Augenblick an, eine Ewigkeit … dann … lächelte Hitler.

Und mit dem Lächeln setzte die Zeit wieder ein. Karls Schuß löste ein wildes Feuergefecht zwischen den Marschierern und der Polizei aus. Plötzlich herrschte Chaos auf der Residenzstraße. Karl beobachtete entsetzt, wie Menschen in alle Richtungen rannten, schrien, bluteten, fielen und starben. Blut färbte das Pflaster rot. Er sah, wie Hitler hinfiel und liegenblieb. Er betete darum, daß ihn die Kugel eines anderen getroffen hatte.

Schließlich war die Schießerei vorüber. Die Gewehre verstummten, aber die Luft war erfüllt mit den Schreien der Verwundeten. Zu Karls Erschütterung kämpfte sich Hitler mühsam auf die Beine und floh über den Gehweg; er hielt einen Arm. Bevor Karl sich wieder gefaßt hatte und auf ihn anlegen konnte, war Hitler in einen gelben Opel gesprungen, der auf der Stelle davonraste.

Karls Schreie vermengten sich mit denen der Verwundeten. Er drehte sich zu Ernst.

»Du bist schuld! Warum hast du mich gestoßen? Ich hatte ihn im Visier, und wegen dir habe ich daneben geschossen!«

»Das tut mir furchtbar leid«, sagte Ernst, der begierig das Gemetzel auf der Straße vor ihnen musterte. »Es war ein Unfall. Ich lehnte mich vor, um besser zu sehen, und verlor das Gleichgewicht. Aber macht nichts. Ich glaube, du hast dein Ziel erreicht: Der Putsch ist vorüber.«

Münchener Putsch schaltet Hitler und die Nationalsozialisten für immer aus.
***New York Times*, 9. November 1923**

Karl war außer sich vor Freude, als die Landespolizei Hitler zwei Tage später verhaftete und man ihn des Hochverrats anklagte und ins Gefängnis warf. Seine nationalsozialistische Partei wurde aufgelöst und verboten. Adolf Hitler hatte die Unterstützung von oben und seine Freiheit verloren, und weil er österreichischer Staatsbürger war, bestanden gute Aussichten darauf, daß man ihn nach dem Prozeß des Landes verwies.

Während er auf das Gerichtsverfahren wartete, widmete Karl sich wieder seiner Buchhandlung und versuchte, sein normales Leben in Berlin wieder aufzunehmen. Aber die Vision und das Gespenst Adolf Hitler ließen ihn nicht los. Hitler war immer noch am Leben, mochte immer noch die Greuel begehen, die Karl gesehen hatte. Er wartete sehnsüchtig auf den Prozeß, zu sehen, wie Hitler gedemütigt wurde, wie man ihn zu mindestens zwanzig Jahren Haft verurteilte oder ihn deportierte oder – am besten – als Landesverräter erschoß.

In den Monaten vor dem Prozeß sah er Ernst immer seltener. Berlin schien Ernst zu langweilen. Eine neue, durch Gold gedeckte Mark hatte die Inflation unter Kontrolle gebracht, die Regierung schien stabil, und nirgendwo brodelten Umstürze … das Leben war lange nicht mehr so ›unterhaltsam‹.

Sie trafen sich am Tag der Urteilsverkündung in München. Das

Verfahren fand im Hörsaal einer alten Infanterieschule statt, weil die Gerichtssäle der Stadt nicht genug Platz für den gewaltigen Zuschauerandrang boten. Karl war es nicht gelungen, einen Sitzplatz im Saal zu reservieren, und Ernst schien es nicht besser ergangen zu sein. Sie mußten sich beide damit zufrieden geben, in der grellen Mittagssonne zu stehen und mit den übrigen Bürgern auf Neuigkeiten zu warten.

»Ich kann nicht behaupten, daß ich überrascht bin, dich hier zu treffen«, sagte Ernst, als sie sich die Hände schüttelten.

»Ich auch nicht. Ich nehme an, du findest all das hier amüsant.«

»Und wie.« Er deutete mit seinem Stock auf die Menge. »Meine Güte, sieh dir die Leute an.«

Das hatte Karl bereits getan, und was er sah, verstörte ihn. Tausende von Menschen, die aus dem ganzen Land angereist waren, schwärmten um das Gebäude und versuchten vergeblich, sich Zugang zu verschaffen. Hinter Stacheldrahtsperren waren zwei Bataillone der Landespolizei aufmarschiert, um die Menge unter Kontrolle zu halten. Während der fünfundzwanzig Tage, die der Prozeß dauerte, hatte Karl sich unter die Menschen gemischt und war entsetzt darüber, wie viele von ihnen über Hitler in dem bewundernden Tonfall sprachen, der sonst für Könige oder Götter reserviert war.

Heute hatten die Frauen Blumensträuße für Hitler gebracht, und fast jeder in der langen Schlange trug rot-weiß-scharze Bänder – die Farben der Nazis.

»Die ganze Nation spricht über ihn«, sagte Ernst. »Vor dem Putsch war er ein Nichts. Jetzt kennt man seinen Namen auf der ganzen Welt.«

»Und dieser Name wird bald im Gefängnis sein«, sagte Karl heftig.

»Zweifellos. Aber er hat es verstanden, den Prozeß zu seiner nationalen Rednerbühne umzufunktionieren.«

Karl schüttelte den Kopf. Er konnte nicht verstehen, warum die Richter es Hitler gestattet hatten, so lange im Zeugenstand zu sprechen. Tagelang, ja wochenlang, hatte der Putschist schwadroniert, hatte er stürmischen Beifall erhalten, während Reporter seine Worte aufzeichneten, damit das ganze Land sie nachlesen konnte.

»Aber der Spuk findet heute ein Ende. In diesen Minuten wird das Urteil verkündet. Heute geht Hitler ins Gefängnis und bleibt dort für lange, lange Zeit. Oder besser noch: Er wird nach Österreich deportiert.«

»Ins Gefängnis ja«, sagte Ernst. »Aber ich würde mich nicht auf eine Deportation versteifen. Er ist schließlich ein hochdekorierter Armeeveteran, und ich glaube, daß die breite Unterstützung für ihn hier und im übrigen Land die Richter eingeschüchtert hat.«

Plötzlich kamen Schreie von den Menschen, die dem Eingang am nächsten standen. Dann folgte wilder Jubel, als das Strafmaß weitergesagt wurde: Fünf Jahre Festungshaft … und mögliche Strafaussetzung nach sechs Monaten.

»Sechs Monate!« schrie Karl. »Nein, das kann nicht sein! Er ist des Hochverrats schuldig! Er hat einen Umsturz versucht!«

»Leise, Karl«, sagte Ernst. »Du fällst auf.«

»Ich lasse mich nicht zum Schweigen bringen!« rief Karl. »Die Menschen müssen die Wahrheit erfahren!«

»Aber nicht diese hier, Karl.«

Karl hob die Arme. Um ihn herum hatte sich ein Kreis feindseliger Gesichter geschlossen. »Hört mir zu! Adolf Hitler ist ein Monster! Man sollte ihn in dem tiefsten, schwärzesten Loch, das man finden kann, einsperren und den Schlüssel wegwerfen! Er …«

Plötzlich raste ein stechender Schmerz durch seinen Rücken, als ihm jemand von hinten eine Faust in die rechte Niere rammte. Er taumelte nach vorne, und ein zweiter Mann mit wilden, wütenden Augen und gefletschten Zähnen schlug ihm ins Gesicht. Er stürzte zu Boden. In seinen Ohren tönten Schreie: »Kommunist! Jude!« Der Kreis schloß sich über ihm, und der Himmel wurde von aufgebrachten, unbarmherzigen Gesichtern verdrängt. Schwere Stiefel trafen ihn am Rücken, Bauch und Kopf.

Karl war kurz davor, den letzten Funken Bewußtsein zu verlieren, als die Tritte plötzlich aufhörten, und er wieder den blauen Himmel sehen konnte.

Er sah verschwommen, wie Ernst sich über ihn beugte und bestürzt den Kopf schüttelte.

»Mein Gott, Karl! Bist du lebensmüde? Sie hätten dich zu Brei geschlagen, wenn ich nicht die Polizei geholt hätte!«

Karl stützte sich mühsam auf einen Ellenbogen und spuckte Blut. Bilder seiner dunklen Vision flackerten in seinen Gedanken wieder auf.

»Es wird geschehen«, schluchzte er.

Er fühlte sich vollkommen verlassen, gründlich geschlagen. Hitler hatte jetzt eine landesweite Anhängerschaft. In sechs Monaten würde er wieder auf den Straßen und in den Bierkellern sein und seine Haßbotschaft verbreiten. Der Prozeß war nicht sein Ende, sondern nur der Anfang. Das Verfahren hatte ihn in das Scheinwerferlicht der Nation geschnellt. Die Weichen waren gestellt. Er würde die Macht übernehmen.

Und die Vision würde Realität werden.

»Verflucht, Ernst! Warum hast du mich gestoßen?«

»Ich sagte dir schon, Karl. Es war ein Unfall.«

»Wirklich?« Während der Monate, die seit jenem kalten Herbsttag vergangen waren, hatte Karl oft über den perfekt abgepaßten Stoß nachgedacht, der ihn sein Ziel hatte verfehlen lassen. »Ich frage mich, ob es wirklich ein ›Unfall‹ war, Ernst. Ich werde das Gefühl nicht los, daß du es mit Absicht getan hast.«

Ernsts Züge verhärteten sich. Er richtete sich auf und blickte von oben auf Karl herab.

»Glaub, was du willst, Karl. Aber ich kann nicht behaupten, daß es mir leid tut. Ich zumindest bin überzeugt davon, daß die kommenden Jahrzehnte mit Hitler wesentlich unterhaltsamer werden als ohne ihn.« Sein Lächeln war kalt, aber seine Augen leuchteten vor Vorfreude. »Ich freue mich schon auf die nächsten Jahre. Du etwa nicht?«

Karl suchte eine Antwort, aber ihm fehlten die Worte. Wenn Ernst nur wüßte …

Dann sah er das Leuchten in Ernsts Augen, und die Möglichkeit traf Karl mit der Wucht eines Vorschlaghammers: Vielleicht weiß er es.

Ernst tippte mit dem silbernen Griff seines Spazierstocks gegen die Hutkrempe. »Entschuldige mich jetzt bitte, Karl. Ich muß jetzt wirklich gehen. Ich treffe einen Freund – einen neuen Freund – auf ein Glas.«

Er drehte sich um und verschmolz mit der immer weiter anschwellenden Menschenmasse in Rot und Weiß, Schwarz und Braun.

POPPY Z. BRITE
UND CHRISTA FAUST

Triaden
1930

Hongkong 1937

Hinter den Kulissen des ›Glücklichen Drachen‹ roch die Luft nach Fettschminke, Weihrauch und Schweiß. Kleine Krieger in reichbestickten rot- und goldfarbenen Jacken drängten sich vor Spiegelscherben und schminkten sich mit langen Pinseln ihre Lippen und faltenlosen Augenlider. Paarweise halfen sie sich bei ausführlichen und schmerzhaften Dehnübungen, die ihre Körper auf die strikten Haltungen der Pekingoper vorbereiteten. Oberschenkel drehten sich in Hüftgelenken um ganze 360 Grad; Wirbelsäulen bogen sich rückwärts wie Grashalme im Wind. Ein älterer Junge, so um die vierzehn, hakte einen langen weißen Bart über seine Ohren und nahm eine arthritische Haltung an; die Falten seiner weiten Ärmel zitterten.

Ein anderer Junge saß in einem schillernden, grünsilbernen Uniformrock und mit verschränkten Armen vor der gegenüberliegenden Wand. Für sein Alter war er recht groß und hatte breite Schultern, mit knochigen Handgelenken und großen, ausdrucksstarken Händen. Seine Wangenknochen waren schmal und kräftig; man hätte seine Gesichtszüge fast grob nennen können, wären da nicht das Paar lächerlich großer Ohren gewesen, die wie Griffe von einem Krug abstanden.

Er lehnte seinen Kopf nach hinten gegen die splittrige Wand und atmete langsam ein. Er fühlte die Anspannung seines Körpers wie eine gutgestimmte Saite, die nur darauf wartete, daß auf ihr ein Ton angeschlagen wurde. Das nasse Band, das um seine Stirn gebunden worden war, trocknete langsam unter seiner spitzen Mütze und zog die Haut über seinen Augen so fest nach oben, daß er nicht einmal mehr blinzeln konnte. Nach ein, zwei Stunden trockneten seine Augen aus; der Schmerz war unerträglich.

Er hatte sich jedoch an das Brennen seiner Augen und das unablässige Jucken seiner Haut unter der Schminke gewöhnt. Nach acht Jahren nahm er sie ebensowenig wahr wie das Verlangen in seinem leeren Magen oder die endlosen Schmerzen, die er während seiner täglichen Strafübungen erdulden mußte.

»Ji Fung.«

Eine sanfte Stimme riß ihn aus dem tiefen Brunnen gedankenloser Besinnung. Er blickte in die großen geschminkten Augen seines besten Freundes. Lin Bai trug die weißen und silbernen Roben der verführerschen ›Weißen Schlange‹.

In Galakleidung verwandelte sich Lin Bai von einem ungewöhnlich hübschen Jungen in eine traumhafte Schönheit, die Ji Fungs Gedanken in Aufruhr versetzte, so oft er sie sah. Jedesmal, wenn das gewohnte Gesicht seines Freundes von diesem Phantasiebild überschattet wurde, kochte in Ji Fungs Bauch ein Gebräu widersprüchlicher Gefühle. Er entsann sich der langen hungrigen Nächte, während deren er und Lin Bai sich unter der dünnen Decke aneinandergeschmiegt hatten. In der tiefen, bedrohlichen Stille des Schlafsaales flüsterten sie einander ihre Träume und Geheimnisse zu.

Meister Lau war ein altmodischer Mann, und er glaubte immer noch, daß Frauen auf der Bühne Unglück brachten. Er hatte Lin Bai seinen Namen gegeben, der *versteckt wachsender Lotus* bedeutete, eher ein Name für ein Mädchen. Und Lin Bai spielte die Rolle von Frauen auf der Bühne mit überwältigender Brillanz. Er spielte weibliche Kriegerinnen wie Mu Lan und tragische Heldinnen wie Chu Ying-tai mit gleichem Geschick. Ji Fungs weiter Brustkorb und sein akrobatisches Talent hatten zusammen mit seiner mittelmäßigen Singstimme dafür gesorgt, daß ihm die aufreibenden Rollen der Soldaten und des anderen Schwertfutters vorbehalten blieben.

Lin Bai war für die Hauptrollen geboren. Er besaß die Grazie einer Schwalbe, die duftende Üppigkeit einer erblühten Orchidee, die kalte Schönheit weißen Jadegesteins. Er hatte eine tragende, farbenprächtige Stimme. Selbst in jungen Männern, die zehn Jahre älter und längst erfolgreich waren, hatte er Gefühle der Eifersucht geweckt. Seine Mitschüler verachteten ihn als verwöhntes Schoßhündchen, der eine Handvoll heißen Reis vorgesetzt bekam, wenn alle anderen leer ausgingen. Ji Fung war sein einziger Freund.

»Hilf mir mit den Spruchbändern.« Lin Bais kirschfarbener Mund zog sich an einer Seite leicht nach oben.

Ji Fung nahm ihm das gepolsterte Geschirr mit den Spruchbändern ab und forderte ihn mit einer Handbewegung auf, sich umzudrehen. Lin Bai gehorchte ihm schweigend, mit gesenktem Kopf; er hatte gelernt, einem Befehl Folge zu leisten. Ji Fung legte die Riemen über die schmale Brust seines Freundes und knotete sie fest; dann zog er leicht daran, um ihre Festigkeit zu prüfen. Lin Bai schüttelte probehalber seinen Oberkörper. Die silbernen Stickereien blitzten, und die vier Spruchbänder flatterten wie Flügel.

Lin Bai lächelte, und Ji Fung lief es plötzlich heiß und kalt den Rücken hinunter. Er wandte sich ab.

Verstaubte purpurne Vorhänge am anderen Ende des Umkleideraumes teilten sich, und Meister Lau schritt mitten in das bunte Durcheinander hinein. Das melodische Geplapper der Jungen erstarb.

»Genug herumgespielt!« Des Meisters schwere Augenbrauen senkten sich tief und fuhren dann erschreckend schnell nach oben. Er war groß und muskulös, mit sinnlichen Lippen, die unter seiner scharfgeschnittenen Nase und seinen kalten Augen fehl am Platze wirkten. Ein mißfallender Blick dieser Augen war der Alptraum jedes Jungen, denn der Meister verteilte seine Strafen häufig und ohne Vorwarnung. Ji Fung kannte sie alle: Er war gezwungen worden, so lange zu tanzen und Purzelbäume zu schlagen, bis seine Sehnen vor Schmerzen schrien; er mußte sich vornüber beugen und die Stockschläge laut mitzählen, die sein empfindliches Hinterteil blutig peitschten; ihm wurde auferlegt, so lange im Handstand zu verweilen, bis er seine Handgelenke stundenlang nicht mehr gerade biegen konnte.

Der Meister war ihr Vater, ihr Lehrer und ihr Gott. Sie sehnten sich nach seinen seltenen lobenden Worten und lebten in stetiger Furcht vor seinem Mißfallen. Viele konnten sich ein Leben ohne ihn nicht mehr vorstellen.

»Ihr müßt gleich auf die Bühne«, sagte der Meister. »Macht keine Fehler.«

Die Jungen stellten sich zur Kontrolle nebeneinander. Master Lau schritt die Reihe ab; sein kritischer Blick brannte durch seine Schützlinge hindurch. Hier wurde eine schiefhängende Troddel an einem Kopfputz mit einem grausam verdrehten Ohr belohnt; dort ein unvollkommen geschminktes Gesicht mit einem stechenden Schlag in den Nacken bestraft. An Ji Fung und den anderen Nebenrollen ging er mit kaum einem Nicken vorbei. Lin Bai dagegen widmete er fast eine ganze Minute. Er starrte ihn an, als könne er durch Stoff und Fleisch hindurch in das pochende Herz des Jungen sehen. Lin Bai erwiderte den Blick des Meisters nicht. Sein weibliches Gewand und die gesenkten Wimpern machten einen neckischen Eindruck. Nur Ji Fung kannte ihn gut genug, um den Haß in seinem steifen Kreuz und seinem angespannten Kiefer wahrzunehmen.

Lin Bai verachtete Meister Lau mit einer Heftigkeit, die Ji Fung nie vollständig verstehen würde. Ji Fung wußte, was es bedeutete, den Meister aus tiefstem Herzen zu verfluchen, während er mit zusammengebissenen Zähnen die Tränen zurückhielt und den

Stachel des Rohrstockes ertrug; oder während der langen Stunden, die er in einer einzigen, qualvoll schmerzenden Haltung verbringen mußte. Aber Lin Bais Haß war anders, stärker; etwas, das er, gleich einem scharfkantigen Kristall, tief in sich versteckte; ein finsteres Geschöpf, dessen tatsächliche Gestalt unsichtbar blieb. Den Meister und seinen Musterschüler verband eine eigenartige Intensität, die Ji Fung mit Krankheit und Schwäche erfüllte; gleichzeitig rief sie in ihm heftige Beschützerinstinkte hervor.

»Gut«, sagte Meister Lau plötzlich. Dann erhob sich das Klagen der Musik, und es war Zeit, in eine andere Welt zu schlüpfen.

Der Zuschauerraum war fast leer. Nur hier und dort kleine Gruppen grauer Köpfe und zappelnder Kinder. Ji Fung stand in der Kulisse und wünschte sich, er wäre eines dieser Kinder. Ein kleiner Junge, dessen Mutter und Vater links und rechts neben ihm in dem stickigen, rot-goldenen Theater saßen. Ein Junge, den zu Hause Süßigkeiten und ein weiches Bett erwarteten und nicht eine kleine Schale Reis und ein überfüllter Schlafsaal.

Einst war er ein solcher Junge gewesen, in einem anderen Leben. Tief in ihm versteckte sich eine kaum greifbare Erinnerung an ein vornehmes Haus und eine lächelnde *Amah*. An silbernes Spielzeug, das man aufziehen konnte, und einen kleinen schwarzen Hund mit wunderbar weichem Fell. An Familie, Onkel und Tanten und Cousinen; an prächtige, lärmende Festessen voller Gelächter und seltsamer Geschichten.

Ji Fung war jedoch zu alt, um sich nach den unbedachten Tröstungen seiner Kindheit zurückzusehnen. Und wenn er seinen Gedanken gestattete, jenen alten Pfad zu weit hinabzutreiben, würde er nur wieder an die schreckliche Kreuzung jener Nacht gelangen, in der er für immer aus seinem Zuhause verbannt worden war.

Damals wurde er einfach Ji gerufen, oder Sohn. Er hatte noch einen weiteren Namen, weit länger und vornehmer, doch zu Hause hieß er Ji, manchmal Siu Ji oder kleiner Sohn. Doch in jener Nacht war ihm alles weggenommen worden, selbst sein wirklicher Name.

Die verzweifelten Hände seiner Mutter hatten ihn aus einem

unruhigen Schlaf gerissen. Sie hatte ihn ein paar Stunden zuvor ohne Abendessen ins Bett gesteckt, ohne auf sein Geschrei nach seiner *Amah* und nach seinen gedünsteten Lotustörtchen zu achten. Jetzt rüttelte sie ihn wach und zog ihm eine einfache Baumwolljacke über. Sie trug eine blaßblaue Bluse und weite Hosen, ihr glänzendes Haar im Nacken zu einem Knoten gebunden, ihr blasses Gesicht von jeder Schminke gereinigt. Sie sah aus wie eine Dienerin, nicht wie die erste Frau eines reichen und mächtigen Mannes.

In diesem Augenblick hatte Ji gewußt – ohne es wirklich zu verstehen, wie es für Kinder typisch ist –, daß etwas Schreckliches passiert war. Ihm wurde sterbensschlecht, und er war davon überzeugt, daß die Welt untergehen würde. Seine Mutter hatte in den sieben Jahren seines Lebens nur eine Handvoll Wörter an ihn gerichtet. Jetzt nannte sie ihn plötzlich *guter Junge* und *kleiner Mann*, während sie an ihm vorbei ins Leere starrte. Ihre Augen glänzten in der Dunkelheit wie das Mondlicht auf verräterischen Gewässern.

Als er wieder sprechen konnte, rief er leise nach seinem Vater. Vater hatte stets Zeit für ihn gehabt, brachte ihm Geschenke aus Macao und Shanghai mit und ließ wichtige Geschäftspartner warten, während er nachdenklich ein verschrammtes Knie oder ein zerbrochenes Spielzeug betrachtete. Jawohl, Vater verwöhnte seinen einzigen Sohn, aber nie über einen bestimmten Punkt hinaus, denn Söhne müssen zu starken und klugen Männern aufwachsen. Ji würde eines Tages hinter jenem Schreibtisch sitzen und die geheimnisvollen Transaktionen verstehen, die sein Vater veranlaßte; sie gar eines Tages selbst verantworten.

Sein Vater hatte ihm bereits ein eigenes Namenszeichen geschenkt, ein geschnitztes Jadesiegel, das Ji stets bei sich trug. Er hielt es jetzt in seiner verschwitzten Hand, nachdem er es noch schnell unter seinem Kissen hervorgeholt hatte. Die kühlen Formen und winzigen Buchstaben waren so geläufig und angenehm wie die Stimme seines Vaters. Wenn nur sein Vater jetzt hier wäre, dann würde die Nacht ihre Bedrohlichkeit verlieren.

Doch seine Mutter wandte sich ab, als sie ihn hörte. Sie nahm eine seltsam steife Haltung an.

»Sprich nie wieder von deinem Vater«, sagte sie.

Der Haß in ihrer Stimme fuhr ihm wie Spinnengift in die Adern. Da wußte Ji, daß die Welt bereits untergegangen war.

Sie führte ihn durch das stille Haus, bewegte sich gespensterhaft durch die langen, schweigenden Flure. Ihre Stoffschuhe verursachten auf den schweren Teppichen und glatten Marmorböden keinerlei Geräusche. Er fragte sie, wohin sie unterwegs waren, doch sie antwortete ihm nicht. Er fragte sie nach ›Zweiter Mutter‹ und seinen kleinen Halbschwestern. Nach ›Dritter Mutter‹ mit ihrem großen runden Bauch und dem gelassenen Blick. Nach seiner *Amah*. Nach dem breitschultrigen Boy mit den starken Armen. Nach jedem, der in der Lage sein mochte, Siu Jis unkontrollierte Rutschfahrt in eine ungewisse Zukunft auf dieser abschüssigen Bahn aufzuhalten. Doch seine Mutter achtete auf keinen seiner Schreie. Sie verdrehte nur weiter seinen Arm und zwang ihn, schneller zu laufen.

Als sie durch die dunkle Küche kamen, sah er die Gestalten seiner *Amah* und des Koches neben dem Ofen auf dem Boden liegen. Um *Amahs* Kopf hatte sich ein flüssiger schwarzer Heiligenschein gebildet, der auf den sauberen weißen Fliesen glänzte. Es stank nach altem Essen, und ein leichter Geruch von Erbrochenem lag in der Luft.

»*Amah*«, rief er und wollte auf die gestauchte Gestalt zurennen.

Seine Mutter redete beruhigend auf ihn ein. »*Amah* schläft nur. Sie ist sehr müde.« Sie blickte weg. »Alle sind sehr müde. Wir müssen leise sein, sonst wecken wir sie.«

Ji versuchte, sich umzudrehen, als sie ihn durch den Dienstboteneingang schleppte, aber es war zu dunkel, um noch etwas zu sehen, und die Tür fiel zu schnell hinter ihnen ins Schloß.

Sie liefen die ganze Nacht, auf einem verschlungenen, sinnlosen Weg durch die Straßen, dunkle Gassen hinunter, die nach den Innereien von Fischen und Urin stanken. Unbemerkt schlüpften sie durch schwankende Bataillone fremdländischer Seeleute mit geröteten Gesichtern und nach Alkohol stinkendem Atem. Als sie an einer offenen Nudelstube vorbeikamen, hell und voller Menschen hinter von Dampf beschlagenen Fenstern, versuchte Ji seine Mutter in Richtung des wohltuenden, teigigen Geruchs zu ziehen. Er wurde fast ohnmächtig vor Hunger, aber sie ließ sich nicht vom Weg abbringen.

Hongkong bei Nacht glich einer Collage schrecklicher und phantastischer Bilder. Er sah hohläugige Prostituierte mit eingefallenen Brüsten und bettelnde Kinder, die das Blut frischgeschlachteter Hühner vom dreckigen Bürgersteig vor einem Beinhaus leckten. Er sah, wie sich das grelle Neonlicht in den glänzend schwarzen Häuten langer Automobile spiegelte, in denen millionenschwere Tai-Pans und ihre exotischen rothaarigen Frauen saßen. Glanz und Schmutz lag Bauch an Rücken vor ihm, wie zärtliche Geliebte.

Ji, sieben Jahre alt und erschöpft, war von diesen Eindrücken vollständig überfordert. Er hielt seinen Jadestempel umklammert, bis sich die Kanten in sein Fleisch gruben. Er wollte nicht weinen, wollte nicht *sehen*, einfach nur blind einen Fuß vor den anderen setzen, bis diese unverständliche Reise vorbei war. Vielleicht lag er in seinem Bett und träumte noch, und seine *Amah* würde ihn bald mit einer Schüssel heißem Reisbrei wecken.

Stinkende zahnlose Münder brabbelten an seiner Seite vor sich hin, aber er blickte den Menschen nicht in die Augen. Glänzendes Licht tanzte verführerisch in seinen Augenwinkeln, aber er drehte sich nicht um. Er starrte nur noch auf seine Füße, die in grobgearbeiteten Bauernschuhen steckten. Schwarze Stoffschuhe, an den Rändern ausgefranst, die über schmierige Pflastersteine schlurften. Ein Schritt nach dem anderen, während die Hand seiner Mutter seine Hand wie ein Mund voller spitzer Zähne gepackt hielt und ihn unaufhaltsam weiterzerrte. Sein Zimmer, sein Bett schienen in unerreichbare Ferne gerückt. Vielleicht hatte es nie etwas anderes gegeben als dieses endlose Laufen. Vielleicht hatte er sein ganzes Leben nur geträumt, alles eine Erfindung schweifender Gedanken, während sein Körper sich weitermühte.

Die Welt um ihn herum wurde grau, sein Bewußtsein verlor langsam die Verbindung zur Wirklichkeit, und möglicherweise wäre er ewig weitergelaufen, wenn sein Zeh nicht plötzlich gegen etwas gestoßen wäre, das gleichzeitig fest und doch nachgiebig war. Sein Blick wurde blitzartig wieder klar.

Vor ihm auf dem Boden lag ein totes Mädchen, zur Hälfte hinter stinkenden Mülltonnen versteckt. Fast sah sie hübsch aus. Ihre kleinen Hände glichen zwei Muschelhälften. Ihr langer, anmutiger Hals öffnete sich zu einem nassen, roten Lächeln. Ihr blutbeflecktes, westlich geschnittenes Kleid war ihr über die Hüften hochgeschoben worden. In Jis kindlichen Augen glichen die rosafarbenen Falten ihrer entblößten und mißhandelten Schamlippen einer schrecklichen Verstümmelung; einer weit schlimmeren Wunde als diejenige an ihrem Hals; ein tiefer Schnitt, der niemals verheilen würde. Ein langes, bebendes Schluchzen schüttelte ihn.

Hätte seine Mutter ihn geohrfeigt oder ihm befohlen, ruhig zu sein, wäre er vielleicht in der Lage gewesen, sie weiterhin zu lieben. Doch sie starrte ihn nur an, ohne ihn wahrzunehmen. Sie schien in einer persönlichen Hölle verloren, in der das Grauen und der Kummer ihres einzigen Kindes nicht mehr bedeutete als das Summen der Fliegen in einer Mülltonne. Die Ausdruckslosigkeit ihres Gesichts war so entsetzlich, so unverzeihlich, daß Jis Tränen in ihm versiegten und eine tiefe Kälte zurückließen, die nie wieder vollständig auftauen würde.

Als sie die Schule der Hongkonger Oper erreichten, färbte das Morgengrauen den tiefblauen Himmel gerade blutrot. Seine Mutter blieb am Tor stehen und legte ihre Hände auf seine zitternden Schultern. Seit sie ihn aus dem Schlaf gerissen hatte, war es Jis Wunsch gewesen, sie möge ihn ansehen, seine Anwesenheit in irgendeiner Form zur Kenntnis nehmen. Doch als sie jetzt ihre brennenden Augen auf ihn richtete, wuchs seine Angst ins Unermeßliche.

»Dein Name lautet Wang Ji Fung«, sagte sie. Ihre Stimme klang völlig gefühllos. »Dein Vater hieß Wang Sau. Um Geld zu verdienen, hat er eine Rikscha gezogen, ist dann jedoch gestorben. Sprich mir nach.«

Er wiederholte die Lüge. Er verstand nichts, aber er hatte schreckliche Angst, einen Fehler zu begehen. *Fung* hieß *Phönix*. Sein neuer Name bedeutete *Sohn des Phönix*.

»Solltest du jemals jemandem deinen wirklichen Namen verraten, kommen böse Männer und schneiden dir die Zunge heraus. Verstehst du mich, Wang Ji Fung?«

Er stellte sich Männer in dunklen Anzügen mit reglosen Gesichtszügen vor, die mit frischgeölten schwarzen Pistolen und Messern, schärfer und grausamer als ihre Augen, die Stadt nach ihm absuchten. Er nickte. Seine Angst war rein und grenzenlos.

Die Sonne stieg rot über den Horizont, gefolgt von einer schaurig geträllerten Totenklage, die hoch und laut von den moosbewachsenen Steinmauern des Hauptgebäudes herüberhallte. Dieser Laut würde sein Leben der nächsten acht Jahre bestimmen: der Klang junger Buben, die ihre morgendlichen Übungen sangen. Die Zukunft fuhr ihm kalt in die Knochen und trieb den Schweiß auf seine zitternde Haut.

In einem schattigen Büro stand er bewegungslos neben seiner Mutter, während Meister Lau den Vertrag laut vorlas. Ji kam langsam zu Bewußtsein, daß er die nächsten zehn Jahre diesem Mann gehören würde; ein ungehobeltes Requisit, dessen sich der Meister nach Kräften annehmen würde, um ihm den letzten Schliff zu verleihen. Er hatte Anspruch auf Kost, Logis und Unterricht; wenn er nicht gehorchte, konnte er zu Tode geprügelt werden.

Der neugeborene Wang Ji Fung verspürte nur Kälte, als seine Mutter ihren Daumen in die klebrige schwarze Tinte drückte und ihr Zeichen ans Ende der Seite setzte. Selbstverständlich konnte sie ihren Namen schreiben. Er nahm jedoch an, daß sie so tat, als wäre sie die ungebildete Witwe eines armen Rikscha-Mannes.

Sie senkte ihren Kopf und wandte sich an ihren Sohn. Ji Fung spürte, wie sich die leeren, heißen Augen erneut auf ihn richteten.

»Vergiß nie, was ich dir gesagt habe«, flüsterte sie.

Er folgte ihr mit den Augen, während sie davonging; ihre Schultern spannten sich unter der billigen, blauen Bluse. Er versuchte, sich ihre ebenholzfarbenen Locken einzuprägen, die in ihren blassen Nacken fielen, ihre zarten Handgelenke, ihre stolze Haltung. Fast wäre er ihr hinterhergerannt, hätte sich auf ihren Rücken geworfen, um ihren zerbrechlichen Schädel auf dem kalten Steinboden zu zerschmettern. Statt dessen wandte er sich ab. Seither hatte er sie nie wiedergesehen.

»Träumst du vom Abendessen?«

Lin Bai zwickte Ji Fung ins Ohrläppchen. »Paß bloß auf. Wenn du deinen Einsatz verpaßt, wird es dir Meister Lau später heimzahlen.«

Ji Fung wollte antworten, doch Lin Bai hörte seinen eigenen Einsatz, verbeugte sich vor den Göttern der Oper und wirbelte davon. Kleine feminine Schritte trugen ihn über die Bretter. Die anderen Jungs, die Meereskreaturen der Armee der »Weißen Schlange«, ergossen sich in straffer Formation auf die Bühne; der Kampf begann.

Ji versuchte, sich in der Gleichförmigkeit des Ablaufs zu verlieren. Er kannte die Höhepunkte und Wendungen dieser Geschichte nur zu gut. Vorwärts und rückwärts, die Quaste geschüttelt und den Speer geschwungen, ein Salto rückwärts, die Füße parallel zu seinen drei Partnern ausgerichtet. In seiner Vorstellung kämpfte er jedoch wirklich um die Liebe Lin Bais im Gewande der ›Weißen Schlange‹. Er stellte sich vor, wie er die Bäuche der gegnerischen Soldaten aufschlitzte, den Kopf des unwürdigen Gatten von ›Weiße Schlange‹ abschlug, der ihre Liebe zurückgewiesen und sich gegen sie verschworen hatte. In seiner Vorstellung brachte er der »Weißen Schlange« den abgetrennten Kopf und wurde mit einem langen, warmen Kuß belohnt.

Dieser Gedanke wand sich um sein Rückgrat, heiß und begehrlich. Als sein Gegner einen ausholenden, dramatischen Todesstoß vollführte, verlor er fast das Gleichgewicht und landete nach einem Salto rückwärts mit zu großer Wucht und nicht völlig ausbalanciert. Schmerz fuhr seinen linken Arm empor, aber er fing sich tadellos und ließ eine Reihe weiterer Salti folgen, die ihn von der Bühne trugen.

An die gesplitterte Wand gelehnt, rieb Ji Fung sich die schmerzende Schulter und beobachtete Lin Bais Kampf gegen die anderen. Speere flogen und wurden wie Strohhalme hinfortgewirbelt. Die tiefe Tragik, die im Schwung von Lin Bais Schultern lag, und seine anmutigen Hände brachen Ji Fung stets aufs neue das Herz. Jeder konnte erkennen, daß ›Weiße Schlange‹ nicht wirklich kämpfen wollte, daß sie ihren Gatten trotz seines Verrats noch liebte und daß diese vergebliche Liebe ihren Schmerz nur noch vermehrte.

Ji Fung fühlte jenen seltsamen Beschützerinstinkt wieder in sich aufsteigen, als wäre nicht irgendeine altertümliche Frauenfigur verraten worden, sondern Lin Bai selbst. Wie immer versuchte er, das Gefühl zu unterdrücken. Doch jedes Mal fiel ihm dies ein bißchen schwerer.

Einige Zeit später kniete Ji Fung vor einer Schüssel mit schmierigem Wasser und wusch sich die Schminke von der brennenden Haut. Um ihn herum sammelten nackte Jungs haufenweise abgestreifte Kostüme ein, legten sie sorgfältig zusammen und räumten sie in Truhen aus parfümiertem Holz. Die Waffen wurden in weiche Baumwolle eingeschlagen, die Schminktöpfe in lackierte Kistchen sortiert. Als schließlich alle sauber geschrubbt und in einförmig graue Uniformen geschlüpft waren, stellten sie sich in einer Reihe auf und warteten auf den Meister.

Es verging eine Stunde, bis er endlich kam, mit verbissenen Gesichtszügen und zu Schlitzen zusammengezogenen Augen. Er stand eine ganze Weile einfach da und betrachtete die Jungen. Dann wandte er sich ab.

»Unsere heutige Aufführung war die letzte im ›Glücklichen Drachen‹.« Meister Lau sprach zur Wand, sein Körper zu Stein erstarrt. »Mr. Sung hat mir dargelegt, daß er keine Pekingoper mehr gebrauchen kann.« Sein Kinn zitterte kaum wahrnehmbar. »Von jetzt an wird hier nur noch Jazzmusik gespielt.«

Die Schüler verhielten sich still, mit gesenkten Augen. Ji Fung kam sich vor, als hätte er einen harten Schlag gegen das Brustbein erhalten, als wäre er nach einem Sprung schlecht aufgekommen und gegen ein Teil der Kulisse oder das Knie eines anderen Jungen gestoßen. Er fragte sich, was nun aus ihm werden würde. Seine zehn Jahre waren fast vorbei, und außer der Schauspielkunst hatte er nichts gelernt. Er war stets davon ausgegangen, daß er sich einer Truppe anschließen und den Rest seines Lebens auf verschiedenen Bühnen auftreten würde. Welche Möglichkeit blieb ihm sonst noch? Hatte man ihn selbst dieser Entscheidung beraubt und ihn mit Leib und Seele an eine aussterbende Kunst verkauft?

Doch dieser Gedanke war zu groß und schlüpfrig, als daß er ihn hätte fassen können. Es fiel ihm deutlich leichter, entlang der gewohnten Straßen zur Schule zurückzulaufen, Lin Bai einen Schritt vor ihm, ein anderer Junge hinter ihm, alle beladen mit Kisten und Kästen, wie eine lange Reihe von Ameisen. Ji Fung suchte sich zu beruhigen, indem er den Blick auf Lin Bais Nacken gerichtet hielt, auf die seidenweichen schwarzblauen Stoppeln, die sich an die verletzliche Wölbung seines Schädels schmiegten. Er vertrieb jeden Gedanken aus seinem Kopf, bis dieser so klar war wie der blasse graue Himmel.

Später lagen die beiden in dem dunklen Schlafraum auf ihren schmalen Feldbetten nebeneinander, ohne sich jedoch zu berühren. Überall um sie herum hörten sie es rascheln und seufzen, während die Jungen sich zur Ruhe legten. Lin Bai und Ji Fung hatten ihre Betten in einer Ecke des großen Gemeinschaftsraumes an der Mauer zusammengeschoben. Hier war es kalt und feucht, doch sie waren zumindest etwas für sich.

»Keine Aufführungen mehr im ›Glücklichen Drachen‹«, flüsterte Ji Fung. Er konnte sich einfach nicht an die Vorstellung gewöhnen; der muffige Geruch des alten Theaters und der feuchte Raum hinter den Kulissen waren ihm ebenso vertraut wie die durchhängende Matratze seines eigenen Bettes. »Kaum zu glauben. Vielleicht hat der Drache doch nicht so viel Glück.«

Lin Bai nickte. »Die Leute gehen lieber in die Lichtspielhäuser.« Seine Stimme wurde weich und träumerisch. »Dort sehen sie Filme aus Amerika. Aus Hollywood.«

Ji Fung konnte mit dem Namen nichts anfangen. Für ihn war er nur ein fremdklingendes Wort.

Lin Bai langte unter das dünne Polster seiner Matratze und zog eine zerfledderte Illustrierte hervor. Seine feinen Hände strichen ehrfürchtig über den glatten, fleckigen Umschlag. Ji Fung konnte das Bild der hellhaarigen Frau kaum erkennen. Sie trug ein enges Kleid, daß ihre Brüste bis an ihr Kinn hinaufdrückte und ihre Taille spinnengleich zusammenschnürte. Er fragte sich, wie sie so noch atmen konnte. Die Wörter auf dem Umschlag waren geschwungen und unleserlich.

»Eines Tages werde ich dorthin gehen«, sagte Lin Bai. »Nach Hollywood. Ich habe die langweiligen alten chinesischen Opern satt. Ich will nach Amerika gehen und ein berühmter Filmstar werden.«

Er glitt ins Bett zurück, schmiegte sich an Ji Fung und zog die Decke über ihre Köpfe. Ji Fung war sich der Wärme von Lin Bais Körper schmerzlich bewußt. Ihre knochigen Schultern und Hüften berührten einander.

»Wir gehen zusammen«, flüsterte Lin Bai. »Wir werden berühmt. Partner. Wir werden mit Cowboys und Ganoven kämpfen, vornehme Autos fahren und Champagner trinken.«

»Sham-pan-yah? Was ist das?«

»Ich weiß nicht genau«, gestand Lin Bai. »Aber alle Filmstars trinken ihn. Er muß ziemlich süß sein.«

»Ja, ja«, sagte Ji Fung, der an der Vorstellung Gefallen fand. »Wir werden Schuhe aus Leder tragen und unsere Haare lang wachsen lassen. Morgens bleiben wir lang im Bett liegen und lassen uns von unseren Dienern Champagner und Kuchen bringen.«

»Die Menschen werden weinen, wenn sie uns sehen.« Lin Bai kicherte. »Wir können uns in den Filmtheatern verstecken und unsere Gesichter anschauen, auf drei Meter großen Leinwänden. Wir beobachten die Leute, wie sie uns zuschauen und ihre Innereien sich angesichts unserer Brillanz hundertfach verknoten.«

»Und Meister Lau wird es sehr leid tun, daß er solch großartige Schauspieler verloren hat.«

Einen Augenblick herrschte eine gedankenschwere Stille. Als Lin Bai sprach, lag in seiner Stimme schwärzestes Gift und ein Haß, tödlicher als zerstoßenes Glas.

»Meister Lau wird tot sein.«

Die Stille wurde drückend, mit unausgesprochenen Wahrheiten und dem Atem der Jungen unter der Decke aufgeladen.

»Der Meister hat dich heute abend nicht zu sich gerufen.« Ji Fung sprach leise, kaum hörbar. Er hatte schreckliche Angst, über diese Angelegenheit zu reden. Er hatte Lin Bais nächtlichen Einzelunterricht in der Stube des Meisters noch nie erwähnt. Die anderen Jungen unterhielten sich darüber und machten versteckte Andeutungen: Lin Bai spielte die Rolle der Frauen auf der Bühne so gut, daß er sie vielleicht auch im Bett des Meisters spielte.

Das Schweigen zwischen ihnen wuchs, gleich einer organischen, bösartigen Schwärze. Ji Fung erwartete, daß Lin Bai sich wütend abwenden würde, ganz in seinem geheimen Schmerz verloren. Er wünschte, er könne seine gedankenlose Äußerung wieder zurückrufen und Lin Bai einen spärlichen Trost bieten, etwas Schutz vor dem Sturm, der in ihm tobte.

Dann drang plötzlich ein kaum wahrnehmbares Geräusch aus der Dunkelheit. Ein Geräusch, das den Abgrund zwischen ihnen überbrückte, den winzigen Abstand zwischen ihren Körpern mit einer seltsamen Hitze erfüllte. Das leise, gebrochene Flüstern von Tränen.

Ji Fung wagte kaum zu atmen. Sein Handgelenk lag an Lin Bais Schulter, und er war sich dieser winzigen Berührung aufs schmerzhafteste bewußt. Er spürte, wie Lin Bais Körper vor unterdrücktem Schluchzen erbebte und mußte an ›Weiße Schlange‹ denken, die um ihren herzlosen Gatten weinte. Da merkte er, daß er nichts lieber getan hätte, als Lin Bai in die Arme zu nehmen, ihm die Tränen vom Gesicht zu küssen, ihn vor Meister Lau und dem Rest der Welt zu beschützen; am meisten jedoch vor dem glühenden Schmerz, der ihn von innen heraus zerfraß. Diese Feststellung ließ das Blut in Ji Fungs Wangen und seinen steif werdenden Penis schießen.

Er zog sein Handgelenk zurück und drehte seinen Körper von Lin Bai weg. Am liebsten wäre er aufgesprungen und davongelaufen, in die kühle, feuchte Nachtluft hinaus, fort von dieser heißen Höhle ihres Bettes und seiner Scham, fort von dem berauschenden Geruch, den Lin Bais Körper verströmte.

Fast wäre er aufgestanden. Doch in diesem Augenblick legte sich Lin Bais knochige Hand um seine Hand, und Lin Bai flüsterte: »Geh nicht weg.«

Dann führte er Ji Fungs Finger an seine Lippen, an jene zynischen, verwundbaren rosafarbenen Lippen, in deren Winkeln noch kirschrote Farbe leuchtete. Ji Fung ließ sich in die unbeholfene Umarmung hineinziehen. Er hatte das Gefühl, als fiele er von einem Berg, als glitte er in einen wohligen Traum hinüber. Als fände er endlich nach Hause.

Lin Bais Haut unter dem groben Schlafanzug fühlte sich so zart und weich an, daß Ji Fung befürchtete, er würde sie mit seinen groben, grabschenden Händen verletzen, doch er konnte nicht aufhören. Er war sich der anderen Jungen im Schlafsaal nicht mehr bewußt; es war ihm gleichgültig, ob jemand sie beobachtete. Er wollte sich nur fester an diesen seidenweichen Körper pressen, das halb schmerzhafte Gefühl erleben, während sich Lin Bais Blöße an ihm rieb. Er wollte Lin Bais Knochen zerquetschen, seine grausamen, hungrigen Zähne in das ungeschützte Fleisch seiner Lippen schlagen. Die schrankenlose Heftigkeit seines Verlangens machte ihm gleichzeitig angst und bestärkte seine Lust.

Lin Bais Hände waren schmal, schwielig, kühl und äußerst zärtlich. Sie folgten den Muskeln auf Ji Fungs Brust, wanden sich seinen Bauch hinunter und umfaßten sein aufgerichtetes Glied. Ji Fung biß sich auf die Zunge, um einen Schrei zu unterdrücken, und überließ sich völlig seinem grenzenlosen Wohlgefühl.

In diesem Augenblick wurde die schützende Hülle der Decken zur Seite gerissen, wie die zarte Haut über einer frischverheilten Wunde. Kräftige Finger gruben sich in Ji Fungs Nacken. Bevor er wußte, wie ihm geschah, war er aus dem Bett gezerrt und gegen die Wand geschleudert worden. Sein Schädel schlug mit Wucht gegen die Bohlen, und im Inneren seines Kopfes leuchteten zahllose Sterne auf: rot, blau, silbern, wie ein Neujahrsfeuerwerk.

Es blieb ihm kaum die Zeit, auf den Boden hinabzugleiten, als er wieder emporgerissen wurde. Sein Blick klärte sich, und Meister Laus Gesicht lauerte wutentbrannt über ihm. Hinter ihm befanden sich die Bettreihen, auf denen sich die anderen Jungen die Decken über die Köpfe zogen und so taten, als würden sie nichts mitbekommen. Ji Fungs Verlangen gerann in seinem Bauch, verdrängt von Schuldgefühlen und panischer Angst.

Meister Lau knallte Ji Fung erneut gegen die Wand. Wellen des Schmerzes liefen seine Wirbelsäule hinauf und hinab. Dann geschah das Undenkbare: Die Faust des Meisters fuhr in hohem Bogen auf Ji Fungs aufwärts gewandtes Gesicht herab. Sein Kopf füllte sich mit noch mehr Sternenstaub, und er hörte ein Geräusch, als ob eine Glasschüssel voller Obst mit einem gepolsterten Knüppel zerschlagen würde.

In dem Moment wußte er, daß er sterben würde. Zahl und Form der Schläge, die Ji Fung und die anderen Jungen von Meister Lau erhalten hatte, überstiegen ihr Denkvermögen. Er schlug einen Schüler jedoch nie ins Gesicht. *Halte dein Gesicht so sauber und glatt wie ein leeres Blatt Papier, daß der Feder harrt.* So lautete eine von Meister Laus zahllosen Regeln, die er sie nachsprechen ließ, während er die zarte Haut auf der Innenseite ihrer Ellbogen mit einem heißen Eisen verbrannte oder ihre nackten Hintern mit einem Reisigbündel blutig peitschte. Meister Lau war ein Mann unerschütterlicher Regeln und Übungen. Das war der Grund, weshalb seine Arbeit stets von Erfolg gekrönt wurde. Das war auch der Grund, weshalb Ji Fung so entsetzliche Angst hatte: Wenn der Meister eine Regel brechen konnte, konnte er jede Regel brechen.

Meister Lau verstärkte seinen Griff, und Ji Fungs Rachen füllte sich mit Blut. Er ballte die Fäuste, wollte sich befreien und sich wehren. Aber ein unbeweglicher Block in seinem Innern verbat ihm jeden Widerstand gegen den Meister. Seine Mutter hatte ihn diesem Mann überantwortet. Er gehörte Meister Lau, mochte dieser ihn behalten oder töten.

In seiner Erinnerung stand er an jenem kalten Morgen hinter seiner Mutter im Büro des Meisters, der mit trockener Stimme die einzelnen Punkte des Vertrages nannte. *Wenn er nicht gehorcht, kann er zu Tode geprügelt werden.*

Ji Fung fühlte, wie sich sein Bewußtsein zurückzog, indes ihn Meister Lau durch den Saal schleifte und ihn in einen Schrank voller schmutziger Wäsche stieß. Er blieb zusammengerollt auf der Seite liegen und erbrach stoßweise Blut und Reis. Seine Hände krallten sich in groben, verschwitzten Stoff. Die Türe wurde zugeschlagen, das Schloß klickte, und Ji Fung versank in vollständiger Dunkelheit.

Lin Bai kauerte sich an die Wand. Hunderte von Augen lugten unter Bettdecken hervor, krochen gleich glänzenden schwarzen Insekten über ihn und sprachen ihr hartes Urteil. Er schlug die Hände vor sein Gesicht, obwohl er wußte, wie feige das für die anderen aussah, aber er konnte die Geißel so vieler Augen nicht ertragen. Seine ganze Wut wollte er auf sie loslassen, sie vernichten.

Aber er war machtlos; der Ursprung seiner Wut ging nicht in Flammen auf. Er hatte nur seine Beweglichkeit und seine Schönheit, nichts als seine Anmut und seine Klugheit. Dies waren die Eigenschaften, für die Ji Fung ihn liebte.

Seine Hände rochen nach Ji Fungs Körper. Lautlos verurteilte sich Lin Bai zu endlosen Qualen dafür, daß er seinen Freund in seinen persönlichen Alptraum hineingezogen hatte. Bisher hatte er Meister Laus nächtliche Zuwendungen immer allein ertragen, ein heimliches Mal auf dem Fleisch seiner Seele. Jeder, der von diesem verdorbenen Fleisch aß, würde leiden, wie er zu leiden hatte. Wie seine Eltern gelitten hatten, die in ihrem winzigen Teeladen ein Opfer der Flammen wurden, zur Strafe für das Verbrechen, ihn geboren zu haben. Genauso, wie der kleine Sohn seiner Tante gelitten hatte, der, nur vier Tage nachdem Lin Bai zu seinen Eltern gezogen war, an einem Fleischstückchen erstickt war.

An jenem Tag, als seine Tante ihn zur Opernschule gebracht hatte, schimpfte sie ihn ein Unglückskind, das mit dem Fluch beladen sei, Leid und Tod über seine Nächsten zu bringen. Von Ji Fung mußte dieser Fluch um jeden Preis abgelenkt werden, und so hatte er ihn so gut es ging auf Distanz gehalten, auch wenn er sich danach sehnte, ihn in die Arme zu schließen und nie wieder loszulassen. Heute nacht hatte ihn sein Bedürfnis überwältigt. Ji Fung und er würden beide den Preis dafür bezahlen.

Meister Lau riß Lin Bai die Hände vom Gesicht und packte den Jungen so fest am Kinn, daß seine Haut aufplatzte.

»Hure«, fauchte er durch zusammengebissene Zähne.

Lin Bai zitterte vor Wut und Scham am ganzen Körper. Die Luft um sie herum vibrierte vor lauschenden Ohren. Träume von Mord und Totschlag blitzten hinter seinen Augenlidern auf, aber er bot Meister Lau keinen Widerstand, als dieser ihn in die Abgeschiedenheit seines Ateliers zerrte. Aus diesem Raum mochten die Jungen von Zeit zu Zeit ein Wimmern oder einen Aufschrei hören, doch sie würden nicht erfahren, was sich hinter der schweren Tür wirklich abspielte.

Lin Bais Gedanken schlugen im Stacheldrahtverhau seines Schädels wie die Flügel eingesperrter Vögel gegeneinander. Sein Körper ließ alles über sich ergehen, wie er es gelernt hatte, seit er alt genug war, auf zwei Beinen zu laufen: die Füße nebeneinander, den Kopf gebeugt, allein und bewegungslos stand er in der Leere des Ateliers dem Mann gegenüber, den er seit Jahren haßte und dem er zu Diensten war. Sein Körper leistete keinen Widerstand, als Meister Lau seine Handgelenke mit einer roten Seidenkordel über seinem Kopf zusammenband, auch nicht, als er seinen fadenscheinigen Schlafanzug herunterriß und mit einem nassen Rattanstock über sein nacktes Fleisch herfiel. Der Schmerz war ihm so vertraut wie das Atemholen.

»Wie kannst du es wagen, dich einem anderen Mann hinzugeben?« fuhr Meister Lau ihn an. Er spürte seinen Atem heiß und rauh auf den flaumigen Haaren in seinem Nacken. In seiner Vorstellung grub Meister Lau seine Zähne genau in den Ansatz seines Schädels, und es gelang ihm kaum, ein Schaudern zu unterdrücken.

»Liederliche Schlampe. Stinkende kleine Hure.«

Auch die Beleidigungen waren ihm geläufig, jedoch noch nicht so tröstlich wie der Stock. In vergangenen Nächten hatte Lin Bai vor derselben Kulisse die gleiche Rolle gespielt, ebenso wie all die anderen Rollen, die er so gut zu spielen gelernt hatte. *Meister, vergebt mir. Ich bin die Weisheit Eurer Hände nicht wert, nicht die Kraft Eures Schwanzes.* Eine gleichförmige Wiederholung, eine Gesangsübung, Klang ohne Bedeutung.

Doch heute nacht brannte sein Zorn heißer als seine Furcht, heißer sogar als die Scham über sein widerstrebendes Verlangen. In seinen schwärzesten Augenblicken hatte er sich eingestanden, daß er irgendwann während der letzten zwei Jahre angefangen hatte, an den Berührungen des Meisters Gefallen zu finden. Doch keinesfalls heute nacht, nachdem er Ji Fungs himmlische Hände auf seinen Hüften gespürt hatte, nachdem er hatte zusehen müssen, wie Ji Fungs Gesicht blutig geschlagen wurde. Lin Bai mußte sich seine Wut verbeißen, als die Finger des Meisters über sein Rattan-geschundenes Fleisch zur aufgerissenen Spalte seines Arsches hinabglitten. Es nagte an seinem Zorn, als der Meister einen langen, blutverschmierten Finger in seinen Anus stieß.

»War er in dir drin?« fauchte Meister Lau, seine Stimme voller Verachtung. »Hast du sein lächerliches Würstchen in dich hineingelassen? Wahrscheinlich hast du ihn nach mir nicht mal mehr gespürt.«

Die Säure unter Lin Bais Zunge kochte über.

»Ich bin nicht dein Weib«, sagte er.

Der Finger wurde zu schnell aus seinem Arschloch gerissen, ein widerlich kratzendes Gefühl. Doch dieser Schmerz wurde umgehend von einem Schlag ins Gesicht verdrängt. Er konnte sich an der Hand des Meisters riechen.

»Du gehörst mir«, spuckte Meister Lau, Lin Bais Gesicht zwischen Daumen und dem nach Arsch stinkenden Zeigefinger geklemmt. »Ich habe dich geschaffen. Deine ganze Weiblichkeit habe ich aus jenem dürren Bauernjungen geschnitzt, den mir deine Tante vor neun Jahren verkauft hat. Du bist mehr als mein Weib. Du bist mein *Eigentum*.«

Meister Lau wirbelte ihn herum und schloß einen kraftvollen Arm um seine Brust, riß ihn von den nackten Füßen und raubte ihm fast den Atem. Lin Bai wurde sich seiner ganzen Wehrlosigkeit bewußt, als er merkte, wie der Meister seine Hose öffnete. Er hörte, wie Lau sich tief räusperte und in seine grobe Handfläche spuckte. Obwohl er das Gefühl schon oft erduldet hatte, konnte er einen Schrei nicht unterdrücken, als der Meister mit seinem großen, steifen Glied tief in ihn eindrang.

Es fühlte sich an, als treffe ein Faustschlag seine Gedärme, als würde ein Baum in seinen Magen wachsen. Ein Wirbel aus beißendem Schmerz und krankem, schuldbeladenem Wohlgefühl drohte, ihn mit sich zu reißen. Lin Bai tastete nach einem greifbaren Gefühl, etwas, woran er sich festhalten konnte, bevor er in Scham und Furcht ertrank. Augenblicklich mußte er an Ji Fung denken, an den Geschmack seiner Haut, die seidige Oberfläche seines steifen Gliedes zwischen seinen Handflächen, das widerliche Bersten seiner Haut unter den Schlägen des Meisters.

Er bezweifelte nicht, daß der Meister, vom Sex entflammt, zum Wäscheschrank laufen und Ji Fung umbringen würde. Ein finsterer Teil seines Verstandes wollte dieser brutalen Logik sogar folgen. Er brachte Unglück, und jeder, der dumm genug war, ihm nahezukommen, würde sterben.

Doch aus diesem Durcheinander sprudelte ein neues, wildes Gefühl empor, das den Wunsch nach widerstandsloser Unterordnung verschluckte. Aus jenem bodenlosen, bitteren Zorn geboren, den er nicht länger wiederkäuen mochte, überraschte ihn dieses Gefühl mit seiner Direktheit und Vielschichtigkeit. Begleitet wurde es von einem Bedürfnis zu kämpfen: gegen die Teilnahmslosigkeit, gegen die sadistische Gleichgültigkeit, die ihn gefangenhielt. Ziellose Wut würde ihm jedoch nicht weiterhelfen, ebensowenig wie sinnloser Widerstand, der ihm nur herbere Schmerzen einbringen würde. Sondern eine bedachte Tat, die ihn und seinen Geliebten befreien würde.

Seine Verwirrung wurde von einer Welle eisiger Klarheit weggespült, und Lin Bai wußte, was er zu tun hatte.

Er wölbte sein Kreuz, schmiegte sich um das stoßende Glied des Meisters und stöhnte, als befände er sich wieder in Ji Fungs Armen. Er legte sich bei diesem Auftritt mit allem, was er hatte, ins Zeug. Wie immer begann er irgendwann, sich in der Rolle zu verlieren. Seine vorgetäuschte Lust wurde echt, und er überließ seinen Körper dem Zusammenspiel mit dem Meister, wie er es auch mit anderen Schauspielern getan hätte. Er sagte und zeigte Meister Lau alles, was dieser brauchte. Bald spürte er, wie der Orgasmus des Meisters in ihm explodierte und wie sein eigener Höhepunkt ihn überwältigte. Er nahm es als Vorzeichen seines kommenden Sieges.

Als die rote Kordel um seine Handgelenke gelöst wurde, brach Lin Bai am Boden zusammen und täuschte eine Ohnmacht vor. Seine Sinne waren jedoch über alle Maße gespannt, und er hatte genau aufgepaßt, wohin sie in ihrem Anfall von Leidenschaft getaumelt waren. Meister Lau hatte Lin Bais Unterwürfigkeit wie Nektar aufgesogen, und – halb trunken – bemerkte er nichts. Nur wenige Schritte entfernt stand, neben weiterem Bühnenzubehör, ein Gestell mit Speeren. Diese waren reich geschmückt, mit Seide und Einlegearbeiten, für die Bühne gebaut, nicht als Waffen. Trotzdem hatten sie einiges Gewicht, und ihre Spitzen waren immerhin so scharf, daß man sich daran verletzten konnte. Die Jungen hatten sich während der Probe mehr als einmal damit geschnitten.

Wie immer hielt er den Blick abgewandt, bis Meister Lau sich abgetrocknet und die Hosen hochgezogen hatte. Schließlich hörte er seine Stimme, barsch, jedoch lange nicht so zornig wie zuvor. »Weib, steh auf.«

Lin Bai konnte den Meister nicht sehen, spürte aber seine Nähe. Wenn er sich nur im geringsten irrte, würde er heute nacht noch vor Ji Fung sterben.

»Meister«, flüsterte er. »Ich bin zu schwach, um aufzustehen.«

Seine Hand kroch im Schneckentempo auf den untersten Speer zu. Er war rot und gold, mit einem seidenen Bommel geschmückt; ein Pferdeschwanz war mit einem schwarzen Band darangebunden worden.

»Helft mir, mein Gatte.« Die Wörter blieben ihm fast im Hals stecken. Er blickte Meister Lau mit, wie er hoffte, hilflosen und koketten Augen an.

Der Meister ließ ein heiseres Geräusch hören: seine Art, seine Mitmenschen mit einem Lächeln zu beglücken. Er trat einen Schritt näher und beugte sich zu seinem besten Schüler hinab, zu seinem Weib.

Lin Bai atmete tief durch. Er spürte ein verzücktes Grauen in sich aufsteigen, wie immer, wenn er ein schwieriges Kunststück zum ersten Mal auf der Bühne versuchte. Dieses Mal hatte es keine Probe gegeben, und ein Fehler würde ihn das Leben kosten. Er wußte, daß er die notwendigen Bewegungen ausführen konnte. Aber dieser Mann hatte sie ihm beigebracht.

Meister Lau packte ihn am Handgelenk und zog. Lin Bai stand in einer fließenden Bewegung auf. Er nutzte den Schwung des Meisters, um selbst in Fahrt zu kommen. Sein Arm schoß hervor – er bekam den Speer zu fassen – er riß ihn hoch, hoch auf Meister Lau entsetztes Gesicht zu. Die Hand des Meisters schoß herbei, schnell wie der Blitz, jedoch nicht schnell genug; seine Reflexe waren von Sex und Sadismus geschwächt. Die Spitze des Speers fuhr Meister Lau an die Gurgel und drang oberhalb seines Schlüsselbeins durch den Kehllappen tief in seinen Hals.

Lin Bai drehte den Speer und stieß erneut zu. Die Klinge traf im Rachen des Meisters auf etwas Hartes und brach ab. Meister Lau klammerte sich daran, zog sie mit einem entsetzlich saugenden Geräusch heraus und ließ sie klappernd fallen. Die Wunde brach auf, wie eine Frucht oder eine Blüte, mit sauber aufgetrennten Rändern, im ersten Augenblick sogar ohne zu bluten. Dann war das Blut plötzlich überall, lief Meister Lau die Brust hinunter, regnete Lin Bai ins Gesicht. Er schmeckte es auf seinen Lippen, ebenso salzig wie das Sperma des Mannes.

Meister Lau taumelte rückwärts und versuchte, die beiden Hälften seines Halses zusammenzuhalten; vergeblich. Ein nasses, ersticktes Geräusch drang aus seinem zerquetschten Kehlkopf. Der Ausdruck von Überraschung auf seinem Gesicht war einmalig.

Lin Bai sprang auf die Füße, indes der Meister zu Boden ging. Er entdeckte sein Spiegelbild in einem kleinen Spiegel, den der Meister über seine Waschschüssel gehängt hatte. Im blauen Mondlicht glänzte das Blut schwarz auf seinem Gesicht, in fast absichtlicher Symmetrie wie Schminke um seine weit aufgerissenen Augen. Er stellte sich in Positur, den Speer neben sich.

»Die Sonne herrscht über alle himmlischen Geschöpfe«, sang er. »Doch mit Geduld und Überlegung kann der Mond sie täuschen.«

Er wirbelte den Speer in die Höhe, reckte seinen nackten Körper und fing ihn auf. Die Einlegearbeiten glitzerten, und der Pferdeschwanz flog in einem hohen Bogen durch die Luft. Lin Bai legte den Speer vor seinen Füßen auf den Boden und verbeugte sich vor der Leiche seines Meisters.

Ji Fung lag in sich zusammengerollt da, eingemauert in Finsternis und brüllenden Schmerz. Eine Stimme schlängelte sich durch seinen Kopf, durch seine Magengrube, und flüsterte dieselben Worte wieder und wieder.

Es wiederholt sich alles.

Die gedankenlose Gleichförmigkeit seines Lebens war mit einem Schlag weggeblasen worden. Unter ihrer aufgerissenen Haut wütete der Fluch seiner Kindheit: das Chaos. Große schreckliche Ereignisse, die er nicht verstehen, geschweige denn beeinflussen konnte; Ereignisse, in deren Kielwasser er hilflos mitgerissen wurde.

Als die Schranktür aufschwang, hätte er fast geschrien. Er wurde von Händen gepackt, die ihn herauszerren wollten. Er schlug wild um sich, in der Überzeugung, Meister Lau sei zurückgekehrt und wolle ihn totschlagen.

»Ji Fung!«

Ein hektisches Flüstern in der Nähe seines Gesichtes, ein starker Kupfergeruch. Ji Fung öffnete die Augen und sah Lin Bai. Seine Wangenknochen waren blutüberströmt, Blut lief seine blasse Stirn hinunter, Blut tropfte von seinem spitzen Kinn. In seinen blutverschmierten Augen lag ein wahnsinniger Glanz, der Ji Fungs Herz gefrieren ließ. Er sah darin die manische Leidenschaft seiner Mutter, die das vertraute Gesicht seines einzigen Freundes heimsuchte, dessen Liebhaber er fast geworden wäre. Dieser Wahnsinn ließ ihn erstarren; er drohte, ihn aus diesem Leben zu reißen und in die Vergangenheit zu schleudern.

»Wir müssen von hier weg! *Jetzt!*«

Ji Fung schloß die Augen und schüttelte den Kopf. Lin Bai zog an seinem Arm, aber er konnte sich nicht rühren. »Ich will zu meinem Vater«, hörte er sich in kindlichem Tonfall sagen.

»Ji Fung …« Lin Bais Stimme klang plötzlich weicher, vernünftiger. Er nahm das Gesicht seines Freundes zwischen seine blutigen Hände. »Ich kann dich nicht hier zurücklassen. Ohne dich sterbe ich. Wenn du hierbleibst, bleibe ich auch und sterbe hier mit dir.«

Ji Fung öffnete die Augen. Tränen hatten auf dem gerinnenden Blut in Lin Bais Gesicht glänzende Spuren hinterlassen. Seine Muskeln entspannten sich, und er leistete keinen Widerstand, als Lin Bai seine warmen Arme um ihn legte und ihm die Worte ins Ohr flüsterte, die er jetzt unbedingt hören wollte.

»Ich liebe dich«, sagte Lin Bai.

Die uralte Rüstung um Ji Fungs Herz zerbrach. Er war immer noch halb krank vor Angst, aber er würde es schaffen. Mit Lin Bai an seiner Seite würde es ihm gelingen, dem Gefängnis der Opernschule zu entrinnen. Sie würden gemeinsam versuchen, sich ein neues Leben aufzubauen.

Einen Moment lang erwiderte er Lin Bais Umarmung mit aller Kraft; zu etwas anderem war er nicht in der Lage. Dann kam ihm ein Gedanke. »Warte«, sagte er und erhob sich.

Unter den neugierigen Augen der anderen Schüler, die das Geschehen beobachtet hatten, ohne sich daran zu beteiligen, rannte Ji Fung durch den Saal zu seinem Bett. In den Decken lag noch ein Hauch von der Wärme ihrer Körper. Für einen Augenblick berührte er das lockere Gewebe und bedauerte, unterbrochen worden zu sein.

Doch diese Unterbrechung und die Hölle, durch die Lin Bai im Atelier des Meisters gegangen war, hatten ihnen einen Weg in die Freiheit eröffnet. Mit etwas Glück würden sie später noch Zeit für warme Decken und wärmere Zärtlichkeiten finden. Ji Fung langte unter die dünne Baumwollmatratze und schloß seine Finger um das Jadesiegel. Er steckte es ein und rannte zu Lin Bai zurück, der mit einem seltsamen Lächeln seine Hände betrachtete.

»Komm schon. Du hast gesagt, wir müssen uns beeilen.«

Lin Bai blickte auf, und sein Blick klärte sich. »Ja. Laß uns gehen.«

Hand in Hand eilten sie durch finstere Gänge und gespenstische Hallen. Sie flüchteten aus der Schule, die über die Hälfte ihres Lebens ihre Welt gewesen war.

Auf den Straßen drängte sich das Leben. Westlich gekleidete Menschen mit Knollennasen und farblosen Augen. Kaufleute, die Loblieder auf ihre Birnen und Krabben und Schuhe sangen. Harte Kerle lungerten in den Eingängen herum, die blatternarbigen Gesichter vom orangefarbenen Glimmen ihrer ausländischen Zigaretten erleuchtet. Frauen mit gefühllosen Augen versprachen für ein paar Groschen Dinge, von denen die beiden noch nicht einmal etwas gehört hatten. Sie rannten und rannten, zwischen Fahrrädern und Rikschas hindurch, berauscht von dem Nachtwind und ihrer neu gefundenen Freiheit.

Lin Bai blieb kurz stehen und wusch sich das Blut aus dem

Gesicht. In dem marmornen Brunnen schwammen Karpfen, jene orangegoldenen Fische, die später zu Drachen aufwachsen würden. Ji Fung überlegte, ob das Blut ihres ermordeten Meisters sie nähren oder vergiften würde.

Bald fanden sie sich an den Molen wieder. Der Hafen war hellerleuchtet, und es wimmelte vor Menschen. Die Dschunken mit ihren schielenden Augen und die flachgeschnittenen Sampanen lagen bis weit in die erbsengrüne Bucht hinaus vor Anker. Die Menschen, die auf den Booten lebten, bildeten eine eigene schwimmende Stadt. Auf kleinen Kohleöfen brutzelten sie Fische und hängten zerlumpte Wäsche in der feuchten Luft zum Trocknen auf. Ein Mädchen saß im Bug eines mehrfach reparierten Sampans und kämmte ihre Haare, die in der Meeresbrise flatterten. Ihr kleiner Bruder pinkelte lachend ins Wasser.

»Wo sollen wir hin?« fragte Ji Fung und blickte über das Wasser zu den fernen Lichtern von Kowloon hinüber. »Wir kennen niemanden. Wir haben kein Geld.«

Lin Bai lächelte, warf sich mit ausgestreckten Armen in Positur und erhob die Stimme. Seine kräftige, klare Stimme trug weit über den Hafen.

»Es ist so kaaaaalt!«

»Pssst«, zischte Ji Fung und winkte mit der Hand. Ein vollendet vorgetragener Ausschnitt aus ›Zweier Männer Braut‹ hätte wohl Meister Laus Billigung gefunden, in jenem vergangenen Leben. Aber hier würde er ihnen nichts nützen.

»Der eisige Wind dringt wie ein Dolch in meinen Körper«, sang Lin Bai mit weit aufgerissenen Augen. »Mit leerem Magen bleibt mir nur, ein Bettelkind zu sein.«

»Bist du verrückt geworden?« Ji Fung sah sich aufgeregt um. »Hör auf zu singen! Sonst bringt uns noch jemand in die Schule zurück!«

»Für einen armen Gelehrten hält die Zukunft kaum etwas bereit. Ich habe Hunger und friere. Wie ertrag' ich nur weiter dieses Leid?«

Um die Jungen hatten sich einige Zuschauer mit neugierigen

Gesichtern versammelt. Ji Fung packte Lin Bai an der Hand und senkte demütig den Kopf.

»Verzeiht die Störung. Mein Bruder hält sich urplötzlich für einen Opernsänger!« Ji Fung versuchte ein Lachen, doch Meister Lau hatte seinen Hals wund gequetscht. Sein Lachen klang heiser, eher wie ein Röcheln. Die kleine Menge löste sich auf, und sie blieben allein mit dem Geräusch der Wellen zurück, die gegen die Planken von hundert Booten plätscherten.

»Warum hast du das gemacht«, fauchte Lin Bai. »Sie waren gerade dabei, mir Geld zu geben.«

»Idiot! Sie haben gar kein Geld.«

»Dann etwas zu essen.«

Ji Fung konnte die Essensdüfte von den Sampans riechen: geschnittener Ingwer, kochendes Öl, Fisch, der so frisch und zart war, daß er auf der Zunge zerging. Sein Magen knurrte, und er überlegte, ob er Lin Bai nicht doch hätte singen lassen sollen.

»Das war sehr hübsch«, sagte eine unbekannte Stimme, krächzend und spöttisch, direkt hinter ihnen.

Sie fuhren herum und sahen sich einem Jungen gegenüber, der zwei oder drei Jahre älter sein mochte. Er war abgemagert, hatte kalte Schlitzaugen, lange verfilzte Haare und ein Lächeln wie eine Säbelklinge.

»Erzählt mir«, sagte der Junge und kam einen Schritt näher. »Was könnt ihr noch für Kunststücke?«

Die Haare in Ji Fungs Nacken richteten sich auf. Er stellte sich vor Lin Bai und starrte den Jungen herausfordernd an. Hoffentlich wirkte er selbstbewußter, als er sich fühlte. »Verpiß dich«, sagte er. »Du willst dir mit uns keinen Ärger einhandeln.«

»O je, du machst mir angst.« Das Lächeln des Jungen wurde breiter. Hinter ihm tauchten vier weitere Jungen auf, noch dünner und zerlumpter als ihr Anführer. »Habt ihr gehört, wie diese glatzköpfige Schwuchtel mir gedroht hat?« fragte er sie.

Ji Fung und Lin Bai sahen sich auf allen Seiten von grinsenden Kerlen mit abgeschlagenen Zähnen und fehlenden Fingern eingekreist. Langsam kamen sie näher. Ji Fungs Blut kochte; er wollte kämpfen. Als zwei der Jungen sich auf ihn stürzten, schlug er wild um sich. Die aufplatzende Haut an seinen Knöcheln fühlte sich großartig an. Ein Salto rückwärts brachte ihn aus ihrer Reichweite. Er landete mit gespreizten Beinen und erwischte einen Jungen am Oberkörper. Er hörte seine Rippen brechen, als sein Fuß auftraf.

Eine kurze Zeit lang dachte er, er könnte es mit allen aufnehmen. Dann glitt eine Hand um seinen Hals, und der eisige Biß einer Klinge unter seinem Kinn ließ ihn erstarren; sein Herz schlug wild in seiner Brust.

Erneut hörte er die krächzende Stimme des Anführers. »Packt das hübsche Bübchen.«

Lin Bai kratzte einer Vogelscheuche die Augen aus und trat einer anderen zwischen die Beine. Doch es waren zu viele, und er wurde vor den Anführer geschleppt, dem er ins Gesicht spie. Der Junge fuhr mit einem Finger durch die Spucke und leckte sich einen Tropfen aus einem Mundwinkel. Er lächelte, und in diesem Augenblick war sich Ji Fung sicher, daß er sie beide umbringen würde.

Dann hörte er es plötzlich kurz hintereinander knallen, als wäre eine Kette Silvesterböller losgegangen. Etwas summte an seiner Schulter vorbei, streifte ganz leicht sein Schlüsselbein. Der Junge, der ihn festhielt, ließ das Messer fallen und rannte weg. Eine Sekunde später waren auch die anderen verschwunden, wie ein Insektenschwarm, der sich bedroht fühlte. Der Anführer warf ihnen über die Schulter hinweg noch einen letzten bösen Blick zu, bevor er in eine Gasse flüchtete.

Ji Fung blieb mit zitternden Knien stehen. Ihm war schlecht und schwindlig; er hatte einen Schlag ins Gesicht abbekommen. Die Prügel von Meister Lau steckten ihm noch in den Knochen, und sein Kopf fühlte sich an, als wäre er voller Eisenspäne. Lin Bai war plötzlich bei ihm, und Ji Fung lehnte sich an die knochige Schulter seines Freundes. Er zitterte wie ein alter Mann.

Doch Lin Bai stieß ihn an und wollte ihn auf etwas aufmerksam machen. Als es Ji Fung gelang, seinen Kopf zu heben, rief eine fremde Stimme: »Steigt ein, wenn euch euer Leben lieb ist!«

Eine lange, schnittige taubengraue Limousine stand ein paar Meter entfernt am Straßenrand. Eine kaum sichtbare Gestalt saß im Fond und winkte sie mit einer Hand zu sich her. In der anderen hielt sie eine kleine, glänzende Pistole, die fast wie ein Spielzeug wirkte.

Lin Bai und Ji Fung sahen sich nicht einmal an. Erschöpft und hungrig, wie sie waren, blieb ihnen keine andere Wahl, und so näherten sie sich dem langen, grauen Automobil.

Der Schütze trug einen weißen, westlich geschnittenen Anzug und blankpolierte, schwarze Schuhe. *Lederschuhe*, wie Ji Fung bemerkte. Er war erschreckend blaß, auch wenn seine Haare glänzten und ordentlich frisiert waren. Seine Kleider, seine Haut, der Innenraum der Limousine rochen gleichzeitig süß und stechend. Doch am auffallendsten waren seine Augen. Ihre Form ließ auf chinesische Vorfahren schließen. Die Wimpern waren lang und schwarz, wie bei Lin Bai. Aber ihre Farbe glich in ihrem milchigen Jadeton den Augen eines Raubtiers.

Nachdem er seinen Chauffeur angewiesen hatte, weiterzufahren, steckte er seine Pistole ein und bot ihnen eine schlanke, silberne Flasche an, die er aus einer Jackentasche hervorzauberte. »Hier, nehmt einen Schluck.«

Die Jungen starrten ihn verständnislos an.

Der junge Mann seufzte. »Ihr sprecht doch kantonesisch? Ihr seid nicht zufällig von einem durchreisenden Boot gepurzelt, oder?«

Ji Fung fand seine Stimme wieder. »Ja, wir sprechen kantonesisch.« *Besser als du,* dachte er, sprach es aber nicht aus. Der Akzent ihres Retters kam vom Festland, vielleicht aus Shanghai. Außerdem spielte da noch ein anderer Ursprung hinein, von dem Ji Fung keine Ahnung hatte.

Er spürte den milchigen Blick auf sich und senkte den Kopf. »In tausend mal tausend Jahren könnten wir Euch nicht vergelten, daß Ihr unser wertloses Leben gerettet habt. Wir stehen für immer in Eurer Schuld.«

Der Mann lächelte süffisant. »Eine Kleinigkeit, nicht der Rede wert. Es ist mir ein Vergnügen, meine Schießkünste an diesen Rabauken zu trainieren. Und ich wollte verhindern, daß der Welt ein so hübscher und begabter Sänger verlorengeht.«

Eine leichte Röte überzog Lin Bais glatte Wangen. Ji Fung konnte sich nicht entscheiden, ob er lächeln oder eifersüchtig sein sollte.

»Wenn ihr schon«, fuhr der Mann fort, »für immer in meiner Schuld steht, könntet ihr mir zumindest den Gefallen tun und mein Angebot annehmen.«

Erneut hielt er ihnen die Flasche hin. Ji Fung befürchtete, er würde mit seinen dreckigen, blutigen Händen die silbrig glänzende Oberfläche besudeln, doch Lin Bai streckte die Hand aus und nahm die Flasche entgegen. Er nahm einen tiefen Schluck, lächelte und reichte sie an Ji Fung weiter. Von Lin Bais Unbekümmertheit ermutigt, ließ sich auch Ji Fung nicht lange bitten.

Die Flüssigkeit fuhr ihm glühend heiß den Rachen hinab, verbrannte die Innenwände seines Magens und füllte seinen Schädel mit durchsichtigem, bernsteinfarbenem Feuer. Er röchelte, hustete einen Schwall Spucke und Schnaps heraus, schlug bestürzt seine Hände vor dem Gesicht zusammen und ließ die Flasche fallen. Lin Bai fing sie mit einer fließenden Handbewegung.

Ihr Retter lachte. »Nicht unbedingt dein Gift, was?«

»Gift?« Ji Fungs Magen zog sich entsetzt zusammen, und selbst Lin Bai schien beunruhigt.

»Nein, nein, stellt euch nicht so an. Das ist nur eine Redewendung, eine lächerliche amerikanische Redewendung. Ihr habt eben Jack-Daniels-Whiskey getrunken.«

Lin Bai konnte die Aufregung in seiner Stimme nicht verbergen. »Sind Sie Amerikaner? Aus Hollywood?«

»Himmel, nein.« Der Mann rollte die Augen. »Die Amerikaner machen guten Whiskey und gute Musik, aber sie wissen nicht, wie man lebt. *Ganz besonders* nicht in Hollywood. Ich bin Franzose.«

Die Umgangsformen gestatteten es ihnen nicht, ihrer Verwunderung über den offensichtlichen Hauch chinesischen Blutes in den Adern dieses exotischen Geschöpfes Ausdruck zu verleihen. Die beiden Jungen schwiegen. Lin Bais Enttäuschung war fast greifbar.

Schließlich fragte Ji Fung: »Wie dürfen wir Euch nennen?«

»Mein Name lautet Pierre Jean-Luc LeBon. Meine Freunde rufen mich Perique.« Seine Atempause war mit erotischer Spannung aufgeladen. »Wenn ihr meine Freunde werden wollt, dann nennt mich Perique.«

Lin Bai runzelte die Stirn. »Pei-week?«

Perique lachte leise und, wie Ji Fung dachte, mit einem Hauch Grausamkeit. »Wenn du vorhast, nach Hollywood zu gehen«, sagte er, »solltest du etwas gegen deinen Akzent tun.«

Perique nahm sie mit in ein Hotel, das eher einem Traumschloß glich. In den Korridoren herrschten blaue und silberne Farbtöne vor, alles war hellerleuchtet und ultramodern eingerichtet. Er schmuggelte sie durch einen Hintereingang hinein und führte sie Gänge entlang, die so verschwenderisch mit Teppichen ausgelegt waren, daß die beiden Jungen fast das Gleichgewicht verloren. Schließlich gelangten sie in eine Suite, die größer war als der Zuschauerraum im ›Glücklichen Drachen‹. Überall auf den barocken Möbelstücken lagen Kleider, die aus den modischsten Stoffen nach neustem Schnitt gearbeitet waren – weiche Hosen und dünne Hemden und seidene Halstücher in tiefen, strahlenden, edlen Farbtönen.

Ji Fung versuchte, Zurückhaltung zu bewahren; er mißtraute all diesem Reichtum und der beiläufigen Großzügigkeit ihres Gastgebers. Allerdings hatte Perique ihnen das Leben gerettet, und es gab keine Möglichkeit, sich zu verabschieden, ohne ihn oder sich zu beschämen.

Außerdem war Lin Bai vollständig hingerissen. Den Glanz der Räume hatte er tief in sich aufgesogen, all die weichen hellen Kleider, die Bücher mit Goldschnitt, die Schachtel mit französischen Pralinen, die Perique ihnen anbot. Es gelang Ji Fung nicht, jedesmal seine Eifersucht hinunterzuschlucken, wenn Lin Bai angesichts eines neuen Genusses in Verzückung geriet.

Perique bestellte ihnen etwas zu essen, westliche Delikatessen, die zugleich widerwärtig und phantastisch schmeckten. Alles war zu süß, hatte zu wenig Biß. Ji Fung wären ein paar in heißem Fett gebratene Nudeln lieber gewesen – eine Mahlzeit, die es bei Meister Lau immer zur Feier des Neujahrsfestes gegeben hatte. Mit dem Gedanken an den Meister kehrte auch die Erinnerung an Lin Bais Verbrechen zurück, eine gräßliche Tat. Der Mord an seinem Meister kam einem Vatermord gleich. Ji Fung fühlte sich plötzlich verfolgt, er hatte schreckliche Angst und konnte die Ereignisse einfach nicht vergessen. Für einen Augenblick verwandelte sich die Schokolade, die Lin Bais Lippen verschmierte, in Blut.

Es war jedoch äußerst schwierig, im Kopf zu behalten, daß sie Mörder waren, sich auf der Flucht befanden. Fast unmöglich, während Perique ihnen unablässig ein Stück von diesem, einen Schluck von jenem anbot und sie aufforderte, das Futter seiner Jacke anzufassen, das aus feinster Seide bestand, und ob sie die Jacke nicht anprobieren wollten? Sie tranken Champagner, der überhaupt nicht süß schmeckte, sondern sich als herbes sprudelndes Getränk entpuppte, das Ji Fung am Gaumen brannte und sein Zeitempfinden zu einem trägen Kriechen verlangsamte.

Nach kürzester Zeit schob Perique die Möbel an die Wand und bat die Jungs um eine Vorführung. Ji Fung wollte anfangs nicht, aber Lin Bai bedurfte keiner Überredung. Der Klang seiner klaren, vollen Stimme verbannte jeden Schmerz aus Ji Fungs Hals, und er stimmte ein. Sie sangen im Wechselspiel, fochten mit Gardinenstangen, starben in den Armen des anderen. Periques verzücktes Lächeln trieb sie weiter, und der Champagner befeuchtete ihre Kehlen, bis sie das Gefühl hatten, sie könnten stundenlang so weitermachen.

Je beschwipster sie wurden, desto mehr vergaßen sie die Worte, die einst in ihre Zungen eingebrannt worden waren. Perique schlug vor, einen eigenen Text zu erfinden, eine Vorstellung, bei der sie zuerst befangen kicherten, um dann einander mit vulgären und albernen Einfällen zu übertrumpfen. »Eure Hoden sind so fleischig wie reife Kumquats – oh, laßt mich ihre Säfte trinken«, sang Lin Bai in fehlerloser Operntonlage. Ji Fung fiel vor Lachen um, obwohl ihm bewußt war, daß das Angebot ehrlich gemeint war.

Perique hatte die Rolle eines Hollywood-Regisseurs übernommen. Er wies sie an, sich wie Liebende nach einer langen Trennung zu küssen. Dann behauptete er, daß er mit dieser Szene noch nicht zufrieden sei und forderte sie wieder und wieder auf, diese erneut durchzuspielen. Schließlich lagen sie nackt auf Periques Bett, einem wolkengleichen Traum aus weißen Bezügen und Daunenkissen. Ihre Arme und Beine verhedderten sich, ihre Lippen wuchsen zusammen, als ob sie wüßten, wie man sich liebte.

Perique murmelte weiter Regieanweisungen, doch Ji Fung hörte ihn kaum noch; er hörte fast nichts mehr, außer Lin Bais Atem und das Schlagen seines Herzens. Unter jenen wachsamen Augen, die irgendwie gleichzeitig chinesisch und fremdländisch waren, an diesem Ort, der ihre kühnsten Vorstellungen übertraf, fanden Ji Fung und Lin Bai endlich zueinander.

Ji Fung erwachte bei verschleiertem Sonnenlicht. Sein erster Gedanke war: *Es ist spät, Meister Lau wird uns umbringen, wir haben zu lange geschlafen …*

Dann fing sein Kopf zu pochen an, sein Magen drehte sich vor Übelkeit, und ihm fiel alles wieder ein. Seine Muskeln schmerzten; sein Schwanz war heiß und wund. Lin Bai lag zusammengerollt neben ihm, zumindest ein vertrauter Anblick in dieser schrecklichen neuen Welt. Perique war fort. Er hatte den süße Pesthauch seiner verschiedenen Pflegemittelchen hinterlassen. Ji Fung legte Lin Bai einen Arm um die Taille und versteckte sein Gesicht in der seidenweichen Wölbung seiner Schultern.

Lin Bai regte sich, gähnte tief in seiner Kehle und richtete sich blitzartig auf. Unruhig blickte er in dem dunklen Zimmer hin und her. Seine Augen blieben an Ji Fung hängen, und langsam kehrte das Licht der Erinnerung in sie zurück.

»Ai-yaa«, jammerte er schließlich. »Mein Kopf fühlt sich an, als würde er gleich platzen.«

»Meine *Blase* wird gleich platzen. Wie hier wohl die Toiletten aussehen?«

»Wahrscheinlich aus Jade gemeißelt.«

»Mit Goldgriffen.«

»Und quadratischen Tüchern aus feinster Seide, um sich abzuwischen.«

Sie lachten verschlafen, trotz ihrer Schmerzen, stolperten dann durch das Zimmer und öffneten eine Tür nach der anderen. Sie entdeckten einige Schränke randvoll mit Periques Kleidern und Schuhen – Ji Fung war davon ausgegangen, daß die gesamte Garderobe ihres Gastgebers im Zimmer verstreut lag, aber das war nur ein Bruchteil dessen, was er an Kleidungsstücken besaß. Alles roch nach Sandelholz und herbem Duftwasser. Hinter einer Tür stießen sie auf eine Badewanne mit Klauenfüßen; hinter einer weiteren auf eine glänzende Porzellantoilette.

»Fast eine Schande, da reinzupissen«, sagte Ji Fung. Sie taten es trotzdem, Hüfte an Hüfte; ihre Urinstrahlen kreuzten einander, bevor sie in das klare Wasser plätscherten.

Perique kehrte zurück, gefolgt von einer Duftwolke aus Zuckergerüchen und frischer Meeresluft. Er warf seine Jacke auf das Bett und zog die Jungen zu sich heran.

»Mir scheint, ihr seid ganz schön unartig gewesen.«

Ji Fung erstarrte in Periques parfümierter Umarmung. »Was meinen Sie damit?«

Perique fischte ein mehrfach zusammengefaltetes Zeitungsblatt aus seiner Jacke und glättete es auf dem Bettbezug. »Schaut.«

Ji betrachtete die Zeitung mit einem Stirnrunzeln. Er spürte, wie ihm das Blut in die Wangen schoß. »Ich hab' schlechte Augen«, sagte er. »Lest Ihr vor.«

Perique sah auf, und die Erkenntnis dämmerte in seinen Augen. »Du kannst nicht lesen, stimmt's?«

»Natürlich kann ich lesen.« Ji Fung machte eine wegwerfende Handbewegung. »Ich hab' Kopfschmerzen vom vielen Alkohol letzte Nacht, das ist alles.«

Perique lächelte und zuckte mit den Schultern. Er wußte, daß Ji Fung log, aber er wußte sich bis zu einem gewissen Punkt zu benehmen.

»Da steht, daß Lau Tung Ho, Meister der Opernschule von Hongkong, vergangene Nacht ermordet wurde. Erstochen. Zwei Schüler werden vermißt und in Zusammenhang mit dem Mord gesucht. Ihre Namen lauten Lin Bai und Wang Ji Fung.«

Perique blätterte die Seite um und rückte sie gerade. Lin Bai setzte sich auf und blickte Ji Fung über die Schulter.

»Dort sind sie abgebildet.«

Es war eine Aufnahme ihrer Klasse, die der Besitzer des ›Glücklichen Drachen‹ vor einem Jahr gemacht hatte. Ji Fung stand mit den großgewachsenen Jungen in der hintersten Reihe, sein Gesicht ein nichtssagender verschwommener Fleck. Seinen Lieblingsschüler hatte Meister Lau jedoch in der ersten Reihe plaziert; Lin Bais feine Gesichtszüge waren problemlos widerzuerkennen.

Ji Fung spürte eine hilflose Wut in sich aufsteigen. Lin Bai hatte seine sichere, genügsame Welt zerstört und in den unbegreiflichen Wirbelsturm einer neuen Welt geschleppt. Er hatte ihren Vormund umgebracht, und nun waren sie der Gnade dieses Perique ausgeliefert, der zwar faszinierend, aber auch eindeutig verrückt war.

Sofort wurde ihm bewußt, wie kleinlich seine Gefühle waren. *Er* war schließlich nicht jede Nacht von Meister Lau gedemütigt und vergewaltigt worden. *Er* war schließlich nicht von den anderen Schülern wegen etwas gequält worden, das er haßte. Diese zweifelhafte Ehre stand ganz allein Lin Bai zu.

Lin Bai *mußte* Meister Lau töten. Damit hatte er ebenso Ji Fungs Leben gerettet wie sein eigenes. Und Lin Bai *mußte* fliehen. Es war Ji Fungs Entscheidung gewesen, ihn zu begleiten, und jetzt waren sie für alle Zeiten aneinander gebunden. Wenn es ein Teil ihres

Schicksals war, im Gefängnis zu verrotten, würden sie dies gemeinsam tun.

Er blickte Perique in die Augen. »Wirst du uns anzeigen?«

Perique brach in schallendes Gelächter aus. Auch dieses Mal hatte Ji Fung den Eindruck, daß das Lachen ihres neuen Freundes nicht ganz ehrlich klang. Trotzdem war er erleichtert. »Und auf eure exzellenten Auftritte verzichten? Sei nicht blöd!« Er fegte die Zeitung beiseite und packte die Jungs fest an den Händen. »Ich mag meine eigenen Gewohnheiten haben, die, wie soll ich es ausdrücken, nicht ganz dem Buchstaben des Gesetzes folgen. Es ist selten, daß sie einen Mord einschließen, aber ich dulde umständehalber diejenigen, die ihren Spaß an etwas Derartigem haben.«

»Ich hab' es nicht aus Spaß gemacht!« schrie Lin Bai und schlug sich sofort die Hand vor den Mund.

Perique hob eine vollkommene schwarze Braue. »Du warst das also, ›Kleines Geschenk‹?« Er machte sich über Lin Bais Namen lustig. *Siu Lai* bedeutete *Kleines Geschenk*. Aus Ji Fung war *Jung* geworden: *Same*.

Lin Bai nickte. In seinen Gesichtszügen stritten sich Trotz und Scham.

Perique streichelte Lin Bai über die weiche Wange, fuhr ihm sanft über die Stoppeln auf seinem Kopf. Meister Lau hatte sie jede Woche einmal rasiert; das letzte Mal vor fast sieben Tagen. »Gut gemacht. Ich hätte auf Jung getippt, aber unter Lotusblüten versteckt sich oftmals eine Wespe mit einem spitzen Stachel, stimmt's?«

Lin Bai zuckte mit den Schultern. In seinen Augen standen Tränen; er würde gleich losheulen. Ji Fung hätte ihn am liebsten in die Arme genommen, doch wenn Lin Bai um seinen ermordeten Meister trauerte, mußte er damit selbst klarkommen. Kein bedeutungsloser Trost sollte ihn dabei stören.

»Er muß sehr grausam zu euch gewesen sein«, sagte Perique. »Ich möchte euch nur helfen.«

Ji konnte sich nicht beherrschen. »Sie kennen uns kaum – Ihnen mag unser Aussehen gefallen, schön und gut, aber in Ihrer

Welt sind wir bedeutungslos. Weshalb sind Sie so großzügig? Wieso riskieren Sie einen Haufen Ärger, indem Sie zwei Kriminellen helfen?«

»Weil es mir Spaß macht.«

»Schön, aber …« Ji Fung suchte nach einer Möglichkeit, sich auszudrücken, ohne Perique seines Gesichtes zu berauben. »Sie sind möglicherweise von adliger Abstammung oder ein wichtiger internationaler Geschäftsmann. Wir sind nur arme Schauspieler, die ein solches Leben nicht kennen. Es ist nicht richtig, daß Sie sich unseretwegen in eine solche Gefahr begeben.«

»Anders ausgedrückt«, entgegnete Perique lächelnd, »du traust mir nicht, bis ich euch nicht auch etwas von mir erzähle.«

Ji Fung und Lin Bai starrten ihn entgeistert an. Perique war eindeutig kein Chinese, konnte einfach keiner sein. Kein Chinese würde im Traum daran denken, den Schleier höflicher Mehrdeutigkeiten mit einem Handstreich zu zerreißen.

»Mir macht das nichts aus. Ich beherrsche fünf Sprachen und rede in jeder davon gerne über mich selbst. Laßt uns Kaffee trinken.« Perique bestellte eine Kanne und zog sich einen goldfarben gemusterten Sessel an das Bett heran. »Wo soll ich anfangen? Ich bin vor zwanzig Jahren in Shanghai geboren worden. Mein Vater war ein Künstler aus Paris, ein verrückter Abenteurer, dessen Talent seinen Reichtum weit überstieg. Meine Mutter war die Tochter eines reichen Küstenschiffers, der eine ganze Flotte von Opiumdschunken besaß. Ich habe fünf Geschwister, drei leben in Frankreich, zwei in London. Ich verbringe den Sommer oft in Übersee, ihr habt also Glück, daß ihr mich hier angetroffen habt!«

Der Kaffee wurde gebracht; ein kräftiges schwarzes Gebräu, das köstlich duftete, jedoch bitter und seltsam schmeckte.

»Meine Eltern sind beide gestorben. Meine chinesische Mutter hat mir ein Vermögen hinterlassen, mein französischer Vater einen Traum. Er hat gesagt, ich wäre wie er. Sollte die Welt mir jemals langweilig werden, würde ich sterben. Und ich glaube ihm. Also reise ich in der Welt herum, fülle mein Gehirn mit den neuesten

Ideen, meinen Magen mit den ausgesuchtesten Delikatessen und mein Bett mit den herrlichsten Geschöpfen, die ich finden kann.«

Ji Fung sah erst zu Lin Bai hinüber, dann wieder zu Perique. »Wieso wir beide?«

Periques blasse Wangen färbten sich purpurrot, doch er lächelte. »Ich schau' einfach gern zu«, sagte er.

Die silberne Limousine hielt in einer Gasse, die nach Räucherstäbchen und Austernschalen roch. Eine Frau mit puderweißer Haut und knallroten Lippen stand neben einer blanken Stahltüre. Perique redete in einer unbekannten Sprache auf sie ein. Ji Fung hörte das Wort *Jazz* und tippte auf englisch. Die Frau öffnete ihnen die Tür und geleitete sie hinein.

Die Innenräume waren spärlich beleuchtet, von dicken Tabak- und Opiumschwaden durchdrungen. Auf der Bühne sang eine Schönheit in einem weißen Satinkleid seltsame, purzelnde Tonfolgen. Ihre Stimme war hell und klar, wie Champagner. Ihre Haut hatte die Farbe starken Tees, ihre braunen Augen wurden von langen Wimpern überschattet. Sie hatte unglaublich volle und sinnliche Lippen. Perique zwinkerte ihr zu, und sie lächelte.

Er führte sie hinter die Bühne, in eine winzige Umkleidekabine, in der überall Vasen mit Schnittblumen standen. Der süße, feuchte Duft war erfrischend und überwältigend zugleich. Als das Stück zu Ende war, kam die Sängerin hereingesegelt, gefolgt von einer Woge des Beifalls und Zugaberufen. Sie küßte Perique sanft auf den Mund und fing an, in jener unbekannten Sprache zu reden, undeutlich und langsam.

Perique deutete auf seine Gäste, als er antwortete. Die Sängerin nickte nachdenklich.

Perique wandte sich wieder an die beiden Jungen. »Lai, Jung, darf ich euch Clarise vorstellen. Sie wird euch helfen, euch auf die wichtigste Rolle eurer Schauspielkarriere vorzubereiten – die Rollen, die euch das Leben retten werden.«

Clarise lächelte vielsagend, öffnete ihr Kleid und ließ es zu

Boden gleiten. Im selben Augenblick lösten sich die weichen Spitzen ihrer Brüste, denn sie waren in die Körbchen ihres Büstenhalters eingenäht. Darunter kam eine flache Brust zum Vorschein, mit kleinen braunen Warzen über einem fest verschnürten Korsett.

»Seht ihr?« sagte sie auf kantonesisch, mit einem starken lispelnden Akzent. »Ich bin ein Junge wie ihr.«

Sie streichelte die Wölbung ihres Seidenhöschens.

»Doch das ist mein Geheimnis. Und jetzt ist es auch euer Geheimnis.«

Ji Fung schüttelte den Kopf. Der Anblick des grausamen Korsetts, der in Samt und Spitzen eingehüllten Männlichkeit, die Idee, daß er jemals so aussehen könnte wie dieses Geschöpf, erfüllte ihn mit Grausen. »Lin Bai spielt die Frauen«, sagte er. »Nicht ich.«

Perique mußte angesichts seiner Verzweiflung grinsen. »Wenn die Polizei euch fängt, wirst du hingerichtet. Lai auch.«

»Aber wie kann mich jemand für eine Frau halten? Das ist unmöglich.« Ji Fung faßte sich an die Ohren und zog an ihnen. »Seht sie euch doch an! Ich wäre die reizloseste Frau in ganz China.«

Perique zuckte mit den Schultern. »Hast du einen besseren Vorschlag?«

Ji Fung wandte sich an Lin Bai. »Erklär du's ihnen! Du weißt, daß es unmöglich ist!«

Lin Bai drehte sich weg und versuchte, sein Lächeln hinter seinen Fingern zu verbergen.

Ji Fung sprang auf. Der Blütenduft raubte ihm fast den Verstand. »Ihr seid alle gegen mich!«

»Hör auf dich zu sträuben«, schalt Clarise leise. »Du wirst schon sehen, wenn du dich dagegen wehrst, nimmt's dir erst recht niemand ab.«

Er spürte Lin Bais Hand auf seinem Arm. »Reg dich nicht so auf, Ji Fung. Ich fände es toll, dich als Mädchen zu sehen.« Ji Fung stand mit gesenktem Kopf und hängenden Schultern da. Er wußte, wann er besiegt war.

»Zieh dich aus«, forderte Clarise ihn auf. »Bevor du eine Frau werden kannst, mußt du dich erst von deiner Männlichkeit lösen.« Sie hielt eine glänzende Rasierklinge in die Höhe.

Ji Fung war bereits halb durch die Tür, bevor Perique sich lang genug beherrschen konnte und keuchte: »Rasieren, Jung. Nur rasieren.«

Clarise holte eine Schüssel mit Wasser, seifte die beiden Jungen an den Beinen und unter den Achseln ein und entfernte den Schaum mit der Rasierklinge. Hinterher konnten sie gar nicht mehr damit aufhören, ihre Haut zu streicheln und sich an ihrer ungewohnt samtenen Glätte zu freuen.

Perique hob die Augenbrauen, als Clarise ihr Schminkkästchen öffnete. »Sie sind beide so hübsch. Das haben sie doch sicher nicht nötig.«

Clarise schnaubte. »Da merkt man mal wieder, wieviel du von Schönheit verstehst.« Perique zog ein beleidigtes Gesicht, und Clarise beugte sich zu ihm hinüber. Dieses Mal war der Kuß auf den Mund nicht mehr so leicht und spielerisch.

»Wir können uns selbst schminken«, schlug Lin Bai vor. »Wir wissen, wie das geht.«

Sie stürzten sich auf die Schminkutensilien, tönten die Umrisse ihrer Augen mit Kohle, zogen ihre Brauen und die Wölbung ihrer Wangenknochen nach, färbten ihre Lippen und puderten ihre Haut. Die Bühnenschminke von Clarise war spürbar leichter und trockener als die matschige Schmiere, die sie aus der Schule kannten. Trotzdem hatte das Schminken etwas Tröstliches, etwas Vertrautes, angesichts der fremden Welt, die sie umgab.

Lin Bai schien seinen Spaß daran zu haben, in das ausgetüftelte Korsett aus Spannbändern und Fischbein geschnürt zu werden, doch Ji Fung weigerte sich, die beängstigende Konstruktion anzulegen. Clarise schnalzte mißbilligend mit der Zunge und sagte, er würde wie ein Backfisch aussehen. Ji Fung konnte mit der

Bezeichnung nichts anfangen, aber er bestand darauf, auch zukünftig Luft holen zu dürfen.

Als nächstes waren Büstenhalter mit eingenähten Baumwollpolstern an der Reihe: nur die Andeutung einer Wölbung bei Ji Fung, vollere Körbchen bei Lin Bai. Die schweren, falschen Brüste schienen nicht ganz zu seinem zierlichen Körperbau zu passen, doch Perique beteuerte, sie seien sexy. Dann folgten schlüpfrige, lange Strümpfe, die an elastischen Bändern befestigt wurden, und westlich geschnittene Kleider aus leuchtender Seide, in der Farbe eines sommerlichen Himmels und schimmernder Jade. Und Lederschuhe, hochhackige Pumps, die beim Gehen weh taten, sich jedoch wundervoll anfühlten, wenn man still sitzen blieb.

Schließlich noch die Krönung: die Perücken. Clarise veranstaltete ein Riesentheater angesichts der zahllosen Möglichkeiten. Kaum hatte sie eine Mähne hevorgezaubert, stopfte sie diese wieder in die Schachtel zurück und holte eine weitere hervor. Sie packte ihre Opfer am Kinn und drehte ihre Gesichter in diese oder jene Richtung. Lin Bais Augen leuchteten auf, als sie einen blonden Bubikopf hervorkramte, aber Perique behauptete, es passe nicht zu ihm. Lin Bai schmollte, bis Perique eine ähnliche Perücke aussuchte, die jedoch dunkelbraun war, mit roten Glanzlichtern.

Bei Ji Fung fiel die Entscheidung schwerer. Clarise beließ es schließlich bei langen, gelockten Haaren, die ihm über die Schultern fielen und seine auffallenden Ohren verdeckten.

Als Clarise sie vor einen lebensgroßen Spiegel führte, konnte Ji Fung nicht glauben, daß er sich selbst gegenüberstand. Lin Bai sah natürlich umwerfend aus, so makellos weiblich wie in jeder seiner Rollen. Ji Fung konnte gar nicht aufhören, die Frau zu betrachten, in die er sich verwandelt hatte. Sie war nicht halb so schön wie Lin Bai, aber es war eindeutig eine Frau. Etwas unscheinbar und größer und breitschultriger, als für sie gut gewesen wäre. Ein Mädchen, die sich damit würde zufrieden geben müssen, einen älteren Mann zu heiraten – einen Witwer vielleicht –, aber nichtsdestotrotz ein Mädchen. Es war beängstigend. Er hatte das Gefühl, als sei ein Teil von ihm, der ganze männliche Teil, damals in Meister Laus Schule gestorben. Zum zweiten Mal in seinem Leben war er seiner Identität beraubt und mit einer neuen ausgestattet worden. Er fühlte sich verloren und schwindlig. Er faßte nach Lin Bais Hand.

»Brandneue Mädchen brauchen brandneue Namen«, stellte Perique fest. »Amerikanische Namen, passend zu amerikanischen Filmstars.«

Er legte Lin Bai zwei Finger unter das Kinn. »Ab heute heißt du Betty Lee.«

»Betty«, wiederholte Lin Bai, wie hypnotisiert.

Mit der anderen Hand streichelte Perique über Ji Fungs gepuderte Wangen. »Und du bist Jenny Lee. Bettys Schwester.«

Solltest du jemals jemandem deinen wirklichen Namen verraten, kommen böse Männer und schneiden dir die Zunge heraus. Verstehst du mich?

»Jenny«, sagte Ji Fung. Er verspürte eine leise, traumhafte Furcht. Er würde es nie vergessen. Er würde niemandem etwas verraten.

Zwei Monate vergingen. Ji Fung lernte langsam, sich wie eine Frau zu bewegen; wie Lin Bai. Sie waren es gewohnt, jede Woche stundenlang zusammen zu proben und aufzutreten. Statt dessen tauschten ihre Körper jetzt auf jede mögliche Art und Weise, bei jeder Gelegenheit Informationen aus – Seite an Seite auf einer überfüllten Straße, die Hüften in parallelem Schwung; in der großartigen Badewanne, glitschig von Seife und Schweiß; wenn sie sich liebten, unter Periques hungrigen Augen.

Eines Abends nahm Perique sie ins *French Quarter* mit, einen vornehmen Nachtclub, der mit sich windenden Reben und kunstvollen Eisenverzierungen dekoriert war. Perique sagte, er sei New Orleans nachgebildet, einer wunderschönen Stadt in Amerika. Er brachte ihnen ein purpurnes Getränk in hohen Gläsern, das er Hurricane nannte, und versprach, sie eines Tages dorthin mitzunehmen. »Ein Hurricane ist ein Art Taifun«, erklärte er, während die Jungen das fruchtige Gebräu schlürften. »Allerdings gibt man ihnen in Amerika Mädchennamen.«

»Wem? Stürmen?«

»Ja. Vielleicht wird New Orleans dieses Jahr von Hurricane Betty zerstört!« Perique ließ einen gepflegten Finger durch Lin Bais Perücke gleiten und spielte mit einer Locke. Lin Bai sah hinreißend aus; sein schwarzes Kleid war am Rücken bis zum Steiß ausgeschnitten und ließ eine Andeutung der Spalte seines Arsches sehen. Ji Fung konnte sich kaum zurückhalten, ihm über die Wirbelsäule hinab zu streicheln und einen Finger in diese einladende Spalte gleiten zu lassen.

Perique kümmerte sich nicht um derartige Einschränkungen. Er rührte die Jungen im Privaten kaum an, grabschte jedoch in der Öffentlichkeit mit großer Geste an ihnen herum. Ebenso wie seine Art, sich zu bewegen und zu kleiden, wie seine aufdringliche Zurschaustellung seines Reichtums, schien er auch damit der Welt sagen zu wollen: *Seht, was mir gehört. Seht die Freiheiten, die ich mir nehme.*

Ji Fung nippte an seinem Hurricane. Das Getränk war so süß, daß seine Zähne anfingen, zu zittern. Er hätte jetzt gerne einen Schluck Champagner hinterher getrunken, um dem Gemisch aus Früchten und Rum die Spitze zu nehmen. Er hatte sich an den Champagner gewöhnt, ebenso wie er sich an das Wort selbst gewöhnt hatte. Perique erteilte ihnen Englischunterricht und ließ sie ihre Aussprache üben, bis sie ›Ich freue mich sehr, Sie kennenzulernen‹ sagen konnten, wie es sich für zwei nette junge Damen gehörte. Sie verbrachten Stunden im Kino und imitierten hinterher stundenlang ihre Lieblingsschauspieler. Es fiel ihnen schwer, Namen wie *Greta Garbo* und *Marlene Dietrich* auszusprechen.

Perique war äußerst stolz auf seine Schüler, die jede neue Lektion wie Schwämme in sich aufsogen. Wenn sie etwas von ihm wollten, mußten sie ihn auf englisch fragen. Er hatte ihnen sogar ein bißchen Lesen und Schreiben beigebracht; Ji Fung stellte schnell fest, daß er eine gewisse Begabung für die Magie des geschriebenen Wortes hatte. Verglichen mit dem harten Meister, den sie bisher gekannt hatten, war Perique ein Engel. Es gab allerdings auch Augenblicke, in denen Ji Fung sich fragte, ob ihr Retter nicht etwas zu stolz auf seine eigene Überlegenheit war.

Es gab auch Augenblicke, in denen er wünschte, nie Englisch gelernt zu haben. Eines Abends stand er an der Bar eines westlich aufgemachten Jazzclubs und holte Lin Bai, der gerade mit Perique tanzte, einen Drink, als ein glatthaariger Amerikaner abfällig zu ihnen hinüberstarrte und seine elegante (aber unscheinbare) Begleiterin fragte: »Wer hat eigentlich die kleinen Schlitzaugen angeschleppt?«

Das Grinsen der Frau spaltete ihr Gesicht wie ein Axthieb in zwei Hälften. »Perique LeBon, ganz sicher.«

»Das Kerlchen gefällt sich wirklich dabei, einen Weißen zu spielen, aber das Gelb schimmert trotzdem durch.«

»Wenigstens sind das *Mädchen*. Du hättest die Kreatur sehen sollen, die er letzten Monat dabei hatte ...«

Ji Fung erzählte Perique nie etwas darüber, aber er konnte es nicht vergessen. Es tat weh.

Er stellte das leere Glas auf den Tisch, holte einen Taschenspiegel aus der silbernen Handtasche in seinem Schoß und betrachtete prüfend sein Gesicht. Mit spitzem Finger entfernte er eine imaginäre Unregelmäßigkeit am Lidschatten, zog unnötigerweise seinen Lippenstift nach. Er konnte noch immer nicht glauben, daß das Gesicht im Spiegel wirklich ihm gehörte. Lin Bai bemerkte, wie Ji Fung sich im Spiegel betrachtete, grinste und stupste ihm mit einem langen, rotlackierten Fingernagel in die Rippen.

Als er den Taschenspiegel wegsteckte, spürte er etwas Glattes, Flaches am Boden seines Täschchens. Sein Namenssiegel aus Jade. Er trug es seit der Nacht ihrer Flucht bei sich, hatte in den letzten Tagen jedoch nur selten daran gedacht. Jetzt zog er es hervor und drehte es in der Hand herum. Sein Kopf war von den Alkoholdämpfen und dem Glanz des Clubs betäubt, und plötzlich hatte er das Gefühl, daß dieses winzige Relikt das einzige war, das ihn mit seinen beiden früheren Leben verband; ein Same, aus dem er eines Tages seine wahre Identität nachzüchten mochte.

Ji Fung preßte den kühlen Jadestein an seine Lippen. Er ließ seinen Blick schweifen und bemerkte den stillen Barkeeper, einen ungewöhnlich großen Europäer mit langen schwarzen Haaren, der zwei chinesische Männern in Anzügen und schwarzen Hüten bediente. Die beiden strahlten eine raubtierhafte Lässigkeit aus, und Ji Fung überlegte, ob sich irgend jemand trauen würde, sie Schlitzaugen zu nennen.

Perique drückte ihm einen nach Schnaps duftenden Kuß auf einen Mundwinkel und murmelte, er müsse mal eben für kleine Jungs, aber Ji Fung konnte seine Augen nicht von den beiden Männern an der Bar abwenden.

Lin Bai bemerkte, worauf sich seine Aufmersamkeit konzentrierte. »Wer sind die beiden?«

»Ich weiß es nicht«, antwortete Ji Fung. Einerseits wollte er vergessen, daß er sie je gesehen hatte, den Club verlassen, mit Lin Bai nach Hause gehen und den Rest der Nacht damit verbringen, Lin Bais glatten, hageren Körper zu verschlingen. Aber er konnte seinen Blick nicht abwenden. Irgendwie kamen ihm diese Männer bekannt vor, die seltsame steife Art, wie sie ihre Finger hielten, während sie ihre Zigarette an die Lippen führten.

Einer der Männer redete mit dem Barkeeper, in schnellen, harten Silben. Der Barkeeper nickte, holte einen dicken Umschlag unter der Bar hervor und reichte ihn hinüber. Der Mann ließ ihn in seine Innentasche gleiten, wandte den Kopf und blickte Ji Fung direkt in die Augen.

Ji Fung wandte sich ab, sein Herz klopfte, aber es war zu spät. Der Mann schlenderte herüber, blieb an ihrem Tisch stehen.

»Guten Abend, die Damen.« Sein Lächeln ließ eine Reihe makelloser Zähne sichtbar werden, erreichte jedoch seine Augen nicht. Es verschwand vollständig, als er den Jadestempel in Ji Fungs Hand bemerkte.

Ji Fung versuchte, den Stempel in seiner Tasche zu verstecken, reagierte jedoch zu spät. Der Mann packte ihn am Handgelenk und riß ihn auf die Füße.

»Wo hast du das her?«

Nackte Angst verschleierte Ji Fungs Blick. Er wußte jetzt, wer diese Männer waren. Das waren die Ganoven, vor denen ihn seine Mutter gewarnt hatte, die ihm die Zunge abschneiden würden, wenn er jemals etwas verriet. Er verlor die Kontrolle über seinen Verstand; war kurz davor, von Panik überwältigt zu werden. Er wußte, daß er seine Zunge verlieren würde. Er konnte sich nicht mehr daran erinnern, was er nicht verraten durfte. Seinen Namen – welchen Namen? Wang Ji Fung? Jenny Lee? Oder etwas völlig anderes?

Der Mann drehte ihm die Hand um und fing den Stempel aus der Luft. »Antworte mir, Hündin!«

Aber Ji Fung konnte nicht. Als er den kalten Kuß einer Pistole an den Rippen spürte, schloß er die Augen und wartete auf den Tod. Statt dessen packten ihn die beiden Männer an den Ellbogen und zogen ihn zur Tür. Von weit weg hörte er Lin Bai, der etwas schrie, das sich nach seinem Namen anhörte.

Im spärlichen Licht der übelriechenden Gasse hinter dem Club untersuchte der Mann mit den makellosen Zähnen Ji Fungs Jadestempel. Sein Freund drückte Ji Fung gegen ein glitschiges Holztor und flüsterte ihm unflätige Koseworte zu, die eher wie Drohungen klangen.

»Diebin«, sagte der erste Mann leise, als spräche er zu einer Geliebten. »Sag mir, wie du in den Besitz eines wertvollen Gegenstandes gekommen bist, der Gong Wa Toi gehörte.«

Der Name seines Vaters. Ji Fung hatte ihn seit Jahren nicht mehr gehört. Plötzlich sah er die wahnsinnigen Augen seiner Mutter vor sich, spürte ihren heißen Atem, wie sie ihm an jenem weit zurück liegenden Morgen befohlen hatte: »Sprich nie wieder über deinen Vater.«

Der andere Mann lockerte den Griff um Ji Fungs Nacken. Das Perlenhalsband, das Perique ihm erst heute nachmittag gekauft hatte, riß, und die farblosen Kügelchen verteilten sich überall im stinkenden Schlamm der Gasse. Ji Funk brachte kein Wort heraus, schüttelte nur den Kopf.

Der Mann spuckte auf den Boden, packte Ji Fung bei den Haaren, und zog. Seine Gesichtszüge entgleisten, als die langen schwarzen Locken sich lösten. Mit einer Handbewegung zerfetzte er Ji Fungs Kleid und fluchte, als er die nackte Brust des Jungen sah.

Natürlich schlugen sie ihn dann zusammen. Ji Fung wehrte sich nicht, sondern ertrug die Schläge, wie er einst den Rattanstock von Meister Lau ertragen hatte. Als er das Bewußtsein verlor, hieß er die Schwärze willkommen und betete darum, daß er nicht mehr aufwachen würde.

Die Götter erhörten seine Gebete nicht. Langsam und schmerzhaft kehrte sein Bewußtsein zurück: das Ziehen eines verrenkten Ellbogens, das Pochen in seinen Eingeweiden, der bohrende Schmerz hinter seinem rechten Auge. Als er erwachte, spürte er das Gewebe eines feinen Teppichs an der wunden Haut seiner Wangen; die rotgoldenen Muster verschwammen vor seinen Augen. Kalte Luft wehte ihm über Rücken und Schenkel, und er bemerkte, daß er fast nackt war, die teuren Kleider zu Lumpen zerfetzt.

Ji Fung schloß die Augen und suchte Trost im Vergessen. Doch plötzlich berührten ihn rauhe Hände und schüttelten ihn. Er blickte auf in das Gesicht seines Angreifers.

Der Mann war weiß wie ein Gespenst, seine Augen angstvoll aufgerissen. Er zeigte seine Zähne in einem verzweifelten Lächeln, das in sein Gesicht gebrannt schien. »Trinkt das«, sagte er und hielt ihm eine durchscheinende blaue Tasse hin. »Es wird Euch gut tun.«

Ji Fung setzte sich auf, schmerzerfüllt und verblüfft. Er nahm die Tasse, da die Hände des Mannes so sehr zitterten, daß die Flüssigkeit darin fast auf den Teppich geschwappt wäre. Es war Tee, stark und honigsüß. Er trank ihn in drei Zügen aus. Sofort war der Mann zur Stelle und schenkte ihm nach. »Ich bin Chi Gwai, Euer Diener. Ich habe Euch eine Kanne Wolkennebel aufgebrüht, der nur auf den höchsten Bergspitzen wächst, wo kein Mensch hinaufklettern kann. Gezähmte Affen haben die Teeblätter gepflückt und in Körben herabgetragen. Ein ganz besonderer Aufguß. Bitte sagt mir sogleich, wenn ich noch etwas für Euch tun kann.«

Ji Fungs Gedanken waren an den Rändern völlig ausgefranst; er konnte sich das Verhalten seines Angreifers nicht erklären. Er nippte an dem Tee und machte sich an eine Bestandsaufnahme seines Körpers. Keine Brüche, aber sein Fleisch fühlte sich wund und rissig an, große Flächen dumpfer Schmerzen, immer wieder von Nadelkissen durchsetzt. Seine Unterlippe war aufgeplatzt, wenn auch nicht allzusehr, und einige Zähne wackelten in ihren Höhlen, als er mit seiner Zunge dagegen drückte. Sein Kopf hallte vor nicht zu Ende formulierten Fragen wider.

»Diese Kleider biete ich Euch in aller Demut an«, sagte Chi Gwai mit gesenktem Kopf. »Sie sind von schlechter Qualität, jedoch die besten, die ich besitze.«

Er hielt einen westlich geschnittenen, dreiteiligen Anzug in die Höhe, grau wie Holzkohle mit weißen Streifen, und ein schwarzes Seidenhemd. Die Kleider waren vorzüglich gearbeitet. Ji Fung nahm sie entgegen, mit dem Gefühl, daß die Welt endgültig den Verstand verloren hatte.

»Bitte nehmt auch diese Schuhe.« Chi Gwai gab ihm eine Schachtel. Die Schuhe waren aus schwarz-weißem Leder, auf Hochglanz poliert. Sie paßten ihm wie angegossen.

Chi Gwai brachte ihm heißes Wasser, um das getrocknete Blut und die Schminke von seinem Gesicht zu waschen, und einen Kamm, um seine länger gewordenen schwarzen Haare zurückzukämmen. Während er in den Anzug schlüpfte, bemerkte er seinen Jadestempel, der diskret in eine Westentasche gesteckt worden war.

Schließlich blickte er in den Spiegel – und entdeckte schon wieder einen neuen Menschen. Er wirkte elegant, richtig gutaussehend. Die blauen Flecken und die aufgeplatzte Lippe verliehen ihm einen finsteren Eindruck. Er glich den Ganoven, vor denen ihn seine Mutter immer gewarnt hatte.

Chi Gwai führte ihn einen Korridor entlang in ein großes Zimmer, das von einem geschnitzten Tisch und mit Einlegearbeiten verzierten Stühlen zur Hälfte gefüllt wurde. In einer Nische in einer Ecke stand eine Statue von Kwan Ti, dem grimmigen Gott-General der Treue und Brüderlichkeit, vor dem drei Räucherstäbchen brannten. An der gegenüberliegenden Wand hing ein riesiges Gemälde eines winterlichen Dorfes voller winziger Menschen, die Tausende von Tätigkeiten verrichteten. Ji Fung erkannte das Gemälde wieder, einen Augenblick bevor er den Mann wahrnahm, der am Kopfende des Tisches saß.

»Siu Ji, sei gegrüßt.«

Der Name seiner Kindheit. Der erste Name, den er je getragen, den er fast vergessen hatte.

Ji Fung konnte sich daran erinnern, an diesem Tisch gegessen zu haben, die Augen auf jenes Gemälde gerichtet; immer wieder hatte er sich gewünscht, er könne in diese vollkommene Miniaturwelt hineinsteigen. Er und seine Eltern waren am Tisch dieses Mannes stets willkommen gewesen. Das Gesicht seines Onkels war voller geworden, sein Haar dünner. Seine Augen jedoch hatten sich nicht verändert. Sie glichen den Augen seines Vaters, hochlidrig und von einem klaren Braun – aber der Blick seines Vaters war freundlicher gewesen als der dieses Mannes. Eine dünne amerikanische Zigarette qualmte zwischen seinen nikotinfleckigen Fingern. Ji Fung konnte sich an den stets gegenwärtigen Geruch des Tabaks erinnern, der all ihre Mahlzeiten durchdrungen hatte.

»Onkel«, murmelte er und senkte seinen Kopf, um seine Verwirrung zu verstecken.

Gong Sut Fo stand auf und packte seinen Neffen an den Schultern. »Zuerst dachte ich, ich könne meinen Augen nicht trauen. Der Geist des Sohnes meines Bruders, der als Frau dem Grabe entstiegen ist.«

Ji Fungs Gesicht brannte vor Scham, doch er verstand kein Wort. Hatte seine Mutter seiner Familie erzählt, er sei tot?

Gong Sut Fo betrachtete ihn mit dem Blick eines Antiquitätenhändlers, der einen seltenen Jadestein schätzte.

»Verflucht sei ich, daß ich dein Bild in der Zeitung nicht erkannt habe, aber es war verschwommen, und ich konnte nicht glauben, daß deine Mutter zu einer solchen Gemeinheit fähig war. Jetzt, da ich dich mit meinen eigenen Augen vor mir sehe, kann es keine Zweifel mehr geben.«

Ji Fungs Herz füllte sich mit einem vorsichtigen Glücksgefühl. Seine Mutter hatte etwas Schreckliches getan, als sie ihn von seiner Familie fortgenommen hatte, aber jetzt hatte er sie wiedergefunden, und sie würde fortgeschickt werden.

»Wo ist Gong Wa Toi?« wollte er wissen. »Wieso ist mein Vater nicht hier und heißt mich willkommen?«

Das Gesicht seines Onkels wurde so ausdruckslos wie spiegelglattes Wasser. Für einen endlosen Augenblick wurde es still, und Ji Fung dachte, daß sein Herzschlag sicherlich das lauteste Geräusch im ganzen Zimmer sein mußte. Dann nahm Gong Sut Fo einen vorsichtigen Schluck von seinem Tee.

»Du hast sicher Hunger.« Einen Moment starrte er in die Tiefen des Gemäldes hinein und klatschte dann in die Hände. Sekunden später erschien ein Dienstmädchen.

»Bring meinem Neffen etwas Suppe und gedünstete Klöße.« Er hob seine Tasse. »Und noch Tee.«

»Bitte, nein«, sagte Ji Fung, auf der Suche nach eingerosteten Manieren. »Macht Euch keine Umstände.«

In Wirklichkeit hatte er keinen Hunger; sein Bauch war voller Magensäure und dem Hurricane, den er getrunken hatte. Aber er wußte, daß er nicht rundheraus ablehnen durfte.

»Keine Umstände«, sagte Gong Sut Fu, ein ausgesprochen kaltes Lächeln im Gesicht. »Nur Reste.«

Das Essen, das schließlich hereingetragen wurde, übertraf seine Erwartungen: Jedes Gedeck war frisch und heiß, mit gewürztem Schweinefleisch gefüllte Klöße, saftige Stücke von Haifischflosse in der Suppe, kleine süße Teilchen und eingelegtes Gemüse in einer großen Schüssel dampfenden weißen Reises. Ji Fungs Appetit kehrte in einem nostalgischen Schub zurück. Er hatte vergessen, wie satt er das ganze westliche Essen hatte, mit seinen faden Fleischstücken und dicken, geschmacklosen Soßen. Die duftenden kantonesischen Gerichte erweckten Erinnerungen in ihm, an riesige Bankette an diesem Tisch, an ihn und seine Schwestern, die wie kleine Hunde hin und her rannten, sich einen Happen Fisch schnappten, einen klebrigen Reiskuchen, ein Stück kandierte Lotuswurzel.

Unter den Augen seines Onkels langte er kräftig zu und wartete auf die Antwort auf seine Frage. Doch erst als Ji Fung von jedem Gedeck gekostet hatte, ergriff Gong Sut Fo wieder das Wort.

»Deine Mutter stammt aus Soochow; sie war die Tochter einer mittelständischen Familie, die Musikinstrumente herstellte. Sie war bekannt für ihre süße Stimme und ihr hübsches Gesicht, und ihr Vater war ehrgeizig und lehnte die Angebote respektabler Männer ab. Er wartete auf einen reichen Mann aus Hongkong, einen Mann mit Macht. Ein Mann, der von einem örtlichen Wahrsager erwähnt worden war.«

Ji Fung schenkte sich nach, trank und hörte aufmerksam zu.

»Ich habe deine Mutter, Miao-Ying, in Shanghai kennengelernt.« Gong Sut Fo hielt inne. »Wir verliebten uns ineinander.«

Ji Fung runzelte die Stirn, aber sein Onkel blickte durch ihn hindurch.

»Töricht«, sagte er. »Wir waren einander nicht vorgestellt worden. Aber es stimmte. Ich betete ihre kleinsten Eigenheiten an, den abwesenden Blick ihrer Augen. Wie ungezogen wir doch waren – sie gestattete mir, ihre Hand zu halten, und sogar, ihre Finger zu küssen! Aber sie war ein sonderbares Mädchen. Sie sagte, sie wolle nicht ihr Leben lang von Männern abhängig sein; dabei weiß doch jeder, daß eine Frau eines Mannes bedarf.

Damals ging Miao-Ying nach Hause und erklärte ihrem Vater, sie hätte den Mann ihrer Träume gefunden. Sie erzählte ihm, ich stamme aus einer mächtigen Hongkonger Familie, ganz wie der Wahrsager versprochen hatte, und sie bat ihn, unserer Heirat zuzustimmen. Ihr Vater schien zufrieden, doch aus lauter Ehrgeiz stellte er Nachforschungen über meine Familie an und fand heraus, daß mein Bruder ebenfalls noch nicht verheiratet war. Er dachte sich, *weshalb sollte ich meine Tochter dem zweiten Sohn der Familie Gong geben, wenn sie die erste Frau des ersten Sohnes werden könnte?* Und so bot er Miao-Ying statt dessen Wa Toi an und nicht mir.

Zu jener Zeit dachte ich, ich müsse sterben; ich sah sie täglich und wußte, daß sie jede Nacht mit meinem Bruder schlief. Inzwischen bin ich zu der Feststellung gekommen, daß ich wahrscheinlich nur deshalb noch am Leben bin, weil ich sie verloren habe. Ihre Eigenheiten – jener abwesende Blick – waren erste Anzeichen ihres Wahnsinns.«

Ji Fung wrang in seinem Schoß die Hände. Die köstliche Mahlzeit lag ihm schwer im Magen.

»Nach ihrer Hochzeit wurde Miao-Ying zu einem Gespenst in ihren eigenen Wänden. Nie sprach sie mit mir oder meinem Bruder, und auch mit den Dienern nur, wenn ihr keine andere Wahl blieb. In meiner jugendlichen Arroganz bildete ich mir ein, sie würde sich nach mir verzehren. Während ihrer gesamten Schwangerschaft war sie krank. Als du geboren wurdest, schien sie dich nicht als ihren Sohn anzuerkennen. Wenn du nach ihr schriest, überließ sie dich einem Kindermädchen; doch dann wiederum war sie plötzlich verschwunden, und die Diener fanden sie vor, wie sie dich beim Schlafen betrachtete.

Wa Toi versuchte, sie zu lieben; das glaube ich zumindest. Und er betete dich an. Aber als sie keines seiner Zeichen von Zuneigung erwiderte, nahm er eine zweite Frau, die Mutter deiner Schwestern, und später eine Dritte, die in jenem Frühling ein Kind erwartete. Miao-Ying zog sich weiter zurück, als ob sie der Überzeugung war, von ihr würde weiter nichts mehr erwartet.

Obwohl ich damals bereits eigene Frauen und Kinder hatte, wurde ich immer noch von Gedanken an Miao-Ying gequält. Ich stellte mir vor, wir würden zusammen davonlaufen; törichte Träume, die mich unablässig heimsuchten. Ich bildete mir ein, ich würde sie retten. Ich wünschte, wir wären wirklich davongelaufen – ich hätte sie nicht vor sich selbst retten können, aber vielleicht wäre mein Bruder dann noch am Leben.

Es war Frühlingsanfang, während der Tagundnachtgleiche, als sie dich mit sich fortnahm. Ich hatte mich die ganze Nacht herumgetrieben und getrunken, bis in den Morgen hinein, und ich war zu der Feststellung gelangt, daß ich nicht ohne sie leben konnte. Ich lief zum Haus meines Bruders und hämmerte gegen die Tür, verlangte, daß er sich umgehend von Miao-Ying scheiden lassen sollte. Als niemand reagierte, schob ich die Tür auf und ging hinein. Was ich dort vorgefunden habe, werde ich nie vergessen.

Zuerst der Geruch. Entsetzlich, wie ein Kranker, der sich seit Monaten nicht mehr gewaschen hat, wie eine überquellende Toilette. Ich stieß auf Diener, die überall herumlagen, ihre Kleider von Blut und Erbrochenem verschmiert – schwarzem Erbrochenem, dem Zeichen eines ganz bestimmten Giftes, das oft mit mörderischer Absicht verwendet wird. Ich rannte nach oben, um nach meinem Bruder zu sehen, nur um ihn in stinkende, blutige Decken eingewickelt vorzufinden, seine zweite Frau neben sich.

Ich setzte meine Suche fort, begegnete jedoch überall nur noch dem Tod. Ich habe in meinem Leben viele schreckliche Dinge gesehen, doch nur wenige lassen sich mit dem Anblick der dritten Frau meines Bruders vergleichen, die mit deinen beiden kleinen Schwestern im Arm dalag, den faltigen bläulichen Kopf des Babys zwischen den gespreizten Beinen, als ob es im letzten Augenblick versucht hätte, dem Schicksal seiner Mutter zu entkommen, ohne jedoch genügend Kraft zu besitzen.

In trunkenem Zorn schwor ich, an jenem menschenköpfigen Dämon, der die Familie meines Bruders vergiftet hatte, Rache zu nehmen. Ich hatte mir Miao-Yings Gemächer bis zum Schluß aufgespart, aus Furcht vor dem Anblick ihres armen, vergifteten Körpers. Doch jetzt mußte ich Klarheit haben. Ich stand mit Tränen in den Augen vor ihrer Tür und holte noch einmal tief Luft, als ich einen völlig neuen Geruch bemerkte. Kerosin. Ich drückte mein Ohr an die Tür und konnte ganz entfernt ein leises Geräusch wahrnehmen, wie ein gedämpftes Weinen.

Von dem Gedanken gepackt, Miao-Ying könne noch am Leben

sein, stieß ich die Tür auf und sah sie in der Mitte des Zimmers knien. Ihre blassen Arme hielten ein kleines Kind, das in eine Decke gewickelt war. Ich konnte sein Gesicht nicht sehen – und ging davon aus, daß du das seist. Der Geruch nach Kerosin war überwältigend; ihre Haare und ihre Kleider waren damit durchtränkt, ebenso die Decke, in die das Kind gewickelt war. Da bemerkte ich, daß es das Kind war, das weinte, gedämpft von der Decke, dem Stoff, der seinen Kopf bedeckte.

Als Miao-Ying sich umdrehte und mich ansah, wußte ich, daß sie es war, die meinen Bruder vergiftet hatte. Ihr Gesicht war ebenso beherrscht und schön wie immer, doch ihre Augen waren heiß wie die eines wahnsinnigen Hundes, voller Krankheit und Verachtung. Entsetzt sah ich zu, wie sie ein Streichholz entzündete und sich den Flammen hingab.

Das Kind schrie und wand sich in ihren Armen, versuchte, die brennende Decke abzuschütteln, als sein Fleisch Feuer fing. Miao-Ying hielt es fest, ihr Gesicht in den Flammen gleichzeitig ruhig und ekstatisch. Ich konnte nur dastehen und zuschauen, wie das Feuer das Gesicht fraß, das mich so viele Jahre lang verfolgt hatte.

Bis auf den heutigen Tag schäme ich mich, zugeben zu müssen, daß ich nicht versucht habe, ihr zu helfen; ihr, oder jenem Kind, das ich für dich gehalten habe.«

Gong Sut Fo richtete seinen Blick auf Ji Fung, doch er schien seinen Neffen nicht wahrzunehmen.

»Nachdem ich dir jetzt eine Geschichte erzählt habe, ist die Reihe an dir. Wie kommt es, daß du, acht Jahre nachdem dich deine Mutter umgebracht hat, hier in meinem Haus erscheinst?«

Anfangs fand er keine passenden Worte. Ji Fung kamen immer nur neue Fragen in den Sinn. Welche emotionalen Abgründe waren in seiner Mutter geronnen, daß sie zu einer solchen Tat fähig gewesen war? Ihr Herz mußte einem tausend Jahre alten Ei geglichen haben, in Asche und Kalk konserviert, vergraben, bis es so schwarz geworden war wie die geballten Mitternächte eines Jahrtausends. Was hatte sie schließlich zur Tat getrieben – würde er ihre Gründe jemals verstehen? Und wenn ihm das gelang, war er dann ein potentieller Mörder? War das der Beweis, daß er der Sohn seiner Mutter war?

Und welches Kind war an seiner Stelle gestorben? Nur zu gut konnte er sich vorstellen, wie sie ihn in der Opernschule zurückgelassen und dann ein halb verhungertes Straßenkind in jenes Haus der Leichen gelockt hatte. Sie versprach ihm Essen und brachte ihm den Tod. Er sah das schmutzige Gesicht des Jungen vor sich, wie es in den Flammen schwarz wurde und schmolz. Es schien ihm wirklicher als das Gesicht seines Onkels, wirklicher als die Erinnerung an das Gesicht seiner Mutter.

Ji Fung fühlte sich krank bis auf die Knochen. Er war sicher, daß er nie wieder ein Wort herausbringen würde. Doch schließlich gelang ihm auch dies. Nachdem er einmal angefangen hatte, sich der Last der vielen Jahre zu entledigen, entwickelte die Geschichte eine Eigendynamik, floß aus ihm heraus wie Blut aus einer Wunde, die er längst verheilt geglaubt hatte.

Sein Onkel hörte ihm aufmerksam zu und zog unablässig an seiner Zigarette, das pockennarbige Gesicht bar jeder Gefühlsregung. Als Ji Fung schließlich hilflos verstummte, klatschte Gong Sut Fo und verlangte nach mehr Tee.

»Um deinen Ärger mit der Polizei habe ich mich bereits gekümmert«, sagte er und schenkte Ji Fung nach. »Sie haben dich von der Liste der Verdächtigen gestrichen.«

»Ihr seid zu großmütig, Onkel.« *Aber was ist mit Lin Bai?*

Gong Sut Fos Mund verzog sich zu jener frostigen Grimasse, die bei ihm ein Lächeln darstellte. »Das ist das Mindeste, was ich für den einzigen Sohn meines einzigen Bruders tun kann.«

Ji Fung wußte, daß er für seinen Freund nicht um Gnade bitten konnte. Wenn sein Onkel wüßte, welcher Art ihre Freundschaft war, würde er sie wahrscheinlich beide umbringen lassen. Konnte Lin Bai für immer eine Frau bleiben? Ji Fung spürte, wie sich der Großmut seines Onkels auf sein Herz legte. Er konnte sich nicht vorstellen, was für einen Preis er dafür würde bezahlen müssen.

Eine Stunde lang unterhielten sie sich über alltägliche Dinge, wie normale Neffen und Onkel, die sich nach langer Abwesenheit wieder trafen. Gong Sut Fo zeigte ihm Porträtaufnahmen seiner fünf Töchter, alle entsprechend verheiratet oder guten Familien versprochen, und Ji Fung erlaubte sich die Bemerkung, was für hübsche junge Frauen sie doch geworden waren. Sie redeten über einen Großonkel, der gestorben war, über einen Cousin, an den sich Ji Fung kaum erinnern konnte. Über *mah-jongg* und das Wetter und eine Reise nach Peking, die Gong Sut Fo kürzlich unternommen hatte. Ji Fung hatte langsam das Gefühl, er habe sein Zuhause wirklich wiedergefunden.

Gong Sut Fo schob seinen Stuhl zurück. »Nun, es ist spät, fast Morgen.«

»Ja, das stimmt«, antwortete Ji Fung. Er war erschöpft, als ob das Durcheinander dieses Abends den letzten Tropfen Lebenskraft aus seinen Knochen gesaugt hätte.

»Da wäre noch eine Kleinigkeit, um die ich dich bitten muß, bevor wir uns zurückziehen.«

Ji Fung hielt die Luft an. Das war es. Er nickte, argwöhnisch.

»Nur ein kleiner Gefallen, den ich jedoch sehr zu schätzen wüßte.«

»Alles, was du willst, Onkel.«

»Es geht um folgendes.« Gong Sut Fo hielt ein Streichholz an die vielleicht hundertste Zigarette dieses Abends. »Ich habe in Shanghai einen sehr wichtigen neuen Geschäftspartner kennengelernt. Einen Amerikaner. Er denkt gerade darüber nach, mit uns ins Geschäft zu kommen, aber er möchte erst unser Produkt begutachten.«

»Was für ein Produkt wäre das?«

Sein Onkel hob die Hand, und eines der Dienstmädchen brachte ein feinziseliertes Jadekästchen an den Tisch. Gong Sut Fo öffnete den Deckel, nahm ein verschnürtes rotes Tuch heraus, schlug es auseinander und brachte ein klebriges, schwarzes Stäbchen zum Vorschein, so lang und dick wie der Finger eines Mannes. Ein voller, süßer Duft ging davon aus und stieg Jing Fu unmittelbar in den Kopf.

»Opium?« flüsterte er.

»Schockiert dich das?«

Ji Fung brachte kein Wort heraus. Er starrte auf seine glänzenden neuen Schuhe hinab. Die Ganoven, die mörderischen Männern, vor denen ihn seine mörderische Mutter gewarnt hatte – das war seine eigene Familie. Aber sein Vater war doch sicherlich kein böser Mensch gewesen …?

Da wurde ihm bewußt, daß er nichts über seinen Vater wußte; er hatte ihm Süßigkeiten gegeben und freundlich mit ihm geredet. Außerhalb seiner Rolle des Vaters konnte Gong Wa Toi jede Art von Mann gewesen sein. Dieses Leben schwelender Verderbtheit mochte vielleicht gar Miao-Yings mörderische Tat, die Entführung seines Sohn rechtfertigen?

Das war unmöglich. Und selbst wenn es möglich wäre, konnte nichts die mutwilligen Morde an den anderen Frauen, an den treuen Dienern und Kindern entschuldigen. Und der Junge, der an seiner Stelle gestorben war, der an seiner Stelle unwiderbringlich sein Gesicht verloren hatte, dessen Züge bis zur Unkenntlichkeit verbrannt waren.

Gong Sut Fo schien die Verwirrung im Gesicht seines Neffen zu bemerken, denn er fuhr fort: »Wir sind keine Verbrecher. Wir sind Revolutionäre, die unter Einsatz jeglicher Mittel Kapital beschaffen. Dieses Kapital gibt uns die Macht, die imperialistischen Feiglinge zu bekämpfen, die China zugrunde richten würden, um ihre eigene Habgier zu befriedigen. Die Bruderschaft der Triaden gleicht einer Familie, und eine Familie muß in Zeiten der Zwietracht und des Kummers zusammenhalten.« Seine Stimme wurde zunehmend gefühlsbeladener. »In diese Familie wurdest du hineingeboren, und aus ihren Armen hat dich deine Mutter gerissen. Dein rechtmäßiger Platz ist hier bei uns. Ich danke den Göttern, daß du wieder unter uns weilst. Du bist der erste Sohn des ersten Sohnes meines Vaters. Ich habe keine eigenen Söhne, nur Töchter. Es wäre mir eine Ehre, dich als meinen Sohn aufzunehmen.«

All die langen, kalten Nächte in der Opernschule drängten sich in sein Bewußtsein – wie oft hatte Ji Fung davon geträumt, wegzulaufen und seine verlorene Familie wiederzufinden. Die Erinnerung erfüllte ihn mit Hoffnung und Dankbarkeit, so sehr, daß Tränen in seinen Augen brannten. Er schlug die Augenbrauen nieder und wartete; er wußte, daß sein Onkel noch nicht zu Ende gesprochen hatte.

»Doch eine Sache gilt es noch zu entscheiden«, sagte Gong Sut Fo mit finsterem Blick. »Ich muß mir völlig sicher sein, daß du der Sohn meines Bruders bist, nicht der von Miao-Ying. Wenn das Blut der Gong in deinen Adern fließt, wirst du mich nicht enttäuschen. Tu deinem Onkel diesen Gefallen, zum Beweis, daß du dem Andenken deines Vaters treu bist.«

Ji Fung verbeugte sich demütig.

»Sagt mir, was ich tun soll, Onkel, und ich werde es gerne tun.«

»In drei Tagen ist ›Yue Lan‹, das Fest der ›Hungrigen Geister‹. Dann nimmst du die Fähre nach Kowloon und gehst die Tung-Tau-Tsuen-Straße entlang bis zur Stadtmauer. Betrete die Stadt über die Fui-Sing-Straße, in der die nicht angemeldeten Zahnärzte praktizieren. Nach hundert Schritten kommst du zu einer Metzgerei, und in der Seitengasse dahinter handelt ein alter Mann mit Schuhen. Frage ihn nach den geflochtenen Bastsandalen. Wenn er dir erwidert, er habe nur noch eine einzelne übrig, antwortest du: *Ich benötige nur eine für die Reise, die vor mir liegt.* Dann reichst du ihm so das Geld.«

Gong Sut Fo hielt einen gefalteten Geldschein zwischen dem Zeige- und Mittelfinger seiner linken Hand; die anderen Fingern wurden von seinem Daumen in die Handfläche gedrückt. Ji Fung nahm das Geld und ahmte die Bewegungen seines Onkels nach. Gong Sut Fo nickte und ließ den Schein zurück in seine Tasche gleiten.

»Der alte Mann wird dir ein Kästchen geben. Mit diesem Kästchen besteigst du den Zug nach Shanghai. Auf dem *Bund*, der dortigen Hauptstraße, die den Whangpoo entlangführt, wirst du ein Etablissement namens Shanghai Club finden, wo unser neuer Freund jeden Tag mit seinem französischen Geschäftspartner zu Abend speist. Du wirst dich dort mit ihm treffen und ihm das

Kästchen übergeben. Der Schlüssel befindet sich bereits in seinem Besitz. Der Mann heißt Herbert Hinchcliffe.«

Ji Fung wiederholte den schwierigen Namen zweimal leise.

»Deine englische Aussprache ist vorzüglich«, stellte Gong Sut Fo fest. »Haben sie dir das auf der Opernschule beigebracht?«

Ji Fung lächelte still, und sein Onkel erwiderte dieses Lächeln mit mehr echtem Gefühl, als er sich bisher gestattet hatte.

»Du bist ein guter Junge.« Er stand auf und klopfte Ju Fung auf die Schulter. »Eine Sache solltest du jetzt noch erledigen.«

Gong Sut Fu hob die Hand, und das Mädchen verschwand. Sekunden später kamen die beiden Männer aus der Gasse hereingeschlichen.

»Meinen Neffen, Chi Gwai hast du bereits kennengelernt. Dies ist Lam Bao, sein Partner.« Die beiden Männer verneigten sich. Beide sahen blaß und nervös aus. »Sie sind gekommen, um sich für die Verletzungen zu entschuldigen, die sie dir zugefügt haben.«

Ji Fung blieb während der entsetzlich förmlichen Zeremonie steif und angespannt stehen. Es war offensichtlich, daß beide Männer schreckliche Angst vor seinem Onkel hatten. Als der zweite Mann seine schlecht vorbereitete Ansprache schließlich beendet hatte, öffnete Gong Sut Fo eine Schublade und nahm einen versilberten Revolver heraus. Er reichte Ji Fung die Waffe, der sie nur widerwillig entgegennahm.

»Kannst du ihnen verzeihen?« wollte Gong Sut Fo wissen.

Ji Fung wog das kühle Metall der Waffe in seiner rechten Hand. Die beiden Männer standen sprachlos und mit wild aufgerissenen Augen vor ihm, die Gesichter schweißnaß. Ji Fung verspürte große Lust, sie beide zu erschießen, sie die Angst und die Schmerzen spüren zu lassen, die er erlitten hatte, als sie ihn von Lin Bai fortgeschleppt hatten.

Der Gedanke an Lin Bai hatte ganz eigene Schmerzen zur Folge. Wo mochte er jetzt sein? Trauerte er bereits um Ji Fung, so wie es Gong Sut Fo viele Jahre lang getan hatte?

Ji Fung biß sich auf die Lippen. Er mußte sich konzentrieren. Es ging hier nicht um Rache. Er wurde auf die Probe gestellt. Er schloß für einen langen Augenblick die Augen und blickte dann seinem Onkel direkt ins Gesicht.

»Ich verzeihe ihnen«, sagte Ji Fung. »Sie haben nur das Andenken meines Vater beschützt. Und ohne sie hätte ich meine Familie nicht wiedergefunden.«

Gong Sut Fo nickte. Ganz offensichtlich fand diese Antwort seine Zustimmung. »Der Großmut meines Neffen hat euer Leben geschont«, erklärte er den beiden Männern. »Doch in meinen Augen ist der Weg zur Versöhnung lang und schmerzhaft.«

Er nahm Ji Fung die Waffe aus der Hand und feuerte zwei Schüsse ab. Blut spritzte auf den Boden. Leuchtend rote Blumen erblühten auf Ji Fungs schwarz-weißen Schuhen. Die Männer gingen schreiend in die Knie; jeder hielt ein zerschmettertes Bein umklammert.

Gong Sut Fo legte den Revolver in die Schublade zurück und legte seine Hand wieder auf Ji Fungs Schulter. Dieses Mal gab Ji Fung sich Mühe, nicht zusammenzuzucken.

»Bis ihre Wunden verheilt sind, wirst du aus Shanghai zurück sein. Von jenem Tag an werden sie deine persönlichen Leibwächter sein. Sie werden dich mit ihrem Leben schützen und dir auf jede andere Art zu Diensten sein, die du verlangst.«

Ji Fung zwang sich, seinen Blick von dem Blut abzuwenden, das sich auf dem feinen Teppich sammelte. Seine Augen fielen auf die Statue von Kwan Ti, der sein Schwert schwang, und er erinnerte sich daran, daß dies auch einer der Götter der Triaden war, einer der drei Generale, die als *Die drei Brüder* bekannt waren, so sehr waren sie einander ergeben. Er bemerkte, daß Kwan Tis linke Hand genauso gefaltet war, wie sein Onkel es ihm gezeigt hatte.

Das war alles zu viel. Wie ein müdes Kind ließ es Ji Fung geschehen, daß sein Onkel ihn um die sich vor Schmerzen windenden Männer herum führte, hinaus, auf den weiten Flur.

»Es war eine lange Nacht für dich«, sagte Gong Sut Fo. »Heute kannst du ungestört schlafen. Wenn die nächste Nacht anbricht, wirst du deine Reise antreten.«

Lin Bai lag nackt auf dem Bauch. In seinem Kopf drehte sich alles, und sein Mund war trocken wie Sand. Seine Wangen waren schuppig vor Tränen, die dort getrocknet waren, wieder und wieder. Perique hatte sich vor Stunden auf den Weg gemacht, mit dem Mut der Verzweiflung, überzeugt, daß er mit Geld und dem, was er seine Verbindungen nannte, in der Lage sein würde, Ji Fung zu finden.

Lin Bai hegte keine derartigen Hoffnungen. Er verstand sehr genau, was gerade passierte. Jeder, der ihn zu lieben versuchte, starb – also war Ji Fung tot. Lin Bai war seinem Unglück nicht entkommen, indem er Meister Lau ermordet hatte; er hatte es nur eine Weile auf eine falsche Fährte gebracht. Jetzt hatte es ihn wiedergefunden und Ji Fung mit Haut und Haar verschlungen.

Er wußte, daß er das Hotel verlassen mußte, bevor sein Gift auf Perique überschwappte, der zwar ziemlich schwach und albern, eigentlich jedoch ein lieber Kerl war und sein unglückliches Leben und das von Ji Fung gerettet hatte. Aber vielleicht war Perique bereits mit dem Gift in Berührung gekommen. Jeder, der sich mit ihm anfreundete, kam zwangsläufig mit ihm in Berührung. Er könnte weit fortgehen, in die Berge, ein Einsiedler werden. Doch er wußte, daß er keine zwei Monde überstehen würde. Er hatte das Herz eines Schauspielers. Ohne ein Publikum würde er dahinwelken und sterben. Vielleicht wäre das besser.

Erneut weinte er heiße Tränen der Hilflosigkeit und wälzte sich auf die Seite, so daß sie langsam in das verschwitzte Seidenlaken tropften. Er griff nach der Flasche mit amerikanischem Whiskey neben sich, fand jedoch nur die Bettdecke mit ihrem Inhalt durchtränkt. Er warf die leere Flasche gegen die Wand. Sie zerbrach jedoch nicht, wie er gehofft hatte, sondern landete dumpf auf dem Teppich.

Lin Bai schloß die Augen. Starke Schmerzen pulsierten in seinem Kopf, sein Magen krampfte sich vor Kummer zusammen, und mehr als alles andere wünschte er, er würde sterben. Der Tod würde seinem Leiden ein Ende setzen – und, was noch wichtiger war, das Leiden der Menschen um ihn herum hätte ein Ende.

Wie sollte er es tun? Das Fenster war nicht hoch genug. Perique hatte seinen Revolver mitgenommen. Es gab Rasiermesser, aber das erinnerte ihn zu sehr an Meister Lau. Er wollte nicht so sterben, wie Meister Lau gestorben war.

Er sah sich verzweifelt im Zimmer um, auf der Suche nach einem Werkzeug der Vernichtung. Sein Blick fiel auf den Nachttisch, wo Perique einen halben Teller mit kleinen Kuchen hatte stehen lassen, gefüllt mit einer Paste aus roten Bohnen und Opium. Gestern hatte Perique ihn und Ji Fung davor gewarnt, mehr als einen zu essen, da sie sehr stark seien.

Lin Bai aß die Kuchen mit kleinen, behutsamen Bissen. Die trockene Haut seines Gaumens zog sich aufgrund des eindringlichen Geschmacks zusammen. Nachdem er vier Stückchen gegessen hatte, entglitt der Teller seiner Hand. Er ließ sich in die Kissen fallen und wartete darauf, daß der Abgrund sich seiner bemächtigte.

Vor der Tür zu Periques Suite zögerte Ji Fung einen Augenblick. Er rückte seine neue Krawatte gerade und strich sich mit der Handfläche über seine zurückgekämmten Haare, nervös und unsicher. Er war so weit gekommen, hatte im Verlauf einer Nacht so viel erreicht. Er war kein Waisenkind auf der Flucht mehr. Er war ein Mann aus einer mächtigen Familie, der verloren geglaubte erstgeborene Sohn. War es überhaupt möglich, in diese finstere Welt zurückzukehren, in diesen nach Sex duftenden Opiumtraum von einem Leben?

Er schüttelte den Kopf. Ihm blieb keine Wahl. Er stand in Periques Schuld – und dieses Leben wäre bedeutungslos, wenn er es nicht mit Lin Bai teilen konnte.

Er mußte diese beiden Hälften wieder vereinen. Es mußte einen Weg geben. Er konnte Lin Bai seiner Familie als Betty Lee vorstellen – oder noch besser, als Betty LeBon, Periques Cousine. Sein Onkel würde nie glauben, daß Perique von einer guten Familie abstammte, aber vielleicht gab er sich mit einer reichen Familie zufrieden. Was hatte er über jene seltsame Bruderschaft gesagt, jene schemenhaften Ganoven/Revolutionäre, deren wahre Absichten Ji Fung nicht einmal ahnte? »Wir sind Revolutionäre, die unter Einsatz jeglicher Mittel Kapital beschaffen.«

Vielleicht wußte Perique sogar, wo er ihm Kinder kaufen konnte. Dann würde er Söhne haben, um die Familie, die seine Mutter so sehr verwüstet hatte, wieder zu vervollständigen. In seiner Vorstellung sah er Straßenbälger, die er vor einem Leben jämmerlichen Hungers rettete, vor einem elenden Tod, wie der Junge, der seinen Platz eingenommen hatte. Vielleicht könnte er für die Qualen des Jungen büßen, seinen brennenden Geist beschwichtigen.

Er lächelte und blickte hoffnungsfroh in die Zukunft, als er die Tür öffnete und durch die Suite ins Schlafzimmer schritt. Lin Bai lag reglos und vorwurfsvoll auf dem Bett, umgeben von den klebrigen Resten halb gegessener Opiumkuchen.

Ji Fung stürzte zum Bett, riß Lin Bai an den Schultern empor, versetzte ihm eine leichte Ohrfeige und schlug dann fester zu. Lin Bais Kopf baumelte an seinem Nacken, als ob er kaum noch daran befestigt war. Seine Haut war kalt und feucht, seine Augen waren silbrig-weiße Schlitze.

»Lin Bai, wach auf! Du darfst jetzt nicht tot sein! Ich bitte dich, Geliebter!«

Lin Bai schnaufte leise, wie jemand, der im Schlaf gestört wurde. Ein leichter Pulsschlag schlug an seinem Nacken. Ji Fung zerrte ihn auf die Füße und hielt den leichten, aber leblosen Körper mit aller Kraft aufrecht.

»Lauf mit mir«, befahl er. »Tanz mit mir! Kommt schon, ihr anmutigen Füße, bewegt euch!«

Perique kam zur Tür hineingestürzt und fluchte auf französisch.

»Junge, du lebst!« Er eilte herbei und half, Lin Bai auf den Beinen zu halten. »Was ist mit Lai passiert?«

Ji Fung wies mit einer Bewegung des Kinns auf die halb gegessenen Kuchen.

»*Mon Dieu!* Ich hätte ihn nicht allein lassen dürfen. Aber er ist noch nicht zu weit weg. Ich habe Schlimmeres gesehen.« Perique lief ins Badezimmer und ließ kaltes Wasser in die Wanne einlaufen. »Bring ihn her, schnell.«

Sie legten Lin Bai in die Wanne, spritzten ihm Wasser ins Gesicht, massierten seine Hände und Füße.

»Lin Bai«, rief Ji Fung. »Liebster, hörst du mich?«

Er fing an zu singen. *»Seit frühsten Zeiten, wie viele Liebende sind einander bis zum Ende treu geblieben?«*

Lin Bais Augenlider flackerten. Er rollte den Kopf hin und her und stöhnte leise. Perique zog einen zufriedenen Schmollmund.

»So ist gut, sing mit mir. *Doch jene, die einander treu geblieben, fanden schließlich zueinander. Auch wenn Tausende von Meilen sie trennten. Selbst wenn der Tod sie auseinandergerissen hatte.«*

Lin Bais Lippen bewegten sich; seine Stimme war ein leises Flüstern, kaum hörbar.

»Wie geht es weiter?« wollte Ji Fung wissen. »Du weißt doch, daß ich den Rest immer vergesse. Hilf mir auf die Sprünge.«

Lin Bais Mundwinkel zogen sich nach oben, der Hauch eines Lächelns. Seine Stimme klang hoch und abschweifend, doch sie hatte eine Andeutung von Kraft hinzugewonnen. *»All jenen, die ihr unglückliches Schicksal verfluchen, fehlt es nur an Liebe.«*

Tränen liefen Ji Fungs Wangen hinunter, und seine Stimme brach, als er und Lin Bai gemeinsam weitersangen.

»Wahre Liebe bewegt Himmel und Erde. Stahl und Stein strahlen wie die Sonne und erleuchten die Seiten alter Geschichten.«

Lin Bai lehnte seinen Kopf an die Schulter von Ji Fungs neuem Anzug, der vom Badewasser feucht geworden war. »Du vergißt immer den Text«, sagte er vorwurfsvoll. »Statt zu üben, träumst du vor dich hin. Wie willst du so jemals ein Star in Hollywood werden?«

Ji Fung drückte seine Lippen auf Lin Bais Scheitel und erinnerte sich an das Gefühl der Stoppeln, wo jetzt seidenes Haar wuchs. »Ich brauche dich, damit du mich daran erinnerst«, sagte er.

Lin Bai öffnete die Augen und blickte Ji Fung an, endlich ganz wach. »Du lebst.«

Ji Fung nickte.

»Und ich auch.«

»Ja, du auch.«

»Ich habe dir kein Unglück gebracht.«

Ji Fung lächelte. »Eindeutig nicht.«

Nachdem sie Lin Bai abgetrocknet und in einen weißen Frotteebademantel gepackt hatten, lagen die beiden Jungen auf dem Bett einander in den Armen. Perique hatte es sich in einem Sessel gemütlich gemacht, das Kinn auf seine Fäuste gestützt und betrachtete sie wie eine Eule aus einer Baumkrone herab. Ji Fung streichelte das feuchte Haar seines Geliebten, während er die Geschichte seiner letzten Nacht vor ihnen ausbreitete.

Als er erzählte, um welchen Gefallen sein Onkel ihn gebeten hatte, leuchteten Periques blasse Augen auf. »Shanghai«, rief er aus. »Die einzige zivilisierte Stadt in diesem elenden Teil der Welt. Wie wundervoll!«

Er beugte sich vor und strich Lin Bai über die kühle Wange.

»Wir machen zusammen einen Ausflug, schöne Betty. Wir gehen nach Shanghai!«

Keiner von ihnen hatte je zuvor die Altstadt betreten, aber alle hatten sie beängstigende Erzählungen darüber gehört. Dieser Ort war ein Nest, in dem es nur so vor Bösewichtern wimmelte, wo Verfall und Auflösung gediehen. Ein Mann, der es nachts betrat, würde den Morgen sehr wahrscheinlich nicht erleben, und für eine Frau war es zu jeder Tageszeit töricht, insbesondere für eine schöne Frau.

Perique wußte von schmutzigen Zimmern zu berichten, in denen Frauen unter Drogen angekettet und zu jeder Scheußlichkeit gezwungen wurden, die das Hirn eines Kunden sich erträumen konnte. Wenn der Preis stimmte, konnte man ein Mädchen sogar verstümmeln oder töten.

Trotzdem bestand Lin Bai darauf, sie zu begleiten. Er würde es nicht ertragen, noch eine weitere Nacht im Hotel zu warten; er würde wahnsinnig werden. Ji Fung hatte das Bild des reglosen Körpers seines Geliebten vor Augen und gab nach. Er überlegte, daß jeder, der sich mit Betty Lee anlegen mochte, eine Überraschung erleben würde; niemand rechnete damit, daß eine so schlichte junge Dame in der Lage sein würde, einen Salto in der Luft zu machen, gefolgt von einem beidfüßigen Tritt, der stark genug war, einen Schädel einzuschlagen.

Die Altstadt erfüllte keine ihrer Erwartungen. Die eng aneinander gebaute Ansammlung von Mauerwerk und Holz war fast ausgestorben. Einst war dies die Festung der Mandschu gegen die Engländer gewesen, mit meterdicken Mauern, von der eisernen Hand des *yamen* beherrscht. Nach dem Sieg der Briten hatte es sich in ein Niemandsland verwandelt, nur vom Gesetz eines Rasiermessers an der Kehle regiert.

In Hongkong und in den anderen Teilen von Kowloon war das Fest der ›Hungrigen Geister‹ in vollem Gange. Ji Fung und Lin Bai kannten diese Feier gut, da es ganz besondere Opernaufführungen zur Unterhaltung und Besänftigung der Toten einschloß. Kleine Freudenfeuer brannten in jeder Straße und Gasse, auf jedem Gehsteig und in jedem Hinterhof. Der Qualm des Weihrauchs mischte sich mit dem der Feuerstellen. Die feuchte Luft roch süßlich, leicht versengt. Papierene Nachbildungen unterschiedlicher Gebrauchs- und Luxusgegenstände – Möbel, Automobile, Kleider – wurden verbrannt, damit die Toten keinen Mangel leiden mußten. Ji Fung dachte erneut an den Jungen, der an seiner Stelle verbrannt war, den Flammen geopfert, damit sein Vater im Jenseits nicht gezwungen war, auf einen Sohn zu verzichten.

Innerhalb der Mauern glich das Fest eher einem Gespenst – einem über die Maßen hungrigen Gespenst genaugenommen. Die meisten der baufälligen Häuser waren düster und leer. Einige schwankten unter durchhängenden Dächern, nur noch von den Gebäuden auf beiden Seiten aufrecht gehalten, wie eine Leiche, die von zwei Krüppeln gestützt wird. Hier und dort wurden winzige Feuerstellen mit Knochensplittern und getrocknetem Menschenkot genährt; von gebeugten Seelen behütet, die die Flammen gelegentlich mit Geistergeschenken aus Zeitungspapier fütterten. Die Straßen waren so schmal, daß die Jungen im Gänsemarsch an diesen jämmerlichen Feierlichkeiten vorbeigingen, um sich nicht die Füße zu verbrennen. Die Bewohner der Stadt schenkten ihnen keine Aufmerksamkeit. Die Meisten sahen nicht einmal auf oder blickten sofort wieder beiseite.

»Man könnte fast meinen, sie hätten Angst vor uns«, flüsterte Lin Bai, als ein muskulöser junger Mann aus dem Eingang eines schmutzigen Ladens spickte und sofort wieder darin verschwand.

»Sie denken, wir gehören zu den Triaden«, erklärte Perique.

Ji Fung warf ihm einen Blick zu. »Das tun wir.«

»*Du* vielleicht. Ich mache Urlaub. Ha!« Perique wich geschickt einer öligen, sumpfigen Pfütze aus. »Nach diesem Ausflug wird Shanghai verdammt gut aussehen.«

Schließlich fanden sie die Metzgerei, die Gong Sut Fo ihnen genannt hatte. Geröstete Schweinsköpfe hingen in den Fenstern, die Augen in ihren Höhlen aufgeplatzt, die Haut brüchig und durchsichtig, der Unterkiefer in der Mitte aufgeschnitten und gespreizt, so daß zwei Reihen rassiermesserscharfer Zähne sichtbar waren. Darüber hing eine Reihe schlecht konservierter Enten, schimmlig und voller Fliegen. Eine einzige schmale Kerze brannte im Laden, in deren Schein ein hagerer Junge einen Hund häutete. Ein bunter Haufen Innereien lag neben ihm auf dem Boden. Sein nackter Körper war blutverschmiert, sein langes schwarzes Haar triefte davon.

Sie machten, daß sie an dem Laden vorbeikamen und bogen in die direkt dahinterliegende Gasse. Der Stand und sämtlicher Haushalt des alten Schuhverkäufers befanden sich in einer kleinen Nische in der Wand der Metzgerei. Sein Territorium wurde von einem Haufen Stoffschuhe und grob gearbeiteter Ledersandalen begrenzt. Dahinter befanden sich sein Kochtopf und seine Schlafmatte.

Er stellte seine Schale mit Nudeln beiseite, als Ji Fung die Gasse betrat. Sein dunkles Gesicht war ebenso vertrocknet wie das Fell, aus dem er seine Sandalen fertigte, aber seine Augen wirkten scharf und klug.

»Die jungen Herren möchten Schuhe?« fragte er.

»Ich suche geflochtene Bastsandalen«, sagte Ji Fung. Er konnte sich des Gefühls nicht erwehren, er befände sich wieder auf einer Bühne.

Der alte Mann lächelte und ließ dabei einen einzelnen Zahn sehen.

»Ah«, sagte er. »Voller Scham muß ich gestehen, daß ich nur noch eine übrighabe.«

Er griff in den Schuhhaufen und zog eine einzelne, altmodische Bastsandale heraus, wie sie von Mönchen getragen wurden.

»Allerdings in bester Qualität. Aus feinstem Schilf handgeflochten.«

Ji Fung blickte über die Schulter hinweg zu Perique und Lin Bai zurück, die am Eingang der Gasse standen. Perique zuckte mit den Achseln. Lin dagegen nickte ihm zu und runzelte die Stirn, so wie er es stets tat, wenn Ji Fung der Ermunterung bedurfte.

Er atmete tief durch und sagte seinen Spruch auf. »Ich benötige nur eine für die Reise, die vor mir liegt.« Dann zog er den Geldschein hervor, den er auf der Fähre sorgsam gefaltet hatte, steckte ihn zwischen Daumen und Zeigefinger seiner linken Hand und reichte ihn weisungsgemäß hinüber.

Der alte Mann nickte, und seine knorrigen braunen Finger schnappten sich das Geld und ließen es schneller verschwinden, als Ji Fungs Augen folgen konnten. Er hob seinen Kochtopf in die Höhe, unter dem eine tiefe Mulde zum Vorschein kam, nahm ein rotlackiertes Kästchen heraus, wischte etwas Schmutz und Asche herunter und drückte es Ji Fung in die Hand.

Es war größer, als er erwartet hatte. So groß, daß er es mit beiden Händen halten mußte, mit einem kunstvollen Messingschloß. Dieses Kästchen mußte er sicher nach Shanghai bringen. Er wog es in seiner Hand und konnte sich den Wert, den es darstellte, nur schwer vorstellen. Nicht nur den Geldwert, sondern das Ausmaß des Vertrauens, das sein Onkel in ihn gesetzt hatte. Ji Fung versprach dem Geist seines Vaters stillschweigend, daß er die Bruderschaft nicht enttäuschen würde.

Der Zug hielt schon wieder. Dies war bereits das siebte Mal, und sie waren noch nicht einmal in Soochow. Perique rollte mit den Augen und schüttelte den Kopf, doch die Jungen schenkten ihm keine Aufmerksamkeit, sondern beugten sich aus den Fenstern, von Horden fliegender Händler umgeben. Diese Menschen hatten sich so sehr daran gewöhnt, daß die Züge dauernd stehenblieben, daß sie einfach mit ihren Waren an den Schienen standen und darauf warteten. Wenn es dann wieder einmal soweit war, eilten sie herbei, boten Kleinigkeiten zu essen und Tee in Tontassen feil, spielerisch und voller Neugier. Perique fand es widerlich, wie diese Bauerntölpel herumflatterten, wie Fliegen oder eine andere mindere Art ärgerlichen Ungeziefers. Er wünschte, seine Jungen würden sie nicht auch noch dazu ermutigen.

Als Ji Fung und Lin Bai sich schließlich wieder hinsetzten, hatten sie die Arme voller überflüssigem Plunder. Braune Birnen und Reisbällchen dampften in Lotusblättern. Papiertütchen voller in Rapsöl gebratener Nudeln. Ein kleiner Spiegel mit einem rotgoldenen Drachen auf dem Rücken. Ein Bambuskrebs mit wippenden Augenstielen und beweglichen Beinen. Ein handbemalter Blechaffe an einem Stock.

Sie teilten das Essen untereinander auf, wickelten die schlaffen und dampfenden graugrünen Blätter aus und stocherten mit schicken Eßstäbchen in den Papiertütchen herum. Perique rümpfte die Nase. »Wie könnt ihr das nur essen?«

»Es schmeckt gut!« sagte Lin Bai. Sein Lippenstift war fast ganz verschwunden. Nur noch seine Mundwinkel leuchteten rot.

»Hier.« Ji Fung bot ihm eine Birne an, doch Perique schüttelte heftig den Kopf.

»Habt ihr denn gar keine Ahnung? In diesem Land düngen die Leute ihre Felder mit menschlicher Scheiße. Ihr Essen ist voll mit allen möglichen Krankheiten. Cholera. Ruhr.«

Lin Bai lachte. »Keine Krankheit überlebt das hier.« Er hielt eine schrumpelige rote Peperoni zwischen seinen silbernen Eßstäbchen und stopfte sie sich dann in den Mund.

»Außerdem«, fügte Ji Fung hinzu, »ist das Essen im Speisewagen entsetzlich. Es schmeckt wie in Babykotze gekochtes farbloses Fleisch.«

Perique sog verzweifelt die Luft ein. Seine Hoffnungen, aus diesen wilden Tieren noch zivilisierte junge Männer zu machen, wurden täglich geringer.

Die Jungen wechselten einen verschlagenen Blick, und Ji Fung beugte sich vor und zog die Vorhänge ihres Abteils zu.

»Hee, einen Augenblick!« Perique holte Luft, doch da fielen sie bereits übereinander her, küßten sich und leckten und stöhnten und ließen ihn alles sehen. Wieder einmal wurde ihm bewußt, weshalb er seine kleinen Biester so liebte.

Später, während des Abendessens, war überall im Speisewagen von Krieg die Rede. Chinesische und japanische Truppen hatten auf der Marco-Polo-Brücke nahe Peking aufeinander geschossen. Ein japanischer Lieutenant und sein Fahrer wurden vermißt und später in der Nähe des Hungjao Flughafens gefunden.

»Sexuell verstümmelt, was?« führte ein rotgesichtiger Brite nicht ohne eine gewisse Befriedigung aus. »Die haben denen schlicht den Spargel abgeschnitten. Äußerst abstoßend, wozu diese Chinesen fähig sind.«

Seine Begleiterin, eine blasse, zerbrechlich wirkende Frau mit aschblonden Haaren und blaßblauen Augen hob die Stimme. »Denkst du, hier ist es gefährlich?«

Der riesige Schnauzbart des Briten zitterte. »Red keinen solchen Unsinn, Enid! In China passiert so was dauernd. Zivilisierte Menschen sind davon nicht betroffen.«

Bis Sonnenuntergang hatte sich der Zug noch immer nicht bewegt. Perique saß mit einem Glas Whiskey mit Eis in dem stickigen Abteil, Lin Bais Kopf in seinem Schoß. Der Junge war wunderschön, mit seinen langen Fransen, die ihm in die Stirn fielen, mit seinen nymphenhaften Augen und dem vollen, rosigen Mund. Seine Haare waren zu einem kurzen Bubikopf gewachsen, und so konnte er auf die Perücke verzichten, ein Segen während dieser Sommermonate. Seine Gesichtszüge waren so fein und wohlgebildet, daß er kaum Schminke benötigte, um wie ein Mädchen auszusehen.

Ihnen gegenüber saß Ji Fung, der in seinem neuen grauen Anzug und seinen glänzenden zweifarbigen Schuhen elegant und fast ein bißchen gefährlich aussah. Er war das Yang zu Lin Bais Yin, ebenso schön, nur kantiger, männlicher. Sein eckiges Kinn, seine breiten Schultern, seine schmale Taille ergänzten Lin Bais anmutig schlanke Figur hervorragend. Gemeinsam sahen sie großartig aus.

Ji Fung bemerkte, daß Perique ihn beobachtete und lächelte, den Kopf so auf die Seite gelegt, daß die feinen Muskeln seines Halses hervortraten. »Erzähl uns noch mehr über Shanghai«, sagte er.

Lin Bai stimmte ihm zu, ohne die Augen zu öffnen. »Ja, erzähl weiter.«

»Nun … ich habe die Bibliothek des Shanghai Club noch in guter Erinnerung.« Er lachte leise. »Der Club ist berühmt für seine Bar, die längste der Welt – 50 Meter lang, und ich werde euch dort einen Drink spendieren, versprochen –, aber als ich ein Junge war, waren mir Bars gleichgültig. Ich sehe noch die alten Männer vor mir, die in der Bibliothek Schach spielten, ich kann den Qualm ihrer Pfeifen riechen. Und dann die Bücher, Regale über Regale, die in die Höhe ragten, soweit das Auge reichte, mit langen Leitern, auf die man steigen mußte, um an die oberen Bücher zu kommen. Ich habe lange Sommertage dort mit Lesen verbracht und den Staub von Leder und Papier eingeatmet, den Dunst der Einbildungskraft. Ich hatte nicht viele Freunde, und so tröstete ich mich mit jenen, die ich in den Büchern fand.«

»Aber ein paar Freunde mußt du doch gehabt haben«, bemerkte Ji Fung.

»Wen? Ich kannte keine anderen Mischlinge in meinem Alter. Die chinesischen Kinder hielten mich für einen Snob, und die weißen Kinder nannten mich…«

»Wie?« Lin Bai stützte sein Kinn auf einen Ellbogen. »Wie haben sie dich genannt?«

Perique starrte durch das Fenster auf die reglose Landschaft. »Schlitzauge und Bastard«, sagte er schließlich.

Ji Fung beugte sich hinüber und tätschelte Periques Knie. »Dann waren sie dämlich, und es war kein Verlust, daß du sie nicht kennengelernt hast.«

Perique nickte, aber bis heute konnte er sich daran erinnern, wie einsam er sich gefühlt hatte, wie sehr er sich nach anderen Jungen gesehnt hatte, so sehr, daß er nur zu gerne sein chinesisches oder sein weißes Blut herausgefiltert hätte, wenn er dazu in der Lage gewesen wäre. In Shanghais französischer Konzession weiß zu sein war damals ein himmlischer Zustand. Alle Freuden und Möglichkeiten der Stadt hätten ihm offengestanden. Doch er wäre auch mit einer rein chinesischen Abstammung zufrieden gewesen – dann hätte er wenigstens *irgendwo* wirklich hingehört –, nur um ein paar Freunde zu haben-

Ji Fungs Stimme riß ihn aus seinen Träumen. »Was war mit deinen Brüdern und Schwestern?«

»Natürlich«, sagte er lahm, »mit ihnen habe ich oft gespielt.«

Er erinnerte sich daran, wie er einmal den Kindern irgendwelcher Diener befohlen hatte, mit ihm zu spielen. Die beiden Jungs hatten ihm mit kalter Höflichkeit gehorcht und geduldig darauf gewartet, daß sie sich dieser neuen Pflicht entledigen und wieder in der Küche Enten rupfen konnten. Voller Qual und Zorn hatte sie Perique zu einer rebenüberwachsenen Pagode geschleift und sie gezwungen, einander mit dem Mund zu beglücken, während er zusah. Sie schienen erregt, doch als es vorbei war, hatten sie Perique so haßerfüllt angesehen, daß er sich nie wieder traute, mit ihnen zu sprechen.

Er streckte seine Hand nach Ji Fung aus und zog ihn zu sich herüber, legte seinen Arm um die schmale Taille des Jungen und fuhr mit der Hand durch Lin Bais volles weiches Haar. »Aber jetzt habe ich euch, meine Lieblinge. Wenn wir in Shanghai sind, werde ich euch das Paris des Orients zeigen, oder die Hure des Orients, was euch lieber ist. Erst vor wenigen Jahren hat ein christlicher Missionar, der die Stadt besuchte, behauptet, sie wäre so dekadent, daß Gott sich bei Sodom und Gomorrha entschuldigen müsse.«

Beide Jungen blickten verwirrt drein.

»Egal. Ich werde mit euch den *Bund* entlangspazieren, am Fluß, wo sich der Shanghai Club und all die anderen großartigen Häuser befinden. Wir werden im Sincere und im Wing On einkaufen gehen, wo man wirklich alles kaufen kann, wonach sich eure hübschen kleinen Herzen sehnen mögen. Wir werden in das Great World Theater gehen und das Shanghai Ballett sehen oder die Russische Oper. Würde euch das gefallen?«

Er wurde mit zustimmenden Rufen belohnt. Im selben Augenblick fuhr der Zug mit einem Ruck an, und überall im Wagen wurde Beifall geklatscht.

Es war mitten in der Nacht, als sie schließlich im Bahnhof von Shanghai einfuhren. Trotz der späten Stunde war die Halle voller Menschen. Sie sahen elegante blonde Mütter, von Koffern gleicher Fertigung umgeben, die sich über den »Ärger im Orient« unterhielten, während chinesische Kindermädchen versuchten, plärrende blonde Kinder zu beruhigen, die längst ins Bett gehört hätten. Sie sahen ältere europäische Dandys mit ihren hübschen jungen Reisebegleitern beiderlei Geschlechts. Sie sahen auch Stadtbewohner Shanghais, vornehm gekleidete Paare und Geschäftsleute und reiche Frauen mit geschminkten Augenbrauen und strengen gepuderten Gesichtern.

Alle kämpften sie um einen Platz in einem Zug, der sie aus

Shanghai fortbringen würde. Die Maske zivilisierten Verhaltens litt sichtlich unter der Anspannung; Ji Fung sah entsetzt, wie eine hübsche junge Mutter eine alte Frau beiseite stieß, um mit ihren Kindern einen abfahrenden Zug zu erreichen. Die alte Frau taumelte und wäre fast auf die Schienen gefallen.

»Warum haben es alle so eilig?« wollte Ji Fung wissen, der drei ihrer sieben Koffer schleppte.

»Woher soll ich das wissen?« murmelte Perique und sah sich nach einem Gepäckträger um. Das letzte Stück ihrer Reise hatte ihm zugesetzt, und die Aussicht, sein Gepäck selbst zu tragen, ärgerte ihn.

»Ist es wegen der Kämpfe?« fragte Lin Bai und stupste mit der Spitze seiner hochhackigen Pumps gegen einen kleinen Koffer.

»Scheiß auf die Kämpfe!« bellte Perique. Gebieterisch hob er eine Hand. »Gepäckträger!« Doch die wenigen Träger, die sie entdecken konnten, schlugen sich bereits mit viel zu vielen Taschen herum.

»Hört zu«, sagte Perique. »Es geht hier nicht um einen Haufen dummer Provinzler, die sich um ein wertloses Stück Land streiten. Wir befinden uns im zivilisierten Teil der Welt. Wenn wir jedesmal davonlaufen würden, wenn diese Kerle ein paar Schüsse abfeuern, gäbe es längst kein Shanghai mehr.«

»*Diese Kerle?*« Ji Fung ließ die Taschen fallen. »Du meinst die Chinesen?«

Perique rollte mit den Augen. »Ich rede von unzivilisierten Menschen.«

Lin Bai versuchte, sich zwischen sie zu drängen. »Hier. Ich nehme zwei Koffer, und Pei nimmt zwei, und Ji Fung trägt den Rest. Wenn wir auf einen Gepäckträger warten, dauert das die ganze Nacht.« Sie ignorierten ihn.

Ji Fung spuckte neben Periques Schuhen auf den Boden. »Wenn es all diese unzivilisierten Menschen nicht gäbe, wer würde dann deine eleganten Porzellantoiletten putzen, wer deine Wäsche waschen und dein Essen kochen und dich häppchenweise füttern, Kleinkind, das du bist?«

»Wie kannst du es wagen, so mit mir zu sprechen?« Periques Gesicht war hochrot, seine grünen Augen blitzten. »Ohne mich hätten deine heißgeliebten *Menschen* dir längst die Kehle durchgeschnitten und dich am Hafen liegenlassen.«

»Richtig, und man kann sogar aus einem Philosophen einen bissigen Hund machen, wenn man ihm nur lange genug nichts zu fressen gibt!«

»Hör zu, du undankbares, kleines…«

»Was?« schrie Ji Fung Perique ins Gesicht. *»Was wolltest du zu mir sagen?«*

Perique wußte keine Antwort. Ji Fung wandte sich an Lin Bai, der ihnen entsetzt zugeschaut hatte. »Bleibst du weiter als Schoßhündchen bei ihm, Schlitzauge, oder kommst du mit mir?«

»Wohin?« Lin Bai bemerkte gar nicht, daß seine Hände sich in der abgestandenen, rußigen Luft ängstlich öffneten und schlossen. »Wohin willst du gehen? Wir *brauchen* einen Freund.« Er wandte sich Perique zu. »Du bist ein Chinese. Es steht dir ebenso wie jedem anderen frei, deine Landsleute zu kritisieren. Aber versuche bitte, etwas mehr Mitgefühl aufzubringen. Die meisten Chinesen haben weit weniger Glück im Leben als du.«

»Ich bin kein Chinese«, antwortete Perique mit erstickter Stimme. »Ich bin gar nichts. Ich heiße nicht mal LeBon, sondern Lee.«

»Was?« entfuhr es beiden Jungen im Chor.

Die Menschenmenge strömte an ihnen vorbei. Ihr Schweigen zog sich immer länger hin. Schließlich sagte Perique: »Es spielt keine Rolle. Wahrscheinlich wollt ihr sowieso nichts mehr mit mir zu tun haben, nachdem ihr wißt, daß ich nicht nur ein Rassist bin, sondern auch noch ein Lügner.«

Lin Bai legte seinen Kopf zur Seite. »Was willst du damit sagen, Pei?«

»Ich habe euch erzählt, ich wäre vor zwanzig Jahren in Shanghai geboren worden. Das zumindest stimmt. Alles andere war gelogen. Ich habe weder Brüder noch Schwestern. Mein Vater war ein Chinese, ein Kaufmann, der mit allen möglichen legalen und illegalen Dingen handelte. Meistens mit illegalen, und er war außergewöhnlich reich.

Meine Mutter stammte aus Paris und arbeitete als Hosteß in einem Tanzlokal. Sie war keine Hure, sie hielt nur große Stücke auf ihre Freiheit … doch für meinen Vater lief das auf das gleiche hinaus. Er gab viel Geld für sie aus, blendete sie mit seinem Reichtum, ließ sie in dem Glauben, er würde sie lieben. Es dauerte nicht lange, bis er sie dort hatte, wohin er sie haben wollte, und bald war er sie leid und ließ sie fallen. Sie hatte andere Bewunderer, und es war nicht ihre Art, einem Mann hinterherzulaufen. Mein Vater hörte nichts mehr von ihr, bis sie drei Monate später mit ihm Kontakt aufnahm und ihn wissen ließ, daß sie sein Kind in sich trug.

Anfänglich hat er ihr nicht geglaubt, daß sie sicher wußte, daß er wirklich der Vater war, doch irgendwie hat sie ihn überzeugt. Daraufhin hat er sie bei sich aufgenommen und behandelte sie wie seine rechtmäßige Frau. Sie erhielt das beste Essen, das weichste Bett und die besten medizinischen Kräuter. Mein Vater behandelte sie mit äußerster Hochachtung bis zu jenem Tag, an dem ich geboren wurde.«

»Und dann?« wollte Lin Bai wissen, als Perique nicht weitersprach. »Hat er sie rausgeschmissen?«

»Nein. Er ließ sie umbringen.«

Die Jungen bekamen große Augen.

»In jener Nacht schickte er zwei seiner Ganoven in ihr Zimmer. Der eine hielt mir den Mund zu, damit ich nicht schreien und sie wecken würde. Der andere stach ihr eine lange Hutnadel durch ein Nasenloch ins Gehirn. Mein Vater ließ ihren Leichnam von einer Opiumdschunke mitten im südchinesischen Meer ins Wasser werfen.«

»Aber warum?«

Perique zuckte mit den Schultern. »Er wollte einen Sohn. Er wollte sich nicht mit einer Frau belasten, und schon gar nicht mit einer Schlampe aus Paris; so nannte er sie zumindest. Ich wurde von einer *amah* gestillt und aufgezogen. Ich glaube, er interessierte sich nicht wirklich für Frauen. Wenn ich als Mädchen auf die Welt gekommen wäre, hätte er mich ebenfalls umbringen lassen.«

»Woher weißt du das alles?« fragte Ji Fung.

»Mein Vater hat mir selbst alles erzählt, als ich zehn Jahre alt war. Er wollte, daß ich wußte, was für ein Mann er war und was für eine Frau meine Mutter gewesen war. Wie dein Onkel, Jung – er machte sich Sorgen, ich würde meiner Mutter nachschlagen. Offensichtlich hatte er mit diesen Befürchtungen nicht unrecht. Fünf Jahre später schimpfte er mich eine weichliche französische Schwuchtel und befahl mir, sein Haus zu verlassen.«

»Aber wie ...«

»Wie ich so bequem leben kann? Ganz einfach. In China können familiäre Bindungen nie wirklich gelöst werden. Bis zu seinem Tod hat mir mein Vater jedes Jahr Tausende von Pfund gezahlt, damit ich unter einem anderen Namen als dem seinen lebe. Er hat mir versprochen, daß ich, so ich mich bis zu seinem Tod an diese Regelung halte, sein ganzes Vermögen erben würde. Er hat sein Wort gehalten. In der Öffentlichkeit wollte er nichts mit mir zu tun haben. Doch jedesmal, wenn ich nach Shanghai kam, um mein Geld zu verlangen, schien er stets zu wissen, wo ich mich herumtrieb.«

Perique stand eine Weile schweigend und mit hängenden Armen da. Er sah müde und abgekämpft aus. Er tat Ji Fung sehr leid, trotz seines Snobismus und seines billigen Rassismus. All das schien plötzlich so jämmerlich wie ein Mann, der gegen ein System wettert, dem er hoffnungslos ausgeliefert ist.

Ji Fung fühlte sich Perique auf eine neue Art verbunden: Beide hatten sie Vater oder Mutter aufgrund des Wahnsinns eines Elternteils verloren. Denn offensichtlich liebte Perique den Geist seiner Mutter, obwohl er nur einen einzigen Tag seines Lebens mit ihr verbracht hatte. Ji Fung stellte sich vor, wie Perique seine Kindheit erlebt hatte, ein behüteter Gefangener in der Welt seines Vaters, ebenso wie er und Lin Bai Gefangene der Opernschule gewesen waren. Doch während sie einander gehabt hatten, war Perique allein gewesen.

Er streckte einen Arm aus und gab Perique einen kurzen Händedruck. Perique sah ihn erst überrascht, dann erleichtert an. »Also wollt ihr nicht fort?« fragte er.

Ji Fung erlaubte sich ein vorsichtiges Lächeln. »Nein, es sei denn, du möchtest, daß wir gehen.«

»Mach dich nicht über mich lustig«, sagte Perique und bückte sich, um seinen Anteil des Gepäcks hochzuheben. »Ihr beide seit die ersten echten Freunde, die ich je hatte.«

»Dann laß uns diese verdammten Taschen irgendwo unterstellen, damit du uns endlich die Hure des Orients zeigen kannst.«

Der Shanghai Club war mindestens so fabelhaft, wie Perique ihn beschrieben hatte. Hohe Stuckdecken, kühle schattige Räume, große Fenster, die auf den Fluß und die Rokokosilhouetten der Häuser hinausgingen. Die längste Bar der Welt wurde von hundert erfahrenen Barkeepern betreut und war mit jedem trinkbaren Gift der ganzen Welt bestückt. Perique spendierte jedem einen Brandy Alexander, ein schäumender, cremiger Drink, unter dessen süßem Geschmack sich ein scharfer, alkoholischer Biß verbarg.

Leicht beschwipst schlenderten sie durch die Bibliothek, versuchten die romanischen Buchstaben auf den ledernen Rücken der Bücher zu entziffern und mußten stets aufs neue über ihre undeutliche Aussprache kichern. Fast hätten sie ihre Verabredung mit dem Amerikaner um sechs Uhr verpaßt. Als Perique auf die Uhr sah und sie daran erinnerte, waren sie weitere fünf Minuten damit beschäftigt, ›Herbert Hinchcliffe‹ auszusprechen und sich darüber lustig zu machen.

Ji Fung ließ sich im Waschraum einen Moment Zeit, um wieder nüchtern zu werden. Er stand vor dem Spiegel und atmete tief durch, wie er es oft getan hatte, bevor er auf die Bühne gegangen war. Er klopfte mit einem ordentlich geschnittenen Fingernagel gegen das Messingschloß des rotlackierten Kästchens, auf der Suche nach einer Selbstsicherheit, die er nicht empfand. Als er es schließlich nicht länger hinauszögern konnte, warf er den Kopf in den Nacken und machte sich auf die Suche nach dem Geschäftsführer.

Dieser entpuppte sich als ein dienstbeflissener kleinwüchsiger Mann mit Strähnen in seinem sorgfältig gestutzten Schnurrbart. Er sah Ji Fung und seine Begleiter mit höflichem Mißtrauen an.

»Ich suche einen Amerikaner, Herbert Hinch-kwiff.« Ji Fung gab sich Mühe, leise und mit sicherer Stimme zu sprechen, aber er wußte, daß er den Namen vermasselt hatte.

»Wer sucht denn bitte diesen Herrn?« fragte der Mann hochnäsig, ohne jedoch direkt unhöflich zu werden.

»Ich bin der Neffe von Gong Sut Fo. Ich habe ein Päckchen meines Onkels für unseren Kunden, Mr. Herbert.«

»Hinchcliffe«, zischte Perique. »Sein Nachname lautet Hinchcliffe.«

Doch der kleine Mann schien Ji Fungs Fehler nicht zu bemerken. Sobald der Name Gong Sut Fo gefallen war, hatte sich sein Verhalten von hochnäsig und abweisend in verzweifelte Unterwürfigkeit verwandelt.

»Mr. Gong, es ist mir ein großes Vergnügen, Euch und Eure Freunde in unserer bescheidenen Stätte der Gastlichkeit empfangen zu dürfen. Bitte erlaubt mir, Euch unser bestes Menü auf Kosten des Hauses anbieten zu dürfen.«

»Ihr seid sehr freundlich«, antwortete Ji Fung. »Zuerst wüßte ich allerdings gerne, wo wir unseren amerikanischen Freund finden können.«

Das Gesicht des Mannes fiel in sich zusammen, als ob er plötzlich die traurigsten Neuigkeiten überbringen müßte. »Verzeiht mir, Mr. Gong, aber Mr. Hinchcliffe hat uns seit drei Tagen nicht mehr besucht.« Er kritzelte eilig etwas auf einen Fetzen Papier. »Hier ist seine Adresse, wo ihr ihn vielleicht antrefft. Wenn es noch irgend etwas gibt, womit ich Euch dienen kann …«

Ji Fung steckte den Zettel ein. »Vielen Dank«, sagte er mit erhobenem Kinn. »Das ist alles.«

»Wohl gesprochen«, murmelte Perique, während der Geschäftsführer sie zu einem Tisch am Fenster führte. »Scheinbar besteht doch noch Hoffnung für dich.«

Herbert Hinchcliffes Haus befand sich im französischen Viertel, auf der Route Lafayette gegenüber dem Parc Français. Der kleine Park war mit Obdachlosen überlaufen, und die feuchte Abendluft war erfüllt vom Qualm der Feuerstellen und den Zischlauten des Shanghai-Chinesischen.

Ji Fung drückte die schweren schmiedeeisernen Torflügel des makellos weißen Hauses auf. Ein mit Ziegelsteinen gepflasterter Pfad, moosüberwachsen, wand sich durch den üppigen Garten zur Veranda. Shanghai war auf einem Sumpfgebiet gebaut worden, was bedeutete, daß die Stadt langsam in ihrem Untergrund versank. Die Vegetation jedoch, die aus diesem Schlamm emporwuchs, war wild und grün. Der Duft des nächtlichen Jasmins erfüllte den Garten und folgte ihnen auf die Veranda hinauf.

Zwei Messingklopfer in der Gestalt von Löwenköpfen schmückten die großen Doppeltüren. Ji Fung war den chinesischen Löwen gewohnt, ein lächelndes Geschöpf, das meist mit einem bunten Ball spielte. Herbert Hinchcliffes Löwen blickten ihn mit kalten Augen an, ihre Rachen in einer ewigen Drohgebärde erstarrt. Er zwang sich, einen der schweren Messingringe zu packen und dreimal zu klopfen. Dann trat er einen Schritt zurück und lauschte auf ein Lebenszeichen aus dem Innern des Hauses.

Es vergingen ganze fünf Minuten, bevor die Tür von einer alten Frau in einer schwarzen Stoffjacke aufgeschoben wurde. Sie hatte dünnes Haar und einen solchen Buckel, daß sie aus einer Höhe von kaum einem Meter zwanzig zu den Besuchern aufsehen mußte.

»Wir möchten Mr. Hinchcliffe einen Besuch abstatten«, sagte Ji Fung. Endlich hatte er den Namen richtig ausgesprochen. Er hielt das rotlackierte Kästchen wie eine Friedensgabe vor sich in die Höhe.

Die alte Frau schüttelte den Kopf. »Zu spät.« Sie sprach ein abgehacktes Mandarin mit einem starken Akzent, der ihre Abstammung aus Shanghai verriet.

»Was wollen Sie damit sagen, zu spät?« fragte Perique.

»Weg.« Sie verwandelte ihre runzligen Hände in flatternde Flügel. »Zurück nach Amerika. Angst vorm Krieg, sagt er. Chinesen-Japaner kämpfen dauernd. Ich habe auch Angst, aber ich bin alte Großmutter.« Sie lachte. Chinesisches Lachen kann fast jede Gefühlsregung ausdrücken; dieses Lachen bedeutete: *Mir bleibt keine Hoffnung*. »Mein ganzes Leben arbeite ich für Hinchcliffe Familie. Sagt, wo soll ich jetzt noch hin?«

Die alte Frau, die Mrs. Yuan hieß, brachte ihnen Tee, während sie sich überlegten, was sie mit dem Kästchen machen sollten. Es stand zwischen ihnen auf dem Tisch, immer noch verschlossen, während der Mann, der den Schlüssel besaß, Tausende von Meilen weit weg war. Ji Fung ließ seine Finger über die Kanten des Kästchens gleiten, während sie ihre Möglichkeiten gegeneinander abwogen. Sollten sie es bei Mrs. Yuan lassen? Zu Gong Sut Fo zurückbringen? Ji Fungs Herz lag schwer in seiner Brust. Er war sich sicher, wie auch immer sie sich entscheiden mochten, er würde seinen Onkel enttäuschen.

Schließlich beschlossen sie, Gong Sut Fo ein Telegramm zu schicken und um weitere Anweisungen zu bitten. Sie dankten Mrs. Yuan für den Tee und ließen sie in dem leeren Haus zurück. Die Limousine, die Perique gemietet hatte, wartete noch immer draußen. Während sie einstiegen, nahm Perique einen Schluck aus seinem silbernen Flachmann und befahl dem Fahrer, auf die Route Pierre Robert einzubiegen.

Lin Bai nahm einen anmutigen Schluck aus der Flasche. »Wo fahren wir hin?«

»Ich möchte euch etwas zeigen.« In Periques Augen glomm ein sonderbares Licht. Er beugte sich vor und wies den Fahrer an, langsam die Route de Zikawei entlangzufahren. Als sie vor einem Paar schmiedeeiserner Tore hielten, die denen vor dem Haus Herbert Hinchcliffes glichen, leerte Perique sein Fläschchen und zog die Jungen aus dem Auto.

»In diesem Haus bin ich geboren und aufgewachsen. Hier wurde meine Mutter ermordet, und hier ist mein Vater altersschwach im Schlaf gestorben.«

Ji Fung und Lin Bai blickten einander argwöhnisch an; sie wußten nicht so recht, was Perique von ihnen wollte.

»Ich weiß nicht, wer jetzt hier wohnt, aber sie haben sicher nichts dagegen, wenn wir ein Weilchen im Garten herumspazieren. Früher blühten hier überall Rosen, in jeder nur denkbaren Farbe …«

»Pei, nein.« Lin Bai grub seine Fingernägel in Periques Schulter. »Es ist dunkel. Wir sollten lieber nicht im Garten dieser Leute herumschleichen. Was ist, wenn sie uns für japanische Soldaten halten?«

Doch Perique öffnete bereits die Torflügel und schritt hinein. Die Jungen liefen hinterher und wollten ihn zurückhalten. Statt dessen wären sie fast in ihn hineingerannt, denn er war am Ende des überwucherten Pfades stehengeblieben und starrte die mondbeschienenen Überreste des Hauses an.

Die Farbe an den Wänden war grau und fleckig und platzte in schorfigen Flocken ab. Die anmutig geschwungenen Fenster waren eingeschlagen worden; nur noch ein paar spitze Glassplitter steckten in den verfaulten Rahmen. Die Rosen standen noch immer in ihren Beeten, hoch und wild gewachsen, ihre blassen Blüten braun umrandet. Feingliedrige Skelette, die einst Obstbäume gewesen sein mochten, lagen gefällt auf dem Rasen, ihre verwachsenen Wurzeln aus dem sumpfigen Boden gerissen. Die Haustüre hing offen und gab den Blick auf eine ungesunde Finsternis frei.

Perique stand ebenso bewegungslos da wie die moosbedeckten, rebenüberwucherten Statuen, die den Garten bewohnten. Er hatte Ji Fung den Rücken zugewandt, doch seine hängenden Schultern verrieten seine bittere Enttäuschung. Ji Fung fragte sich, was Perique hier zu finden gehofft hatte.

»Pei«, sagte er und legte seinem Freund eine Hand auf die Schulter. »Laß uns gehen.«

Aus dem Inneren des Hauses drang ein leises Rascheln. Periques Kinn ruckte empor. Sein ganzer Körper schien sich mit raubtierartiger Intensität auf die Finsternis hinter der offenen Tür zu konzentrieren. Ji Fung folgte seinem Blick. In diesem Augenblick trat ein junges Mädchen auf die Veranda.

Unter ihrem grauen Fetzen von einem Kleid war sie entsetzlich mager. Sie schleifte den Rahmen eines hölzernen Stuhles ohne Sitz hinter sich her. Als sie Perique bemerkte, blieb sie ruckartig stehen.

Ji Fung konnte kaum glauben, was als nächstes passierte, obwohl er es mit eigenen Augen sah. Perique griff in seine Jacke und zog mit der Leichtigkeit eines Cowboys in einem amerikanischen Film seine kleine Pistole hervor. Bevor Ji Fung eingreifen konnte, explodierte ein Knallkörper in der reglosen Abendluft, und die schmutzige Wange des Mädchens platzte in einem roten Sprühregen. Sie fiel wie Papier in sich zusammen. Der Stuhl verlor ein Bein, als er auf die modrigen Fliesen der Veranda schlug.

Die Jungen standen wie betäubt da, als Perique die Stufen hinaufrannte und nach dem gestürzten Mädchen trat. »Dieb!« brüllte er. »Ich werde dich lehren, in das Haus meines Vaters einzubrechen!«

Immer und immer wieder trat er den Körper, bis er von der Veranda in das Unkraut hinabstürzte. Dann fiel er auf die Knie und stellte den Stuhl vorsichtig auf seine drei verbliebenen Beine.

»Mein Vater hat acht Stühle dieser Art besessen und einen dazu passenden Tisch.« Tränen glänzten im Mondlicht auf seinen blassen Wangen. »Wenn er für seine Geschäftspartner ein Essen gab, saß ich immer zu seiner Rechten. Ich glaube, das waren die einzigen Momente, in denen er stolz auf mich war.«

Periques Schluchzen wurde lauter, und er zitterte am ganzen Körper.

»Alles ist dahin«, flüsterte er. Seine Stimme wurde fast vom Lied der Grillen in dem sterbenden Garten übertönt.

Ji Fung hätte schwören können, daß Perique sie in jener Nacht in jede Bar und in jeden Nachtclub Shanghais schleppte. Überall war es brechend voll mit Leuten, die verzweifelt versuchten, sich zu amüsieren. Jazzklänge erfüllten die schwüle Nachtluft. Gläser wurden gefüllt und geleert und erneut gefüllt. Der improvisierte Karneval schwoll an und schwappte auf die Straßen über, und die Jungen ließen sich wie auf einer warmen Alkoholflut treiben.

Ji Fung versuchte, sich abseits dieser ganzen Festlichkeiten zu halten. Unter jedem fröhlich beschwipsten Lächeln schien nackte Verzweiflung zu lauern. Hier und dort befanden sich Soldaten in der Menge, viele von ihnen bemitleidenswert jung, und alle tranken, als wäre dies der letzte Tag ihres Lebens. Prostituierte waren wie Ratten scharenweise unterwegs. Selbst die ältesten und kränksten unter ihnen hatten alle Hände voll zu tun. Jeder schien noch sämtliche Gelegenheiten auskosten zu wollen.

Ji Fung verlor recht schnell sein Interesse an diesen Ausschweifungen, aber es dauerte Stunden, bis es ihnen gelang, Perique zurück ins Cathay Hotel zu schleppen.

Ji Fung stand kurz vor Morgengrauen allein am Fenster und blickte auf den Hafen hinaus. Er konnte einige japanische Boote erkennen, einschließlich eines riesigen Flaggschiffes, das die aufgehende Sonne gehißt hatte. Unbehagen nagte an seinen Gedärmen, und als Lin Bai seine warmen Arme um seine Taille legte, zuckte er zusammen.

»Es sieht nicht gut aus«, flüsterte Lin Bai und preßte seine Lippen auf Ji Fungs Nacken. »Spürst du es?«

Ji Fung nickte. »Ich glaube, es wird in Shanghai bald Krieg geben.«

»Nicht nur in Shanghai.« Lin Bai legte sein Kinn auf Ji Fungs Schulter und starrte auf den Hafen hinaus. »In ganz China. Du hast heute nacht nicht aufgepaßt, aber alle reden über den Krieg. Über Revolution. Verrücktes Geschwätz. Überall wird gekämpft.«

Lin Bai packte Ji Fung an der Taille, direkt über der Rundung seines Hinterns. »Wir sollten von hier verschwinden.«

Ji Fung wandte sich um und blickte Lin Bai in die Augen. »Nach Hongkong zurück?«

»Nein.« Lin Bai starrte weiter aus dem Fenster. »Nach Amerika.«

»Red keinen Quatsch. Woher sollen wir das Geld nehmen?«

»Pei hat Geld.«

Ji Fung blickte zu Perique hinüber, der unter verhedderten Laken unruhig schlief.

»Wir würden die alte Welt hinter uns lassen«, sagte Lin Bai. Seine nackte Haut an Ji Fungs Rücken war warm und seidenweich. »Das ganze Pech. Wir könnten in Hollywood ein neues Leben beginnen, wie in unseren Träumen.«

Ji Fung drehte sich um und nahm Lin Bai in die Arme. Die Rundungen seines geliebten Körpers fühlten sich so kostbar, so zerbrechlich an. »Ich kann meine Familie nicht verlassen«, sagte er.

Lin Bai stieß ihn von sich weg, seine Augen düster und schmal. »Ich bin deine Familie. Auch Pei könnte dazugehören, wenn du ihn nur lassen würdest.«

Ji Fung schwieg. Sein Onkel hatte ihm seine verlorene Identität zurückgegeben. Durch ihn hatte Ji Fung einen Stammbaum, eine Geschichte; er gab ihm nicht nur das Gefühl, mit seiner verlorenen Blutsfamilie verbunden zu sein, sondern mit der größeren Brüderschaft der Triaden. Und Ji Fung glaubte nicht, daß Gong Sut Fo besonders glücklich darüber wäre, seinen lange Jahre totgeglaubten Neffen zu verlieren, nachdem er ihn wiedergefunden hatte. Wenn er irgend etwas tun würde, was seinen Onkel auf den Gedanken brächte, er wäre der Sohn seiner Mutter, würde er wahrscheinlich nicht mehr lange leben.

»Bai«, sagte er. Seine Stimme klang heiser, zerrissen. »Bitte, stell mich nicht vor diese Wahl.«

Am nächsten Tag gingen sie einkaufen. Perique verhielt sich manischer denn je; er warf sein Geld für jede Kleinigkeit hinaus, an der er Gefallen fand, ohne auch nur einmal zu handeln. Er belud Lin Bai mit Jadearmbändern und kaufte Ji Fung eine schamlos teure diamantene Krawattennadel. Sich selbst suchte er eine neue goldene Armbanduhr aus, in die er seine Initialen in feiner, langgezogener Schrift einritzen ließ.

Der Tag verging, und Ji Fung folgte Lin Bai und Perique mit einigen Schritten Abstand. Die feuchte Nachmittagshitze brannte ihnen auf die Schädel, ihre Kleider klebten an ihren Körpern, und ihre kleinen Auseinandersetzungen wurden heftiger. Ji Fung fand das normalerweise eher amüsant; er redete sie stets mit ›ihr Mädchen‹ an oder sprach von ihnen als ›die Mädchen‹, bis sie beide auf ihn losgingen. Aber jetzt ließen ihre scharfen Stimmen seine Nerven bloßliegen. Sein Kopf pochte im Gleichschlag mit seinem beklommenen Herzen. Irgend etwas lag in der Luft.

In einer Süßwarenhandlung stritten sich die beiden, ob sie Pralinen oder gesalzene Pflaumen kaufen sollten. Ji Fung lehnte sich gegen den Türrahmen; von dem Geruch gebrannten Zuckers wurde ihm übel. Zuvor hatte er versucht, seinen Onkel telegraphisch zu erreichen, aber der kleine Laden war übervoll, und die ängstliche Menschenmenge stand bis auf die Straße hinaus Schlange. Er versuchte es per Telephon, aber alle Verbindungen waren vom Militär mit Beschlag belegt worden. Jetzt fühlte er sich haltlos und verloren, von seinen beiden Familien abgeschnitten.

Der einzige nützliche Gegenstand, den Perique ihm heute gekauft hatte, war eine große, schwarze Reisetasche, wie gemacht für das rotlackierte Kästchen. Ji Fung ging einer fetten europäischen Dame mit einem knurrenden Hund unter jedem Arm aus dem Weg, hockte sich hin und öffnete die Tasche. Er wollte nur schnell nachschauen, seine Finger über die kühle Oberfläche des wertvollen Kästchen gleiten lassen, sich vergewissern, daß es noch da war. Er hatte sich nicht getraut, es im Hotelzimmer zu lassen. Er war fast sicher, daß er die Erwartungen seines Onkels und der Brüderschaft der Triaden enttäuscht hatte … fast. Das Kästchen war seine einzige Verbindung zu jenem Leben. So lang es sich in seinem Besitz befand, bestand die Möglichkeit, daß er immer noch dazugehörte.

Schließlich kamen Perique und Lin Bai aus dem Laden – mit einer Schachtel Pralinen, einer Tüte gesalzener Pflaumen und einer Handvoll duftender, fast bitterer schwarzer Schnürchen, für die Ji Fung in Hongkong eine Vorliebe entwickelt hatte. Ji Fung kaute langsam, während sie weitergingen. Er fühlte sich immer noch unwohl, ließ sich jedoch von der schläfrigen Hitze einlullen. Es fing leicht zu regnen an, die Bürgersteige wurden glitschig, der Himmel wassergrau, die harten Kanten des Nachmittags stumpfer. Periques zersplitterte Erinnerung führte sie auf einer sinnlosen Strecke durch die Stadt, und Ji Fung ließ sich treiben.

»*Sincere's*«, seufzte Perique, als sie die Kreuzung an der Nanking Road erreichten. »Ich muß euch Sincere's zeigen und euch alles kaufen, was euer Herz begehrt. Ich habe es euch versprochen.« Seine jadefarbenen Augen glänzten in seinem rötlichen Gesicht.

Ji Fung wollte widersprechen. »Pei, du hast uns schon genug gekauft. Laß uns wieder…«

Lin Bai unterbrach ihn. »Laß ihn doch. Es macht ihn glücklich; er liebt es, vor uns anzugeben. Woher willst du wissen, daß wir diese Sachen nicht irgendwann brauchen können?«

»Jade und Diamanten …«

»Können gegen andere Dinge eingetauscht werden«, sagte Lin Bai in einem Tonfall, der keinen Widerspruch duldete.

Sincere's entpuppte sich als riesiges Kaufhaus mit Palmen rechts und links des Eingangs, die Wachtposten vor einem altertümlichen Tempel glichen. Drinnen war es dunkel und kühl, und es duftete nach feinen Kleidern und dezenten Ölen. Wohin Ji Fung auch immer blickte, er entdeckte Dinge, die er noch nie zuvor gesehen hatte. Kandierte Entenzungen und Folterwerkzeuge, um die Frisuren der Damen zu wellen. Jadeschnitzereien so groß wie kleine Kinder. Glänzende moderne Geräte und Komfortartikel direkt neben Göttinnen und roten Fähnchen, die Glück und ein langes Leben bringen sollten. Ji Fung stand mitten in diesem Reichtum und hätte den Versprechen der geschwungenen goldenen Buchstaben fast geglaubt. Von draußen drang Lärm herein. Anfangs schenkte Ji Fung dem keine Aufmerksamkeit, doch es wurde lauter und lauter. Er schlenderte zum Eingang und ließ Perique und Lin Bai zurück, die sich über eine Glasvitrine mit Juwelen beugten.

»Was ist los?« fragte er einen vorbeirennenden Jungen mit einer amerikanischen Baseballkappe.

Der Junge sah ihn forschend an, bereit, jeden Augenblick wegzulaufen. Ji Fung packte ihn an der Schulter und wiederholte die Frage auf englisch.

»Chinesische Flugzeuge bombardieren die *Idzumo*!« sagte der Junge und befreite sich aus Ji Fungs Griff.

»Die was?«

»Das japanische Kriegsschiff«, rief der Junge über seine Schulter zurück. »Kommt zum Hafen, oder ihr verpaßt es!«

Ji Fung trat auf die Straße und blickte in den blassen grauen Himmel hinauf. Der Regen hatte aufgehört, aber er konnte keine Flugzeuge sehen. Er hörte fernen Donner und das Grollen ihrer Motoren im Osten. Überall um ihn herum standen die Menschen beieinander und starrten in den leeren Himmel.

Ein alter Mann mit ironisch verzogenen Gesichtszügen und einem Entenkäfig an einer Stange erstattete den Umstehenden Bericht. Er hatte sich am Ufer des Whangpoo befunden, als der Angriff begann.

»Pfui!« spuckte er. »Nicht eine einzige Bombe hat das Schiff getroffen. Alle sind ins Wasser gefallen, ohne Wirkung. Ich schäme mich für die Söhne Chinas. Wie können wir hoffen, unser Land vor den japanischen Teufeln zu schützen, wenn wir nur schlechte Flugzeuge und Piloten ohne Ausbildung haben?«

»Schaut!« Eine schwangere Frau mit einem Baby auf dem Rücken wies mit einem Finger himmelwärts. Das Jaulen von Motoren wurde lauter, und eine Staffel chinesischer Flugzeuge warf ihren kreuzförmigen Schatten auf das Pflaster der Nanking Road.

»Seht, wie sie sich beschämt zurückziehen«, sagte der alte Mann. Er schüttelte seinen weißen Kopf, und sein dünner Bart tanzte. »Es gibt keine Hoffnung für China.«

»Großvater.« Ein kleines Mädchen mit Bändern in den geflochtenen Zöpfen zog ihn am Ärmel. »Was sind das für schwarze Punkte am Himmel?«

Die rheumatischen Augen des alten Mannes wurden groß und fast so wund wie die eines Ausländers. »Das ist unmöglich«, flüsterte er. Aber die schwankenden schwarzen Punkte wurden immer größer und größer, ihre zylindrische Form und ihre Heckflossen zeichneten sich immer deutlicher ab, je tiefer sie fielen.

Eine schreckliche Lähmung erfaßte Ji Fungs Knochen, während er den Fall der Bomben verfolgte. Sie schienen sich fast gemächlich der Erde zu nähern, wie der Gang eines Mannes, der sich mit einer Geliebten trifft, die er seit Jahren kennt. Wahrscheinlich wäre er stehengeblieben, bis seine Augen in ihren Höhlen versengt worden wären, wenn nicht ein aufblitzendes Bild von Lin Bais Gesicht vor seinen Augen erschienen wäre, wie eine Vorahnung der Explosion.

Seine krankhafte Selbstzufriedenheit zerbrach. Er wandte sich um und rannte in das Kaufhaus zurück. Nachdem er so lange himmelwärts gestarrt hatte, erschienen ihm die dämmrigen Geschäftsräume fast schwarz.

Dann fielen die Bomben auf die Stadt.

Er durchlebte nur den Bruchteil einer Sekunde panischer Angst, Lin Bais Name heiß in seinem Rachen. Dann erfüllte der gewaltige Stoß der Schockwelle seinen Kopf mit Donner, hob ihn hoch und fegte ihn wie ein wütender Gott hinfort. Er spürte Schmerzen und Schwindel, dann löschte ein weicher Aufprall die Welt aus.

Als Ji Fung zu sich kam, schien ihn etwas zu erdrücken, zu ersticken. Er schlug mit Armen und Beinen um sich, bis die weiche, nachgiebige Masse, die ihn umgab, sich bewegte und er Licht und Luft erreichte. Er war lädiert, jedoch nicht ernsthaft verletzt. Er lag unter Ballen feinster Seide begraben. Ihre vollen Farben wurden von Ruß und Gips gedämpft; überall sah er Blutflecken. Panisch grub er sich aus dem Haufen. Sein Herz schien ihm die Brust zu zerreißen. Er mußte seine Tasche finden. Wo war das rote Kästchen? Ji Fung wußte, daß er es verloren hatte. Er hatte die Erwartungen seines Onkels enttäuscht, seines Vaters, der zahllosen Mitglieder der Bruderschaft.

Als seine Finger das weiche Leder der Tasche berührten, traten ihm Tränen der Erleichterung in die Augen. Er ließ sich in den Seidenberg zurückgleiten und hielt die Tasche eine Ewigkeit umklammert, sein Gehirn frei von jeglichen Gedanken.

Erneut durchbrach der Gedanke an Lin Bai den Schleier, eine verspätete Schockwelle, die seine Erstarrung durchbrach. Ji Fung richtete sich auf, die Tasche immer noch in den Armen, und suchte nach seinen Freunden. Die wenigen Orientierungsmerkmale, die ihm im Kaufhaus aufgefallen waren, waren umgefallen oder zerstört worden. Er hatte die Orientierung verloren und konnte die Schmuckvitrine nicht finden, wo er die beiden zuletzt gesehen hatte, wie sie gerade einen schweren Goldring mit einem großen Rubin bewunderten.

Das Kaufhaus sah aus wie ein Schlachtfeld, all die schönen Dinge waren kaputt und zerschlagen. Das Kabel, das den gläsernen Aufzug zu den oberen Stockwerken gehalten hatte, war gerissen. Der verdrehte Kadaver der Kabine lag am Boden des Schafts; Öl und Blut rannen heraus. Von den Passagieren war nur noch ein übel zugerichtetes Gemisch übrig. Irgendwie wirkte das Ganze organisch, ein Monster aus Fleisch und Metall, eben erst verendet.

Im hinteren Bereich des Stockwerkes war die Stuckdecke eingestürzt und hatte die Kunden unter Tonnen von Stein und Gips begraben. Überall lagen Tote und Sterbende. Hände griffen nach Ji Fung, Stimmen baten ihn um Hilfe oder um einen schnellen Tod, aber er verweigerte ihnen jegliche Aufmerksamkeit. Mühsam suchte er sich einen Weg durch die Trümmer, wie ein Blinder, Lin Bais Gesicht als einzigen Wegweiser vor Augen.

Er entdeckte zuerst Perique.

Er war tot. Das war aus drei Metern Entfernung offensichtlich. Sein Körper lag völlig verdreht da, der Kopf in einem Winkel gekrümmt, der jeder anatomischen Norm widersprach. Als Ji Fung näher kam, sah er das stählerne Skelett der Vitrine. Eine Million Glassplitter war aus dem Rahmen explodiert, und Perique war direkt davorgestanden. Ji Fung kniete neben seinen Freund, um festzustellen, was er bereits wußte.

Periques hübsches Gesicht war fast nicht wiederzuerkennen. Wertvolle Steine glitzerten im zerfetzten Fleisch seiner Wangen; Diamanten und Smaragde hatten sich mit der Wucht der Druckwelle in sie hineingegraben. Seine Augen waren mit feinen Kristallsplittern gespickt. Sein weißer Leinenanzug war blutdurchtränkt.

Im weichen Fleisch unter Periques Kinn entdeckte Ji Fung den Ring, den Lin Bai bewundert hatte. Er wollte sich von dem offenen Muskel nicht trennen, in dem er steckte, aber Ji Fung gab nicht auf. Mit einem unappetitlichen Geräusch bekam er ihn schließlich heraus und steckte ihn in seine Westentasche. Ein einziger Gedanke füllte sein Gehirn und blendete alle Schreie und Seufzer um ihn herum aus. Lin Bai hatte an dem Ring Gefallen gefunden. Ji Fung würde ihm den Ring geben. Er hatte den Ring gefunden; also würde er auch Lin Bai finden.

Schlußendlich fand Lin Bai ihn.

»Ist er tot?« wollte eine gewohnt volltönende Stimme wissen. Ji Fung drehte sich um und sah Lin Bai, der fast anmutig mitten in Tod und Trümmern stand. Seine Seidenstrümpfe waren zerrissen, seine eleganten roten Schuhe mit dunklerem Blut bespritzt. Sein Gesicht und seine Arme waren mit Schnitten übersät.

Ji Fung stand auf. Er wollte Lin Bai in die Arme nehmen, konnte es jedoch nicht. »Er war ein guter Kerl«, hörte er sich aufsagen. »Großzügig und tapfer.« Weshalb war er so förmlich? Er wollte lachen, schreien, die seltsame Kälte durchbrechen, die von ihm Besitz ergriffen hatte.

Lin Bai ging neben Perique in die Knie und berührte den juwelenbedeckten Bogen seines Kinns. Dann öffnete er die weiße Leinenjacke und holte Periques Geldklipp heraus. Er zögerte einen Augenblick, dann nahm er auch die neue goldene Uhr und die Pistole aus Periques Hosenbund.

Ji Fung runzelte die Stirn. »Bestiehlst du jetzt die Toten?«

Lin Bai erwiderte entschlossen seinen Blick. »Er wird diese Dinge im Himmel nicht benötigen.«

In ihrer unmittelbaren Nähe begann eine Frau zu schreien. Sie konnten sie nicht sehen, aber der grelle Klang ihrer Qual bohrte sich in ihr Gehirn.

»Komm!« Lin Bai nahm Ji Fung bei der Hand. »Draußen ist alles besser.«

Es war schlimmer. Shanghai hatte aufgehört, eine Oase der Eleganz und Dekadenz zu sein, unberührt von den Machenschaften der Revolution. Der goldene Panzer, der die weichen Körper der Fremden vor der Wirklichkeit Chinas beschützt hatte, war für immer zerbrochen. Der Krieg war an ihrer Türschwelle angekommen, und als sie auf sein Klopfen nicht reagierten, hatte er die Türe eingeschlagen.

Angesichts des Todes waren sie alle gleich. Chinesen und Europäer lagen Seite an Seite, vom Blut der anderen übergossen, einige Körper von der Wucht der Explosion ineinander gerammt. Körperteile und nicht identifizierbare Fleischfetzen lagen blutend auf dem regenfeuchten Pflaster. Fahrer lagen über die Lenkräder teurer Autos gebeugt, ihre Fahrgäste auf den Rücksitzen gekocht wie geräucherte Enten in den Fenstern der Restaurants.

Der alte Mann, der um die Zukunft Chinas gebangt hatte, saß nackt auf der Straße; die Schockwelle hatte ihm die Kleider vom Körper gerissen. Sein dünner Bart war an seinen versengten Wangen verkohlt. Seine Gänse waren in ihrem Bambuskäfig in einen Einheitsbrei aus Innereien und Federn zerstampft worden. Der alte Mann hielt eine Masse verkohlten Fleisches an seine dürre Brust gepreßt. Ji Fung konnte kaum die kleine Hand erkennen, den bunten Fetzen eines Haarbandes in dem rauchenden Wirrwarr von Haaren.

»Keine Hoffnung!« schrie der alte Mann. »Keine Hoffnung für China!«

Lin Bai zog Ji Fung zu einer freien Stelle in der Mitte der Straße, weg von der Wand, die jeden Augenblick einstürzen konnte. »Hör mir zu. Wir müssen das Land verlassen. Du wolltest mir vorher nicht glauben – glaube mir jetzt. Der alte Mann hat recht. Es gibt in China keine Hoffnung, nur den Tod. Wir haben keine Wahl. Wir müssen das Kästchen deines Onkels öffnen.«

Ji Fung hielt seine Tasche umklammert. »Du redest Unsinn. Ich darf es nicht öffnen. Was würden wir denn mit dem Inhalt machen?«

»Das Opium darin ist ein Vermögen wert. Wir könnten es billig verkaufen und würden trotzdem mehr als genug verdienen, um zwei Fahrkarten nach Amerika zu kaufen.«

Ji Fung wandte sein Gesicht ab. »Ich habe es dir gesagt. Ich kann meine Familie nicht verraten.«

»Dann erkläre mir etwas«, sagte Lin Bai. Seine feinen schwarzen Augenbrauen senkten sich, seine Augen spien düsteres Feuer. »Wo ist *mein* Platz in deiner neuen Familie? Wirst du mich verlassen, damit ich ein passendes Mädchen heirate, das dein Onkel für mich aussucht?«

»Natürlich nicht. Ich wollte dich als Peis Nichte vorstellen ...«

»Pei ist tot. Und dein Onkel ist heute noch am Leben, weil er nicht die Erlaubnis bekam, die Frau seiner Wahl zu heiraten – deine Mutter. Wie kommst du auf den Gedanken, er würde dir die Wahl deiner Gattin überlassen?«

»Ich würde dich nicht verlassen«, flüsterte Ji Fung. Aber Lin Bai wütete weiter.

»Und selbst wenn er dich ließe, ich bin keine Frau! Solltest du das vergessen haben, ich habe es nicht. Erwartest du, daß ich diese Rolle bis ans Ende meines Lebens spiele? Du hast deine Identität gefunden, aber ich bin dir gleichgültig. Wer hat Meister Lau getötet, damit du leben kannst? Wer ist dir Liebhaber und Bruder gewesen? Deine teure Familie vielleicht?«

Lin Bais geübte Stimme übertönte die Schreie, das Stöhnen und das Getöse, all die Folgen der Explosion. Ji Fungs Wangen brannten schamrot, und er sah sich um, ob irgend jemand sie hören konnte. Die wenigen, die noch stehen und gehen konnten, schenkten ihnen keine Aufmerksamkeit, aber ihn schauderte bei dem Gedanken, daß ihre Unterhaltung an die Ohren eines Sterbenden dringen könnte. »Wir sollten hier nicht reden.«

»Willst du mir nicht zuhören?« Lin Bai senkte seine Stimme. »Wir könnten das Opium verkaufen oder eintauschen und morgen schon auf dem Weg nach Amerika sein. Dein Onkel würde davon ausgehen, daß wir den Bomben zum Opfer gefallen sind. Er ist reich. Du weißt, daß er dir nicht mehr anvertrauen würde, als er ohne großen Schaden verlieren könnte.«

»Ich kann meine eigene Familie nicht bestehlen.«

Lin Bais Gesicht verdüsterte sich vor Wut. »Du wagst es, mir gegenüber von Diebstahl zu sprechen. Du stiehlst mir meine Zukunft, um einem Mann zu gefallen, den du kaum kennst.«

»Mein Vater …« Ji Fung hatte das Gefühl, als würde sein Innerstes nach außen gekehrt, als stritten sich die Hunde um sein Herz.

»Ich hatte nie einen Vater. Ich habe keinen Onkel, keine reiche, mächtige Familie. Wenn mir die Flucht aus China nicht gelingt, werde ich sterben. Ich möchte nicht als Gespenst im Haus deiner Familie enden.«

Er streckte seine Hand nach Ji Fung aus, immer noch unvergleichlich schön unter all dem Gips und dem klebrigen Blut, das seine Wangen bedeckte.

»Gib mir das Kästchen.«

Ji Fung hielt seine Reisetasche fester umklammert. »Das kann ich nicht.«

Tränen hingen an Lin Bais dunklen Augenbrauen, lösten sich schließlich und hinterließen kristallene Spuren auf seinen zerkratzten Wangen. »Dann läßt du mir keine andere Wahl«, sagte er. Er langte in seine rote Lederhandtasche und nahm Periques Pistole heraus. Wie in einem Traum richtete er sie auf Ji Fungs Gesicht. »Gib mir das Kästchen.«

Einen Moment lang war Ji Fung zu schockiert, als daß er hätte sprechen können. Belanglose Gedanken rasten durch seinen Kopf. Er erinnerte sich daran, wie Lin Bai einmal die Kriegerin Mu Lan gespielt hatte, und Ji Fung einen der bösen Helfershelfer. Das war das einzige Mal gewesen, daß sie miteinander hatten kämpfen müssen, und während der ganzen Szene hatten sie sich Mühe geben müssen, nicht laut loszulachen. Doch jetzt war jeder Humor aus Lin Bais Augen gewichen und nur noch ein verzweifelter Glanz zurückgeblieben.

»Du würdest mich wirklich erschießen?«

»Ich habe keine Wahl«, antwortete Lin Bai. Das Zittern seiner Stimme verriet die Qualen, die er litt, aber der Lauf der Pistole zitterte nicht.

Ji Fungs Brust zog sich zusammen. »Tu das nicht. Komm mit mir nach Hause.«

»Stell das Kästchen auf den Boden.« Lin Bais Stimme war über den Geräuschen der Verwundeten und Sterbenden kaum noch zu hören.

Ji Fung bewegte sich, als wäre er im dickflüssigen Sirup eines Alptraums gefangen. Langsam stellte er die Tasche auf das Pflaster. Wie aus einer großen Entfernung sah er zu, wie Lin Bai sie mit einer schnellen Handbewegung aufhob und das Kästchen herausholte. Lin Bai suchte und fand in dem Geröll einen faustgroßen Stein und schlug damit auf das Messingschloß ein. Die Pistole war nicht länger auf Ji Fung gerichtet, aber er dachte nicht daran, sich auf Lin Bai zu stürzen. Er hatte die Reflexe seines Geliebten schätzengelernt.

Es brauchte fünf Schläge. Der letzte Schlag zerschmetterte den rotlackierten Deckel, und Schloß und Inhalt fielen auf die blutigen Pflastersteine.

Es war Sand. Feiner weißer Sand.

Lin Bai ließ die Pistole fallen. Er griff sich zwei Handvoll des Sandes und ließ ihn durch seine Finger rieseln. Sein Kopf schwankte vor und zurück, er konnte es einfach nicht fassen. Ji Fung bemerkte einen Fetzen Papier in den zersplitterten Überresten des Kästchens und bückte sich danach.

»Mister Hinchcliffe«, stand auf englisch darauf. »Wenn mein Neffe ihnen dieses Kästchen ungeöffnet überreicht, geben sie ihm bitte fünfhundert US-Dollar, die sie bald zurückerhalten werden. Ich danke ihnen vielmals für ihre Hilfe.«

Darunter war das Siegel seines Onkels. Ji Fung ließ den Zettel aus seinen tauben Fingern gleiten.

Lin Bais Hände waren immer noch im Sand vergraben, doch sein Gesicht war dem Himmel zugewandt. »Ji Fung. Bitte ...«

Erneut hörten sie das Brummen der Motoren über sich, in schnellem und tiefem Anflug. Ji Fung versuchte zu sprechen, doch die Worte, die vielleicht wieder alles geheilt hätten, was zerbrochen zwischen ihnen lag, wurden von einer zweiten Salve von Explosionen geschluckt, die ihn zu Boden warf, das Gesicht in den blutigen Sand gedrückt.

Als er wieder in der Lage war, seine Augen zu öffnen, sah er Lin Bais Gesicht von frischem Blut übergossen, das aus einer tiefen Furche an seiner Schläfe lief. Er konnte nicht erkennen, ob sein Geliebter noch lebte. Während er Lin Bai auf die Arme nahm, fing er an zu weinen. Er hatte das Gefühl, jeder Schluchzer würde den Tiefen seiner durchtrainierten Lunge entrissen, seiner Magengrube, der Wurzel seiner Genitalien. Er wollte die Augen schließen und sie nie wieder öffnen. Doch genau in diesem Augenblick fühlte er den leisesten Hauch eines Pulsschlages an Lin Bais Hals, und er wußte, daß er nicht sterben konnte, solange Lin Bai am Leben war.

Das Krankenhaus glich einer neuen Hölle. Ärzte und Schwestern bewegten sich wie Schlafwandler durch ein Meer von Traumata und behandelten nur diejenigen Fälle, die Hoffnung auf Überleben hatten. Den anderen spritzten sie Morphium und ließen sie in den Gängen zum Sterben liegen. Es war bereits Nacht geworden, bevor Ji Fung jemanden fand, der Lin Bai untersuchte. Der Arzt war Engländer, kaum älter als Perique. Seine blauen Augen waren vor Müdigkeit rot umrandet, seine Arme bis über die Ellbogen blutüberzogen.

»Ihre Frau hat eine Gehirnerschütterung und vermutlich einen Schädelriß. Sie sollten die Wunde möglichst sauberhalten, da eine Infektion des Gehirns tödlich sein kann.«

Der Arzt zog ein Taschentuch hervor und wischte sich über seine schweißnasse Stirn.

»Ich würde Ihnen gerne Medikamente geben, aber es sind keine mehr übrig. Ich würde Ihnen gerne zusätzlichen Verbandsstoff geben, aber wir haben selbst kaum noch welchen. Ich kann nichts weiter für Sie tun.«

Draußen war die Nacht heiß und faulig. Die Lebenden hatten ihr Bestes getan, um die Toten von den Straßen zu räumen, aber die Aufgabe war überwältigend und die Hitze unversöhnlich. Der Gestank verbrannten, verfaulenden Fleisches durchdrang bereits den feuchten Sommerwind. Sie gingen den *Bund* entlang, wo der Fluß die Luft etwas abkühlte, und suchten nach ihrem Hotel. Sie konnten es nicht finden. Die japanischen Schiffe lagen immer noch in dem düsteren Gewässer vor Anker, reglos, vielleicht voller Schadenfreude über die Selbstzerstörung der Stadt.

Ji Fung stützte Lin Bai, während dieser Blut und Schokolade an die Wand des Gebäudes der Hongkong- und Shanghai-Bank erbrach. Der gallige Geruch war fast eine Erleichterung, denn er roch immerhin nach Leben.

»Ji Fung«, keuchte Lin Bai, als könne er die Gedanken seines Geliebten lesen. »Ich sterbe.«

»Sei still«, flüsterte Ji Fung. »Das bringt Unglück.«

»Wir haben sowieso nur Unglück«, jammerte Lin Bai. »Die ganze Welt stirbt. Kein Entkommen.«

»Keine Angst.« Ji Fung strich ihm die verschwitzten, blutigen Haare zurück. »Wir gehen nach Hause, nach Hongkong. Dort sind wir sicher.«

»Kein Entkommen«, wiederholte Lin Bai. »Oh, mir ist schwindlig …« Er kroch von Ji Fung fort und übergab sich erneut.

Auf der anderen Straßenseite hatte sich eine schreiende und tobende Menschenmenge gebildet. Als er ein paar Schritte näher ran ging, sah Ji Fung, daß sich die Aufregung auf ein offenes

Militärfahrzeug konzentrierte. Die Menge bemächtigte sich der Insassen, schleifte sie auf die Straße und griff sie mit Steinen, Stöcken und allen möglichen tödlichen Dingen an, die sie in die Hände bekommen konnte.

Während Ji Fung zusah, riß sich ein junger japanischer Soldat los und stolperte über die Straße auf ihn zu. Das Gesicht des Mannes glich einem blutigen Schwamm, seine Nase war eingeschlagen, Lippen und Ohren aufgeplatzt. Seine Uniform war in Fetzen. Unter seinen kurzgeschnittenen Harren konnte Ji Fung eine klaffende Wunde erkennen. Der stumpfe Glanz des Schädelknochens war an mehreren Stellen zu sehen, und eine zermatschte Wunde legte das Gehirn offen.

Der Soldat packte Ji Fung am Kragen und brüllte etwas in sich reimenden Stakkatosilben. Dann fiel er um. Bevor Ji Fung wußte, was er tat, fing er ihn auf und ließ ihn sanft zu Boden gleiten. Die Hände des Soldaten fanden die seinen, und Ji Fung packte fest zu. Die Japaner mochten teuflische und folternde Invasoren sein. Aber die Japaner waren eine Abstraktion. Dieser junge Mann glich Ji Fung selbst, er war eine Spielfigur in einem unerbittlichen Spiel, von Mächten heimgesucht, die über sein Verständnis gingen.

Ji Fung hielt den sterbenden Soldaten in seinen Armen und sah ihm in die Augen. Eine seiner Pupillen war geplatzt und füllte die Iris mit bodenloser Schwärze. Während Ji Fung in jenes Auge blickte, schienen sich Bilder aus dem beschädigten Gehirn des Mannes in seine Hirnwindungen zu prägen. Menschen, die er noch nie gesehen, Landschaften, die er nie gekannt hatte. Ein lautloser Raum, in dem ein Meister meditierte, sein bewegungsloser Körper ein Gefäß, das mit den fließenden Bewegungen des Kampfes überfloß. Ein Mädchen in einem bestickten Kimono, in deren langem schwarzem Haar Kirschblüten geflochten waren.

Eine dicke Blutblase bildete sich auf den Lippen des Mannes und platzte. Sein Körper wurde in Ji Fungs Armen steif, und ein langes, nasses Rasseln drang aus den Tiefen seiner Brust. Als das Leben den Soldaten verließ, schienen die Bilder in Ji Fungs Kopf die Zukunft vorauszusagen. Er sah, wie der Körper des Mannes an Ort und Stelle zerfiel, in der feuchten Hitze aufbrach, voller Fliegen und den Säften des Verfalls. Er beobachtete einen alten Mann und eine alte Frau, die einen Brief lasen und deren Gesichter vor Trauer in sich zusammenfielen. Er betrachtete eine lange Reihe geisterhafter Kinder in einem düsteren Flur, durchsichtig und substanzlos, die sich in die Ewigkeit erstreckte. Die Kinder, die dieser Mann vielleicht gehabt hätte, und deren Kinder und die Kinder ihrer Kinder. Ihre kleinen Hände wanden sich an ihrer Brust, als ob sie wüßten, daß sie nie geboren werden würden.

Die Finger des Soldaten schlossen sich um seinen Ärmel, ein Reflex des Todes. Und plötzlich schien sich Ji Fung in einer fremden Stadt zu befinden, in derjenigen Stadt, in der dieser Mann und seine ganze Familie gelebt hatte. Etwas war vom Himmel gefallen – eine Bombe, die jedoch viel schrecklicher war als die Bomben, die Shanghai getroffen hatten. Er flüchtete vor einer entsetzlichen Hitze, die seine Haut versengte und seine Augen in ihren Höhlen zu braten schien. Seine Organe in ihm kochten. Er konnte nicht mehr weiter.

Er fiel, rollte sich auf seinen mit Blasen bedeckten Rücken und sah sich einem Anblick gegenüber, der sein Verständnisvermögen überstieg. Eine sich wölbende Feuerkrone wuchs in einen gefurchten Himmel. Darunter befand sich eine riesige Rauchsäule, in der er schwarze Formen ausmachte, die sich im Kreis drehten, umherwirbelten. Sie mußte eine Million *li* hoch sein. Wie konnte irgend jemand in einer Welt leben, in der so etwas möglich war? Er war sich nicht sicher, ob er seine Augen geschlossen hatte oder geblendet worden war, aber jede dieser Möglichkeiten war dem Anblick dieser teuflischen Wolke vorzuziehen.

Ji Fung blinzelte. Er kniete auf den Stufen des Gebäudes der Bank von Shanghai und hielt einen toten Mann in den Armen. Hinter sich konnte er immer noch Lin Bai würgen und spucken hören; es schienen nur wenige Sekunden verstrichen zu sein. Er blickte in das zerstörte Gesicht des Soldaten. »Was hast du mir gezeigt?« flüsterte er. »Hättest du das gesehen, wenn du am Leben geblieben wärst? Dann sei dankbar, daß du heute abend gestorben bist.«

Er ließ den Körper des Soldaten zu Boden gleiten und eilte seinem Geliebten zu Hilfe.

Ji Fung saß auf dem überfüllten Deck der alten Dschunke *Devil Fox* gegen einen Haufen Hanfseile gelehnt, Lin Bais Kopf in seinem Schoß. Kein schlechter Platz – gelegentlich fiel der Schatten des zerlumpten braunen Segels auf sie, das ihn an riesige, geschwungene Insektenflügel erinnerte. Ji Fung hatte seine diamantene Krawattennadel, Periques goldene Uhr und bis auf eines alle Jadearmbänder von Lin Bai gegen eine Passage nach Hongkong eingetauscht. Im stillen dankte er Perique für jenen letzten ungestümen Einkaufsbummel.

Ihre Gesichter waren von Wind und Sonne verbrannt, ihre Lippen von der salzigen Gischt ausgetrocknet. Ji Fung hatte nichts mehr gegessen, seit er vor zwei Tagen die letzten Süßigkeiten mit Lin Bai geteilt hatte. Während die fette Schokolade auf seiner Zunge schmolz, konnte er nur schwer glauben, daß er jemals in der Tür des Ladens an der Nanking Road gestanden und den Streitereien der ›Mädchen‹ zugehört hatte. An Bord der Dschunke gab es immer noch frisches Wasser, aber bei so vielen Passagieren würde es nur noch wenige Tage halten.

Lin Bai regte sich in seinem Schoß und wimmerte leise, ein hoffnungsloser, schmerzhafter Laut. Ji Fung tat sein Bestes, ihn zu beruhigen und sah nach dem verkrusteten Verband, der die Wunde an seiner Schläfe bedeckte. Er war schmutzig und stank, doch Ji Fung hatte den letzten Streifen Stoff seines Hemdes aufgebraucht und wollte nur ungern seine Jacke zerreißen, die ihnen als einziges Schutz gegen die Sonne bot.

»Hing«, flüsterte Lin Bai. Älterer Bruder, ein Spitzname, den er seit Jahren nicht mehr gebraucht hatte. »Ich habe Durst.«

»Du bekommst bald etwas Wasser. Sie werden mit dem Eimer vorbeikommen.« Ji Fung streichelte Lin Bais Wange. Sie mußten sich beide noch nicht rasieren, aber Lin Bais Kiefer entlang wuchs der Hauch eines Bartschattens. Ji Fung fragte sich, wie lange sein Geliebter wohl noch als Frau durchgehen würde und was passieren würde, wenn man ihnen auf die Schliche kam. Würde sich die Menge der Flüchtlinge gegen sie stellen, sie über Bord werfen, um einige Tropfen Wasser zu sparen? War ihr Haß so groß? Oder blieben die weniger wichtigen Tabus in solchen verzweifelten Zeiten auf der Strecke?

Glücklicherweise war es unwahrscheinlich, daß die Menschen, die ihnen am nächsten saßen, etwas bemerken würden: ein greiser, halbblinder Mann mit drei wundervoll geschnitzten Grillenkäfigen an einem Faden; ein Paar erschöpfter Frauen mit einer Brut hohläugiger Kinder, die ihre ganze Aufmerksamkeit forderten.

In jener Nacht schlug das Wetter um. Sie waren in den Sog eines Wirbelsturms geraten, und es war nicht klar, ob sie seinen Rand entlang oder direkt in sein Herz hinein segelten. Ji Fung bedeckte Lin Bai mit seiner Jacke und kauerte im Regen, nur mit seiner dünnen Seidenweste und blutbefleckten Hosen bekleidet. Die See kochte. Lin Bais Gesicht war leichenblaß, seine Lippen eisblau. Von Zeit zu Zeit fing er an zu phantasieren und brabbelte mit Ji Fung oder Perique oder Meister Lau. Dann schluchzte er, als würde ihm das Herz brechen. Ji Fung sang jedes Lied, das er kannte, um ihn zu beruhigen, aber Lin Bai sang nicht mit, nicht einmal, als Ji Fung den Text vergaß.

Der alte Mann mit den Grillenkäfigen gab ihnen aus einer kleinen Flasche mit Pflaumenwein zu trinken, die er in einem Stoffschuh versteckt hielt. Er versicherte ihnen, er würde alles tun, um jungen Liebenden zu helfen. Er erzählte ihnen die Geschichte von den beiden Liebenden, die sich in Grillen verwandelten, um ihren Eltern zu entkommen, die ihre Verbindung mißbilligten. Ji Fung war froh um den unablässigen Regen, der seine Tränen verbarg.

Am nächsten Morgen war der alte Mann tot, sein zahnloser Mund voller Regenwasser. Die Besatzung warf ihn über Bord, nachdem sie ihm die entzückenden Grillenkäfige abgenommen hatte. Es gelang Ji Fung, die Weinflasche zu retten, die inzwischen fast leer war. Er beobachtete die Wellen, die den hageren Körper des alten Mannes hin und her warfen, bis die Haie, die dem Schiff folgten, ihn unter Wasser zogen. Ihn schauderte, und er zog Lin Bai an sich. Bis Hongkong waren es immer noch drei Tage.

Der Regen hörte nicht auf. Statt dessen wurde die See wilder. Der Himmel glich einem silbrigen Schleier, der in einem riesigen spiralförmigen Muster auf sie herabsank. Die Kälte und die Nässe und der Wind waren Ji Fung in die Knochen gefahren. Wellen überragten das Schiff, Wände schiefergrünen Todes, die sie jeden Augenblick verschlingen konnten, sollte der Wind sich drehen. Manchmal ergoß sich das Wasser über die Planken und spülte Erbrochenes und herumliegende Bündel über Bord. So verloren die Menschen ihre letzten wertvollen Besitztümer, die sie aus den Ruinen von Shanghai hatten retten können. Auf den Wellen tanzten seidene Hochzeitskleider und goldene Teekannen, Bildnisse ernst blickender Vorfahren und lackierte Kästchen, ganz ähnlich demjenigen, das Lin Bai auf dem Pflaster der Nanking Road aufgebrochen hatte. So viele Schätze, die jetzt alle so wertlos waren wie eine Handvoll Sand.

Bald holte sich das Wasser Kinder und alte Leute, die sich nicht festhalten konnten. Die Passagiere banden sich an den Masten und Takelagen fest, der grausamen Tatsache bewußt, daß sie mit großer Sicherheit ertrinken würden, falls die Dschunke kenterte; doch das Risiko wollten sie eingehen, statt über Bord gespült zu werden. Ji Fung band sich und Lin Bai mit einem Stück nassen Hanfseiles an einem schweren eisernen Haken fest, der aus den Planken ragte. Seine Gedanken waren nur noch auf das Überleben gerichtet.

Als sie den Hafen von Hongkong erreichten, war mehr als die Hälfte der Passagiere nicht mehr an Bord.

Der Taifun, in dessen Kielwasser sie gesegelt waren, hatte die Stadt auf der Insel bereits erreicht. Es war, als wäre die Zerstörung von Shanghai ihnen bis nach Hause gefolgt; dieses Mal war die vertraute Landschaft mit Wasser und Wind statt mit Feuer heimgesucht worden. Obwohl die Dschunken und Hausboote im Hafen fest vertäut vor Anker lagen, wurden sie von den Wellen unbarmherzig hin und her geworfen. An der Spitze eines langen Mastes am Pier flatterte eine Warnflagge. Zwei Dreiecke, die Spitze an Spitze aufeinander standen. Für Ji Fung glich das Symbol einer Sanduhr, deren Zeit fast abgelaufen war.

Es dauerte fast die ganze Nacht, bis sie ein Hotel fanden. Tausende von Reisenden, Flüchtlingen und Einheimische, die die letzte Fähre verpaßt hatten, waren untergekrochen und warteten, bis der Sturm sich legte. Schließlich gelang es Ji Fung, das letzte von Lin Bais Jadearmbändern gegen ein winziges Zimmer in einem der billigen Hotels einzutauschen, die meist von Matrosen besucht wurden.

Er bettete Lin Bai auf die fleckige Matratze, schälte ihn aus seinen zerrissenen Strümpfen und aus den nassen Fetzen seines Kleides und deckte ihn mit einer dünnen grauen Decke zu. Eine überflüssige Geste; Lin Bais nacktes Fleisch strahlte die Hitze der Krankheit wie ein gutgeschürter Ofen ab.

»Hing … Sag dem Meister, daß ich zu krank bin, um ihn zu besuchen. Heute nacht ertrage ich es nicht.«

Er fuchtelte in der Luft herum, bis Ji Fung seine Hand ergriff. Sie fühlte sich an wie eine fleischlose Kralle, fast zu heiß, um sie zu berühren. »Der Meister ist tot«, sagte Ji Fung. »Er wird dich nie wieder anfassen.«

»Chen Bau muß die ›Weiße Schlange‹ spielen.« Lin Bais gelbe Augen glitten hin und her, ohne etwas wahrzunehmen. »Sag ihm, er soll den Kopfputz mit den Wachtelfedern aufziehen.«

Ji Fung bemerkte einen kristallenen Tropfen, der in die Vertiefung von Lin Bais Schlüsselbeins fiel. Hatte das elende Dach ein Loch? Er berührte die Flüssigkeit mit einer Fingerspitze, leckte daran. Warm und salzig. Eine Träne. *Seine* Träne.

»Ji Fung?« Lin Bais Stimme klang belegt und leise. »Eines Tages werden wir von hier fortgehen, stimmt's? Wir gehen nach Hollywood. Keine langweilige chinesische Oper mehr. Wir werden Cowboys und Gangster.«

»Das werden wir«, sagte Ji Fung. Er zog sich aus, glitt unter die Decke und nahm Lin Bais heißen, knochigen Körper in die Arme. »Ich verspreche dir, daß wir von hier verschwinden, wenn es dir bessergeht. Aber zuerst mußt du mir versprechen, daß du gesund wirst. Versprichst du mir das?«

Doch Lin Bai schwieg. Sein Atem ging stoßweise, gequält. Ji Fung hielt ihn die Nacht hindurch in seinen Armen und dachte an all die Dinge, die er ihm hatte sagen wollen. Er flüsterte unablässig in die schweißnassen Haare in Lin Bais Nacken hinein. Manchmal sang er ein paar Takte einer Oper und tat so, als suche er nach dem Text, in der Hoffnung, Lin Bai würde einstimmen.

»Doch die einander treu waren, haben sich schließlich gefunden.« Er erinnerte sich daran, wie Lin Bai nach der fast tödlichen Überdosis leblos in seinen Armen gelegen hatte. *»Obwohl Tausende von Meilen sie trennen …«*

Aber er konnte sich nicht überwinden, die nächste Zeile zu singen, obwohl er sie klar und deutlich vor sich sah.

»Auch wenn der Tod sie auseinanderreißen mag …«

Ji Fung sah auf Lin Bais weißes Gesicht hinab und wußte, daß er sterben würde. Während blutiges Licht in den Himmel sickerte, lag er da und lauschte dem letzten Atemzug seines Geliebten, langgezogen und leise, als entweiche seine Seele zwischen seinen ausgetrockneten Lippen.

Ji Fung küßte diese Lippen. Sie waren trocken und schmeckten leicht süßlich, so schlaff wie der Tod selbst.

Er blieb lange liegen und hielt Lin Bais Körper umarmt, während draußen der Sturm tobte. Er hatte keine Angst; er wußte, daß Lin Bai ihm nie weh tun würde, selbst als er eine Pistole auf ihn gerichtet hatte. Doch als er spürte, wie die Kälte sich in den Leichnam in seinen Armen schlich, wandte er sich schaudernd ab und schlüpfte in seine Weste.

Als er die kleinen, ziselierten Knöpfe schloß, spürte er etwas Hartes in seiner linken Tasche. Er knöpfte sie auf und entdeckte den vergessenen Ring aus Sincere's und seinen Jadestempel, auf den sich einmal seine ganzen Hoffnungen und Träume konzentriert hatten. Das blutrote Juwel strahlte immer noch mit der gleichen Kraft, wie zu jener fernen Zeit, als Lin Bai Perique darauf aufmerksam gemacht hatte, vor tausend Jahren.

Er stellte sich Lin Bais Gesicht vor, wenn er gesehen hätte, wie Ji Fung den Ring jetzt auf seinen schlanken Finger gleiten ließ. Doch dafür war es zu spät. Die Welt war tot. Lin Bai war tot. Nichts war mehr übrig. Die Familie, die ihm einmal so viel bedeutet hatte, erschien ihm wertlos, wenn er sie nicht mit Lin Bai teilen konnte. So wertlos wie zwei Handvoll Sand. Er rollte sich auf dem Bett zusammen und schluchzte an der kälter werdenden Schulter seines Geliebten. Er wünschte, auch er wäre tot.

Der Tag verging, doch sein Wunsch ging nicht in Erfüllung. Sein Körper war steif, überall hatte er Schmerzen, und er war von Prellungen bedeckt; weit von der tröstlichen Empfindungslosigkeit des Todes entfernt. Entweder er brachte sich um, oder er lebte weiter. Wieder und wieder drehte er den Ring und den Stempel in den Händen. Mit dem Tageslicht verlor auch der Taifun an Kraft. Eine klare, unheimliche Stille lag über der Stadt. Das Auge des Wirbelsturms hatte sie erreicht, und Ji Fung hatte eine erste, vage Vorstellung von einem Plan.

Wenn er den Ring verkaufen würde, hätte er genügend Geld für die beiden Dinge, die er benötigte.

Erstens, ein Ticket nach Amerika. Zweitens, eine Flasche Kerosin.

Er war fast sicher, daß Lin Bai beiden Anschaffungen zustimmen würde.

Gong Sut Fo vergnügte sich gerade mit einer amerikanischen Sängerin, einer rothaarigen, langbeinigen Schönheit mit großen, bernsteinfarbenen Augen und rosigen Brustwarzen. Ihr Temperament war ebenso feurig wie ihre Haarfarbe, und dieses Stelldichein hatte ihn bereits einen Haufen Geld und Seelenfrieden gekostet. Als ein blasser, zitternder Diener sie unterbrach, in dem er viermal gegen die Tür klopfte, raste er vor Wut.

»Wie kannst du es wagen?« Gong Sut Fo warf sich einen Morgenrock aus schwarzroter Seide über. »Was ist so dringend, daß ein Mann sich nicht einmal in Ruhe – in Ruhe – ausruhen kann?«

»Ein Gespenst, Gwan.« Von wegen Gespenst. Gwan war ein Ausdruck höchster Unterwürfigkeit, Gespenst deutete an, daß die Angelegenheit nicht vor der Sängerin besprochen werden konnte, und der Diener sah so aus, als hätte gerade jemand seinen einzigen Sohn ermordet.

Die Sängerin verstand ein paar Brocken Kantonesisch. Sie zog eine Decke über ihre hängenden Brüste und runzelte die Stirn. »Ein Gespenst! Was redet er da?«

Gong Sut Fo war von dieser Wendung der Ereignisse höchst verärgert, und sein Schwanz welkte wie eine alte Rübe dahin. Ihre klanglose amerikanische Stimme rieb an seinen Nerven. Er küßte ihre manikürten Finger. »Mimi, mein Liebstes ...« Er holte tief Luft und dachte an die Weichheit ihres Körpers. »Ich schwöre, ich werde ohne Verzögerung zu dir zurückkehren.«

Als er die Stufen hinabeilte, hörte er Schreie aus der Gasse hinter der Küche. Er schob einen zitternden Diener beiseite und schritt an der Menge von Köchen und Küchenjungen vorbei, durch den Dienstboteneingang auf die Gasse hinaus. Auf der Stelle wurde er von dem Geruch überwältigt, jenem unvergeßlichen Geruch, der sich vor acht Jahren in einem Flur des oberen Stockwerks in seine Erinnerung gegraben hatte. Es roch nach Talg, nach tropfendem Fett, nach gebratenen Haaren und Fleisch; widerlich, und doch irgendwie angenehm.

In seiner Gasse lag ein brennender Leichnam.

»Dummköpfe!« fauchte er und stieß einen Diener in Richtung Küchentür. »Wollt ihr, daß die ganzen umliegenden Häuser in Flammen aufgehen? Los! Holt Wasser!« Die gaffenden Diener bildeten eiligst eine Kette mit Töpfen und Eimern. Trotzdem dauerte es einige Minuten, bis sie die Flammen gelöscht hatten.

Gong Sut Fo ging in die Knie und untersuchte die Leiche. Die Arme und Beine waren eingeschrumpft, in einer fötalen Haltung eingezogen. Das Gesicht war ein erstarrter Alptraum aus verkohltem Fleisch und versengten Knochen. Die Füße waren jedoch weitgehend verschont geblieben, und er erkannte sofort die glänzenden schwarz-weißen Schuhe, die Chi Gwai auf seinen Befehl hin seinem Neffen gegeben hatte. Gong Sut Fo spürte Übelkeit in sich aufsteigen, als er bemerkte, daß die Leiche mit der einen Hand etwas umklammert hielt.

Die verkrampfte schwarze Faust ließ sich nur schwer aufbiegen, und es gelang ihm nur, indem er einige Finger brach. Sie zerbröselten wie verbrannte Nudeln. Schließlich fand er, wonach er gesucht hatte.

Die Jade war in der Hitze aufgesprungen, aber die eingeschnitzten Buchstaben ergaben immer noch den Namen seines Neffen.

Der Diener, der Gong Sut Fo bei seinen Freuden gestört hatte, kniete jetzt vor ihm und zitterte noch heftiger als bisher. Er hielt ein gefaltetes Blatt Papier in der Hand.

»Das wurde auf der Schwelle der Küchentür gefunden«, sagte er und machte sich davon, sobald Gong Sut Fo ihm den Zettel abgenommen hatte.

Die englischen Wörter waren in einer kindischen Handschrift darauf gekritzelt. Nur ein Satz. »Ich bin der Sohn meiner Mutter.«

Als ihr Herr wieder hineingegangen war, warfen die Diener eine alte Decke über die qualmenden Überreste des Leichnams und vertrieben eine kleine Gruppe von Schaulustigen aus der Gasse. In dem Gedränge bemerkte niemand das große, grobschlächtige Mädchen, daß sich ein graues Taschentuch über die Ohren gezogen hatte. Niemand wunderte sich darüber, daß sie lächelte, obwohl ihr Tränen in den Augen standen.

Charles Grant

Auf dem Rücken des Schwarzen 1940

Als die Sonne aufging, war sie weiß wie der Sommer, und die Schatten, die sie warf, waren gar keine richtigen Schatten, sondern einfach Stellen in der Luft, wo sich Dinge versteckten, bis der Mond zurückkam. In einem kleinen Stall, der zu verfallen war, um romantisch zu wirken, standen zwei Pferde, die unruhig auf der Stelle traten. In einer kleinen Hütte mit zwei Räumen, die zu verwittert war, um gemütlich zu sein, quietschten die Dielen, ein Wasserkessel pfiff schwach, und ein Vorhang bewegte sich, als ein Windhauch sich durch das zerbrochene Fenster stahl und auf dem Boden verendete.

Als das Pfeifen des Kessels aufhörte, war es vollkommen still.

Vor dem Haus gab es nicht viel mehr als bleichen Sand, karges Gras und eine Handvoll Kakteen, die nicht größer waren als Schulkinder. Eine Eidechse mit blauem Schwanz schoß von Fels zu Stein, erstarrte und flitzte weiter bis unter die niedrige Veranda, wo die Sonne nicht hinkam und die Hitze nicht mehr einem Brennofen glich, sondern sich beleidigt verkrochen hatte.

Am Horizont – in den verschiedenen Himmelsrichtungen – hätten sich eindrucksvolle Berge abgezeichnet, wenn sie eine Spur von Farbe gehabt hätten und wenn der schmierige Dunst nicht die Hänge verschleiert und den Gipfeln die Konturen genommen hätte.

Ein Mann saß auf der Veranda und hielt mit beiden Händen eine Blechtasse mit Kaffee umfaßt. Es war nicht kalt, aber er fröstelte trotzdem, und er trank das dickflüssige Getränk, als wäre ihm der Winter bis ins Mark gedrungen.

Als er ausgetrunken hatte, stellte er die Tasse neben seinen Stuhl und beobachtete die Straße, die an dem, was er in diesen Tagen sein Heim nannte, vorbeiführte.

Um ihn herum erstreckte sich eine steppenartige Landschaft mit ungleichmäßigen Hügeln und Bodensenkungen. Salbei und Zwergkiefern wuchsen hier, Kakteen und niedriges Gestrüpp. Vereinzelte große Felsblöcke hatte der Wind zu bizarren Gebilden geformt, und in der Entfernung sah man eine Reihe von blassen Bäumen mit vollen Kronen, die den Bogen des schmalen Flusses markierten, der lockte, aber nie näher kam.

Nichts bewegte sich.

Eine Stunde später holte er tief Luft und erhob sich langsam. Er streckte sich, rieb sich ein Auge mit dem Handrücken und streckte sich wieder. Er war nicht besonders groß, es sei denn, man machte ihn wütend, sein Gesicht war ausdruckslos, bis der Zorn die von der Sonne eingebrannten Falten glättete und die Mitternachtsaugen sich verengten. Auch viel Fleisch war nicht auf seinen Knochen, ganz gleich, wie er sich fühlte.

Er trug ein kariertes Hemd, die Manschetten einmal umgeschlagen, die ersten zwei Knöpfe geöffnet. Der Kragen war abgetragen und abgetrennt von der ehemals weißen Passe. Jeans. Verbeulte Stiefel. Einen verkratzten Ledergürtel. Einen Stetson, dessen Krempe er tief ins Gesicht gezogen hatte.

Er beobachtete die Straße.

Nichts bewegte sich.

Er nickte einmal, bedächtig, und drehte sich dann langsam um, trat von der Terrasse hinunter und ging auf den etwas kühleren Stall zu. Dort fütterte und tränkte er den nervösen Schwarzen und fütterte und sattelte die friedliche Rotschimmelstute. Er ließ den Schwarzen auf die teilweise mit Gras bewachsene Koppel, wo er sich sofort von den falschen Versprechungen der müden, alten

Pappel locken ließ, die so gut wie gar keinen Schatten spendete. Das Pferd bestand zwar nicht unbedingt nur noch aus Haut und Knochen, aber wenn man genau hinsah, erkannte man, daß es einen ordentlichen Galopp nicht überleben würde.

Als der Schwarze den Baum erreicht hatte, drehte er den Kopf.

Der Mann nickte, ein Versprechen, und wandte sich ab. Er streichelte den Hals der alten Stute, flüsterte ihr etwas zu, schmeichelte und erzählte ihr, daß er das Gefühl hatte, sie würde nicht lange allein bleiben.

Als er schließlich mit tief ins Gesicht gezogenem Hut im Sattel saß, ließ er sie allein den Weg zur Straße hinauffinden und auf dem Streifen zwischen der Schotterstraße und dem breiten Graben gehen. Sie bewegten sich ohne Hast, der Mann und sein Pferd mit dem langen Schweif, sie hatten es niemals eilig. Heute morgen war er spät dran. Normalerweise brach er kurz nach Morgengrauen auf, wenn er fort mußte, bevor der Tag das weiße Feuer entfachen konnte. Aber er hatte einen Traum gehabt, in dem er die schimmernden Gesichter von lange erwarteten, lange vermißten Kameraden gesehen hatte; auch sie waren allein und wie er auf der Suche.

Er ritt in östlicher Richtung auf eine Stadt zu, die hinter den sanften Bodenwellen verborgen lag, und versuchte gar nicht erst, der Sonne davonzulaufen. Es hatte keinen Sinn, schneller zu reiten; der heiße Tag und die Entfernung hätten sie besiegt. Auch nicht, als er die Staubwolke sah, die sich auf sie zubewegte. Er hielt nicht an. Er ritt weiter. Motorengeräusch ertönte.

Nichts bewegte sich.

Noch nicht einmal die Stute.

Schon bald waren die Stute und der Wagen auf gleicher Höhe, ohne sich gegenseitig zu beachten, bis der Wagen beschleunigte und hundert Meter weiter vorn auf den Seitenstreifen fuhr. Die Stute war jetzt gezwungen, auf die Straße auszuweichen, und sie schnaubte und legte ein Ohr zurück.

Der Fahrer lehnte sich aus dem Fenster, schüttelte den Kopf und starrte den Reiter durch die kleinen Gläser seiner Sonnenbrille an, in denen sich nur der Himmel spiegelte.

»Also, es ist wirklich verdammt schwer, dich Mistkerl zu finden«, sagte der Fahrer und grinste. »Weißt du das? Ein rundes Gesicht, kaum gebräunt. Haifischzähne.«

Der Reiter sah ihn geduldig an und schwieg.

»Zum Teufel, Rob, wann schaffst du dir endlich ein Telefon an, verdammt?« Matt Dumont rieb sich die Stirn und legte den Arm aufs offene Fenster. »Ich hasse es, hier herauszukommen. Man kommt sich vor, als würde man durch einen gottverdammten Ofen fahren.«

Rob Garland bewegte die Lippen, vielleicht lächelte er, vielleicht auch nicht. »Dann komm nicht her.« Die Stimme war tiefer als der Motor, dunkler als die Wüstennacht.

»Was zum Teufel soll ich denn sonst tun, wenn ich mit dir sprechen muß?« Seine Stimme klang so durchschnittlich, daß die meisten Menschen sie überhörten. »Himmelarsch.« Er tätschelte zärtlich die Tür seines Wagens. »Gefällt er dir? Roadmaster. Ich habe ihn letzten Monat für einen Spottpreis gekauft, als der alte Davidson nach Los Angeles abgehauen ist. Er hat sich bei den Frazer Leuten eingekauft, behauptet, daß er sich nicht illoyal verhalten wollte.« Er wieherte. »Ein Bankier. Glaubst du das? Ein illoyaler Bankier?« Wieder wieherte er.

»Ich bin beschäftigt, Matt. Was willst du?«

»Dich.«

Rob brummte unwirsch.

»Ich schwöre es, Rob, das ist alles. Ich will nur mit dir reden. Ist das so furchtbar? Eine Tasse bei Dinah, was hältst du davon?«

Als er den anderen Arm bewegte, löste er versehentlich die Hupe aus.

Das laute Schmettern wurde von der drückenden Hitze gedämpft.

Die Stute bewegte sich nicht.

»Du brauchst mich nicht, Matt. Du lieber Himmel, du kannst mich noch nicht einmal leiden.«

Dumont legte den Kopf auf die Seite und grinste. Zwischen seinen Schneidezähnen klaffte eine Lücke. »Und?«

»Es gibt nichts, was du mir erzählen könntest, was ich nicht schon hundertmal gehört habe. Und es hat mir schon damals nicht gefallen, und es wird mir auch bei Dinah nicht besser gefallen.« Er berührte zum Gruß die Krempe seines Huts. »Fahr langsam, Matt. Wenn du hier draußen einen Unfall baust, findet dich niemand.«

»Du lebst ja hier, du wirst mich schon finden.«

Rob berührte den Hals der Stute, damit sie weiterging.

»Nein«, sagte er. »Ich glaube nicht.«

»Verdammt noch mal, Garland«, brüllte Dumont ihm in wütender Verzweiflung nach. »Der Krieg ist vorbei, du Idiot! Wann wirst du endlich kapieren, daß sich die Zeiten geändert haben?«

Einen Augenblick später schoß der Wagen unter ohrenbetäubendem Hupen an Pferd und Reiter vorbei. Die Reifen wirbelten eine Unmenge Staub auf, der sich zu einem aufgedunsenen Derwisch zusammenballte, während der Wagen hinter dem nächsten Hügel verschwand.

Rob auf der Stute ritt weiter, so langsam wie die Hitze, die mit ihnen ritt.

Er war verärgert darüber, daß Dumont gekommen war, und verärgert darüber, daß der protzige Wagen seinen Frieden gestört hatte. Er hatte nichts gegen Autos, aber hier draußen waren sie so gut wie nutzlos, und Idioten wie Dumont fuhren, als säße der Teufel höchstpersönlich auf dem Dach. Er hoffte, daß er nicht in der Stadt sein würde, wenn er dort ankam. Er hatte kein Verlangen danach, zu reden. Er hatte für den Rest seines Lebens genug geredet, gekämpft, war oft genug weggelaufen und hatte genug geblutet.

Das war damals; dies war jetzt.

Jetzt kamen sie an einem alten Gebäude vorbei, dem ehemaligen Bahnhof für die nahe gelegenen Minen, als diese noch in Betrieb gewesen waren; aber sie waren schon stillgelegt seit dem Tod von FDR, und die Gleise waren längst nicht mehr da. Man hatte sie für Panzer eingeschmolzen. Das Dach war eingefallen, die Türen zersplittert, die Fenster ohne Glas, Kojotenspuren im Sand;

karges Gestrüpp wuchs dort, wo einmal der Schaffner gestanden und sich das Gesicht mit einem Taschentuch abgewischt hatte, das halb so lang war wie sein Arm.

Ein Stück weiter lag ein alter Pferdekarren im Graben, die Räder nur noch eine Erinnerung an bessere Zeiten, die Achsen verrostet, auf der Ladefläche Kies und Unkraut und abgenagte Knochen, die Überreste einer Habichtmahlzeit. Es fehlten ein paar Planken; er selbst hatte sich im Winter einige mitgenommen, als es so kalt gewesen war, daß er ein Feuer machen mußte.

Sie kamen an einem Arbeitstrupp vorüber, der Telefonmasten aufstellte und die Leitungen spannte und sich lautstark darüber wunderte, wer zur Hölle auf die Idee gekommen war, mitten im Nichts Leitungen zu spannen, die nirgendwo hinführten.

Sie beachteten ihn nicht.

Das war ihm recht.

Ein Habicht glitt träge durch die Luft, als die Sonne höher stieg.

Die Schatten versanken im Boden.

Schon bald führte er seine Stute durch die hohen Tore des einzigen übriggebliebenen Stalls der Stadt. Er stieg ab und sagte Solomon Winks, er solle das alte Mädchen gut behandeln; die Hitze setzte ihr jetzt mehr zu als früher.

»Sie sollten sie nicht so schnell reiten bei diesem Wetter, Mr. Garland«, tadelte ihn der Stallbursche und schüttelte beim Anblick der Stute traurig den Kopf. Er sprach leise mit ihr, nahm ihr vorsichtig den Sattel ab und holte ein feuchtes Tuch, um das Tier abzureiben und ihm ein wenig Kühlung zu verschaffen.

»Wir sind im Schritt gegangen.«

Der Schwarze seufzte. »Sie ist gegangen. Sie sind geritten.«

Rob lachte leise, gab der Stute einen Zuckerwürfel und ließ sie an seiner Brust schnuppern.

Solomon, der nur Latzhosen und ein ärmelloses Unterhemd trug, nahm den Schlauch und füllte einen Trog mit Wasser. »Darf ich fragen, warum Sie heute hergekommen sind, Mr. Garland? Ich habe eigentlich die nächsten Wochen nicht mit Ihnen gerechnet.«

»Ich seh' mich nur ein bißchen um, Junge, nur so.«

Der weißhaarige Mann blinzelte ihn skeptisch an. Seine Stirn war voller Narben, als ob etwas im Schlaf an ihm genagt hätte. »Sie sehen sich doch nie einfach nur um.«

Rob zuckte die Achseln. »Manchmal hat man eben so ein Gefühl, daß man mal raus muß, nichts weiter.« Er gab der Stute zum Abschied einen Klaps aufs Hinterteil, dann sagte er zum Stallburschen: »Mach dir keine Gedanken, Solomon, hörst du? Ob du's glaubst oder nicht, manchmal wird einem verdammt langweilig allein da draußen.«

Solomon nickte.

Rob wußte, daß es eine Lüge war.

Nachdem er sich mit einer Handvoll Wasser aus dem Trog das Gesicht abgekühlt hatte, ging er durch das langgezogene, hohe Gebäude, roch Heu und Schweiß, kühl und warm, bis er die Tür erreicht hatte, die in den hinteren Teil des Futtergeschäfts führte. Ohne den Verkäufer zu beachten, ging er hinaus und blieb unter dem starren, verzierten Vordach einen Augenblick stehen.

Autos am Straßenrand, Autos an der neuen Verkehrsampel; Fußgänger in Anzügen und Jeans und Kleidern und Arbeitskleidung, die man den Eigentümern bei der Entlassung überreichte, die dann vom Meer zurück in die Wüste kamen. Früher hatte er sie alle gekannt; jetzt kannte er kaum noch ein Dutzend. Sie zogen fort, die Jungen, in die Städte an der Küste jenseits der Berge und in die Städte jenseits der Ebene.

Die Alten blieben.

Die Jungen starben.

Die Alten nicht.

Und der Ort selbst hatte sich kaum verändert; die lange Hauptstraße schimmerte dunkel, in der Entfernung flimmerte die Hitze geisterhaft, verbarg die Berge und verbog die Masten, die an Stelle von Bäumen dort standen, mit Kabeln statt Ästen, Querlatten statt Zweigen. Die Häuser bestanden zum Großteil aus Holzschindeln, hier und da auch Stein, nur wenig Ziegel. Die Häuser, die Kirchen und die Schulen lagen alle in dem Viertel hinter den zweistöckigen Bürogebäuden und den Geschäften.

Ein kleiner Ort in der Wüste, der darauf wartete, daß eine Stadt ihn fand.

Zwei Straßen weiter betrat er das erste Restaurant des Viertels, jetzt das kleinste, nur noch selten besucht, mit Tischtüchern aus rotkariertem Wachstuch, Standventilatoren und einer Bar auf der linken Seite, Nischen mit Tischen auf der rechten, noch ein paar Tischen in der Mitte des Raums und im hinteren Teil. Ein lichtdurchlässiges Rollo am vorderen Fenster war halb heruntergezogen, um das gleißende Sonnenlicht abzuhalten. In der ersten Nische saßen drei Männer am Tisch, ihre Hüte hingen an Wandhaken. Sonst war niemand da.

Auch hinter der Theke war niemand, bis er sich auf einen Hocker nahe der Registrierkasse setzte und die Speisekarte zwischen Zucker und Ketchup herauszog. Als er einen Blick darauf warf, ohne sie wirklich zu lesen, da er sie auswendig konnte, hörte er ein Kichern hinter sich, rasches Flüstern, Auflachen.

Er schloß kurz die Augen.

Damals, dachte er wehmütig, damals.

In dem Moment der tröstlichen Dunkelheit hörte er das schwache Quietschen der Schwingtür in der Rückwand des Lokals und die Schritte einer Frau.

»He«, sagte einer der Männer. »He, Cowboy.«

Als er die Augen öffnete, stand sie vor ihm, die Arme unter den Brüsten verschränkt, eine dichte Augenbraue hochgezogen. Ihr blondes Haar war zu einem Bubikopf frisiert. Ihre Uniform bestand zu gleichen Teilen aus verblaßten Flecken und einer verblaßten Farbe, die nach so langer Zeit nicht mehr zu definieren war.

»He, Cowboy.«

Ihr Gesicht war weich und voller Kurven. Runde Hügel und sanfte Täler wechselten sich ab. Ihre Lippen waren voll und dunkel, die Augen dunkel und ungewöhnlich groß. In seiner Jugend hätte er das Spiel gespielt, die Worte gesagt, die Versprechungen gemacht, alles getan, was nötig war, um zu sehen, was unter den Knöpfen ihrer hautengen Bluse verborgen war. Aber das Jahrhundert hatte gewechselt, und in seinem Alter sah man nur noch zu, lächelte und wartete auf die Frage.

»Zweiundsechzig?« fragte sie, die Zungenspitze im Mundwinkel.

»Nein.«

»Verdammt.«

»He, Cowboy!«

Wieder schloß er die Augen, öffnete sie wieder, suchte in ihrem Gesicht nach einer Reaktion.

Du bist dran, las er in ihrem Gesicht; *es ist zu verdammt heiß zum Denken.*

Er wußte, wie sie sich fühlte, und drehte sich auf dem Hocker langsam so weit, bis er die Männer in der Nische sehen konnte, ihr blödes Grinsen, als sie die Jahre in seinem Gesicht sahen, und auf den Rücken seiner Hände, die auf seinen Schenkeln ruhten.

»Sorry, Alter«, sagte einer von ihnen. »Wir haben gedacht, Sie wären jemand anders. «

Die anderen beiden kicherten.

»Vielleicht hätten Sie dann recht gehabt«, erwiderte er ruhig.

Warten.

Nichts bewegte sich.

Das Summen und Rauschen der Ventilatoren in den hinteren Ecken des Raums.

Das Wiehern eines Pferdes irgendwo da draußen, lautes Klappern der Hufe auf dem harten Straßenbelag.

Der jüngste und größte der drei glitt von der Bank in der Nische, die Krawatte leicht verrutscht. Die breiten Revers ließen den durchschnittlichen Brustkasten schmaler erscheinen, in den weiten Hosen sahen seine Beine aus wie die eines Riesen. Er bewegte sich vorsichtig und fixierte Rob durch den Staub, der wie Sterne in der Luft hing. Als einer seiner Freunde etwas zischelte, schüttelte er einmal heftig den Kopf und hakte die Daumen in seinen hochsitzenden Hosenbund.

»Haben Sie eine Ahnung, wer ich bin?« fragte er. Die Lücke zwischen Nase und Oberlippe füllte ein Schnurrbart, Douglas Fairbanks, und sein Haar war mit Pomade straff nach hinten gekämmt, Tyrone Power.

Rob zuckte die Achseln.

»Clark«, sagte die Kellnerin müde, »geh woanders hin, okay? Ich kann das hier gar nicht gebrauchen.«

Clark Mitchell sah sie über Robs Schulter hinweg an und winkte ab. »Kein Problem, Dinah. Ich stelle nur eine Frage, weiter nichts.«

Seine Freunde grinsten.

Rob sah sie an.

Clark saß jetzt auf der Tischkante und ließ ein Bein baumeln. »Also. Haben Sie irgendeine Ahnung, wer ich bin?«

Eine Postkutsche rumpelte die Straße hinunter, davor sechs schaumbedeckte Pferde, eine Frau und ein Kind mit den gleichen Hauben auf dem Kopf, vier Reiter der Kavallerie auf tänzelnden Pferden. Ein Mann sah zum Fenster herein. An seiner Lederweste glänzte ein großer silberner Stern. Rob sah ihn an; er ging weiter.

»He«, flüsterte Clark nichts besonders freundlich.

Rob drehte ihm den Rücken zu, zeigte auf die Speisekarte und sah Dinah mit einer hochgezogenen Augenbraue an: »Kaffee, Eier, Toast, Speck, Schinken und Butter, wenn du welche hast.«

»Die Rationierung ist vorbei«, sagte sie und lächelte kurz. »Du solltest wirklich öfter in die Stadt kommen.«

Er lachte lautlos, aber die Frage in ihrem Gesichtsausdruck entging ihm nicht.

Auch nicht die Sorge.

Es hatte nichts mit den drei Männern hinter ihm zu tun. »He, Cowboy, ich rede mit Ihnen.«

Sie nahm die Speisekarte von der Theke und steckte sie wieder zwischen die Flaschen. »Tu mir einen Gefallen«, sagte sie auf dem Weg in die Küche. »Mach keine Schweinerei. Ich bin allein heute.«

Eine Hand packte den Hocker unter seinem Oberschenkel und drehte ihn herum.

Clark lächelte; da war nichts.

»Sie sind nicht gerade sehr höflich, alter Mann, wissen Sie das?

Ich stelle Ihnen eine Frage, und Sie ignorieren mich einfach. Wie wollen Sie ein Star werden, wenn Sie mich ignorieren?«

Rob runzelte die Stirn.

»Seht ihr?«, sagte Clark zu den anderen. »Ich habe euch doch gesagt, daß er mich nicht kennt.«

Niemand merkte, daß er sich bewegte, aber Rob stand plötzlich, packte die Revers des Anzugs, hob den Mann hoch, trug ihn ohne jede Anstrengung wieder zu seinem Tisch und setzte ihn auf die Bank. Dann beugte er sich vor und packte mit einer Hand den Krawattenknoten des jungen Mannes. Mit der anderen Hand faßte er das Ende der Krawatte und zog daran.

»Es interessiert mich nicht besonders, wer Sie sind«, sagte er ruhig, »und es interessiert mich schon überhaupt nicht, warum Sie hier sind. Wenn Sie mich noch einmal anrühren, ziehe ich Ihnen die Haut ab. Bei lebendigem Leib.«

Flecken bildeten sich auf Clarks Gesicht, und seine Augen quollen hervor.

Seine Freunde rangen nach Luft.

Die Krawatte wurde enger.

»Sie sind vom Fernsehen«, sagte Rob, neigte sich noch näher zu ihm hin und sagte etwas leiser: »Das beeindruckt mich nicht.«

Mit einer ruckartigen Drehung des Handgelenks ließ er die Krawatte los, und der junge Mann keuchte, spuckte und fiel vornüber, als seine Freunde sich endlich entschlossen, ihm zu helfen.

Rob starrte sie nur an.

»Übrigens hatten Sie recht«, sagte er zu ihnen und ging zurück zur Theke.

»Unmöglich«, sagte einer spöttisch. »Sie sind viel zu alt.«

Rob setzte sich und lächelte. »Junger Mann, Sie wissen nicht, was das ist: alt.«

Er drehte ihnen den Rücken zu.

Er wartete, bis das Knarren der Schwingtüren nachließ, wartete, bis die Fußschritte auf den hölzernen Planken des Gehsteigs verhallt waren, wartete, bis das Klingeln der Sporen vom Dröhnen und Rattern des Busses übertönt wurde, bis der schwache Geruch einer geölten Pistole dem Duft seines Essens Platz machte.

Die drei Männer waren fort.

Dinah lehnte sich mit der Hüfte gegen die Theke und sah ihm beim Essen zu, sagte nichts, sagte alles, während er sie ansah, wie sie ihn ansah, und er schätzte sie jetzt auf etwa Mitte Vierzig. Sie hatte keinen Mann – er war davongelaufen, um im Pazifik zu kämpfen, und nicht zurückgekommen, vielleicht war er tot, vielleicht auch nicht; sie hatte keine Kinder und keine nennenswerte Familie. Sie hatte ein Restaurant, das war alles.

Und einige Male im Monat hatte sie ihn, auf dem Hocker an der Theke, der sie ansah, wie sie ihn ansah.

»Rob?« sagte sie, die Stimme einer jungen Frau, unsicher und ein wenig ängstlich.

Er aß.

»Solomon kam an die Hintertür, als ich das Essen gemacht habe.«

Er brummte. »Er redet zu viel.«

»Er sagt …«

Rob sah sie an, nichts weiter, und sie drehte sich um und nahm ein sauberes Tuch, mit dem sie die Theke abwischte, die nichts berührt hatte außer Robs Teller und eine leichte Staubschicht.

Die Horseshoe-Taverne einen Block weiter auf der anderen Straßenseite schien es in diesem Eckhaus schon vom ersten Tag der Schöpfung an gegeben zu haben, eine Goldgrube für die Besitzer, die den Besitzern der Minen das frischgewonnene Gold gleich wieder abnahmen, ebenso wie den Reisenden auf dem Weg nach Kalifornien die Silbermünzen und den Soldaten die Dollars, die noch immer keine Zeit gehabt hatten, ihre Uniformen auszuziehen und nach Arbeit zu suchen.

Es war kein friedlicher Ort. Das war er nie gewesen.

Pianisten und Sängerinnen hatten schließlich den funkelnden Musikboxen Platz gemacht, und jetzt stand ein halbes Dutzend

Männer um eine verstaubte Leinwand herum, und sie schüttelten erstaunt die Köpfe, aber sie warfen keine Münze mehr hinein. Sie blieben nicht lange. Die rechteckige Filmleinwand auf dem Kasten, der die Größe einer Musikbox hatte, war ganz verblaßt, und Rita Rio und ihr Damenorchester klangen blechern und zu schnell, das Bild flatterte und war verkratzt. Da saß man besser im Deluxe und sah sich die gleichen Künstler auf der großen Leinwand an, das war viel angenehmer, und man bekam mehr für sein Geld.

Clay Poplar hatte die Box vor fünf Jahren in seinem Lokal aufgestellt. Als die Firma die Produktion einstellte, weil man Eisen, Glas und Kupfer für den Krieg brauchte, hatte er es nicht übers Herz gebracht, das Ding hinauszuwerfen, auch wenn er seitdem die kurzen Musikfilme dafür selbst zusammenkleben mußte.

»Eines Tages verbrenne ich das blöde Miststück«, murmelte er und gab Rob einen Schnaps. Er war ein Bär von einem Mann in weißem Hemd und Schürze, der den Raum auch dann ausfüllte, wenn er leer war.

»Die Zeiten ändern sich«, sagte Rob. Er trank. Fühlte das Feuer. Tippte mit dem Finger gegen das Glas.

Poplar sah ihn von der Seite an. »Bist du sicher? Ist noch verdammt früh.«

Rob tippte noch einmal gegen das Glas.

Clay goß ihm ein, trat zurück, nahm ein Handtuch und polierte umständlich ein paar Gläser. »Ich mag das Kino, du weißt schon, das Deluxe, das kennst du doch, oder?«

Rob nickte.

»Letztens haben sie da in den Nachrichten ein Bild von der Bombe gezeigt.«

Rob trank.

»Unglaubliches Teil, Rob, einfach unglaublich.« Er ordnete die Flaschen vor dem verzierten Spiegel. »Truman sagt, daß die Russen nicht mehr unsere Freunde sind, sie haben dieses Bombendingsda jetzt auch. Ich weiß nicht, wie das Ding genau heißt.« Er fummelte an seiner Schürze herum und sprach leiser, seine

Stimme klang jetzt viel jünger. »Wenn die sie haben, Rob, dann jagen sie die Welt in die Luft. Dieses NATO-Dings ist dann keinen Pfifferling mehr wert.«

»Was du nicht sagst«, sagte er und spürte dem letzten Tropfen auf seiner Zunge nach.

Poplar war wenigstens so schlau, verlegen zu klingen, wenn er ein Lachen vortäuschte. »Im Moment ist da dieser Kerl hier in der Gegend, ein Prediger. Seitdem redet Mildred nur noch vom Ende der Welt. Du weißt schon, die Apokalypse und das alles.«

»Was du nicht sagst.«

»Aber nicht mit mir. Ich hab' genug mit den Betrunkenen und Huren zu tun. Diesen Kirchenkram überlasse ich ihr und ihrer alten Dame.«

Rob hatte das Gefühl, als hätte er sein ganzes Leben lang nur auf irgendwelchen Barhockern gesessen. Er rutschte von diesem herunter und legte einen Dollar auf die Theke. Dann schob er seinen Revolvergürtel zurecht und ging in die Sonne hinaus.

Ein kleiner Mann stand an der Ecke unter den dichten Zweigen eines der wenigen Bäume, die noch an der Hauptstraße standen. Am Baumstamm hing ein handgeschriebenes Plakat, Versammlung im Zelt morgen und heute abend, am östlichen Ende der Stadt, Reverend Carl Thomas. Der Mann trug einen schwarzen Anzug mit zu kurzen Hosen. Knochige Handgelenke und abgetragene Manschetten ragten aus den Ärmeln heraus. Die linke Hand hielt er in Schulterhöhe, in ihr eine aufgeschlagene Bibel mit goldumränderten Seiten; mit der rechten, die langen Finger in ständiger fließender Bewegung, beschwor er die Passanten, die in der Hitze träge vorbeigingen.

Rob lehnte sich an die Wand der Bar und sah zu, wie der Mann beständig und ernst mit einem halben Dutzend Frauen sprach, die alle nickten, und einem halben Dutzend Männer, die meisten eher abweisend.

»Es ist kein Zufall, daß sowohl die Bestie als auch die Bombe mit dem gleichen Buchstaben beginnen.« Er preßte sich die aufgeschlagene Bibel zärtlich, geradezu verzückt an die Brust. »Es ist kein Zufall, daß die Farbe des Feindes rot ist wie das Blut kleiner Babys.«

Rob blieb, während sich die Menge der Zuhörer verdoppelte und ein vorübergehender Polizist sie höflich daran erinnerte, daß das Zelt an einer anderen Stelle stand, daß die Versammlung zu einem anderen Zeitpunkt geplant war und daß sie daher weitergehen sollten. Der Prediger lächelte und erwiderte, daß er lediglich denen die Botschaft brachte, die am kommenden Abend vielleicht im Theater waren oder im Wohnzimmer eines Unglücklichen, in dem sich das Fernsehen bereits eingenistet hatte.

Die Menge löste sich auf, und die Versprechen, zur Versammlung zu kommen, blieben unausgesprochen.

Der Polizist schüttelte den Kopf und ging weiter.

Der Prediger sah Rob an. »Werdet Ihr kommen, Bruder?«

Rob stieß sich von der Wand ab, berührte seinen Hut zum Gruß und ging.

»Der durch das Schwert lebt, Bruder!« rief ihm der Prediger nach.

Rob drehte sich um, ging rückwärts und lächelte, während er noch einmal an den Hut tippte.

Der Prediger schloß verwundert die Augen und taumelte dann rückwärts gegen den Baum, an dem er sich mit der einen Hand abstützte; mit der anderen preßte er sich die Bibel aufs Herz.

»So war es einmal«, erzählte Rob dem kleinen Mädchen auf der Schaukel. »Es gab Büffel, so weit das Auge reichte, so viele, daß man den Boden nicht mehr sehen konnte. Millionen, würde ich sagen. Viele Millionen. Und wenn sie weitergezogen sind, mein Schatz … du lieber Himmel, wenn sie weitergezogen sind.«

Wut und Donner waren im Erdboden gefangen, die Pferde bäumten sich auf, und das Vieh rannte davon, die Mauern schüttelten sich den Staub von den Gliedern; plötzliche Erdfontänen

Meilen entfernt von der rennenden Herde, Bäume bebten und manche fielen; man spürte es in den Knochen, als ob man Gott hörte oder der Teufel in einem tobte.

Er lehnte sich an den Zaun des Schulhofs, eine Hand in die Tasche gesteckt, die andere im Gürtel eingehakt. Den Hut hatte er tief ins Gesicht gezogen, die Beine lose gekreuzt. Ein Dutzend oder mehr Jungen standen um ihn herum und lächelten über seine Geschichten, wollten mehr hören, flehten ihre Lehrerin an, ihn noch nicht wegzuschicken. Die Pause war noch nicht zu Ende, und es machte viel mehr Spaß, ihm zuzuhören, als in der Sonne Nachlaufen zu spielen.

Das Mädchen, sie hieß Jean, wollte wissen, ob Dale Evans wirklich ein Cowgirl war.

»Ich glaube schon«, sagte er und machte sich nichts aus der Lüge. Bis auf ihr Aussehen hatte das Mädchen nichts, was sie aus der Wüste herausbringen könnte. »Aber ich finde dich hübscher.«

Sie bekam einen roten Kopf.

Die Jungen johlten und spotteten.

Die Lehrerin rang die Hände und schüttelte den Kopf. »Mr. Garland, Sie sind unverbesserlich.«

Er grinste sie an. »Das ist das Netteste, was man heute zu mir gesagt hat, Miss Amy.«

Wieder johlten die Jungen und schubsten sich gegenseitig. Man ignorierte sie; sie wollten nicht, daß der alte Mann sich mit dem dämlichen Mädchen unterhielt oder mit ihrer Lehrerin. Außerdem war er alt genug, ihr Großvater zu sein, und sie sollte ihn nun wirklich nicht so ansehen.

»Hey«, sagte einer von ihnen. Rob wußte, daß er Pete hieß. »Haben Sie die Atombombe gesehen, Mr. Garland?«

Die Kinder hörten auf zu reden.

Jean hörte auf zu schaukeln.

Pete sah sich um und hatte plötzlich Angst, etwas Falsches gesagt zu haben.

Amy Russell sagte: »Ich glaube nicht, daß Mr. Garland wirklich daran …«

»Nein«, sagte Rob sanft. »Ich habe sie nicht gesehen.«

»Ich habe es bei meinem Onkel im Fernsehen gesehen. Sie war riesig.«

Er nickte. »Das kann ich mir vorstellen.«

»Damit haben wir den Krieg gewonnen, wissen Sie?«

Wieder nickte er. »Ich weiß.«

»Es sah wirklich nicht gut aus.«

»Ich habe Schlimmeres gesehen. «

Amy schien unruhig zu werden, und Rob legte den Kopf in den Nacken, bis er sie sehen konnte. Die Sonne schien von hinten durch ihr kastanienbraunes Haar und ließ ihr Kleid fast, aber nicht ganz durchsichtig erscheinen. Als sie kurz an sich hinuntersah, mußte er lächeln, obwohl sich seine Lippen nicht bewegten.

»Die Büffel«, sagte Jean und schmollte. »Ich möchte noch mehr über die Büffel und die Indianer hören.«

Er spürte die Hitze, die Schwere des Himmels.

»Zu spät«, sagte er. »Es ist zu spät.«

Im Schulgebäude klingelte es, und plötzlich liefen alle Kinder wild durcheinander, riefen und winkten zum Abschied und machten sich über Jean lustig, die nicht gemerkt hatte, daß der alte Mann wußte, daß die Pause zu Ende war.

Amy kam näher und wich trotzdem aus. »Rob, ich habe dich vermißt.«

Er wollte sie berühren, ihren Arm streicheln, aber eine stämmige Frau stand in der Tür der Schule. »Ich komme wieder.« Er lächelte, und diesmal spielten seine Lippen mit. »Das weißt du doch. Diese Kinder können einfach nicht genug kriegen.«

Sie bewegte sich nicht. »Sie fürchten sich, Rob. Sie reden über nichts anderes mehr – die Bombe. Die meisten ihrer Väter waren im Pazifik.« Hilflos ließ sie ihren Blick über den leeren Hof schweifen. »Ich weiß nicht, was ich ihnen sagen soll.«

»Nichts«, sagte er.

Wieder ertönte die Klingel.

»Was tun wir nur, Rob? Was …«

Er tippte zum Abschied an die Krempe seines Hutes, damit sie schwieg, und ging durch das Tor hinaus auf die Straße. Er wußte, daß sie ihm nachsah; er wußte, daß auch andere ihn beobachteten. Sie standen in ihren Vorgärten oder am Fenster hinter zugezogenen Gardinen, und er wünschte sich, daß Jean ihn nicht gefragt hätte, wie es da draußen damals gewesen war, bevor es sich verändert hatte.

Schlimmer noch; er wollte sich nicht mehr daran erinnern können.

Aber er konnte nichts dagegen tun.

Vom Lagerfeuer zur Elektrizität, vom *Pony Express* zum Telefon, von der Eisenbahn zu Lastwagen und Autos, von Schützengräben zu Jagdflugzeugen mit Düsenantrieb; es war wie auf dem Rücken des Schwarzen, als der Schwarze noch jung gewesen war. Zu schnell, um etwas erkennen zu können, und wenn sie am Ziel ankamen, war nichts mehr so wie zu dem Zeitpunkt, als sie aufgebrochen waren. Deswegen ritt und ging er jetzt so langsam, nahm sich Zeit, viel Zeit, um wirklich alles zu sehen, bevor das, was er sah, nicht da war, bevor es hinter ihm lag und zurückfiel.

Er war in Los Angeles gewesen und in San Diego, war mit dem Zug von Denver nach St. Louis gefahren. Er war nicht – worüber Dumont sich bei jedem bitterlich beklagte, der ihm zuhörte – ein Mann, der in der Vergangenheit lebte, der die Gegenwart haßte und die Zukunft sabotieren wollte. Er ging gerne ins Kino, und das Telefon faszinierte ihn ebenso, wie es ihn nervös machte, und mehr als einmal hatte er ein Loblied auf die Klimaanlage in Clay Poplars Bar gesungen, auch wenn sie durchaus nicht immer funktionierte, was gerade in der heißesten Jahreszeit Ende Juli häufiger vorkam.

Aber die Zeiten änderten sich.

Früher oder später würde er es ihnen sagen müssen.

Früher oder später würden seine Freunde kommen.

Dumont sah ihn, als er mit einer Tüte Nägel in der einen Hand und einem Hammer in der anderen aus dem Eisenwarengeschäft herauskam. Da war der runde Körper, der zu dem runden Gesicht paßte, kurze Beine und Wurstfinger, und der maßgeschneiderte Anzug, der viel zu teuer war, um aus dieser Stadt zu stammen.

»Sprich mit mir«, sagte er hartnäckig.

»Ich bin auf dem Weg nach Hause.«

»Ich werde nicht lockerlassen.«

Rob lachte. »Das habe ich auch schon gemerkt.«

In der Entfernung hörte man das einsame Pfeifen einer Lokomotive. Ohne Wind stieg der Rauch über den Dächern steil in den Himmel.

Ein Straßenhund schnüffelte an einem Pfosten und wühlte mit der Nase in der Erde.

Ein Kuli kam um die Ecke, sah sie, verbeugte sich und beeilte sich, außer Sichtweite zu kommen.

»Hör schon auf damit«, sagte Dumont.

Rob ging weiter. Der Mann würde ihm folgen oder auch nicht, es interessierte ihn nicht im geringsten.

»Nun hör doch, Rob«, sagte der Mann mit gedämpfter Stimme und neigte sich zu ihm hinüber, ohne ihn zu berühren, »da ist dieser Kerl in der Stadt, er heißt Clark Mitchell. Er arbeitet für die *National Broadcasting Company – NBC*, wie im Radio –, sie wollen den Ausstrahlungsbereich ihres Fernsehsenders erweitern. Weißt du, was das bedeutet? In New York können die Leute das gleiche Fernsehprogramm sehen wie in Los Angeles. Und überall dazwischen? Sie bauen Relaisstationen und lokale Sender. Rob, du hast doch schon einmal ein Fernsehgerät gesehen, oder? Großer Gott, weißt du überhaupt, wovon ich rede?«

Rob ging weiter; der Mann würde weiterreden, oder auch nicht.

»Sag mir wenigstens, daß du schon einmal von Ed Sullivan oder Milton Berle gehört hast.«

Rob nickte widerwillig.

Dumont sah zum Himmel hinauf. »Gott im Himmel, ich danke dir, auch für so eine Kleinigkeit. Jedenfalls, dieser Mitchell, der ist so eine Art Reporter. Er erscheint abends im Fernsehen und spricht die Nachrichten. Er ist ein ziemlich bekannter Mann diesseits des Mississippi.«

»Ich habe schon ein Radio«, sagte Rob und betrachtete die Auslagen eines Geschäftes, vielleicht sollte er sich endlich ein paar neue Hemden kaufen. Er besaß vier – eines war so oft geflickt, daß er es in ordentlicher Gesellschaft nicht mehr tragen konnte, und zwei waren ganz fleckig und durchlöchert. Das vierte trug er nur selten.

Später, entschied er; morgen vielleicht.

»Hier geht es um die Zukunft, Rob«, sagte Dumont hartnäckig und packte ihn beim Arm, aber er ließ ihn gleich wieder los, als ob er sich verbrannt hätte. »Ein paar Hektar, das ist alles, was ich will. Ein paar lächerliche Hektar. Du lieber Himmel, wie viel hast du, zweitausend, dreitausend? Warum zum Teufel stellst du dich bei ein paar Hektar verdammten Sandes so an? Was verlierst du dabei schon?«

Rob sah auf ihn hinab. »Ein paar Hektar verdammten Sandes.«

»Sehr witzig.« Dumont wischte sich mit einem bereits fleckigen Taschentuch den Schweiß aus dem Gesicht. »Wir reden hier über viel Geld, Rob. Du verkaufst es mir, ich verkaufe es ihnen, und dann teilen wir den Gewinn.«

An der Straßenecke wartete Rob, bis die Postkutsche vorübergerumpelt war. Vom Kutschbock tippte ein Mann mit einem Gewehr in der Hand an seinen Hut zum Gruß. In der Kutsche saß eine Frau mit einem federgeschmückten Hut und lächelte kokett.

»Ich könnte es ihnen selbst verkaufen«, sagte Rob und überquerte die Straße.

»Nein, das würdest du nicht tun. Aber mir würdest du es verkaufen, nicht wahr?«

Sie kamen am Futtergeschäft vorbei, und Rob blieb an der Ecke des Gebäudes stehen. »Nein.«

»Warum denn nicht, verdammt?« rief Dumont von hinten.

Rob antwortete nicht.

»Himmelarsch, wenn sie diese gottverdammte Bombe

schmeißen, dann hast du nichts weiter als zwei-, dreitausend Hektar, auf denen noch nicht einmal Unkraut wächst.«

Solomon war nicht mehr da.

Rob sattelte die Rotschimmelstute und führte sie ins Freie.

Dumont wich vor dem Tier zurück und wischte sich wieder den Schweiß aus dem Gesicht. »Rob, bitte, du mußt mir zuhören. Mitchell wird nicht mehr lange hier sein. Er wird weiterfahren, wenn wir nicht bald reagieren, und sich woanders was suchen.« Er klammerte sich an den Steigbügel. »Himmel, Rob, du mußt mir helfen, hier herauszukommen. Du bist meine einzige Hoffnung.«

Der Steigbügel zuckte, und die Hand sank herunter.

»Zum *Teufel* mit dir, Garland! Du kommst einfach hierhergeritten auf deinem verdammten Pferd und erschreckst die halbe Stadt zu Tode.«

Rob beugte sich hinunter und klopfte dem Mann auf die Schulter. »Gut«, sagte er. »Sie haben Grund dazu.«

Als er auf dem Seitenstreifen der Straße ritt, brausten drei junge Männer in einem Kabriolett an ihm vorbei.

Sie lachten und hupten.

Die Stute rührte sich nicht.

Er saß auf der Veranda und sah zu, wie sich die Berge in Blut verwandelten, dick und dunkel, als sich die Sonne hinter ihnen verkroch. Etwas bewegte sich dunkel im Salbeigestrüpp, als die Wüste wieder zum Leben erwachte und der Himmel sich mit Vögeln füllte. Mit düsteren, pfeilförmigen Schwingen kreisten sie im nächtlichen Wind, bis sie herabstürzten. Wie eine Bombe. Bis die kleinen Geschöpfe starben, ohne einen Laut von sich zu geben.

Er trank aus der Blechtasse, aber diesmal war es kein Kaffee. Eine Flasche stand neben seinem Stuhl, und als er trank, erinnerte er sich daran, wie gut es einmal geschmeckt hatte, und fragte sich mit einem leisen Schauern, warum es jetzt wie Farbe schmeckte.

Er trank aus und goß sich noch einmal ein, ohne einen Tropfen zu vergießen. Er zog sich die Baumwolljacke enger um den Körper, da die Hitze des Tages allmählich der nächtlichen Kälte der Wüste wich. Um die Hütte herum raschelte es, etwas lief fort, Steinchen rollten. Ein süßer Geruch lag in der Luft. Schnell wurde aus der sanften Dämmerung tiefe Dunkelheit.

Er trank und sah die Straße. Nicht hier, sondern in der Nähe von Denver, auf der er eines Morgens geritten und von einem Jungen mit einem großen Revolver im Hosenbund aufgehalten worden war. Seine Wangen waren voller Pockennarben, und ein Ohr war verstümmelt, aber er war entschlossen, es zu versuchen, und hatte ihn beleidigt und verspottet, und Rob hatte ihn mit einem Schuß getötet, ohne auch nur abzusteigen.

Er hatte die Beerdigung bezahlt.

Er ritt weiter, diesmal in südlicher Richtung, und fand Arbeit auf einer Ranch nahe den Hügeln von Santa Fe. Ein Jahr später wurde es bekannt, und er zog weiter.

Er verbrachte den Winter in einer Höhle und einen Sommer im Gefängnis, das ihn schließlich nicht mehr halten konnte; er fuhr auf einem Frachtkahn auf dem Großen Fluß, lud Holz für die Dampfboote und Baumwolle für die großen Schiffe und Frauen für die Männer, die in den Häfen und Dämmen arbeiteten. Ein Jahr später wurde es bekannt, und er zog weiter.

Wieder trank er und sah es jetzt klarer, und er schloß die Augen und sah es alles.

Etwas schrie auf in der Wüste, kurz bevor es starb.

Scheinwerfer schleiften ein flackerndes Donnern hinter sich her von Ost nach West, ohne langsamer zu werden.

In seinem Hinterkopf nistete sich ein Schmerz ein; er machte ein finsteres Gesicht und verjagte ihn. Dafür war jetzt nicht der richtige Augenblick.

Dann sah er Sterne, damals, und hörte ein seltsames Heulen, und er lächelte, legte den Kopf in den Nacken und erwiderte den Gefallen. Er nahm an, daß sie ihn auslachten, die Kojoten und die Wölfe, aber er fühlte sich danach besser.

Amy kam hinausgefahren und setzte sich auf die Treppe zu seinen Füßen. Unter dem Faltenrock zeichneten sich ihre Schienbeine ab. Sie sprachen über die Kinder, über die, die sie am liebsten mochte, über die Nervensägen und über die, die so oft weinten, weil ihre Väter nachts aufwachten, weil sie Gewehrfeuer und Kampfflugzeuge, Kanonen und Handgranaten hörten.

Vier Jahre waren vergangen, und das Sterben hatte nicht aufgehört.

»Und jetzt das«, sagte sie wütend.

Er zündete eine Laterne an und hängte sie an den Haken im Dach der Veranda. Das Licht war schwach, aber wenigstens sprach er jetzt nicht mehr mit einem Geist.

»Was?« sagte er und setzte sich wieder, schlug die Beine übereinander und nahm einen Schluck aus seiner neugefüllten Tasse.

»Du weißt doch, was ich meine.« Sie streckte den Arm aus und berührte seinen Stiefel, umfaßte ihn und zog, bis er mit dem Stuhl näher heranrückte und sie die Wange an sein Knie legte. Seine freie Hand schwebte über ihrem Kopf, spürte sie, ohne sie zu berühren. Das Feuer der Laterne spiegelte sich im Feuer ihres Haares. »Ich meine, du hast schon so viel gesehen, Rob. Autos und Flugzeuge und mehr Kriege, als du zugeben willst, glaube ich. Du bist ein wandelndes Geschichtsbuch, und du weißt es noch nicht einmal.« Sie bewegte sich ein wenig, ein Finger streifte ihr Haar und zuckte zurück. »Ich bin zur Schule gegangen, und ich weiß überhaupt nichts. Und ich soll diesen Kindern sagen, daß sie sich nicht fürchten müssen.«

Er konnte nicht anders; er berührte ihr Haar, strich es glatt und folgte seinem Fall bis hinunter auf ihren Rücken.

Sie seufzte und schmiegte sich an sein Bein.

Die Kojoten sangen.

Eine Postkutsche donnerte vorüber, die Pferde schnaubten, die Peitsche knallte.

Aus der Dunkelheit heraus.

In die Dunkelheit hinein.

»Ich hasse dich«, sagte sie verträumt.

Er brummte.

Sie bewegte sich, schmiegte sich noch enger an ihn. »Warum haben sie Angst vor dir?«

Er wußte nicht, was er darauf antworten sollte, und schwieg. Er hoffte, daß es dieses Mal mit dieser Frau nur die Zeit gab, die sie hatten.

So jung, so bald so alt.

»Ich glaube, ich werde morgen zu der Versammlung im Zelt fahren.«

»So?«

Sie lachte, nur ein wenig. »Dieser Prediger tut mir leid, das ist alles. Er ist so klein. Ich frage mich, ob ihn irgend jemand ernst nehmen wird.«

Das würden sie; das wußte er.

Das taten sie immer.

Und immer hatten sie unrecht.

Sie ließ ihn los, drehte sich um und lehnte sich an einen Pfosten. Im Licht der Laterne sah ihr Gesicht weicher aus, und jünger. »Ich weiß, wer du bist, weißt du das?«

Er sagte nichts.

Sie lächelte, und ihr Alter verschwand. »Ich bin nämlich Lehrerin. Ich kann Dinge nachlesen, kann lesen und schreiben und lauter so magische Sachen.«

Er sagte nichts.

»Du bist ein Bandit.«

Er holte tief Luft und atmete langsam wieder aus.

Sie schüttelte verwundert den Kopf. »Wir schreiben so gut wie die Mitte des Jahrhunderts, und da lebt doch tatsächlich ein lebendiger, atmender Bandit gleich außerhalb unserer Stadt.« Das Licht der Laterne spiegelte sich in ihren Augen. »Ich dachte, sie wären alle längst tot.«

Die Kojoten sangen.

»Das sind sie auch«, flüsterte er.

Ein Windstoß kam, und die Laterne schwang quietschend hin und her, Licht und Schatten wechselten sich auf ihrem Gesicht ab.

»Haben sie deswegen solche Angst vor dir? Weil sie glauben, daß du …«

Ein protziges Automobil blieb hinter Amys holzverkleidetem Kombiwagen stehen. Die Scheinwerfer zerschnitten die Nacht und erstarben. Der Motor heulte auf. Eine Tür knallte. Sie schob ihren Rock zurecht und ärgerte sich über die Störung. Fragend sah sie ihn an, um herauszufinden, was sie sagen oder tun sollte, aber er schüttelte nur den Kopf – gerade so, daß sie es bemerkte – und sank in sich zusammen, nur ein wenig, aber plötzlich erschien er um Jahrzehnte gealtert.

Sie blinzelte, lächelte und drehte sich um, als ein Mann sich mit knirschenden Schritten der Hütte näherte.

»Mr. Garland, guten Abend.«

Rob nickte. »Mr. Mitchell.«

»Ah, jetzt kennen Sie mich endlich. Ich fasse das als Kompliment auf.« Mitchell blieb stehen, als er in das Licht der Laterne kam, stellte einen Fuß auf die Veranda, beugte sich vor und stützte sich auf den Arm. Er schob den Hut zurück und strich sich übers Kinn. »Und Sie sind die Lehrerin, stimmt's? Miss …?«

»Russell« sagte sie steif.

Er nickte. »Natürlich.« Er lächelte Rob an – kein Hai, nur ein Wolf. »Es scheint, Miss Russell, daß wir hier eine Berühmtheit vor uns haben.«

»Tatsächlich?«

»O ja. Mr. Garland ist das, was man im Fernsehen eine Persönlichkeit nennen würde.«

Er wandte den Blick nicht ab.

»So, ist er das.«

»Oh, nun kommen Sie, Miss Russell. Wollen Sie mir etwa erzählen, daß Sie nichts davon wissen?« Wolfszähne. »Robert Garland, Geburtsdatum unbekannt, Todesdatum: kein Eintrag, keine ausgefallenen wie Billy the Kid oder Six-gun Morgan, hat in mehreren Gefängnissen überall im Westen gesessen. Wegen Mordes. Unglücklicherweise scheint es hier kein Gefängnis zu geben, daß ihn halten kann.«

»Tatsächlich?«

Mitchell hörte auf zu lächeln. »Er ist ein Killer, Miss Russell. Ich bin bereit zu wetten, daß es mindestes ein Dutzend Haftbefehle in jedem Staat östlich der Rockies und westlich des Mississippi für ihn gibt. Würden Sie mir da nicht recht geben, Mr. Garland?«

»Das wäre wirklich ein Riesenfang«, sagte Rob heiser. »Die Polizei anrufen und einen alten Mann einsperren lassen, der kaum noch auf seinem alten Pferd sitzen kann. Ein Riesenfang.«

»Ich will Sie nicht hinter Gitter bringen, Mr. Garland. Ich will nur Ihr Land.«

Die Laterne pendelte noch und quietschte.

Mitchells Gesicht einmal im Schatten, einmal im Licht.

»Wissen Sie«, sagte er und beachtete Amy jetzt nicht mehr, »daß es bereits über eine Million Fernsehgeräte im ganzen Land gibt? Können Sie sich vorstellen, wie viele Menschen jede Woche mein Gesicht sehen? Können Sie sich vorstellen, wie viele Menschen *Ihr* Gesicht jede Woche sehen, wenn ich dafür sorge?« Er zog plötzlich den Kopf ein und sah dann wieder hoch. »Jeder Polizist im ganzen Land würde Ihren Namen kennen.«

Er richtete sich auf und strich sich mit der flachen Hand die Krawatte glatt.

Amy sagte: »Warum?« Sie zeigte in die Nacht hinaus. »Es gibt Dutzende von Städten, in die Sie gehen könnten. So viele. Und alle sind größer als unsere. Warum zum Teufel ausgerechnet wir? Warum setzen Sie Rob so unter Druck?«

Er tippte an seinen Hut zum Gruß und ging. Dann drehte er noch einmal den Kopf und sagte über die Schulter: »Weil ich es kann.«

Sie gab ihm einen Gutenachtkuß.

Die Kojoten heulten.

Er lag auf seinem Bett, der Mond schien ihm auf die Brust.

Er hielt sich nicht für dumm; er hatte zuviel gesehen, um nicht zu wissen, daß sich Welten veränderten und Welten miteinander kollidierten, daß Menschen wie er und Solomon, Dinah und Clay entweder freiwillig Platz machten oder aus dem Weg geschafft wurden – grob geschoben oder nur leicht angetippt, da war kein großer Unterschied. Das war der Lauf der Dinge. Ein junger Wolf besiegte früher oder später einen alten; ein junger Büffel erledigte früher oder später einen langsamen Bullen.

Er tastete neben dem Bett nach seiner Blechtasse, stellte fest, daß sie leer war, schloß nachdenklich ein Auge und ließ sie fallen. Er nahm die Flasche.

Er trank.

Er hatte sie alle getroffen und ein paar von ihnen geliebt, und er war weitergeritten, wenn er nicht mehr mit ansehen konnte, wie sie starben, wenn er den Ausdruck in ihren Augen nicht ertragen konnte oder die kraftlosen Küsse, die sie ihm gaben, oder wenn sie ihn mit zittrigen Händen berührten und ihre Finger sich so weich anfühlten auf seiner Haut, sie sich zu wundern begannen und Fragen stellten, wenn sie seinen Anblick nicht mehr ertragen konnten und schließlich alles an ihm haßten, dann ritt er weiter.

Wenn er den Lauf der Dinge sah.

Am Himmel gab es Sterne und einen Mond und Schatten, die von einem Hügel zum nächsten flogen.

Das war der Lauf der Dinge.

Bis es eines Nachts eine Sonne gab.

Es blieb nicht so, aber sie war da, und ebenso der Wind, der über die Hügel peitschte und die Erde ausdörrte, und nichts, was dort wandelte, kehrte jemals zurück, und nichts, was darüber flog, tat jemals wieder einen Atemzug.

Er trank.

Er war in jener Nacht dorthin geritten, in der Nacht der Sonne, und er hatte den Wind gespürt, hatte die Finsternis gesehen, welche die Sonne hinterließ. Er hatte sich weder gefürchtet noch gefreut.

Aber es hatte ihn traurig gemacht, nur ein wenig.

Er hatte sich daran gewöhnt, ein wenig: an die Orte, die Gesichter, das Töten und das Retten; an den Whiskey, den Met, den Wein und das Wasser; die Hütten, die Türme, die langen Straßen und die Bergpässe.

Das Reiten.

Er trank.

Und doch hatte es nie einen Augenblick gegeben wie heute, nie hatte er das Ende der Straße sehen können. Sand oder Schotter, Beton oder Pflastersteine, immer machte sie einen Bogen, führte über einen Fluß, schlängelte sich um einen Berg oder versank in einem Tal, das ihm auf seiner Reise nicht aufgefallen war.

Das machte ihn traurig.

Nur ein wenig.

Nicht, weil die Straße zu Ende war, sondern weil sie es nicht wußten.

Er war alt.

Er war langsam.

Als das Mondlicht verblaßte, glaubte er, daß es wirklich bald soweit sein würde.

Aber es machte ihn traurig.

Nur ein wenig.

Er trank die Flasche aus.

Er schlief.

Er träumte nichts.

Er wachte auf, als die Sonne schon wieder unterging, setzte sich auf, hielt den Kopf in den Händen und starrte auf den Fußboden.

»Weil ich es kann.«

Er ging zur Tür, hielt sich am Rahmen fest und blinzelte in das sterbende Tageslicht, sah die Lastwagen und die Postkutschen, schüttelte den Kopf und lächelte ein weiches, einfaches Lächeln über dieses Hin- und Hergleiten, damals und heute. Als ein großer, grauer Bus vorbeifuhr, ohne anzuhalten, wandte er sich ab und fragte sich, ob Dumont und Amy die einzigen waren, die begriffen. Sie waren ihm gar nicht so außergewöhnlich erschienen, ein kleiner Betrüger und eine Lehrerin, aber dann war ihm auch die Nachtsonne nicht besonders außergewöhnlich erschienen.

Das erschien sie ihm auch immer noch nicht.

Nicht so, wie sie glaubten.

Er ging zurück und stand auf der Veranda, prüfte die Luft, lauschte und wußte, daß seine Freunde in dieser Nacht nicht kommen würden. Einen Augenblick lang war er verwirrt; er war sich beinahe ganz sicher gewesen, daß sie heute abend hier sein würden, bis ein Lastwagen vorüberknatterte mit einer Reihe von Holzkisten auf der Ladefläche. Auf der Seite war etwas aufgedruckt. Fernsehgeräte. Eines davon war für Clay Poplar und seine Frau, da war er sich sicher.

Es waren keine Bomben darin.

Trotzdem das Ende.

»Nun«, sagte er leise. Eine Entscheidung war gefallen. Er ging in dem großen Zimmer umher, nahm Dinge in die Hand, die er gerne behalten hätte, und stellte sie wieder hin, als ihm klar wurde, was er da tat. Und als er sich bewegte und Staub aufwirbelte, atmete er tief durch und pfiff tonlos vor sich hin, berührte alles wieder und wieder, bis der Tag vorüber war. Dann holte er unter seinem Bett einen alten Koffer hervor. Die Lederbänder waren brüchig und die Messingscharniere ganz stumpf. Das Leder brach, wenn er es berührte und der Deckel zerbröckelte, als er ihn anhob. Aus dem schwarzen Inneren nahm er mit beiden Händen das Schwarz heraus und legte es aufs Bett.

»Nun«, sagte er zu der Kleidung, die er so lange nicht mehr getragen hatte. »Nun.«

Er zog sich aus.

Er zog sich an.

Er nahm den Hut, schwarz mit breiter Krempe, und ging hinaus auf die Veranda.

Die Kojoten heulten.

Er antwortete.

Ein Meteorschauer blitzte auf und brannte hell, blitzte auf und starb, Reste von Licht, hoffnungslos in seinem Gefolge.

Er ging um die Hütte herum zum Stall und war sich noch nicht sicher, ob er heute nacht reiten mußte, bis er eintrat und die Stute in ihrer Box auf der Seite liegen sah.

»O Gott«, flüsterte er zu sich selbst, ebenso wie zu der Stute. Er kniete neben ihr nieder, streichelte ihre Flanke und flüsterte ihr zu, daß alles gut war, daß es besser war, daß sie es nicht miterleben mußte, altes Mädchen, nicht jetzt, nicht dieses Mal.

Als er aufstand, mit knackenden Gelenken und steifem Rücken, hörte er ein leises Wiehern aus der nächsten Box. Er drehte sich um, zog eine Augenbraue hoch und sagte nichts, als er den glänzenden Schwarzen nach draußen führte und sattelte. Während er das tat, sah er sich den Himmel an und die Straße und dachte sich, daß er vielleicht noch ein paar Dinge erledigen könnte, bevor er tat, was er tun mußte.

Von einer Stufe aus stieg er mit müheloser Leichtigkeit aufs Pferd.

Ein Schnalzen, eine leichte Berührung, und schon waren sie auf der Straße und ritten in der Mitte. Hinter ihnen und über ihnen war nichts.

Die Kojoten hörten auf zu heulen.

Und schon hielt er vor dem Tor des Stalls in der Stadt. Drinnen brannte Licht.

Die Hufe des Schwarzen klapperten laut, als er durch das offene Tor schritt, er tänzelte fast, und Solomon kam ihnen mit verärgertem Gesicht entgegen, bis er Rob sah.

»O Gott«, sagte der alte Mann. Er sah sich panisch um, jedes Zucken und jeder mühsame Atemzug verrieten Rob, daß er weglaufen, sich verstecken wollte, aber er war so starr vor Entsetzen, daß er sich nicht rühren konnte. Dann nahm er die Hand vors Gesicht, bis er aufhörte zu zittern. »Ich wollte eigentlich zu der Versammlung ins Zelt gehen, aber bei all der Arbeit hier … Verdammt, ich hätte hingehen sollen.« Er neigte sich zur Seite, um an dem Schwarzen vorbeisehen zu können. Er runzelte die Stirn und suchte den Hof ab. »Sind Sie allein?«

»Im Augenblick«, sagte Rob. »Du mußt dir keine Sorgen machen.«

Solomon brach beinahe zusammen, so groß war seine Erleichterung. »Darf ich fragen, wie lange noch?«

Rob lachte. »Du bist wirklich eine Nervensäge, Solomon. Du willst einfach zu viel wissen.«

»Ich habe ein Recht darauf.«

Rob dachte darüber nach und lächelte. »Nicht mehr sehr lange, wie es aussieht. Aber zu lange für dich. In Ordnung?«

»Zum Teufel, nein. Ich werde ewig leben.«

Der Mann auf dem Schwarzen beugte sich hinunter und schüttelte dem schwarzen Mann die Hand, lange und fest. Dann drehte er sein Pferd herum und ritt zur Hauptstraße.

Er ritt in der Mitte.

Die Straßenbeleuchtung und das Licht in den Häusern und Geschäften wurde schwächer, als er vorbeiritt, und nicht wieder heller, als er vorüber war.

Er hielt ein zweites Mal vor der Horseshoe-Taverne. Er stieg ab, trat durch die Schwingtür und kümmerte sich nicht darum, daß der Pianist mitten im Takt aufhörte zu spielen, auch nicht um die

Blicke der Männer an einem Tisch neben der Musikbox. Er ging direkt an die Bar und setzte sich auf einen Hocker neben Dumont. Der Barmann war noch sehr jung, und er brachte es gerade noch fertig, Rob nicht anzustarren, als er sich hinsetzte. Schnell verwandelte sich die Überraschung in Spott, und er machte eine Bemerkung zu den beiden Frauen, die am Ende der Theke saßen. Sie sahen Rob an und kicherten.

»Was zum Teufel willst du?« fragte Dumont gereizt.

Rob zog ein Bündel Geldscheine aus seiner Hosentasche, die mit einer Schnur zusammengebunden waren. Er nahm die Hand des Mannes, legte das Geld hinein und schloß seine Finger herum.

»Raus mit dir, Matt«, sagte er, und dann noch etwas leiser: »Steig in deinen tollen Roadmaster und hau ab.«

Dumont starrte die Geldscheine an, schloß einmal kurz die Augen und stand auf. »Welche Richtung?« fragte er und ging zur Tür.

»Das ist ganz gleich«, sagte Rob und warf einen Schein auf die Bar für Dumonts Drink. Dann stand er auf und folgte ihm.

Draußen bestieg er ohne Mühe den Schwarzen und sah Dumont nach, der davoneilte, plötzlich anhielt, als ob er etwas Lebenswichtiges vergessen hätte, und zurückkam. Er wollte den Steigbügel greifen, tat es aber nicht.

»Warum ich?« fragte er.

Rob grinste ihn an. »Clay ist bei der Versammlung.«

»Du Schwein.«

»Vielleicht. Vielleicht auch nicht.«

Dumont nickte und ging, ohne sich umzudrehen. Er verschwand um die Ecke, wo der einsame Baum, an den das Plakat genagelt war, inmitten seines welken Laubs stand.

Der Schwarze warf den Kopf nach oben und schnaubte.

Sie ritten weiter.

Die Lichter wurden schwächer und schwächer, aus einem oder zweien stoben die Funken, und sie verlöschten ganz.

Hufe, eiserne Hufe, hallten wieder auf dem Holz der Gehsteige und dem Stein der Straßen, auch als die Stadt schon lange hinter ihnen lag.

Er sah das Licht in der Entfernung, blendend weiß, das in der finsteren Nacht noch heller erschien.

Sie ritten weiter.

Durch eine Lücke in einem provisorischen Zaun aus Pfosten und Seilen, hinter dem eine ganze Reihe Autos und ein paar Karren geparkt waren. In ihrer Mitte stand ein großes Zirkuszelt. Rechts und links vom Eingang, der gerade hoch genug für einen großen Mann war, brannten Fackeln auf zwei Pfosten. Die Halteseile waren mit bunten Fähnchen umwickelt. Die Wimpel an den Masten hingen schlaff herab.

Drinnen hörte er eine Stimme, aber er konnte die Worte nicht verstehen. Nicht, daß das wichtig gewesen wäre. Er kannte sie ohnehin: Sünde und Verdorbenheit und Heil und Verdammnis und Auferstehung und Hinabstürzen in eine schwarze, feurige Schlucht.

Er ritt hinein und zügelte den Schwarzen, als die hundert oder mehr harten Klappstühle ihn sahen.

Vorn stand auf einer hohen Bühne der Prediger in seinem schwarzen Anzug mit der Bibel in der Hand. Er hatte mitten im Wort abgebrochen und stand da mit offenem Mund und ausgestrecktem Arm, ein Finger zeigte zum Zeltdach.

»Du!« schrie der Prediger. »Du … *wagst*!«

Rob beachtete ihn nicht.

Auf dem Schwarzen schritt er den Mittelgang entlang und suchte unter den Gesichtern nach dem einen.

»Du wagst es, hierherzukommen! In das Haus Gottes!«

Amy saß neben dem Gang.

Er sah sie, er lächelte, er ritt weiter.

»Hinfort mit dir, Satan!« befahl der Prediger.

Als der Schwarze die Bühne erreicht hatte, schnaubte er, legte die Ohren zurück und warf sich herum.

Niemand sprach, niemand schrie, niemand betete, niemand bewegte sich.

Rob ritt langsam, geräuschlos durch den Gang zurück, bis er Amy wieder sah.

Sie hatte sich halb von ihrem Sitz erhoben und sank jetzt zurück, als er sie erreicht hatte. Er beugte sich zu ihr hinüber und sagte: »Sag Jean und Pete, die Büffel kommen.«

Er richtete sich auf, bevor sie antworten konnte, und suchte weiter unter den Gesichtern, bis er ihn gefunden hatte. Selbstgefällig und wie aus dem Ei gepellt saß er da in seinem Nadelstreifenanzug, den Hut im Schoß, und sonnte sich in dem Gefühl, daß alle sein Gesicht kannten.

»Satan!« schrie der Prediger, seit langem das erste Geräusch.

Das zweite war der Wind, der an den Zeltbahnen zerrte, und die Wimpel und Fähnchen knatterten, Pistolenschüsse und Donner.

Rob zog seinen Revolver und zielte auf Clark Mitchell. »Mitkommen«, sagte er nur.

Mitchell lachte und zuckte die Achseln.

Der Abzug bewegte sich.

»Mitkommen!«

Mitchell strich sich unsicher die Krawatte glatt.

Eine Frau wimmerte, ein Mann murmelte etwas, und der Wind blähte die Wände des Zeltes und fegte heulend durch die Wüste.

»Ich sage es nicht noch einmal«, sagte Rob.

Eine Sekunde lang widersetzte sich Mitchell, aber dann stand er auf und bat die anderen, ihn herauszulassen. »Entschuldigen Sie, Reverend«, rief er, als er seinen Hut aufsetzte. »Damit kommen Sie nicht durch, das verspreche ich Ihnen«, sagte er zu Rob.

Der Schwarze kam näher.

Mitchell wich zurück.

»Fort mit dir, Satan, fort von diesen Menschen!« rief der Prediger.

Rob sah ihn über die Schulter an, hob den Kopf, und der Prediger erstarrte.

Du weißt es, dachte Rob, als ob der Prediger ihn hören könnte, du weißt es, aber du wirst es ihnen nicht sagen.

Jetzt verlor Mitchell die Beherrschung, rief laut um Hilfe und rannte aus dem Zelt.

Rob folgte ihm ohne Hast. Draußen hielt er kurz an, damit der Wind ihm verriet, wohin der Mann gelaufen war. Offenbar zur Straße, schien es, und der Schwarze begann zu traben, Funken stoben von seinen Hufen, Dampf kam aus seinen Nüstern, und Dampf stieg von seinem Fell auf.

Die Masten krachten; die bunten Fähnchen krümmten sich, ein Halteseil riß, und das Dach begann durchzuhängen.

Auf der Straße wandte sich Rob nach Osten und ließ das Tier laufen.

Er konnte Mitchell nicht sehen, aber das machte nichts. Der Mann hatte keine Phantasie; er würde sich in der Dunkelheit verstecken und dann versuchen, zurückzulaufen, sobald Rob vorbeigeritten war.

Der Schwarze schoß dahin.

Feuer und Rauch.

Und dann wurde er langsamer, als Mitchell direkt vor ihnen erschien. Er hatte den Hut verloren, und seine Jacke flatterte im Wind. Er sah sich über die Schulter um und versuchte, schneller zu rennen, als er Rob hinter sich erblickte.

Die Jagd dauerte nicht lang.

Rob zog mit ihm gleich, beugte sich hinab und schlug dem Mann auf die Schulter. Mitchell flog der Länge nach auf den Schotter und rutschte aus, überschlug sich und kam mühsam wieder auf die Knie. Flehend rang er die Hände, und das Blut floß zwischen ihnen heraus. Rob drehte sich um und wartete.

Der Revolver war noch in seiner Hand.

Blut bedeckte die rechte Seite von Mitchells Gesicht und rann langsam herunter, kleine Schotterstückchen und Schmutz steckten in Wange und Stirn, ein Büschel Haar war losgerissen, darunter leuchtete die rohe Kopfhaut.

»Das können Sie nicht tun«, sagte Mitchell und zitterte so heftig, daß er beinahe umfiel. »Sie wissen nicht, wer ich bin.«

Rob sagte nichts.

»Ihr Gesicht wird auf jeder Tageszeitung, auf jedem Bildschirm zu sehen sein. Das können Sie nicht tun!«

Der Schwarze senkte den Kopf und schüttelte ihn.

»Alle werden wissen, wer Sie sind, Sie blödes Schwein!« Er schluchzte und bedeckte das Gesicht mit den Händen.

Winterwind und loses Gestrüpp.

»Nein«, sagte Rob. »Sie werden es nicht wissen.«

Mitchell ließ die Hände sinken, sogar seine Lippen und Zähne waren blutverschmiert. Er verstand es nicht; flehend streckte er eine Hand aus. »Was zum Teufel habe ich Ihnen getan?«

Der Mann auf dem Schwarzen sah sich um, sah die Flammen, die an den Wänden des Zeltes emporkrochen und einen Teil der Sterne auslöschten. Winzige Gestalten rannten vor dem Feuer davon.

»Sie haben ihnen die Bombe gezeigt«, sagte er und drehte langsam den Kopf. Mitternachtsaugen.

Mitchell schluckte, würgte und spuckte. »Ja und?«

Der Mann auf dem Schwarzen deutete mit dem Kopf auf das Zelt. »Der Prediger erzählt ihnen, daß das Armageddon bedeutet.«

»Du lieber Himmel, ja und?«

»Er hat unrecht.«

Mitchell versuchte aufzustehen, fiel zurück auf Hände und Knie und wimmerte. »Verrückt«, flüsterte er. »Um Gottes willen, er ist verrückt.«

»Sie sind es«, erwiderte der Mann.

Er drückte ab.

Mitchell erstarrte in aufrechter Haltung mit steifem Rücken, bis der Wind ihn umwarf. Rob wartete, bis ihn eine weitere Bö in den Graben rollte, wartete, bis er sicher war, daß Amy dem Feuer entkommen war.

Wartete, bis der Schwarze genug hatte vom Stehen.

Und dann ritt er weiter.

Eine kurze Strecke diesmal.

Und das machte ihn traurig.

Nur ein wenig.

WHITLEY STRIEBER

Die offenen Türen 1950

Der Lichtschweif des Meteors zerriß den Himmel, und es folgte ein stilles Heulen; er erschien auf seltsame Weise lebendig. Der Doktor, ein Doktor des Himmels wandte sich ab, wie von etwas Verdorbenem. Tief atmete er die erhitzte Vorortluft ein, spürte, wie sich seine Lungen dehnten, und spürte auch das leise Ziehen etwas tiefer unten, das Ziehen des Todes.

Des Todes, der so fremd war wie der Meteor, der aus einer unbekannten Welt stammte und in eine unbekannte Welt weiterzog.

Des Todes und der Dinge, die er gesehen hatte. Was konnte er darüber sagen?

Was konnte er sagen?

»Es gibt unzählige Bedeutungen, Bestimmungen, die Unbeugsamkeit der Sünde, der inoperable Zustand der Seele. Meiner Seele.«

Die Lichter Princetons leuchteten hier und da entlang der Hügel; eine Perlenkette der Erinnerung, die die Zeit voller Energie und Torheit zurückrief, als er dort unterrichtet hatte. Noch einmal holte er tief Luft und klammerte sich auf eine Weise daran, die ihn erschreckte.

»Wie Sie daran hängen, von Neumann«, sagte er zur Luft. »Von *Noo*man«, sagte er wieder und sprach es aus wie ein Amerikaner. »Ausgerechnet *Sie*.«

Der Physiker, das Kommissionsmitglied, der ungarische Jude im dreiteiligen Anzug, der klügste Mann der Welt – *the Smartest Man in the World*, wie sie ihn nannten –, der Katholik.

Er fragte sich, ob der Tumor hell oder durchsichtig oder ob er dieselbe Farbe wie die Leber hatte, in der er lebte. Er konnte eine leichte Beule spüren, einen sanften Druck im Inneren seines Bauches wie von der Hand eines Kindes oder einer Schwangerschaft. Er faßte sich an die Stirn. »Typischerweise wird dieser Tumor Metastasen im Gehirn bilden, die sich oft im Sitz des Bewußtseins einnisten.« Er rieb sich die Stirn, schnaufte leise und spürte das Haar unter seinen Fingern hin- und herrollen. Bei einem Kind wären diese sanften Laute Schreie gewesen, und das Haar wäre an den Wurzeln ausgerissen.

Er seufzte mit dem nächsten Windstoß. Wie er die Nacht haßte. Schlaf war schrecklich; sie beobachteten ihn im Schlaf, beobachteten ihn von innen, unverwandt starrten ihre Augen ihn an, und ihre schmalen Lippen grinsten in lasziver Erwartung.

Aber das war noch nicht das Schlimmste. Das Schrecklichste war das Aufwachen. Zuerst kam die angenehme, langsame Rückkehr des Bewußtseins, dann das plötzliche Gewicht der Erinnerung, und schließlich das entsetzte Ringen nach Luft, wenn sich alle Muskeln in seinem Körper verkrampften: Sie sind wirklich.

Drei von ihnen liefen über den Gehsteig – krabbelten. Drei von ihnen heute abend. Ihr Geruch vermischte sich mit der Gartenluft: schwelendes Papier.

»Es besteht die Möglichkeit, daß unsere erste Interpretation nicht korrekt war, noch nicht einmal annähernd. Es besteht die Möglichkeit, daß …«

Sie sagten: Sein Bewußtsein ist bereits getrübt. Sie sagten: Das ist ein Symptom. Aber sie wußten nicht, was er gesehen hatte.

Seine Kollegen nahmen es eher herablassend auf, daß er in den Schoß der Kirche zurückgekehrt war. Er konnte ihnen weiter nichts über sich selbst sagen, denn dafür hätte er ein Geheimnis offenbaren müssen, und wenn er das tat, würden alle Dämme brechen.

Diese Dämme waren die Sicherheit der Welt; Unwissenheit hielt ihre Schleusen geschlossen.

Mit einer Welle des Wissens würden sie in die Realität geschwemmt – und das war der Grund, warum er starb. Die Natur hatte sein Wissen entdeckt und wehrte sich gegen die drohende Unordnung, die daraus entstehen könnte, indem sie die zerstörerische Saat des Krebses in ihn pflanzte.

Ein unvollständiger Brief an Präsident Eisenhower, 1956. Top Secret Ultra. »Ihre unterschiedliche Art, die Wirklichkeit zu sehen, bedeutet, daß sie in dieser Welt tatsächlich *nicht real sind* und unseren Glauben an sie als Brücke brauchen. Aus diesem Grund muß ein offizielles Dementi absolut und aggressiv sein. Die Öffentlichkeit darf nicht wissen, daß sie hier sind.«

Wenn die Leute wüßten, was sich auf dem Grund des Gartens verbarg … wenn sie wüßten, was sie im Augenblick des Todes erwartete, was die Passagiere eines dem Untergang geweihten Flugzeuges in den Gängen tanzen sahen, was mit ihnen an Bord kommt.

»… Notfall …«

Bevor sie sterben wie die Fliegen. Und dann, was dann? Notfall …

»Ihre Leber arbeitet nicht, Dr. von Neumann. Wir können sie vielleicht wieder in Gang bringen, aber mit einer Heilung können Sie nicht rechnen.«

Die Jahre 1957, 1958, 1959, 1960 einundsechzig zweiundsechzig dreiundsechzig vierfünfsechsundsechzig – wirst du nicht erleben.

Er sah zum Himmel. »Gott, nimm mich zu dir. Christus, nimm mich zu dir. Heilige Jungfrau Maria, nimm diesen Mann, der Millionen getötet hat, zu dir.«

»John, deine Arbeit ist keine Sünde. Du arbeitest für den großen Gott des Gemeinwohls. In dem Sinne handelst du im Gedanken Christi.«

»Ich habe fünfzehntausend Kinder verbrannt, Pater Dubois, und noch weitere sechsunddreißigtausend verstümmelt.«

»Sie müssen der Kraft des Herrn vertrauen. Sie müssen vertrauen, daß er Ihnen vergeben wird. Christus will Ihre Sünden. Zu ihm müssen Sie damit gehen.«

»Niemand will meine Sünden! Oder nein – *sie* wollen meine Sünden.«

»Sie wollen, daß Sie sich zu schuldig fühlen, um Ihre Seele der Gnade preiszugeben. Daran laben sie sich.«

»Sie laben sich an uns allen.«

Ein Gesicht, ganz nahe, starrt ihn an, und in den schwarzen Allerweltsaugen sieht er die Zerstörung des Menschen. Wenn das Böse mächtig genug ist, werden alle Seelen ausgeliefert werden, selbst die Seelen der Auserwählten und der Guten.

»Das glaube ich nicht.«

»Pater, es ist wahr!«

»Gott läßt nicht ab von den Guten. Wen er einmal erhört hat, der ist erhört.«

»Sogar jene! Selbst in den Himmel sind sie eingedrungen. Gott ist auf dem Wege zu verlieren, so begreifen Sie doch. Seine eigene Schöpfung ist dabei, ihn zu vernichten, und das – *das* – ist das wirkliche Geheimnis aller Zeiten.«

»Betet mit mir, John. Betet einfach. Gegrüßet seist du, Maria, voll der Gnade, der Herr ist mit dir …«

»Sie ist gar nichts, nichts, als eine Frau – eine kleine, verlorene Jüdin aus lange vergangenen Zeiten.«

»Die Miterschafferin der Welt. Stern der Meere. Königin des Mai. Sie setzt ihren Fuß auf den Kopf der Schlange.«

»Worte! Alberne Worte!«

»Worte sind das Fundament der Welt. Gott hat sie mit Worten erschaffen.«

»Die ursprüngliche Konstellation der Materie hat eine kritische Masse erreicht und ist explodiert.«

»Das *Wort* war mit Gott, und das *Wort* war Gott. Wir sprechen beide vom Gleichen, sehen Sie?«

»Was passiert mit Ihnen, wenn Sie sterben, Pater?«

»Was immer Gott wünscht.«

»Wenn er Ihre Seele ...« Er hielt inne, wandte sich ab und versuchte, seine Verzweiflung vor diesem klugen, alten Priester mit dem Kindergesicht zu verbergen. Aber das *Wort* kam nach ihm, denn das *Wort* war nicht Gott, nicht mehr.

Denn er sieht in den Augen das Gesicht seines eigenen Vaters – und die Augen verblassen. »Vergib mir, o mein Gott, vergib mir meine törichten Sünden.«

Auch der Priester verblaßt, das Gespräch von vor drei Monaten verblaßt, und seine Finger fahren über die Seiten der Bibel. Es ist zu dunkel zum Lesen jetzt, besonders mit diesen trügerischen Augen. »Gott, laß mich die Dämme zusammenhalten, die mein Verstand eingerissen hat. Auf daß ich nicht in den Fluten ertrinken muß. Gott, der Tumor ist so schrecklich, schrecklich hart, so hart wie Stein.«

Er muß sich wieder übergeben. Sein Essen war zu schwer gewesen. Also Galle, und dann wird aus der Galle ein Gift, das seine Todesträume auslöst ... auch Träume über Ungarn, Kinderlieder, Vaters Zigarren und seinen Backenbart, die Freude am Herumtollen in herbstlichen Blättern. Galle schenkt ihm Poesie, Galle verurteilt ihn zur Erinnerung.

Nachdem er seine Diagnose erfahren hatte, war er – spät in der Nacht – aufgewacht und hatte sich übergeben – Galle, rein und bitter. Dann hatte er sich auf die Fliesen – im Badezimmer gelegt, auf die Seite gedreht, in seinem grauen Pyjama, und dem Rauschen der Wasserspülung zugehört, bis es aufhörte. Daraufhin betrachtete er die Motten, die um die helle Deckenlampe taumelten.

Aus dem klügsten Mann der Welt war in diesem Augenblick nichts weiter als ein Körper geworden, der ihre eigenartige blaue Kleidung gesehen hatte, die schimmernden Uniformen, die zwischen Realität und Alptraum hin- und herwechseln, der den Schmerz ihrer Klauen gespürt hatte und die Weichheit ihrer Rehhaut.

In einem Keller unter dem Flugplatz, unter der Landebahn, unter den Benzinfässern, wo die Rohre dick verkrustet waren und die weißen Kakerlaken spielten, lagen sie im blauen Atem der Kälte, umgeben von nichts als dem Summen der Kühlaggregate, und ihre toten Lippen umspielte eine hingerissene Verzückung.

Waren sie wegen des Feuers der Bombe gekommen, angezogen von ihrem vernichtenden Ungestüm – oder ist eine Atomexplosion so gewaltig, daß sie auch die Welt der Seele vergiftet?

Die Zeit nach der Diagnose hatte er sich Hals über Kopf in die Arbeit gestürzt. Ein paar Wochen lang. Dann hatte man ihm gesagt, er müsse sich das Rauchen abgewöhnen, und daraufhin hatte er sich irgendwie nackt gefühlt, und er hatte deutlicher sehen können, was er nicht sehen wollte.

Er verbrachte viel Zeit mit Pater Dubois, beobachtete sein rasches, rhythmisches Rauchen, lauschte seinen Erklärungen, seinen Überredungsversuchen und staunte wieder über die weitausholenden, poetischen und gefühlvollen Geschichten, aus denen die Kirche bestand.

Er geht auf die vermeintlich Toten zu, begleitet von diesem wohlerzogenen, aufgeweckten Soldaten Arthur … wie? Das Gehirn wieder einmal; wie hieß der Mann noch? Arthur … ein Oberstleutnant in der neuen Uniform der Air Force … Exner? Und der junge Mann hatte gesagt: »Sie verwesen, Dr. von Neumann, aber sie scheinen nicht tot zu sein.«

Wie konnte eine andere Welt so fremd sein? Jeder Bezug zur Wirklichkeit so vollkommen anders und doch in sich so logisch? Sie haben nichts so gesehen wie wir, und doch ergab alles, was sie taten, einen Sinn.

Auch tot und ohne seinen Körper würde er nicht sicher vor ihnen sein.

Dr. von Neumann, Sie liegen im Sterben. Doktor des Himmels, Doktor der winzigen Welt, der Gottes Geheimnisse gestohlen hatte; Narr wie Prometheus: Sie liegen im Sterben. Und sehen Sie nur, dort ist noch einer von ihnen, dort im Schatten unter dem Baum, so regungslos kauert er dort wie grauer Schimmel.

Die Hohlwelt-Theorie. Perry, als er sich dem äußersten Zipfel des Nordens nähert: »Ein fantastischer Anblick. Ich bin am Übergang zu einer anderen Welt; eine große, klaffende Spalte, wo der Pol sein sollte …«

Doktor?

»Ich hatte das Gefühl, daß es hier war und Seelen geholt hat«, hatte der kleine Mann gesagt. Der kleine Mann, dieses unbedeutende Nichts, der aus der Gegend von Roswell, Neu Mexiko zur Air Force gekommen war, saß jetzt da mit diesem schrecklichen Geheimnis in seinem Kopf. Die Adern auf seiner Stirn traten hervor. Mit verkrampft zuckenden Händen und riesigen Schweißflecken unter den Achseln hielt er sich an der selbstgedrehten Zigarette fest, die er Medizin nannte, und Dr. von Neumann hatte geantwortet: »Das dürfen Sie nie wieder sagen.« Und er hatte gedacht: Ein Mitglied der Öffentlichkeit kennt die Wahrheit. Und er hatte gedacht: Er muß sterben, er spricht. Aber er sagte nichts.

Sein Sohn sprach. Der Junge redete und redete in der *Navy* und im zivilen Leben und verbreitete Geschichten von Dämonen in der Wüste. Eines Tages verschwand er einfach; einer von vielen Jungen. Starb mit dem Lauf eines Gewehrs vor der Nase, starb, als hätte er das blaue Metall auf Fehler untersuchen wollen.

Sie ließen seinen Wagen am Straßenrand stehen.

»Jetzt, Doktor, sind wir hier, um Ihre Seele zu holen. Eure, verzeihen Sie. Eure Seele. Die alte Form klingt irgendwie endgültiger, nicht wahr?«

Man kann die Wachstumsrate des Tumors ausrechnen, und die Geschwindigkeit, mit der er verdrängt, verschließt und behindert. Wenn sich die Galle staut, verwandelt sich das Blut in Abwasser, die Augen werden gelb, und die Haut wird orange. Und das Blut ist braun, so braun wie der gefrorene Abfall am Schwanz des Flugzeugs in Anchorage, mit dem er geflogen war, um sich etwas anzusehen … Wie sollte man es nennen? Die Quelle allen Raunens, das *Etwas* aus dem Eis. Er erinnerte sich an die Feierstimmung im Flugzeug, das feine Essen des Kriegsministeriums – nein, das hat sich ja geändert – des Verteidigungsministeriums, und er erinnerte sich an den allgemeinen Luxus an Bord dieser herrlichen *Super*

Constellation in der Livree der *USAF*. Sie hatten geglaubt, das Geheimnis aller Geheimnisse zu entschlüsseln.

Und dann hatten sie den steifen, braunen Stalaktiten am Schwanz des Flugzeugs entdeckt – ihre Ausscheidungen, die sofort nach Austritt aus der Toilette gefroren waren. Ha, ha, ha, lachten ein *Colonel* hier und ein *Colonel* dort. Alle hatten sie gelacht, und *General* Walter – verdammt, wie hieß er noch, dein Gedächtnis läßt nach – hatte ebenfalls gelacht. Dann gingen sie über den Asphalt zu ihren Autos, mehr Zigarren, mehr Drinks, und du denkst: Und ich bin der *Commissioner* des Ganzen, *Commissioner* von Neumann im teuren Anzug, weil ich eure Hirne mit den unglaublichsten Berechnungen betören kann …

Ich kann die Ausdehnung der Zeit berechnen, den weißglühenden Todesschrei des Atoms, die Wahrscheinlichkeit, daß der heilige Augustinus das Wesen der Welt *tatsächlich* verstanden hat.

Du, der Meister, wußtest nicht, daß es ein und dasselbe bedeutete, das *Etwas* zu sehen und von ihm verschlungen zu werden wie Jonas, und den Rest deiner Tage in seiner pulsierenden Kehle zu liegen in dem Wissen, daß es dich in seiner Gewalt hat und nie wieder loslassen wird.

Hatten sie *Es* hierhergebracht und im Eis begraben, weil *Es* selbst für sie zu schrecklich zu ertragen war, zu mächtig, als daß selbst Dämonen es hätten beherrschen können? Gab es am Ende etwas, das noch böser war als Satan, noch zersetzender und invasiver?

Der Priester hatte einmal etwas Merkwürdiges gesagt: »Die Finsternis steht in Einklang mit Gott. Es ist Gottes Liebe, die Satans Feuer schürt.«

Reich Gottes, Garten Gottes: kein gegenständlicher Ort, sondern einer außerhalb des Wesens der Zeit. Die Erde, das sah er jetzt, war gar keine Kugel: Die Kraft der Zeit machte sie dazu und schickte sie auf ihre perfekte Laufbahn durch das All. In Wirklichkeit war die Welt ein gewaltiger Teppich, den die eifrigen Würmer des Lebens weitersponnen. Ja, ein Teppich im Palast von Gottes Gedanken: Das war es, was mit dem ›Einklang‹ gemeint war. Der klügste Mann der Welt wußte jetzt, daß Dunkelheit und Licht einander bedingten; das eine war das Fundament des anderen. Gott und Satan waren miteinander verheiratet.

Und sie sehen sich den Teil des Teppichs an, den *du* gemacht hast, und sie sind nicht zufrieden. Du hast den häßlichen, braunen Faden deiner eigenen Arroganz hineingesponnen und dein nasses, alles verschlingendes, den Verführungen erlegenes Maul geöffnet. *Du* hast gesagt, ja, laßt mich das veröffentlichen, laßt mich das berechnen, laßt mich das Geheimnis von Dunkelheit und Licht enträtseln, nämlich daß ihr eins seid, daß ihr eins gewesen seid, und dann gebt mir diese Offenbarung in meine Obhut.

Also habe auch ich gestohlen wie Prometheus, wie Eva. Ich habe euer wirkliches Geheimnis gestohlen, jenes hinter der Güte Gottes und dem Bösen des Schattens, das du bist.

Die *Colonels* sahen es ebenfalls, in der glatten Hülle des *Etwas* aus dem Eis des Nordens. Und sie verstummten über ihr eigenes Spiegelbild darin– nicht ihre gutaussehenden Gesichter sahen sie da, sondern ihre grotesken, alten Seelen. Sie alle sahen, daß sie ein Teil dieses *Etwas* waren, daß sie dazu beigetragen hatten, *Es* genährt hatten, daß *Es* wuchs, bis *Es* die Verdammten in Maschinen verwandelt hatte und sie in der ganz gewöhnlichen Luft der Welt umherfliegen ließ. Soviel zu den *Colonels*, ihren Autos und ihren Zigarren. Statt daß sie getötet wurden, waren sie in fensterlosen Irrenhäusern eingesperrt und wurden von stummen Schwestern gepflegt. Ein Kompromiß zwischen dem Präsidenten und dem klügsten Mann der Welt.

»Schießen Sie sie ab, *General*«, hatte er gesagt, als sie am Himmel erschienen; hatte es als bittere Ironie gemeint. Aber die arme, dumme Kreatur antwortete: »Genau das werden wir auch tun!«

Und da kommen sie schon, die Flugzeuge … so hoch, so schrecklich dramatisch kreuzen sie am Himmel des Jahres 1951 … junge Männer mit glatten Wangen fliegen sie, die billige Romane lesen und Kaugummi kauen … junge Männer, die über die *Brooklyn Dodgers* und die *St. Louis Browns* nachdenken … und in den metallenen Bäuchen ihrer Flugzeuge tragen sie das Ende der Welt …

Wir applaudieren. Klatsch, klatsch, klatsch. *Blue Moon* läuft im Radio des Bereitschaftsraums: *Blue Moon* war das Dorothy O'Shea? *The Manhattan Colleen.*

Meine Güte, das köstliche Essen in Manhattan, Manhatta, das indianische Wort … alles vorbei. All die vielen Feiern seiner verschiedenen Posten, seiner Professuren und Ausschußtätigkeiten – die Parade der Flugzeuge und die Enthüllung der Reaktoren – das alles war jetzt nur noch eine einzige verschwommene Masse von Uniformen und dem alles überlagernden Geruch von Messingputzmittel, den eine Gruppe von Offizieren verströmte.

Er ließ sich in einen Gartenstuhl fallen, der naß vom abendlichen Tau war. Wieder holte er tief Luft, und der sanfte Geruch der Blätter stieg ihm in die Nase … *Manhattan Project*, wo wir die Blätter des Todes sortiert haben, entschlüsseln, entschlüsseln, berechnen, das Gleichgewicht der atomaren Ordnung finden … während *sie* zusehen hoch oben im Himmel … gierig hoffen, daß wir Erfolg haben.

Er sehnte sich so nach einer Zigarre, daß er automatisch in seinen Jackentaschen nach Messer und Feuerzeug tastete und dann in der Brusttasche nach den süßen kubanischen Zigarren suchte, die dort immer steckten.

In dieser klaren Sommernacht mußte sein Tumor, wenn auch in drangvoller Enge, die gesamte Geschichte des Planeten enthalten. Jeder Tumor. Und diese Meteoriten – waren sie nur Stein und Eisen aus einem weit entfernten Land, oder waren es wirklich fliegende Krebsgeschwüre, die auf der Suche nach einem Opfer den Kosmos durchquerten?

War da nicht einer in den Garten gestürzt und zischend durchs Gras geglitten?

Nein, sicher nicht.

War er nicht leise durchs Fenster hereingeflogen?

Nein.

Und bis in den Flur, wo er funkensprühend von den Wänden abgeprallt war?

Nein.

Wo er einen Gestank hinterlassen hat wie verbranntes Fleisch?

Nein.

War er nicht ins Bett gekommen?

Nein!

Näher und näher.

NEIN.

Bis an die zitternde Oberfläche der Haut …

NEIN!

Und dann … hinein. Das Einführen der Spritze: Schon vorbei, John, es tut nicht weh, ist nur ein bißchen unangenehm … sie in ihrem weißen Leinenkleid, das den ganzen Nachmittag hindurch raschelt, kniet im tiefen Marmorschacht der Toilette hinter seinem entblößten Gesäß und läßt ihm ihre bäuerliche Pflege angedeihen … Magda hat so gerochen, so scharf und süß wie alles Fleisch.

Aus dem Tod und den Erinnerungen an die Heimat, Magda, eine Jüdin … erstickt. Die ihn gepflegt und angekleidet, gebadet und gebürstet hatte, auf dessen unendlich weitem Schoß er gesessen und ihren Worten gelauscht hatte: daß jede Frau, ob Jüdin oder nicht, auf wundersame Weise die heilige Jungfrau in sich trage. »Gott und Göttin«, hatte Magda gesagt. »Sie ist Ihm Mutter und Frau.« Magda: eine jüdisch-katholische Heidin. Sein Vater hatte leise gelacht und gesagt, daß er seinen Katechismus von einem Priester lernen sollte.

Magda im Regen, ihre großen Hände des Trostes greifen die Türkante, und in vollen Zügen atmet sie den Duft der Apfelblüten ein, während sie langsam das Rückgrat Europas entlangmarschieren …

Wie schwer es ist, seine eigenen Sünden in diesem Leben zu entdecken. Magda war nicht meine Verantwortung: Sie war eine Hausangestellte, das waren sie alle.

O Gott, wir sind entkommen: zuerst den Kommunisten und

dann der eisernen Garde, die die hellblaue Spitzenwelt der Kindheit, das morsche österreichisch-ungarische Gebilde zertrampelt hat.

O Gott, wir haben unser Dienstpersonal zurückgelassen.

O Gott, ich glaube, ich habe sie geliebt, diese Magda, die mich gepflegt und aufgezogen, die mich auf ihrer Hüfte mit sich herumgetragen und die auf einem Bett aus zusammengesuchten Lumpen neben meiner Krippe geschlafen hat. Ich erinnere mich – oder der Krebs erinnert sich – ganz genau an den Geschmack ihrer Milch.

Ist es zu fassen, daß Ungarn jetzt Teil von Stalins Imperium ist? Er war schlau, sich die Magyaren zu holen, sie sich selbst zu stehlen. O, diese Monstrosität mit dem väterlichen Schnurrbart und den gemütlichen Pfeifen –

Mit seinen eigenen Flugzeugen. Du, Josef. Harry hat ihn *Uncle Joe* genannt. Ike nicht, Ike macht sich über ihn keine Illusionen. »Diese russischen Soldaten waren wie Tiere.« Keine Illusionen. »Jesus Christus, John, könnt ihr mir nicht eine größere Bombe bauen? Und schneller, um Himmels willen, macht sie schneller. Baut die Anlagen, was macht es schon, wenn sie nicht dicht sind. Seid ihr Patrioten oder nicht? Baut, zur Ehre Gottes!«

Diese mangelhaften Gebäude, Sir, in denen wir Gift für die Ewigkeit brauen, Sir?

»Ich genehmige den Bau langer, grauer Baracken, die mit Ventilatoren, Abzugsöffnungen und -rohren versehen werden sollen; und zum Teufel mit den Kindern in dem Park!«

Plutonium ist so komplex, daß es schon fast einer lebenden Spezies gleichkommt, mit Bedürfnissen und Rechten und Sehnsüchten, sogar Moral und Ethik und einem Bewußtsein, das wie unser eigenes nur vom Überlebenswillen angetrieben wird.

Rocky Flats, o Gott, wie unvollkommen. Oak Ridge – was für ein ironischer, bukolischer Name – ebenfalls unvollkommen. Die Abzugskanäle öffnen sich in den weiten, blauen Nachmittag. Blech kreischt, Ventilatoren saugen, und ein tausendstel Gramm segelt hinaus in die idyllische Umgebung voller langer blauer

Autos und pastellfarbener Häuser, hallt wider in den Kinderliedern und dem *howdy howdy do* der Erwachsenen und im Spucken und Zischen der Sprinkler, und die Sonne spiegelt sich in den pomadeglänzenden Bürstenhaarschnitten ... in Oak Ridge, wo jede Nacht erfüllt war von den gleichmäßigen Geräuschen der Unzucht, wo die schwangeren Frauen mit ihren aufgeblähten Bäuchen Einkaufswagen, die wie eiserne Käfige aussehen, durch den Supermarkt rollen und sie anfüllen mit *Uneedas* und roten Beeefsteaks, mit *Fatimas* und Cornflakes und *Hydrox Cookies*, und alle tragen das Mal der Bestie; sie atmet in der Röte der Wange und erscheint im feuchten Glanz eines glücklichen, glücklichen Auges.

Das stolze Land der Freiheit.

Ike: »Es ist unsere Aufgabe, diese Kinder zu beschützen. Doktor. Geben Sie mir größere Bomben! Jetzt sofort! Am liebsten noch gestern!«

Und wie hübsch sie sind, diese neuen Wasserstoffbomben in ihren schlanken Hüllen und silbrigen Flossen. Wie silberne Blätter schweben sie durch die tropische Luft in der blauen Stille des Pazifik. Und genauso hübsch sind auch die jungen Männer mit ihren klaren amerikanischen Augen. Sie kauen Kaugummi und denken an nichts als die letzten Baseball-Ergebnisse, die in ihren Köpfen herumgeistern wie Gottes vollkommene Zahlen.

Es dreht sich alles um das Sterben des Lichts. In ganz Europa gehen die Lichter aus ... Jetzt erinnere ich mich an sie, die Lichter in den Ballsälen von Pest und Wien und Berlin, die aufwühlenden Kabarette und die spinnenartig langsame Kunst von uns Juden. Juden. Judenratte. Auschwitz. Die Sehnsucht, die meine Diener und meine Freunde nach dem offenen Schnee gehabt haben müssen. Vom Juden zum Katholiken zum ›von‹. *Von* Neumann. Vater unser, der du bist im Himmel ...

»Vater, vergib mir.«

»Gott verzeiht.«

Und noch weiter zurück im ersten Weltkrieg, wie wir gelitten haben ohne Kaffee und ohne die kühlen, süßen Weine des Rheinlandes, ohne Champagner und das vornehme Gebäck unseres eigenen Reichs ... und dann das todbringende Geschwätz der Kanonen.

Buda 1918: eine Stadt, die in drei Blaskapellenjahren alt geworden ist, plötzlich vernebelt vom Verbrennen roher Kohle und Holzstücke, selbst der Schnee fällt schon grau und traurig. Und in der Traurigkeit ein dünner Silberstreif von *Noblesse*; hoch, hoch oben habe ich die geisterhaften, silbernen Flugzeuge der Zukunft gesehen – der Zukunft, die ebenso rasch gekommen war wie sie – und still und wundersam habe ich sie unter der weiten Kuppel aus grauen Wolken dahinziehen sehen.

Und jetzt Amerika: »Ich bin der glücklichste Mensch der Welt ...« Lou *Amyotrophe Lateralsklerose* Gehrig, dessen Stimme die Zukunft einleitet, die hallt wie in einer Kathedrale aus leeren Baseballstadien; seine Nerven den tödlichen Tanz der ganzen Nation.

Denn die Sklerose war freigesetzt, ist mit mir entkommen – sie hat mich begleitet auf einer mystischen Reise in die Tiefe des Wesens dieses Landes, sie ist wie ich in einem silbernen Flugzeug der Zukunft gekommen, in dem ich die Grausamkeiten Europas in die Hollywood Hills verschleppt hatte, die Hollywood Hills mit den Häusern am Steilhang, den blauen Kleidern und langen, langen Autos, und rasch ist alles von einer zeitlosen Traurigkeit überzogen.

Er dachte oft an Lou Gehrig, der den grausamsten aller Tode gestorben war. Der sportlichste Mann der Welt war Mikron um Mikron reduziert worden, bis er in absolut vollständiger Lähmung erstarrt und verstummt mit eingesunkenen, geschlossenen Augen dalag und vom höchsten, weitesten und fantastischsten aller *Home Runs* träumte. Lächelnd öffne ich die Hände. In ihnen sehe ich das suchend glühende Plutonium. »Ich habe deine Medizin.«

Natürlich war der klügste Mann der Welt auch der gefährlichste. Er saß, die Füße im Gras, und betrachtete die Narzissen, die sich den Garten hinunter ergossen, süße, stille Schatten in der Dunkelheit. Auch in dem silbernen Flugzeug seiner ersten

Ankunft saß er und dachte: O Adolf, du mit deinem Guerlain-Rasierwasser und den heimlichen Zigarren und der goldenen Brille wie Harrys, die du aber nicht so offen trägst, du hast unsere Kinder in die verkrusteten Keller deiner Kammern geführt, und wir Juden haben einfach so diese und jene Zutaten zusammengesucht und mit der Bombe geantwortet.

In diesem gewaltigen Sinne arbeiten wir für Gott. Wir arbeiten für Gott, wir, deren Gedanken zu feinsinnig-elegant sind, Gott zu ertragen – wir arbeiten für ein elfjähriges Mädchen mit weizenblonden Haaren und Lippen wie die Rose von Sharon, die in den mittleren Jahren deines Lebens, *darling* Adolf, nackt dastand, das Haar voller Läuse, und in der Dunkelheit dem Klirren der herabfallenden Kristalle lauschte und dann den lauten Schreien der anderen achthundert Kinder mit weizenblonden Haaren und Lippen wie die Rose von Sharon, und sie schmeckte das Gas und dachte in ihrer Todesangst und ihrer letzten entwürdigenden Verwirrung, daß der silberne Gürtel, auf dem *Gott mit uns* stand, jenes sanften Mannes, der sie hineingeführt hatte, ein Talisman der Erlösung war. Und so streckte sie die Hände nach der Luke aus, nach der sich schon die anderen eintausendsechshundert Hände ausstreckten, und sie glaubte, im Glanz des polierten Hakenkreuzes ein anderes Licht zu sehen – das Licht, das damals in meinem Kopf war.

Stählernes Licht

Licht der Sünden Europas und des jungen Amerika.

Blaues, glühendes Licht aus dem Tal von Sharon.

»John, Ihnen wird kalt werden.«

Stimmen? Wirkliche? Nein.

»Du kannst jetzt einen kleinen Cognac trinken, wenn du möchtest.«

»Ja.«

Folgsam geht er zur Tür, ist sich bewußt, daß das Licht des Wohnzimmers das Kürbisgelb seiner Haut noch betonen wird, daß die Frauen, die bald seinen Leichnam waschen werden, ihn mit diesem fürchterlich dummen Gesichtsausdruck ansehen werden wie Kühe. Und auch die andere Reise setzt er fort, trägt die Schatten des alten Europas in die rasch versiegende Sonne Amerikas.

O Amerika, damals kannte ich dich noch nicht, aber jetzt sitze ich über dir, von deiner silbergeflügelten Jugend auf meiner tödlichen Mission befördert, der krebsverseuchte alte *»guy«* mit dem schweren Akzent. Seine etwas rundliche Figur steckt wie immer im perfekt geschnittenen Anzug, und er kann mit Ike Gespräche führen wie du mit Charlie aus Charlotte – o Amerika.

Was für eine merkwürdige Kreatur ich doch bin, die der Tod Europas da ausgespuckt hat, und ich bin gekommen, dich mit atomarem Gift zu verschlingen.

Ike zieht an einer Zigarette. »Wie wäre es mit zwei Bomben im Monat? Das kann doch nicht so schwer sein. Zwei im Monat.« Er dreht sich in seinem hohen Ledersessel und starrt über die nickenden Rosen auf den Rasen vor dem Weißen Haus.

»Verflucht, ich glaube, sie ist betrunken«, sagte er mit der stillen Überzeugung eines Priesters. Eine gedrungene, kleine Frau bewegt sich durchs Gras, als hätte sie einen Ohrring verloren.

»Mr. President, wir haben nicht die Kapazität, die Produktion in einem Jahr zu verdoppeln.«

Der Ledersessel schwingt heftig. Die jetzt feuchten Augen sehen ihn mit der furchtlosen Traurigkeit eines in die Enge getriebenen Panthers an. »Stalin wird hierherkommen, und er wird Tausende von Bomben haben.«

»Sir, das ist …«

»Sagen Sie mir nicht, daß es unmöglich ist, Johnny! Noch nicht einmal denken dürfen Sie es! Ich bin es, der Ihnen zu sagen hat, was möglich ist und was nicht!«

»Mitte des Jahres 54 werden wir sechzig Bomben haben. Sechzig.«

»Garantieren Sie das? Sicher?«

»Ja.«

Ich, der Bombenverwalter. Direktionsmitglied der Atomenergie-Kommission. Warum? Ich habe zu gut geträumt, so gut, daß sie mich, einen Ausländer, zum Leiter all der anderen Träumer gemacht haben.

»Dr. von Nooman, ich will wissen, ob die Atomenergie-Kommission dem Präsidenten sechzig einsatzbereite Bomben zum 1. Januar 1954 garantieren kann. Wie lautet Ihre Antwort?«

»Just driftin' and dreamin' down Moonlight Bay …«

Der Krebs sagt: »He, Träumer.«

Der Krebs sagt: »Wie wär's mit einem Musical über mich?«

Der Krebs sagt: »Du kannst es nennen … hmm … mal sehen … du kannst es – vielleicht – *Mister Slow* nennen.«

»Komm herein für deinen Cognac, John.«

Down Moonlight Bay.

Niemand weiß etwas über die Sexualität des Todes, und das ist eines der schrecklichsten Dinge am langsamen Tod. Von einem Berg fallen, in einem Feuersturm aufwachen, von einem Safe erschlagen werden: Das ist der Tod der Gesegneten.

Der langsame Tod gehört den Verfluchten, die dieselben merkwürdigen, kindischen Dämonen wie ich sehen, die näher, immer näher herankommen … sie sehen und sich dort oben Millionen von Meilen über ihnen von den normalen Menschen verabschieden, die in einem Regenbogen dahinschweben, den wir, die Verfluchten, nicht berühren können.

Die Frucht vom Baum der Erkenntnis: Sie hat mich so wohlgenährt, daß ich fett geworden bin, und daher habe ich *sie* gesehen und das *Etwas*, das schlimmer ist als Satan und gütiger als Gott, und so habe ich meinen Platz in der Welt restlos verloren.

»Alles, was ich tun konnte, Pater, die Dämme mühsam zusammenzuhalten – mit jenen Händen, die das erste Loch überhaupt erst gerissen hatten!«

»Ich kann nicht ganz folgen.«

Nein, natürlich nicht, denn wenn Sie das könnten, dann hätte ich Sie getötet, für Ihre eigene Sicherheit und die Sicherheit der Welt. Je mehr du weißt, Amerika, desto tiefer sinkst du.

»Pater, wie ist das, wenn jemand eine Sünde begangen hat, die man nicht beichten kann?«

»Um die Absolution zu erhalten, muß die Sünde in der Beichte ausgesprochen werden. Wir können nicht einfach sagen: ›Ich habe gesündigt, sprich mich los.‹ Sie muß *ausgesprochen* werden.«

»Was, wenn allein das Aussprechen selbst schon eine Sünde ist?«

Jetzt schwieg der Priester und wußte keine Antwort mehr, und John von Neumann wußte, daß er verloren war. Wenn jemals jemand eine unverzeihliche Sünde begangen hatte, dann war er es.

Im langsamen Tod gibt es Leidenschaft, Befriedigung, eine schreckliche Sexualität. Warum sollten sonst Huren zu öffentlichen Hinrichtungen bestellt werden? Warum versetzt es den menschlichen Körper in Erregung, wenn sich die Schlinge zuzieht oder das Gas zischt? Warum schienen *sie* erregt, die ihr Leben gegeben haben?

Vom Atem des Lebens abgeschnitten zu werden – erstickt, vergiftet, zerquetscht – erfüllt den Körper auch mit Sinnesfreude … Ja, und so wird der krebskranke, alte Mann abstoßend sinnlich. Wenn er mit seiner Frau fertig ist, verkriecht sie sich in die Tiefen des Hauses. Bald darauf hört er ersticktes Würgen, und er weiß, daß sie sich vor Ekel übergeben muß.

Er liebt sie trotzdem.

»Komm hinein, wir machen ein Feuer im Kamin.«

»Ich komme schon.«

Dann hört er in der Stille, in der nur hier und da ein Käfer raschelt, hinter dem schwarzen Fenster des Nebenhauses eine Stimme … das Englisch, Englisch … plötzlich scheint es so wichtig, es zu verstehen … was bedeutet *Gillgillyosenfeffercastellenbogen by the sea*? Ah, ein Lied. Ein Lied im Radio. *If I ever needed you, I need you now … If I ever needed love, I need it now …*

Er geht näher heran in seinem schwarzen Anzug mit Weste, an der die väterliche Goldkette gedämpft klingelt. *If I ever needed you …* Ist es ein Walzer, mein Liebchen? *If I ever needed love, I need it now …* Ich fühle mich so furchtbar allein, ich weiß nicht, was ich tun soll.

Prometheus, du Teufel, du hast dich durch die Jahrhunderte

von Wissenschaftler zu Wissenschaftler fortgepflanzt wie ein Virus des Verstands … das Leid des Prometheus … Feuerdiebe … *take me in your arms and never let me go* … O Gott, bist du dort draußen … alle schlafen, also ist es ganz in Ordnung …

Er findet eine andere Bank, umgeben vom Duft namenloser Blüten. Nachtblühende Jakaranda – oder nein, das kann nicht sein, Jakaranda gibt es in Kalifornien, aber nicht in Princeton.

»Was blüht hier gerade?«

»Sprich lauter, John. Ist dir übel?«

»Was blüht hier im Augenblick?«

»Gar nichts zu dieser Jahreszeit. Komm herein, komm herein.«

Ganz förmlich, so wie der Papst es tun würde, breitet er vor der leisen Stimme des Radios die Arme aus. *America, save me, ba ba ba boom.*

Der Leberkrebs in dir riecht, und in der Krebsstation im Krankenhaus riecht es nach fauliger Säure, Zersetzung und Galle.

Was tun sie, wenn sie den Tumor nicht aufhalten können? Sie legen Shunts an, versehen einen mit kleinen, vorübergehenden Öffnungen, durch die die Galle abfließen kann. Hier ein Shunt, dort ein Shunt. *They shunt you up.*

Wieder hört er Geräusche in der Nähe des Tors. Er eilt hin, zu einer weiteren Schwachstelle, um sie zu verschließen.

»O, er geht den Weg wieder zurück!«

Er hat sich selbst auferlegt, in seinem kleinen europäischen Garten mitten in Amerika auf und ab zu gehen und Wache zu halten, damit sie nicht hereinkommen.

»John, ich muß darauf bestehen, daß du jetzt hereinkommst.«

»Hier sind Kinder.«

»Komm herein.«

»Nur noch einen Augenblick.«

Sie unterdrücken diesen Juden, der den Segelschiffen der Einwanderer in einem silbernen Dampfer gefolgt und der Erhabenheit des Himmels auf die Spur gekommen war und das Feuer in die Hände dieser glücklichen, dieser besseren … *bum bum bum, Mr. Sandman, bring me your dreams* … Amerikaner mit ihrem Kaugummi und ihren Taschenbüchern gelegt hatte, die keine Männer aufstellen, nur um die Bombe zu testen …

Wie Josef … sechsunddreißigtausend, auf der Stelle tot. Was hat er erwartet, als er sie in idiotische Uniformen gesteckt und in ›atomare Manöver‹ geschickt hat?

Aber wir, die wir Prometheus in uns tragen … wir brauchen keine Manöver, wir haben ganze Städte, um unsere Bomben zu testen. Nackte Erde, härter gebrannt, als es die Natur je vorgesehen hatte.

Die Seelen von Hiroshima und Nagasaki: In seinen schlimmsten Träumen sind selbst die Seelen nicht mehr da.

»*Hi*, Dr. von Neumann.«

»Guten Abend.«

Sie schaukelt auf dem Tor hin und her, und ihre bleichen Lippen von Sharon leuchten schwach in der Nacht. »Sie waren im Radio.« Sie sagt: Raadio … Aahdio.

»Ah.«

»Sie sind der klügste Mann der Welt.«

»Ah, ha! Dann haben Sie nicht mit Herrn Doktor Einstein gesprochen, glaube ich.«

Sie streckt die Hand aus und deutet ihm mit dem Finger, näher zu kommen. Und er geht beklommen – ich kenne einen dunklen, einsamen Ort – weil sein Körper so schrecklich schwach ist, und weil er die furchtbare Umarmung der Verführerin des Todes spürt, und schon fühlt er das brennende Feuer in seinen Eingeweiden, das Drängen des Körpers, seinen Samen zurückzulassen, das, was auf Erden der Liebe Gottes am nächsten kommt – volle, übelriechende, sinnliche, leckende, saugende, reibende, schreiende Liebe des lieben alten Gottes im aufgeblähten, dunklen, implodierten Zentrum allen Seins ….

Olay.

»Warum tragen Sie nie einfach nur ein Hemd?«

»Ich bin ein Gentleman.«

»Oh.«

Er weiß, daß sie sich fragt, wie sein Körper aussieht, und er weiß, wie sie reagieren würde, wenn sie ihn sähe. Natürlich würde es die Magda in ihr hervorbringen, nicht die Lorelei. Sie würde lächelnd auf ihn zukommen mit glatten Armen im weichen Zwielicht, die Augen von der Ewigkeit verdunkelt und sagen: »Wollen Sie 'nen Kaugummi?«

O Magda, ich habe solche Angst. Hattest du Angst, als das Gas kam? Als die Lichter mit einem dumpfen Krachen ausgingen und die Zyklon-B-Kristalle auf dich hinabregneten wie ein Hagelsturm? Als du ihren chlorartigen Gestank gerochen hast und den Gestank von Urin und Fäkalien in dem entfesselten Sturm der schreienden Frauen um dich herum, deren Finger sich in den Schlössern verkrallen, die zitternd die Hände den Luken entgegenstrecken, die laut und würgend schreien wie alle Magdas Europas …

»Wie heißt du? Bist du die Tochter meines Nachbarn, Mr. Chilton, so heißt er, glaube ich?«

»Falsch.«

»Dann …« er hielt inne. Am ganzen Körper brach ihm der Schweiß aus. Stählerne Finger legten sich ihm um den Hals.

»Wer bin ich, Jancsi?«

Darauf kann es keine Antwort geben. Aber wie haben sie das geschafft? Wie sind sie hierhergekommen in dieser schrecklichen Gestalt, der Gestalt eines kleinen Mädchens, das die lange Rampe in die Finsternis hinuntergegangen ist?

Wieder das Lächeln. Wie furchtbare Schwingen heben sich die Lippen und entblößen die Zähne. Die Zähne selbst sind lang und feucht, die Zunge trägt ein kristallenes Auge.

Es.

Sie haben *Es* in der Wüste neben einer tristen, kleinen Stadt gefunden, deren Namen man nicht aussprechen kann. *Es* war in der Gestalt einer aufgerissenen Maschine erschienen, die Maden auf die reine Erde erbrochen hat. Maden aus dem All, Maden aus der Tiefe, Maden direkt aus dem Zentrum seiner Leber –

»Möchten Sie sich hinsetzen. Neben mich?«

Ich kann es nicht, wage es nicht, nein zu sagen. »Ich – natürlich …«

Also setzen sie sich auf die letzte Bank, die er 49 mit seinen eigenen Händen gebaut und aufgestellt hat ... war das im Sommer gewesen? Die Wachbank am Rand des Gartens, dem Grenzland der Welt. »Jancsi, ganz ruhig. Setz dich, komm setz dich hin.«

»Ja, ich werde mich zu dir setzen.«

Sie führt ihn hin, sie setzt sich hin, er setzt sich hin; er erwartet es schon, und sie zieht ihn tatsächlich herunter, so daß er mit dem Kopf in ihrem Schoß auf der Bank liegt und sie ansieht wie die Magda seiner Kindheit, die Sylvia Maria seiner Jugend, sieht die langen Hälse und den Stolz der Frauen und darüber die sanften, frommen Gesichter, die mehr als die eines jeden Mannes vom Schatten der Seele berührt worden sind.

»Meine Mutter und mein Vater sagen, daß Sie wirklich sehr krank sind.«

»Das stimmt, mein Kind.«

Sie legt ihm die Finger so leicht wie Fliegen auf die Wange. Die andere Hand ruht auf seinen gefalteten Händen. Andere Finger schließen seine Augen, und wieder andere Finger berühren seinen Hals ... er ist solche zärtlichen Berührungen nicht gewöhnt, das war bei seiner Herkunft nicht üblich ... er ist jetzt nackt, ein unsicheres Baby im Schoß einer gewaltigen Göttin mit Haaren, die bis in den Kosmos der Sterne reichen, Augen, die unendliche häusliche Geborgenheit verströmen, und Zähnen, die vor Hunger nach Seelen knirschen.

Und ein Schrei bricht aus ihm heraus. Eine Schrei. Ein Schrei, und...

»Jancsi?«

Da gab es diese Geschichte über ihn, die in Princeton, dem Land der Seelenschmarotzer, kursierte, daß er kein Mensch, sondern ein Halbgott sei, der die Menschen genau studiert hatte und sie daher perfekt imitieren konnte.

Welche Ironie, daß er sich jetzt selbst in den Händen eines Halbgottes befindet, eines glucksenden Dämons in der Gestalt eines kleinen Mädchens, dessen weizenblonde Haare schwach nach Zyklon-B riechen.

Budapester Familien der gehobenen Mittelklasse wie seine eigene legten gewöhnlich viel Wert auf gute Manieren; höfliche und charmante Umgangsformen galten als Voraussetzung, wenn man Karriere machen, vorwärtskommen wollte. *Vorwärts*, die Panzer jagen über die rauchende Erde, *vorwärts*, ihr siegreichen Panzerdivisionen! Und hier sind die Kanonen … und die Flugzeuge …

Die Männer in ihren B-36-Maschinen hören WEAF im Radio, während sie ihre Bomben scharf machen. *The Fat Man is up. Three. Two. One. Armed. Prepare for delivery. Open doors.«* … die offenen Türen …

Später blauer Nachmittag: Der Bombenschacht öffnet sich über dem Gesicht der Landschaft, das Land lächelt den Himmel an, und der Himmel lächelt zurück, und da ist dieser brummende Dämon, käfergleich, voller Männer aus Jackson und dem Chicago der *Chicago Cubs* und dem falschen Cleveland der ausgerotteten Indianer.

»He, Jungs. Ich glaube, die Cubbie's* werden gewinnen.«

»Ich frage mich, ob die Bombe eine Seele verbrennen kann.«

»Hast du etwa Mitleid mit den Schlitzaugen?«

»Nein, ich doch nicht. Aber es ist plötzlich so unheimlich still in meinem Herzen.«

Ich hatte das Gefühl, daß es hier war und Seelen geholt hat.

»Bitte, bitte, laß mich das nicht noch einmal erleben.«

»Es ist Ihr Verdienst.«

»Nein! Mein – mein Verderben.«

Sie dringt tief in sein Bewußtsein ein, trägt mit sich Fetzen aus verbrannter japanischer Haut, die sie auf die Leine der Erinnerung hängt, in der geliebten Morgensonne seiner Kindheit, um sie in ihrer Frische zu trocknen und zu säubern.

Von Dämonen bestraft zu werden ist besonders schrecklich, weil sie es so genießen. Es setzt ihnen überhaupt nicht zu wie menschlichen Folterknechten. Die SS brauchte Beratung. Dann kam Herr Doktor Schleicher mit einer Aktentasche voller Schutz-Staffel-Kanzleipapier, verteilte Zigaretten und sagte: »So viele

Juden fürs Vaterland, eh?« Und in der Abgeschlossenheit des Zimmers hat man sich erlaubt zu weinen, eh?

»Aber das ist nicht meine Sünde. Meine Sünde ist …«

»Ist was?«

»Ist – zu – sein.« Und da liegt sein ganzes Ich vor ihm, und er weint, als er es sieht, weint, weil er qualvoll erkennen muß, daß alle Sünder Schuld haben an allen Sünden, und so weint er über den Untergang seiner Seele.

Dämonen weinen nicht. Nein, sie werden sogar stärker, je mehr du leidest. Deine Qualen erzeugen in ihnen ein Gefühl des Höhepunkts. Und das wird zum Dauerzustand wie die Balance der Sonne, deine Qual, ihr Genuß: Alpha und Omega verbunden in ewiger Harmonie.

Sie sagt: »Ich möchte jeden Tag herkommen und Sie sehen.«

»O, mein Kind, das brauchst du nicht.«

Natürlich liegt er nicht mit dem Kopf im Schoß eines Mädchens –keineswegs, ach –, sondern sitzt ordentlich gekleidet und gesittet neben ihr und atmet trotzdem die Frische der Haut und des Haars ein und hört die Reinheit der Stimme, was erahnen läßt, warum das mystische Herz des Judaismus nach Amerika ausgewandert ist und es in eine von Bomben beschützte Festung verwandelt hat.

Ben Bernies Stimme ertönt aus dem Fernsehgerät. »Texaco. Sie können Ihren Wagen ruhig dem Mann anvertrauen, der …«

Die Sterne hängen wie Staub im Morgenlicht.

Morgenlicht, so rasch? »Wo bin ich, o Vater im Himmel, wo bin ich?«

Du bist in deinem Verstand, John. Du hast das Stadium der Singularität erreicht. Du folgst dem Superpositionsprinzip, bist weder hier noch dort.

Der Verstand sieht die B-36 46 56 66 76 86 96, wie wird sie 2006 aussehen, wenn die Menschheit über die Menschheit urteilt und die saubere Haut schließlich von der Leine des Verstandes abgenommen wird, o Gott bewahre mich …

John, ich werde deine Seele in einen anderen Körper geben, in den Körper dieses Mädchens, aus deren Fleisch du im Jahre 1962 hervorgehen wirst, ja, dieses Mädchen, jetzt elf, die auf deinem Gartentor schaukelt, wird, wenn der Orion dreimal den Mond passiert hat, deine Mutter.

Du berührst die Hand eines Kindes, die Hand deiner Mutter, die dich in die Welt zurückbringen und diesen törichten Diamanten deiner Seele erneut dem tödlichen Licht aussetzen wird. »Wie heißt du, mein Kind?«

»Ich heiße Sally. Du hast mich schon getroffen, weiß du das nicht mehr?«

»Du bist nicht Sally. Du bist kein Kind.«

»Hast du Angst?«

»Ja, Sally, ich habe Angst.«

»Dann komm mit mir.«

»Nein.«

Etwas springt auf seinen Rücken, er schreit auf, taumelt unter dem Gewicht und hört ein heiseres Flüstern: »Du wirst mit uns kommen! Ich werde dich dorthin reiten, du fetter, alter Nörgler!« Kräftige Jungenhände packen seine Ohren und ziehen daran, bis Kometen vor seinen Augen aufblitzen, und er wankt durch das Gartentor nach draußen in die Gasse mit dem zerfurchten Belag und den Mülltonnen, den weißen Holzzäunen und den überhängenden Weidenästen. Sie huscht behende unter den Sträuchern hindurch und auf eine Laube zu, ein geheimes Versteck, so vermutet er, wo sie sind – zu Dutzenden – Kinder der Welt der Verdammnis, die Erben der Quantenstatistischen Nichtunterscheidbarkeit und des *Enola Gay* Fall-out, eine Welt, die dazu verdammt ist, unter dem zu leiden, was sie gerettet hat.

»He, sie hat den Juden hergebracht. Den Juden! Er ist hier!«

»He, Mister, ziehen Sie sich jetzt endlich aus? Wir wollen Ihren Judenpimmel sehen, ob er noch dran ist, denn *wow*, in Polen hat man sie abgebrannt. Meinen Dad hat's in Monte Casino erwischt, *Mr. Jew*, was haben Sie damit zu tun?«

»Nun, Gott hat Hitler Himmler und das Zyklon-B gegeben, aber uns Juden hat er Albert Einstein und mich gegeben.«

»Meinen Dad hat's erwischt!«

»Dankbar knie ich nieder am Grab deines Vaters, o Amerika. Für dein Blut gebe ich dir den Schlüssel zur Zukunft der Welt.«

Prinzip:

Sobald der Verstand Erfahrung als Quanten sieht, hört er auf, an sich selbst als den kontrollierenden Faktor zu glauben, und dann entfaltet sich die Welt auf eine wahre, wirklichere und – paradoxerweise – weniger determinierte Art und Weise. Nur in einem solchen Verstand können sich wirklich neue und nützliche Gedanken entwickeln.

Exposition des Prinzips.

»Direktionsmitglied der Atomenergie-Kommission Dr. John von Neumann, den viele für den klügsten Mann der Welt halten, hat auf einem internationalen Symposium über die Zukunft der Wissenschaft in Dumbarton Oaks gesagt, ›daß die Menschheit beginnen muß, Intelligenzformen zu schaffen, die größer sind als die menschliche, wenn wir weiterhin Fortschritte auf dem Weg zu einer einzigen funktionsfähigen Theorie, die alle physischen Vorgänge erklärt, machen wollen‹. Dr. von Neumann hat ebenfalls gesagt, ›daß sich herausstellen wird, daß menschliche Intelligenz nicht ausreichen wird, um diese einheitliche Theorie zu formulieren, nach der wir suchen. Um dies zu erreichen, müsen wir im Grunde einen neuen Gott erschaffen, einen, der mit uns spricht‹. Reverend Dr. Herb Trickler von den *United Churches of God* hat einen formalen Protest gegen die Konferenz eingereicht und Dr. von Neumann einen ›irregeleiteten Häretiker des jüdischen Glaubens und gottlosen Kommunisten‹ genannt.«

Memories are made of this … shoop shoop … are made of this …

Viele Konferenzen und hingerichtete, ausgenommene, gekochte und servierte Hühner später wurde Dr. von Neumann Opfer der Gamma-Strahlung oder eines Hochgeschwindigkeits-Neutrons, das aus dem Blei in Los Alamos oder Oak Ridge oder irgendeinem anderen verdünnten Reaktor ausgetreten ist, und jetzt steckt der Krebs in seiner Leber wie ein lebendiges Stück

Kohle, und Rev Trickler ist jetzt Kongreßabgeordneter. Trickler, der seine Hosen hoch und seine Kragen eng trägt, über den Kommunismus herzieht und sagt: »Diese *National Foundation of Sciences* wird nie auch nur einen Penny aus öffentlichen Geldern erhalten« – was Ike dankbar ignoriert.

»Ich könnte Sie baden, wie ich meine Puppen bade.«

»Wie bitte?«

»Sie kratzen sich die ganze Zeit. Wenn ich Sie am ganzen Körper mit kastilischer Seife waschen würde, ginge es Ihnen dann nicht besser?«

»Dann ginge es mir sicher besser, oh, und im kühlen Wasser …«

Magda: *little love, little dove,* ich singe für dich. Ich singe, *little love, little dove.* Oh, es ist wahr, daß die Magyaren einst mit ihren Stimmen sogar den Himmel gerührt haben, als die Magyaren noch frei waren.

Und wenn ein Mensch stirbt, stirbt er bereits vorher Schicht um Schicht, bis es nur noch Nacktheit und das Grab gibt, und diesen Weg beschreitet John von Neumann, untersetzt und rundlich wie immer, langsam mit gelben Augen und einer Billardkugel, die an seinen Eingeweiden zerrt.

»Doktor, ich muß Ihnen leider mitteilen, daß die Wissenschaft noch nicht weit genug fortgeschritten ist, um Ihnen eine Heilung anbieten zu können.«

»Gibt es eine chirurgische Möglichkeit, Doktor?«

»Leider nein, Doktor. Es gibt Medikamente, aber diese Art der Behandlung steckt noch in den Kinderschuhen. Wir würden Sie damit wahrscheinlich nur noch kränker machen.«

»Doktor, Sie müssen verstehen, daß ich mich in einer höchst empfindlichen Position in bezug auf meine berufliche Stellung befinde. Daher muß ich Sie fragen: Gibt es heroische Maßnahmen?«

»Theoretisch müßten sich Organe transplantieren lassen. Aber das ist nur eine Theorie.«

»Warum können Sie keine Resektion der Leber vornehmen?«

»Das geht nicht. Man kann die Blutung nicht kontrollieren.«

Sechsundsechzig, 76, letzter Zug, 86, alles einsteigen, 96, Belsen, Belsen, Zug nach Belsen, Theresienstadt, Auschwitz und Biarritz …

»Also, Doktor, wollen Sie mir etwa sagen, daß ich sterben muß?«

»Ich fürchte ja, Doktor.«

Er stand einfach da und kam sich vor, als hätte er einen Tritt in den Hintern erhalten, wo er doch erst dreiundfünfzig war, und alle dachten, daß es die verdammten Gamma-Strahlen aus Oak Ridge oder Los Alamos waren, bloß weil einer von den Jungs einen Moment nicht aufgepaßt hat …

Ein amerikanischer Junge, amerikanische Aufmerksamkeit. »Aber, Doktor, ich kann nicht sterben. Ich bin zu wichtig. Das Land braucht mich. Die ganze westliche Welt braucht mich. Ich bin eine Bastion gegen die ›-ismen‹.«

»Es tut mir leid, Doktor. Wirklich.«

»Doktor, es würde dem Land dienen, wenn Sie mir soviel produktive Zeit wie möglich verschaffen könnten.«

»Natürlich, Doktor.«

Behandlungsplan: fettarme Diät, Aspirin, Novacristin; dann schlägt der Resektionsversuch fehl. Er wacht auf, kann an den Gesichtern ablesen, daß – »Prognose?«

»Radiotherapie der Bauchhöhle kann zu Komplikationen führen, da wir den Tumor nicht richtig treffen können und die Leber so verdammt empfindlich ist.«

»Wird es bald sein?«

»Nicht so schnell. Zuerst, Dr. von Neumann, werden Sie bei lebendigem Leib aufgefressen werden. Langsam. Weil Sie eine unfaßbar subtile und furchtbare Sünde begangen haben, und Gott möchte Ihnen etwas Zeit geben, darüber nachzudenken, in der Hoffnung, daß Sie doch noch den Zustand der Gnade erlangen, bevor Ihnen die Zeit ausgeht. Wenn das nicht gelingt, muß eine der besten Seelen, die je geschaffen wurde, leider vernichtet werden.«

Da standen Kinder im Mondlicht, Engel vielleicht, oder vielleicht Dämonen, die sich bei den Händen hielten und einem alten, sterbenden Mann in seiner Angst ein Lied sangen:

Did you not hear my lady
Go down the garden singing?
Blackbird and thrush were silent:
To hear the alleys ringing

Der gute alte Händel, er hatte ihn seit seiner Kindheit nicht mehr gehört! Nichts als ein Junge war er damals gewesen, ein küssender, träumender Junge. Die Reinheit ihrer Stimmen schien alle Weisheit zu enthalten.

O saw you not my lady
Out in the garden there
Shaming the rose and lily
For she is twice as fair

»John, was ist denn? Ich habe dir deinen Schal gebracht.«
»Meine Seele?«
»Deinen Schal! Kannst du nun auch nicht mehr hören, mein Schatz?«

Tho I am nothing to her
Tho she must rarely look at me
Tho I could never woo her
I love her till I die

Seine Frau blieb stehen und sah die Kinder an. »Wie wunderschön. Lieder an einem milden Abend.«
»Die traurigsten Stimmen, die ich je gehört habe.«
»Wo doch du die ganze Welt gerettet hast. Kinder, singt etwas Fröhliches für ihn!«
»Nein! Sprich nicht mit ihnen!« Er wedelt mit seinen dicken

Armen. »Nein, hört nicht auf sie. Bitte, mein geliebter Schatz, geh zurück ins Haus.«

Ein gewaltiges Gewicht senkt sich aus der Schwärze des Himmels auf ihn herab, und wieder ist er im Gift des Todes gefangen, dem Braun des Blutes und der wachsenden granitharten Faust in seinen Eingeweiden. Er faßt sich an die Seite, streckt sich und spürt das heftige Ziehen innen. Ein fürchterlicher Juckreiz ist damit verbunden, und er wünschte, er hätte etwas Creme für seine faltige Haut. Und wieder möchte er rauchen, tastet in seinen Taschen nach einer fetten kubanischen Zigarre. Es ist ein Ritual des Todes, daß man den Sterbenden den Tabak abnimmt.

Da sieht er, daß Zeit vergangen ist, auf magische Weise davongezogen ist und verschlafen wurde. Er steht nicht im Garten und betrachtet den Himmel, sondern er ist irgendwo, wo es warm und dunkel ist – ist er tot?

Nein, in seinem Bett. Und in seiner Hand liegt eine andere, weich, kühl und feucht, und sie drückt seine, als er erwacht, und für einen kurzen, süßen Augenblick versinkt er in der tiefen Innigkeit seiner Ehe. Aber die Hand erinnert eher an einen Wurm oder eine Schlange, die sogleich sein Handgelenk umschlingt, als er es merkt. Er versucht, seine Hand wegzuziehen, hört eine leise, trällernde Stimme, sieht in riesige, schwarze Ozeane, in denen die Geschichte der gefallenen Welten schwimmt. Und er sieht seinen Platz in der Geschichte und weiß, daß sie darauf warten, den Teil von ihm zu verspeisen, der sonst unsterblich gewesen wäre, so wie er eine Lammkeule essen würde.

Im gleichen Augenblick geht die Sonne auf, und die Tauben gurren, der Geruch von Kaffee und gebratenem Speck kommt aus der Küche, und das Radio plärrt: *because it's yoooooo*.

Ein Doktorand wird heute kommen und ein Diktat abnehmen. Sie hängen an den Lippen des Halbgottes. Geheim: »Es ist wahrscheinlich, daß eine Quantenbarriere zwischen Einheiten existiert, die auf einem vollständigen Mangel an Wahrnehmbarkeit beruht. Das würde bedeuten, daß die erste Schwierigkeit darin besteht, einander überhaupt zu sehen, denn wir würden aus Notwendigkeit heraus nur sehen, was unsere Erwartungen uns erlauben zu sehen, und nicht mehr. Ich spreche hier von Schwierigkeiten auf Neuronen- und Informationsebene. Wir konnten buchstäblich nicht sehen, was wir nicht erwartet haben. Ich vermute im übrigen, daß die Indianerstämme Mittelamerikas von einer milderen Form dieses Problems betroffen waren, als sie auf die Spanier trafen. Es war der Grund, warum die Spanier wieder von einer eigenartigen Passivität in ihren Armeen berichtet haben, und warum verhältnismäßig wenige Spanier ausreichten, Tausende von ihnen zu besiegen.«

»Allerdings glaube ich, daß diese Wahrnehmungsschranke sozusagen nur in doppelter Form existiert, das heißt, daß die eine Seite nicht erfolgreich sein kann, solange es die andere nicht auch ist.

Was werden wir denn sehen in Abwesenheit der Realität? Hierzu kann ich nur anführen: ›Der Schlaf der Vernunft gebiert Ungeheuer‹, denn darüber hinaus reicht unsere Erfahrung nicht.«

In der tiefsten Dunkelheit der Nacht traf Jim Forrestal in seinem von Wachposten postierten Zimmer in einem der oberen Stockwerke des Bethesda-Krankenhauses von Angesicht zu Angesicht mit dem komplizierten, summenden Grauen selbst zusammen, das alle seine Sünden im alten, abscheulichen Gesicht trägt. Jim sprang lieber aus dem Fenster in die schwarze Luft hinaus, als sich dem zu stellen ... mit ihm zu schlafen ... sich von ihm ablecken zu lassen, wo immer es wollte.

Wie können wir Mut haben, wenn wir um acht Uhr morgens solche Fantasien zusammenbrauen?

»Wie ist es, zu sterben, Pater? Wann läßt die Kontrolle nach, und wie fühlt es sich an, wenn der Aufziehmechanismus des Verstandes abläuft?

Ich fühle mich so verletzlich, verstehen Sie, wie sich die Philosophen und die Genies in den Gaskammern gefühlt haben müssen, die nackt dastehen und wissen, daß die zerlumpte Kinderbande, die sie vorher gesehen haben, schon bald die Goldfüllungen aus ihren Zähnen reißen wird ... man hat sie für diese Aufgabe ausgewählt, weil es keine Werkzeuge dafür gibt und ihre Hände so klein sind.«

»Doktor, ich kann Sie nicht verstehen. Sie sprechen ungarisch. Wenn Sie ungarisch sprechen, kann ich sie nicht verstehen.«

»Magyarisch … Es ist eine verwandte Sprache, wissen Sie, nahe der Ursprungssprache aller Arier.«

»Das bezweifle ich nicht, Doktor. Wie lautet Ihre Frage heute? Was haben Sie auf dem Herzen?«

»Wenn ich mit meiner Sünde direkt vor Gott hinträte und sie nur vor ihm ausspräche …«

»Nein, vor mir müssen Sie sie aussprechen. Nur dann wird Gott Sie erhören. Das ist das Band der Kirche, und es kann nicht gelöst werden. Sprechen Sie Ihre Sünde nur aus und bringen Sie es hinter sich. Sie haben nicht mehr viel Zeit.«

Pater Dubois wird langsam ungeduldig mit seinem ausschweifenden Intellektuellen.

Ich, der sterbende Mann, fett und aufgedunsen und gelb, den es überall juckt unter der dicken Cremeschicht, sitze hier auf dem stinkenden Stuhl im Haus, das ich bald verlassen muß: meine Kinder und Kinder der Kinder, die Generationen, die bis an die Grenze gehen werden, noch fünfzig Jahre, nicht länger, dann werden sie in der Lage sein, das Ende ihrer Tage vorauszusagen.

»Magda?«

»Magda ist tot, John.«

»Natürlich. Für einen Moment habe ich geglaubt, ich wäre wieder in unserem alten Haus.«

Aber nein, ich bin nackt, hier in ihrem sonnigen Boudoir. Der Priester ist fort, schon lange fort, und sie nimmt die Creme und verteilt sie auf meiner nackten Haut, sie, die mich all die langen Jahre gepflegt hat, die so beeindruckt von mir war, die mein dünnes, pulsierendes Geschlecht genossen hat, die unter dem Schauer meiner Küsse gelacht hat, das Objekt meiner Anbetung und Leidenschaft, die mich angesehen und das Urteil gesprochen hat, als ich mich rasiert habe: »Ist es das Licht, John, oder ist deine Haut etwas gelb?«

»Ach, gelb. Das sind die verdammten Chinesen, die uns Schwierigkeiten machen in Korea.«

»Nein, ich glaube, du hast eine Gelbsucht. Fühlst du dich wohl?«

Und dann spürte er zum ersten Mal, daß die Schwerkraft etwas mehr Macht über ihn hatte, und da war das träge Pochen in seinen Schläfen. Nein, er fühlte sich gar nicht wohl.

Aber er war trotzdem zur Arbeit gegangen, an diesem letzten Tag der Unsterblichkeit, wo sie in eleganten Formulierungen über Ungeheuer spekulierten, wo sie die Sprache der Physik benutzten, um über das Unmögliche zu plappern, das Wirklichkeit geworden war.

Er hatte ihnen eine Geschichte erzählt, die mit dem Satz anfing: »Sie haben sich immer im Wesen der Welt versteckt …«

Er hatte einmal eine Höhle im Thüringer Wald betreten – das mußte jetzt, nun, ungefähr vierzig Jahre her sein – eine merkwürdige Höhle, die einmal eine Erzmine gewesen war, wo sie schon zu Zeiten der arischen Götterdämmerung Eisenerz gefördert hatten, und vielleicht sogar schon davor, als die ersten von uns das erste Metall geschmolzen haben … es könnte durchaus die erste aller Minen gewesen sein.

Drinnen tropfte das Wasser von den Wänden, der Pfad war steil und die Wände leuchteten blau vom Licht ihrer Karbidlampen, und er und dieser Thüringer … natürlich im Ersten Weltkrieg gefallen … ein wunderbarer, kultivierter Kerl mit einer herrlich sorglosen Einstellung … sie hatten sich ein bißchen geliebt, sich geküßt, aber nur auf die Wange, wie sich das zwischen Jungen gehörte, ja, Sie kennen das, da ist nichts dabei, und dann waren sie an so einen uralten, merkwürdigen Ort gekommen, eine seltsame Kammer tief in der Höhle mit einer hohen Decke, und dann … darunter … so eine Art Trick der Erde … und waren da nicht diese blauen, leuchtenden Gestalten gewesen … Kobolde, das Volk der Minen, ja, interessant, eine besondere Lebensform vielleicht? Sie waren wirklich da, aber natürlich bestritten das die Wissenschaftler. Aber wer besuchte im Jahr 1914 auch schon Minen im tiefsten Thüringen?

Gute alte Welt, so hübsch siehst du aus im Sonnenuntergang, nie zuvor hat es soviel Eleganz oder Toleranz oder Reinheit der menschlichen Hoffnung gegeben – in den Kriegsartikeln haben wir alle Rechte darauf aufgegeben. Damals war es für einen jüdischen Jungen aus Ungarn möglich, ganz selbstverständlich ein halbes Dutzend Grenzen zu passieren, ohne daß irgend jemand etwas sagte oder ihn auch nur schief ansah. Ein Jude? Wen interessiert das schon, wir sind doch alle miteinander Europäer, nicht wahr?

Da war dieser Kabbalist aus Polen, der sagte: »Wir haben Erstaunliches vollbracht, Dr. von Neumann, fast schon Zauberei war das. Wir haben allen polnischen Juden Güte und Wohlstand gebracht, wir *Shtetler* Weisen. Aber den Schatten haben wir nicht gesehen … bis wir plötzlich in ihren schwarzen Panzern saßen und in den kreischenden Flugzeugen und erkannten, daß wir es freigelassen haben, weil wir das Finstere ignoriert haben.«

Ja, ja, hatte er gesagt und leise in sich hineingelacht. »Und was haben wir dann gezaubert – Hühner für die Kochtöpfe der Juden?«

Jetzt weiß er es: Sie haben den Dämon Kobalt herbeigezaubert. Kobalt. Kobalt-Bombe. Radioaktives Kobalt, das schrecklichste aller Gifte. Hinter dem Bleimantel, hinter dem ein Fuß dicken Quarzfenster haben sie es mit Luzifers eigener Lampe angezündet, und schrecklich blau und schrecklich hell lag es vor ihnen, das Fleisch des Dämons, den er lebendig tief im Erdreich Thüringens gesehen hatte.

Er hatte das als Geschichte erzählt, und sie hatten zugehört, die Augen schmal vor Ehrfurcht, weil sie wußten, daß sie etwas hörten, was weit über die Grenzen des menschlichen Verstandes hinausging. Und es waren solche Geschichten, die ihn in ihren Augen zum Halbgott machten – ihn, der doch nur vortäuschte, einer von ihnen zu sein.

Bin ich das? Ist dieser kleine Jancsi ein Schwindler, der sogar sich selbst täuscht? Vielleicht, vielleicht kann ich deshalb die letzte Abzweigung im Labyrinth nicht finden, die Vergebung für mein Leben.

Als er zum ersten Mal radioaktives Kobalt gesehen hatte, war er zurückgewichen, erschrocken darüber, wie sehr es der Haut der Kobolde ähnelte, die er in der Mine gesehen hatte. Das konnte nichts anderes sein als das Fleisch der Hölle.

»Es wird die Welt vergiften, *Mr. President*.«

Das *Etwas* glüht auch so finster blau. Und wie es summt, als ob es aus unendlich vielen Fliegen gemacht wäre …

Jim Forrestal stürzt zum Fenster, Jim öffnet das Fenster, Jim fällt wie ein Komet in flatternden Laken auf den Beton der Straße, Jims Blut durchnäßt sein Leichentuch.

Ich hatte das Gefühl, daß es hier war und Seelen geholt hat.

Da war etwas Schreckliches, etwas wirklich schrecklich Schreckliches; und was war mit dem Film, ein schwarzes Ei, das durchs All fliegt und diese pulsierende, brennende Gestalt verfolgt? Was war das? Was bedeutete es?

Gefangene Seelen. Gefangene Spezies. Gefangene Welt.

Das erste Treffen hatte zwei Tage nach Roswell stattgefunden. John von Neumann erinnerte sich an jedes Wort.

HST: Wir haben die Bombe.

JVN: Wir haben ein großes Problem, fürchte ich.

HST: Dann lösen Sie das verdammte Problem.

JVN: Das kann ich nicht, *Mr. President*.

HST: Sie sind doch angeblich der klügste Mann der Welt.

Wie hilflos er sich da gefühlt hatte. Und noch hilfloser heute.

»Heute, glaube ich, ist es Zeit, Abschied zu nehmen.«

»Fühlen Sie sich so schlecht, John?«

»O allerdings, sehr schlecht. Ich fürchte, ich brauche Morphium.«

Dann werden die jungen Männer mit ihren Kaugummis kommen, um ihn davor zu schützen, seine Geheimnisse auszuplaudern. Es war geplant, ihn am Schluß allein in einem schalldichten Raum einzusperren, damit niemand mit seinem Wissen infiziert werden konnte. Nein, er würde es mit ins Grab nehmen, mit den Dämonen davongehen und die Tür zur Hölle hinter sich zuziehen.

Dann würde Amerika nicht plötzlich vom Wissen gelähmt sein,

sondern sich unendlich langsam und geduldig dorthin arbeiten und hoffentlich erst dann dort ankommen, wenn ein Mittel des Schutzes gefunden war. Wenn sein Wissen irgendwie aus dem Raum entkäme – nun, dann wäre das das Ende der Welt.

Du hast sie ans Tageslicht gebracht mit deinem Atom-Unsinn. Um die Zivilisation zu retten, hast du sie versklavt. Ah, wie schlau. Wir haben dasselbe gemacht wie die Weisen aus dem Shtetl. Indem wir die Dämonen bekämpft haben, die in die Menschen eingedrungen waren, indem wir Hitler und Tojo besiegt haben, indem wir *Uncle Joe* und den Vorsitzenden Mao in ihre Grenzen verwiesen haben, haben wir sanften, musikalischen Völker des Westens erreicht, daß sie mächtiger denn je aus der Finsternis der Nacht kommen und uns bedrohen, direkt aus der Hölle kommen sie, bereit, ihre Krallen in unsere Seelen zu schlagen. Die, die das Gute bewahren wollen, müssen daher einen Weg finden, das Böse zu besänftigen. Alles andere ist reine Arroganz. Die Arroganz Mozarts. Die Arroganz Händels. Elektrisches Licht, blaue Autos, sommersprossige Jungen, Mädchen mit weizenblondem Haar, Frauen in Sommerkleidern, Arroganz, Arroganz.

»Pater, die Kirche ist arrogant.«

»Nein.«

»Arrogant, weil sie glaubt, daß sie Sünden einfach vergeben kann. Was ist mit Hitler?«

»Wenn sein Glaube das Ausmaß seiner Sünden erreicht hätte, dann wäre er von ihnen reingewaschen worden.«.

»Aber er ist nicht von ihnen reingewaschen worden.«

»Das weiß nur Gott allein.«

Was werden sie in tausend Jahren über unsere Zeit sagen? Es war die Zeit der Musik und der Wissenschaft, die Hauptprodukte dieser Zivilisation. Vor der Blütezeit des Westens hat es wenig Musik gegeben, das merkwürdige myxolydische Geklimper der Griechen, die langen, trauernden Hörner der Römer, die komplizierten Klanggebilde Chinas. Aber dann kamen plötzlich fünf Jahrhunderte der Musik und des Denkens, und mit der Erforschung der natürlichen Welt war die Erfindung von immer neuen Musikinstrumenten auf eigenartige Weise gekoppelt. Aber es fehlt der letzte Akkord zur Einheit, sowohl die Musik als auch die Wissenschaft hat die Gelegenheit verpaßt, und daher gibt es keine Fusion von Wissenschaft und Religion, somit nutzlos für das Göttliche.

Und so steigt Gott wieder in seinen Wagen und macht sich auf zum nächsten Ort, dem nächsten zufälligen Planeten voller heulender, verzweifelter Affen ... und die nächste Entscheidung steht an: Entwickeln oder vernichten?

»Hat Gott uns verlassen, Pater?«

»Nein.«

»Wie können Sie sich da sicher sein?«

»John, man glaubt etwas, weil man mit dem Intellekt verstanden hat, daß es wahr ist. Der religiöse Glaube ist die gleiche Wahrheit, die mit dem Blut fließt. Mein Blut gibt mir die Sicherheit.«

»Aber was, wenn Sie sterben und Christus nicht da ist? Keine heilige Jungfrau Maria, kein Himmel, nichts so, wie Sie es erwartet haben?«

Im Zorn und in Liebe hat uns Gott den Kobolden überlassen, dieser kindliche Gott, der in seiner Suche nach Gesellschaft einen gesamten Kosmos erschaffen hat ...

O Dionysos, mein Geliebter, du süßes, unsterbliches Tier in der Gestalt eines Kindes ... den Petronius Arbiter und William Blake in Ansätzen verstanden haben und vollständig Dr. John von Neumann, von dem man sich erzählte: »Er hat alles verstanden, was immer man ihm auch angetragen hat.«

Und er wandelte in der Vergangenheit und der Zukunft und versteckte sich vor der kaugummikauenden Horde mit ihrem Baseball und ihren silbernen Bomben, ihren dummen Taschenbuchromanen und ihren elektronischen Zaubermätzchen – das Fernsehgerät, was für ein Wunder – ihrem *Texaco Star Theater*. Seht die USA in eurem Chevrolet, Amerika, das größte Land des Todes, und Beulah, die schwarze Magda im Hinterzimmer, wo der glückliche Neger gezwungen ist zu lächeln und zu tanzen.

Tanzen. Ja, Magda schrieb: »Sie haben uns heute tanzen gemacht. Wir waren im Hof und etwas ist schiefgelaufen, ich nicht weiß, und plötzlich wir alle tanzen. Wir tanzen. Die Gräfin unsere Tänze nicht kennt und tanzt Walzer – und sie ist so dünn – in der Kälte, die auf der Haut beißt – seidenene Spitze sie trägt – und dann um vier, ich glaube, haben sie eine Fuhre Kartoffeln entladen, und die Kinder haben sogar die Würmer mitgegessen – o mein Jancsi, ich dies nur schreibe, weil ich die besondere Jüdin von Theresienstadt bin, die mit Papier, eine Herzeigejüdin, die sie herschleppen, daß sie für Rotes Kreuz lächelt, aber wenigstens ich konnte ihnen dieses Stück Papier für Amerika mitgeben. Ich sage, du mein Sohn, verstehst du – wir geben es nur an Verwandte weiter, sie sagen, sonst niemanden – und ich will ihnen sagen, daß diese Nazisäuberung von Juden nicht so gut ist. Ich bin hier mit alles deutsche und französische Juden, weil du einen so einen feinen Namen hast, und sie wissen, daß du berühmt in Amerika, da wollen sie mir nicht viel weh tun.«

Wie wäre es gewesen, wenn sie sie einfach mitgenommen hätten, als sie fortgingen? Aber nein, sie blieb zurück, um sich um das Haus zu kümmern, und sie mußten ein paar herrliche Tage dort verbracht haben, Magda und Pyotr, mit all dem Champagner, dem Kaviar und dem Cognac, ein paar Flaschen noch aus der Zeit vor dem Ersten Weltkrieg, den sie zurückgelassen hatten, ja sie sind satt geworden, und sie brauchten nur ein bißchen Kohle für die Küche ... bis die Soldaten kamen, er hatte Filme darüber gesehen, o Gott, wie furchtbar, und jetzt diese Briefe und Fotos zu haben, welche entsetzliche Qual, in ihrem Bemühen hatte sie ihm die schlimmste Strafe auferlegt –, die er als Junge immer verdient hatte, als er dieses verfluchte Huhn seziert hatte und Blut auf ihr Nähzeug gekommen war, da hatte sie ihn mit ihren riesigen Dienstbotenhänden gepackt und umgedreht, und dann lernte er, wie die Bauern bestraften, und ach, wie sein Vater gelacht hatte, als er die tränenreiche Geschichte hörte ... O Mag, hast du ihm eine ordentliche Tracht Magyarenprügel versetzt? Gut, gut! Ha, ha. Was für eine Überraschung das gewesen war, ihn darüber lachen zu hören, daß ein Bauer den Hintern eines ›von‹ mit dem Riemen bearbeitet hatte. Er hatte geglaubt, sie würden sie dafür köpfen, ja vor dem Kaiser denunzieren wollte er sie dafür. Ha, ha, wenn er wieder was anstellt, gib ihm nur noch eine! Gut! Gut!

Wie ordentlich er von da ab mit ihr umgegangen war, nicht länger ihr hübscher adeliger Herr, sondern nur ein weiterer bitterer, nüsseknackender, schwitzender Bauernjunge, den man umdrehen und versohlen konnte. Keine Streiche mehr auf ihre Kosten. Ach, aber wieviel aufrichtige Liebe es in diesem Haus gegeben hatte.

Er hatte Filme gesehen, in denen Jüdinnen nackt auf der Straße zusammengetrieben worden waren, feine, gebildete Frauen, die Arme um ihre Brüste geschlungen, die bebten wie Gelee – o Gott – und die Männer mit entblößtem, beschnittenem Penis, und die teigig-fahlen Gesichter der Menge, die lachend und spottend auf sie zeigten.

Wo waren die Kinder Schillers, wohin gingen sie, wie konnte es sein, daß sie niemals den finsteren Wäldern des Vercingetorix entkommen waren, welch furchtbarer Fluch lastete auf ihnen?

Er hatte sich gewünscht, von Herzen gewünscht, daß Berlin länger standhielt als Tokio, denn dann hätte Harry sicherlich eines ihrer kleinen semitischen Eier auf Adolfs verfluchten Kopf fallen lassen. Ja, die dummen Semiten mit ihrer idiotischen Wissenschaft. Hitler hatte gesagt: »Ich neige zu der Ansicht, daß die Welt von Eis umgeben ist …«

Er hatte sein eigenes Forschungsprojekt mit schwerem Wasser abgebrochen, hatte es nicht verstanden in seinem instinkthaften, grausamen Bauerngehirn. Er war kein Roosevelt oder Harry oder Ike, die verehrten, was sie nicht verstanden.

O du großartiger Mann. Was hast du getan mit dem schweren Wasser, das sie für dich hergestellt haben, du elender süddeutscher Bauerntölpel, hast du es getrunken? Oder es dir mit einer Klistierspritze verabreichen lassen? Du Teufel, der du meine arme, dicke Mag umgebracht hast …

Die Hälfte der Welt stirbt im Schrecken, die andere in Verwunderung. Im Tod steckt eine verborgene Sinnlichkeit. Vor langer Zeit schon hatte er das gesehen, als er als Junge zu einer Hinrichtung gekommen war – irgendein rauher Bandit in einer rumänischen

Festung, einer kleinen Stadt – sie zogen ihn hoch, und sein Penis wurde steif wie ein Stock, während er dort zappelte und schwarz anlief ... Penis und Zunge, beides streckte er heraus ... was für eine grauenhafte Erinnerung, sich in den Kopf eines sterbenden Mannes einzuschleichen ... was, wenn meine Töchter um mich sind und ich in diesen Zustand gerate? Aber nein, in mir stecken zu viele Geheimnisse, ich vergesse, daß ich allein sterben werde, nur die Kaugummijungs und ihr Baseball, die dreimal rasierten Joes und Mikes, die, die für allerhöchste Sicherheitsstufe zugelassen sind, werden bei mir sein, was für ein Unsinn – was wollen sie in einer Republik schon anfangen mit all diesen Geheimnissen? Ich werde allein sterben; nur ein einzelner Sanitäter wird meine panische Angst und meine Selbstverleugnung miterleben ... und dann wird am Ende auch er mich verlassen.

Ike, dieses besondere Lächeln – erkennen sie nicht die Gewalttätigkeit darin? Sehen sie nicht, wie hart der Mann ist? Nein.

Erstaunlich. Er geht hinaus und spielt Golf. Wie kann man nur Golf spielen, wie diese unfaßbare Langeweile aushalten? Er spielt Golf, ißt Hamburger und liest diese eigenartigen Bücher über Cowboys. Wie weit ihm Stalin intellektuell überlegen ist. Aber wahnsinnig, Gott sei Dank ...

Ach, was macht das schon? Nur die tieferen Geheimnisse zählen, die, die so furchtbar sind, daß ich sie ständig vergesse. Du wachst auf in der strahlenden Sonne, die Vögel singen, und die Luft riecht herrlich, und dann spürst du das schmerzende, übelkeiterregende Gewicht, erinnerst dich an dein braunes Blut und die Geheimnisse und den Granitpfropfen in der Leber und an die Gammastrahlen, die ihn erzeugt haben, als du das Kobaltfleisch des Dämonen angesehen hast, das Kobalt, das dich am Ende umbringen wird, weil du es in lebender Form in einer Mine gesehen hast ...

Das ist etwas, das noch nicht einmal Einstein verstehen könnte. Es würde seine Welt vollständig auf den Kopf stellen. Aber er täuscht die Weisheit nur vor, er täuscht sie nur vor.

Ich bin nicht weise, dafür bin ich zu intelligent. Ich weiß zu viel, um irgend etwas anderes zu empfinden als blankes, panisches Entsetzen.

O Mag, bitte sei da für mich auf der anderen Seite. Mag, bitte nimm mich auf deinen breiten Schoß und sing, ja, die alten, alten Lieder – Titel, Worte, Namen weiß ich keine mehr – aber die aus den Tagen deiner Milch, o Mutter Mag.

»Immer wieder denke ich an dich, meine Magda.«

»John, du erinnerst dich jetzt an so vieles. Das ist gut. Du hattest vorher nie Zeit für Erinnerungen …«

»Bevor ich im Sterben lag.«

Sie nickt, aber sie sieht ihn nicht an. Sie krampft die Hände ineinander. Sie hat geflüstert: »Gnädige Mutter Gottes, erhalte ihn und reinige ihn von dieser schrecklichen Krankheit.« Sie haben über Lourdes gesprochen. Ja, und hier sitzt er, einer der größten Köpfe seiner Zeit, Physiker, Mathematiker und Theoretiker, einer, der sicherlich nicht auf die Rosenkränze und den ganzen Mumpitz hereinfällt – aber pflanzt einen Tumor in seinen Bauch, und schon rennt er nach Lourdes.

Vergebt mir Pater, denn ich habe gesündigt, ich habe eine gute Frau zurückgelassen, die dann von den Deutschen auf schreckliche Weise ermordet worden ist, und ich habe es ohne Grund getan, nur weil ich egoistisch an einem alten Haus gehangen habe, das ohnehin verloren war. Vergebt mir Pater, denn ich habe auch die Frucht vom Baum der Erkenntnis gegessen – vergebt mir – die von ganz oben, die Eva entgangen ist. Ja, und ich habe entdeckt, daß da Maden unter der Oberfläche sind, die darauf warten, daß eine schwere Seele so wie meine daherkommt, die der Oberfläche müde ist und einsinkt in die Tiefen der unsterblichen Qual. Und jetzt sind sie auf der Oberfläche freigelassen worden und wüten in den Häusern der Unschuldigen, wie ich mit meinen Bomben deine heilige Mauer zerstört habe, o mein Gott.

Pater Dubois: »Entschuldigen Sie, John, aber Sie sprechen schon wieder ungarisch. Sie sagen, Sie haben eine Bombe gemacht? Was für eine Bombe?«

»Pater, ich bin verzweifelt, Sie müssen mir die Absolution erteilen, verzweifelt, weil ich gesehen habe, weil ich gesehen habe, was sie tun, was sie – ich bin in den Kammern der Hölle gewesen, Pater …«

»Ja, sprechen Sie weiter.«

»Ich habe die schwerste aller Sünden begangen, ich habe das Feuer hinter dem Feuer gestohlen, das Feuer, das selbst Prometheus entgangen ist. Ich habe Gottes eigene Seele gestohlen und daraus eine Bombe gemacht, Pater, ich habe sie gestohlen und in eine Bombe verwandelt und Angst und Schrecken in der Welt verbreitet, Pater.«

»Noch etwas?«

»Wie meinen Sie das, Pater?«

»Irgendwelche anderen Sünden? Haben Sie vielleicht am Freitag Fleisch gegessen, während Sie mit Ihrer Bombe herumgespielt haben? (Mit gedämpfter Stimme) Oder haben Sie sich vielleicht berührt?«

»Fleisch … ja … natürlich … Tausende Male. Ich war lange Agnostiker, verstehen Sie?«

»Ah, Agnostiker, die gibt es nicht. Es gibt nur Katholiken und Heiden. Diese feineren Unterscheidungen sind einfach Unsinn. Nun, da haben wir also ein paar richtige Sünden. Sünden, die Gott vergeben kann. Am Freitag Fleisch gegessen, haben Sie das? Nun, wir wissen, daß der Heilige Vater das verboten hat. Es ist eine Todsünde.«

»Pater?«

»Ja?«

»Ich glaube, daß ich die Menschheit vernichtet habe.«

»Ah, selbst wenn, dann war es Gottes Wille. Aber beten Sie drei Ave Maria für das Fleisch am Freitag … *ego te absolvo* … geht hin und sündigt nicht mehr …«

Er schrieb an Bischof Pearsall: »Ist es möglich, einen Priester zu finden, der für die höchste Staatssicherheitsstufe zugelassen ist?« Und dann an das Verteidigungsministerium – an den neuen Minister, Jim Forrestal war schon lange tot – noch einmal dasselbe. Aber es gab niemanden.

»Meine Frau, ich möchte zu Euren Füßen niederknien.«

»John?«

»Ich möchte es, um um Vergebung für meine Sünden zu bitten.«

»Der Priester …«

»Hat nichts damit zu tun. Du bist Gott näher. Bei dir zu sein, ist, wie bei Gott zu sein. Der Koitus ist der heiligste und andächtigste Moment.«

Sie errötet in ihrem üppigen, weißen Nachthemd und setzt sich in den geraden Stuhl an den Tisch und erhört sein Flehen. Ein kranker, nackter, alter Mann kniet zu ihren Füßen nieder und legt den Kopf auf ihre Knie, und als sie seinen kahlen Kopf berührt, bringt sie es irgendwie fertig, ihm seine Würde zu bewahren. »Wir hatten so ein herrliches Leben«, sagte sie. Dann in der Sprache der Magyaren: »Die Blumen lächeln noch immer.«

Er fühlt den Trost ihrer singenden Stimme, spürt ihre ruhigen Hände auf seinem Kopf und sieht an ihrer Sanftheit und Vornehmheit, daß dieser Gott, den er für sich erfunden hat, wirklich mitfühlend ist …

Und dann weiß er, daß sie nicht sie selbst ist.

Und dann weiß er auch, daß dies nicht die Knie seiner guten Frau sind.

Und er hört das Summen, das gierige Lied der Bestie.

Und er weiß, daß der Herr der Fliegen seine Frau ist, und er kniet nackt und flehend zu Füßen der Hölle.

Er konnte nicht aufspringen, dazu fehlte ihm jetzt die Kraft, aber statt dessen beugte er sich zurück und sah kurz die schwirrenden, blauen Fühler und sein eigenes fahles, entsetztes Spiegelbild in den uralten Facettenaugen des *Etwas*. Und dann war sie da, kam über *Es* wie geschmolzenes Wachs, und der Körper und das Gesicht seiner Frau verdeckten *Es*, bis er seine Hand ausstreckte und mit zitternden Fingern ihren Nacken berührte, das sanfte Pochen ihres Pulses spürte … aber er wußte natürlich, daß es nicht ihrer war.

»Du kannst mir deine Sünden gestehen, John«, sagte sie mit samtweicher Stimme. »Komm, mein Mann, du kannst es.«

Er war so entsetzt, daß er sich nicht bewegen konnte, er kniete wie erstarrt und wußte, womit er all die lange Zeit verheiratet gewesen war, Kinder gezeugt hatte, seine Lust befriedigt hatte, mit etwas … Grauenhaftem.

Sie streckte die Hand nach ihm aus. »Warum weichst du zurück, John?« Das Lächeln eines Mädchens. »Vor mir brauchst du keine Angst zu haben.« Der Klang ihrer Stimme war menschlich, so sanft und so unendlich liebevoll, daß er entwaffnet war und den Kopf wieder auf ihre Knie legte und murmelte:

»Etwas ist hier, etwas Grauenhaftes, das droht, uns alle zu vernichten, wenn wir *Es* dem Rest der Menschheit offenbaren.«

»Das ist die Krankheit.«

»Sicherlich, die Krankheit des Universums. Gottes Universum, verlassen und unrettbar erkrankt, eine unvorstellbare Zahl von verfaulenden Sonnen, ein schrecklicher Fehler, eine Wüste von gemordeten Welten.« Er vergrub sein Gesicht in ihrem Spitzennachthemd. »Und wir – ich habe es getan. Ich habe die Welt ermordet.«

»O John, das ist doch keine Sünde. Was hast du getan, hast du es mit den Mädchen gehabt? Oder mit den Jungen, John, das verstehe ich. Ich weiß, wie das passiert, ein kleiner Unfall, weiter nichts. John, du darfst dich nicht davor fürchten, diese Sünden auszusprechen, bevor du stirbst. Nein, ich werde dein Priester sein, ich werde dir Absolution erteilen im Namen der heiligen Jungfrau Maria, ich werde dir vergeben.« Sie drückte ihm die Hand auf die Wange; er roch den süßen Geruch ihres Nachthemdes. »Noch bevor ich es weiß, vergebe ich dir.«

»Ich wollte … Dionysos.«

»Einen jungen Mann?«

»Nein, nein, einen Gott. Einen Gott, verstehst du? Ich habe mich verliebt – ein Kind mit dem Körper eines Mannes und der Weisheit der Jahrtausende.«

»Das Christuskind?«

»Wildes Kind. Kind der Wälder und der reißenden Ströme, Kind der wilden Lebenslust. Das – hab' ich – einmal – geliebt – in Thüringen … in einer Mine … o Gott, in einer Mine …«

»Das kann ich nicht verstehen.«

Plötzlich hob er den Kopf von ihrem Schoß. Er kniete und sah sie an und faltete die Hände. »Ich habe am Freitag Fleisch gegessen, bitte, meine Geliebte, vergib mir.«

Sie lächelte sanft. »Ich kann nur die Sünden des Herzens vergeben. So etwas kann ich nicht einmal verstehen. Ist das eine Sünde in der amerikanischen Kirche?«

In Gedanken wollte er darüber lachen, wie idiotisch er wirken mußte, ein fetter, gelber Mann auf knotigen Knien, und sein riesiger alter Schlong, der ihm fast bis zu den Knien hing. Er konnte seine Geheimnisse nicht gestehen, weil niemand sie begreifen konnte. Der Graben zwischen seinem Wissen und ihrer Vorstellung von der Welt war einfach zu groß. Sie konnten das Wesen der Nichtunterscheidbarkeit nicht verstehen, und daher auch nicht, was er angerichtet hatte, daß er der verlorenen, amorphen Realität des Dämons plötzlich eine reale, feste Gestalt verliehen hatte.

»Komm.« Sie stand auf, zog ihn auf die Füße, und gemeinsam gingen sie ins Bett. Sie trug den Kopf stolz, und sie behandelte ihn mit soviel Würde, soviel Ernst, und er tat so, als hätte er nicht gesehen, wie sie vor Ekel erschauerte, als er ihre süße Haut küßte.

Sie legte seine Hand auf ihn und sah hinunter, und ihre Wangen röteten sich. Sie waren nie so direkt miteinander gewesen, nie so unverblümt, und er schämte sich, daß es heller Tag war, was sie nicht sehen konnte. Aber sie sah es, sie blickte auf seine nackte, erigierte Spezies, wie damals beim Gehängten. »John«, sagte sie und fuhr mit den Fingern über den Schaft, bis sie die nackteste Stelle berührte, wo das Fleisch aus der Tiefe seines Körpers austrat.

Er zuckte und verbannte die Tatsache aus seinen Gedanken, daß *Es* anwesend war, denn *Es* war ganz nahe, durch Milliarden Türen versuchte *Es* in die Welt einzudringen. Denn das war es, was die Menschheit in Wirklichkeit war, eine gewaltige Ansammlung von Gängen und Türen – bereit, geöffnet zu werden, bereit, die finstere Flut in das süß-erleuchtete Haus Gottes einzulassen.

Halbgötter wissen so etwas; anders als Menschen sind die

Halbgötter dazu verdammt, selbst die Konsequenzen von solchen Handlungen zu tragen, die sie nicht verstehen. In diesem Sinne war Ödipus ein Halbgott, weil er die Konsequenzen von Vorgängen tragen mußte, die sich seiner Kontrolle entzogen. Und ebenso John von Neumann, der leiden mußte, weil er das tragische Schicksal seines eigenen Verstandes erfüllte.

Sie zog ihn zu sich hin und legte ihn aufs Bett. Sie ließ ihr Kleid fallen und wartete, daß er sie ansah, ihre weichen, lächelnden Lippen und die Augen des sanften Wesens aus Gottes eigener Rippe, die Umrisse ihrer Brüste und ihre perfekte, irdische Rundung, ihre süßriechende von den Babys gedehnte unvollkommene Haut und auch den Venushügel und das Geheimnis darin.

Aber er wußte und konnte der Erkenntnis nicht entfliehen, daß darin unter der Hülle der Anmut und Würde die versammelte Wut der Hölle summte.

»Oh, sieht das gut aus«, sagte sie und war in diesem kurzen, winzigen Augenblick glücklich, glücklich mit ihm.

Und durch ihren Zauber waren sie wieder jung.

Und der Tod war weit weg.

Und der Himmel war leer bis auf die Sterne.

Enola Gay war noch Erz in der Tiefe Thüringens, und die Nation der Glücklichen hatte die Welt noch nicht mit ihren Flugzeugen und Bomben angefüllt.

Und Adolf Hitler war ein saufender Bauer, und Albert Einstein war ein Schweizer Büroangestellter und dann, oh, dann leuchtete sie wie ein Stern und warf den Kopf hin und her vor Freude, und er sah das Mondlicht in ihrem Haar.

Nein, das Sonnenlicht. Sie hing über ihm, eine liebe alte Krähe von Frau, wippte auf ihm auf und ab und warf lachend den Kopf hin und her. Er war schnell fertig, er hatte keine Kraft mehr, und dann schlug sein Herz, als ob es zerplatzen wollte, und in seinen Schläfen knirschte es, und sein Magen hob sich, aber er konnte nichts tun, als den Kopf zur Seite drehen und einen weißen, bitteren Schaum herauswürgen.

Und so verließ ihn die Anmut des Fleisches für immer. Sie

erhob sich von ihm und warf den Kopf in den Nacken wie ein stolzes, aufregendes junges Ding und begann, ihn mit einem kühlen Tuch und zwei rosa Handtüchern zu säubern. »Bitte sehr, mein Schatz, nun bist du auch nicht klüger.« Sie ging ins Bad, und er sah, wie sie sich auf die Toilette setzte und weinte, während das zweifellos Letzte ihres Mannes aus ihr herauslief.

Er lag so still wie möglich da und wünschte sich, daß sein Herz jetzt in diesem Augenblick zerriß, ein perfektes Ende. Aber nein, es schleppte sich mühsam weiter. Er kämpfte mit seinem Magen und atmete tief ein, spürte abwechselnd die Übelkeit und die lähmenden Kopfschmerzen. Von der Übelkeit über die Kopfschmerzen zur Erinnerung:

Er hatte es sofort gewußt, im Augenblick des Telefongesprächs. »Doktor, hier spricht *General* Roger Remy, und ich möchte der erste sein, der Sie darüber informiert, daß die *Eighth Air Force* eine fliegende Untertasse und die Überreste von drei Außerirdischen hat.«

Wie dumm sie waren. Außerirdische. Diese Leichen ohne Organe mit nur rudimentären Luftröhren konnten nicht sein, was sie schienen. Die *Air Force* und all die anderen, die dachten – sich einbildeten, diese armseligen Narren –, daß das tatsächlich etwas anderes als ein grausamer, schlauer Witz war. Er hatte gespürt, daß *Es* kommen würde, daß der Dämon kommen würde … aber wie schlau dieser Plan war.

Das Erscheinen der fliegenden Untertasse war der Anfang vom Ende des Menschen. Er sah es als einen Riß in der Vernunft, einen Riß im Deich, den Beginn des Chaos, den die Geschichte und die Liebe und die Hoffnung in eine dunkle Ecke verbannt hatten.

Zuerst waren alle in heller Aufregung gewesen, geradezu in Hochstimmung – man plante, nach Neu Mexiko zu gehen und die ›Außerirdischen‹ zu treffen; mit ihren Fahnen und ihren Träumen wollten sie dorthin, sogar der Präsident. Diese Narren hatten Ausschüsse gebildet und Forschungsgruppen, und Jim Forrestal und Harry Truman hatten strenge Sicherheitsmaßnahmen angeordnet, um den Wissensfluß zu kontrollieren, und oh, die Tage waren voller Gold und Verheißung.

Für sie, für die Narren. Er war auf direktem Wege zu Pater Dubois und in die Kirche gegangen, er war zurückkehrt in ihren Schoß, ja, seine Tage als Agnostiker waren vorbei. In der Messe war er niedergekniet und hatte gebetet, Jesus und Maria, schützt dieses Kind, euer Kind vor dem, was er in seinem Unwissen entfesselt hat. Jesus und Maria, weist mir den Weg zur Vergebung.

Dann waren *sie* gekommen und hatten auf schlaue Weise Minister Forrestal um Mitternacht gefunden und ihn aus seinem Körper herausgeschält, wie man das Fruchtfleisch aus einer Frucht entfernt, und er sah sie, wie sie wirklich sind, und in nur einem Tag war er vollkommen wahnsinnig geworden. Er hatte Tagebücher geschrieben, und Truman hatte gefragt: »Soll ich sie lesen?«

»Verbrennen Sie sie, *Mr. President*, mit Euren eigenen Händen, gleich dort in dem Kamin. Öffnet sie nie wieder. Verbrennt sie.« Er wußte natürlich, was darin stand: die Alchemie, die die Grenzen der Welt auflösen würde. »Verbrennen Sie sie und töten Sie jeden, der davon weiß. Mich. Sie selbst.«

Wie Truman da gelacht hatte, bis seine kleinen Brillengläser funkelten und seine Wangen ganz rot wurden. Truman, der nach Badesalz roch. Der kleine Mann mit den präzisen, nervösen Händen. Truman, dem man das Recht übertragen hatte, die beiden wichtigsten menschlichen Entscheidungen zu treffen: die Bomben zu werfen, die sie hereinließen, um dann ihre Anwesenheit zu verbergen.

Ein Tag verging, einer dieser zeitlosen Tage, die es im Leben von Todkranken gibt, in denen der Körper in einem unendlichen, unveränderlichen Nebel zu schweben scheint, der noch nicht der Tod ist, gerade noch nicht.

Dann dauerte es noch zwei Tage, die er im Bett blieb, von dem er sich nach dem Koitus nicht mehr erhob. Sie wusch ihn und gab ihm die Bettpfanne. Er war jetzt vollkommen hilflos. Er hätte nicht aufstehen können, selbst wenn er gewollt hätte.

In der Nacht hatte er einen eigenartigen Traum gehabt, von unschuldigen Kindern, blond und bleich und grausam, die für ihn im Misthaufen einer Scheune Platz gemacht hatten. Er hatte zuerst nicht verstanden, warum man einen Doktor in einer Scheune unterbrachte, bis er seine eigenen Spuren sah und ihm klar wurde, daß er ein Schwein war, ein fettes Schwein, und er sah, daß er gestorben war und sich in dieses schmutzige Vieh verwandelt hatte, für das Essensreste, ja sogar sein eigener Kot herrlich rochen. Ihm wurde klar, daß die tanzenden Kinder ihn mästeten und daß er den Speckschwarten und gekochten Karotten, die sie ihm zuwarfen, nicht widerstehen konnte, obwohl er das kühle Interesse in ihren Augen sah.

Sein Schweinekörper war so unglaublich lebendig, daß er sich vorkam wie ein Halbgott auf winzigen Hufen. Wenn er aufschrie, klang es wie ein Lied – ein hehres Lied – wie ein geheimnisvoller, uralter Zauberspruch. Er war mächtig im Reich der Schweine, der Glorreiche, der König, der Empfänger des feinsten Futters. Er liebte ihre langen Arme und rundlich weichen Hände, aber nicht ihre tiefen, dunklen Augen – nein, die Augen öffneten sich ins Unbekannte – aber sie bedienten ihn in ihren Shorts und Stiefeln, die Mädchen mit gestärkten Schürzen.

Wenn ihre Hände ihn berührten, spürte er eine bedrohliche Elektrizität, als ob sie aus züngelnden Flammen bestünden. Er sang sein Lied, hob die Augen, aber seine Diener waren zu seinen Herren geworden, und plötzlich war da eine gleißende Hitze in seinem Hals, und Blut strömte, und dann schrien sie selbst vor Freude, und er hörte die Melodie und war tot.

Als er von seinem Tod erwachte, war er in einem weißen Raum, und um sein Bett herum standen Männer.

Die sich sanft von ihm verabschiedeten.

Bis zum Schluß habe er gearbeitet, sagten sie.

Er sei ein vornehmer Mensch gewesen, sagten sie.

Er sagte: »Aber ich bin ein Schwein.«

Sie sagten: »Dieser junge Mann wird bei Ihnen bleiben.«

Da war ein junger Mann in der Uniform der *Air Force*, ein rotwangiger Junge, der unweigerlich nach Fruchtkaugummi und Zigaretten roch.

»Guten Morgen, Sir«, sagte er. »Ich werde hier sein bis zum Ende.«

Bis zum Ende! Wo ist meine Frau? Meine Frau?

Sie wird draußen warten. Und meine Kinder? Draußen.

Das Geheimnis, John. Vergiß nicht, was auf dem Spiel steht.

Oh, Gott – wenn wir es ihnen verraten, dann ist das das Ende: Die Menschheit wird verschlungen. Aber was macht das schon? Selbst wenn wir es ihnen nicht sagen, werden sie heimlich verschlungen werden.

»*Devoured, devoured**, wie ist die Etymologie dieses Wortes in der englischen Sprache, Gentlemen? Kommt es nicht aus dem Lateinischen, von *devorare*, verwandt mit *devout***?« (Er sieht sie an, sie verstehen gar nichts) »*Devorare, devotate* – eine Frage der Endung, verstehen Sie?«

Nein, sie verstanden es nicht. Ihre Gedanken drehen sich nur um Waffen, ums Kämpfen, aber man kann keine Bestie bekämpfen, die die Welt durch zwei Milliarden von Türen betritt – und sogar noch mehr, o mein Gott, je mehr Zeit vergeht. Mehr und mehr Türen. Sie glauben, sie haben es mit etwas Gewöhnlichem zu tun, aber daran ist nichts Gewöhnliches.

»Wenigstens kann *Es* die Würde der Quantenwelt im Makrokosmos erhalten, verstehen Sie das?«

Verständnislose Gesichter, Köpfe bewegten sich, wurden mit einem Ausdruck von falsch empfundener Traurigkeit geschüttelt.

»Ich kann nicht sterben, Gentlemen, solange niemand außer mir das versteht!«

Der junge Mann lächelte. Er legte eine Hand auf von Neumanns Stirn. »Fieber«, sagte er.

»Wie alt sind Sie?«

»Neunzehn, Sir?«

»Ein Leutnant, so jung ...«

»Ich komme von der Akademie.« Sicher hatten sie ihn wegen seiner vollkommenen Unwissenheit ausgewählt und ihm bei Todesstrafe verboten, jemals einer Menschenseele zu erzählen, was er hier hören würde.

Er kämpfte mit den Laken und sah sich wütend um. Endlich fand er den Minister. »Was soll das? Wo ist *Colonel* Ford?«

»Erinnern Sie sich: ›Der geringfügigere Mensch ist im großen und ganzen der zivilisiertere‹?«

»Ah, Veblen. Ich glaube, daß ich diese Ansicht teile.« Das war natürlich der Grund, warum man den *Colonel* durch den jungen Mann ersetzt hatte. Er sah von einem Gesicht zum anderen. Verteidigungsminister, die Minister der *Army*, *Navy* und der *Air Force*, die jeweiligen Stabschefs standen gehorsam dahinter wie kleine Soldaten. »Wo ist Ike?«

»Ike ist in der Wüste.«

Er winkte ab, weil er nicht wollte, daß der Junge mehr hörte. »Niemand hat verstanden, was ich gesagt habe – über die Endungen? Nein, sieht nicht so aus. Dann schickt mir Wiener, schickt mir Pauli. Sie würden es vielleicht verstehen.«

Stille. Sein junger Pfleger legte ihm ein kühles Tuch auf die Stirn. Im Glanz seiner frischen Augen erkannte von Neumann die Wahrheit von Veblens Konzept: Die Ignoranz des Jungen war tatsächlich eine Form von Frieden, tatsächlich zivilisiert, und sie hatten recht, ihn herzuholen.

»Schicken Sie mir jemanden. Irgend jemanden. Oder versuchen Sie doch wenigstens, es zu verstehen.«

Langsam wie alte Frauen eine Kirche verließen, verließen die mächtigen Herren das Zimmer.

»Ihr dürft nicht kämpfen«, rief er ihnen nach und richtete sich halb auf in seinem Bett. Dann hob ihn der Junge in die sitzende Position. »Daß ihr nur ja nicht kämpft!« Eine erhobene Hand winkte … als ob sie ihn fortwinken wollte. »Ihr dummen Amerikaner, hört zu!«

Er wand sich verzweifelt in seinem Bett, aber sie blieben nicht stehen.

Dann verließ ihn sämtliche Kraft. Er sank dem Jungen in die Arme.

»Das Teer Baby. Das Teer Baby.«

»Sir?« Der Junge legte ihn zurück aufs Bett.

»Das Teer Baby.«

»Ja, Sir.«

Der Junge verstand es nicht; keiner von ihnen verstand es oder konnte es verstehen. Der einzige, der es verhindern konnte, starb gerade. Er kämpfte sich durch den Tag und war vage beunruhigt, als ihn der Junge wusch und ihm die Bettpfanne unterschob. »Sind Sie auch Krankenpfleger?«

»Ich bin in der Vorklinik. Ich werde in die Höhenmedizin gehen.«

»Und Sie wissen – sind Sie für die höchste Sicherheitsstufe zugelassen?«

»Yeah.«

»Wie fühlen Sie sich, Junge? Was ist mit Ihrer Freundin? Haben Sie eine Freundin?«

»Nein, Sir.«

»Keine Kinder … Werden Sie einmal Kinder haben, Ihre Linie fortsetzen?«

»Sir, ich glaube nicht …«

»Ja, ich verstehe schon, niemand würde das, wenn er es wüßte.«

»Nein, ich meinte, ich glaube nicht, daß ich das jetzt schon sagen kann. Solange ich noch keine Freundin habe.«

»Keine Kinder. Tun Sie es nicht!«

Der Junge lächelte unsicher. »Nein?«

Von Neumann streckte die Hand nach ihm aus. »Ich bin ein Schwein. Ich werde geschlachtet!«

»Ja, Sir.«

»Gehen Sie. Verlassen Sie das Zimmer!«

Statt dessen kam der Junge näher, und in dem Augenblick verstand von Neumann, was er vorher noch nicht verstanden hatte. Es nahm ihm den Atem, zerriß sein Herz, als ihm klar wurde, daß der Junge es wußte, daß sie es alle wußten, so wie er, es immer gewußt hatten, so wie er es gewußt hatte, diese uralten Seelen, die Schöpfer der Götter und der Bomben und der Träume.

Als von Neumanns Atem aufstieg und verströmte, fühlte er die warmen Arme des Jungen, der ihn fester hielt, sah in seinen funkelnden Augen die Augen des Jenseits, spürte in der Kraft seiner Arme die Kraft der Schlange und des Engels. Und in dem furchterregenden Lächeln des Jungen sah der sterbende Mann schließlich, was es ist, das uns alle erwartet, jenseits der offenen Türen.

ELIZABETH MASSIE

Fixtures of Matchstick Men and Joo 1960

Für Amy, Kurt und Amanda

When I look up to the sky
I see your eyes a funny kind of yellow
I rush home to bed I soak my head
I see your face underneath my pillow
I wake next morning tossing yawning
See your face come peeking through my window
Pictures of matchstick men and you
Mirages of matchstick men and you
All I ever see is them and you

Status Quo: ›Pictures of Matchstick Men‹

Wenn ich in den Himmel blicke,
sehe ich deine gelblich schimmernden Augen.
Ich renne nach Hause und vergrabe den Kopf im Kissen
und sehe dein Gesicht.
Am nächsten Morgen wälze ich mich gähnend und wache auf und
sehe dein Gesicht im Fenster.
Bilder von Streichholzmännchen und dir,
Trugbilder von Streichholzmännchen und dir,
alles, was ich sehe, sind sie und du.

August 1968

Er kämpfte sich an dem verletzten Mann vorbei und ließ sich an einer Straßenecke hinter eine rostige Mülltonne fallen. Das Blut an seinen Händen stammte von dem verletzten Mann, von einer Frau und ihm selbst. Er hatte versucht, dem Mann zu helfen, ihn aus der Schußlinie der Geschosse und wogenden Gasschwaden zu ziehen, aber man hatte den Mann bewußtlos geschlagen, und er war zu schwer. Und als er stehenblieb und sich nach Hilfe umsah, als er inmitten dieses Irrsinns die Arme hob, um irgend jemanden herzuwinken, stürzte ein Schläger schreiend auf ihn zu und erwischte ihn mit seinem Knüppel. Der Aufprall des Stocks riß die Haut an seinen Handflächen auf und brach ihm zwei Finger.

»Ich muß raus«, sagte er sich keuchend. Er kauerte hinter der Tonne und drückte das Kinn fest gegen den Körper, um sich vor umherfliegendem Glas zu schützen. Sein Kiefer ratterte mit der Geschwindigkeit einer Aufziehpuppe. »Das hier ist falsch. Einfach falsch.«

Ein Schrei ertönte zu seiner Linken, direkt neben der Tonne. »Ayeeeeeee!« Er blinzelte und sah nach oben. Ein Mann in einer zerrissenen Jacke schwenkte wild tanzend eine nordvietnamesische Flagge. Seine Züge waren zu einem teuflischen Grinsen verzerrt. Der Flaggenschwenker trat beinahe auf den verletzten Mann, schien ihn aber nicht zu bemerken. Dann flog etwas über seinen Kopf und zerbrach an der Mauer hinter ihm. Der Mann riß die Flagge empor, stieß einen Schlachtruf aus und stürzte sich wieder in das Chaos auf der Straße.

Während er hinter der Tonne kauerte, fragte er sich, wie lange es noch so weitergehen würde, bevor jemand, der über größere Macht als er verfügte, diesem Irrsinn ein Ende machen würde. Seit Tagen regierten Wahnsinn und Schmerz, Haß und Blut. So hatte er es sich nicht vorgestellt, dafür hatte er sich nicht verpflichtet.

Nein, Sir.

Das hier ist kein Land am anderen Ende der Erde mit Reisfeldern,

Wasserbüffeln und Minenfeldern. Wir sind hier nicht in Südostasien. Das ist Chicago, verdammt noch mal! So ein Mist passiert hier nicht.

Eine Hand senkte sich auf seine Schulter. Er zuckte zusammen und hob schützend die blutige Hand vor das Gesicht.

Schlag mich nicht, Mann! Ich bin schon verletzt; ich gehe nicht mehr da raus. Laß mich in Ruhe!

Aber die Stimme, die von oben zu ihm drang, war leise und ruhig; er konnte sie gerade noch trotz des Lärms der Straßenschlacht verstehen.

»Du brauchst das hier, Junge«, sagte die Stimme.

Er schielte durch seine gebrochenen Finger und sah ein Lächeln. Der Mann reichte ihm ein Blatt Papier.

»Brauche was?« fragte er. Sein Hals tat weh.

»Das hier«, sagte die Stimme. »Lies es. Und verlier es nicht.«

Er hob die unverletzte Hand und nahm das Blatt. Er wandte den Blick von dem Lächeln ab und sah sich das Flugblatt an, auf dem sich bereits rote Schmierer abzeichneten.

Was ist das? Eine Scheiß-Anzeige? Nach der Straßenschlacht auf zum Abendessen bei Sam's. Bei uns kommen Patrioten und Kommunisten gleichermaßen auf ihre Kosten …?

Aber auf dem Blatt waren Bäume und eine Sonne gezeichnet und darunter stand ›SUNRISE. WIR HEISSEN DICH WILLKOMMEN‹.

Er stopfte das Flugblatt in die Tasche seines Hemds. Vielleicht würde er es sich später genauer ansehen. Aber jetzt waren seine Finger gebrochen, und der verletzte Mann, der vor der Mülltonne lag, würde nicht mehr lange durchhalten.

»He!« setzte er an. »Da vorne liegt ein Typ, könntest du …«

Aber als er nach oben blickte, war das Lächeln verschwunden. Der Mann mit dem Sunrise-Flugblatt war verschwunden. Er spähte vorsichtig hinter der Tonne hervor. Demonstranten und Polizei schwärmten immer noch aus, die einen in diese Richtung, die anderen in jene.

Es würde noch einige Zeit dauern, bevor er hier herauskam.

»Scheiße«, sagte er. Er hob die gebrochenen Finger vor den

Brustkorb und versuchte, sich an den Text von ›A Little Help From My Friends‹ zu erinnern, aber er schaffte es nicht. Hier gab es keine Freunde. Die Freunde, die er kennengelernt hatte, waren irgendwo da draußen, und er würde sie nie wieder finden. Die meisten von ihnen waren sowieso keine echten Freunde.

Keine Freunde.

Keine Hilfe.

Die Beatles hatten Glück, sie hatten beides.

September 1968

Lieber Gott, das darf nicht wahr sein.

Sharon sank in einer Kabine der Damentoilette im ersten Stock auf die Knie.

Ihr Herz hämmerte.

Lieber Gott, du mußt mich anhören, betete sie stumm. *Es sollte heute anfangen. Es muß anfangen, das letzte Mal ist schon fast vier Monate her! Bitte, laß das nicht zu!*

Vor den Kabinen saßen die Mädchen auf den Waschbecken und pafften ihre Zigaretten. »In St. Mary's mußt du hinknien, und wenn dein Rock nicht den Boden berührt, schicken sie dich nach Hause.« Es war Susans Stimme. »Wenn sie das hier versuchen, dann sage ich ihnen ›In Ordnung! Dann geh' ich eben nach Hause!‹ Wäre doch super, von der Schule geworfen zu werden, oder?«

»Ja.« Das war Mary Jane. Sie trug ihre Röcke kürzer als alle anderen Mädchen an der Schule. Sie trank mit Vorliebe an den niedrigen Trinkbrunnen in den Korridoren, an denen sie sich ganz vorbeugen mußte.

Sharon ballte die Fäuste zusammen, versuchte die Stimmen der Mädchen für den Fall zur Seite zu schieben, daß der Herr antwortete. *Lieber Gott, hör mich an!*

Susan und Mary Jane kicherten und husteten.

Lieber Gott!

Jemand klopfte gegen die Tür zum Gang. Dann stürzte ein Mädchen herein und rief: »Achtung Lehrer! Weg mit den Kippen!«

Kabinentüren knallten, Zigaretten tauchten zischend in Toilettenwasser, Spülungen rauschten.

Sharon krümmte sich und rammte sich die Faust in den Bauch. Einmal, zweimal, dreimal.

Na, wie gefällt dir das? Ich sagte, du sollst mir zuhören! Vergib mir auf der Stelle!

Sie hörte, wie die Mädchen aus der Toilette flohen. Kurz darauf hallten die Schritte einer Lehrerin über die Fliesen. »Raucht irgend jemand hier drinnen?«

Lieber Gott, vergib mir meine Sünde!

»Ist hier jemand?«

Hör mich an! Antworte mir!

Die Lehrerin ging in die Kabine neben Sharon, setzte sich und ließ einen langen, stotternden Furz fahren.

Es sollte die einzige Antwort für Sharon bleiben.

Gary glaubte nicht, daß sein Knie genäht werden mußte, aber es tat trotzdem höllisch weh. Der Schnitt zog sich über die ganze Kniescheibe. Er war zum Glück nicht tief, blutete aber wie verrückt. Sein Overall war zerrissen, und er hatte nichts, mit dem er ihn wieder hätte zusammennähen können. Er fluchte unterdrückt, berührte die Wunde ein letztes Mal, nur um zu sehen, wie sehr sie schmerzen konnte, dann sah er auf die Straße und die vorbeifahrenden Autos.

Es war das erste Mal, daß er aus einem fahrenden Wagen gesprungen war. Eine kitzlige Angelegenheit, aber die Hand des alten Manns, der ihn mitgenommen hatte, war in Garys Schritt geglitten und hatte ihm keine andere Wahl gelassen. Gary hatte den ganzen Weg von Chicago nach Virginia – fast tausend Meilen schätzte er, mindestens aber ein paar Hundert – per Anhalter zurückgelegt, und bis jetzt hatte alles wie am Schnürchen geklappt. Einmal – das Mädchen, das ihn mitnahm, hatte sich als betrunken herausgestellt – war er sich nicht sicher gewesen, ob sie nicht im Straßengraben landen würden, aber selbst das war gut ausgegangen. Er war nur fünfzehn Meilen mit ihr gefahren, bevor er sich bei ihr bedankte: »Da sind wir schon. Meine Großmutter wohnt an der Einfahrt da vorne. Bis bald und danke!«

Die Woche war erträglich gewesen. Bei einer Auktion an irgendeiner Landstraße in Illinois hatte er Kreppband gekauft, mit dem er die Spitzen seiner gebrochenen Finger zusammengeklebt hatte, langsam fühlten sie sich an, als ob sie zu heilen begännen.

Aber dieser alte Bauer, mit dem er als letztes gefahren war, hatte ihm so zugesetzt, daß er sich ernsthaft überlegte, die letzten dreißig Meilen zu laufen. Der Mann hatte einen völlig harmlosen Eindruck gemacht. Er war um die siebzig, trug eine John-Deere-Mütze und hatte einen Stapel Broschüren des Landwirtschaftsministeriums auf dem Beifahrersitz. Aber nach ein paar Kilometern, auf halbem Weg hinauf zum Blue Ridge Parkway, hatte er mit den Kühen angefangen.

»Bist du von einer Farm, Junge?«

»Nein. Ich bin ursprünglich aus Worth.«

»Wo ist das?«

»In der Nähe von Chicago.«

Der Mann nickte, aber Garys Antwort schien ihm egal zu sein. Er streckte den Arm aus dem Fenster des Ford Falcon und bedeutete dem Wagen hinter ihm zu überholen.

»War die letzten Tage unterwegs«, sagte Gary. »War nicht ganz einfach, aber bis jetzt hat es geklappt.«

»Hast du jemals mit Kühen zu tun gehabt?«

Gary musterte den Mann, ohne den Kopf zu drehen. Er wußte nicht, worauf er hinauswollte. Vielleicht wollte der Alte weise Sprüche loswerden, hatte aber niemanden, der ihm sonst zuhörte. Gary beschloß, darauf einzugehen. Er hatte vor einer Woche den Entschluß gefaßt, über niemanden voreilig den Stab zu brechen; für alle Menschen, alles mögliche offen zu sein; Frieden und Verständnis zu verinnerlichen; nicht über andere zu urteilen, und die ganzen anderen guten Vorsätze. Er hatte sich geschworen, gegen das viele Böse anzugehen, das er in letzter Zeit gesehen hatte. Gegen das Böse, das er angerichtet hatte. *Führ mich blindlings. Schenk mir Vertrauen.*

»Nein«, antwortete Gary. »Ich weiß nicht viel über Kühe.«

»Dachte, vielleicht doch. Wegen dem Overall.«

Gary trug einen Overall. Anfangs hatte er sich deshalb ein wenig geschämt, aber dann hatte er sich gezwungen, darüber hinwegzukommen. Als er die Stadt hinter sich ließ, war er vorher nicht mehr nach Hause gegangen. Es war einfacher gewesen mit dem, was er bei sich hatte, aufzubrechen: einem Matchsack mit einer Sonnenbrille, einem zusammengerollten Pappschild, einer Taschenlampe, einer Schachtel Zigaretten und einigen Joints, einem Plastikkamm und zweihundert Dollar, die er sich letztes Frühjahr als Straßenbauarbeiter verdient hatte. Nach zwei Tagen war er in ein Gewitter geraten, das seine einzigen Kleidungsstücke, eine Jeans und ein T-Shirt, durchnäßt hatte. Also hatte er von einer Wäscheleine hinter einem kleinen Backsteinhaus einen Overall und ein Hemd gestohlen, dessen lange Ärmel er abriß. Dafür hängte er mit Hilfe einer Wäscheklammer ein paar Dollar an die Leine.

Seitdem hatte er jeden zweiten Tag zwischen seinen Kleidern gewechselt. Heute war ein Overall-Tag.

»Nein«, sagte Gary, der seinen Ellenbogen auf die Armlehne des Falcon stützte. Wenn möglich, hielt er die gebrochenen Finger hoch. »Ich trage den Overall nur, weil er bequem ist.«

Der alte Mann hustete, spuckte aus dem Fenster und saugte an einem Backenzahn. Dann sagte er: »Magst du bequeme Sachen?«

»Hm«, sagte Gary zögernd. »Sicher.«

Der alte Mann lachte, aber Gary konnte seinem wirren Gedankengang nicht folgen.

»Geht uns das nicht allen so?« sagte der Mann. »Wir alle mögen bequeme Sachen. Zeug, das sich gut anfühlt.«

Gary fühlte, wie sich ein Knoten in seinem Hals zusammenzog. »Sieht so aus, als ob wir auf dem Berg angekommen sind. Sie können mich hier aussteigen lassen. Wegen mir brauchen Sie keinen Umweg zu fahren.«

»Ach was«, sagte der alte Mann. »Ich muß noch weiter, und du kannst mitfahren.« Der Mann fuhr mit der Zunge über die Unterlippe, und seine buschigen, weißen Augenbrauen zuckten.

Gary schlüpfte mit dem Ellenbogen durch den Riemen des Matchsacks und legte beide Hände auf die Armstütze. Seine Oberschenkel spannten sich.

»Du bist richtig hübsch, weißt du das? Mit deinen langen Haaren«, sagte der Mann. »Magst du es, wenn dir jemand mit den Fingern durch die Haare streicht, Junge?«

»Lassen Sie mich aussteigen, bitte«, sagte Gary. Sein Anständigkeitsgelöbnis ließ ihn ein »bitte« hinzufügen.

»Du hast diese schönen Haare auf dem Kinn und der Brust, wie es sich für einen richtigen Mann gehört. Ich wette, du hast auch hübsche Haare zwischen den Beinen, nicht wahr? Ich wette, daß es sich gut anfühlt!«

Der Mann stieß eine Hand in Garys Schritt und quietschte vor Entzücken. Gary riß die Tür auf und sprang hinaus.

Als er auf den Seitenstreifen rollte, sah er erleichtert, daß der Alte nicht bremste. In der nächsten Kurve knallte die Tür wieder zu, und der Wagen setzte seinen Weg den Berg hinauf fort.

Gary setzte sich auf und bemerkte den Schnitt an seinem Knie.

»Du perverser Sack!« schrie Gary dem Falcon hinterher. Das Bein brannte, und Gary zupfte eine Zeitlang an der Wunde. Schließlich hörte die Blutung auf, und er stand auf und taxierte seinen zerschundenen Overall. Dann schlang er den Matchsack über die Schulter.

Er hatte noch über 30 Meilen vor sich, und fürs erste war ihm die Lust vergangen, sich einem weiteren Autofahrer anzuvertrauen. Verständnisgelübde hin oder her.

»Bist du heute von der Schule gelaufen?« Die Stimme ihrer Mutter drang aus dem Eßzimmer.

Sharon antwortete aus dem Foyer. »Ja. Rachael wollte vor dem Footballspiel einkaufen gehen. Ich hatte aber keine Lust dazu.«

Sharon hörte das Klirren von Geschirr, als ihre Mutter den Tisch deckte. Ihre Mutter war Dr. Louis Richards Jr. stets eine gute Ehefrau, immer pünktlich und korrekt. Sie servierte das Abendessen jeden Tag im Eßzimmer, niemals in der Frühstücksecke, und die Servietten waren aus Stoff, die Teller aus Porzellan.

»Liebe Güte, Sharon. Du hast aber keinen Streit mit Rachael, oder?«

»Nein.«

Sharon legte die Arme um die Büchertasche und rannte die Treppe hinauf, immer zwei Stufen auf einmal nehmend. Oben angekommen, ließ sie ein Magenkrampf anhalten.

Ja, lieber Gott, laß es dabei bewenden. Der Anfang vom Ende.

Aber die Krämpfe verschwanden so schnell, wie sie gekommen waren, und ließen lediglich ein leichtes Brennen zurück. Sie ging den Gang entlang zu ihrem Zimmer und schloß die Tür hinter sich.

Sie legte die Bücher auf dem Schreibtisch ab und setzte sich auf das Bett. Dabei achtete sie darauf, die Überdecke nicht zu sehr in Unordnung zu bringen, damit sie das Bett nicht noch vor dem Abendessen machen mußte. Um sie herum standen geschmackvolle, von ihrer Mutter ausgewählte Möbelstücke. Weiße Stühle, weiße Vorhänge und ein weißer Baldachin. Rein und weiß, wie ihre Tochter. An einer gerahmten Pinnwand aus Kork hingen Bilder von Davy Jones und Walter Koenig, die sie aus einem Teenie-Magazin ausgeschnitten hatte. Es gab in dem Zimmer aber keine Poster. Poster waren ›schäbig‹.

Jemand klopfte gegen die Tür, und vom Gang drang die Stimme Lous, ihres kleinen Bruders: »Heute abend kriege ich den Fernseher. Um halb acht kommt eine Sondersendung von Banana Splits.«

»In Ordnung«, sagte Sharon. »Und jetzt verschwinde!«

Sie legte sich mit dem Rücken auf das Bett und streckte einen Arm aus, um die Schublade ihres Nachttisches aufzuziehen. Sie nahm ein Sammelalbum aus dem Fach. Sie machte es auf, hielt es über den Kopf und starrte die Zeitungsausschnitte an, die sie seit April gesammelt hatte.

Bis zu diesem Frühling war ›Politik‹ ein schmutziges Wort gewesen. Alles, was jenseits von Neison, ihrem Heimatstädtchen lag, hatte nichts mit ihr, mit ihnen zu tun. Wer hatte schon die Zeit, sich um mehr als die Familie, die Freunde und die Cheerleader-Staffel zu kümmern? Aber dann hatte sich Sharon verliebt. Sie sah ihn in den Abendnachrichten, und sein Gesicht, seine Augen hatten ihr Herz auf der Stelle erobert. Er war wunderschön.

Sharons Vater haßte ihn natürlich. Dieser Mann war ein Radikaler, war gegen Amerika. Er wollte gleiche Rechte für Neger. Er wollte den Krieg beenden. Er war ein Liberaler. Die Regierung mußte auf gerissene Männer wie ihn ein Auge haben.

Sharons Freunde wußten nicht einmal, wer er war. Nun, vielleicht hatten sie irgendwo seinen Namen gehört, und sie kannten bestimmt seinen toten Bruder, aber sie lasen nie Zeitung, sahen nie fern, außer wenn *Wild Wild West* und *Gomer Pyle* lief.

Bobby.

Sharon hatte seinen Namen in alle ihre Hefte geschrieben. Dann hatte sie das alte Pfadfinder-Album genommen, die Sommerlager-Erinnerungen herausgerissen und ein Buch für Bobby daraus gemacht.

Und dann brachten sie ihn um. Schossen ihm am fünften Juni in einer Hotelküche in den Kopf; er starb am sechsten. Ihre Freunde hatten die Achseln gezuckt. Ihr Vater hatte gesagt: »Wenn man sie nur läßt, kommen die Dinge von alleine wieder ins Lot. Ich wette, daß unsere gute Regierung ihre Finger im Spiel hat. Sie sind cleverer, als viele es sich vorstellen.«

Am siebten Juni hatte Sharon Darrell Harner zu sich eingeladen, während ihre Eltern weg waren. Im Garten hinterm Haus, hinter der Gartenlaube, hatte sie den Footballstar gebumst, um ihren Schmerz zu lindern.

Es hatte nichts genutzt. Den ganzen Sommer mußte sie Darrells hartnäckige Anrufe abwehren.

Und jetzt das.

Sharon legte das Album vorsichtig zurück in die Schublade.

Dann trommelte sie wieder mit den Fäusten auf den Bauch und knirschte mit den Zähnen. Diesmal betete sie zum Teufel, denn Gott schien nicht an ihrem Schicksal interessiert.

Es war früher Abend. Während er am Straßenrand den Berg hochmarschierte, waren viele Autos an ihm vorbeigefahren, aber er war stets zur Seite getreten und hatte sie ignoriert. Ein VW-Bus voller College-Studenten hatte sogar gebremst und gehupt. Das Mädchen auf dem Beifahrersitz fragte ihn, ob er sich noch dazuquetschen wollte; sie waren auf dem Weg nach Virginia Beach. Gary winkte ab.

An den unmöglichsten Stellen seines Körpers zeigten sich blaue Flecken, und er hatte das Gefühl, daß sich mit jedem Schritt neue Schrammen brennend bemerkbar machten. Wenn körperliche Torturen eine Reinigung bedeuteten, dann war er trotz seines Aussehens so sauber wie Regenwasser.

Als er zu einem Schild kam, das anzeigte, daß es nur noch anderthalb Meilen bis zum Kamm waren, fand Gary einen weichen, moosigen Platz unter einem Baum. Er sank ins Unterholz, lehnte den Kopf gegen die Rinde und schlief ein.

Er träumte von Kriegen und Blut und war erleichtert, als ihn das Prasseln von Regentropfen auf seinem Overall weckte.

Im Mittelpunkt des Gesprächs beim Abendessen stand natürlich ihr Vater. Sharons Mutter reichte die Schüsseln herum, nickte und lächelte im Rhythmus des Monologs, den ihr Mann, Dr. med. Louis Richards Jr., hielt. Heute ließ er sich über ein Lagerhaus aus, das er gerade gekauft hatte.

»Nicht lange, und das Ding ist ein Goldesel«, sagte er. »Ich teile das Gebäude in viele kleine Abteile auf, jedes mit eigener Tür und eigenem Schlüssel. Und die vermiete ich jeweils monatsweise.«

»Mmmmm«, sagte Sharons Mutter.

Die Familie saß im Eßzimmer. Sharon, ihre Eltern und ihr kleiner Bruder Lou. Lou der dritte. Lou war unruhig, er hoffte, daß das Essen vorüber sein würde, bevor Splits im Fernsehen anfing.

»Ich mache es so praktisch wie möglich, halte es 24 Stunden am Tag offen und stelle einen Wachmann an, der sich darum kümmert. Wahrscheinlich kann ich bis zu einhundert Abteile aus dem Gebäude herausholen.« Ihr Vater nahm einen großen Bissen Hackbraten. Der Braten war furchtbar, Sharons Mutter war gut im Dekorieren, aber eine klägliche Köchin. Doch Dr. Richards war zu sehr mit anderen Dingen beschäftigt, um es zu bemerken.

»Das Merkwürdige daran ist, daß der kleine alte Mann, dem das Lagerhaus gehörte, überhaupt nicht ahnte, auf was für einer Goldgrube er da saß. Ich habe ein Trinkgeld dafür bezahlt. Dummheit macht eben doch nicht glücklich, nicht wahr?«

»Nein, da hast du recht«, sagte Sharons Mutter.

Sharon sagte: »Mir ist schlecht. Ich will nach oben gehen.«

»Willst du etwas für deinen Magen?« Endlich sah Sharons Mutter sie an. »Du darfst nicht krank werden, Schatz. Wir sind morgen bei deinen Großeltern zum Essen eingeladen.«

Dr. Richards sagte: »Ich verdreifache meine Investition in weniger als zwei Jahren. Ich habe mir alles ausgerechnet. In der Südstadt gibt es noch einige Lagerhäuser, die ich ergattern will, bevor irgend jemand darauf kommt, was ich vorhabe.«

»Kann ich nach oben? Bitte?« Sharons Fäuste ballten sich unwillkürlich. Sie legte sie auf ihren Schoß, damit ihre Eltern es nicht bemerkten. Es gab nichts, was sie weniger ausstehen konnten als Unbeherrschtheit.

»Schatz?« sagte ihre Mutter und sah ihren Mann an. Sein Einsatz. Er ließ die Zähne laut aufeinanderklappen und winkte resigniert ab – eine leicht verärgerte Entlassung.

Sharon ging nach oben ins Badezimmer. Sie saß auf der Toilette, starrte zwischen ihre Beine und wartete auf ein Zeichen. Entweder auf das Wunder, für das sie gebetet hatte, oder darauf, daß ihre Schläge in den Bauch zu wirken begannen.

Sie spannte die Muskeln an und starrte in die Kloschüssel.

Urin, nichts weiter.

Sie ging mit hämmerndem Puls in ihr Zimmer und setzte sich für eine Minute auf die Bettkante. Dann nahm sie ihre Handtasche, kletterte aus dem Fenster auf das Dach des Wintergartens und sprang hinunter.

Einen Augenblick lang erwog sie, zu Darrell zu gehen, aber das würde nichts nützen. Eine Abtreibung würde ihm nichts ausmachen, sie würde sie aber teuer zu stehen kommen.

»Eine schlechte Investition, Papi«, sagte sie. »Damit kannst du beim nächsten Familientreffen nicht angeben.«

Sie lief die Einfahrt hinunter zur Straße und wandte sich nach Osten, in Richtung der Berge. Noch bevor sie einen Häuserblock hinter sich gelassen hatte, begann sie in der kühlen Luft des frühen Abends zu zittern.

Er kam schwitzend und schmerzend auf dem Gipfel an. Das getrocknete Blut auf seinem Knie juckte. Aber die Aussicht vom Kamm linderte seine Beschwerden. Gary lehnte sich an einem verlassenen Aussichtspunkt gegen eine Mauer und genoß das Panorama. Die Blauen Berge waren atemberaubend. Kilometer um Kilometer zogen sich die bewaldeten Bergrücken dahin. Die Natur verbarg die Straßen, verschluckte die Häuser – falls überhaupt welche existierten. Die Wolken schienen bereit, herunterzukommen und die Welt in sich aufzunehmen.

»Ja«, sagte Gary. Er sog tief die Luft ein. »Ja.«

Er war beinahe dort. Er konnte es spüren. Der Streß der vergangenen Woche fiel von ihm ab. Er hob die Arme, legte den Kopf in den Nacken und lächelte zum Himmel hinauf. Unter ihm erhob sich ein Schwarm Vögel aus einem Baumwipfel, und einen Augenblick später waren sie überall um ihn herum, neben ihm, über ihm. Gary sagte: »Oh, ja!« Die Vögel zerstreuten sich und waren schließlich ganz verschwunden.

Gary ging zurück zur Straße.

Ganz in der Nähe fand er einen winzigen Außenposten der Zivilisation – eine Tankstelle und ein Howard Johnson's Restaurant.

Gary, der keine Uhr bei sich hatte, schätzte die Uhrzeit auf etwa zwanzig Uhr; die meisten Gäste fürs Abendessen waren also bereits wieder gegangen. Auf dem Parkplatz stand nur eine Handvoll Autos. Das orange Dach brauchte einen neuen Anstrich.

Gary wollte in die Toilette der Tankstelle, aber die Tür war abgeschlossen. Auf der anderen Seite des Gebäudes fand er einen Wasserhahn. Er ließ Wasser in seine gefalteten Hände strömen und spritzte es über das Gesicht. Er taxierte sich neugierig in der Glasfront der Tankstelle. Sein glattes, braunes Haar fiel jetzt bis auf die Schultern. Er hatte es am Tag zuvor in einem Bach an der Straße gewaschen, aber es war immer noch fettig. Sein Bart war buschig. Er hatte die vergangenen Nächte mehr schlecht als recht auf zusammengekehrten Laubhaufen geschlafen, mit dem Matchsack als Decke, und unter seinen Augen zeichneten sich jetzt schwarze Ränder ab.

Und Garys Magen war wütend über die mangelnde Zuwendung. Seit seinem Aufbruch aus Chicago hatte er ihm nur eine lange Parade von Hamburgern und gebackenen Bohnen in Spelunken in winzigen Siedlungen zukommen lassen. Manchmal hatten ihn die Besitzer überhaupt nicht hereingelassen, weil ihnen sein Aussehen nicht paßte, und dann hatte seine Mahlzeit aus den verschiedenen Essensresten aus den Mülltonnen hinter dem Gebäude bestanden.

Heute abend wollte er aber etwas essen, das schmeckte. Etwas, bei dem er seine Augen schließen und zuhören konnte, wie seine Geschmacksknospen jubilierten.

Muscheln, dachte er. Muscheln, frisches Brot und Salat. Er wischte die Hände am Overall ab, strich mit den Fingern durchs Haar und schnüffelte unter den Armbeugen.

Der Duft, der ihm entgegenschlug, war nicht gerade frisch, aber das Restaurant war wahrscheinlich klimatisiert, und er hoffte, nicht weiter aufzufallen.

Als er auf das Restaurant zuging, erwachte summend und stotternd das Howard-Johnson-Schild. Auf der Stelle wurden Insekten von seiner eintönigen Melodie angezogen. Gary blieb auf dem

Parkplatz stehen, steckte sich eine Zigarette an und nahm einige Züge. Aus dem Restaurant kam Arm in Arm ein Paar und küßte sich vor dem Eingang. Gary gestattete sich ein mildes Lächeln; hier gab es Liebe. Es gab sie immer noch an einigen Flecken der Erde, selbst hier in den Blauen Bergen Virginias.

Der Junge machte sich von dem Mädchen los, sah Gary an und sagte: »Was, zum Teufel, glotzt du uns so an, du dreckiger Hippie?«

Selbst in Virginia war die Liebe nicht blind.

Das Restaurant gehörte zur Howard-Johnson's-Kette. Sharon war schon oft dort gewesen. Ihre Familie machte dort immer bei ihren Wochenendausflügen nach Raven's Roost halt. Aber sie war noch nie auf den Berg gestiegen, hatte die vier Meilen von Neison zum Kamm noch nie zu Fuß zurückgelegt, und für einen müden Pilger gab das Restaurant einen wundervollen Schrein ab.

Sharon setzte sich für einen Moment auf den Stoßdämpfer eines Kombis auf dem Parkplatz und befreite ihre schmerzenden Füße von den Tennisschuhen.

Ihr Körper war vielleicht müde, aber ihr Kopf frisch und arrogant. *Und was tust du jetzt?* beharrte er. Sharon schob die Frage beiseite. Sie würde jetzt an nichts anderes denken als an Essen und Trinken. Ihr Hals schmerzte, sie hatte den ganzen steilen Aufstieg durch den Mund geatmet.

Nach dem Essen konnte sie ihre Lage und ihre beiden Möglichkeiten überdenken. Ein Sprung von dem Aussichtspunkt neben der Straße oder ein Leben mit ihren Eltern, einem Baby, dem Stigma, der Wut auf die eigene Dummheit und der Scham.

Ene mene muh und raus bist du.

Sie zog die Schuhe wieder an und ging hinein. Die Kellnerin führte sie zu einer Sitzgruppe. Sharon ließ sich auf den vinylverkleideten Polstern nieder und rieb sich die Augen. Sie wußte, daß hinter ihnen die Tränen warteten, aber sie wollten nicht hervorkommen. Das war in Ordnung. Das war gut. Es brachte sie keinen Schritt weiter, wenn sie die Beherrschung verlor. Während sie darauf wartete, daß die Kellnerin ein Glas Wasser und die Karte brachte, bemerkte sie den Gast am Nebentisch.

Es war ein kurzgewachsener Mann mit einem schwarzen, unregelmäßigen Bart, dessen Haare die Schultern berührten. Er war bestimmt nicht aus der Gegend. Er sah so aus, als ob er in einer Scheune übernachtet hätte. Seine Aufmerksamkeit war auf einen weit entfernten, unbeweglichen Punkt gerichtet, auf den er durch das Fenster des Restaurants starrte. Sharon taxierte ihn einige Sekunden lang prüfend, dann durchwühlte sie ihre Handtasche, um wenigstens genug Kleingeld für eine Cola und eine Suppe zusammenzubekommen.

Großartig, Sharon, Lou hat ein ganzes Sparschwein voller Kleingeld, das hättest du mitnehmen können.

Der Mann am Nebentisch seufzte. Sharon blickte auf und starrte die Haare zwischen seinen Brauen lange genug an, um von dem Mann bemerkt zu werden. Er wandte sich von dem weit entfernten Fleck ab und sah sie an. Seine Augen waren ebenso dunkel wie seine Haare, und die Intensität der Emotionen – Furcht, Wut, Trauer, sie war sich nicht sicher – drückte sie gegen die Lehne des Stuhls und ließ ihren Atem stocken.

Und dann nickte sie leicht; eine höfliche, gütige Geste, die ihr ihre Mutter – »Sei nett zu Fremden, Sharon. Nicht zu nett, aber niemals frech« – beigebracht hatte, und lenkte ihre Aufmerksamkeit wieder auf das Kleingeld.

»Schon soweit?« Die Kellnerin war in Sharons Alter und kaute Kaugummi.

»Ich habe keine Karte bekommen«, sagte Sharon. »Was kostet die Muschelsuppe?«

»Die Schale neunundvierzig Cents«, sagte die Bedienung. »Die Schüssel neunundsechzig.«

»Und das Chili?«

Der Kaugummi schnalzte. »Genausoviel. Wollen Sie die Karte?«

»Was ist mit Suppe? Sie haben hier doch Suppe.«

Die Bedienung stemmte eine Hand in die Hüfte. »Wir haben Suppe.«

»Was kostet die Minestrone?«

Die Bedienung rollte mit den Augen und blies den Kaugummi so weit auf, daß er ihren Mund verdeckte. »Ich hole Ihnen die Karte.« Sie ging weg. Sharon starrte auf das Kleingeld in ihren Händen.

Sie besaß einen Dollar und sechzehn Cents, und möglicherweise verbargen sich noch einige Münzen in den Falten ihrer Stoffhandtasche. Für den Augenblick mußte sie sich mit etwas Suppe und einem Glas Wasser begnügen. Ihr Magen, der sich bereits auf den Hackbraten zu Hause eingestellt hatte, knurrte protestierend.

Sharon stand auf und ging auf die Damentoilette. Sie wollte nicht am Tisch sein, wenn die klugscheißerische Bedienung die Karte brachte. Eine Minute lang hielt sie ihre Hand unter den Wasserhahn. Die Wärme tat ihr gut; der Dampf stieg zu ihrem Kinn auf, und die lose aus ihrem Zopf herausstehenden Haare ringelten sich wie Geschenkbändchen.

»Lieber Gott, sei mir gnädig«, flüsterte sie.

Sie ging zurück an ihren Tisch. Als Sharon sah, daß die Bedienung gerade die Karte brachte, blieb sie so lange vor dem Kuchenbuffet stehen, bis sie weitergegangen war. Dann ging sie an den Tisch und setzte sich.

Unter dem Salzstreuer steckte ein Fünf-Dollarschein.

Er war vorher nicht dort gewesen.

Sharon berührte den Schein und sah sich um. Am Tisch hinter ihr stritt eine Familie mit drei Kindern über einen der Sprößlinge, der seinen Cheeseburger nicht essen wollte. An der Theke aßen einige einzelne Gäste und starrten in ihre Teller. Am Tisch vor ihr saß der bärtige Mann und fixierte immer noch einen Punkt am Horizont.

Der Schein war zerknittert, irgend jemand mußte ihn in der Hosentasche gehabt haben. Sharons Vater trug sein Geld immer sauber gefaltet in der Brieftasche. Den Schein vor ihr schien irgend jemand eilig in die Hosentasche gesteckt und wieder hervorgezogen zu haben. Sharon zog ihn unter dem Salzstreuer hervor.

Die Bedienung kam zurück und ließ den Kaugummi knallen. »Sind Sie jetzt soweit?« fragte sie.

Sharon spürte, wie sich ihre Gesichtsmuskeln anspannten. »Haben Sie mal in den Spiegel gesehen? Mit dem Kaugummi sehen Sie wie eine Schlampe aus. Abstoßend.«

Die Augen der Bedienung verengten sich. Sie zögerte, rang um eine passende Antwort. Dann setzte sie ein schnippisches Lächeln auf und sagte: »Haben Sie sich entschieden, welches Gericht unter einem Dollar Sie sich leisten können, gnädiges Fräulein?«

Sharon stand auf, stopfte die fünf Dollar in die Tasche ihres Rocks und sagte: »Ich kann es mir leisten, wieder zu gehen. Sie nicht. Viel Vergnügen noch!«

Draußen war es dunkel. Sharon ging zum anderen Ende des Parkplatzes und blieb dort mit verschränkten Armen stehen. Ihre Hände umklammerten die Ellenbogen. Tränen schossen ihr in die Augen, aber sie biß in die Backeninnenseite, um sie zu stoppen. Das Neonschild des Restaurants über ihr dröhnte wie eine Hornisse, die in einer Tüte gefangen war.

»Brauchen Sie die hier?«

Sharon drehte sich um. Ihre Finger umklammerten immer noch die Ellenbogen. Vor ihr stand der Mann vom Nachbartisch. Er war wirklich klein, allenfalls einsfünfundsechzig, und seine Kleidung – ein ärmelloses, blaues Baumwollhemd und ein Overall – sah so aus, als ob ihn ein LKW überfahren hätte. Er streckte ihr eine Handvoll Servietten entgegen.

»Nein. Vielen Dank.«

»Sicher?«

Sie nickte.

Der Mann mußte mindestens Anfang Zwanzig sein. Er sah wie einer von diesen Hippies aus, die Sharon in der Zeitung gesehen hatte. Verwahrlost. Abgerissen. Er hatte einen Matchsack bei sich, der beinahe leer aussah. Sie fragte sich, ob er ein Radikaler oder Kommunist war. Sie wünschte, er würde wieder gehen.

Er stand nur da.

Sie sagte: »Was wollen Sie?«

»Kann ich Ihnen irgendwie helfen?« Seine Stimme war sanft und bescheiden. »Sie haben in dem Restaurant nichts gegessen. Ich habe noch einige Cracker von meinen Muscheln übrig.«

»Nein«, sagte sie. »Danke. Aber ich glaube, ich nehme jetzt doch die Servietten.«

Er gab sie ihr. Sie wischte sich das Gesicht ab.

»Sonst noch was?«

»Nein.«

Der Mann nickte. Er setzte sich auf einen großen Felsen neben den Parkplatz und starrte genau so, wie er es in dem Restaurant getan hatte, auf die Straße.

Sharon stopfte die Servietten in die Handtasche. Nicht weit von dem Restaurant gab es einen Aussichtspunkt. Bobby war einen gewaltsamen Tod gestorben. Sie würde einen ähnlichen sterben. Sie fragte sich, ob ihr Kopf aufplatzen würde wie bei Leuten, denen man in den Kopf geschossen hatte. Sie fragte sich, ob sie einen Tod wie Bobby verdiente. Hatte Petrus sich nicht mit dem Kopf nach unten kreuzigen lassen, weil er sich nicht für würdig hielt, auf dieselbe Art wie Jesus hingerichtet zu werden?

Sie ging an die Straße.

Einer plötzlichen Regung folgend, drehte sie sich um und rief dem Mann zu: »Ich wünsche Ihnen ein gutes Leben.«

Später ging ihr auf, daß es genau diese Worte gewesen waren, die all ihre Pläne komplett über den Haufen geworfen hatten …

Ihre letzten Worte, bevor sie die Straße entlang verschwand, veranlaßten Gary, ihr zu folgen. Ein gutes Leben?

Seine Wangen zuckten vor Sorge. Er hielt gebührenden Abstand, als er ihr in dem wolkengefleckten Mondlicht hinterherging. Er wollte nicht, daß sie ihn für einen Perversen hielt, der ihr hinterherschlich. Er wollte nur, daß sie seine Anwesenheit bemerkte, im Falle eines Falles.

Für welchen Fall? »Verflucht noch mal. Was weiß ich?« zischte er. Das Mädchen war höchsten siebzehn oder achtzehn. Sie war großgewachsen und hatte rotes Haar, das in einem Zopf geflochten war und ihr bis unter die Schulterblätter reichte. Sie trug einen grünen Minirock und ein weißes, ärmelloses Oberteil. Gary war sich sicher, daß sie in der kalten Gebirgsluft frieren mußte. Sie hatte nur ihre Handtasche bei sich. Sie mußte von hier sein und einen Spaziergang machen.

Er nahm deshalb an, daß sie die lange Straße hinunter bis zu der kleinen Stadt gehen würde, aber statt dessen bog sie an einem Aussichtspunkt ab. Gary blieb neben einer schorfigen Platane an der Einfahrt des Aussichtspunkts stehen. Das Mädchen ging zu der Steinmauer, die den Aussichtspunkt von dem senkrechten Berghang abgrenzte. Sie stand da und blickte über das Tal, über die Lichtpunkte, die menschliche Besiedlung anzeigten, die menschliche Vorherrschaft über die Dunkelheit.

Sie ist hübsch, dachte er.

Und dann sprang sie auf die Mauer und schwang die Arme nach hinten und Gary dachte: *Glaubt sie etwa, daß sie fliegen kann?*

Sie war bereit zu springen. Die ganze Zeit starben gute Menschen. Junge und alte, berühmte und unbekannte. Der Tod versprach Freiheit und Unschuld. Niemand würde die Wahrheit jemals herausfinden.

»Herr, sieh mich an. Ich bereue.«

Sie lehnte sich vor; ein plötzlicher Windstoß aus dem duftenden Tal hielt sie für einen winzigen Augenblick im Gleichgewicht.

»Ich bereue. Ich …« Sie sprang zurück. Ihr Knie prallte auf die Mauer, und der Stein scheuerte ein großes Stück Haut ab.

»Verflucht noch mal«, sagte sie. »Ich kann nicht.« Ihre Lungen sogen gierig nach Luft und vertrieben ihre Hoffnung und ihre Vision.

Und plötzlich rannte jemand auf sie zu, packte sie und warf sie in den Kies des Parkplatzes.

Ihr Kopf schlug auf den Boden. Sie kämpfte darum, wieder aufzustehen. Ihre Hände schlugen in die Luft. Der bärtige Mann stand über ihr und starrte sie an.

»Was, zum Teufel, machen Sie da?« schrie Sharon. Der Mann ging in die Hocke und sagte nichts. »Lassen Sie mich in Ruhe!«

Der Mann atmete schnell und stoßweise, als ob er genausoviel Angst hätte wie sie. Er rieb sich das Gesicht. Dann ließ er sich auf den Hintern sinken und kratzte sich am Bart.

»Ich sagte, Sie sollen mich in Ruhe lassen!«

»Ich dachte ...«, setzte er an.

»Was?« wollte Sharon wissen und schlug ihn gegen die Schulter. »Was haben Sie gedacht?«

»Ich dachte, Sie würden springen.«

Sharon zögerte. »Und wenn schon? Was ginge Sie das an? Was bilden Sie sich ein, in meinen Angelegenheiten rumzupfuschen?«

Sharon glaubte zu sehen, wie er die Achseln zuckte.

Sharon deutete auf das Blut auf ihrem abgeschürften Knie. »Ihretwegen habe ich mich verletzt«, sagte sie.

»Das tut mir leid.«

Sharon schob sich schnell weg von dem Mann und lehnte sich mit dem Rücken gegen die Steinmauer. *Was, zum Teufel, soll das sein, Herr? Willst du mich jetzt auch noch verhöhnen?*

Gott blieb ebenso stumm wie der bärtige Mann.

Eine Minute verstrich, dann sagte Sharon: »Wer sind Sie überhaupt?«

Der Mann blickte sie nicht an. Er sagte: »Gary.«

»Tja, Gary, du solltest nicht so sehr darauf aus sein, dich in die Angelegenheiten anderer Leute einzumischen.«

Sie schwiegen. Dann sagte Sharon: »Du kannst jetzt gehen.«

Gary blickte zu den Sternen, dann sah er wieder Sharon an. »Ich habe Zeit.«

»Zeit wofür?«

»Zeit, um jetzt noch nicht zu gehen.«

Sharon schloß die Augen. Obwohl sie erst im dritten Monat war, glaubte sie die Bewegung des Fötus tief in ihrem Innern zu spüren. Wie ein kleiner Goldfisch in seinem Glas. Wenn es nur so einfach wäre: einfach den Fötus mit einem Netz zu fangen und ihn auf den Asphalt zu werfen, wo er noch einige Male schlucken und dann sterben würde. Wenn sie nur wie die reichen Damen das Geld hätte, nach London zu fliegen. Aber Sharon besaß nur ihren gerechten Zorn und ein abgeschürftes Knie.

Sie begann heftig zu zittern.

Gary sah zu ihr herüber. Im fahlen Mondlicht erkannte sie dieselben intensiven Gefühle, die sie in seinen Augen im Restaurant gesehen hatte. Sie hielt den Atem an. Sie hatte gleichzeitig Angst und war neugierig.

»Ist dir kalt?« fragte Gary.

Sie fror. »Nein.«

»Du zitterst. Ich habe noch ein Hemd in meinem Matchsack. Willst du es?«

»Stinkt es genauso wie du?«

Gary zuckte die Achseln. »Ich weiß nicht. Vielleicht. Aber deshalb hält es nicht weniger warm.«

»Nein, danke.«

»Ich bin auf dem Weg nach Süden«, sagte Gary. »Ungefähr 25 Meilen von hier muß es einen Ort namens Sunrise geben. Bist du von hier?«

»Ja.«

»Hast du schon einmal von Sunrise gehört?«

»Nein.«

Gary nickte. »Es ist ein wundervoller Ort, das weiß ich, obwohl ich noch nie dort gewesen bin. Ich habe vor etwas mehr als einer Woche davon gehört. Seitdem träume ich davon. Sunrise liegt auf einem Gipfel. Sunrise ist die Antwort auf alle meine Sehnsüchte. Frieden. Freiheit.« Gary langte in die Tasche seines Overalls. Er zog ein zusammengefaltetes Flugblatt hervor und gab es Sharon. Die Buchstaben und die Zeichnungen waren lila; wie die Arbeitsblätter in der Schule.

»Ich kann es im Dunkeln kaum lesen«, sagte Sharon.

Gary öffnete den Matchsack und nahm eine Taschenlampe heraus. Er schaltete sie ein und reichte sie Sharon.

Sie las das Flugblatt.

»Sunrise. Wir heißen dich willkommen. Nirgendwo sonst wirst du das finden, nach dem du suchst. Wir lieben dich, obwohl wir dich noch nicht kennen. Komm und finde uns.«

»Was soll das sein?« fragte Sharon.

»Genau das, was dort steht. Ich suche nach einem Ort, an dem ich leben kann. Weit weg von dem ganzen Mist, den ich das ganze letzte Jahr mitmachen mußte.«

Auf der oberen Hälfte des Blatts befand sich eine Zeichnung von Bäumen unter einer strahlenden Sonne, darunter fand sich eine Wegbeschreibung.

»Ich bin von Chicago gekommen, um es zu finden.«

»Chicago? Du siehst wie ein Bauer aus«, sagte Sharon.

Sie gab ihm das Flugblatt zurück.

Gary steckte es in die Tasche. »Willst du mich begleiten?« fragte er.

»Wie kommst du darauf? Ich wohne in Neison, am Fuß der Berge. Ich komme aus einer guten Familie, mein Vater ist Arzt.« Sie holte tief Luft. »Ich bin nicht auf der Durchreise. Ich kenne dich überhaupt nicht. Du könntest mich jeden Augenblick umbringen.«

»Wirst du mich umbringen, Gary? Mach schnell. Schieß mir in den Kopf.«

»Vielleicht, weil du so aussiehst, als ob du kein Zuhause hättest«, sagte er.

Eine Strähne fiel in Sharons Mund. Sie wischte sie wütend zur Seite. Er würde sie also nicht töten.

»Also, gehst du nach Hause?« fragte Gary. »Zurück nach Neison?« Sharon öffnete den Mund, um ihm zu sagen, er solle verschwinden; um ihm zu sagen, er solle sie einfach umbringen; um ihm zu sagen, daß sie schwanger war und sie Bobby umgebracht hatten. Bobby war schön, so schön, aber die Augen dieses Mannes waren so schön wie Bobbys; dieser häßliche Mann in seinem stinkenden Overall hatte Augen voller Sorge und Anteilnahme. Tränen schossen in ihre Augen, und sie schluchzte vor Schmerz.

Es waren die ersten Tränen seit dem 6. Juni. Ihr Vater wäre stolz auf ihren Gleichmut gewesen, hätte er davon gewußt.

Gary beeilte sich, den Arm um sie zu legen. Sie lehnte ihren Kopf gegen seine Schulter. Das Weinen hatte ihre Nase verstopft, was den Gestank erträglich machte.

Und er war warm.

Am Morgen taten ihm alle Knochen weh. Das Mädchen hatte lange mit dem Kopf an seiner Schulter geschlafen, und er hatte sich nicht bewegt, um sie nicht aufzuwecken. Sein Arm war eingeschlafen und er hatte ein Gefühl, als ob ihn jemand mit tausend Nadeln stach. Außerdem meldeten sich wieder der Schnitt in seinem Knie und seine gebrochenen Finger zurück. Und jetzt, als der Himmel sich orange verfärbte, mußte Gary pissen.

»He«, sagte er und schüttelte sie.

Das Mädchen stöhnte.

»He, ich muß aufstehen.« Die Lider des Mädchens zitterten, dann öffnete sie die Augen. Sie starrte Gary an und verzog ungläubig die Augenbrauen.

»Ich muß aufstehen. Rutsch zur Seite.«

Das Mädchen blinzelte und zuckte von ihm zurück. »Was ist passiert?«

»Du hast geschlafen, und ich bin hier gesessen. Jetzt muß ich aufstehen.«

»Ich habe hier geschlafen?« fragte sie.

»Ja.« Gary stand auf. Am Rande des Aussichtspunkts ragten Bäume in die Höhe. Er mußte nur die paar Schritte dorthin trotten, und einige Sekunden später wäre die Sache erledigt.

»Ich habe hier bei dir geschlafen?«

»Ja, und ich muß jetzt pinkeln.« Er kam sich dumm vor, als ob er um Erlaubnis fragen würde. »Ich bin gleich wieder da.«

Gary ging zu den Bäumen und stellte sich hinter den dicken Stamm einer Eiche. Als er den Overall aufknöpfte und sich erleichterte, fragte er sich, ob sie verschwunden sein würde, wenn er zu dem Aussichtspunkt zurückkam. Sie war sonderbar, aber sie brauchte irgend etwas. Er wußte nicht einmal ihren Namen.

Er kam wieder zwischen den Bäumen hervor und ging über den Kiesbelag zu der Steinmauer. Das Mädchen war aufgestanden und suchte etwas in ihrer Handtasche. Sie sah etwas zerknittert aus, aber immer noch hübsch.

Das Mädchen drehte sich um, als sie seine Schritte hörte. Sie runzelte die Stirn. »Ich muß jetzt gehen.«

»Ich dachte, du wolltest nicht nach Hause. Gestern nacht schienst du so traurig und verängstigt.«

Das Mädchen preßte die Lippen fest zusammen. Sie starrte auf ihre Füße. »Meine Schuhe sehen fürchterlich aus.«

»Besser als meine.«

»Und ich sehe auch fürchterlich aus.«

Gary schwieg.

»Oder?«

»Du siehst gut aus. Es gibt Wichtigeres im Leben als das Aussehen.«

Das Mädchen schüttelte den Kopf. »Das ist falsch. Das Aussehen ist wichtig. Dein Aussehen sagt den anderen, was für eine Person du bist. Meine Mutter läßt mich in einem Hosenanzug nicht einmal einkaufen gehen. Ich muß immer Kleider tragen. Das Kleid sagt den Leuten, daß ich mir Zeit für mein Aussehen nehme, daß ich aus einem guten Haus komme.«

»Was sagt dir mein Aussehen?« fragte Gary.

»Bei dir funktioniert das nicht.«

Gary steckte die Hände in die Taschen seines Overalls. »Nun«, sagte er, »ich muß Sunrise finden. Es war nett dich kennenzulernen ...«

»Sharon«, sagte sie.

»Sharon.«

Er hob den Matchsack und hängte ihn über die Schulter. Er schenkte dem Mädchen ein Lächeln, mehr konnte er ihr nicht geben. Dann wandte er sich um und ging zur Überführung, um zur anderen

Straßenseite zu gelangen. Noch fünfundzwanzig Meilen. Immer den Parkway entlang.

»Vielleicht sollte ich mitkommen«, rief sie ihm hinterher. »Das heißt, wenn du nichts gegen etwas Gesellschaft hast.«

Gary drehte sich um. »Nein«, antwortete er, »habe ich nicht.«

Sie schulterte ihre Handtasche und trottete mit ihm über den Kies; ihr Zopf schwang hin und her. »Aber laß uns zuerst im Howard Johnson's frühstücken. Ich habe fünf Dollar.«

Gary nickte, und sie machten sich auf den Weg.

Plötzlich gab es für sie eine dritte Möglichkeit. Nicht der Sprung vom Aussichtspunkt, nicht die Rückkehr zu ihren Eltern, sondern einfach hinter diesem angeschlagenen und abgerissenen Mann im Overall hinterherzulaufen, bis sie zu einem Ort in den Bergen kamen, von dem sie noch nie gehört hatte.

Sie liefen fast fünfzehn Meilen, bevor die Dämmerung einsetzte. Sharon war erschöpft, aber sie biß die Zähne zusammen und ließ sich nichts anmerken. Jedesmal wenn ein Auto vorbeifuhr, schlug sie vor, es anzuhalten, und jedesmal antwortete er mit nein.

Sie unterhielten sich. Anfangs über die Tiere und Pflanzen, die sie an der Straße sahen, dann über ihre Familien und schließlich über Politik. Sharon fragte Gary, was er von Bobby Kennedys Ermordung hielt. Er sagte, es wäre eine verfluchte Schande.

Sharon fand langsam Gefallen an Gary, trotz des Overalls.

Eine Meile später hatte sie ihm von ihrer Schwangerschaft erzählt.

Um 18 Uhr 30 blieb Sharon stehen und wartete darauf, daß Gary merkte, daß sie nicht Schritt hielt. Er hielt zehn Meter weiter an und blickte zurück.

»Was ist los?«

Sharon seufzte. »Ich wünschte, du würdest noch einmal darüber nachdenken, ein Auto anzuhalten. Wie weit ist es noch? Zehn Meilen?«

»Was ist, wenn ich dir sage, daß es gefährlich ist, per Anhalter zu fahren?«

»Und wenn ich dir sage, daß es nicht gefährlich ist? Die meisten Leute sind freundlich, oder nicht?«

»Ich weiß es nicht.«

»He, wenn sie dir die Kehle durchschneiden, dann kannst du mir die Schuld geben. In Ordnung?«

»Wir ruhen uns heute aus und probieren es morgen.«

»Warte, da kommt jemand.« Sharon neigte den Kopf zur Seite und hörte, daß ein Wagen um die Kurve kam.

»Ich will nicht …«

Sharon winkte. »Es ist ein alter Mann. Er sieht in Ordnung aus.«

»Großartig«, sagte Gary. Der Lastwagen fuhr rechts ran. Sharon ging ans Fenster und sprach für einen Augenblick leise mit dem Fahrer. Dann winkte sie Gary zu. »Er fährt in unsere Richtung. Mach schon!«

Gary nahm den Matchsack und ging zu ihr. Er sagte: »Wenn der Typ mit Kühen anfängt, bin ich schneller weg, als du blinzeln kannst.«

»Was meinst du damit?«

»Nichts.«

Der Fahrer hieß Mitchell. Er verlor kein einziges Wort über Kühe oder Garys Overall. Sharon saß zwischen den beiden Männern.

»Es sind nur zehn oder fünfzehn Meilen bis Conner Falls, und nach deinem Flugblatt ist Sunrise in der Nähe davon«, sagte sie.

Gary nickte wortlos.

Das war in Ordnung, dachte sie. Er wußte die Fahrt vielleicht nicht zu schätzen, aber bestimmt seine Füße.

Der Wagen hielt an einem kleinem Laden in unmittelbarer Nähe des Parkways an. Von den höher gelegenen Gebirgskämmen wälzte sich langsam dicker Nebel herunter.

»Ich muß kurz telefonieren«, erklärte er Gary und Sharon. »Meiner Frau sagen, daß ich eine Stunde länger brauche. Bei dem Nebel braucht man verdammt lange bis zum Hof. Sie macht sich Sorgen.«

Während Mitchell zur Telefonzelle neben den Zapfsäulen ging, begaben sich Gary und Sharon in den Laden. Sie hatten Garys zerbröselte Cracker und die Donuts aus dem Howard Johnson's schon lange aufgegessen, und Sharon fühlte sich halbverhungert.

Im Inneren des Ladens roch es nach Schmuckkästen aus Kiefernholz und Plastiksouvenirs aus den Bergen. Jedesmal, wenn Sharon mit ihrer Familie Urlaub in den Bergen gemacht hatte, hatte es so gerochen. Hinter der Theke stand eine alte Frau. Sie trug eine Brille mit blauer Fassung und hatte knallroten Lippenstift aufgetragen. Sie leckte sich mißtrauisch die Lippen und sagte: »Was wollt ihr? Ich schließe in zehn Minuten.«

Sharon spürte, wie der Zorn ihre Handrücken rot anlaufen ließ. »Entschuldigen Sie, aber wir sind Kunden.«

»Das bezweifle ich«, sagte die Frau.

»Sie mögen keine Kunden in Ihrem Laden?«

Die Augen der Frau verengten sich. »Kunden sehen aus wie Kunden. Ich sehe sie die ganze Zeit. Ihr seid keine.«

Gary sagte leise: »Sharon, reg dich nicht auf. Laß es gut sein.«

»Ihr beide seht wie die Spinner aus, die weiter unten an der Straße wohnen«, fuhr die Frau fort. »Ich traue ihnen keinen Millimeter. Und wenn es nach mir ginge, sollte man sie alle den Berg runterwerfen.«

Sharon ging mit zusammengebissenen Zähnen an die Theke. »Wie können Sie es wagen, sich über das Aussehen anderer Leute zu mokieren? Hat Ihnen Ihre Mutter nicht beigebracht, was Höflichkeit ist? Für wen halten Sie sich eigentlich?«

»Sharon«, sagte Gary. Sharon hörte ihn herankommen. Er berührte ihren Arm. Sie machte sich mit einem Ruck frei.

»Es sieht so aus, als ob gute Manieren es nicht bis hier oben geschafft haben, oder?« Sharon hoffte, daß sich die Frau auf einen Streit einlassen würde. Ein Streit würde ihr jetzt guttun. Nichts abgehoben Philosophisches, sondern einfach nur nach alter Tradition einander anschreien. So wie sie und ihre Mutter es immer taten, wenn es um die Farbe von Kleidern oder Rocklängen ging.

Und ich bin schwanger, Mama. Was sagst du dazu?

Aber die Frau war so wütend, daß sie weder sprechen noch sich bewegen konnte. Ihre Augenlider bebten vor Wut. Die Hände, die sie auf die Theke stemmte, zitterten.

Eine lange Stille folgte. Dann sagte Gary: »Ich nehme an, es hat keinen Sinn mehr, sie nach dem Weg zum Sunrise Camp zu fragen.«

Er behielt recht.

Sie liefen eine Zeitlang schweigend nebeneinander her. Der Nebel streichelte Garys Gesicht, und er fühlte, wie seine kalten, feuchten Hände ihn reinigten. *Führe mich. Ich folge dir blindlings,* dachte er. *Ich will vertrauen.* Er war so aufgeregt, daß er kaum schlucken konnte. Er wußte bereits jetzt, daß er Sharon liebte.

Er konnte sehen, daß sie erschöpft war. Es ist nicht mehr weit, sagte er ihr immer wieder, und sie beklagte sich nicht.

Mitchell, der gerade den Hörer auflegte, als Sharon und Gary aus dem Laden kamen, hatte ihnen den Weg erklärt.

»Seht ihr die Route 947 neben dem Laden? Der folgt ihr für ungefähr eine Viertelmeile nach Osten, bis ihr an einen Schotterweg ohne irgendein Schild kommt. Ich glaube, das ist die Straße nach Sunrise. Was wollt ihr da denn überhaupt? Dort gibt es nur Hippies. Wenn ihr mich fragt, dann sollte die Polizei sie mal kräftig in den Arsch treten. Sollen sie doch woanders sehen, wo sie bleiben.«

Gary hatte sich für die Wegbeschreibung bedankt.

Sie mußten über eine halbe Meile entlang der 947 laufen, um zur Abzweigung nach Sunrise zu gelangen. Es war einfach, der Schotterstraße zu folgen, aber es war unmöglich, ihren weiteren Verlauf zu erraten. Sie konnten nur zwei Meter weit sehen. Garys Taschenlampe war, einige Minuten nachdem sie von der 947 abgebogen waren, erloschen. Sie folgten immer weiter den Serpentinen, bis zu Höhen, in denen es keinen Untergrund mehr geben konnte. Es war, als ob sie in den Himmel liefen. Die Bäume, die die Straße säumten, wirkten geisterhaft. Hin und wieder durchtrennte ein schwacher Strahl Mondlicht den Nebel, verschwand aber immer wieder nach kurzer Zeit, so daß die beiden auf gut Glück weitergehen mußten.

»Wie sollen wir bloß merken, daß wir da sind?« fragte Sharon.

»Ich denke, wir werden es einfach wissen.«

Ich werde es spüren. Wir sind beinahe da. Fast da!

Sie gingen weiter.

Sharon sagte: »Wie wär's mit einem Lied? Ich kenne alle von den Monkees.«

»Ich nicht.«

»Wie wär's mit ›Yellow Submarine‹?«

Gary schüttelte den Kopf. Dies war ein ernster Moment, er konnte unmöglich über eine Party unter dem Ozean singen.

»Ich singe gern. Wir haben immer auf den Pfadfinderlagern gesungen, wenn wir in den Wäldern waren, so wie jetzt.«

»Das ist schön«, sagte Gary.

Sharon holte Luft und begann zu singen. ›When I look up to the sky I see your eyes, a funny kind of yellow.‹

Gary mußte unwillkürlich grinsen. »Pictures of Matchstick Men.« Ein toller Song.

»I rush home to bed, I soak my head, I see your face underneath my pillow«, sang Sharon.

Gary stimmte ein. »I wake next morning tossing, yawning, see your face come peeking through my window. Pictures of matchstick men and you, mirages of matchstick men and you, all I ever see is them and you.«

Sharon brach lachend ab. »Was bedeutet das, Gary? Ich höre nicht gerade viel psychedelische Musik.«

»Ich glaube, das ist für jeden anders.«

»Red dich nicht raus!«

Gary gab nach. »Kann sein.«

Vor ihnen watschelte ein Stinktier über den Schotter; sie machten auf der Stelle halt. Das Stinktier zwinkerte ihnen zu und verschwand zwischen den Bäumen.

Und dann hob Gary die Hand, um Sharon zurückzuhalten. »Was ist?« fragte sie.

»Ich glaube, wir sind da.«

Eine Zeder an der Straße war wie ein Weihnachtsbaum geschmückt. Sie war mit kleinen Blechornamenten behängt, die man anscheinend aus alten Gemüse- und Fruchtdosen geschnitten hatte. Papierfahnen, die meisten von ihnen bereits ausgebleicht und vom Regen und Wind zerrissen, hingen von den Zweigen. Dazwischen baumelten kleine, aus Streichhölzern gebastelte Männchen.

»Sieh mal, was die Kinder gemacht haben«, sagte Sharon.

Gary sagte: »Hier ist ein Tor.«

Vor ihnen sperrte ein Tor aus Metallröhren die Straße ab. Es war nicht abgeschlossen. Gary drückte es auf, und die beiden betraten das in Nebel gehüllte Sunrise Camp.

Erst nach drei Minuten konnten sie irgend etwas anderes als weitere Bäume und Schotterweg erkennen. Zu ihrer Rechten, abseits der Straße, wurden einige Lichter sichtbar.

»Ein Haus?«

Sharon nickte. »Ich glaube ja.«

Sie gingen auf die Lichter zu. Als sie näher kamen, konnten sie die rechteckigen Umrisse einer kleinen Hütte erkennen. An der Vorderseite war eine überdachte Veranda, und links von der Hütte hing eine Schaukel. Die Lichter, die sie gesehen hatten, stellten sich als Laternen heraus, die man zu beiden Seiten der Tür angenagelt hatte.

»Möchtest du, daß ich anklopfe?« fragte Gary.

»Ich kann klopfen, wenn du nicht willst«, sagte sie.

Ihre Entschlossenheit ließ in Gary eine Welle der Zuneigung aufwallen, und er streckte die Hand aus, um ihr zärtlich über das Gesicht zu streicheln.

Sie drehte das Gesicht nicht weg, noch warf sie ihm einen

bösen Blick zu. In diesem Augenblick wußte er mit Sicherheit, daß er sie liebte. Gary stieg auf die Veranda und klopfte gegen die Tür. Während er auf eine Antwort wartete, fragte sich Gary für einen Moment, ob drinnen irgendein verrückter Hinterwälder mit der Schrotflinte in der Hand auf ihn wartete.

Führe mich blindlings. Was dort ist, ist dort.

Er hörte Schritte, dann riß jemand die Tür auf.

Ein Frau in einem weißen Nachthemd lächelte ihn an und fragte: »Suchst du Sunrise?«

Gary nickte. Er drehte sich zu Sharon um, die inzwischen auf die Veranda gekommen war. Sie nickte ebenfalls.

Sie gingen hinein und ließen die nebelverhangene Nacht hinter sich.

Die Bewohner von Sunrise standen mit der Sonne auf. Die Männer und Frauen kamen aus den vielen verschiedenen Hütten, versammelten sich auf der Wiese auf dem Kamm und sahen zu, wie der große, rote Ball hinter einem fernen Gebirge aufstieg und in den Himmel kletterte. Niemand sagte etwas während des morgendlichen Rituals. Man stand nur da und blickte in den Himmel.

Gary und Sharon, die auf Matten in der Hütte geschlafen hatten, gingen auf die Veranda, um die frühmorgendliche Versammlung der Kommune zu verfolgen. Die Frau, die sie in der Nacht zuvor begrüßt hatte, war gegangen, noch bevor Gary und Sharon aufgewacht waren. Sie hatte ihnen aber noch in der Nacht ihren Namen gesagt: Gem.

»Es ist viel größer, als ich es mir vorgestellt habe«, flüsterte Gary Sharon zu, aber sie brachte ihn zum Schweigen. Sharon befürchtete, daß man sie wieder wegschicken würde, wenn sie vor dem gebührenden Zeitpunkt etwas sagten.

Auf der Weide hatten sich ungefähr einhundert Mitglieder von Sunrise versammelt. Die meisten von ihnen waren Männer und Frauen zwischen zwanzig und fünfunddreißig Jahren. Sie trugen die merkwürdigsten Kleidungskombinationen, die sich im Falle eines frühen Herbsteinbruchs bestimmt alle als praktisch erweisen würden, aber häßlich und ohne jeden Sinn für Stil zusammengestellt waren. In der ganzen Menge war kein einziger modischer Nehru-Anzug oder loser Umhang zu sehen. Für einen kurzen Augenblick machte sich ein Gefühl der Überlegenheit in Sharon breit, dann schämte sie sich dafür. Garys Kleidung war ebenso seltsam wie jene dieser Leute. Und Gary war ein wirklich guter Mensch.

Die übrigen Hütten standen in der Nähe von der, in der Gary und Sharon übernachtet hatten – einige unter den Bäumen, einige auf offenem Gelände. Sharon hätte wetten können, daß dieser Ort einmal ein Pfadfinderlager gewesen sein mußte.

Nach zehn Minuten erwachten die Leute aus ihrer Starre, liefen ungezwungen umher und sprachen miteinander. Gary ging zu einem Paar, das unter einem nahe gelegenen Baum saß und Händchen hielt. Sharon folgte ihm.

»Hallo«, sagte Gary.

Die beiden sahen auf, blinzelten und lächelten. Das schmutzige, blonde Haar des Mannes reichte bis zur Hüfte. Die Frau, die asiatischer Herkunft war, trug ihr Haar in vielen Zöpfen, in die sie Geißblattzweige geflochten hatte.

»Hm, hallo«, sagte der Mann.

»Wir sind gestern nacht angekommen«, sagte Gary. »Wir haben in der Hütte dort drüben bei einer Frau namens Gem übernachtet. Wir sind neu hier.«

»Alles klar, Mann«, sagte der Mann. Er schien einen Sprachfehler zu haben; die Worte klebten ihm etwas an der Zunge. Er blinzelte häufig, das Weiße in seinen Augen war leicht getrübt. Er warf das Haar zurück und reichte Gary und Sharon die Hand. »Ihr müßt Abraham treffen.«

»Wen?« fragte Sharon.

Die Frau kicherte. Es war komisch, eine Frau um die Dreißig wie ein junges Mädchen kichern zu hören. Aber der Laut war so glücklich, daß Sharon unwillkürlich lächelte. »Für Wind heißt er

Abraham. Für mich Jonas. Er ist der Gründer von Sunrise, er hat uns hier willkommen geheißen.« Ihre Aussprache war ebenfalls etwas undeutlich. Sharon fragte sich, ob die Höhe den Schall irgendwie veränderte.

Der blonde Mann stand auf und nahm die Frau am Arm. »Kommt mit. Er ist zwar nicht zum Sonnenaufgang gekommen, aber er schläft nicht. Er ist beschäftigt, plant immer für uns, tut immer irgend etwas für uns. Man sieht ihn nur selten.«

»Er tut was?« fragte Sharon.

Der Mann kicherte, und die Frau schloß sich ihm an. Ihr Lachen war klar, offen und ungezwungen. Gary sah das Paar an, dann Sharon, und als sie loslachte, konnte er sich ebenfalls nicht mehr halten. Das Paar führte Gary und Sharon über die Weide zu einer weiter entfernten Baumreihe, in deren Schatten eine einzelne Hütte stand. Sie war etwas größer als die übrigen. Sie gingen an einer Frau vorbei, die im Gras saß und auf zwei kleine Kinder aufpaßte. Eines davon, ein Mädchen, hatte einen viel zu kleinen Kopf für ihren Körper. Dem anderen, einem nicht ganz zwei Jahre alten Jungen, fehlten beide Arme.

Sharon spürte, wie ihr Atem stockte, und sie zwang sich, die Kinder nicht anzusehen.

An der Hütte angekommen, erklomm Wind die Veranda und klopfte an.

»Er ist sehr beschäftigt, aber für Neue hat er immer Zeit«, sagte Wind. Er klopfte wieder an. Von drinnen kam eine Antwort. Die Stimme war tief und kräftig, wie eine Mischung aus dem Weihnachtsmann und Charlton Heston.

»Herein!«

Als Sharon und Gary vortraten, streckte Wind die Hand aus und hielt Sharon zurück.

»Oh, immer nur einer«, sagte er. »Um uns kennenzulernen, uns zu verstehen, muß er uns alleine sprechen.«

Sharon sah die Frau an. Sie spielte mit ihren Zöpfen und lächelte.

»In Ordnung«, sagte Sharon.

Sie setzte sich auf die unterste Stufe der Treppe zur Veranda. Wind und die Frau schlenderten davon.

Gary trat ein.

Die Hütte ähnelte derjenigen, in der sie die Nacht verbracht hatten. Es gab offensichtlich keinen Strom; auf einem grob gearbeiteteten Holztisch neben einem Kamin standen einige Kerosinlampen. An den Wänden waren unter den Fenstern ein paar Stühle aufgereiht. Die Tür zu einem zweiten, hinteren Raum war verschlossen. An den Wänden hingen Poster. KRIEG SCHADET DER GESUNDHEIT VON KINDERN UND ANDEREN LEBEWESEN. WIR WERDEN SIEGEN! Und natürlich Max Ehrmanns Desiderata: Geh freundlich und gelassen inmitten von Lärm und Hast GEH FREUNDLICH UND GELASSEN INMITTEN VON LÄRM UND HAST …

Der Mann stand neben dem Tisch und zündete sich eine Pfeife an. Er war hochgewachsen, dünn und hatte einen Bart, der wie ein Vogelnest auf seinem Brustkorb lag. Sein Kopf hingegen war kahl.

»Mein Freund«, sagte er. »Du hast uns gefunden. Niemand hat versucht dich abzuschrecken, oder?«

»Abzuschrecken?«

Der Mann blinzelte. »Die, die uns hassen. Die, die wollen, daß wir dasselbe wie sie glauben. Die Polizei, das FBI, das Militär, die verfluchte Regierung. Hat man dir ein Flugblatt gegeben?«

»Ja.«

»Und wo hast du es bekommen?«

»Beim Nationalen Parteitag der Demokraten in Chicago. Vor etwas mehr als einer Woche.«

»Ah, ja. Eine üble Geschichte, mein Freund. Wir heißen alle willkommen, die von üblen Geschichten und schlechten Trips genug haben.«

»Ja«, sagte Gary.

»Also sag es mir, mein Freund.« Der Mann ging zu Gary und beugte den Kopf. »Flüstere es mir zu. Warum bist du hier?«

Gary sah den Mann an. Er hatte plötzlich das Gefühl, sich zum Narren zu machen. Wer war der Typ? War es das hier, wofür er den langen Weg gekommen war?

Vertrauen. Hilf mir zu vertrauen, hilf mir blindlings und freiwillig zu folgen.

»Ich kam, um die Übel der Welt hinter mir zu lassen«, brachte Gary hervor.

»Ja«, sagte der Mann. »Du hast andere verletzt, nicht wahr?«

»Ja.«

»Erzähl mir davon.«

»Ich habe etwas getan, was ich nicht hätte tun sollen. Ich habe nicht das getan, was ich hätte tun sollen. Ich war während des Parteitags auf der Straße und warf mit Flaschen, Glasflaschen. Ich traf eine Frau. Ich habe sie vielleicht getötet; ich weiß es nicht.«

»Erzähl weiter.«

»Viele Freunde von mir sind in den Krieg gezogen. Sie kamen um, und ich vermisse sie. Ich wünschte, ich hätte sie retten können.«

»Du möchtest die Gewalt hinter dir lassen.«

»Ich habe ein Friedensgelübde abgelegt. Ich will Frieden finden. Und das Leben. Und Liebe.«

»Du wirst sie hier finden«, sagte der Mann. Er richtete sich auf und lächelte Gary an. Es war ein gutmütiges Lächeln.

Alles wird gut.

»Nenn mich, wie du möchtest«, sagte der Mann. »Ich will sein, was du brauchst.«

Gary zögerte. Wie sollte er diesen Mann nennen? Dann sagte er: »Ich werde dich Freund nennen.«

»Flüstere es mir zu. Warum bist du hier?«

»Ich will meine Unschuld zurück«, sagte Sharon.

»Du bist jetzt unschuldig.«

»Nein, das bin ich nicht. Ich bin schwanger.«

Der Mann lächelte. Sharon wollte die Hand ausstrecken und

ihn berühren. Er verstand. Der Anflug von Sorge, den sie in Garys Gesicht gesehen hatte, wurde von dem Feuer der Zuneigung dieses Mannes weggewischt. Was für ein Glück, daß sie Gary gefolgt war, dachte sie.

»Unschuld«, sagte der Mann, »ist in uns allen. Wenn wir uns allen Erfahrungen öffnen, sind wir unschuldig. Nur wenn wir zögern, sind wir verloren.«

»Ich habe den Mann, mit dem ich schlief, nicht geliebt.«

»Die Liebe ist unschuldig. Ebenso wie Sex. Und Qual, Freude und Kummer. Wir wurden geschaffen, um Dinge zu erfahren, und sind deshalb unschuldig. Wir sollten sie alle erfahren.«

Sharon nickte.

»Nenn mich, wie du möchtest«, sagte der Mann. »Ich will sein, was du brauchst.«

»Wie ich will?« fragte Sharon.

Der Mann nickte.

»Darf ich dich Bobby nennen?«

Oktober 1968

Sie teilten sich die Hütte mit der Frau namens Gem und ihren drei Ehemännern. Da es in der Hütte nur zwei Räume gab, bekam Gems Familie einen, und der vordere ging an Sharon und Gary. Gem war süß und ihre Gatten (zumindest vor Gott waren sie getraut, erzählte sie ihnen) waren ruhig und bescheiden und schienen fast wie braunhaarige Drillinge. Sie verbrachten ihre Zeit mit dem Malen von Bildern, dem Jäten der Kürbisfelder, Singen und Schlafen.

Gary mußte seine ganze Kraft aufwenden, nachts neben Sharon zu liegen und sie nicht an sich zu ziehen, um mit ihr zu schlafen. Er liebte sie. Er liebte sie so sehr, daß es weh tat. Sie trug ihr Haar nicht mehr in einem Zopf, sondern ließ es frei auf die Schultern fallen, und wenn der Wind mit ihm spielte, bekam er eine Erektion. Bei den gemeinsamen Mahlzeiten, die bei gutem Wetter auf der Weide und bei Regen im großen Speisesaal stattfanden, bekam er oft kaum einen Bissen hinunter, so sehr war er damit beschäftigt, ihre anmutigen Bewegungen und ihr offenes, ehrliches Lächeln zu bewundern.

Sunrise hatte sie wie verwandelt.

Warum hatte Sunrise ihn nicht verwandelt? Er fühlte sich verloren und allein. *Ich brauche nur Zeit,* hatte er sich selbst gesagt. Nicht jeder konnte sein Mißtrauen einfach ablegen. Nachts betete er zu der Macht des Universums, daß ihn die Freiheit erfaßte, aber er kämpfte immer noch darum.

Es nagte an ihm, daß Sharon in den Anführer, den sie Bobby nannte, verknallt schien. Er absolvierte täglich zwei öffentliche Auftritte – einen beim Frühstück und einen beim Abendessen –, von denen Sharon den ganzen Tag sprach. Gary hatte deshalb nicht sehr viel für den Mann übrig, und es fiel ihm schwer, ihn Freund zu nennen.

Wenn er mit Sharon schlafen könnte, würde es seinen schlechten Gefühlen die Spitze nehmen, auch wenn ihm jetzt der Gedanke daran nur noch mehr Schuld einflößte.

Anfangs hätte Sharon geschworen, daß jeder in Sunrise einen Sprachfehler hatte, aber nach den ersten Wochen schien es anders. Oder Sharon und Gary hatten sich an die sonderbare Aussprache ihre Mitkommunarden gewöhnt.

Oder sie hatten sich angewöhnt, ebenfalls zu nuscheln. Sharon war es egal.

Im Laufe des Oktobers begann Sharon, bei der Zubereitung der Mahlzeiten für die Gemeinschaft zu helfen, und manchmal paßte sie auch auf die Kinder auf.

Es gab insgesamt sieben von ihnen. Als Gem sie das erstenmal bat, bei einem Spiel für die Kinder zu helfen, hatte sich Sharon gesträubt. Alle Kinder hatten körperliche Defekte. Zweien fehlten Gliedmaßen. Eines hatte eine Schuppenhaut wie ein Fisch. Eines war ohne Mund auf die Welt gekommen, und Bobby hatte eine

Notoperation durchgeführt und ein Loch geöffnet, durch das das Mädchen jetzt die Nahrung zu sich nahm.

Als Bobby von ihrem Zögern erfuhr, hatte er mit ihr gesprochen. Sie waren alle unschuldig, und ihre Unvollkommenheit machte sie noch unschuldiger; sie brauchten noch mehr Liebe und konnten noch mehr geben. Wo sonst konnten sie diese Liebe erhalten? Mit Sicherheit nicht draußen, wo man Kriege führte und allein das Geld herrschte.

Danach kümmerte sich Sharon begeistert um die Kinder. Sie half beim Baden und Füttern. Sie spielte mit ihnen Spiele mit Steinen und Blumen. Aus gebrauchten Streichhölzern aus der Küche bastelten sie alberne kleine Männchen und befestigten sie an der Zeder am Eingang von Sunrise. Sharon konnte kaum noch die Geburt ihres Kindes im März erwarten. Manchmal, wenn sie in der Stille der Nacht in ihrem Zimmer saß, entschuldigte sie sich bei dem Baby für ihren anfänglichen Haß. Dann schlief sie geborgen neben Gary ein.

Und träumte von Bobby.

Gary konnte das Essen nicht ausstehen. Es schmeckte immer, als ob es beinahe verdorben wäre, und wurde mit der Zeit immer noch schlimmer. Die Frauen in Sunrise konnten vielleicht Bilder malen und Roben weben, aber sie hatten keine Ahnung vom Kochen. Freund war für die Zubereitung des Essens zuständig. Er bestellte die Nahrungsmittel und kontrollierte, was in die Küche kam, aber er hatte eindeutig noch nie das Wort ›schmackhaft‹ gehört. Gary fragte sich immer häufiger, was Freund in seiner freien Zeit trieb. Er suchte garantiert nicht nach neuen Kochbüchern, da war Gary sich sicher.

Nach dem Essen fühlte sich Gary immer unwohl. Die Zunge kam ihm dick und schwerfällig vor. Er nuschelte genauso wie die übrigen Bewohner von Sunrise. Manchmal gab er nur vor zu essen und schlich sich zu dem Laden der alten Frau an der 947, um sich mit dem wenigen Geld, das sich noch in seinem Matchsack fand, einen Happen aus dem Automaten vor der Tür zu ziehen.

Irgendwie spürte Gary, daß das Freund überhaupt nicht gefallen würde, wenn er es herausfände.

Aber irgendwie war es ihm egal. Er wartete auf den Augenblick, an dem er die Lebenskraft fand, die er suchte; wartete, bis ihn der Friede und die Liebe überfluteten, die anscheinend alle um ihn herum ergriffen hatten.

Ich brauche sie jetzt, bring sie jetzt. Schenk mir genug Vertrauen, um sie jetzt zu haben!

Die einzige Lebenskraft, die er spürte, war das Brennen, das in ihm aufstieg, wenn Sharon in der Nähe war. Sie umarmte ihn oft und lächelte ihn an, aber das war alles. Er wußte, daß sie Freund liebte. Die meisten Frauen in Sunrise taten das. Und auch ein paar der Männer. Und was wurde aus ihm?

Gary stürzte sich in die Gartenarbeit und machte sich daran, die vielen Gebäude in Sunrise zu reparieren. Er erzählte den anderen, die neben ihm mit Hacken oder Hämmern in den Händen arbeiteten, harmlose Scherze.

Und er träumte mit offenen Augen von Sharon und wartete auf seine Erlösung.

November 1968

Sharon saß im Gras am Rand der Weide und ließ die Beine baumeln. Sie hatte die Hände um ihren zu einer Kugel angeschwollenen Bauch gelegt. Die Sonne ging unter, und die Anwesenden der abendlichen Versammlung waren ihres Weges gegangen. Bussarde kreisten über dem Hang. Auf einem Grashalm in ihrer Nähe saß eine Heuschrecke und streckte ihre Fühler in die Luft. Gary erntete mit einigen anderen die letzten Kürbisse der Saison. Ein leichter Wind wehte den Hang herauf und über die Wiese. Die Luft roch nach Kupfer und Zimt.

Bobby kam und setzte sich neben Sharon. Er nahm ihre Hand

und tätschelte sie. Sharon wollte näher an ihn heranrücken, aber traute sich nicht. Bobby war zu wichtig für solche Dinge. Ihr genügte die Ehre, daß er tagsüber aus seiner Hütte kam, um sie zu sehen.

»Ich danke dir für alles«, sagte Sharon zaghaft.

»Du solltest dir selbst danken. Du bist eine wundervolle, unschuldige Frau.« Sie saßen schweigend da. Plötzlich bekam Sharon Angst, daß Bobby gehen würde, wenn sie nichts mehr sagte. Also fragte sie: »Ich frage mich, wer die Wahlen heute gewonnen hat?«

»Die Wahlen?«

»Der Präsident?«

»Ich weiß nicht, wovon du redest«, sagte Bobby, und Sharon wußte, daß sein Vergessen richtig war. Sie mußte genauso wie er vergessen. Er war so weise. So gut. So unschuldig.

Lieber Gott, ich danke Dir, dachte sie.

Bobby saß noch eine Weile bei ihr, dann stand er auf und ging zurück zur Hütte und zu seiner Arbeit. Worin seine Arbeit auch bestehen mochte, er wußte es, und das war das einzige, das zählte.

Dezember 1968

Es gab Schnee. Gary stand auf der überdachten Veranda und blickte auf das Weiß.

Verdammt, das wird ein langer Winter.

Hinter ihm ging die Tür auf, und Sharon erschien in eine Decke gehüllt, die sie aus alten Kleiderfetzen genäht hatte.

»Sieh dir das an!« sagte sie. »Ich liebe Schnee.«

Und ich liebe dich, Sharon. Warum siehst du das nicht? Aber er sagte: »Mir reicht der Schnee, den wir immer in Chicago hatten. Der bloße Anblick macht mich schon müde.«

»Gem hat sich letztes Jahr Schneeschuhe gemacht. Wenn wir wollen, zeigt sie uns, wie man sie herstellt.«

»Sicher!«

Sharon ging zu ihm hinüber und hakte sich ein. »Ist das nicht wunderschön? Ich glaube, ich war in meinem ganzen Leben noch nie so glücklich. Bobby weiß, wie er sich am besten um uns kümmert, nicht wahr?«

Gary sagte: »Du hältst alles für wunderbar?«

»Ja.«

»Du findest nichts sonderbar?«

»Sonderbar? Natürlich. Mein Leben drehte sich nur um die Kleider für den Abschlußball, das Mittagessen und die Monkees. Das hier muß dagegen sonderbar erscheinen, oder nicht? Auf wundervolle Weise sonderbar.«

»Ich frage mich, was heute für ein Tag ist.«

»Hmmm«, sagte Sharon. »Ist das denn wichtig? Ich bin einfach nur glücklich.«

»Vielleicht ist schon Weihnachten. Dann würde ich dir ein Geschenk machen. Weißt du, ob schon Weihnachten ist?«

»Mir ist egal, ob wir heute Weihnachten, Ostern oder Erntedank haben.«

»Und wenn heute Weihnachten wäre, hätten wir dann ein Weihnachtsessen? Und wie würde das schmecken? Wie der Mist, den wir jeden Tag bekommen? Der Mist, der mich krank macht? Erzähl mir nicht, du spürst es nicht, Sharon.«

»Was spüren?« Ihr Tonfall klang abwehrend. Mein Gott, er wünschte sich, sie würde ihn lieben und ihm vertrauen. Sharon machte einen Schritt zurück und zog in einer Bewegung die Decke und die Augenbrauen hoch. »Was meinst du damit?«

»Sunrise ist nicht das, was ich mir erhofft habe.«

»Du mußt ihm eine Chance geben, Gary.«

»Ich habe es viele Male versucht. Irgend etwas stimmt hier nicht.«

»Bitte, sag so etwas nicht.«

»Warum nicht?«

»Weil sie dich hören werden.«

Gary packte ihren Arm. Die Decke rutschte auf einer Seite herunter und gab ihren nackten Körper der kalten Winterluft preis.

Sie machte keine Anstalten, die Decke aufzuheben. Ihr Blick war auf ihn fixiert.

»Wer wird es hören? Wen stört es? Hier herrscht Freiheit, oder nicht? Sharon, du solltest dich hören. Du mußt mir nicht zustimmen, aber ich habe das Recht zu sagen, was ich denke. Ich kann einfach nicht glauben, wie ihr alle auf diesen Ort abfahrt.«

»Du hast mich hierhergebracht. Du glaubst auch daran!«

»Sharon, denk mal eine Minute nach. Niemand sieht hier gesund aus. Ihre Augen sind trübe, Sharon.«

»Halt den Mund! Bitte hör auf, Gary!«

Gary starrte sie an. Sah, wie ihr rotes Haar ihre Brüste streifte. Sah ihre weit aufgerissenen und angsterfüllten Augen. Und in ihnen lag tatsächlich Unschuld. Zumindest sie hatte gefunden, wonach sie gesucht hatte.

»Okay«, sagte er schließlich. »Ich halte den Mund. Es tut mir leid, Sharon. Vergiß, was ich gesagt habe.«

Sharon schwieg.

»In Ordnung?« fragte Gary.

Sharon zog die Decke über die Schulter. »In Ordnung«, sagte sie. Sie holte tief Luft. Dann erschien ein Lächeln auf ihren Lippen. »Willst du mit mir Schneeschuhe machen?«

Jemand legte eine Hand auf seinen Mund, und Gary schreckte auf, ohne aufschreien zu können. Er versuchte die Dunkelheit in der Hütte zu durchdringen, um zu sehen, wer mit gespreizten Beinen auf ihm saß und ihn nach unten drückte.

Die Stimme verriet es ihm.

»Gary, Gary«, sagte Freund. »Zweifelst du etwa an unserer Aufrichtigkeit?«

Gary konnte den Pfeifenrauch im Atem des Mannes riechen. Freund drückte ein Knie auf Garys Brustkorb. Es schmerzte höllisch.

»Gary, wir lieben dich. Wie kannst du daran zweifeln? Wir gehören nicht zur Welt. Wir müssen stark bleiben und an uns selbst glauben. Glaubst du an dich, Gary?«

Gary fiel nichts Besseres ein, als zu nicken. Sharon hatte ihn verpfiffen. Ein Schulkind, das den bösen Buben verpetzt hatte.

»Das ist gut. Zweifel sind eine traurige Sache. Vergiß nicht, ich bin für dich da. Wenn du Zweifel hast, dann sprich mit mir darüber. Jag den Schwestern nicht mit blödem Geschwätz Angst ein.«

Freund nahm die Hand von Garys Mund. Gary hustete und sagte: »Wie du meinst.«

Stille folgte, und dann beugte sich Freund vor und küßte Gary leidenschaftlich. »Ich bin, was du brauchst«, sagte er, als er sich wieder aufrichtete. »Du darfst nicht ans Weggehen denken. Du darfst nicht einmal davon träumen, mein Freund.«

Gary nickte.

Freund stand auf und verließ die Hütte. Gary lag zitternd da.

Ich wollte nie mehr hassen. Ich wollte nie mehr hassen. Ich wollte nie mehr hassen.

Er flüsterte: »Ich hasse dich, du Schwein.«

Februar 1969

Die Wehen setzten kurz vor Morgengrauen ein. Sharon setzte sich auf ihrer Matratze auf und schlang die Arme um ihren Körper, bis die Wehen so stark wurden, daß sie nicht mehr still sein konnte.

Das ist ganz normal für Frauen, ermahnte sie sich. *Seit Urzeiten, Bobby hat das gesagt. Die Schmerzen gehören dazu.*

»Gary?« flüsterte sie.

Schweiß rann zwischen ihren Brüsten hinunter und sammelte sich in der Falte über ihrem Bauch. Sie biß sich auf die Lippen, als sich ihr Bauch zusammenzog. *Soll ich Gary aufwecken? Ich weiß nicht, wie man ein Kind zur Welt bringt. Wie lange dauert das? Was ist, wenn etwas nicht stimmt?*

Schmerz gehört dazu.

»Gary?«

Schmerz ist unschuldig.

Wieder zog sich ihr Bauch zusammen. Einen Augenblick lang

konnte sie weder Luft holen noch einen klaren Gedanken fassen. Ihre Nackenmuskeln zogen ihren Kopf immer weiter nach hinten, bis sie auf die mit Spinnweben behangene Decke starrte.

»Gary! Gem! Helft mir!«

Gary war sofort auf den Beinen, lehnte sich über sie, nahm ihren Kopf in die Arme und wiegte sie.

»Gem!« schrie er.

Im nächsten Moment war Gem bei ihm. Sie hielt Sharons Hand, sang leise und lächelte.

Zehn Stunden und viele von Schmerzen hervorgerufene Wahnvorstellungen später kam das Baby auf die Welt. Es hatte Flossen statt Beine, aber es war wunderschön. Und unschuldig.

Bobby war außer sich vor Freude. Er kam Sharon besuchen, die man trotz des kalten Winterwindes zum Auskühlen auf die Veranda gebracht hatte. Er küßte ihre Stirn, dann hielt er das Baby hoch, um es genau anzusehen. Sharon sah zu, wie der gütige und liebevolle Mann das kleine Mädchen an seine Wange drückte und sich dann umdrehte, um es den vor der Hütte Versammelten zu zeigen.

»Ein kostbares Kleines!« sagte er. »Ein unschuldiges Baby in der Welt, das man uns gegeben hat. Frei von den fürchterlichen Gesetzen der Welt. Frei, das zu sein, wozu sie bestimmt ist.«

Gemurmel erhob sich in der Menge; das meiste davon war zustimmend und ehrfürchtig.

Bobby drehte sich wieder zu Sharon. Seine Augen waren rotgerändert und feucht. »Ich habe das Kind Jewel genannt«, sagte er. »Ein Juwel aus unserer Liebe. Ein Juwel, der in unseren Herzen funkeln soll. Sie wird für immer ein Teil von uns sein.«

Küß mich, dachte Sharon.

Bobby lehnte sich vor und küßte Sharons Wange. Ihre Seele jauchzte vor Freude. Bobby gab ihr das Baby zurück, und Sharon schmiegte seinen winzigen Körper gegen ihren Hals. Dann trampelte er die Treppe hinunter und schrieb den Namen des Babys, indem er ihn in den Schnee stampfte. In großen Buchstaben, damit alle ihn sahen.

»Jool.«

Bobby drehte sich um, winkte ihnen zu und ging zurück zu seiner Hütte. Durch die Tränen in ihren Augen konnte sie Gary sehen, der in der Menge stand und von einem Bein aufs andere trat. Sie wollte ihn herrufen; ihm sagen, daß mit dem Baby alles in Ordnung war und daß mit ihrem kleinen Teil der Welt alles in Ordnung war, aber sie hatte bei der Geburt soviel geschrien, daß ihr Hals wund war. Also schloß sie die Augen und ließ sich von Gem und Willow tätscheln und schließlich, als sie sich abgekühlt hatte, wieder nach drinnen bringen.

Er macht sich über uns lustig.

Gary starrte auf den Namen im Schnee. Auf den Namen, den alle anderen vorsichtig und ehrerbietig umgingen, um ihn nicht zu beschmutzen.

Er ist clever. Er ist gebildet. Er kennt die Rechtschreibung. Er macht sich über uns lustig, und wir verehren ihn dafür.

Juli 1969

Gary stand mit einem Rechen in der Hand neben dem Speisesaal. Er hatte das Mittagessen ausgelassen und sah zu, wie die Mitglieder der Gemeinschaft Arm in Arm in den Nebel des Nachmittags schlenderten und sangen und lachten. Sie waren glücklich.

Narren.

»Wir gehen mit den Babys zu den Heidelbeeren«, sagte Sharon, als sie zusammen mit einigen anderen Müttern an ihm vorbeiging. Ihr Nuscheln ließ Gary erschauern. Er konnte es nicht ertragen, das Baby anzusehen. »Willst du mitkommen?«

»Nein danke«, sagte Gary. »Ich muß noch das gemähte Gras wegschaffen und dann das Unkraut zwischen den Bohnen jäten.«

Sharon lächelte. Dann zuckte sie die Achseln und verschob das Baby auf ihrer Hüfte. Das Mädchen trug ein kleines, weißes Kleid, das Gem für es genäht hatte. Über der Brust war sein Spitzname ›Joo‹ gestickt.

»Bobby kommt auch«, sagte Sharon. »Er sagte, wenn wir wollen, würde er eine ganze Stunde bei uns bleiben!«

»Das ist nett von ihm, Sharon«, sagte Gary. Er lächelte. Sie konnte ein echtes nicht mehr von einem gezwungenen unterscheiden. Sie war ganz anders als das verzweifelte, hochmütige Mädchen, das er im September getroffen hatte. Das einzige, was sie jetzt zur Verzweiflung trieb, war ihre Liebe zu Bobby. Er mußte sie nur bitten, und sie wäre nackt durch die Dornen gerannt. Er mußte nur mit dem Finger schnippen oder lächeln, und sie hätte ihm weitere Kinder geboren, weitere entstellte Kreaturen. Sie wäre für diesen Mann von der Mauer eines Aussichtspunkts gesprungen.

Gary krampfte sich beim Anblick der durchgedrehten Schönheit das Herz zusammen. Aber sie war nicht die einzige, die ganze verfluchte Kommune hatte den Verstand verloren.

Gary hatte seit langer Zeit nichts mehr von dem Essen zu sich genommen, das die Frauen von Sunrise kochten. Im Oktober war ihm das Geld ausgegangen, und seitdem hatte er aus ungeöffneten Kisten in der Küche Brot und Obst gestohlen und trank das Wasser eines nahe gelegenen Bachs. Zumindest aß er nicht schlechter als auf seinem Trip von Chicago nach Virginia, und sein jetziger Trip war noch wundersamer.

Er hatte ihn bei Verstand erhalten und hatte eine Wahrheit ans Licht gebracht.

Freund setzte sie unter Drogen.

Warum, war Gary ein Rätsel. Er konnte sich nicht vorstellen, was Freund mit der langsamen, nuschelnden Kommune anstellen wollte. Sie machte ihn nicht reich. Es ging ihm nicht um Sex.

Das Ganze ergab keinen Sinn.

Also hatte Gary in den vergangenen Monaten ein zweites Gelübde abgelegt; eines, das ihm so wichtig war wie sein Friedensgelübde. Er würde das Schwein aufhalten, sobald sich ihm eine Chance dazu bot. Er hatte nicht die geringste Vorstellung, wie er das anfangen sollte oder was er dazu benötigte. Manchmal fühlte er sich schusseliger und dümmer als das letzte, völlig verblödete Mitglied von Sunrise. Aber wenn der Augenblick kam, würde er Freund aufhalten. Für Sharon.

»Ich liebe dich, Sharon«, flüsterte er hinter ihr her. Und wieder einmal knirschten seine Zähne und zuckten seine Muskeln unter der Haut, als er an das zweite Gelübde dachte.

Nachdem sich der Speisesaal geleert hatte und er sich sicher war, daß alle anderen mit der Nachmittagszeremonie beschäftigt waren, begann er zu rechen. Er begann vor dem Eingang des Speisesaals, dann arbeitete er sich langsam um die Ecke und in gerader Linie auf Freunds Hütte zu. Garys Gedanken konzentrierten sich wieder auf das löcherige Gewebe aus Logik, in dem er herumzustochern begonnen hatte, und besah es sich von neuem.

Wer, zum Teufel, war Freund? Er war bestimmt kein Messias der religiösen Sorte. Gary hatte ihn noch nie über das nahe Ende der Welt oder den gerechten Aufstand gegen die Teufel von außen predigen hören; er versprach niemals Erlösung oder das ewige Leben.

Gary hielt ihn für einen Professor. Einen Chemie-Professor, den die Universität gefeuert hatte und der jetzt mit seiner eigenen kleinen Schafherde experimentierte. Ein Riesenspaß, ganz besonders angesichts der vielen verschiedenen Geburtsfehler, die aus den Reagenzgläsern krochen.

Der Mann machte sich eine ganz schöne Mühe für sein Vergnügen. Ließ die Flugblätter selbst noch in Chicago verteilen. Bezahlte die Lebensmittel und den übrigen Bedarf der Kommune.

Gary umklammerte den Rechen so fest, daß er glaubte, seine Knöchel renkten sich aus. Er trieb die Zinken in das Gras und das Laub und arbeitete sich immer näher an Freunds Veranda. Sharon sagte, er würde eine Stunde lang mit ihnen Heidelbeeren pflücken. Einige Minuten lang zog er den Rechen hin und her und lauschte.

Die Hütte war verlassen.

Gary nahm den Rechen mit. Er erklomm die Veranda, schaute sich einmal um und schlüpfte in die Hütte.

Er brauchte unbedingt Beweise. *Führ mich blindlings. Zeige mir etwas, das Sharon dazu bringt, mit mir wegzugehen.*

Im vorderen Zimmer hatte sich seit Garys und Sharons erster Begegnung mit Freund nichts verändert. Die Stühle und Lampen standen immer noch an denselben Stellen. Freund verbrachte offensichtlich nur wenig Zeit in diesem Raum. Der hintere Raum war sein Arbeitszimmer.

Und was würde er dort finden? Einen Chemie-Baukasten?

Angesichts des Vertrauens, das Freund den übrigen eingeflößt hatte, war Gary überrascht, daß die Tür abgeschlossen war. Er zog eine Haarnadel, die er von Sharon gestohlen hatte, aus der Tasche und schob sie in das Schlüsselloch. Seine Kindheit in Chicago kam ihm zugute. Die Tür schwang auf.

Seine Augen benötigten einen Augenblick, um sich an die Dunkelheit zu gewöhnen. Das Zimmer hatte nur ein einziges Fenster, das mit alten Zeitungen abgedeckt war.

Und dann konnte er sehen, aber was er erblickte, ließ ihn lediglich die Arme verschränken und den Kopf schütteln.

Vor ihm stand ein kleiner Stromgenerator, an den ein Fernseher und ein Funkgerät angeschlossen waren. Vor dem Fernsehgerät stand ein abgenutzter Ruhesessel.

»Verflucht«, sagte Gary. »Das soll sein großes Geheimnis sein? Er sieht den ganzen Tag in die Glotze?« Gary mußte beinahe lächeln, aber dann biß er die Zähne fest zusammen. Er ballte die Fäuste. »Wohl kaum«, sagte er leise.

In dem Zimmer fanden sich außerdem ein kleines Bett, eine Laterne und ein Flickenteppich, den wahrscheinlich eine seiner inbrünstigen Verehrerinnen geknüpft hatte.

Keine Kisten, keine Pülverchen.

Nur das bescheuerte Funkgerät und der Fernseher. Auf dem Boden stapelten sich Zeitungen und Magazine. Nicht gerade handfeste Beweise.

Er mußte sein Versteck woanders haben.

Gary hörte Schritte von der Veranda. Er keuchte. Dann zog er die Tür ins Schloß und tastete sich zu dem niedrigen Feldbett. Er legte sich auf den Boden und rutschte unter das Bett.

Aus dem vorderen Zimmer drang Freunds Stimme.

»Wo hast du wieder deinen Kopf gehabt, Gillian?«

Gillian, dachte Gary. Eine junge Frau, die er öfters sah, von der er aber noch keine besondere Notiz genommen hatte. Um die Zwanzig. Unscheinbar.

»Was ist, Gillian?« wiederholte Freund.

Gillians Stimme war leise. »Ich weiß nicht.«

»Schätzchen, wir haben das doch alles schon einmal durchgesprochen? Du bist hier, weil du zu den besonderen Leuten gehörst, die von dem, was da draußen passiert, frei sein wollen. Weißt du das nicht mehr?«

»Ja«, sagte Gillian.

»Aber man hat dich jetzt zum zweiten Mal dabei erwischt, wie du von Sunrise weggeirrt bist. Man bekommt fast den Eindruck, daß du nicht mehr bleiben willst.«

Gillian schwieg.

»Stimmt das? Willst du wirklich gehen?«

Gillian schwieg.

Etwas, das sich wie eine Spinne anfühlte, krabbelte Garys Gesicht hinauf. Er wischte sie zur Seite.

»Gillian, wir können es nicht zulassen, daß Leute weggehen. Das habe ich dir schon beim ersten Mal erklärt. Das tut niemandem gut. Setz dich hin. Ich muß sicherstellen, daß das nicht mehr geschieht.«

Gary schlug mit dem Kopf am Bett an, als er ihn in Richtung der geschlossenen Tür drehte. »Nein«, flüsterte Gillian.

»Setz dich hin.«

Eine lange Stille folgte. Dann sagte Gillian: »Nein, bitte nicht.«

»In jeder Erfahrung liegt Freude«, sagte Freund. »Weißt du noch? In Liebe, Sex, Arbeit und Schmerz.«

»Nein, bitte nicht.«

Ein Schrei ertönte, gefolgt von Schluchzen. Freund sagte: »Ich verbinde sie dir. Niemand darf erfahren, wie es passiert ist, Gillian. Wir können richtig hübsche weiße Verbände darum machen, was hältst du davon? Richtig schöne, passend zum Sommer?«

Gillian schluchzte leise weiter. Gary hörte Bewegungen in dem Zimmer, dann – nach einer scheinbar endlos langen Zeitspanne, wurde die Tür zur Veranda geöffnet.

»Ich helfe dir zu den Heidelbeeren, Gillian. Dort kannst du auf die Babys aufpassen, in der Sonne liegen und dankbar sein für alles, was du hier hast. Stütz dich auf mich, Gillian.«

Die Tür wurde geschlossen. Gary krabbelte unter dem Bett hervor und öffnete die Tür zum vorderen Zimmer. Vorsichtig ging er ans Fenster und spähte nach draußen.

Gillian und Freund liefen Arm in Arm wie ein Liebespaar zur Weide. Gillian stützte sich fast ganz auf Freund.

Er hatte ihre Achillessehne durchtrennt.

Sharon konnte ihr Glück kaum fassen. Joo nuckelte an ihrer Brust, und Gem lag neben ihr im Gras und zählte die Blätter an einem Zweig über ihr. In Sharons Gedanken ertönten währenddessen immer wieder die Worte, die Bobby ihr zugeflüstert hatte, während sie Heidelbeeren pflückten.

»Wir haben heute etwas ganz Besonderes beim Abendessen«, hatte er gesagt.

»Was ist es?« fragte sie. Mein Gott, dieser Mann war so schön; sogar noch schöner als der erste Bobby. Sie konnte sich nicht einmal mehr an den Nachnamen des ersten Bobby erinnern, oder warum sie in ihn verliebt gewesen war.

»Nein, es wäre nichts Besonderes mehr, wenn ich es dir verraten würde«, sagte er, legte den Arm um Sharon und berührte neckisch ihr Kinn. »Aber es hat mit unserem Freund Gary zu tun. Sag ihm nichts. Ich werde deine Hilfe brauchen. Du hilfst mir doch heute abend, oder?«

»Oh«, sagte Sharon. »Natürlich!« Joo hustete, und Sharon

nahm das Baby auf den Schoß und klopfte es sanft auf den Rücken.

Gem sagte: »Ich habe über dreihundert!«

Natürlich helfe ich! dachte Sharon.

Er machte das Spiel für den Rest des Tages mit. Er war ein glückliches, betäubtes Mitglied von Sunrise. Er machte sich mit dem Rechen an das Bohnenbeet und jätete das Unkraut und aß mit den übrigen auf der Weide zu Mittag. Er nahm sogar Sharons Baby auf den Arm, achtete aber darauf, die Beine nicht direkt anzusehen. Er hoffte, daß man den Schweiß auf seinen Armen auf die harte Arbeit zurückführte. Als sich Gillian hinkend zu ihnen gesellte, nuschelten alle, daß das arme Ding sich verletzt haben mußte. Aber sind diese buntgemusterten Verbände nicht hübsch? Gary kämpfte um seine Beherrschung.

Dieser scheiß-verrückte Professor.

Nein, es ist noch schlimmer. Er ist ein verrückter Kaiser; König über all die, die er gemustert hat; in der Abgeschiedenheit der Berge, weit weg von der schrecklichen Welt, von der er so oft schwatzte.

O Gott, wozu sind Sharon und ich hier?

Gary konnte diesen Wahnsinn nicht länger dulden. Aber er wußte nicht, wie er ihm ein Ende setzen konnte.

Außer, indem er Freund tötete, aber er hatte ein Friedensgelübde abgelegt. Den ganzen Nachmittag überlegte er fieberhaft, während er das Geländer einer Hütte reparierte. Ihm fiel kein Ausweg ein. Er konnte die übrigen unmöglich davon überzeugen, was wirklich vor sich ging. Sie liebten diesen Ort. Sie liebten ihren Bobby, ihren Abraham, ihren Jonas. Seinen Freund.

Vielleicht sollte er einfach mit Sharon davonlaufen. Die anderen konnte er ihrer Euphorie überlassen.

Ja, entschied er, als die Glocke zum Abendessen rief. Die übrigen Gärtner grinsten und schulterten ihre Werkzeuge. Nach dem Essen würde er Sharon nehmen und von diesem Ort verschwinden.

Selbst wenn er sie knebeln mußte. Selbst wenn er sie knebeln, fesseln und über die Schulter werfen mußte.

Sharon saß mit dem Baby im Arm zwischen Gem und Gary. Regen prasselte auf das Metalldach und durch die offenen Fenster des Speisesaals. Sharons Fuß schnellte im Rhythmus des Regens auf und ab. Sie konnte nichts dagegen tun und wollte es auch nicht. Heute abend würde Bobby sie etwas Besonderes tun lassen.

Die Schüsseln wurden herumgereicht. Jeder nahm sich einen Klacks Kartoffelbrei und in Butter gedünsteten Mais. Bobby saß mit gefalteten Händen auf seinem üblichen Platz am vordersten Tisch und lächelte. Es war so goldig von ihm, daß er sich nie etwas nahm, während die übrigen aßen. Er sagte, er wolle sicher sein, daß genug für sie da war. Gary saß schweigend da und spielte mit dem Kartoffelbrei auf seinem Teller.

»Kopf hoch«, sagte sie und stupste ihn an. Er lächelte sie an.

»Schon besser.«

Und dann stand Bobby auf und hob einen Arm, um die Aufmerksamkeit der Anwesenden auf sich zu ziehen.

»Gary«, sagte Freund. »Komm hierher.«

Gary ließ den Löffel fallen. Er rasselte über den Tisch. Die Gespräche verstummten, und alle Augen richteten sich auf ihn.

»Wie bitte?«

»Komm hierher, mein Freund. Und du auch, Sharon.« Sharon reichte Joo an Gem und sprang auf. Dann rannte sie zwischen den Tischen durch zu Bobby. Sie winkte hektisch Gary zu, er solle sich beeilen. Na los, mach schon!

Gary erhob sich und ging zum Eingangsbereich des Speisesaals. *Was, zum Teufel, soll das?* Sein Herz wand sich; er war unsicher und hatte Angst. Er stellte sich zwischen Sharon und Freund, zwischen die Unschuld und den Schuldigen, und blickte in die lächelnde Menge. Ihr betäubtes, schwindelndes, verrücktes Grinsen galt nicht ihm, sondern dem Mann neben ihm, Freund.

»Gary«, sagte Freund. »Ich habe bemerkt, daß du ein besonderes Mitglied unserer Gemeinschaft bist. Du bist ein wahrhaftiger Sucher, nicht wahr?«

»Hm«, sagte Gary. »Ja.«

»Manchmal ist es angemessen, Sucher zu belohnen. Die Suche an sich ist nicht immer eine Belohnung. Wir finden nicht immer das, wonach wir suchen. Zumindest nicht sofort.«

Verflucht! Was geht hier vor?

Sharon gab vor zu verstehen, was der verrückte Professor sagte, und nickte.

»Du und Sharon seid zusammen hierhergekommen. Ihr Weg war einfach, du aber hattest zu kämpfen. Ich will deine Anstrengungen ehren.« Er nahm einen Becher vom Tisch und hielt ihn hoch. »Auf Gary und seine Beharrlichkeit. Laßt uns auf ihn trinken, und er soll mit uns trinken. Sharon, seine erste Freundin, wird darauf achten, daß er jeden einzelnen Tropfen trinkt, damit er seine Ehrung nicht aus Bescheidenheit mindert.«

Alle hoben die Gläser. Sharon hielt den Becher lächelnd an Garys Lippen.

O mein Gott.

Er konnte versuchen davonzulaufen. Die Menge stand unter Drogen.

Aber nicht Freund.

Vielleicht will er mich wirklich ehren. Vielleicht ist es nicht mehr als die Belohnung dafür, daß ich nach seinem nächtlichen Besuch geblieben bin und keinen Ärger gemacht habe.

»Trink, Dummerchen«, kicherte Sharon.

Vielleicht.

»Gary, mach schon.«

Wahrscheinlich nicht.

Ihm blieb keine Wahl. Er nahm den Becher. *Führ mich blindlings. Schenk mir Vertrauen.*

Er trank.

Der Fernseher lief. Er brummte leise, und sein blaues Flackerlicht huschte über den Boden des Zimmers. Freund hatte es sich in dem Ruhesessel bequem gemacht und trank ein Bier. Dem Ton nach zu urteilen kamen gerade Nachrichten. Er hörte ernste Männerstimmen, aber keine Musik. Gary warf einen Blick über Freunds Schulter auf die Mattscheibe, verstand aber nicht, was er sah. Undeutliche, vermischte Bewegungen in Schwarzweiß. Sein Übelkeit wurde schlimmer, und er sah wieder auf den Boden.

Mein Gott, sein Kopf schmerzte. Sein Magen krampfte sich zusammen, und er lehnte sich über das Feldbett und spuckte.

»Wir finden nicht immer das, wonach wir suchen. Nicht wahr, Gary?« sagte Freund, ohne sich umzudrehen. »Zumindest nicht auf der Stelle.«

Verflucht. »Was …?« setzte er an.

Freund seufzte. »Wonach, zum Teufel, suchtest du, als du nach Sunrise kamst? Ich weiß nicht mehr genau, was du sagtest, aber ich bin sicher, es war nicht viel anders als das, war mir der übrige Abschaum erzählte. Leben? Irgend so etwas. Und wonach hast du heute morgen in meiner Hütte gesucht? Drogen?«

Gary zwang sich aufzusitzen, hob die Beine über die Kante des Feldbetts und setzte die Füße auf. Eine Sekunde lang wurde ihm schwarz vor den Augen.

»Sieh dir das an«, sagte Freund. Er hob die Hand mit der Bierflasche und deutete auf den Fernseher. Gary schielte noch einmal auf den Bildschirm. Schwarzweiß. Verschwommene Bewegungen. Es sah aus wie ein Film. Eine Rakete stand in irgendeiner staubigen Landschaft. Gary schüttelte den Kopf; versuchte, das Schwirren loszuwerden. Aufgeregte und verstümmelte Stimmen gratulierten jemandem in der Rakete. Dann richteten sich die Stimmen an die Fernsehzuschauer. Sie vibrierten vor Erregung.

»Sie sind auf dem Mond gelandet«, sagte Freund.

Gary neigte den Kopf und gaffte mit offenem Mund. »Dem Mond?«

»Scheint so«, sagte Freund. Er nahm einen Schluck Bier. Dann sah er Gary an und seufzte. »Vier Jahre mache ich jetzt diesen Job, und bis jetzt ist noch niemand in meine privaten Wohnräume eingebrochen. Wahrscheinlich hätte ich damit rechnen sollen, aber ich hatte mich an das lockere Leben gewöhnt.«

Auf dem Bildschirm wurde eine Luke geöffnet. Männer in sonderbaren Anzügen stiegen aus. *Auf dem Mond gelandet? Unmöglich.*

»Das lockere Leben«, wiederholte Gary.

»Sehr locker«, sagte Freund. »Es gibt nirgends bequemere Jobs als beim Staat, Gary. Anständige Bezahlung, tolle Sozialleistungen. Na ja, zumindest wenn man dieses Loch hier so nennen kann. Aber hier ist es besser als in Indochina, vollkommen ungefährlich. Ich stehe mit meinen Vorgesetzten in regelmäßigem Kontakt. Sie wissen, was vor sich geht, und könnten mit meiner Arbeit nicht zufriedener sein. Jeder ist da, wo er hingehört, und glaubt an seine eigene, ganz besondere Suche. Sie sind nicht besser als Maikäfer, die eine Colaflasche erforschen.«

»Du weißt, daß ich hier drinnen war«, sagte Gary.

»Klar. Onkel Sam vergibt vielleicht bequeme Jobs, aber er engagiert keine Idioten. Du hast heute morgen einen Rechen im Vorderzimmer zurückgelassen. Nach dem Frühstück warst du der einzige mit einem Rechen. Ich passe auf. Und wo, außer dem Hinterzimmer, hättest du sonst sein können?«

»Ich … ich war …«

»Aber, Gary.« Freund drehte den Ruhesessel herum und wedelte mit der Bierflasche. »Stellen wir uns doch nicht mehr länger blöd. Du bist der Sucher, ich bin die Wahrheit. Ich gebe dir etwas Interessantes. Danach …« Er nickte in Richtung des Zeitungsstapels, auf dem eine Spritze lag. »Danach ist es für dich Zeit, dich den unentwegt Glücklichen anzuschließen.«

»Wozu der ganze Ärger?«

»Ärger?« fragte Freund. »Ihr idealistischen Scheißer macht den Ärger. Wir haben Kommunen wie diese im ganzen Land. Wir verteilen auf allen Demonstrationen, auf allen Kundgebungen Flugblätter. Das zieht sie an wie die Fliegen. Ein Ort, an dem man den Sünden Amerikas entfliehen kann, nicht wahr? Wir holen sie her, halten sie betäubt und friedlich, und damit sind sie aus dem Weg.«

Gary stand auf. Einen Sekundenbruchteil glaubte er hinzufallen, aber er kämpfte um seine Haltung, seine Gedanken. Er brauchte seinen Kopf, seinen Körper.

»Und was machen schon ein paar entstellte Babys«, fragte Freund. »Ich glaube nicht, daß sie aufwachsen und uns verklagen werden.«

Denk an dein Gelübde, Gary. Keine Gewalt.

»Auf Onkel Sam und seine Weisheit«, sagte Freund. Er nahm einen Schluck und lächelte.

Keine Gewalt!

Auf dem Fernseher erschien der Helm eines Astronauten in der Luke. Die Mondlandschaft war pechschwarz.

»Bist du bereit für die Spritze?« fragte Freund. Er stand auf und stellte sich breitbeinig wie ein Revolverheld vor Gary auf. »Bist du bereit für einen Schuß Glück in den Arsch?«

Gary sprang nach vorne. Er rammte Freund, der über die Lehne des Ruhesessels fiel und mit dem Kopf gegen den Boden knallte.

»Gewaltlosigkeit!« kreischte Freund. »Denk an Frieden, Liebe und ...!«

Gary packte den Fernseher mit beiden Händen. Blinde Wut raste durch seine Arme, und er hob das massige Gerät über den Kopf. Eine stotternde Stimme drang aus dem Lautsprecher: »Ein kleiner Schritt für einen Menschen ...«

»Gary, halt! Wir können ...!«

Scheiß auf den Frieden!

Gary ließ den Fernseher auf Freunds Kopf krachen. Ein befriedigender Schlag folgte. Das Bild auf der Mattscheibe schaukelte hin und her wie ein Ball, den man in einen See geworfen hatte, dann wurde es wieder klar. Gary wich zurück und starrte. Blut strömte unter dem Gerät hervor und sammelte sich zwischen Freunds ausgestreckten Fingern.

»Ein gewaltiger Schritt für die Menschheit.«

Er wartete nicht darauf, daß die Bewohner von Sunrise ihn fanden. Erklärungen würden nichts helfen. Sie würden ihn nuschelnd verfluchen, und Sharon hätte einen doppelten Verlust zu ertragen: den ihres Freunds und den ihres Gottes.

Sharon.

Gary stand an der Mauer eines Aussichtspunkts am Parkway. Er war stundenlang durch die Dunkelheit marschiert und schweißgetränkt. Er fragte sich, ob irgend jemand bereits neugierig geworden war und nachgesehen hatte, ob Freund in seiner Kabine war.

Natürlich nicht. Sie respektierten seine Zurückgezogenheit. Sie würden nie darauf kommen, ihn zu stören. Es konnte Tage dauern, bis jemand etwas bemerkte.

Gary sah nach Westen und wartete geduldig darauf, daß die Sonne aufging und ihn verfluchte.

Als er die erste Wärme des Morgens spürte und die ersten rosaroten Streifen um ihn herum sah, stieg er auf die Mauer. Die Blauen Berge waren wirklich wunderschön. Die üppige und hartnäckige Vegetation versteckte die Häuser und Straßen. Über ihm verfärbten sich die Wolken von Rosa zu Gold und schließlich zu Weiß. Ein leichter Wind wehte von den nackten Felsen unter ihm herauf.

Sharon.

Gary reckte die Arme gen Himmel.

»Ein kleiner Schritt für einen Menschen«, sagte er.

Von den dicken Bäumen jenseits und unter der Mauer hörte er plötzlich das Schlagen von Flügeln. Eine Staffel Hubschrauber erhob sich und wirbelte um und über Gary herum. Sie flogen über ihn in Richtung Sunrise, zerschnitten und verletzten den Himmel.

Irgend jemand hatte es bemerkt.

Als Gary nach unten blickte, fragte er sich, ob sein Kopf aufplatzen würde, wie es bei Leuten geschah, die man in den Kopf geschossen hatte.

»Ein gewaltiger Sprung«, sagte er.

Richard Christian Matheson

Whatever
1970

You're gonna come around
To the sad sad truth
The dirty lowdown.
Boz Scaggs; Lowdown

Rolling Stone Magazine
Interne Mitteilung

An: Michael Blaine, Chefredakteur
Von: Lisa Frankel, Redakteurin vom Dienst

M:

Schlechte Neuigkeiten. Hab' mir Mathesons Zeug angeschaut. Ehrlich gesagt: Ich versteh's nicht. Ist schon faszinierend. Aber irgendwie vage. Trotz der grausigen Sachen, die passiert sind, sieht das bloß nach einer Art Skizzenbüchlein aus. Beschwört Bilder. Aber flüchtige. Kein Wunder, daß *Esquire* und der *New Yorker* es abgelehnt haben. Ich schlage vor, wir halten's genauso.

Ich weiß, daß dieser Autor ein Freund von Dir ist. Aber ich bin überzeugt, daß wir einen dicken Fehler machen würden, wenn wir uns da reinziehen ließen. Im Endeffekt ist es doch so: Die Band war mal wichtig, aber meiner Ansicht nach ist sie keine Legende, bloß vergessen. Und das Manuskript, wenn auch künstlerisch wertvoll, ist in dieser Form nicht veröffentlichbar. Ich wünschte, ich hätte bessere Neuigkeiten.

In Erwartung Deiner Ansicht,
L.

cc: M. Blaine/L. Frankel/J. Wenner

Festung der Toten Stadt. Aix-en-Provence, Frankreich.
27. August 1969.

Fliegen.

Streifschüsse ritzen die Haut; Kugeln mit Augen voll eingetrocknetem Blut. Sie kleben am glatten Stein, den Wällen der Festung, sie schlafen in geballten Trauben in schleichendem Zwielicht; Eisberge aus Schatten.

Touristen. Hitze.

Salzige Halbmonde unter den Achseln. Sandalen, die auf gemahlenem Fels schlurfen, Geröll.

Türkische Zigaretten. Liebende halten einander bei den feuchten Händen.

Eine Wüstenstadt. Lange tot. Bevor Christus geboren wurde. Den sie gehaßt haben. Mit Nägeln ans Holz geschlagen; blutend zurückgelassen, ein geschlachtetes Kalb. Schreie ohne Antwort. Erklärungen blieben stumm.

Ein Pärchen.

Jung. Neunzehn/Siebzehn: Er/Sie.

Eine Beziehung. Zwei Monate. Launen außer Kontrolle. Vernunft. Leidenschaft und Furcht. Anziehung. Faszination. Liebe.

Leiden.

Ihre Nikon schneidet flache Scheibchen von der Zeit ab; ein sanft klickendes Skalpell. Erinnerungen für ein Buch. Ein Album. Ein Mausoleum für den Kaffeetisch.

Ständiger Streit. Die Fahrt von Paris nach Monte Carlo. In einer

Stadt anhalten, auf einen Espresso mit Eis. Bezauberndes Dörfchen. Sie starren schweigend geradeaus; eine gemeinsame Beerdigung.

Er öffnet seinen Gitarrenkoffer. Erhitzte Metallsaiten im Sonnenlicht; sie glühen unter den Fingern. Er spielt eine neue Ballade. Singt samten. Kinder laufen herbei. Er lächelt, ein barfüßiger Heiliger. Das Lied handelt von ihr. Sie versucht, wegzuhören. Fühlt sich, als sei ihr Leben davongespült worden. Er gehört ihr nicht mehr. Diese Reise war ein Nachruf.

Sie fängt an zu weinen.

Er kehrt zurück nach Amerika. Zu diesem Mistkerl Tutt. Zu seinen Aufnahmen, zum Ruhm, den er finden wird.

Zu Whatever.

Aus einem aufgenommenen Gespräch. Montserrat. Neujahr 1972.

»Scheiße, ich bin fix und fertig. Ein Gerippe hat 'ne Grippe.«

Jagger; bohrenden Blicks. Pferdegebiß, das Lippen zurückschiebt; Pfauenkostüm.

»War das jetzt ein Wortspiel? Jesses …«

Wenn er redet, sieht das aus wie Oralsex. Er hat Farbe bekommen. Ein schmutziger kleiner Junge in Spandexhosen; der Gatsby der Lendengegend, der Seiltänzer des Flitters. Im Moment hat er einen Schnupfen und 40° Fieber. Seine Gesichtszüge sind eine wasserabweisende Halloweenmaske; kein Gesicht, das auf eine Kopfgrippe deuten würde.

Die übrigen Stones sind irgendwo unten, in feuchter Zeitlupe, mit gemieteter Luft, und untersuchen die Korällchen und das Hasch. Erschrecken die übrigen Exemplare als gehörnte, ziegenbärtige Juwelen. Vernarbte Arme. Albino-Aale, die zu viele Millionen wert sind, als daß es sich lohnen würde, sie auszurechnen.

»Eingefallene Wangen zwischen versunkenen Schätzen«, bemerkt Mick. »Also … was gibt's? Willst du meine Meinung wissen?« Das gefällt ihm, gleichgültige, kindische Freude tropft von ihm ab. Er zündet eine antike Pfeife an, nimmt einen Zug. Er antwortet, während er die Luft anhält, es klingt wie aus einem schweren Sack gesprochen:

»... Okay. Sie sind wie wir. Wenn wir gut genug wären, wie sie zu sein.«

Ich notiere mir das. Er grinst mit hypercoolen Grübchen. Leckt den Rand seines perfekten kleinen Glases, als ob es so mit einem roten Lumpenschwamm abgetupft würde. Dann, genauso plötzlich, wandert sein Blick davon, als erblicke er rings nur einen Ort, dem er entfliehen will, so rasch wie möglich. Einen Ort heimtückischer Strömungsverhältnisse, stiller Qual. Einen Ort, an dem nichts so wächst, wie es sollte.

»Aber diese Scheiße, die sie schreiben, die ist heftig. Diese Burschen sind echt gequälte Leute.« Er zuckt die Schultern. »Woodstock ist vorbei. Und das war außerdem, wie Keith sagt, eh bloß Schlamm und schlechtes Acid.«

Er trompetet wie ein Zirkuspferd, gähnt wie das reichste Kätzchen der Welt.

»Andererseits ... ich würde nicht in ihrer Haut stecken wollen. Das Licht in diesen Köpfen ... zu verdammt hell. Man sieht alles. Hast du ›Error of the Opposite‹ von ihrem ersten Album gehört? Die Songs sind verdammt noch mal brillant, aber ... wo kriegt man bloß so ein Licht her?«

Sonnenbrillengläser spiegeln Yachten wider, Boote von der Größe von Kühlschrankmagneten gleiten über die Gläser. Er sagt nichts. Niest. Hustet dicken Carusoschleim aus einer Kehle, die bei Lloyds versichert ist. Seufzt unglücklich.

»Ich fänd's gräßlich, alles sehen zu können. Deshalb hat man zum Glück ... was war das noch mal, was man erfunden hat, Kumpel?«

»Schatten?«

Er schüttelt den Kopf. Nein, das war's nicht.

»Grenzen?«

Er verliert das Interesse. Man merkt es, wenn so was bei Rockstars passiert. Sie tauchen ab in ein vollkommenes Meer, und du stehst begossen da.

BAM Magazine
9. April 1969

Blutspritzer und Blumengebinde

Die Petals, eine Softrockgruppe, die sich auf gefühlsschwangere Texte spezialisiert hatte, haben sich aufgelöst, und die Mitglieder wollen jetzt andere Gruppen aufziehen. Der Petals-Gründer Rikki Tutt arbeitet Gerüchten zufolge jetzt in einem Studio in LA mit dem Exmitglied von Seance Greg Magurk, der für seine ätzenden Texte und finsteren Wortspiele in so bekannten Songs wie dem 1967er Top Ten-Hit ›Miss Take‹ bekannt ist. Magurk ist eben erst von seinen Flitterwochen in Frankreich zurückgekehrt, in deren Verlauf seine skandalumwitterte Ehe mit Bibi Rousse, einer ehemaligen olympischen Bodenturnerin, überraschend aufgelöst wurde.

Der Schlagzeuger Stomp McGoo, früher bei der Funkband Pressure aus Louisiana, wird die Schießbude übernehmen. Phil Zapata vom Folkduo Zapata und Lake ist angeblich von der jüngsten Z&L-Europatour abgesprungen, um sich dem Projekt anzuschließen. Lake hat seinen Partner Gerüchten zufolge verklagt. Ihr Album ›Take A Guess‹ ist seit über fünf Wochen in den Top Ten.

Das hört sich so an, als ob hier was ziemlich Interessantes in die Gänge kommt, Kids. Wir halten Euch auf dem laufenden.

Text zu ›Here Pussy‹ vom zweiten Seance-Album.
Geschrieben von Gregory Magurk. Mit freundlicher Genehmigung von VOICE-Records.
1968

When I met you
I wasn't good for much
A six pack of nowhere.
Wasn't safe to touch.

You cooked me eggplant
Ironed my flaws and clothes.
Now I'm just a house cat.
*Don't suffer all those lows.**

Rolling Stone
Vermischte Neuigkeiten. Februar 1970.

Die neugegründete Band Whatever arbeitet gegenwärtig an Aufnahmen, betreut vom in LA ansässigen Studioproduzentenzauberer Purdee Boots. Angeblich machen diverse Beatles und Hollies mit, und die Tracks, so hört man, sind bis jetzt monstermäßig. Das bislang titellose Album wird noch in diesem Jahr auf VOICE Records erscheinen.

Aus meinen Notizen. Fillmore West. San Francisco. Bill Grahams Büro.
5. Juni 1970

Aus einem auf Band aufgenommenen Interview mit Whatever-Manager Lenny Lupo
F: Wie würdest du den Sound der Band beschreiben?
A: Die Totenglocke des Deppenrock. Es hat Melodien. Hat Ideen. Wußtest du, daß Zappa drauf steht? Will beim nächsten Album mitmachen. Wenn wir im 17. Jahrhundert wären, würden diese Burschen Opern schreiben. Ich sag' dir, wenn ich Bob Dylan wäre, würde ich mein Reimlexikon erschießen und eine Wäscherei aufmachen.

F: In den Sechzigern hast du Folkgruppen und Surfbands vertreten. Wie bist du dazu gekommen, diese Gruppe zu managen?
A: Ich hab' sie mir angehört. Hat mir gefallen. Instinkt.
F: Gerüchte behaupten, das Debütalbum ›Know means Know‹ sei völlig irre.
A: Ich sag' dir was. Whatever sind die amerikanischen Beatles. Ich fordere jeden heraus, sich ihre Musik anzuhören, ohne komplett weggeblasen zu werden.
F: Surfmusik ist tot. Die britische Invasion ist tot. Wohin steuern die Siebziger?
A: Wir sind immer noch orientierungslos. Aber jetzt joggen wir.

New York Times. Konzertkritik.
»Whatever«, Bottom Line.
4. Februar 1972

Whatever, eine Band, von der man sagt, sie habe einen so hohen IQ, daß es schon nicht mehr schön sei, haben gestern abend ihren eigenen gewaltigen Ruhm überflügelt und die Erde erschüttert.

Ihr erstes Album, das hervorragend produzierte ›Know means Know‹, hat dieses Jahr auf der Liste so gut wie aller Kritiker das Vergnügen gehabt, auf andere Platten hinabzusehen. Die auf der Platte vorgeführten präzisen Mosaikarbeiten aus Songs und Stimme, vollbracht mithilfe des Produzenten Purdee Boots, sind strahlende Wunderwerke. Aber live ist das Quintett aus Los Angeles noch besser.

Ihre Kompositionen, die der düstere, einen Pferdeschwanz tragende Gitarrist Greg Magurk und der engelsgesichtige Bassist/Leadsänger Rikki Tutt geschaffen haben, sind wie kleine Romane, begleitet von höchst origineller Filmmusik.

Aber die gebildete Beatle-Fingerfertigkeit genügt ihnen nicht – die Wortspiele, Beobachtungen und der Weltschmerz der Herren Magurk und Tutt sind nur ein Teil des Kunststücks. Ihre Gesänge und ihr Songschreiberhandwerk sind unterfüttert von urkräftigen

Rhythmen – ein Voodootrommelfeuer. Man täusche sich nicht, dies ist keine Vinylmeringe, aus der zartes Nichts erblüht. Es handelt sich um Rock 'n' Roll, der mit offenem Mund kaut.

Und das ergibt eine Musik, der man kaum widerstehen kann.

Gestern abend, während sie vor einer wie hypnotisierten Menge im Bottom Line spielten, waren Whatever ein betäubender Houdini. Mr. Tutts Stimme war süß wie die eines Chorknaben und erhob sich ohne Anstrengung in die Lüfte. Mr. Magurks röhrende Arien waren finsterer, aus ihnen dampfte raffinierte Lust. Böse Texte liefen über vor beachtlicher Ironie und wurden dennoch nie zu selbstgefälligen Rätseln.

Während der übrige Rock 'n' Roll (mit ein paar Ausnahmen, wie John Lennon und Paul McCartney, Joni Mitchell oder Bob Dylan, und vielleicht einer zufälligen treffenden Wendung bei Neil Young, Paul Simon oder Lou Reed) sich in Strichmännchenzeichnungen gefällt, geben uns Whatever vollständige Körperstudien.

Atemlose Wirbel vom Schlagzeuger Stomp McGoo rissen einen Groove auf, der so tief war, daß man von Glück sagen kann, daß niemand reingefallen ist und sich verletzt hat.

Der Keyboarder Phil Zapata, ein ehemaliges Wunderkind, ist jetzt vollständig erwachsen; ein Honky-Tonk-Chopin, der Camels raucht, während er seine Finger übers Keyboard gleiten läßt, und Sonnenbrillengläser trägt, die so dunkel sind, daß er aussieht wie ein Gangster am Steinway.

Der Rhythmusgitarrist G. G. Wall, in seiner typischen Plusterjacke und den hautengen Jeans, schrubbte die Songs in einem Trancezustand und riß an einem Fender-Gitarrenhals herum, der hinterher sicher dringend eine Zigarette gebraucht hat.

Ganz abgesehen von den erstaunlichen Songs der Herren Tutt und Magurk könnte diese Band ganz auf sich gestellt schon einen Riesenerfolg haben. Aber mit den Herren Tutt und Magurk kann man wahrscheinlich von einer Supergroup sprechen.

Wie flüchtiger Rauch sind Whatever rasch aufgestiegen vor einem Horizont der Poser und Plattenfirma-Marionetten, die den

Top-40-Rock 'n' Roll unserer Zeit lähmen. Noch sind sie keine Könige. Aber königliches Talent ist da.

Mit den makellosen Stimmen und gefährlichen Worten ihrer Songs haben sich Whatever aus dem Sumpf der vernachlässigenswerten Stadionbands verabschiedet und es zu Tiefe und Zauber gebracht. Etwas Seltenes hat diese jungen Männer berührt.

Crawdaddy Magazine
August 1976

»Es ist Hubris«

»Stanley Hubris. Einer unserer besten Filmemacher«, sagt Greg Magurk, Rikki Tutts Partner und Mitbegründer von Whatever, grinsend. Er liegt am Rand eines Pools, unter hundert Pfund Zinkoxid-Sonnencreme: eine ein Meter siebzig große Büchse Crisco.

»Man unterstellt uns immer, wir würden die Journalisten an der Nase rumführen, weißt du? Als ob wir irgend so ein Treibsand-Gefasel verkaufen würden und die Eingeweihten herausfordern, einen Schritt näherzukommen.« Tutt hat es satt.

Es ist ein ultramarinblauer, dampfzerstäubersatter Tag in Honolulu. Tutt, Magurk und der Rest von Whatever haben sich einen freien Tag genommen und sind aus LA abgehauen. Jetzt verscheuchen sie Fliegen von neugeschriebenen Songs für ihr neues Album, ›Philip's Head‹, ein Gedenkstein für das Bandmitglied Phil Zapata, der letzten Monat in Greenwich Village gestorben ist. Tutt, ein Freizeitpilot, hat die Band mit einer ausgemusterten Avianca 707 zum Begräbnis in Sag Harbor geflogen. Das Flugzeug hat die Band gekauft und neu eingerichtet – ein fliegendes Versteck, ausgeräumt und dann mit warmen, kuschligen Hedonismen vollgestopft.

Der Jet, den die Whatever-Mitglieder ›SPOT‹ nennen, hat sie auch hierher auf die Insel gebracht und bringt die Truppe zu allen Shows. Unter den bisherigen zufälligen Gästen an Bord waren

u. a. die Exfrau eines Premierministers, die davongelaufen war, um sich Tutts und Magurks wilder, loser Narrengesellschaft anzuschließen, und ein katholischer Bischof, der von seinem Glauben abgefallen war, nachdem er eine Form von Sex entdeckt hatte, die ausnahmsweise nicht nur ihn selbst beinhaltete, und also seinen roten Hut abwarf und am Ende mit einer der Sängerinnen von Sister Sledge zusammenlebte.

Beiläufig frage ich, ob die Geschichte mit dem Loch in Zapatas Kopf wahr ist.

Tutt nickt und läßt Ananassaft auf den Boden seines gemieteten Hauses in Diamond Head tropfen. »Trepanation. Hat es selber gemacht. Hat sich für eine Bohrlochgröße entschieden und … rein ging's.«

Magurk spielt mit einem Teleskop, blinzelt durch Präzisionslinsen, späht nach unerwünschten Besuchern.

»Er wollte immer einen höheren Zustand des Bewußtseins erreichen. Phil hat sich das wohl so gedacht, daß Babys noch mit einem unversiegelten Schädel geboren werden … und erst wenn wir erwachsen werden, wird der …« Er sucht nach einem passenden Bild.

»… versteinerte Helm«, schlägt Tutt vor.

»… genau. Also, der formt sich, und das verschließt Membranen, die das Hirn abstumpfen und die Pulsationen, die vom Herzen kommen, blockieren. Die Idee ist also, daß das Hirn zu stark zusammengepreßt wird und sich nach Sonne sehnt, da drin, und ein bißchen frische Luft gebrauchen könnte. Also kam es Phil in den Kopf …«

»… jedenfalls eine Weile …«, ergänzt Tutt.

»… daß er die Verbindung zu seinen Träumen verloren hatte, zu den abweichenden Gedankenprozessen und so fort. Und dann nahm er an, daß sein seelisches Gleichgewicht kippte, in Richtung Egoismus, und schließlich in die Psychose, und das, behauptete Phil, war das vorherbestimmte Erbe des Menschen, insgesamt wie individuell. Und da beschloß er, sich ein Loch in den Kopf zu bohren.«

Tutt summt und kämpft mit einer Kokosnuß, die immer wieder aus seinem Schoß entkommt und seinem Messer entflieht, davonrollt.

»Jedenfalls hat er es von Hand gemacht, mit diesem komischen Werkzeug, das er in einem Chirurgenladen gekauft hat. Man nennt es Trepan. So ein Korkenzieherding, das man von Hand bedient. So eine Art Metallstachel, der von einem Ring aus Sägezähnen umgeben ist ...«, erklärt Magurk.

Tutt fährt für ihn fort. »Der Stachel sollte in den Schädel getrieben werden. Dann hält man das Trepanding ruhig, bis die drehenden Sägen einen Einschnitt gemacht haben, wonach es zurückgezogen werden kann. Wenn alles gutgeht, entfernt die Sägespur eine Schädelknochenscheibe und legt das Hirn frei.«

»Vorausgesetzt, es ist eins drin«, sagt Magurk. Er senkt die Stimme, traurig.

»Es war eine Riesensauerei. Mittendrin ist er abgekratzt.«

»Die Bullen sagen, es sah aus, als hätte er eine große Blume auf der Stirn.«

Magurk stellt sein Teleskop schärfer ein. »Man kann das sofortige Glück nicht erzwingen. Wer hat das noch mal gesagt?«

»Dieser Typ in *McHale's Navy*?«

Sie nicken ernst.

Während man Tutt und Magurk dafür angegriffen hat, daß sie angeblich flapsige und grausame Unterhaltungen führen, wird nach einem Nachmittag mit den beiden statt dessen klar, daß diese Art zu reden nur ihr privater Walkie-talkie-Humor ist, der sich in esoterischen Verbindungen gefällt, tragisch und absurd. Sie planen tatsächlich, einen großen Anteil der Gewinne aus dem Verkauf von ›Philip's Head‹ an Zapatas Witwe Joyce abzutreten, die mit zwei kleinen Söhnen zurückbleibt, Lon und Will. Tutt und Magurk sind die Patenonkel der Jungs und rufen sie von unterwegs oft an. Inzwischen haben sie diverse Studiolegenden herangekarrt, um Zapatas Keyboardpflichten auf dem Album zu übernehmen.

Und wie steht es um die neuen Songs selber?

»Wir mögen sie. Phil hätte sie gemocht. Aber bevor wir mit den Aufnahmen anfangen, wollen wir das neue Zeug in kleineren Clubs testen. Hier ist es perfekt. Sehr intim. Jeder ist glücklich in Hawaii.«

»Sogar die Aussätzigen sind guter Laune.«

»Jedenfalls sind wir hergekommen, um den bösen Tintengeistern aus dem Weg zu gehen.«

Er meint die Kritiker. Nicht daß die Band schlechte Kritiken abkriegen würde. Es ist nur so, daß Tutt und Magurk nichts dagegen tun können, immer wieder als *die* Stimme ihrer Zeit angesprochen zu werden. Dieses Halseisen haben sie nie gewollt.

»Sie behandeln uns, als wären wir ein Gehirn auf einer Anzeigentafel. Ich meine, hört mal, Jungs, wer hat uns eigentlich zum scharfen Gewissen der Nach-Hippie-Dumpfheit ernannt? Wir sind bloß Songschreiber.«

»Schau«, sagte Magurk, »wir leugnen nicht, was los ist. Wenn man die letzten Jahre mit diesen ganzen korrupten Königen im Schloß anschaut, während ihre verlogenen Knechte Wanzen im Hautquartier des Gegenkandidaten anbringen, und das Land in diesen scheußlichen Krieg zieht und kleine Kinder bei lebendigem Leib verbrennt, wie kann man da bloß über Liebe schreiben?«

Sie hören auf zu sprechen. Wir sehen den brechenden Wellen zu. Wolken bewegen sich zentimeterweise.

Magurk kritzelt in ein Notizbuch, er schreibt den Text für einen Song um, für den die Band schon ein paar Spuren in LA's Music-Plant-Studio aufgenommen hat. Das Lied heißt ›Flesh Diction‹.

»Vor zehn Jahren war's einfach«, sagt Tutt. »Man hat sich einfach besser gekleidet als John Sebastian und aus ›Siddharta‹ zitiert, um ein Mädchen rumzukriegen.« Er sieht hinauf zur schneidenden Sonne. »… Marmeladenhimmel, weißt du?«

»Hawaii ist ein komplexer Zopf aus Mensch und Natur«, sagt Magurk zu sich selbst, während er einer wohlgebauten Dunklen zusieht, die aus der Gischt auftaucht.

BILLBOARD Magazine.
September 1971.

Heute wurden die Grammy-Nominierungen in allen Kategorien bekanntgegeben. Alles andere als überraschend sind Rikki Tutts und Greg Magurks Whatever in den Sparten Beste neue Rockband und Bestes Album nominiert. Das Debütalbum der Gruppe, ›Know Means Know‹, hat sich sehr gut verkauft, ist ein Kritikerliebling und steht in den Billboard Top 100 diese Woche auf Platz 2.

Aus einem auf Tonband aufgenommenen Gespräch.
Paris, Frankreich. Eiffelturm.
20. Dezember 1974

G. G. Wall schwört, daß es wahr ist.

»Ich weiß echt nicht, Mann. Schätze, es war wie so eine Metapher. Weißt du, wenn sie Wirklichkeit wird. War schon seltsam.«

Er behauptet, das Kind hätte einfach geblutet. Anstelle von Tränen floß Blut ihr achtjähriges Gesicht hinunter und färbte ihr Kleid rot. Ansonsten blieb sie ausdruckslos, die Hände waren ruhig im Schoß gefaltet, und Fliegen tranken von ihren Wangen.

»Ich weiß nicht, wie sie's hätten fälschen sollen. Aber von überall her sind Leute gekommen, völlig fasziniert. Sie spürten Trauer und Reue. Aber sie schienen auch eine komische Sorte Erleichterung zu empfinden.«

Er denkt, daß es ihnen vielleicht dabei geholfen hat, mit ihrem eigenen Schmerz, ihren stillen Qualen fertig zu werden. Das Mädchen stand nie von dem Sessel auf, mehrere Stunden konnten sie sie betrachten. Sie hat nicht gesprochen.

»Es wird auch verflucht heiß zu der Jahreszeit in Italien … es war Sommer, weißt du? Und ihre Eltern haben sie dazu gezwungen, in diesem weißen Kleid dazusitzen, während die Leute Schlange standen und vorbeigingen.«

Langsam mißfällt ihm die Erinnerung.

»Wir waren auf Tour, durch ganz Europa. Haben ein paar Wochen in Italien gespielt. Ich bin jeden Tag zu ihr hin.«

Schweigen.

»Nach ein paar Tagen habe ich mich geschämt. Sie so anzugaffen. Ich weiß nicht, was es bedeutete und warum sie auserwählt wurde, aber es war falsch, was wir gemacht haben …« Er schaut hinaus von der Eiffelturmplattform, betrachtet nichts, verloren in einem Paris, das ein großes Gemälde ist.

Es ist drei Jahre her, seit Whatever in Italien gespielt haben. Wall sagt, es wird berichtet, daß das Mädchen immer noch blutet.

King Biscuit Flower Hour.
Überregionale Radiosendung.
19. März 1972

»Und jetzt ein Song, der die Charts rauf- und runterbrennt …. Whatevers ›Yeah, Right‹, eine zynische Hymne, die die ein bißchen fiebrige Temperatur einer ganzen Generation gemessen hat. Pete Towshend, mach dir Notizen.«

This deal is crap,
I want my mommy.
My mantra died.
Page my swami.

Is this a joke?
Who's in charge?
They brought me small.
I asked for large.

I'm having no fun,
I've lost my zip.
Where's the laughs?
Life's a gyp.

It's not like it was.
The beer is flat.
The sun is cold.
I smell a rat.

Leave me for dead,
I'll be fine.
There's nothing left.
But it's all mine.

Cut my throat,
Watch me gush.
Don't cry, baby.
Enjoy the rush.

Aus meinen Notizen.
Durango.
Februar 1973

Tutt will heiraten.

Inga aus Deutschland. Man sagt, sie lächelt nie wirklich. Stiert einfach durch deine Pupillen durch, daß du dich fühlst wie ein billiges Spielzeugfernglas. Sie macht normale Männer nervös. Rocker glücklich. Kennt all ihre Türen und Fenster, wie man die Schlösser knackt, einbricht. Weiß, wie man plaudert und lacht. Trägt Klamotten, die so eng sind, daß manche sagen, man kann den Ehrgeiz durch die Fasern rinnen hören.

Man erzählt sich auch, daß ihre Mutter Hitlers persönliche Masochistin war, ihre bleiche Haut sein persönlicher Aschenbecher, und daß der finstere Führer sie mit kleinen Tabakbrandwunden übersäte, wann immer das Reich auf dem absteigenden Ast war.

Inga ist schön. Sie konnte nur einen Star heiraten. Und wenn sie Tutt anlächelt, füllt sich sein Himmel mit bauchigen Wölkchen, zwitschernden Vögeln.

Sie alle wollten Tutt. Er war nicht nur eine Hormonschleuder. Er war der Junge mit dem hübschen Gesicht, den süßen Sorgen. Das Kind ohne Mutter, das dich bei der Hand nahm und bei jeder Freundlichkeit vorsichtig lächelte. Er war das Gedicht, auf das nur du den Reim hattest. Die sehnsuchtsvolle Stimme, die ein Stadion zum Verstummen brachte.

Zum Weinen.

Nach einem seinerzeit verbreiteten Witz blutete er innerlich, wenn er sang. Aber niemand konnte sich einfach darüber hinwegsetzen. Nicht einmal sein Ex-Partner, Truce Wood.

»Weißt du, wie er unsere Band, die dann Petals hieß, nennen wollte? *Cry*, Weinen. Der Name hat ihm immer gefallen. Hat zu ihm gepaßt, weißt du? Er ist ein depressives Arschloch. Hat echte Probleme mit seiner Stimmung.«

»Aber wie steht's mit der Musik?« frage ich Wood. Er wirft sein Messer immer wieder nach einem Baum. Diese fruchtbare Ranch hier hat er sich mit seinem übriggebliebenen Vermögen gekauft, ein von Kakteen übersätes Nirgendwo.

»Paß auf, es ist so. Alle andern schreiben bloß Songs. Tutt und Magurk hören Gott. Schreiben es als Musik auf. Bluten für unsere Sünden.«

Und wir alle dürfen dann dem Blutregen zuhören. Hübsches Bild. Oder liegt es bloß daran, daß Truce zur Religion gefunden hat? Er will nicht antworten, zieht es vor, nicht drüber zu reden.

Zieht das Messer aus dem Baum. Verlorener Blick. Nachdem die Petals sich aufgelöst hatten, hat Truce ein paar Solosachen rausgebracht. Die Band hieß Fat Couch. Das erste Album, 1970, ›Happy Nap‹, saß bloß in einer öden Pfütze und starb. Nichts hat Klick gemacht. Das Label hat sie abgewürgt, bevor ein zweites Album auch nur die Kopfhörer erreichte.

Jetzt betreibt er eine Bar, TRUCE, in Durango. Er gibt zu, daß er damals, als seine ganze Welt in Schräglage geriet, seine Stimme verloren hat und anfing, Acid einzuschmeißen, als wär's Vitamin C. Schließlich war er so daneben und paranoid, daß er einen Privatdetektiv engagierte, der seine Stimme suchen sollte.

Der Bursche ließ sich von ihm $ 250 pro Tag zahlen, plus Spesen. Erzählte Truce, er hätte die Stimme bis zu einem Diner in Wichita Falls verfolgt und dort gestellt, sie wäre aber entkommen. Schließlich behauptete er, sie gefunden zu haben, und schickte sie per Einschreiben in einer gepolsterten Schachtel an Truce. Truce bewahrt die ungeöffnete Schachtel noch immer auf seinem Kaminsims auf.

»DAS machen die Drogen aus einem.« Er lächelt. »Ich heb's da auf, als Lektion für mich selber. Ich habe alles verloren, Mann. Ich kann verdammt von Glück sagen, daß ich noch atme.« Er wischt die Klinge an seiner Levis ab. »Die Dinge verändern sich. Und man muß mit den Gespenstern leben.«

»Ich sag' dir was, Frauen auf sieben Kontinenten trauern.«

Er hat recht. Rikki ist mehr als der Davongekommene. Er ist der einzige, der je den Weg nach Innen gefunden hat.

»Vielleicht besorge ich ihm seine eigene Schachtel für den Kamin.«. Truce nickt, todernst. »Der Ruhm verschluckt dich, wenn du nicht aufpaßt.«

Music City News
Nashville. April 1971

Der zwanzigjährige G. G. Wall, Leadgitarrist bei Whatever, wurde beim jährlichen Musikpoll der Zeitschrift Playboy zum Gitarristen des Jahres gewählt. Er schlug damit Clapton, Segovia, Beck, Hendrix, Wes Montgomery, Joe Pass, Kenny Burrell und George Harrison. Seine Komposition ›Tight Squeeze‹ wurde außerdem zum Instrumentalstück das Jahres gewählt.

Wall, der die Schule mit vierzehn verlassen hat, leidet seit seiner Kindheit an emotionalen Problemen und hat jüngst bei einer Dick-Cavett-Show darüber gesprochen. Befragt, welche Rolle der Intellekt in der Musik von Whatever spielt, antwortete Wall Cavett, daß sein Verstand ›nicht mehr allzuoft in der Gegend ist. Hatte wohl andere Pläne, schätze ich‹.

Und über die Psychotherapie, der er sich seit über zehn Jahren unterzieht: »Ich glaube dran. Psychologie ist wie Gemälde restaurieren. Die ursprünglichen Farben wiederherstellen.«

Zahlreiche von Walls Teenagerjahren verbrachte er in Jugendstrafanstalten, wegen Einbruchs. Er brach stets in religiöse Gebäude ein und hat, wie man hört, aus Hunderten von Kirchen sakrale Gegenstände entwendet.

»Wieso sollten die Kirchen sie behalten, Mann?«

Und was hat er mit all diesen Dingen gemacht?

»Na ja…«, bringt er hervor, während sein Gesicht spitzbübische Grimassen schneidet, »sagen wir, ich konnte mich nie erinnern und antworte auf Nachfragen mit einem undurchdringlichen Blick.«

Die David Frost Show.
London. Ritz Hotel.
September 1972

»Mr. President, lassen Sie uns ein bißchen über Ihr Privatleben mit der First Lady sprechen. Soweit ich weiß, sehen Pat und Sie sehr gerne Sport im Fernsehen?«

»Die sowjetische Turnerin Olga Korbut ist eine bemerkenswerte Athletin. Ich bin kein Fan ihrer Regierung, aber überlegenes Können kann an überraschenden Orten auftreten.«

»Ich habe auch Spione, die mir sagen, daß sie ein leidenschaftlicher Freund der Musik von Stan Kenton sind. Tanzen Sie im Weißen Haus? Sie beide? Allein?«

Nixon lacht. Nimmt einen Schluck Wasser, den ihm Frost anbietet.

»Ich glaube, ich sollte drauf nicht antworten, ohne daß Pat es mir erlaubt. Sie ist sehr eigen in romantischen Angelegenheiten.«

»Ihre Lieblingsfilme dieses Jahr?«

Wir sehen uns Filme im Weißen Haus an, wie Sie wissen. Lassen ein paar Freunde kommen. *The Poseidon Adventure* hat uns sehr gut gefallen. *Jeremiah Johnson. What's up, Doc?* auch. Und *Deliverance* hat mir gefallen, aber Pat hatte Probleme mit der Gewalt in dem Film.«

»Und Rock 'n' Roll?«

»Pat ist ein Fan von Helen Reddy. Roberta Flacks ›First time I ever saw your face‹ ist auch sehr hübsch.«

»Ich meine richtigen Rock 'n' Roll.«

Er kichert.

»Fragen Sie mich etwas anderes.«

»Sicher sind Ihnen die Rolling Stones bekannt, die Beatles …«

»Selbstverständlich. Sehr talentierte junge Männer.«

»Und Whatever?«

Nixon blinzelt. Er sieht es kommen.

»Ist Ihnen bekannt, wie kritisch sie Ihrer Außenpolitik gegenüberstehen?«

»Davon habe ich noch nichts gehört, nein.«

»Ich kann Ihnen versichern, Mr. President, sie scheinen für ihre ganze Generation zu sprechen und spiegeln eine große Unzufriedenheit wider, unter den jungen Bürgern Amerikas.«

»Die Menschen in Südostasien brauchen unsere Hilfe.«

»Nun, was ist mit anderen Fragen? Eines der Lieder der Band, ›World of Hurt‹, deutet auf das hin, was Bandmitglieder, wie man hört, als ihre Beobachtung einer apathischen Haltung Washingtons in Sachen Giftmüllentsorgung betrachten. Das hat man Ihnen gewiß erzählt.«

Nixon grinst düster, schiebt den Unterkiefer vor; setzt eine selbstgerechte Miene auf.

»Ist das eine Frage oder ein spitzer Gegenstand?«

»Warum hat die Polizei Mitglieder der Band letzten Monat während einer Friedenskundgebung am Washington Monument zusammengeschlagen und festgenommen? Wissen Sie von diesen Festnahmen?«

»Sprechen wir über Politik oder über Rockmusik?«

»Wir sprechen über ihre schwindende Popularität bei der Jugend der Vereinigten Staaten, Sir.«

Nixon tupft sich die Oberlippe ab.

»Sie glauben, daß Ihre Regierung einen nicht erklärten und unmoralischen Krieg, einen grausamen militärischen Feldzug in Südostasien führt – und daß Sie Stimmen zu ersticken versuchen, die sich aufbegehrend dagegen erheben. Daß Sie die jungen Männer Ihres Landes zur Schlachtbank führen.«

»Man verbrennt nicht die amerikanische Flagge. Das tut man nicht. Diese Band … das haben Sie auf der Bühne getan.«

»Und was ist mit ihrer Wut und Verzweiflung … was ist denn mit der Wut und Verzweiflung der jungen Leute überall in Ihrem Land?«

»Man verbrennt nicht die Fahne.«

Auszug eines unveröffentlichten Esquire-Artikels.
5. Juni 1973

Als Tutt sie das erste Mal sah, sagt er, sah er das Ende.

Es blitzte auf wie eine hellseherische REM-Warnung, Auf- und Abblende in einem. Ein Blick durchs Schlüsselloch auf eine ermordete Gestalt, die irgendwo in seinen Gedanken zusammengesunken war. Ein Gefühl, daß nichts Gutes daraus entstehen konnte, daß er bei ihr war.

Tutt erinnert sich, daß sie wenig geredet hat. Ein Lächeln, das etwas verriet. Oder nichts. Alles, was er glauben wollte. Es war ihr Geschenk; er verstand es zu spät.

Sie war dunkel. Haare. Augen. Schmuck. Ihre Augenbrauen auf dem schönen Gesicht waren vollkommen. Sie schien stark; sicher. Dennoch fielen irgendwo in ihrem Innern Tränen. Tutt spürte es in einem Blinzeln. Einem Augenblick.

Sie lächelte zu leicht, er erinnert sich, das gedacht zu haben. Er wünscht, er hätte besser auf diesen flüchtigen Eindruck geachtet, der sich rasch wieder verwischte, davonstürzte. Später sollte er dafür bezahlen, das übersehen zu haben.

Er fühlte sich in ihren Augen zu Hause. Mochte die Hitze ihrer Haut, obwohl er sie noch nicht berührt hatte. Aber er spürte, daß sie warm war, wie ein Sonnenstrahl, der sich leise durch Jalousien hindurchstiehlt.

Er konnte ihr Parfüm riechen, und dachte einen Moment lang, daß es schon immer sein Lieblingsduft gewesen war, obwohl er nicht wußte, woran es ihn erinnerte. Nichts an ihr konnte er einordnen. Aber er kannte sie … zumindest, so sagt er, hatte er das Gefühl, daß er sie kennen müßte.

Der Astrologe, den er während der Abmischung des ersten Albums im Studio getroffen hatte, hatte die Begegnung mit Inga vorhergesagt. Hatte ihm gesagt, daß er die Frau treffen würde, bei der er für immer bleiben sollte. Seine Seelengefährtin. Die Gefährtin, die in seinem Fleisch eingewoben sein würde wie die kleinen farbigen Fasern in Papiergeld.

Und doch wußte er, daß aus ihrem gemeinsamen Leben nichts Gutes entstehen konnte. Sogar am Tag ihrer Hochzeit hatte er Angst. Etwas war verkehrt. An jenem Tag, in dieser schönen Kirche über der schimmernden See, umringt von Freunden und Familie, fühlte er sich elend. Als sie sich küßten, hatte Rikki das Gefühl, er müsse sterben.

Aus meinen Notizen.
Malibu, Kalifornien.
Juli 1972

»Wenn man genau hinschaut, will's doch jeder.«

Sie ist neunzehn. Ein abtrünniger Botticelli-Engel. Ihre eigene Band, Crazy Tea Cup, hat's auf Elektra versucht, ist aber nicht abgehoben. Mädchen mit Gitarren. Vergiß es. So was geht den Leuten auf die Nerven, wie Polkamusik.

Sie beobachtet die Jungs; Unanständigkeiten aus dem Kamasutra blühen in ihr auf. Nichts von der koketten Schamhaftigkeit der Generation ihrer Mutter. – Scham wegen der Wollust. Die moralische Gefangenschaft der weiblichen Sexualität aus vergangenen Generationen geht in Flammen auf, verbrannt, mit all den

BHs, vor dem Weißen Haus, ein baumwollfarbener und rostbrauner Himmel vor Nixons Rasen.

Und für Jamie sind Rock-'n'-Roll-Schwänze der beste Ohio Blue Tip, den es gibt.

»Die Generation meiner Mutter, das waren nette Frauen mit einer Menge abgefuckter Frustrationen.«

Diese schöne Wölbung unter der Bluse, die engen Glockenhosen. Ihre Haut ist perlenweiß, ihre Hände sind zart. »Ich hole bloß vergeudete Zeit auf.« Sie rollt sich einen Hawaiijoint und macht einen effektvollen Schmollmund – eine Cannabis-Lolita.

Ihrer eigenen Schätzung nach hat sie mit mehr als tausend Rock-Berühmtheiten ›bedeutungsvolle Begegnungen‹ gehabt. Alles für Mami. Aber für Jamie sind Whatever der absolute Gipfel. Sie hat sie alle gehabt und reist mit der Band herum, wann immer sie auf Tour geht. Tatsächlich ist sie ständig damit beschäftigt, sich um das Intimleben und andere persönliche Angelegenheiten der Jungs zu kümmern, und oft ist sie Krankenschwester oder Beichtmutter. Sie scheint zu glauben, ihre beruhigende Gegenwart würde die Reise der Jungs durchs feindliche Leben erleichtern. Ihre Musik tiefer machen. Sie zu einem Teil des Ganzen werden lassen.

»Magurk sagt immer, ich sei perfekt ausgerüstet für die Safari. ›Warme Kleidung, eine ätzende Unterströmung für meine beiläufigen Bemerkungen. Ist alles im Koffer.‹ So redet er halt«, sagt diese junge Frau, die die Uni von Radcliffe geschmissen hat und vorher schon mit Zep, Supertramp und sogar Cat Stevens unterwegs gewesen ist, bevor dieser, wie sie sagt »… auf den Predigerzug aufgesprungen ist.«

Sie hat versucht, aus dem Leben unterwegs mit Whatever auszusteigen, aber die Spuren eines so eng mit der Band verbundenen Lebens auf weltweiter Tour sind wie eine Backstage-Hundeleine, die sie festhält.

»Das war ein *ganz* übler Dschinn. Hat eine Woche gehalten. War die Idee meiner Mutter. Sie denkt, daß mich Männer anziehen, die wie mein Vater sind, weil ich ihn nicht haben kann. Als ob mir das nicht am Arsch vorbeigehen würde, wenn ich ihn haben könnte.«

Sie trinkt ein bißchen Ouzo. Leckt sich diese Lippen, die so besonders warm sind. Würde jetzt lieber über Tutt und Magurk sprechen.

»Sie sind Genies. Nicht die üblichen pfauenhaften Gecken.«

Sie kichert. »Jedenfalls haben sie keine Pfauenschwänze.«

Lausanne, Schweiz.
Brief von Magurk an mich.
Juli 1974

Mein Lieber,

ein paar Kritzeleien aus dem Unzusammenhängenden und Konvexen.

Danke für den Brief. Das geht tatsächlich in Ordnung, wir wollen das Interview mit Dir in Miami machen. Das einzige mögliche Problem ist, daß wir per Fernübertragung am Midnight Special teilnehmen, aus dem Cameo Theater. Wir sind dabei, um Geld für Bobby Seal zu sammeln, oder Spenden, damit man Joan Baez ein paar Titten kaufen kann, oder irgend so eine Scheiße. Keine Ahnung.

Crosby, Stills & Nash (diese Scheiß Tumbleweed-Schlaftabletten) sind Vorgruppe. Wir brauchen einen Nachmittag für den Soundcheck. Wie sieht's aus, sollen wir das Interview am nächsten Tag machen, damit wir uns ein bißchen ausruhen können? Sonst sind wir bloß Signale aus der Ferne.

Wir sind im Bel Air untergebracht. Das gefällt uns, weil wir, als narzißtische Plünderer, diese Leute rumscheuchen und eine Vollzeit-Kinderschwester fordern können, die unseren unmöglichen Ansprüchen gerecht werden muß. Besonders den unzüchtigen, lendenmäßigen.

Tutt will sich in Miami einen Mantel kaufen. Sein alter wurde zu einem Häufchen Asche verbrannt, von seiner jüngsten münzbetriebenen Freundin, während sich die beiden auf Lennons Grundstück rumgetrieben haben. Irgendwie hat irgendwer wohl gesagt, sie bräuchten noch Holz für ihr Lagerfeuer. Sie dachte, die hätten ›Stoff‹ gesagt.

Ich höre, man findet in Miami nur schwer lange Wintermäntel, es sei denn, Mafiagestalten von der Ostküste werden während eines Sonnenbades abgeschossen. Keine Ahnung. Bin in LA aufgewachsen. Wir dachten, Barracudas mit Sonnenbrillen wären Buddha.

Glaubst du, John mäht den Rasen vor der Hütte selber? Wahrscheinlich zwingt er Ringo, es zu tun, im Austausch dafür, daß der ins Apple-Büro darf, um sich die Nase zu putzen.

Wir kennen Miami nicht gut, und man kann uns sehr leicht praktisch alles andrehen, Bilderbuchtouristen. Wir sind sogar ganz glücklich damit, wie bizarre Leihgaben eines Westküstenzoos herumgeführt zu werden, und würden uns gerne alles anschauen, was faszinierend ist, oder völlig dekadent, oder wozu man leicht tanzen kann.

Habe letzte Nacht vier neue Songs mit Tutt geschrieben. Er muß ein Klavier verschluckt haben. Egal, wo man ihn berührt, es kommt Musik raus.

Wir sehen uns in Miami.

MAGURK

Aus meinen Notizen.
In der Luft. Über der irischen Küste.
Januar 1975

»Ich habe diesen Krieg gehaßt. Hab' die Waffen gehaßt. Weißt du, was Napalm anstellt? Weißt du, wie lange es braucht, bis es sich bis auf die Scheißknochen durchgebrannt hat? Kocht das Knochenmark. Ich kenne Geschichten über US-Jungs, die das gekochte Mark von vietnamesischen Kindern gegessen haben, als ob es Hühnchenpastete von Colonel Sanders wäre. Jungs von …

Thin Lizzy oder Ginger Baker's Air Force hatten Fotos davon. Ich hab' vergessen, wer's war.«

Stomp sitzt da in seinen Luccheser Cowboystiefeln, Lederhosen, die mit Flecken von Weißgottwas verschmutzt sind, verschrabbelter Rock-Gladiatorenkleidung. Der Helikopter neigt sich über der Bühne auf der Schottischen Insel, wo 25 Superstar-Rockbands an diesem Wochenende auftreten werden, um Geld für behinderte Kinder aus diesem Krieg zu sammeln.

»Calley's Kids, nennen wir sie. Meinst du, das macht ihm was aus? Würde er sauer werden, uns in einen Schützengraben verfrachten?«

Er nimmt einen Zug vom Haschisch. Bläst den Rauch raus.

»Wir haben einen Puff in Saigon gekauft. Alle Mädchen in einen anderen in Gia Dinh verfrachtet. Wir haben ein Krankenhaus draus gemacht. Wollten diesen Kids einen Ort geben. Sie haben keine Arme. Keine Beine. Pizza, wo ihre Augen waren. Es ist schrecklich. Echt.«

Er spielt ein Fingersolo auf dem Leder, die Beine überkreuz, und starrt hinunter auf die moosige Insel, die aus dem Meer erblüht ist – ein riesiges Kleeblatt. Tutt und Magurk kommen später aus London. Sie waren die ganze Nacht wach, in den Abbey-Road-Studios, haben einen Mix fertiggestellt. G. G. Wall beendet gerade einen zweitägigen Besuch in Moskau mit seiner jüngsten Freundin, Vera, Typ russische Spionin. Angeblich trifft er sich auch gelegentlich mit Goldie Hawn, einer Exfreundin von Donovan und einer Nonne. Stomp grinst, dementiert nichts. Möchte lieber wieder von seiner eigenen Version der hohen Politik reden.

»Scheiß-Kissinger. Scheiß-Militärisch-Industrieller Komplex. Scheiß-John Wayne.« Eine knappe Tirade vom großen Schweiger in der Gruppe. Vielleicht naiv; ein Durcheinander aus Wut und Schlagworten. Aber vielleicht geht es auch um etwas Persönliches.

Sein eigener Bruder, Steven, ist in Vietnam geflogen, hat Agent Orange aus Todeshubschraubern geschüttet, Bäume vernichtet, Gliedmaßen versehrt.

»John Wayne ... auch so ein Arschloch. Nehmt ihm doch die

Arme und Beine ab. Wozu braucht er sie denn? Macht eine Organspendebank aus ihm. Helft den Kindern. Erschießt ihn in Großaufnahme. Er wird weiter funktionieren.«

Er lächelt, aber jedes Wort ist ernst gemeint, in seiner persönlichen Spritze ist dunkle Flüssigkeit.

»Diese Typen töten Amerika. Wenn man alt und fies ist und keinen mehr hochkriegt, ist Krieg der beste Fick, den man noch bekommt. Wetten, sie schauen sich gerade schon nach dem nächsten um.«

Der Helikopter wird vom Atlantikwind herumgeworfen. Stomp beißt sich auf ein kleines Stück Lippe. Schließt die Augen.

»Gott, ich hasse diese Fliegerei.«

Unveröffentlichter Artikel.
Party mit Seahorse. Hollywood Hills.
Januar 1979

Fahles Lötkolbenlicht des Mondes.

Die Irren sind unterwegs; frisch gewachste deutsche Karren parken vor einer Frank-Lloyd-Wright-Villa. Rock dröhnt von innen her, prallt hart von Deco-Bögen.

Im Innern ist der Ort reich gespickt mit Rock-'n'-Roll-Lemmingen, Goldenen Armen. Verlebte Glitter-Gesichter lachen, und die Staubsauger der Seele saugen weiße Linien auf. Perfekte nackte Körper gleiten in dampfende Bäder. Laute Musik häutet uns lebendig, während LA zwinkert und Drogen einschmeißt, tief unten. Irgendwo da draußen hat Sid Vicious seine Freundin umgebracht, und picklige Witzfiguren stehen Schlange, um *Grease* zu sehen.

Der Freak, der den Laden diesen Monat gemietet hat, zieht mit dem Soundmixer der Gruppe, Feeder, eine Linie rein. Sie reden über die Tour, aufgedreht. Seahorse haben in ganz Europa abgeräumt. Ihr neues Album, *High Horse*, hat gerade Gold eingefahren.

»Sie haben Bands wie Whatever im Staub zurückgelassen«, sagt Snuffy Hawkins, ein Musikredakteur von *Whirl*, dem erfolgreichsten neuen Musikmagazin seit dem *Rolling Stone*. Früher haben sogar Backup-Sänger und Gelegenheitsmitmusiker auf Whatever-Platten aus dieser Verbindung einige Vergünstigungen gepreßt, aber solche Zeiten sind vorbei.

Andere Mitglieder von Seahorse gehen vorbei, mit glasigem Blick, stumpf. Die Tour durch fünfzehn Länder hat sich in ihren Stiefeln festgebrannt; sie brauchen diese Entspannung. Es sind vier: Schlagzeug, zwei Gitarren, Sänger. Eine Zep-Kopie. Schwere Her-mit-den-Muschis-Feindseligkeiten. Schwere-Jungs-Ringe unter pestkranken Augen. Geknurrte Geheimnisse, mit wissendem Grinsen weitergegeben, codierte Parolen.

Überall Mädchen. Willig, mit großen Augen. Sie beobachten die Szene mit begehrlichen Augen, ein Harem voller Opfer, lassen sich eine Nummer geben, hoffen, ein Mitglied der Band abzuschleppen.

Die Seahorseleute lachen, trinken rund um den neonhellen Pool, mit ihrem Freund von Whatever, G. G. Wall. Sie haben gerade ein Interview mit mir für den Rolling Stone hinter sich gebracht, und dabei jedermann runtergeputzt. Der Chef der Bandroadies, Dino, sagt, sie hätten Scheiße gequatscht. Niemand wird frech bei Jann Wenner, nicht mal brandaktuelle Schwanzrockkönige wie Seahorse.

Der Bassist von Seahorse, Lick Clean, verteilt was Neues. Heroin. Braun. Chinesisch. Er nennt es ›Rocky Road‹. Das Zeug bringt chemische Matritzen durcheinander, als wären es Kochrezepte.

G. G. verpaßt sich den schlechten Nachtisch in den Arm. Wandert in den höhlenartigen Parypalast, in seinem High, das angeblich, wie Feeder verspricht, eine Kombination von Elvis, einen geblasen kriegen und himmlischer Gnade ist, alles von einer einzigen Nadel ausgespuckt. Sofort fängt er an, sich zu krümmen.

Zwanzig Minuten später ist er bleich und kalt.

Der Leichenwagen hat sich verfahren beim Versuch, die Villa zu finden.

»Er hatte Leukämie. Ich bin sicher, daran lag es«, sagt der Whatever-Manager Lenny Lupo. »Mit so einem Todesurteil zu leben war zu hart für ihn. Der Mist konnte jederzeit schlimmer werden. Er war ein Draufgänger. Also ist er halt draufgegangen.«

»Schwachsinn«, sagt der Seahorse-Leadsänger Vinnie Perito. »Ich hab' ihn in dieser Nacht gesehen. Er sah gut aus. Es hat ihm gefallen. Vielleicht ist er einfach ausgestiegen, bevor diese Etcetera oder Noteven oder Whatever-The-Fuck so wurden wie die Scheiß-Monkees, okay? Nichts für ungut. Ich hab' gern mit dem Typ gefeiert. Und die Band hat mir auch gefallen, als sie noch wichtig war. Aber andererseits, lüge ich hier, oder was? Dieser Botschaftskram ist von gestern. Und ich sage, das hat er gewußt.«

Perito macht gerade eine Entziehungskur bei Synanon, nach einer zweiten Überdosis. Rikki Tutt, den ich in Aspen bei einer Skireise erreicht habe, sagte, Wall sei ein brillanter Musiker gewesen, und »… eine alte Seele«.

Aus meinen Notizen.
Sao Paulo, Brasilien.
Bejejos-Frauengefängnis.
Dezember 1977

»Sie haben mich erwischt«, ausdruckslos. »Lebenslänglich.«

Inga ist im Besucherzimmer. Sie raucht. Grinst. Kann kaum glauben, daß sie hier ist, besonders, da doch jetzt bald Weihnachten ist.

»Hör mal, zu der ganzen Sache kann ich nichts sagen, o.k.?«

Man erzählt sich, sie sei reingelegt worden. Hat ein paar Kilo nach Rio gebracht, für das große Whatever-Konzert auf der Copacabana.

Damals in LA, für den Stoff-Kauf, hat sie bloß Sozialarbeit verdonnert gekriegt. Aber das hier war was anderes. Südamerika ist ein schlechter Ort für Schmuggler und User. Sie schneiden dir Hände ab; oder sie schneiden dein Leben durch.

Aus dem Whatever-Camp verlautet, daß Magurk und sein Troß von Rechtsanwälten noch mal versuchen wollen, sich mit Vertretern der Polizeibehörden von Rio zu einigen. Irgendeine Art von Begnadigung oder Strafmilderung rauszuschlagen. Vielleicht, mit Geld, einen Deal zu machen. Aber es sieht nicht gut aus.

»Wenn du ihn siehst, sag ihm, daß ich ihn liebe. Sie wollen mir nicht gestatten, Briefe zu empfangen oder welche abzuschicken.«

Eine brutal aussehende, dunkelhäutige Wärterin sagt mir, die Besuchszeit sei vorbei. Inga zeigt keine Angst oder Betroffenheit.

»Ich komm' schon wieder raus hier. Wart nur. Magurk läßt mich schon nicht hier drin sterben.«

Ich verspreche ihr, Magurk zu sagen, daß sie ihn liebt.

Cashbox Magazine
September 1974

Anläßlich der Veröffentlichung der neuen Whatever-Albums auf VOICE Records, ›Just forget it‹, geben sich Plattenverkäufer auf der ganzen Welt außergewöhnlich große Mühe, am Geschäft mit der Platte beteiligt zu sein. Plattenläden überall auf der Welt, in England, Frankreich und Japan, werden soviel Werbefläche, wie sie haben, für die ›Just forget it‹-Reklame aufbieten.

Extra angefertigte T-Shirts und Sweatshirts werden an die Käufer verschenkt. Wallach's Music City in LA wird außerdem Whatever-Plakate und Aufsteller die ganze Schaufensterfront des Ladens auf der Sunset Boulevard-Seite einnehmen lassen.

Auf dem Dach wird das Album-Cover zu sehen sein, ein zwei Stockwerke hohes Gehirn mit einer roten diagonalen Linie darüber, flankiert von 2 Meter hohen Reproduktionen des jüngst wiederveröffentlichten Whatever-Debütalbums.

Am Abend des Erstverkaufstages wird VOICE eine Party (nur für geladene Gäste) im elitären LA-Club ›Kaleidoscope‹ veranstalten, bei der auch Mitglieder der Band zugegen sein werden. Unter den Veranstaltungen an der Ostküste wird auch ein Caravan von

VOICE-Partywagen sein, der bis in die frühen Morgenstunden Kunden vom Central Park zu den Plattenläden in Manhattan transportieren wird.

Weitere ›Midnight Madness‹-Partys, die international angekündigt sind, werden unter anderem Lasershows, gigantische Hörvorführungen und ein Livekonzert bieten, das per Satellit in Kinos übertragen wird.

Zu diesem riesigen Werbefeldzug befragt, zucken Rikki Tutt und Greg Magurk von Whatever mit den Schultern: ›Bilder auf der Suche nach einer Bedeutung‹.

Auszug aus einem Artikel.
Albuquerque, New Mexico.
Juli 1977

Stomp schauspielert.

Ausstaffiert wie Jesse James, und schwitzend, unter diesem Requisitenhut. Der 25jährige Regisseur, Mitch Meyer, kommt frisch von der Filmschule an der UCLA und treibt wie mit einer Viehtreiberstange seine erschöpfte Mannschaft durch diese 12-Cent-Peckinpah-Stiefel-und-Sporen-Oper. Das Ding nennt sich *Blut der Erde*, und die Handlung hat irgendwas zu tun mit a.) einem Bordell, in dem das Gold aus einem Zugüberfall versteckt ist (und Buffy Sainte-Marie ist die Puffmutter … hey, man muß dieses Land doch einfach lieben), b.) einem schizophrenen, schlecht rasierten Gesetzlosen, der sich mit grinsenden Sadisten umgibt und c.) einem singenden Sheriff.

Na, gefällt Euch das?

Wo genau jetzt diese Kiste mit dem Blut und der Erde hineinspielt, oder wo die Erde blutet, ist nicht ganz klar. Ich nehme an, wenn man tiefsinnig genug ist, macht das schon alles irgendeinen Sinn.

Inzwischen jedenfalls könnte man sagen, daß am Drehort nicht alles zum Besten steht.

Die Produktion hat das Budget inzwischen so weit überzogen, daß sie den Rest des Films vielleicht mit Kreide an die Wand zeichnen müssen. Zwei Produzenten sind ausgestiegen, der Unit Production Manager hat einen wichtigen Finger bei einer Wirtshausschlägerei im Dorf verloren (der Finger hat angeblich angefangen), diverse Mitarbeiter der Crew haben Verdauungsprobleme, weil sie eine lustige Nacht in Mexico verbracht haben und dabei kleine Viren mit Sombreros in ihren Darm einreisen ließen. Und während der Film als eine Jungianische Parabel über Feigheit und ewige Wahrheiten angepriesen wird, besagt ein Gerücht, das diejenigen ausstreuen, die Ausschnitte gesehen haben, das Ding wirke mehr wie eine schlechte Amateurproduktion des Musicals ›Oklahoma‹.

Im Moment ist es so heiß in New Mexico, daß die Fliegen auf die Seite rollen und um ein Bier bitten. Die Reifen der Wohnwagen schmelzen. Assistenten bespritzen die Pferde mit Schläuchen, damit sie nicht in Ohnmacht fallen, und alles an diesem Drehort sieht aus, als wäre es gequält und entwässert worden. Als sie damals ›Lawrence von Arabien‹ gedreht haben, muß es kühler gewesen sein.

Sogar als sie ›Our Mr. Sun‹ gedreht haben.

Um den ziemlich unwegsamen Schlamm noch übler zu machen, haßt man im Studio in LA angeblich fast alles an dem Film. Wie er aussieht, wie er ausgeleuchtet ist, wie die Schauspieler spielen. Das einzige, was sie mögen, ist Stomp. Sie denken, er strahle so eine düstere, erotische Lässigkeit aus. Ein Naturtalent.

Lenny Lupo, der Manager von Whatever, war damit einverstanden, daß Stomp diese Rolle spielt, nachdem sein Costar Lenda Bruxton die Band Live gesehen hatte und dachte, daß Stomp genau die richtige Ausstrahlung hätte. Halb häßlich, ein bißchen sexy, auf ansprechende Weise haarig.

Der Regisseur hat das Drehbuch geschrieben und verlangte, bei dem Film Regie führen zu dürfen, widrigenfalls er das Drehbuch eben nicht verkauft hätte. Warren Beatty wollte es machen. Paul Newman. Burt Reynolds hat gekämpft, es zu kriegen, und jetzt versucht er, an ein Projekt namens ›The Man Who Loved Cat Dancing‹ ranzukommen. Wollen die Leute wirklich sehen, wie Katzen mit Burt tanzen?

Der Regisseur verliert täglich ein Pfund vor lauter Hitze, mangelndem Appetit und schierem Schrecken; der Typ sieht aus, als wäre ein Achterbahnwagen in seinem Verdauungstrakt entgleist. Er weiß, daß im Moment eine sehr teure gestrichelte Linie auf seinem Hals eingezeichnet ist, und der Kurzfilm, mit dem er in Cannes den ersten Preis gewonnen hat, bedeutet hier draußen einen Dreck.

Gerade nimmt er sein Abendessen zu sich, abgekaute Fingernägel, während er einen Kriegsrat mit dem Kameramann und dem Chefkameramann einberufen hat, um eine Szene zu filmen, deren Blickwinkel unmöglich ist, und ein paar Punkte bei den Hundert-Dollar-Frisuren in LA gutzumachen, die damit gedroht haben, die ganze Filmerei abzuwürgen. Einer von der Crew sagt, man höre in letzter Zeit immer deutlichere Gerüchte, wonach Mitch sich in der Schlagsahne verlaufen hat ›obwohl noch gar kein Kuchen da ist‹.

Das Studio hat schon einen neuen Drehbuchautor eingekauft; einen Revolvermann für Hunderttausend die Woche, der im Augenblick gerade in einem der Wohnwagen sitzt und das Script neu gliedert und verarztet, bis zum Hals in frischen Verben. Aber das hier ist keine simple Operation. Eher ein vierfacher Bypass.

Stomp hat seine eigenen Hinter-der-Kamera-Probleme.

Er hat seine Freundin Jane verlassen und mit einer der Statistinnen des Films angebändelt, eine Hawaiianische Schönheitskönigin mit Brüsten, die so beeindruckend sind, daß sie ihnen tatsächlich die Namen amerikanischer Präsidenten verliehen hat. Aber das Gerücht am Drehort behauptet, Jane hätte die beiden nackt in Stomps Hotelzimmer erwischt und sechzig Kilo gutbestücktes Aloha aus dem Fenster des zweiten Stocks geworfen. Die Brüste haben es überlebt, Jane ist abgehauen, und Stomp kann sich wieder auf seine Arbeit konzentrieren.

Gerade jetzt sitzt er auf seinem Regisseur-Klappstuhl und schreibt den Text für einen Song namens ›Floozy Woozy‹. Ein

Band Gedichte von William Blake und ein Buch mit Reden von Daniel Berrigan reiten im selben Sattel wie seine Kopie des Drehbuchs. Er möchte so schnell wie möglich mit den Dreharbeiten fertig werden, zurück nach LA fahren und an Whatevers neuem Doppelalbum ›Skin and Bones‹ mitarbeiten. Und er möchte, wenn möglich, endlich als Songschreiber ernstgenommen werden.

Mehr und mehr hat er das Gefühl, daß Tutt und Magurk darauf ein Monopol haben, und jetzt ist er mal dran, ein paar Hotels am Park Place zu bauen. Er hat sich eine neue persönliche Managerin besorgt, Karen Dellinger, die bis jetzt mit Illinois Speed Press, Peaches and Herb, Livingston Taylor und Eric Carmen gearbeitet hat. Bis jetzt hat er eine Werbemelodie für eine Zahnpastareklame geschrieben und eine Platte mit Kinderliedern, die demnächst aufgenommen werden soll, mit dem Titel ›The Big Stinky Ape‹. Und er denkt, daß da, wo er das hergeholt hat, noch mehr prima Manna zu holen ist. Außerdem ist er mit Dellinger verlobt – sie war früher Buchhalterin und sagt, daß Stomp mindestens genausoviel Talent hat wie Magurk und Tutt. Er will zwar weiterhin Schlagzeuger bei Whatever bleiben, nimmt aber zugleich neuerdings Gitarrenstunden.

Stomp befingert seinen Martinstift, handgefertigt, mit seinem perlenweißen Namenszug. Er möchte mir sein Werk anvertrauen.

»Ich kritzel' nur so ein bißchen rum … weißt du. Willst du was davon hören?« Er radiert ein Wort aus, bläst rote Gummispänchen weg – hüpfendes Konfetti.

»Noch ziemlich krude … Irgendwie so: ›Sitting in the cheap seats … sleeping on the torn sheets … listening to her thoughts … my attention drifts and rots.‹« Er überlegt, ob ihm das gefällt. Ringt mit dem, was er gekritzelt hat.

»Jedenfalls, es geht so weiter: ›She's there for me … she's there for you … she's a bleak reminder … that some things never grew/She makes me feel off-center … not a buyer … just a renter‹.« Er grinst. Der Teil gefällt ihm. Nimmt einen kleinen Schluck vom Eiskaffee, unter der grausamen Sonne. Kaut auf einem Eiswürfel. Liest weiter.

»›Floozy Woozy … I'm sick of her face. Floozy Wooozy … she's a mind without a trace.‹«

Er reibt sich das unrasierte Kinn – das gehört zum Äußeren der Rolle, ein verwitweter Sheriff, von lauter Gram zerfressen, von Alpträumen geschüttelt. Und offenbar nicht mehr in der Lage, sich zu rasieren. Habe ich schon erwähnt, daß er außerdem singt? Vielleicht werden sie es so überarbeiten, daß er am Ende steppt wie Sammy Davis.

»Der Rest ist … noch ein bißchen vage. Ich versuche es vielleicht mit: ›She thinks I like her … She thinks she's intriguing … to me she's the proof of inbreeding.‹« Er wischt sich den Schweiß ab. Es könnte Angstschweiß sein, wenn wir irgendwo anders wären als in diesem Backofen, der uns wie einen Cowboyrömertopf röstet.

Der Stunt-Koordinator, ein höflicher Schwede mit einem Namen, den kein Mensch buchstabieren kann, geht vorbei, und Stomp liest den Text noch mal. Möchte wissen, wie sie dem Stuntschweden gefallen. Der Stuntschwede lächelt höflich.

»Vielleicht können Magurk und Tutt noch was davon retten«, sagt er flüsternd und trabt davon.

Newsweek
11. September 1974

Was geht in den Köpfen von Rikki Tutt und Greg Magurk von Whatever vor? Die Finsternis auf ihrem zweiten und neusten Album, ›Just forget it‹, das letzte Woche erschienen ist, wirkt wie eine entsetzliche Talfahrt und grenzt an heftigste Polemik.

Während das erste Album der Band, das berauschende ›Know means Know‹, ein surrealistisches Werk à la Lewis Carroll war, überquellend vor nachpsychedelischer Kopflastigkeit, süchtig machenden Beats und lyrischer Gewitztheit, ist diese zweite Leistung schwerer einzuordnen. Diesmal spürt man nichts von dem entzückten Gefühl der Band unter einem Magritte-Sprühregen, das frühere Arbeiten getragen hat; keine naseweisen Erfindungen um ihrer selbst willen mehr.

Die Band verändert sich. Phil Zapata, jetzt an einem vollelektronischen Moog-Synthesizer, und G. G. Wall, dessen Gitarre heimgesucht wird von Jimi und neuen Erfahrungen, können ihre vom Glauben abgefallenen Bandleader nicht mehr retten. Wenn man Whatevers neuer Musik zuhört, hat man das Gefühl, einem redegewandten Freund dabei zuzusehen, wie er in eine niederdrückende Depression verfällt.

Könnte es sein, daß die Watergate-Umtriebe und die Leichenberge von Vietnam Tutt, Magurk und ihre Truppe in einer freudlosen Düsternis zurückgelassen haben, die sie nicht mehr freilassen will? Während ›Just forget it‹ eine brillante Folge von Songs bietet, die textlich verblüffend sind, kann die pechschwarze Gefangenschaft in dieser Stimmung doch nicht übersehen werden. Jede Note, jedes Wort hallen wieder von einem Anschlag auf die Popkultur, die Schurken und Unterdrücker aus den Schlagzeilen sind ihre Hauptangriffsziele. Unsere Regierung steht ganz oben auf der Abschußliste.

›How to Handleman‹ ist ein giftiger ›Häng dem Zyniker den Schwanz an‹-Spottgesang über den Einbruch im Watergate Hotel, voll bitterer Verwünschungen. Niemand kommt lebendig davon, inklusive G. Gordon Liddy, John Dean, John Ehrlichman und der frühere Präsident Richard M. Nixon. Sogar Henry Kissinger kriegt was ab, wenn die Herren Tutt und Magurk in ›Smooth Finish‹ singen:

»… deep voice, deep lies.
Never look into his eyes.
Big man, big deals.
Your dreams his next meal.«

Ihre Gaben und Tricks reißen nie ab, aber die beiden Songwriter scheinen keinen Spaß mehr daran zu haben. Dies ist ein Album mit Myriaden von Gaben, sosehr es sich auch in Problemen wälzt.

Das Projekt Whatever sollte seinen Kopf über die Trostlosigkeit der US-Kriegspolitik und die blökende Gehässigkeit der Protestler erheben, bevor Tutt und Magurk über gar nichts mehr etwas Gutes zu sagen haben.

SEHR EMPFEHLENSWERT.

Aus meinen Notizen
Kittridge Armeekrankenhaus. Missouri.
4. November 1974

»Er kann mich nicht hören.«

Der Raum ist stickig. Ausblick auf die Weizenfelder. Fabrikschlote. Ein Zug voll verängstigtem Vieh rattert vorüber.

Eine Kleinstadt; Landwirtschaft und ein bißchen Industrie. Die Leute hier kriegen Burschen wie Stomp McGee nicht allzuoft zu sehen, wenn sie von ihren Traktoren und ihrem christlichen Fundamentalismus runterschauen. Soviel Haare, soviel Samt. Klirrende Armbänder; eine hochaufgeschossene Schwuchtel. Ihr Nacken verfärbt sich rot, wenn sie an so was nur denken.

Er hält die Hand seines Bruders Steven. Steven ist mit seinem Hubschrauber in Vietnam auf einer Mine gelandet, und als er wieder zu sich kam, fehlte einiges. Zwei Arme waren weg. Ein Bein. Das meiste von seinem Gesicht. Jetzt ist er blind. Wird durch einen Schlauch ernährt.

»Du hättest sehen sollen, wie er den Ball geworfen hat. Steven war praktisch allein die ganze Uni-Mannschaft, verdammt noch mal. Er konnte aus einer halben Meile Entfernung einen Fingerhut treffen.«

Steven stöhnt. Stomp streichelt sein Haar.

Die Schwester sagt, die Besuchzeit sei fast um. Stomp nickt, beugt sich vor, um Steven etwas zuzuflüstern, ihn zu halten. Ich kann nicht hören, was er sagt. Stomp hält ihn fester. Dreht sich einen Moment lang nach mir um. Er weint.

Auf der Fahrt fort vom Krankenhaus sagt Stomp kein einziges

Wort. Während der Jet abhebt, schaut er aus dem Fenster auf die Stadt, die er zurückläßt. Schließt die Augen. Sagt etwas, von wegen, daß Steven nie mehr weinen wird. Das, was von seinem Gesicht übrig ist, wäre nicht dazu imstande. Die Tränenkanäle sind zerstört.

Am nächsten Abend spielt Stomp das längste und unglaublichste Drumsolo, das die Leute je gehört haben.

LA Weekly-Artikel. Aus meinen Notizen.
Los Angeles, Kalifornien.
Downtown LA. Alameda-Bahngleise.
3. Januar 1975, 2 Uhr 37 morgens

Üble Straßen. Üble Leute. Bars, die jeden Morgen den Tod mit Schläuchen von ihren Bürgersteigen spritzen lassen. Ein Hochhaus ragt empor, verkommen-billig. Im Innern erwacht ein Mann, der eine emotionale Atomexplosion überlebt hat.

Sein Name ist Oz Peterson, und er war früher ein Polizist in Chicago. Bis er und sein Partner von Drogenkaspern aus Peru geschnappt wurden und Oz zusehen mußte, wie der Typ, mit dem er auf Streife gewesen war, langsam zersäbelt wurde, während sie ihn folterten, um Informationen über die Verbindungen der Drogenfahndung herauszupressen.

Sein Partner, Nicky, hat nichts verraten. Aber sie haben drei Tage gebraucht, bis er endlich tot war. Und Oz hat immer noch Alptraumvisionen von Nick, aufgehängt wie Rindfleisch, mit zentimeterlangen Messerwunden überall auf seinem Körper, verblutend.

Oz reibt sich seine aufgequollenen Gesichtszüge, bis er wach ist, macht sich Kaffee, während eine smogverhangene Sonne im Fenster seines Loftapartments aufgeht. Die Wohnung ist vollgestellt mit riesigen Leinwänden, auf denen selbstquälerische Bilder zu sehen sind. Oz ist nach dem Tod seines Partners untergetaucht und abgedreht, hat gesoffen, hat sich verloren und gehofft, daß ihn nie mehr wer findet.

Am Ende ist er in LA gelandet, um dort zu malen und ein paar poplige Privatdetektivarbeiten zu erledigen, wenn er Geld braucht. Scheidungsgeschichten, Teleobjektiv-Spannerei, Fett ansetzen. Abends ging er dann meistens nach Hause, unterhielt sich mit ein paar Gläsern Tequila und malte, bis die Bilder anfingen, ihm Angst zu machen. Gesichter. Schreiende Kinder. Klingen, die Fleisch aufschneiden. Rotes Tröpfeln, das auf seinen Loftboden hinunterrann und ihn daran denken ließ, sich einfach abzumurksen.

Aber ein Klopfen an der Tür hielt ihn zurück.

Sie stand da, und er hatte sie schon mal gesehen. Aber er senkte den Blick, wollte nichts davon wissen, wollte nicht das kleinste Risiko eingehen, jemanden zu mögen. Und also fuhren sie im Fahrstuhl des Loftgebäudes, und er verbarg sein Gesicht hinter einer Totenmaske, und sie fragte nie. Er glaubte immer, sie wäre eine Nutte. Bleich, glänzend. Edgar-Winter-Frisur, ein kokettes abstraktes Bild. Hübsches Gesicht, kluge Augen. Augen, die wahrscheinlich wußten, daß er sich wie ein Igel zusammengerollt hatte und nichts wissen wollte.

Aber dann sagte sie einmal, sie bräuchte Stoff. Hatte er nicht vielleicht was? Es war für einen Freund. Ein hungriger Arm, der Süßigkeiten brauchte.

Er sagte nichts. Und sie wußte Bescheid.

Sie kriegte ihn mit Reden ins Bett und vollführte ein paar Zaubertricks, die ihn seinen Kater vergessen ließen.

Und sie umarmten einander, und er sah sie an, während Schuldgefühle in ihm hochkamen. Was machte eine wie sie in diesem Elend?

»Die Leute hier werden einfach auf die Straße gestellt, damit die Müllabfuhr sie mitnimmt.« Er mag sie. Ist gern bei ihr.

Er kämpft mit einer Entscheidung. Schließlich holt er seine Handschellen aus dem Nachttisch und macht ihr dünnes Handgelenk am Bettpfosten fest.

Sie windet sich, schreit Schimpfworte.

Er ruft die Bullen.

Und während Inga weggebracht wird, skizziert er ihr Gesicht. Sie schreit ihn an, auf dem Rücksitz des Streifenwagens. Er steht auf dem schmutzigen Bürgersteig, macht seine Kohlezeichnung fertig. Geht zurück auf sein Zimmer. Hängt die Skizze auf und besäuft sich.

Der diesjährige Mausketier-Chef im Weißen Haus, Gerry Ford, führt jetzt einen mordsmäßigen Krieg gegen Drogen. Die kleinsten Fische wandern für Jahre ohne Bewährung in den Knast. Vielleicht kann Magurk Inga diesmal nicht freikaufen.

Obwohl er es war, der sie geschickt hat.

TIME
10. April 1978

Es war eine lange Wartezeit. Und das Ergebnis ist ein beunruhigendes Meisterwerk.

Das erste Stück vom neuen Whatever-Doppelalbum ›Skin and Bones‹ heißt ›Mainline‹, und, wie der Rest des Albums, ist es eine gnadenlose Anklage.

Disease and glitter,
just take my hand.
I'll never hurt you.
I'm your biggest fan.

Und so geht es weiter, auf diesem tödlichen watenden Spaziergang durch den neonfarbenen Styx der Medienbilder und falschen Träume. In den Augen von Tutt, Magurk, Wall und McGoo ist LA ein einziger großer grusliger Hunger, gefärbt in unmenschlichen, industriellen Grautönen und dem Rot von Pistolenwunden. Sie nehmen einen tiefen Einschnitt vor und ziehen das Fleisch zurück, um das Showgeschäft als schickes Elend zu entlarven, eine Party, auf der die Jugend in Lügen getaucht wird, bevor man sie verspeist.

Laut Whatevers düsterem Zeugnis verschluckt diese Stadt des Glitzergrauens Leben, und die Strassen sind wie mit Müll bepackt von krankem Fleisch, teergruben-finsteren, stieren Blicken. Nutten stolzieren, verkaufen den Tod, und überall verschlingt die giftige Landschaft Hoffnungen und dehnt sich aus, während niemand darauf achtet – Stadtkrebs. Aus ›Hurting Inside‹, dieses fröhliche Frösteln:

My schedule is murder
I'm hurting inside.
Another new friend
Washes up on the tide.

I feast on misfortune.
I make a questionable friend.
I'm good on the full moon.
I'm a hot, far-out trend.

I eat men for breakfast.
Drink Women for lunch.
I soak in their essence
It's my favorite punch.

It can't be stopped
Can't be found.
To me, you're all barking dogs
Put to sleep in my pound.

(chorus)

I'm hurting inside.
No one understands.
I'm a priceless addition,
Just lending a hand.

There's too many people,
Not enough love.
The World is a cliff.
I'm just a shove.

(end chorus)

I make a killing,
Transporting lost souls.
Some question the method,
But life's about goals.

My schedule is murder.
It's just my way.
Another lost dream.
Another find day.

Nicht zufrieden damit, eine Neonlüge zu erschießen, tauchen sie in ein noch tieferes Trauma ein, mit der rücksichtslosen Schärfe ihres Umweltsongs ›Black Sky‹, begleitet von einem heftigen Klavier, gesungen vom wütenden Tutt.

The birds are hiding,
bleeding in dead trees.
Clouds infected.
Bringing sick men to their knees.

Bad things are coming.
I can hear them on the stairs.
Coming down the hallway.
Death is in the air.

(chorus)

Black Sky.
The clock has stopped for good.
Black sky.
Flames have reached the wood.

Black sky.
Bad man's coming with a smile.
He's hungry and he's empty
Be staying for a while.

Aber nicht alles ist Nihilismus. Im süßen ›Shade of a Blue Affair‹ wechselt die Band die Gefühlstonart, und Magurk singt eine sehnende Ballade, nur von Walls melancholischer Gitarre begleitet. Auf der dritten Seite eröffnet die Band mit dem heißblütigen ›Spanish Lies‹, einem betäubenden kastilischen Tanzstück.

Die zwanzig Songs begraben trotz der teilweise sengenden Texte nie den melodischen Erfindungsreichtum und Luxus. Auf vergangenen Alben haben Tutt und Magurk ihren Herzschlag von Polemik und Galle dämpfen lassen. Auf ›Skin and Bones‹ halten sie nichts zurück, aber sie sind auch nicht selbstmitleidig und verloren. Was sich bei vergangenen Werken wie eine dünn verschleierte Star-Krankheit anhörte, ist auf diesem Album nirgends zu finden. Nur Aufmerksamkeit und glasklare Produktion. Und das übliche, beflügelte Songschreiberhandwerk.

Vielleicht hatte Bob D. recht, und die Zeiten ändern sich wirklich. Das ist kein Album, das man vor ein paar Jahren geschätzt oder auch nur ertragen hätte. Aber so, wie die Dinge liegen, ist es ein Album, das eine unheilvolle Leere füllt.

FÜNF STERNE.

Joyce Habers Kolumne.
Los Angeles Times. 1977

ROCKERFREUNDIN TOT AUFGEFUNDEN. Inga Johanneson, Exfrau des Whatever-Mitbegründers Rikki Tutt, wurde erhängt in ihrer Gefängniszelle in São Paulo, Brasilien, aufgefunden. Die Gefängnisverwaltung verlautet, daß Johanneson mit Hilfe eines Gürtels Selbstmord begangen hat. Tutt war nicht zu erreichen, aber bekannt ist, daß er seit mehreren Monaten versucht hat, ihre Freilassung zu erreichen. Der Whatever-Manager Leonard Lupo hat erklärt, die gesamte Band stehe unter Schock, und Tutt sei abgetaucht, unter ärztlicher Beobachtung. Tutt nahestehende Personen waren nicht bereit, den beunruhigenden Zufall zu kommentieren, daß Johannesons Tod an seinem Geburtstag geschehen ist.

Aus meinen Notizen.
Minneapolis Memorial Stadium.
November 1979

In den letzten Jahren hat Whatever mit mageren Plattenverkäufen und schlecht besuchten Konzerten zu kämpfen gehabt. Die Gruppe scheint zumindest teilweise ein Opfer der Discomusik zu sein. In jüngster Zeit wurde sie sogar einmal von der Bühne gebuht, als sie in Sarasota als Vorgruppe von KC and the Sunshine Band auftreten sollte. Darüber hinaus hatten die Bandmitglieder einiges an persönlichen Tragödien zu verdauen.

Ihr brillanter Gitarrist, G. G. Wall, ist bei einer Party in den Hollywood Hills, die von der Megagruppe Seahorse veranstaltet wurde, an einer Überdosis Heroin gestorben. Als weiteres Unglück wurde der Schlagzeuger Stomp McGoo wegen sexueller Belästigung einer Minderjährigen verhaftet, obwohl das Mädchen später eingestand, gelogen zu haben. Stomp hat sich der Gruppe wieder angeschlossen, um das glücklose, katastrophal unpopuläre Doppelalbum ›Skin and Bones‹ aufzunehmen.

Wall wurde für eine Tour von Sap Brown ersetzt, der mit Billy Preston, Blood Sweat and Tears, der Eric Burdon Band und Howlin' Wolf gespielt hatte und in London und New York Session-Musiker gewesen war.

Brown verließ die Gruppe nach acht Monaten, um SHAKE zu gründen, eine riesige internationale Live-Formation, die fröhliche Tanzmusik und bunte Kalypsokostüme bietet. Das erste Album von SHAKE, ›Boogie Bay‹, ist Nummer eins in Amerika und Großbritannien, und alle Kompositionen sind von Brown.

Obwohl Magurk und Tutt Browns Musik offen angreifen und Browns Status als Superstar nicht fassen können, antwortet Brown in der Öffentlichkeit nicht. Sein Soloalbum ›French Eyes‹ wurde von Tutt und Magurk, die es ›French Fries‹ nennen, lächerlich gemacht, und sein musikalischer Wert wurde mit Junk Food verglichen.

Inzwischen gehen Whatever weiter auf Tour, um steigende Gerichtskosten zu bezahlen, die aus ihrem andauernden Verfahren gegen den ehemaligen Manager Lenny Lupo resultieren, der ihren Angaben nach Gewinne ihrer drei Alben unterschlagen hat. Lupo hält dagegen, das sei frei erfunden, und daß er gefeuert worden sei, während ihm immer noch ein Anteil an allen vergangenen Alben und zukünftigen Projekten – falls es welche geben sollte – der Band zustehe.

»Ausgedachter Dreck«, kommentiert Tutt.

Die Gruppe wurde außerdem von den Eltern des fünfzehnjährigen Mädchens verklagt, das 1978 bei ihrem Konzert in Athen erschlagen wurde. Die griechische Polizei behauptet, die privaten Securityleute, die von Whatever angestellt waren, hätten nichts unternommen, um dem Mädchen zu helfen, als es von einer ungebärdigen Menge angegriffen wurde, die unzufrieden war, weil Whatever infolge des Zusammenbruchs von G. G. Walls auf der Bühne ihren Auftritt abbrechen mußten. Es ist schwer zu sagen, ob sich die Gruppe von seiner Überdosis, seinem Tod erholt hat.

»Ich vermisse ihn«, gibt Tutt zu. »Ich weiß nicht … vielleicht war es klug von ihm, abzuhauen. Die Welt schläft ein. Niemand interessiert sich für was. Weltweite Katatonie. Ich meine, ein verdammter *Schauspieler* tritt als Präsident an!«

»Und zwar kein guter. Nie zu Form aufgelaufen.«

»Und, läuft er jetzt?« Tutt kaut Stangensellerie.

»Immer sinnlos rundherum im Kreis. Da ist er stolz drauf.«

Tutt lächelt beinahe.

»Irgendwo ist irgendwas schiefgelaufen«, sagt er. »Ich meine, KC und seine Scheiß-Sunshine Band sind auf Platz eins! Ich hab' meine Mutter in Sarasota besucht, und sie hält sich einen Stein als Haustier.«

Magurk nippt an einem Tequila Shooter. »Vielleicht liegt's an deinem Vater. Er ist furchtbar still.« Er richtet den Shooter auf mich. »Ich sag' dir, die Leute haben früher geglaubt, wir hätten was zu sagen!«

»Hatten wir denn?« fragt Tutt.

Magurk sagt nichts. Trinkt den Tequila aus.

»Frag doch die Bee Gees.«

Reuters News Service Bulletin
1. Januar 1980. 1 Uhr 15 morgens

Sämtliche verbleibenden Mitglieder der Rockband Whatever, einer Gruppe, die nach Ansicht vieler Fans und Kritiker die Rockmusik für intelligente Menschen und die intellektuellste Musik der frühen Siebziger definiert hat, sind letzte Nacht bei einem tödlichen Flugzeugunglück in der Nähe von Montreux, Schweiz, ums Leben gekommen.

Die Gruppe war auf dem Rückweg in die Vereinigten Staaten nach einem Neujahrsauftritt. Alle drei Mitglieder wurden getötet, als ihr Privatflugzeug mit schneebedeckten Bergesgipfeln kollidierte.

Der jetzige Manager und erste Produzent der Band, Purdee Boots, den wir in seinem Büro in Los Angeles erreichten, sagte: »... wir sind alle entsetzt.«

Die Schweizer Polizeibehörden am Unglücksort ließen bekanntgeben, daß das Innere des abgestürzten Flugzeugs mit den Überresten religiöser Gegenstände ausstaffiert gewesen sei.

»Die haben da oben eine Messe abgehalten oder so was«, sagte Kommissar Claude Thoin. »Irgendeine düstere Sache ist da abgelaufen.«

Talentproben-Abend. The Comedy Store.
Hollywood, Kalifornien.
7. Januar 1980. 23 Uhr 50

»Also, meine Frage ist die:

Whatever?

Ich meine, wenn eine Band je auf dem Gipfel angekommen ist, also …«

Aus meinen Notizen.
New York City.
15. Januar 1980

Ich schreibe das hier um drei Uhr früh.

Ich habe es nicht geschafft, den Artikel so fertigzustellen, wie ich wollte. Ich wollte die Kindheit jedes Bandmitglieds untersuchen, die Matritzen ihres Lebens, bevor sie Whatever gegründet haben. Aber die Zeit ist davongelaufen.

Ich hoffe, daß das, was ich zusammengetragen habe, wenn auch, verglichen mit der blutroten Dimension echten Lebens, nur fragmenthaft und etwas mosaikartig, trotzdem etwas von ihrem Leben und ihren außergewöhnlichen Gaben einfangen kann. Vielleicht funktioniert es nicht. Vielleicht funktioniere ich auch nicht. Lebenslänglich. Genau wie Inga gesagt hat.

Als ich am Ort des tödlichen Absturzes ankam, fiel mir auf, daß die Schweizer Polizei Bruchstücke von religiösen Objekten, die man am Unfallort gefunden hatte, in Plastiktüten verpackte. Es war ziemlich kalt auf dem Berg, und als die Leichen per Hubschrauber weggeflogen wurden und ich ihnen hinterhersah, erinnerte ich mich an die Nacht, als ich mit der Gruppe geflogen bin, nach einer Show, die sie im Forum, Los Angeles, gegeben hatten, vor fünf Jahren.

Wir waren unterwegs nach Dallas, und ich war lange genug mit der Band rumgehangen, um ihr Vertrauen zu gewinnen. In dieser Nacht haben sie etwas sehr Privates mit mir geteilt: ein Ritual. Sie haben mir erlaubt, zuzusehen, obwohl ich einen Eid schwören mußte, daß ich nie jemandem erzählen würde, was ich gesehen hatte.

Da sie nun so überraschend gestorben sind, habe ich das Gefühl, daß ich jetzt trotzdem davon sprechen kann. Ich hoffe, dieses Gefühl trügt nicht. Ich erinnere mich:

In der Nacht, als wir den Flughafen LAX verließen und seit zehn Minuten in der Luft waren, hat Rikki Tutt den Autopiloten der bandeigenen 707 eingeschaltet. Dann kam er mit dem Rest der Band nach hinten. Die Kabine des Jets hatte keine Sitze, nur große Sitzkissen. Es war fast 2 Uhr morgens.

Rikki legte eine unheimliche Platte auf, ein wunderschöner Chor, der bei Robert F. Kennedys Beerdigung gesungen hatte. Die Stimmen waren von Schmerz erfüllt, und es hatte einen seltsam betäubenden Effekt auf uns.

Greg Magurk hat die kleinen Scheinwerfer im Innenraum gedämpft, und die anderen entzündeten genau einhundert Kerzen von verschiedenen Größen. Ich weiß nicht, was die Zahl bedeutete. Aber sie hielten sich genau daran, es war irgendwie sehr wichtig.

Sie benutzten Kerzenständer aus den unzähligen Kirchen, die Wall beklaut hatte.

Die fünf hielten sich bei den Händen, schlossen die Augen. Dann bat jeder einzelne, die Wahrheit möge immer da sein. Wachs lief auf zahllose Kerzenständer hinunter, befleckte die polierte Heiligkeit wie das Blut Christi.

Ich sehe Tutt und Magurk immer noch vor mir, im Schneidersitz auf Kissen. Ernster, als ich sie je gesehen hatte, die Gesichter vom Kerzenlicht schattenumspielt, die Augen scheinbar in Erwartung einer heraufdämmernden Wahrheit des Seins.

G. G. Wall, Philip Zapata und Stomp McGoo setzten sich nebeneinander und legten die Hände auf die von Tutt und Magurk. Alle waren erschöpft von der Show und glänzten im Kerzenschimmer; indianische Krieger, die sich darauf vorbereiteten, den Großen Geist zu treffen.

Wahrheit.

Das war ihre Kirche. Ihre Festung in einer Stadt, die gestorben war.

Am Ende waren vielleicht die Siebziger schuld. Wer zum Teufel soll das wissen.

Magurk hat mir mal gesagt, daß die ›verlogenen Bakterien des amerikanischen Traums‹ ihn anekelten. »Die dreckigen Geschäfte und Diebstähle.« Er meinte das Musikbusiness. Washington. Die Demokraten. Die Republikaner. Die schlechte Musik. Die schlechten Führer.

Schwerkraft ohne Planet.

Was die Musik angeht, hatten Whatever das Gefühl, daß Talentlose mit hohlen Texten alles verdorben hatten. Die Geldmaschine, die Kunst korrumpierte und verheizte wie billiges Benzin, beherrschte die Show.

Whatever erreichten ihre mythische Größe und wurden auf den Thron gesetzt in einer Welt von Ölbarrels, die 19 Dollar wert waren und für 46 verkauft wurden. Mit Friedensakkorden, die ein geisterhaftes Halbleben führten. Ohne Bedeutung.

Ich frage mich, ob sie gewußt haben, daß der Berg da war. Ob sie einfach genug gehabt haben, ob der Abstand zwischen dem, was ihnen wichtig war, und dem, was aus der Welt geworden war, sie zerstört hatte, noch bevor sie mit dem Berg kollidierten; begraben in Stahl und Schnee.

Es könnte sein. Aber es ändert nichts daran, daß ich sie vermisse. Daß es nie soweit hätte kommen dürfen, daß sie keine Rolle mehr spielten. Daß sie vergessen und ersetzt wurden, begraben vom manischen Verfall eines eitlen Jahrzehnts.

Das folgende ist der letzte Brief, den ich von Greg und Rikki bekommen habe. Sie waren in Amsterdam, kurz vor Weihnachten, und arbeiteten am Soundtrack für einen Low-budget-Film namens ›Void of Course‹, über einen amerikanischen Präsidenten, der einen Nervenzusammenbruch erleidet, ohne daß das jemand mitbekommt.

Sie waren stolz auf ihre Kompositionen.

Der Brief lautete:

Hallo, Du Guter.

Wir haben über Deinen Vorschlag nachgedacht, ein Buch über die Band zu machen. Wir müssen leider passen. Wir sind nicht mal sicher, ob wir bei diesem langen Artikel mitmachen wollen, den Du Dir für diesen aufgeblasenen Panzer voller kulturellem Seetang, ›Rolling Stone‹, ausgedacht hast. Bands sollten keine Romane sein. Oder Manifeste. Und wir sind sowieso fertig. Nicht mehr berühmt genug.

Wir sind ein Oldie-Hit-Mixtape.

Stomp sagt, die Siebziger waren bloß die Sechziger mit schlechteren Frisuren. Wir sagen, die Siebziger hat es gar nicht gegeben. Und wir sollten es ja wissen.

Du dachtest, bei uns ginge es um Ideen, so eine Art Escher-Sicht der Dinge in Form von Musik. Aber es ist bloß Rock 'n' Roll. Kommt. Geht. Verschwindet im Rückspiegel.

Wir waren lange genug auf dieser Party.

Wie steht's mit Dir?

Übersetzung der Liedtexte

»Here Pussy«

Als ich dich traf/war ich kaum zu was nütze/ein Sixpack aus Nirgendwo/gefährlich bei Berührung.//Du hast mir Auberginen gekocht/und meine Fehler und Klamotten gebügelt/Jetzt bin ich nur noch ein Hauskater/und fühl' mich bestens.

»Yeah, Right«

Was für ein Mist/ich will zur Mami/Mein Mantra ist krepiert/benachrichtigt meinen Guru.//Soll das ein Witz sein?/Wer hat hier das Sagen?/Ich krieg' was Kleines/und hab' was Großes bestellt.//Das macht keinen Spaß/Mit mir ist nix mehr los/Was gibt's zu lachen?/Das Leben ist Käse.//Früher war's besser./Das Bier ist schal./Die Sonne ist kalt./Es riecht nach Ratte.//Laßt mich tot liegen/ich komme schon klar/Es bleibt nix übrig/aber das gehört mir.//Schneid mir die Gurgel durch/Schau wie's sprudelt/Weine nicht, Baby/genieß' den Rausch.

»Floozy Woozy«

Auf den billigen Plätzen sitzen/auf zerrissenen Laken schlafen/ihren Gedanken zuhören/meine Aufmerksamkeit treibt davon und verfault.//Sie ist für mich da/sie ist für dich da/sie ist eine düstere Erinnerung daran/daß manches nie gewachsen ist//Sie gibt mir das Gefühl, daneben zu sein/daß ich kein Käufer bin/bloß ein Mieter.//Floozy Woozy, ich kann sie nicht mehr sehen/Floozy Woozy, ihr Verstand ist spurlos verschwunden.//Sie denkt, sie wäre faszinierend/für mich ist sie bloß das Ergebnis von Inzucht.

»How to Handleman«

Tiefe Stimme, tiefe Lügen/Schau ihm niemals in die Augen/Großer Mann, große Geschäfte/Deine Träume sind seine nächste Mahlzeit.

»Mainline«

Seuchen und Glitzerkram/Nimm meine Hand/Ich werde dir

nie weh tun/Ich bin dein größter Fan.

»Hurting Inside«

Mein Zeitplan ist mörderisch/Mir tut innen alles weh/Noch ein Freund/wird am Strand angespült.//Ich mäste mich am Unglück/Ich bin ein fragwürdiger Freund/Ich bin gut bei Vollmond/Ich bin ein heißer, irrer Trend.//

Ich esse Männer zum Frühstück/trinke Frauen zum Mittagessen/Ich sauge ihre Essenz auf/das ist mein Lieblingspunsch./ /Man kann es nicht aufhalten/Man kann es nicht finden/Für mich seid ihr alle nur kläffende Hunde/Die bei meinem Stampfen eingeschläfert werden.

(Chorus) Mir tut innen alles weh/Niemand versteht mich/Ich bin ein unbezahlbarer Gewinn/und reiche euch die Hand //Es gibt zu viele Menschen/zu wenig Liebe/Die Welt ist eine Klippe/Ich bin nur ein Stoß. (End Chorus)//

Ich begehe einen Mord/und verschiffe tote Seelen/Manche kritisieren die Mittel/aber im Leben geht es um den Zweck//Mein Zeitplan ist mörderisch/So bin ich nun mal/Noch ein verlorener Traum/Noch ein gefundener Tag.

»Black Sky«

Die Vögel verstecken sich/blutend auf toten Bäumen/Infizierte Wolken/werfen kranke Menschen auf die Knie//Schlechtes wird kommen/Ich kann es auf der Treppe hören/Jetzt kommt es den Flur lang/Tod liegt in der Luft//

(Chorus) Schwarzer Himmel/Die Uhr ist endgültig stehengeblieben/Schwarzer Himmel/Die Flammen haben das Holz erfaßt//Schwarzer Himmel/Der Böse Mann kommt lächelnd/Er ist hungrig und leer/und wird ein Weilchen bleiben.

David J. Schow
und Craig Spector

Den Festungsbau schleifen
1980

Er hat uns einen Streich gespielt. Dieser Hitler – ich glaube,
er wird bei uns bleiben bis zum Ende unseres Lebens.
Heinz Krüger, *Das zertrümmerte Haus: Eine Jugend in Deutschland*

Als Kind von sechs Jahren lebt und atmet er für die Toten – seine Familie, seine Freunde und Fremde, alle gleichgemacht unter zermalmenden Maschinen. Gerüchte wispern davon, daß die gesiebte Asche gebraucht wird, um sie in Mörtel einzumischen (mit dem Gefängnisse für sie alle gebaut werden) oder mit Brotteig zu verrühren (um ihre Mägen zu narren); solche gewaltigen Scherze liegen jenseits seiner Vorstellungskraft. Er war schon Zeuge der Ghettos gewesen, Zeuge der Öfen und der Massengräber.

Wann immer sie sein rußverschmiertes Gesicht und seine geschwärzten Hände sehen, lachen seine Wärter.

Er unterhält seine Herren mit seinem Schneid und seiner Geschicklichkeit. Das reicht aus, ihm einen neuen Job und einen Spitznamen einzubringen und ihn am Leben zu erhalten. Wenigstens, bis er sieben wird.

Der Breitwandspiegel hinter Hirohiko Ozawas Bar war ein protziger Art-Deco-Schinken mit eingelegtem Glas, der sein Gesicht zu zahlreichen einander überlappenden Reflexionen vervielfachte. Die Panoramafenster seiner im zehnten Stock gelegenen VIP-Suite eröffneten ihm eine wundervolle Aussicht übers Tiergartenviertel. Draußen, dort unten, ging die Berliner Mauer Stück für Stück zu Bruch. In der Schwebe, inmitten einer Welt der Durchsichtigkeit, falscher Bilder und unerwarteter Verwandlung, konnte sich Hiro, ein hingebungsvoller Liebhaber von Wortspielen, den Luxus der Reflexion (in jedem Sinn des Wortes) gestatten.

Wenn es um Erfolg und Überleben im Haifischbecken der Geschäftswelt ging, war Wandlunsgfähigkeit ein lebenswichtiges Talent, und Hiro hatte seine Karriere entlang einer mäandernden Route permanenter Verwandlung geplant: triff granitharte Entscheidungen, fixiere sie auf Papier und laß sie dann zu Wasser zergehen, wenn der Zeitpunkt günstig ist. Zeige das eine Gesicht, wenn die Aktien steigen, setze ein anderes auf, wenn sie ins Bodenlose stürzen, und laß die andern niemals sehen, wie du schwitzt. Werde berühmt, dann gefürchtet, dann berüchtigt … und dann unsichtbar. Bewirke Veränderungen als der eine Mann, bewirke Täuschung als ein anderer. Sehr viele verschiedene Menschen erwiderten Hiros Blick in den Wandspiegel.

Die Koramitsu Corporation hatte ein großes Stück ihres Erfolgs auf einen von Hiros Schlichen gegründet: die Idee vom luftdichten Alibi. Auf dieser Welt sagte man ›Koramitsu‹ und meinte: Software, und wann immer Koramitsu kühne Pläne im Bereich Produktdesign verfolgte, riefen die Verantwortlichen nach dem Mann, den sie als Hirohiko Ozawa kannten. Daher das Büro, die Vergünstigungen, die Aussicht von hier oben. Den Spiegel hatte Hiro selbst ausgesucht, ebenso die kitschblaue austernförmige Monstrosität, als die sich die Hausbar präsentierte. Hiro genoß das Vulgäre. Er war ein Kenner des Grellen, besonders, wenn es für ihn von irgendwelchen namenlosen Handlangern gekauft und bezahlt wurde.

Allein und arrogant prostete er sich zu. Hier war er alles andere als der bescheidene, verschlossene, sich selbst ständig zuvorkommend erniedrigende Japaner. Auf *den* Mist war echt geschissen.

Hiro war im Begriff, erneut die Gestalt zu wechseln. Vom europäischen Werwolf zum asiatischen Wertiger, fiel ihm ein. In – von heute an gerechnet – vierzehn Tagen würde er nach Hong Kong verschwunden sein und einen brandneuen Posten unter dem Namen Seko Kobayashi beziehen … der sich sein neues Bettchen damit bereitet hatte, gewisse streng geheime Mikroprozessor-Pläne aus dem Besitz der deutschen Vertragspartner von Koramitsu, Mohler und Partner GmbH, zu entwenden und außer Landes zu schmuggeln. Die Blaupausen waren lediglich Verhandlungs›chips‹ (wenn das Wortspiel gestattet ist) in hinführenden Gesprächen auf dem Weg zur längst vorherbestimmten Fusion zwischen Koramitsu und Mohler gewesen. Aber wenn der Diebstahl entdeckt würde, sollte der Name des Mannes, der die Schuld auf sich nehmen und den großen Absturz erleben mußte – Tusch! – ›Hirohiko Ozawa‹ lauten.

Auf dem Wege der Abwicklung des Verkaufs über einen erstklassigen Strohmann hatte Hiro sichergestellt, daß es bis in sechs Monaten unmöglich war, ihm wegen der geraubten Technologie auf die Schliche zu kommen. Und wenn die Zeit erst einmal gekommen war, würden die Jungs in Hong Kong Seko Kobayashi *brauchen*, um ihre Hintern zu retten … und Seko hatte große Pläne für Hong Kong, bevor die Party dort 1997 zu Ende gehen würde.

Jenseits der gläsernen Wände, in einer geräuschlosen Welt, vergnügten sich Jugendliche, die nichts Besseres vorhatten, damit, auf die Mauer einzuhacken. Sie wimmelten und wuselten und waren sehr erpicht darauf, ihre Gesichter während dieses geschichtlich bedeutenden Mikromoments von Fernsehkameras aufnehmen zu lassen.

Die Mauer war während der meisten Zeit von Hiros Leben dort gestanden, zunächst als stacheldrahtbewehrte Barrikade, die die ostdeutsche Polizei 1961 errichtet hatte. Berlin war stets eine Stadt der Mauern gewesen, bis zurück ins Jahr 1735, als König

Friedrich Wilhelm I. eine Mauer um die rasch größer werdende Stadt hatte ziehen lassen, um die Erhebung von Steuern zu erleichtern. Historisch gesehen hatten Mauern die Berliner immer zusammengedrängt, bis zu dieser berüchtigtsten, die zu dem ganz besonderen Zweck hochgezogen worden war, sie in *Ossis* und *Wessis* zu trennen.

Hiro wußte Bescheid über die Idee, neu eintreffende *Ossis* mit ›Begrüßungsgeld‹ von je 100 DM zu empfangen, und hatte nicht vor, bis zum praktisch unausweichlichen ökonomischen Chaos auszuharren, das hereinbrechen würde, wenn der Westsektor mit Ostleuten überflutet sein würde, die, nach Hiros Maßstäben, finanziell nicht eben vertrauenswürdig waren. Der gegenwärtige Schwarzmarktvalutentauschkurs von 1 DM (West) zu 10 Mark (Ost) würde sehr bald steil abstürzen, bis hinunter auf einen geradezu der Weimarer-Republik-Zeit vergleichbaren Stand der Geldentwertung, und das würde viele der gegenwärtig noch die Wiedervereinigung Feiernden verarmt und ergrimmt zurücklassen.

So oder so: bald würde es hier lange Schlangen vor den Banken geben.

Nach vierzig Jahren Wirtschaftswunder war der Westen satt und selbstzufrieden geworden – ein überlaufener, gesättigter Markt, hochspezialisiert, hierarchisch, von silberhaarigen Dinosauriern beherrscht, die alle bald einen rüden Tritt in den Hintern erleben sollten. Die Luft war kalt und bedrückend, belastet mit dem, was die Einheimischen den ›typisch kommunistischen Smog‹ nannten: verbrannte Kohle und Kohlenmonoxid, langsam nach Westen herüberwabernd. Wie ging noch diese Songzeile, darüber, daß man nicht wissen mußte, in welche Richtung der Wind blies?

Opportunismus ist eine wichtige Produktivkraft, hatte das SPIEGEL-Editorial behauptet. Allerdings, dachte Hiro, der wußte, daß in der UdSSR derartiger ›Opportunismus‹ die gesamte Parteibürokratie von innen nach außen gekrempelt hatte. Wenn die Berliner Mauer abgerissen werden konnte, dann waren alle Schleusen offen; ein geteiltes Deutschland war zuvor eine ebenso unantastbare Vorstellung gewesen wie die eherne monolithische Stabilität der Sowjetunion.

Nun, zumindest *manches* veränderte sich nie.

Die 80er hatten damit begonnen, daß polnische Panzer Bürger wie Insekten herumscheuchten, sowjetische Truppen in Afghanistan einmarschiert waren und der geistesgestörte amerikanische Präsident, Ronald Reagen, in einen militaristischen, 2.4 *Billionen* Dollar verpulvernden Kaufrausch verfallen war. Jetzt erlebte eine Dekade ihre Götterdämmerung, und Dominosteine fielen in ganz Osteuropa. Was nun eintrat, war der Moment, wenn ein Staat seine nationale Identität dem Krieg verschrieben hat ... und der Feind plötzlich abdankt. Höchste Zeit, abzuhauen.

Hiro würde sich davonstehlen, während die Champagnerkorken knallten und das bröckelnd-knirschende Krachen von Vorschlaghämmern zu hören war, die die Mauer küßten. Bald würden Bulldozer den grauen Beton in kleinere und immer kleinere Stücke zermahlen, wie es in der amerikanischen Redensart hieß: aus Großen Kleine machen. Schließlich würde die Berliner Mauer nicht mehr sein als ein Souvenirsteinbruch für Touristen, und unvermeidlicherweise würden die Klügeren unter den Steineschleifern früher oder später dahinterkommen, daß *jeder* Gesteinsbrocken, der einigermaßen überzeugend bemalt war, ein paar Kröten von irgendwelchen Schwachköpfen auf der Promenade von Venice Beach einbringen würde, eine Welt entfernt, in Kalifornien.

Als das leise *Piep* einer Karte ertönte, die jemand durch den codierten Schlitz an der Bürotür zog, drehte sich Hiro um, den Drink noch immer in der Hand. Schuldempfinden gehörte nicht mehr zu seinem Charakter, aber Überraschung noch immer, und sein Blick flog zum Halliburton-Koffer auf seinem Schreibtisch, in dem das gestohlene Gut sauber verpackt war.

Der unangemeldete Besucher war ein kleiner Mann, beinahe ebensogroß wie Hiro, wenn auch älter – Hiro vermutete, daß er über fünfzig war. Ein Mann, dessen gutgeschnittener Gabardine-Anzug und geschmackvolle Krawattenwahl davon zeugten, daß er ein effizient arbeitender Mensch war, und Anonymität ausstrahlten. Ein Mann wie Hiro. Er trug ein stählernes Brillengestell, und seine rechte Hand war völlig umschlossen von einem seltsamen pechschwarzen Cachet von der Größe dreier aufeinandergestapelter Videocassetten.

Das war alles, was Hiro erkennen konnte, bevor ein geräuschloses Kleinkalibergeschoß seine Schlagader zerriß. Er ließ sein Glas fallen, spuckte einen Blutschwall aus und torkelte dämlich herum, bis alles Empfinden aus seinen Beinen geschwunden war. Er sank auf dem Teppich zusammen.

Der Eindringling warf einen Blick auf den Halliburton-Koffer, dann sah er erneut zu Hiro. Eine weitere lautlose Kugel zertrümmerte genau die Stelle, die der Blick des Mannes fixiert hatte.

Die nächste Patrone, direkt in Hiros Schläfe gefeuert, war wegen ihrer fehlenden ballistischen Restgeschwindigkeit ausgesucht worden; sie drang ein, dehnte sich, und trat nicht wieder aus. Wie verrückt raste sie durch Hiros Schädel und pürierte die dort verborgenen Geheimnisse, obwohl Hiro bereits hirntot war.

Wenn Hiros immer noch geöffnete Augen etwas hätten sehen können, hätten sie die Reflexionen im Barspiegel erblickt, jetzt, da der Halliburton-Koffer nicht länger den Blick verstellte; sie hätten gesehen, wie die ferne Mauer endlich eingerissen wurde und Zuschauer und die johlende Menge über die Ruinen krabbelten wie rote Waldameisen.

Der Kommandant lächelt, wenn er sieht, wie der Junge die Feuerarbeiter mit ihren krachledernen Kopfschutzriemen herumdirigiert. Es ist ein guter Morgen zum Verbrennen.

Soldaten lassen das Fleisch in Trupps zu je fünf aufmarschieren und erschießen die Menschen mit unverstelltem Blick auf die Scheiterhaufen, die ihre Überreste verzehren werden. Der Junge blickt dem sich zum Himmel emporkräuselnden Rauch nach, teerschwarz, gesprenkelt mit aschgrau.

Keine Zeit mehr für Ofen und ausgeklügelte Deportationspläne;

wenn die Verarbeitung nicht beschleunigt wird, muß das Reich in einer stinkenden Judenflut ertrinken.

Ein SS-Offizier, zu Besuch von IV-B4, betrachtet den Jungen abschätzig mit klaren Augen und glaubt zuerst, in ihm ein bloßes Sexspielzeug zu erkennen. Er fragt nach dem Spitznamen, den der Kommandant diesem kleinen Schützling verliehen hat.

Die Augen des Kommandanten antworten dem SS-Mann schweigend. Schau nur hin, scheinen sie zu sagen, mit einer Spur von stolzem Funkeln. So einer begegnet einem nur einmal pro Krieg. Paß nur auf, was meine Aschmaus kann.

Der Mann, den das Hotelpersonal als Erich Bastow kannte, wechselte in seiner Suite von einem Sofa aufs andere und sah zu oft auf seine Rolex. Fast Mittagszeit. Beinahe schon soweit, das kleine Loch in deinem Leben zu füllen, dachte er, indem du endlich doch noch ein Mann der Tat wirst.

Er fühlte sich wie ein Statist in einem Film, den man plötzlich ins ersehnte Rampenlicht geschubst hatte, nur um ihm zu der Feststellung zu verhelfen, daß dieses Licht eine unerträgliche Hitze mit sich bringt. Wenn dein Publikum einen schwitzen sah, hatte man schon verloren. Wenn seine Gäste heute auch nur die leiseste Witterung der Tatsache aufnahmen, daß Herr Erich Bastow so unecht war wie seine protzige Uhr ... nun ja, Tote schwitzen nicht, oder?

Gelft stand Wache bei der Foyertür. Ein Klopfen würde bald zu hören sein, und Gelft würde drei Männer einlassen – alle drei wären durchaus das, was sie darstellten: echt wie Gift. Und Erich Bastow würde auf der Bühne stehen.

Gelft selbst war auch so ein Schaustück. Stramm, blond, wahrscheinlich der arisch-aussehendste Israeli, dem Erich bis jetzt in seiner neuen Tätigkeit als zweitklassiger Spion begegnet war. Das Institut hatte diesen Hinterhalt organisiert und die teure Suite (800 amerikanische Dollars die Nacht, staunte Erich) mit Mikrofonen gespickt. Die Leute vom Institut hatten außerdem darauf bestanden, Erich einen Leibwächter zu stellen, einen Profi, dessen schauspielerische Beherrschtheit Erich die Sehnsucht einblies, von einem der nahe gelegenen Fensterbretter aus ›Schnitt!‹ zu rufen … obwohl er grenzenlos dankbar war, jetzt, da die Zeit näher rückte, daß sein großer Verbündeter so nah bei ihm wachte.

Erichs Armani-Anzug war eine Leihgabe, deren maßgeschneiderter Sitz sich einem glücklichen Zufall verdankte. Glückstreffer, dachte er trübsinnig und wünschte sich, er könnte so mühelos in seine angenommene Identität schlüpfen wie in diese Jacke.

Die Gästeliste des heutigen Mittagessens setzte sich zusammen aus Koepp, dem Politiker; Hessler, der leitenden Größe der Phoenix Foundation, und Jaeckel, dem einzigen Altnazi in dieser neuen heiligen Dreieinigkeit des Nationalsozialismus.

Eines nieseligen Morgens im Frühjahr '43 hatten Jaeckels SS-Einsatzgruppen zweihundert geschlachtete, enthauptete Juden auf Fleischerhaken gehängt, mit Schildern, auf denen sie als ›Koscheres Fleisch‹ ausgezeichnet waren, als Verspottung des talmudischen Gesetzes. Die Hinrichtung von 130.000 unerwünschten Personen in Polen und Lettland war ebenfalls von Jaeckel überwacht worden … und die Erben der Nürnberger Richter hatten die letzten vier Jahrzehnte damit verbracht, auf der Suche nach ihm herumzuschnuppern und Erde umzugraben.

Herr Erich Bastow hatte ihn gefunden. Männer wie Jaeckel zu finden war einfach, wenn man die richtigen Verbindungen hatte, wie etwa die Phoenix Foundation, deren Operationsbasis in Amerika lag und die von einem Mann geleitet wurde, der seinen Namen gesetzlich in Karl Hessler hatte ändern lassen.

Hesslers Verein war von der Sorte, die *jederzeit* wohlmeinende Beitragszahler mit scheinbar bodenlosen Bankkonten willkommen hieß, und sei es nur zu dem bescheidenen Zweck, die weite Welt daran zu erinnern, daß der sogenannte Holocaust eine Lüge war, die Endlösung ein Mythos und die Entdeckung von Krematorien und Zyklon B nichts als barer Unsinn, den man der ZBR, der zionistischen Besatzungsregierung, verdankte.

Wenn man die nackten Tatsachen betrachtete, war Jaeckel

nichts weiter als ein impotentes Relikt und Hessler ein Clown, der ins Horn tutete. Erich Koepp war der Hauptgewinn, um den es ging. Ein Mann von einschüchternder Präsenz, großer Macht und starkem Einfluß im neuen Deutschland. Koepp hatte eine fast gottbegnadete Gabe dafür, die Basis in den Griff zu kriegen – das Volk. Er konnte eine logische Rede über Recht und Gesetz klingen lassen wie eine ebenso logische Aufforderung, zu den altmodischen Werten des Nationalsozialismus zurückzukehren … und dann beim Spendenbankett, hinterher, private Witze darüber reißen, daß er einen Juden vier Straßen weit riechen konnte. Hoepps besondere Marke Privatwirklichkeit war ansprechend für ein weltweites Publikum, das sich rasche, durchgreifende Lösungen wünschte; sein Programm ließ sich Kontinente entfernt in mit Molotowcocktails abgefackelte Kirchen in Orange County umsetzen und inspirierte Anschläge von Brooklyn über Johannesburg bis Byalistock.

Auftritt Erich Bastow, Kollaborateur.

Mit Hilfe seines Decknamens und eines Postfachs war Erichs Radikalenglaubwürdigkeit nachweislich makellos. Seine Identität als ein Lobbyist in Washington, DC, wurde von Hessler als unersetzlich geschätzt, der behauptete, für derlei Dinge einen sechsten Sinn zu besitzen (wie er Erich in mehreren seiner gedrechselten Mitteilungen anvertraute).

Und gerade zur rechten Zeit: Bargeld wurde dringend benötigt, für konspirative Unterkünfte, Waffen, Publikationen und Koepps persönliche Kriegskasse.

Auftritt, als nächstes, das diametrale Gegenteil der Phoenix Foundation: eine Gruppe, die sich – zumindest dieses Jahr – das ›Institut‹ nannte. Was *sie* dringend brauchten, war ein ›Gesicht‹, um Hessler und seinen Spießgesellen einen Stich zu versetzen; sie brauchten keinen Helden, nur jemanden, der bereit war, dabei zu helfen, ein kleines Stück der Welt vom Bösen zu erlösen. Das Institut verstand sich darauf, Achillesfersen der menschlichen Entschlossenheit zu nutzen. Diese Leute wußten, wie man einen normalen Menschen dazu brachte, zum Spionagegeschäft *ja* zu sagen.

Vielleicht war es Schicksal, daß dieser normale Mensch heute Erich Bastow war. Vielleicht war es auch ein weiterer in einer Reihe von Versuchen, einen Teil seiner Seele wiedereinzufangen, von dem er immer das Gefühl gehabt hatte, der sei davongegangen, während er nicht aufgepaßt hatte.

Erich versuchte, seine Motiviertheit zu erhöhen. Vierzehn Stockwerke unterhalb der Fenster der Hotelsuite lagen 45 Kilometer Beton und Stahl, die 28 unterdrückerische Jahre überdauert hatten, jetzt wie das ausgeweidete Rückgrat eines ausgestorbenen Sauriermonsters auf der Erde. Östliche Grenzschutzleute, die man dazu ausgebildet hatte, bei Sichtkontakt auf Fliehende zu schießen, tauschten unsicher amüsierte Blicke mit ihren westlichen Kollegen, und sie alle fragten sich, was als nächstes geschehen mochte. Die Geschichte war auf Momenten wie diesem errichtet worden, und die Herbstluft war spürbar geladen. Etwas kam … aber was? Was würde geschehen, wenn das große Ungeheuer zu ihren Füßen plötzlich erwachte und beschloß, ein paar der Liliputaner zu verschlingen, die auf seinen Rückenwirbeln tanzten?

Erich spürte, wie eine Woge der Panik über ihn hinwegspülte. Er wünschte sich, er könnte dort unten sein, bei den Feiernden. Wenn er jetzt davonging …

Wenn diese Dummköpfe an der Wiener Kunstakademie dem kleinen Maler-Schmock damals eine Chance gegeben hätten, damals, vor langer Zeit … Nein, es war ja partout wichtiger gewesen, daß die Welt nicht noch einen pißjämmerlichen Künstler ertragen mußte, und deshalb war Erich jetzt gezwungen, hier zu sitzen.

Beim dritten Klopfgeräusch öffnete Gelft die Tür zur Suite. Erich saß noch immer im toten Winkel am Fenster. Er spannte alle Fasern seines Körpers an und bereitete sich vor, Gutes zu tun.

Gelft war verschwunden.

Die Tür wurde geschlossen – ganz leise –, von einem kleinen Mann in einem unauffälligen Gabardine-Anzug. Er lächelte Erich nichtssagend an. Der Widerschein der Deckenlichter ließ zwei gleichermaßen fahle weiße Rechtecke in seinen Brillengläsern aufscheinen. Während er lächelte, schoß er Erich zweimal in den Solarplexus, mit irgendeiner lautlosen, gedämpften Waffe. Der Aufprallschock traf Erich mit einer Geschwindigkeit wie aus dem Lehrbuch. Seine Knie wurden zu Wasser, und er schlug auf dem Boden auf.

Er sah Blut. Aus seinen eignen Lungen. Er konnte nicht sprechen. Oder auch nur einatmen.

Die Schußhand des Mörders war in einer bauchigen, schwarzen Umhüllung verborgen. Immer noch lächelnd, zog der Mann ein Stück alten Stoff hervor und legte es sanft über die vor Blut aufquellende Wunde in Erichs Brust.

In der Viertelsekunde, die der Rest seines Lebens noch währte, erkannte Erich die Form des Fetzens, erinnerte sich daran, wie er ihn auf einem alten Foto gesehen hatte. Zwei ineinander verschränkte Dreiecke, die einen sechszackigen Stern formten. Dann spuckte ein weiterer feuriger Punkt eine Flamme aus dem vorderen Ende der schwarzen Umhüllung und erwischte ihn genau zwischen den Augenbrauen.

Bühnenabgang Erich Bastow.

Die Lieblingsanekdote des Kommandanten erregt die Heiterkeit seiner Offiziere und läßt ihn menschlicher wirken, macht aus ihm einen Mann, dessen harsche Befehle auszuführen nicht mehr gar so schwerfällt. Wenn er diese Geschichte erzählt, prostet er den Männern für gewöhnlich ein- oder zweimal zu, um effektvolle Pausen zu setzen. Und wie seine Männer staunen!

Ich sah einen zuckenden Nerv so groß wie ein Kind, beginnt der Kommandant meistens.

Aus seinen Augen sprachen schierer Hunger und Überlebenswille.

Die Offiziere merken auf.

Ihr wißt ja, wie schwierig es ist, die Herden unter Kontrolle zu kriegen. Schafhirten können sie nicht unbegrenzt vor sich hertreiben. Reihen über Reihen von Juden, greinend und kreischend, in Erwartung, dabei zuzusehen, wie Kinder erschossen werden. Aber einer bricht aus, stürmt los im Zickzack. Die Hure, zu der er gehört, fängt an, Lärm zu schlagen. Das Viech rennt genau auf mich zu! Die Aufseher bringen die Hure mit einem Gewehrkolben zum Schweigen und machen sich bereit, das Viech abzuschießen, bevor es meinen Mantel beschmutzen oder mich ins Fußgelenk beißen kann. Aber kein Schuß fällt. Meine Leute und ich stehen in der Schußlinie. Und genau in dem Moment, als es mich erreicht, bleibt es abrupt stehen, schlägt die Hacken zusammen und salutiert. »Heil Hitler!«

Es schaut nicht einmal zurück zu seiner Mutter. Also, was soll ich dazu sagen?

Ich lasse ihn zusehen. An diesem Morgen haben wir dreitausend verbrannt. Die Knochensplitter allein würden mehrere Lastwagen füllen – Lastwagen, die wir nicht hatten. Ein Schredder mit Dieselmotor wurde requiriert, um das Knochenmaterial zu feinem Pulver zu zermahlen. Um das zu bewerkstelligen, waren in der Trommel große Stahlkugeln untergebracht. Sie waren krude, ineffektiv. Der Junge beweist mir das, indem er in die Trommel klettert und einen Schädel rausholt. Der Bursche hat in der warmen Asche gewühlt und Gold gefunden, das unsere Säuberungstrupps übersehen hatten. Nachdem er die Rückstände entfernt hat, wird das Pulver besser, feiner.

Manche Leute halten sich Ratten als Haustiere. Ich aber habe meinen Nerv, so groß wie eine kleine Aschmaus. Und was dieses Judenmehl angeht, nun ja, ihr wißt ja, was damit passiert ist.

Nach dem Mist in ihrer Tasche zu urteilen war der Name der Schlampe Heike Strab. Deutscher Name, aber amerikanische Papiere, amerikanischer Paß. Sie war wohl so eine Art Anwältin, aber wichtiger war, daß sie offensichtlich eine Rassenverräterin war. Stanz und Wolfie vergewaltigten sie abwechselnd auf dem Boden der Pumpstation. Niemand konnte sie hören, dank der Verborgenheit und Unantastbarkeit ihres neuesten Besetzerquartiers und dank dem Lärm der Feierlichkeiten, wenige Meter von der Stelle entfernt, an der sie die Tat begingen.

Stanz und Wolfie fanden dieses ganze schmalzige Gefeiere rund um die Mauer zum Kotzen und waren auf die Jagd gegangen, scharf drauf, ein paar Schädel zu zertrümmern. Potentielle Opfer drängten sich überall wie betäubte Zombies, in hirnloser Ausgelassenheit. Es war wie ein Krawall, aber ohne den Spaß. Wenigstens floß der Alkohol, überwiegend umsonst, also schnupperten Stanz und Wolfie nach Fotzen und möglichst extremer Gewalt, nicht unbedingt in dieser Reihenfolge.

Sie fanden Heike und ihre Kamera. Ein Schnappschuß von zwei arischen Punks mit rasierten Schädeln: eine Mark. Das billigste Souvenir auf dem freien Markt. Hier entlang, bitte sehr.

Dieses Lämmchen aus Übersee hatte keine Ahnung, daß Stanz und Wolfie keine Punks waren oder auch nur Postpunks. Von ihren Kampfstiefeln mit den roten Schnürsenkeln bis zu ihren Stammestätowierungen waren sie so strikt codegerecht uniformiert wie junge Männer ihrer Gesinnung nur sein konnten. Beide hatten *Mein Kampf* tatsächlich von vorn bis hinten durchgelesen (dieselbe gebundene Ausgabe); es war das einzige Mal, daß ihnen Lesen so was wie Spaß gemacht hatte. Wolfie hatte einen SS-Dolch in seinem Stiefel versteckt (und gab damit an, daß der angeblich echt war, mitsamt Kerben und Markierungen und allem drum und dran); er zog ihn nicht mal beim Schlafen raus. Abgesehen davon, daß Wolfie sechs Monate jünger war als Stanz und unglücklicherweise braune Augen hatte (Stanz' waren blau, wie die des Führers), war das Paar im wesentlichen ununterscheidbar, unzertrennlich, zwei kraftstrotzende junge Skinheads, programmiert mit einer einspurigen Heilsbotschaft kryptofaschistischen Dogmas. Für sie war das überwiegend eine Ausrede, Ausländer zu Krüppeln zu schlagen und Nahrungsmittel zu klauen, aber in letzter Zeit spürten sie warme Schauer eines anbrechenden tausendjährigen Reichs, wie man es spüren kann, wenn die Luft die frühe Wärme des Sonnenaufgangs aufnimmt, noch bevor das Licht heraufzieht. Vielleicht hatten sie schon *immer* etwas richtig gemacht, intuitiv, die ganze Zeit.

In Heike Strabs entlegener Welt aus Schwarz und Weiß und

Richtig und Falsch würden jeden Augenblick heldenhafte Polizisten in Hubschraubern eintreffen, um sie zu retten. Die Rettung würde glücken, Anklage würde erhoben, und die Jungs würden ihre gerechte Strafe erhalten. In Heikes Welt würde die tabellarische Erfassung dieser beiden durch den Schulpsychologen als zulässiges Beweismaterial herangezogen. Wenn jemand sich die Mühe machen würde, die schwarze Schreibmaschinenschrift auf gelbem Papier zu entziffern, dann stünden da zwei unverdächtige, normale Namen für diese beiden – Namen, die sie längst abgestreift hatten – und fachterminologische Bezeichnungen für ihren Geisteszustand, wie *verstockt* und *depressiv*. Man mochte da lesen, daß ihr Gewicht *unterdurchschnittlich* war und daß ihre Sprachmuster *frenetisch* und *pedantisch* waren und ihre Schlaf- und Eßgewohnheiten *fehlentwickelt*. Schlußfolgerungen? *Schizothymie*, *Beklommenheit*, und etwas, das niemand begreifen konnte und das dennoch einen Namen hatte: ›Variabel spezifische Entwicklungsstörung‹. Die Lösung für das Problem, an dem die beiden Jungen Stanz und Wolfie litten, hatte ebenfalls einen Namen: Ritalin SR, in 30-Milligramm-Dosierungen, die die Jungs schließlich an Schulkinder verscherbeln würden, die noch jünger waren als sie selbst. In Heike Strabs Welt trugen solche sozial wurzellosen Zutaten für gewöhnlich zur Bildung einer Persönlichkeit bei, die sich gelegentlich Selbstmordfantasien hingab. Soziopathen zerstörten sich in Heike Strabs umnachtetem Weltbild fast unausweichlich selbst.

Selbstmord wäre aber nie eine Alternative für Stanz und Wolfie, es sei denn, sie wären irgendwann so besoffen, daß sie sich aus Versehen gegenseitig umbrachten. Die Welt hatte sie ausgespien, und sie nahmen jede Gelegenheit wahr, zurückzuspucken. Es war nicht ihre Schuld, daß Heike Strab den Fehler begangen hatte, sich auf einen Blickkontakt einzulassen. Heikes dynamische neue Lernerfahrung wurde jedesmal verstärkt, wenn der eine oder der andere Schwanz in ihren Anus eindrang.

Wie einfach und angenehm, die Stimmung der Stadt heute nacht auszunutzen. Vergeßt unser *Aussehen*, wir sind doch alle miteinander verbrüdert heute, was? Die Zielerfassung in so einer Karnevalsstimmung war ein Kinderspiel, und nachdem sie erst mal den Strumpf in ihr Gesicht geklebt hatten, war dieses Ziel keine große Herausforderung. Ein enger Fick, für eine Judenschlampe.

Obwohl sie schwach und zickig war, erwies sie sich als wesentlich unterhaltsamer als das ursprüngliche Ziel, ein zu kurz geratener Knabe mit fieser stahlumrandeter Brille, auffällig fehl am Platz im Tumult, während er versuchte, aus einem Hotel davonzuhuschen, in jeder Hand einen Koffer – genauer, einen Attachékoffer und eins dieser silbernen Halliburton-Dinger, die Drogendealer im Kino immer benutzten. Was war in diesen Koffern drin? Geld? Geheimunterlagen? Verführerisch. Aber bevor die Jungs sich recht an seine Fersen geheftet hatten, war Wolfie die hübsche Heike mit ihrer Kamera aufgefallen, und obwohl er und sein Partner Stanz jedes Gemetzel genossen und begrüßten, waren sie doch auf keinen Fall *Schwuchteln*.

Ihre gegenwärtige Unterkunft war einmalig. Sie gestattete ihnen sowohl die gemütliche Nische, in der sie Heike Strabs Leben zu Müll schreddern konnten, wie die Mauerblümchenunsichtbarkeit, sich genau in der Mitte der Feiernden aufzuhalten, die an der gefallenen Mauer ihren Spaß hatten.

Vor der Zerbombung Berlins erbaut, war der flache, blockartige Bau ursprünglich als richtige Pumpstation gedacht gewesen, der Wasser aus dem Landwehrkanal zuströmen sollte. Vierzig Prozent der Ziegelsteine, die zur Errichtung der Station benutzt worden waren, waren per Eisenbahn in Berlin eingetroffen, verschickt von der Rademacher-Ziegelbrennerei, die krude Asche benutzte, die das Mendhausener Arbeitslager während des Krieges zur Verfügung stellte.

Eine Statistik, die Stanz und Wolfie immer sehr beeindruckt hatte, war die Aufstellung, daß 367.000 Juden wesentlich zum Mendhausener Asche-Aufkommen beigetragen hatten.

Wiederholte und heftige Bombenangriffe hatten wunderbarerweise das Gebäude verschont, aber die Wasserversorgung der Stadt beschädigt und unhygienisch zurückgelassen. Der Feuerregen gegen Ende des Jahres 1944 war so irrsinnig pausenlos gewesen, daß die neue Pumpstation nie Gelegenheit bekam, der Volksgemeinschaft zu dienen. Sobald der Eiserne Vorhang den Osten vom Westen schied, hatte man die Mauer direkt durch den vorhandenen Bau gezogen. Alle Hähne waren versiegelt worden, alle Zugänge gründlich zugemauert.

Mit gewöhnlichen Backsteinen, dieses Mal.

Eine Generation später waren Stanz und Wolfie eingebrochen und hatten ein Geheimnis entdeckt.

Die Rückmauer der Station verlief parallel zu dem Graffitiwahnsinn, der die westliche Seite der Mauer darstellte. Es gab eine Lücke von etwa zwei Metern zwischen der Außenseite der Station und der Mauer selbst. Jemand hatte versucht, die Distanz zu untertunneln. Ein ausgehobener Schacht im Hinterzimmer verlief etwa 3 Meter nach unten, dann nach Osten. Oberhalb des Tunnels lag ein 180 Meter breites Niemandsland voller Wachen, Hunde, Stacheldraht, Maschenzaun und Batterien von Selbstschußanlagen. Die Tunnelgräber hatten nach ca. 35 Metern aufgegeben.

Das Hinterzimmer der Station war vollgestopft mit Bauschutt – ausgehobene Erde, zerschlagener Fels, Steine und Betonbrocken. Offensichtlich hatte man einen unterirdischen Fluchtweg für Republikflüchtlinge geplant, dann aufgegeben. Ähnliche Maulwurfstunnel hatten funktioniert wie der eine, der zu einer verlassenen Bäckerei führte und siebenundfünfzig Leuten 1964 die Flucht ermöglicht hatte … bis Wachleute im Osten in den Tunnel zu schießen begannen. Wie alt diese aufgegebene Unternehmung hier sein mochte, konnten Stanz und Wolfie nicht mal ahnen, und außerdem ging ihnen die intellektuelle Zurüstung ab, es zu erraten, oder sich auch nur drum zu kümmern.

Wolfie lehnte sich mit einem gemütlichen Bier zurück, und die Jungs stillten ihren wölfischen Durst, während Heike mehrmals das Bewußtsein verlor und wiedergewann. Sie prosteten ihr zu, prosteten ihrer klugen Opferwahl zu, prosteten einander zu und begossen sich gründlich.

Irgendwann nach Mitternacht schlug eine Ramme oder ein Hammer heftig gegen die Außenwand der verlassenen und vergessenen Station. Stanz und Wolfie schreckten hoch und schüttelten traurig mit den Köpfen. Dieses Lager hier würde bald im Staub versinken, dank dem Mauerfall, und man würde sich ein neues suchen müssen.

Bevor sie sich wieder schlafen legten, erzürnt über die bevorstehende Räumung ihres Quartiers, zerrten sie das, was von Heike Strab übrig war, an den Fersen ins Hinterzimmer. Stanz drückte ihr Gesicht in den Erdhaufen, den die Tunnelgräber hinterlassen hatte, dann setzte er sich auf ihren Hinterkopf, bis sie aufhörte zu atmen und zu ihren Vorfahren abberufen wurde. Dann schlitzte Wolfie sie mit seinem gefälschten SS-Dolch auf, und sie fingen an, die abblätternden Steinwände mit ihrem Blut zu beschmieren.

Eine gute Brandfuhre umfaßt ungefähr dreihundert, von jung bis alt, von dick bis dünn übereinandergestapelt, damit die Feuer heiß genug entfacht werden, daß man Stahl darin schmieden kann.

Mit den Kieferknochen eines der gestrigen Schädel spielend, imitiert Aschmaus Sprechbewegungen, zur Erheiterung des Kommandanten. Er findet viele Glasaugen und legt sich eine Sammlung zu. Mehr braune, hier, als jede andere Farbe.

Aschmaus würde sie alle verspotten, wenn das nur bedeutet, daß er bis zum nächsten Sonnenaufgang atmen und essen darf. Er kann Mamas Gesicht aus seiner Erinnerung tilgen. Er blendet die Geräusche aus, die die Fremden machen, auf dem Weg in den Himmel. Er löscht ihren Ausdruck aus, errichtet Mauern in seinem Kopf, ein weiteres Hobby, ein geheimes … die einzige Privatsphäre, die er hat.

Manchmal, wenn der Kommandant die Stiefel abgestreift hat und das Grammophon spielt, darf Aschmaus ein Viertelchen Wurst oder einen Apfelbutzen vom Tisch seines Herrn haben. Er sitzt zu Füßen des

Kommandanten, und manchmal döst er. Der leichte Schlaf gestattet ihm, sich vorzustellen, er würde davongetragen von der Musik, er schwebe hoch über den Wärtern, wie eine vergessene Aschenflocke, außer Sicht der Wachttürme und für immer jenseits der Scheiterhaufen.

Aschmaus errichtet seine Mauern und sammelt seine Augen und schwebt, wenn er kann. Der Sonnenaufgang kommt jedesmal.

Etwas mehr als ein Jahrhundert früher, 1988, hatte Jack the Ripper auch schon einmal zwei Opfer an einem Tag ermordet. Seine Morde an den East-End-Prostituierten Catherine ›Kate‹ Eddowes und Elizabeth ›Long Liz‹ Stride wurden berühmt als sein ›Doppelereignis‹.

Clouder dachte über seinen eigenen emsigen Vormittag nach und fragte sich, ob man in hundert Jahren wohl bei der Prüfung der Geschichte im Rückblick auch in seinem Fall Motive, Verbindungen, unwiderlegliche Theorien konstruieren würde ... all den Einwegblödsinn, aus dem ›Tatsachen‹-Bestseller gestrickt wurden, und aus dem jeder Sessel-Sherlock-Holmes sich seine Rechtfertigung, weiterhin Luft zu atmen, drechselte. Serienmörder-Bücher waren im Moment der Renner.

Was die ›Verbindungen‹ anging, nun ja, das lag beinahe auf der Hand. Während Clouder zwar zwei verschiedene Handfeuerwaffen benutzt hatte, um seine oberflächlich gesehen beziehungslosen Zielpersonen auszulöschen, war der eiskalte, durchkalkulierte Stil, mit dem er all seine Aufträge erledigte, dennoch von der Art, die Zeitungskommentare dazu veranlaßte, die Taten als ›Auftragsmorde‹ oder geplante Hinrichtungen zu identifizieren. Mehr Beweise würde niemand je zu Gesicht bekommen. Was wiederum genau der Grund dafür war, daß Clouder sich diese Arbeitsweise zu eigen gemacht hatte. Er ließ niemals zufällige Hinweise zurück, servierte den Neugierigen stets nur das mutwillig arrangierte Nichts. Etwas, an dem zweitklassige Geister knabbern konnten, begierig, endlos. Nutzlos.

Er hängte seinen Mantel ins Foyer und tupfte sich das Gesicht sachte mit dem Rand seines Schals ab – ein kleiner Tick, über den er noch nie nachgedacht hatte. Vielleicht sollte das Glück bringen.

›Hirohiko Ozawa‹ hatte nicht so gewirkt, als sei er überrascht gewesen, ermordet zu werden, und aus diesem Grund fühlte sich Clouder dem Mann auf eine flüchtige Weise verwandt. Es war eben Geschäft, ein Risiko, auf das sich Herr Ozawa mit klarem Blick auf die möglichen Konsequenzen eingelassen hatte. Ihn zu töten war für Clouder ein Kinderspiel gewesen.

›Erich Bastow‹ andererseits hatte sich aufgeführt, als ob Clouders Besuch die größte Überraschung seines verstümmelten Lebens gewesen wäre. Dieser zweite Mord hatte auf Clouders seelischem Gaumen den ganzen Nachmittag lang einen schalen Nachgeschmack hinterlassen. Während er den Inhalt der Akte Ozawa zunächst dem Reißwolf, danach dem Kamin verfütterte, brühte sich Clouder einen starken russischen Tee auf und ließ einen langen Löffel als Kühleisen ins Glas sinken, damit der Tee nicht so heiß war. Als er sich an die Beseitigung der Bastowakte machte, blätterte Clouder sie, ganz gegen seine Gewohnheit, noch einmal durch. Sie war dicker als die Mappe, die Ozawas Vorleben und Gewohnheiten auflistete.

Amateure sollten niemals im einzigen internationalen Spiel, das wirklich zählt, mitspielen. Was hatte die Erschaffung des Geschöpfs inspiriert, das Clouder als Erich Bastow getötet hatte?

Die Akte wurde besonders dick dank eines pamphletartigen Büchleins mit dem Titel ›Holocaustlüge!‹. Es war herausgegeben – samt Druckfehlern, Kartoffeldrucklayout und allem Drum und Dran – von der Phoenix Foundation, datiert aufs Jahr 1983, drei Jahre bevor ein zerfleddertes Exemplar aus einer Augenblickslaune heraus von einem Geschichtslehrer der Georgetown University namens Eric Greene gekauft worden war.

›Holocaustlüge!‹ war ein durchsichtig primitives, schäumend anti-intellektuelles Gegrunze. Der stolze Autor, Karl Hessler, war auf einer Fotografie prangend abgebildet, neben einem ausführlichen, aber bescheidenen Abriß seiner Heldentaten. Clouder brauchte sich das Foto nur anzusehen, um auf die dumpfe Niedertracht und den Fanatismus des Mannes zu schließen: er sah verkommen und aufgedunsen aus und hatte eine Schwäche für Uniformen; miese Berechnung funkelte aus seinen Augen. Eine typische Karikatur von der Sorte, wie sie von echten Nazis niemals gutgeheißen werden würde … es sei denn, es ging um finanzielle Unterstützung der gemeinsamen Sache. Clouder ließ das Büchlein neben die Überreste der Akte fallen.

Eric Greenes Hintergrund war so deprimierend dünn und vorhersehbar wie Hesslers Motive. Seine Mutter war eine Nichtjüdin gewesen, die starb, als Greene sechs Jahre alt war. Sein Vater war einer Thromboembolie von der Größe einer koscheren Salami zum Opfer gefallen. Da er plötzlich das Familienoberhaupt geworden war, hatte Eric damit begonnen, einen ›Sinn‹ in seinem Leben zu suchen.

Clouder rollte mit den Augen. Diese Vergrübelten – nie sind sie damit zufrieden, Geschichtsunterricht zu geben und gute Verbraucher zu sein. Andererseits: Greene war seiner eigenen Sterblichkeit inne geworden und hatte gehandelt, um den Kurs seines Daseins zu ändern – vielleicht war dem Mann doch eine gewisse Tiefe zu eigen gewesen.

Der Zusammenprall zwischen Greene und ›Holocaustlüge!‹ schien reiner Zufall. Es war der einzige Zufall in der Kette von Ereignissen, die Clouder jüngst mit Pistolenschüssen beendet hatte. Greenes Leidenschaften waren von Hesslers Hetze aufgewühlt worden; also hatte das Büchlein vielleicht doch etwas Gutes bewirkt.

Mit einem gefälschten Namen und einem Postfach hatte Greene eine Angelleine im trüben Gewässer der Intrigen ausgeworfen und Hessler zu sich herangezogen – was keine Überraschung war, wenn man Hesslers offensichtliche Gier bedachte. Durch Zwecklügen und umsichtigen Gebrauch der blinden Flecken, die eine Verbindung auf große Entfernung mit sich brachte, war es Greene möglich, sich als ›Erich Bastow‹ auszugeben … Washingtoner

Lobbyist, heimlicher Nazi, mitfühlendes Ohr und Karl Hesslers neuester Wohltäter und bester Freund.

Clouder nippte an seinem Tee und blätterte weiter. Sobald Greene Hesslers Vertrauen gewonnen hatte, machte er das Institut auf sich aufmerksam. Das Institut hatte mitgespielt und ein paar Lücken bezüglich des Familienstammbaums geschlossen.

Greenes Vater, so stellte sich heraus, hatte Auschwitz überlebt und war 1948 als Staatenloser in die USA eingereist. Clouder schüttelte den Kopf. Der Angriffspunkt in Greenes Familie war mickrig, trivial. Aber die Leute vom Institut hatten ein As: ein Foto, das sie Greene zur Begutachtung überließen, genau im richtigen Moment.

Mutter und Kind, irgendeine Krakauer Straße; der kleine Junge winkt, als die Mama ihn hochhält. Auf beider Kleidung ist ein grober, sechszackiger Stern aufgenäht.

Clouder hatte bloß eine unscharfe Kopie des Fotos. Der Ausdruck der Mutter schien ihm sorgenzerfucht, aber hoffnungsvoll. Sie und das Kind lächelten, obwohl die Umstände, unter denen sie lebten, finster schienen. Einen Augenblick lang spürte er ein Zucken, Erinnerungsspur, etwas wie das Wiedererkennen, das Greene empfunden haben mußte, als das Institut ihn mit diesem Bild überfallen hatte.

Eric Greene hatte das Gesicht seines Vaters in dem des Jungen gesehen. Sein Vater war aus einem Todeslager entkommen. Seine Großmutter, die junge, stolze Frau auf dem Foto, hatte es nicht geschafft … aber hier war sie und winkte dem Enkel zu, den sie nie halten oder kennen sollte.

Clouder verfütterte die Kopie des Fotos dem Reißwolf.

Das Timing war präziser gewesen, als Eric Greene je hätte vermuten können. Hessler rief ihn an, er lief fast über vor Begeisterung über ein neues aufregendes Projekt, bei dem das Reich sich geehrt fühlen würde, ›Erich Bastow‹ seinen Beitrag leisten zu lassen. Fast gleichzeitig ließ das Institut Greene wissen, daß sie eine Neonazi-»Fassade« für ihre neueste Geheimoperation benötigten. Vergangenheit und Zukunft, Geschichte und gegenwärtige Wirklichkeit waren für Eric Greene in diesem Moment zusammengestoßen, und er hatte zugestimmt, vielleicht aus einer Augenblickslaune heraus, den Helden zu spielen.

Der Rest der Akte war unbedeutend. Greene hatte eine braunäugige Hausfrau namens Ellen Rachel zu Hause in Georgetown. Keine Kinder. Sein Zeitvertrag mit der Schule stand vor der Verlängerung. Keine Haustiere.

Clouder säuberte die Feuerstelle mit einem kleinen Handfeger, nachdem er den Rest der ›Erich Bastow‹-Akte dem Feuer anvertraut hatte. Er empfand eine leichte Irritation. Greene hatte versucht, eine Wunde in seinem spirituellen Leben zu schließen; es war dumm, ihm für irgend etwas die Schuld zu geben, da der Mann nie auch nur geahnt hatte, wie sehr er die ganze Zeit unter Beobachtung gestanden hatte. Noch einmal über Greenes Vorgeschichte nachzudenken hatte eine ähnliche Wunde in Clouders Gelassenheit geschlagen. Es war nie eine gute Idee, überlegte er, sich mit den Zielpersonen zu befassen.

Greene war banal und hoffnungslos. Er war der *verstorbene* Herr Greene.

Clouder ging von seinem Wohnzimmer in den Billardraum. Beide Räume waren identisch in ihren Abmessungen, getrennt von einem Durchgang, der einst eine Zwischenwand gewesen war. Clouders Quartier als Ganzes war früher der Ostflügel einer Wohnung für mittlere Einkommen gewesen, wie man sie nach dem Krieg als ›Aktenschrank für Menschen‹ auf den Trümmern der Stadt errichtet hatte: Räume, die einander glichen wie Spiegelbilder, mit militärischer Monotonie nebeneinander aufgereiht. Nach einigen stadtplanerischen Exzessen war Clouder hier eingezogen, zusammen mit ein paar innenarchitektonischen Verbesserungen, und bewohnte jetzt zwei Wohnungen, die man zu einer gemacht hatte.

Die einzige Post, die hier eintraf, waren Rechnungen, adressiert an einen anderen Namen als Clouders. Genaugenommen hatte Clouder seit Jahrzehnten keinen Namen mehr getragen, den man hätte zurückverfolgen können, nur einen Stapel Identitäten, den er nach Belieben neu mischen und von sich werfen konnte. Bald würde der Unterschied zwischen Ost und West entfallen, Clouder würde sich eine neue Art ausdenken müssen, wie er seine Zahlungen für die Rechnungen mit Absenderangaben versah. Sie nannten es ›Wiedervereinigung‹. Jetzt würde alles wieder ›Deutschland‹ heißen. Nach den Jubelfeiern anläßlich der zerbröselnden Mauer warteten alle Arten von fiesen Gespenstern aus der Vergangenheit. Einmal wiedervereinigt, wie sollte da das neue Deutschland anders werden als das alte?

Die Erkenntnis schmeckte teebitter; irgendwie schmutzig. Hatten die Narren beim Institut Eric Greene an der Nase herumgeführt, damit er sein Leben opferte?

Die Institutsleute hatten einen Juden mit guten Absichten, aber ohne echte Kenntnis der Zusammenhänge, gefunden. Sie hatten seine Abneigung gegen die Nazis mit genau den richtigen Sprüchen genährt. Sie hatten die Vergangenheit seiner Familie strategisch eingesetzt, und als die Zeit reif war, hatten sie ihn in die Schußlinie geschubst.

Das Institut war hinter etwas ganz anderem her gewesen, und Eric Greene war nur eine Spielmarke.

Clouder goß sich mehr Tee auf. Er nahm sich für jedes Mal Nachfüllen ein neues Glas. Was kleine Rituale anging, war er penibel. Auszuknobeln, was hinter der Bühne passiert war, bevor er heute morgen seinen zweiten Auftrag erledigte, war ziemlich einfach gewesen.

Clouders Informationen über Greene/Bastow waren ihm von der ›Schwarzen Spinne‹ verfüttert worden, einer Marionettenspieler-Loge von neuen Nazis, die sich darauf spezialisiert hatte, bei überalterten Schlachtrössern wie Hesslers Phoenix Foundation die Fäden zu ziehen, in der Hoffnung, daß das endgültige Schicksal dieser politischen Mumientruppe beinhaltete, daß die Leute erwachsen wurden und zur Sache kamen. Der Mittelsmann war ein Doppelagent der schwarzen Spinne mit Namen ›Gelft‹ gewesen.

Das war dann wohl der Mann, dem Clouder ein höfliches Nicken geschenkt hatte, als der die Tür geöffnet hatte und aus dem Raum getreten war ... damit Clouder eintreten konnte, die Tür schließen und Eric Greene und Erich Bastow mit denselben Schüssen töten konnte. Gelft hatte vermutlich dieselben Hintergrundinformationen über Greene gelesen, die Clouder jetzt zerstörte.

Gelft war eine interessante Spielfigur. Clouder mochte es, zu kombinieren.

Der hellhaarige Gelft hatte genug Zeit damit verbracht, im Sinai-Gebiet Kugeln auszuweichen und in der Wüstensonne zu braten, daß man ihn als ein erstklassiges eingetragenes Mitglied des Mossad Aliyah Beth betrachten konnte ... und so gelang es ihm, sich in der amerikanischen Botschaft in Berlin .... das heißt: West-Berlin einzuschleichen. Man konnte ihn genausogut für einen Deutschen halten. Indem er sich Kontakte zunutze machte, die er in der Botschaft geschlossen hatte, gelang es ihm, das Institut auf einen Nazikriegsrat aufmerksam zu machen, was wiederum das Institut veranlaßt hatte, ›Erich Bastow‹ zur Schlachtbank zu schicken. Das Institut würde Greenes sofortige Entlarvung nicht als Leck interpretieren, sondern als Schlag ins Gesicht. Eine Warnung. Das Institut steckte seit den künstlich heraufbeschworenen Ölkrisen der frühen 70er mit den Arabern unter einer Decke, und soweit sich Clouder erinnerte, waren die Araber nie sehr entzückt gewesen vom Mossad. Die Greene-Operation war notwendigerweise ein bißchen billig gewesen, weil man Hilfeleistungen für Israel nie zu aufwendig gestalten wollte.

Der geheime Trumpf in diesem internationalen Kartenspiel war Gelft (oder was immer sein wahrer Name war), bepackt mit Undurchschaubarkeiten und gespickt mit geisterhaften Details – nebensächliche Tatsachen, die sich zu Nebel aufaddierten. Wenn er die Hauptprämisse bedachte, daß Eric Greene ein Jude war, der sich als Nazi verkleidet hatte, und die Seitenprämisse berücksichtigte, daß Gelft genausogut für jede der beiden Seiten arbeiten konnte, würde ein Logiker schlußfolgern, daß für den Fall, daß Greene aus irgendeinem anderen Grund ermordet worden war als zu dem Zweck, das Kartenspiel zu säubern (so wie man einen Packen Karten auf die Tischkante schlägt, damit keine mehr draus hervorschauen) … irgend etwas fehlte. Ein Bestandteil des Puzzles, den Clouder noch nicht wahrnehmen konnte; irgendein verborgener Vorteil, der erst im weiteren Verlauf des Spiels zum Zuge kommen würde.

Es könnte anregend sein, sich mutwillig einzumischen, wenn man bedachte, was Clouder schon wußte oder sich zusammenreimen konnte. Er konnte das Ergebnis kurzfristiger zukünftiger Ereignisse beeinflussen. Falls nicht, würde das Doppelereignis, das den größten Teil seines Vormittags in Anspruch genommen hatte, ihm keine Befriedigung bringen. Töten genügte ihm nicht mehr.

Kein Schlachtvieh, schlußfolgerte Clouder. Vielmehr war es so wie häufiger bei Operationen des Instituts: Eric Greene war ein Opfer unzureichender Mittel geworden.

Zufrieden angesichts der Tatsache, daß die Arbeit des Morgens jetzt kein so großes Mysterium mehr war, rief Clouder über eine geschützte Verbindung eine Nummer in Zürich an, um sich die Bestätigung abzuholen, daß heute zum Abschlußzeitpunkt zwei Einzahlungen auf seinen privaten Konten verbucht worden waren. Dank eines Apparats namens ›Solanderbox‹ hatte Clouder eine der sichersten Telefonverbindungen in ganz Europa. Jeder Versuch, sie zurückzuverfolgen oder anzuzapfen, würde an zufällig verteilte Nummern überall in der Stadt verwiesen werden; eine Vielfalt unbekannter Namen, hinter denen Clouder in Sicherheit war. Zu schade, daß Eric Greene keinen derartigen Fallschirm oder eine Ersatzpersönlichkeit, besessen hatte.

Der besondere Schalldämpfer, den Clouder heute morgen benutzt hatte, war spezialgefertigt, um als Aufsatz einer Vielzahl von Revolvern oder Automatikwaffen zu dienen. Sein Flügelmutter-verschraubter Durchlaß war so entworfen, daß jeder Lauf durch den Aufsatz von dicken Dämpfern umgeben war. Wie Clouder immer dachte: *Der Knall kommt aus der Kammer, nicht aus der Lauföffnung*. Das dauerte nur eine Mikrosekunde, aber die war die lauteste Mikrosekunde des gesamten Vorgangs, wenn sich eine Feuerwaffe entlud. Er erklärte das dem Waffenschmied, der den Dämpfer herstellte. Beide Männer wußten, daß Laufdämpfer ein typischer Kino-Blödsinn waren. Clouders Dämpfer dagegen, ähnlich einem Kamerakasten, war der wahre Jakob. Mit beiden Waffen und dem Aktenkoffer, in dem sie aufbewahrt wurden, war der Dämpfer jetzt von den großen Schrottpressen in der Nähe der Mauer, wo noch eine ganze Weile einiges an Abbrucharbeit stattfinden würde, zu einem nichtssagenden Block Schrott zusammengepreßt worden. Clouder bedauerte den Verlust des Dämpfers, weil er das Produkt eines Künstlers gewesen war, ein Schaustück einer handwerklichen Geschicklichkeit, die im neuen Deutschland in Vergessenheit geraten war.

Aber da Clouder ein methodisch vorgehender Mann war, hatte er bereits zwei weitere, identische, bestellt.

Clouders Heim war ausstaffiert mit zahlreichen Geheimfächern für Dinge wie Waffen und Schalldämpfer und alle möglichen Sorten von Pässen und Währungen. Manche waren einfache Safes oder doppelte Böden, die raffiniert genug waren, um jeden Schnüffler in Uniform zu täuschen. Andere würden sogar Röntgenbestrahlung oder einem Nuklearangriff standhalten ... nicht, daß einschlagende Raketen gegenwärtig besonders wahrscheinlich waren, wenn man dem fröhlichen, chaotischen Tonfall der Zeitungen und des Fernsehens glauben wollte.

Nachdem er den Halliburton-Koffer vom Hirohiko Ozawa-Auftrag im Kofferraum eines bereitstehenden Mercedes verstaut hatte, war Clouder mit leeren Händen nach Hause gekommen. Da er im Augenblick keinen neuen Auftrag hatte, und keine Lust, sich vom Geist des toten Eric Greene den Rest des Tages verderben zu lassen, dachte er über die Berliner Mauer nach. Er war durch einige der Volksmengen gegangen, die sich zur Feier ihres

Abbruchs versammelt hatten. Er hatte kein Gemeinschaftsgefühl empfunden.

Berlin, die ›Partnerstadt‹ von Los Angeles, so wie Cannes die von Beverly Hills war, bereitete sich wieder einmal darauf vor, die Hauptstadt eines vereinten Deutschland zu werden. Das amerikanische Militär – auf dem Höhepunkt der Aufmärsche, 1987, 250.000 Mann stark – würde die Koffer packen, und die historische ›Berliner Brigade‹ unter dem Befehl von Colonel Alfred W. Baker würde die erste sein, die während dieses massiven Abzugs das Land verließ. Die Brigade würde Quartiere räumen, in denen zuvor die Luftwaffe logiert hatte, in einem ostdeutschen Gebäude, das ursprünglich für Feldmarschall Hermann Göring errichtet worden war – bis vor kurzem die einzige amerikanische Militärbasis hinter feindlichen Linien.

Clouders Bewunderung für Colonel Baker hatte zwei Seiten. Zunächst war da der grenzenlose Respekt dafür, daß sich der Mann selbst von Grund auf neu erschaffen hatte. 1969 war Baker von einer Tasche voller Vietcongsprengstoff in die Luft gejagt worden. Seine Knochen zerbrachen, während die Explosion ihn fünf Meter hoch in die Luft schleuderte; er landete mit einer fehlenden Gesichtshälfte und zweifach gebrochenem Rückgrat. Nach Inaugenscheinnahme hatten ihn die Feldärzte aufgegeben. Als ein Priester begann, ihm die Sterbesakramente zu verabreichen, spuckte Baker Stücke seiner Zähne und seines zerfetzten Gaumens aus und sagte: »Scher dich zum Teufel. Ich bin nicht katholisch, und ich werde nicht sterben.«

Der zweite Grund war etwas, was Baker als junger Lieutenant gesagt hatte, als man ihm in den frühen 60ern den Auftrag gegeben hatte, in Ostberlin auf Patrouille zu gehen, Worte, die Clouder auswendig gelernt hatte, nicht nur, weil sie eine verborgene Saite in seinem Innern anschlugen, einen Ort in seiner Seele erreichten, der lange geschlafen hatte und fast vergessen war, sondern auch weil sie den zerschnittenen, blutenden Ort zusammenfaßten, der die Stadt damals geworden war: »Es war, als würde man auf der einen Seite in die Nacht, auf der anderen in den Tag blicken, als ob man im Sonnenschein steht, während man einen Sturm beobachtet. Während ich herumfuhr, riefen mir die Leute manchmal zu: *Vergeßt uns nicht!*«

Etwas war vergessen worden. Etwas fehlte. Deshalb die fortwährende Heimsuchung Clouders durch Eric Greenes Gesicht. Ein amerikanischer Jude mit einem Loch in seiner Vergangenheit war ein gefälschter Nazi mit einem Loch im Schädel geworden. Irgendeine lebenswichtige Wahrheit war abhanden gekommen. Nicht einfach nur übersehen: Clouder war zu penibel, um fahrlässig zu sein. Es war wie der Titel eines beliebten Songs, der einem auf der Zunge lag: neckend, verführerisch, flüchtig.

Clouder meditierte in einem brühend heißen Duschstrahl, und legte sich nackt hin, um ein bißchen zu schlummern. Wenn man die Vorbereitungen für die Arbeit am Morgen mitrechnete, war er seit achtzehn Stunden wach. Bevor er die Augen schloß, schaltete er seine Stereoanlage ein. Jetzt war es Zeit für Mahler.

Der monotone Singsang der Aschen- und Todesbrigaden spricht weder zum Opfer noch zum Folterer von Hoffnung:

Ach dummes Weib, ach dummes Weib,
was trugst du mich in deinem Leib?
So ein Leben, so ein Leben,
ach hätte es mich nie gegeben.

Aus Tagen werden Wochen, Monate, gemessen nach Schweiß und Hunger, Gestank und Tod. Das abergläubische Wissen über den Gott seiner toten Mama bedeutet einem Jungen nichts, der in eine Welt der Pogrome und Ghettos hineingeboren wurde. Er kennt weder Recht noch Bedeutung, Familie noch Stamm. Es gibt hier keinen ›Gott‹.

Das neue Auge, das er für seine Sammlung findet, ist stahlblau, wie die Augen des Führers, blau wie der Himmel. Es wird ihn bewachen, während andere seine Macht spüren und ihre Blicke abwenden. Sie sind schon Leichen, sie alle, Beute der Flammen.

Aber er ist die Aschmaus, König der Lügner, und er wird immer einen Weg finden, zu überleben.

Henri schreckte schlagartig aus dem Schlaf hoch, klitschnaß vom Schweiß eines Alptraums, und die Melodiebögen geträumter Musik wichen augenblicklich einer Kopfschmerzattacke. Die Träume waren so echt gewesen, so betäubend, aber dem klingelnden Telefon waren sie nicht gewachsen. Er versuchte, seine Brille zu finden, seinen Morgenmantel, seine Haltung, er versuchte, sich rechtzeitig zusammenzureißen, um die schlechten Nachrichten zu hören. Anrufe waren selten, und solche wie dieser sowieso, die die Macht hatten, die Nebel aus seinem Hirn zu vertreiben, wenn schon nicht die Schlafkrusten aus seinen Augen.

Obwohl sein Telefon mit einem Anrufbeantworter verbunden war (ein Kniefall vor der übermächtigen Technik), glaubte Henri nicht an Zwischenschaltungen. Er nickte gedankenverloren und murmelte einsilbige Worte, um der Stimme am anderen Ende der Leitung zu signalisieren, daß er zuhörte.

Die schwarze Spinne wob wieder finstere Netze. Ein vom Institut gesponserter Zugriff war sabotiert worden; ein amerikanischer Helfer getötet. Henris Mund straffte sich, ein Reflex, der ihm allzu vertraut war und nichts Angenehmes hatte. Einer weniger auf unserer Seite.

Dann der Rest: eine Versammlung war zusammengerufen worden. Henri sollte sich die Adresse merken. Heute abend, Gelderstraße 33, würden sich ein paar Spieler versammeln, um ein paar neue Beweise in Augenschein zu nehmen, daß das alte Reich nicht nur Staub und Asche war.

Henri hängte den Hörer ein und dachte darüber nach, wie er den anschwellenden Kopfschmerz meistern sollte. Er fühlte sich angeschlagen und katergeschwächt.

Er war ein kleiner Mann von unauffälligem Körperbau, mit silberweißem Haar und tadelloser, von der Zeit nicht mitgenommener Haltung, die Sorte Mensch, die ihre Niederlagen damit ausgleicht, sich noch höhere Ziele zu stecken. Seine Hände waren flink und geschickt, seine Augen ungetrübt. Henri sah die Dinge klar und deutlich. Er hatte beobachtet, wie die Mauer fiel, überwiegend im Fernsehen, und seine Haltung zur bevorstehenden Wiedervereinigung war abwartend.

Löcher wurden am Brandenburger Tor geschlagen. Stasiwachleute und Berliner Polizei wurden öffentlich beim Trinken beobachtet, während eine ausgelassene Menge auf der Grenzlinie zwischen damals und heute tanzte. Wann immer Henri hörte, daß man von der Vergangenheit sprach, pulsierte die Narbe auf der Innenseite seines linken Unterarms, als wolle sie ihm etwas Geheimnisvolles und Offenbarungsschwangeres mitteilen. Es war ein vernarbter Schnitt, etwa sieben Zentimeter lang, nur wenig heller als das unverletzte Fleisch daneben. Henri zog diese kleine gekrümmte Schlange von Narbengewebe der Nummer vor, die dort einmal eintätowiert gewesen war. Er hatte sich selbst betäubt und den Schnitt selber vorgenommen, mit einer sterilisierten Rasierklinge. Es hatte sehr weh getan. Henri besaß eine hohe Schmerztoleranz, schon seit seiner Kindheit.

Er war am Leben. Dem Anruf nach zu urteilen, war ein Ausländer namens Eric Greene tot. Henri fragte sich, wie hoch wohl Herrn Greenes Schmerztoleranz gewesen war. Er zweifelte nicht daran, daß Eric Greene jung und mutig gewesen war ... aber er hatte nie einen Stoffstern tragen müssen, oder eine Nummer, und wahrscheinlich hatte er nie Menschenfresser-Entscheidungen treffen müssen, um zu überleben.

Der Codename für Henris Telefonkontakt war ›Doppelgänger‹. Dank der modernen Elektronik konnte man nicht einmal mehr dem Timbre einer Stimme vertrauen, und Technologie war auch das, wovon der Doppelgänger außerdem noch gesprochen hatte.

Das Treffen in der Gelderstraße 33 versammelte sich rund um ein gestohlenes Stückchen Hi-tech, das noch einen anderen Menschen das Leben gekostet hatte. Jeder der Leute, die sich dort versammeln sollten, würde jemanden mit Henris Überzeugungen als seinen schlimmsten Feind betrachten.

Henri kannte die Adresse – ein Betonkomplex auf halber Höhe zwischen Checkpoint Charlie und der Topographie des Terrors, wo die Verbrechen des Vaterlandes im Kadaver des Gestapohauptquartiers begraben lagen. Der Gastgeber der Veranstaltung des heutigen Abends würde der blondeste unter den Politikern des neuen Deutschland sein, Ernst Koepp, der das beeindruckende Haus von seinem Vater geerbt hatte und daher an einem Ort hofhalten konnte, der in gleichen Entfernungen einen Ausblick auf die vergangene wie auf die kommende Welt gestattete.

Eine solche Gelegenheit zur Grätsche zwischen Vergangenheit und Zukunft wollte Henri nicht verpassen.

Im ostdeutschen Bundesland Sachsen spuckte ein Dissidentenpfarrer, der Innenminister geworden war, namens Heinz Eggert, rauhe Töne. Eggert hatte die Idee einer Elitepolizeieinheit formuliert, die sich besonders um Rechtsradikale und Neonazi-Gewalt kümmern sollte. Bald, so versprach er, sollte seine Soko REX, oder ›Sonderkommission Rechtsextremismus‹, die Verbrechensstatistik Sachsens auf eine Weise säubern, die den gesamten Planeten beeindrucken würde. Andere Bundesländer, wie etwa Brandenburg, dachten gerüchtweise über den Einsatz ähnlicher Einheiten nach.

Inzwischen hatten es der Kreml und die Amerikaner und der Mossad auf die großen, sensationellen Nummern abgesehen: die Mengeles, die Barbies, die Eichmanns, diejenigen Fische, die die heißeste internationale Presse anlockten und die fettesten Belobigungen.

Während Eggert darauf wartete, daß sich Deutschland wandelte, und die hochkarätigen Nazijäger die besten Kritiken einfuhren, gab es zwischen ihnen Henri, genau jetzt, der etwas gegen all das Unrecht unternehmen würde, heute, aber auf unspektakuläre Weise. Lautes Auftreten und öffentliche Lobpreisungen waren ihm beide Greuel.

Henri ließ normalerweise stets den Fernseher laufen, ohne Ton. Es war ein altmodischer Kasten, und der Empfang war ohne Kabelanschluß nicht immer so besonders. Visuelles Hintergrundrauschen, nicht gute Auflösung, waren der Sinn der Sache. Manchmal sah er sich die Nachrichten an. Gerade jetzt konnte er die Aufregung draußen sehen, eingefangen und verpackt in seinen schneegestöberüberzogenen Fernseher – Ekstase, reduziert auf ein Spektakel.

Die Parade von Farbe und Bewegung auf dem schweigenden Schirm leistete ihm unaufdringliche Gesellschaft und trug dazu bei, die schädlichen Gifte zu neutralisieren, die seinen Geist heimsuchten. Er konnte die Nummer auf seinem Unterarm auslöschen, aber nicht in seinem Kopf. Nachdem er durchs Zimmer gegangen war, zu einem Bücherregal, nahm er eine leinengebundene Ausgabe von ›Mein Kampf‹ zur Hand – es war illegal, eine zu verkaufen, wußte er, aber nicht, sie zu besitzen. Der Staub auf dem Regal versicherte ihm, daß nichts berührt worden war, seit er das Buch das letzte Mal benutzt hatte. In der Dicke seiner ausgeschnittenen Seiten befand sich eine Fernbedienung. Henri gab seine Nummer ein: 56281347.

Die kleine Kammer, die hinter seinem verschiebbaren Bücherregal verborgen war, hatte gerade eben die Breite zweier einander gegenüberstehender Tische, mit etwas Platz für einen Stuhl dazwischen – einen *kleinen* Stuhl – und war so niedrig, daß Henris Haar an der Decke entlangstreifte, bevor er sich hinsetzte. Die Kammer war vollgestopft mit Henris ausführlichen soziopolitischen Forschungsunterlagen und dickleibigen Akten. Auf der Festplatte seines Rechners waren viele der Namen gespeichert, die sich heute abend bei Koepp ein Stelldichein geben würden. Wie ein Detektiv, der eine Drogenrazzia plant, war Henri sich der Tatsache völlig bewußt, *wie* übel diese Burschen waren. Und sie wußten es auch. Er hatte Beweise. Sie hatten ihre Schutzvorrichtungen. Der Trick, der immer derselbe blieb, bestand darin, sie in flagranti zu erwischen: am richtigen Ort, zur richtigen Zeit.

Aus einer Schublade zog er eine Pistole hervor, mit der er noch nie geschossen hatte. Es war eine Antiquität aus dem langvergangenen Krieg und ein Erinnerungsstück an seine gestohlene Jugend. Henri benutzte die Waffe gelegentlich, um böse Männer zur Kooperation zu zwingen. Die Waffe war dazu da, Aufwischarbeiten zu erledigen, nicht, um Morde abzuhaken; es ging darum, alte Schulden zu begleichen, nicht neue anzuhäufen. Deshalb rief das Institut immer wieder nach Henri – die Leute von der Planung wußten, daß es bei ihm nicht ums Geschäft ging, und auch nicht um Politik. Für Henri war das Ganze eine persönliche Angelegenheit, und es gab nicht mehr viele von Henris Sorte. Wann immer das Institut ihm das Zeichen gab, ließ sich Henri als sein eigener Bluthund von der Leine. Es war sauberer, ließ nicht so viele Spuren zurück, und es gab nicht so viel Papierkram.

Der Aspekt, den die Leute, die Henri benutzten, nie begreifen würden (und der ihnen im übrigen auch verdammt egal war), war, daß Henri, wenn er genau in sich hineinhorchte, der Meinung war, daß es sowieso nie gelingen würde, genügend Feinde zu bestrafen, um wirklich eine Art Ausgleich zu erreichen. Wenn er die Schuldigen verbrennen könnte, hundert am Tag, würde das Feuer noch hundert Jahre nach dem Ende seines Lebens weiterbrennen.

Verbittert fragte er sich, wie viele Glasaugen er wohl aus diesen Scheiterhaufen sammeln würde.

Der stiere Bildschirm zeigte ihm seine Mitbürger, wie sie ganz und gar den Verstand verloren. Die Welt hatte sich in wenigen Tagen verwandelt.

Der Auswandererstrom von Ostberlinern nach Ungarn und in die Tschechoslowakei hatte Demonstrationen in Leipzig und Dresden ausgelöst. Schließlich strömte alles auf den Alexanderplatz: eine Dreiviertelmillion Menschen, die die Unentwegten vom Politbüro in Schweißausbrüche wie bei Gewichthebern trieben, während sie versprachen, die Dinge zu verändern, und so versuchten, Zeit zu gewinnen.

Vor zwei Tagen wurde ein Reisepaßgesetz angekündigt. Zum ersten Mal seit vierzig Jahren würden Ausreisevisa den Ossis ermöglichen, den westlichen Sektor der Stadt zu besuchen, und zwar vom nächsten Morgen an. Einfach. Tiefgreifend.

Nur daß der Parteisprecher Günter Schabowski das neue Gesetz lediglich kurz überflogen hatte, während er in seiner

Limousine zu einer Fernsehpressekonferenz fuhr. Als er gefragt wurde, *wann* denn nun das neue Gesetz in Kraft treten würde, raschelte Schabowski mit seinen Unterlagen, und da er darin keine Antwort fand, sagte er den Journalisten und Livekameras das, was sich am besten anhörte:

Soweit er informiert war, *sofort*.

An jedem Übergang, vom Reichstag bis zum Checkpoint Charly, liefen die Leute zu Zehntausenden zusammen und verlangten, durchgelassen zu werden … vierzehn Stunden zu früh. Die Tintenpisserbürokraten waren wie vor den Kopf geschlagen, während sich die Grenzbewacher an der Bornholmer Straße fragten, ob sie damit anfangen sollten, alle zu erschießen.

Schließlich war es ein schlanker, drahtig-vernarbter Stasioffizier namens Helmut Stossi, der als erster seinen Grenzübergang öffnete und die Sturmflut auslöste, die schließlich den Eisernen Vorhang mit sich fortreißen würde … ohne daß ein einziger Schuß abgefeuert wurde, ein welterschütterndes Ergebnis von etwas, das im Grunde bloß ein Genauigkeitsfehler gewesen war.

Oberst Stossi fragte sich, laut und rührend, wofür er eigentlich zwanzig Jahre lang dieses Tor bewacht hatte. Henri hatte ihn im Fernsehen gesehen, den Einzelnen, der durch eine eigene Handlung etwas verändert hatte.

Henri haßte Berechenbarkeit.

Er beschloß, die Waffe auf die Party mitzunehmen.

Der Computerchip, der Hirohiko Ozawa sein chamäleonhaftes Leben gekostet hatte, glich einem Tausendfüßler aus Silizium, mit hervorstechenden spitzen Kupferbeinchen. Die flache Schachtel, in der er lag, gebettet in eine Polsterung aus antistatischem Schaumstoff, befand sich in Hoffs Brusttasche; die Art und Weise, in der Hoff sich nervös zwischen den Bissen und nach jedem Schlückchen Wein abtupfte, bestätigte Ernst Koepps Meinung, daß dieser Mann nur aus Zuckungen bestand, labil, zu heimlichtuerisch selbst für einen durchgeknallten Wissenschaftler.

Aber Hoff war ohne Zweifel ein Virtuose beim Dirigieren von Datenströmen, beim sorgfältigen Herauskitzeln von Geheimnissen aus Maschinen. In der (für Koepp) fremdartigen Welt der optical drives und gigabytes und Superprozessoren konnte Hoff Musik machen. Er konnte die Litaneien von einer Milliarde Generationen entziffern, die allesamt zu unbegreiflichen Zeichenketten aus lauter Nullen und Einsen verdichtet worden waren, gespeichert auf einem Hundertstel des Raums, den ein Stecknadelkopf einnahm.

Hoff hatte seinen Beruf, und er war glücklich bei seiner Arbeit. Koepps Arbeit, heute nacht, bestand darin, Hoffs technologische Hexerei mit der fünfzig Jahre alten Idee eines tausendjährigen Reiches zu vermählen ... und aus dieser Eheschließung einen Erfolg zu machen.

Am Fuße der Tafel war Karl Hessler damit beschäftigt, sich zu zeigen und sich bei der Prominenz anzuwanzen. Hessler erinnerte Koepp immer an einen Kugelfisch, und Koepp hätte große Lust gehabt, den dicken Mann nach diesem abgebrochenen, vom Institut gesponserten Affentheater heute morgen persönlich zu erschießen. In der schäbigen Gesellschaft der Phoenix Foundation und eines verkrusteten alten Sieg-heil-Krakeelers wie Jaeckel mitten in einem allgemein zugänglichen Hotel erwischt zu werden, hätte sich auf Koepps Image-Kampagne fatal ausgewirkt.

Heute nacht hatte er den Treffpunkt diktiert: die Villa in der Gelderstraße war mit zinnenartigen Aufbauten besetzt; eine steinerne Mauer mit Tor verriet ihr aristokratisches Erbe. Es war eine der wenigen Privatresidenzen, die nicht durch alliiertes Bombardement dem Erdboden gleichgemacht worden waren, und Gerüchten zufolge hatte Prinz Albert von Preußen sich hier einst eine Geliebte gehalten. So eine Geschichte gefiel Koepp, ob sie nun stimmte oder nicht. Das Gebäude hatte ihm sein Vater vermacht, ein hochgeschätztes Parteimitglied, der es dem vorherigen Bewohner, einem vermögenden Glasbläser namens Schulman, abgenommen hatte. Das einzige, was Koepp über Herrn Schulman wußte, war, daß er aus einem Schornstein in Treblinka davongeflogen war ... das, und Herrn Schulmans großes Geheimnis.

In den turbulenten Tagen vor der Kristallnacht hatte Herr Schulman (schlauer Jude, der er war) einen zweiten Keller ausgehoben und ihn als Versteck eingerichtet, das groß genug war, seine Familie – er war Vater von sechs Kindern – mehrere Wochen lang am Leben zu erhalten. Eine Geheimtür, die so hergerichtet worden war, daß sie wie eine gewöhnliche verputzte Wand aussah, gewährte Einlaß in den Raum, der wie eine sechs mal sechzehn Meter messende Wohnzelle gestaltet war und eine Kochnische sowie sanitäre Einrichtungen besaß – deren Luftschächte schließlich das Geheimnis hatten auffliegen lassen. Koepp kannte die Regel sehr gut, daß man aufpassen mußte, was man aus dem Rauchfang entwischen ließ, und hatte alle äußeren Hinweise auf die Existenz des Raums schon vor Jahren beseitigen lassen, es blieb keinerlei Erinnerungsspur zurück. Er hatte eine moderne Verkabelung, eine Lichtanlage und Luftaustauschsysteme installieren lassen. Bis zu diesem historischen Abend hatte er den Raum hauptsächlich als Galerie für seine Ölgemälde benutzt – Impressionisten, ein paar Präraphaeliten und ein paar Klees – noch so ein Erbe von Papa Koepp, dem verdienten Parteimitglied.

Die Sicherheitsvorkehrungen wurden von Koepps handverlesener Truppe getroffen, angeführt von zwei braunäugigen menschlichen Hündchen namens Rudi und Klaus, die beide so angespannt waren wie das Lächeln eines Gestapomanns. In diesem Haus konnte Koepp Narren wie Hessler und Antiquitäten wie Jaeckel unbesorgt erlauben, sich wohl zu fühlen und sich inmitten der Männer entspannen, die die wahre Hoffnung für ein wiederauferstandenes Reich verkörperten.

Am Kopfende des Tisches saßen Heidrick und Drexler, aggressive Nazis der dritten Generation aus den USA. Koepp zur Rechten saß Volkmar Schneider aus Stuttgart. Schneider war Koepps erste Wahl als Vizekanzler, wenn die Zeit reif war. Koepp zur Linken saß Biermann, der trotz seines albernen Namens der beste Kandidat für die Verkörperung eines auferstandenen Göring war, den Koepp sich vorstellen konnte: der Bursche war weniger ein Mann als ein großes, schweres *Ding*, kalt und unnachgiebig, eine

Felswand. Dann Hoff, mit seinen wirren Haaren, verfransten Gedanken und seiner verqueren Haltung, der sich durch den Nachtisch fraß und entflammt war von einer fast sexuellen Leidenschaft dafür, was er seinen geliebten Computer bald würde tun lassen. Neben ihm saß Stohler, eben erst aus Argentinien zurückgekehrt, gerade zwei Tage vor seinem neunundsechzigsten Geburtstag. Dann war da noch Conrad Bleuel, ein Meistertaschenspieler wechselnder Identitäten, der von den Palästinensern umworben worden war, sobald der Mittlere Osten Vietnam als Krisenherd Nummer eins in den Siebzigern den Rang abgelaufen hatte. Neben ihm Esslin und Zille, die beide nur anwesend sein konnten dank unbefleckter Nachkriegsidentitäten, die ihnen die amerikanische CIA zum Geschenk gemacht hatte, in einer herzerwärmenden Übung gänzlich moralfreien Tauschhandels. Dann kam die Aktenkofferbrigade: Auer, Gelft und Broger, die jeweils den Orden, die Schwarze Spinne und die Aryan Nation repräsentierten. Koepp direkt gegenüber saß sein Jugendfreund (und gegenwärtiger Geliebter) Werner Uedey.

So ähnlich, dachte Koepp, muß sich Reinhard Heydrich gefühlt haben, als er die Wannseekonferenz leitete – eine Zusammenkunft entschlossener Männer, einige verläßlicher als andere, einige besser bei ihrer Arbeit als die Männer, die neben ihnen saßen, aber alle mit einem gemeinsamen Ziel vor Augen, und sie tranken guten Cognac und veränderten die Welt.

Auer brachte einen Trinkspruch aus, im Gedenken an den Phantomnazi, und Koepp hörte zu, während die Legende erzählt wurde, für diejenigen, die noch nicht davon gehört hatten.

Der Fama zufolge war der Phantomnazi ein entscheidender Akteur in den Kindertagen der Bewegung gewesen, ein Mann, den die gelehrte Geschichtsschreibung so vollständig übersehen hatte, daß ihm nun die verführerische mythische Aura eines der unbekannten zusätzlichen Kennedymörder anhaftete. Kurz nach dem Münchner Putsch hatte der Phantomnazi ein gefälschtes Attentat auf das Leben des berühmten Gefreiten in München inszeniert – sorgfältigst geplant und zeitlich genau auf eine Beeinflussung der öffentlichen Meinung hin berechnet. Alles, was erforderlich gewesen war, war ein einziger Gewehrschuß gewesen, aus einer versteckten Nische der Feldherrnhalle abgefeuert. Eine Massenschlägerei zwischen Nazis und der Polizei war die Folge, und der Rest war, wie alle wußten, Geschichte. Der Mann, der an Hitlers Aufstieg zur Macht so entscheidenden Anteil gehabt hatte, hatte nie versucht, den Ruhm für sich zu beanspruchen, noch hatte er eine besondere Stellung im Dritten Reich innegehabt. Nachdem er in aller Bescheidenheit fürs gute alte Deutschland ein Wunder gewirkt hatte, war sein Entschluß gewesen, für alle Zeiten unsichtbar zu bleiben. Bewundernswert. Gläser stießen darauf an.

Am andern Ende des Tisches wollte Hessler lauthals seinen eigenen Toast aufsagen, den Koepp einfach ignorierte. Statt dessen beobachtete er die verschiedenen Grade von Enthusiasmus rund um den Tisch und maß die Beifallsbekundungen für den Phantomnazi, um abzuschätzen, ob die Stimmung bereit war für die Vorführung, die er geplant hatte und die beginnen würde, sobald die lästigen Formalitäten voll stinkender Zigarren und antiseptischem Brandy beiseite gefegt werden konnten.

Als es an der Zeit war, das Ereignis zu verkünden, schlug Koepp mit seinem Tafelmesser gegen ein Wasserglas. Hessler war wie üblich der letzte, der verstummte.

Während sie hier tafelten, begann Koepp, nahm draußen ein neues Deutschland Gestalt an. Überall wurde murmelnde Zustimmung hörbar.

Es war eine Revolution. Nicht allein in Deutschland, nein, auf der ganzen Welt. Die Supermächte, die doch nicht so super schienen, waren dem Untergang geweiht. Der Kommunismus würde infolge seiner schwerfälligen Führung zusammenbrechen. Gangster würden ans Ruder gelangen, Iwans in Nadelstreifen, während Amerika, der Langstreckenläufer, keuchte und wankte und schließlich fiel. Das Große Fressen, das folgen mußte, würde Chaos, Inflation, Schwarzmarktherrschaft mit sich bringen. Während die Zionisten ihre vergeblichen Verschwörungen ausbrüteten, würde der Mittlere Osten auseinanderbrechen und

China aus seinem maoistischen Koma erwachen. Die Welt würde nach Ordnung um jeden Preis rufen und die erstbeste eiserne Hand willkommen heißen, die sie aus dem Dunkel führte. Sie würden bereit sein.

Herzliche Zustimmung der Versammelten wurde laut, als Koepp nunmehr von den *neuen* Blitzkriegen zu sprechen begann. Er beschwor die technologischen Zauberkräfte der Computer, des Internets, der Datenautobahn, der Fiberglasfaserkabel, durch die hindurch jede Sicherheitsvorkehrung, überall auf der Welt, unterlaufen werden konnte. Er sprach davon, wie die neuen Angriffe schnell, flüssig, wandlungsfähig sein würden, wie Viren, die Nationen zu Fall bringen würden, bevor ein einziger Schuß gefallen war oder die Zielausrichtung einer Rakete korrigiert werden konnte. Widerstand? Man würde ihn von innen heraus brechen. Bankkonten mit einem Anruf zunichte machen. Feinde verschwinden lassen, indem man sie mit einer Salve von Keyboard-Tippbewegungen zu Unpersonen machte, was einfacher war, als auf dem Klavier ›alle meine Entchen‹ zu spielen.

Hoff nickte begeistert, besonders an den Stellen, an denen Koepp die chromverkleideten, mathematisch-romantischen Zauberworte benutzte. Niemand widersprach.

Jenseits der Zinnen der Gelderstraße 33 feierten die Berliner betrunken die Wiedergeburt Deutschlands. Auch das paßte und schien ein Zeichen.

Koepp setzte sein bestes Parteigesicht auf und erhob sich, um seine Kameraden nach unten zu führen, wo eine bessere Zukunft auf sie alle wartete.

Die Vordertürklingel läutete gerade rechtzeitig, um aus Rudis Angespanntheit Feindseligkeit zu machen. Sein Partner Klaus war sowieso schon richtiggehend beleidigt. Keiner von beiden hatte Freude an Koepps formellen, politischen Veranstaltungen, denn Deutschland war immer schon ein höchst kastenbewußtes Land gewesen, und die Nazitruppe, die soeben zwei Stunden beim Saufen, Fressen und Furzen im Tafelraum verbracht hatte, erinnerte die beiden jungen Hoffnungsvollen daran, daß sie beide noch keine Parteimitglieder waren, noch keine Parteiprivilegien genossen. Noch nicht.

Heute abend nahmen sie ihre Rollen als Koepps vertrauenswürdigste Adjutanten wahr, die ein paar kleine Schlückchen Schnaps probieren durften und sich mit Pfefferminzatem darüber ausließen, wie sie im neuen Vierten Reich bedeutende Männer werden würden, wenn Koepp ihnen nur erst eine Chance gab. Die Klingel ertönte, gerade als Koepp seine Gäste zum Weinkeller führte, wo die Zerstreuungen, die nur für Mitglieder gedacht waren, stattfinden sollten. Anstatt sich ein bißchen entspannen zu können, würden sich Klaus und Rudi jetzt also womöglich mit irgendeinem besoffenen Scheißkopf von draußen abgeben müssen. Nun gut, sie konnten den Störenfried zurück in die Menge schubsen oder – Klaus bemerkte das kalte Funkeln in Rudis Augen – sie konnten ihn natürlich auch zum Parkplatz eskortieren und ihn dort restlos zu Brei schlagen. Egal, was von beidem sie taten – wenigstens würde der Abend jetzt etwas unterhaltsamer werden.

Gelft atmete tief und vorsichtig ein, ohne äußerlich Erstaunen oder Erschrecken durchblicken zu lassen. Der Besucher, der auf Koepps Schwelle stand, war von kleiner Gestalt und bücherwurmartigem Äußeren, wie ein Buchhalter, ein Mann ohne besondere Kennzeichen. Er schien zu wissen, wo er war; er war gezielt hierhergekommen. Er strahlte Freundlichkeit aus und schien um Zusammenarbeit zu bitten. Peter Kürten, der Vampir von Düsseldorf, war genau so ein Mann gewesen – umsichtig gekleidet, ruhig, höflich, sogar etwas unterwürfig …

… und ein Vergewaltiger, Brandstifter, ein Mörder, der die Bestialität liebte und Männer, Frauen, Kinder, Tiere, *alles* tötete, wozu er einen Hammer, ein Messer, eine Schere und eine Würgschlinge gebrauchte, ohne irgendeinem dieser Werkzeuge den

Vorzug zu geben. Er tötete, mit was immer zur Hand war und was ausreichte, die Arbeit zu verrichten. Kürten hatte die ersten seiner schrecklichen Verbrechen begangen und ganz Deutschland schockiert, als Hitlers Münchner Putsch stattfand.

Der Mann im Türrahmen lächelte, stellte Fragen, benahm sich förmlich. Rudi hielt Klaus fest; keiner von beiden lächelte.

Gerade gestern hatten Gelft und dieser Gast einander gestreift, Gelft beim Hinausgehen, der andere Mann auf dem Weg, Eric Greene, alias Möchtegernnazi Erich Bastow, direkt aus seinen Lederslippern zu blasen. Gelft hatte die Professionalität der Tat hinterher bewundert. Jetzt beruhigte er sich; das fiel ihm nicht schwer, da auch er ein Profi war.

Der Killer an der Vordertür erwiderte Gelfts Blick ohne jedes Anzeichen des Wiedererkennens. *Dieser Herr ist wirklich* gut, dachte Gelft. *Dieser Herr ist ein Eiswürfel.*

Während die übrigen Gäste hinuntergegangen waren in Koepps Keller oder Luftschutzbunker, oder was immer es war, hatte sich Gelft entschuldigt, er müsse die Toilette benutzen, und sich so sechzig Sekunden für ein paar taktische Überlegungen abgezweigt. Und jetzt hatte eine Lösung für alle seine Probleme einfach an der Vordertür angeklopft. Gelft hatte die Verfügungsgewalt, Klaus und Rudi zurückzupfeifen, also tat er das. Rudi und Klaus gefiel es nicht, aber Gelft war das egal. Der Fremde trat ein, legte Hut und Schirm ab und schenkte Gelft ein knappes Lächeln der Begrüßung – nicht mehr. Noch immer war tief in den Augen dieses Killers kein Hinweis oder irgendeine verräterische Spur.

Gut.

Gelft begleitete den Neuankömmling nach unten. Der enttäuschte Ausdruck auf den Gesichtern von Rudi und Klaus war so deutlich herausgearbeitet wie bei frischgeformtem Ton. Gelft wechselte die Hand, mit der er seinen Koffer trug, um seinem Kameraden auf die Schulter zu klopfen, während sie nach unten gingen, damit er besser diskret in Erfahrung bringen konnte, welchen falschen Namen der Gast bei der Vorstellung den anderen gegenüber gebrauchen wollte.

Die Antwort, die der andere gab, bedeutete Gelft gar nichts.

Unten zeigte sich, daß Koepp nicht genügend Armbinden hatte. Gelft sah, daß die anderen welche trugen – klassische schwarze Hakenkreuze in weißen Kreisen auf scharlachrotem Grund – und mit stolzgeschwellter Brust dastanden, wie hormonbesoffene Hitlerjungen beim ersten Gruppenwichsen. Wenn Koepp ein besonderes Talent besaß, dann war es das, jedermann das Gefühl zu geben, dazuzugehören. Er erinnerte sie alle immer wieder daran, daß über ihren Köpfen, in einer Welt, wo moderne Berliner auf dem Grabstein des Stalinismus tanzten, das Tragen solcher Abzeichen verboten war. Es war ein Verbrechen, Deutschlands berühmteste Autobiographie zu verkaufen. Es war sogar gegen das Gesetz, den Hitlergruß zu entbieten.

Koepp hielt sich für den Vater großer Umwälzungen, für einen Mann, der seine Auserwählten begünstigen und ihnen ihren Stolz zurückgeben würde, und heute nacht würde er ihnen allen die Ehre erweisen, sie zu Teilnehmenden an der Vorhut zu machen. Ja, sogar Hessler.

Die Zwischenräume an den Wänden, zwischen den Stücken von Koepps Sammlung gestohlener Gemälde, waren ausgefüllt von festgepflockten Eichenregalen, auf denen eine sorgsam gepflegte Bibliothek zu bewundern war – Bücher auf der einen Seite des korridorartigen Raums, Videocassetten und Discs auf der anderen. Gelft konnte künstlich aufbereitete Luft riechen und vermutete irgendwo eine Entfeuchtungsanlage.

Eine große Projektionsleinwand spannte sich auf dem hinteren Ende des Untergrundraums. In früheren Zeiten hätte dieser Ort Platz für eine Bühne geboten. Der gerahmte Schirm war riesig, größer als Gelft. Sendebereit von einem Projektionsstrahl angestrahlt, leuchtete er in fahlem, erwartungsvollem Blau.

Gelft sah, wie sein Gast zu den Regalen spähte und die aufgereihten Nazischätze begutachtete, umsichtig nebeneinander aufgereiht und mit etwas wie Liebe gepflegt. Jedes nur vorstellbare Buch. Jeder Bildausschnitt Archivmaterial, den man je belichtet hatte: der Führer in Uniform, in Zivil, beim Redenhalten, beim

Händeschütteln, als Truppenführer, beim Hüpfen, beim Tanzen mit seinen Hunden, in der Freizeit mit Eva. Hier waren Goebbels' Heimfilme. Es war alles da: die größte und sicher eine der wohlgeordnetsten Datenbänke über den kleinen Maler, die sich Gelft vorstellen konnte. Er vermutete, daß in diesem Archiv wahrscheinlich sogar psychiatrische Persönlichkeitsprofile aus Vergangenheit und Gegenwart enthalten waren, und Analysen moderner Wissenschaftler über die genaue Zusammensetzung der Chemikalien in Hitlers Hirn.

Koepp nickte Hoff, dem Elektronikexperten, zu, und hörte auf, Schnäpschen zu verteilen. Mit einer Bewegung wie aus dem *Phantom der Oper* nahm Hoff an einem Terminal Platz, der komplex genug aussah, um eine Schweizer Bank automatisch leiten zu können. Er nahm den gestohlenen Koramitsu-Chip aus seinem Behältnis und steckte ihn in eine zylindrische Buchse, die sich in den Hauptterminal zurückzog, nachdem Hoff ein paar Befehle ins Keyboard getippt hatte. Eine kleine Verschlußklappe schloß sich, und der Chip war fort, verschluckt.

Hoffs Erklärung, daß der Chip digitale Samples in VR-Analoga verwandelte, segelte über die Köpfe der meisten Anwesenden hinweg. Es gab noch mehr zu erklären. Aber Koepp drängte ihn, sich kurz zu fassen. Hoff aber war immerhin beharrlich genug, um zu betonen, daß dieser hybride Rechner nicht nur Information verarbeiten, sondern auch eine aus diesen Informationen resultierende Künstliche Intelligenz generieren konnte, die imstande war, frei zu assoziieren.

Ja, freilich. Hessler, ziemlich weit hinten in der Gruppe, bohrte in der Nase und keuchte ehrfürchtig beim Anblick einer vollständigen SS-Uniform in einer hochformatigen Glasvitrine nahe beim Eingang. Während Hessler sich zu diesen Dingen als Tourist verhielt, wurde Jaeckel nostalgisch und bewunderte sichtlich den zeremoniellen Dolch, der zur Uniform gehörte.

Hoff gab ein paar zusätzliche Datenreihen ein. Er runzelte die Stirn. Er strich sich mit dem Zeigefinger über die Oberlippe, als erwarte er von der Maschine telepathische Zustimmung. Tief im

Innern dicht aufeinander gepackter Schaltkreise rotierten Scheiben zu einem Simulacrum des Lebens.

Koepp warf einen Blick auf seine Uhr und versicherte sich, daß Hoff gesehen hatte, daß er das tat. Gelft wäre beinahe vorgetreten, um seinen Gast vorzustellen – aber das hätte die Stimmung zerrissen. Als der große Bildschirm flackerte – ein digitaler Schluckauf –, seufzte Gelft und stellte seinen Aktenkoffer ab, dann zuckte er, seinen Gast ansehend, mit den Schultern (der Mann stand bis zum Ende der Vorführung ja jetzt unter Gelfts besonderer Verantwortung). Es sah so aus, als würden sie noch eine Weile Publikum spielen müssen.

Pixel für Pixel begann sich nun auf dem großen Schirm ein Gesicht abzuzeichnen, wie eine monochrome Skizze in Eis, die langsam aus trübem Wasser auftaucht. Hoff nickte Koepp zustimmend zu.

Zuerst war es nur eine verwaschene Videokomposition, die Gesichtszüge zuckten in ungestalten Ebenen und Wölbungen, der ideographische Schock der dunklen Haarsträhne und des Zahnbürstenschnurrbärtchens sah kaum besser aus als eine schlechte Zeichentrickfilmkarikatur; Disneys Version von Dachau. Die Augen waren geschlossen. Der Ausdruck, wenn man es so nennen konnte, war der eines vollkommenen, königlichen Friedens.

Schatten verschwommen ineinander, während die Maschine extrapolierte und mit exponentieller Beschleunigung das verarbeitete, was sie wußte. Das Bild gewann Tiefe und Perspektive. Topographie blendete über in Physiognomie. Für Gelft war es, als betrachte er hochauflösende 3-D-Bilder ohne Brille. Er hätte schwören können, daß auf diesem Gesicht sogar *Poren* zu sehen waren. Die feinen Spitzen der Schnauzbarthaare waren weiß. Die Nasenlöcher weiteten sich, als das Bild den Eindruck erweckte, zu atmen.

Die Zuschauer hielten den Atem an. Als das riesige Gesicht auf dem Schirm schließlich die Augen öffnete – blaue Augen – und sie direkt anzusehen schien, waren sie wie erhoben.

Koepp reagierte. Gelft konnte die Tröpfchen fiebrigen

Schweißes auf seiner Stirn ausmachen. Der Politiker schritt nach vorn aus und rief: »Alle Juden raus!«.

Es war nicht die Reaktion der Gäste, sondern der Ausdruck des Gesichts auf dem Schirm, was Gelfts verblüffte Aufmerksamkeit auf sich zog: es *veränderte* sich beim Klang von Koepps Stimme; es wirkte sowohl herrschaftlich wie unschuldig, halb Kind, halb Gott. Es *blickte* von Koepp zu den übrigen. Die Art, wie es sie alle, jeden für sich, zu fixieren schien, und dabei irgendwie den Eindruck erweckte, als wisse es, was es da tat, war, was Gelft so erstaunte. Es mußte irgendwie mit versteckten Kameras verbunden sein Vielleicht wurden sie alle gerade von einem Dutzend Punkten aus beobachtet, und die Bilder wurden Nanosekunde für Nanosekunde in Hoffs Monster gefüttert. Die Maschine konnte dann verdauen, womit sie gefüttert worden war, und darauf reagieren.

Strahlend wartete Koepp, während das Bild ihm antwortete.

Was es sagte, war: *H-h-h-h-hei–heil-hh.*

Das Gesicht rang mit seinem ersten Wort, die Stimme schwankte von basso profundo bis zum quietschenden Sopran. Während sich die Auflösung des Bildes verbesserte, weicher und organischer wurde, nahm Hoffs Gesichtsausdruck zerstreute Züge an, und er murmelte Entschuldigungen und Beruhigungsfloskeln in Richtung Koepp, hackte auf das Keyboard ein und versuchte das Ergebnis mit zusammengepreßten, blutleeren Lippen und der käsigen Haut eines Kadavers zu verbessern.

H-h-h-h-he-Heil … HIt-hiii ….HEIL hit-hit-hit …

Sie alle schraken von dem Lärm zusammen, der aus versteckten Lautsprechern explodierte wie ein zurückgebliebenes Kind, das beschleunigt und in Surround-sound ›do-re-mi‹ singt. Die Hälfte der Männer hatte die Schnapsgläser abgestellt und sah unangenehm berührt aus. Auer sah hinüber zu Gelft und zuckte mit den Schultern. Die meisten anderen warteten, da sie sehr deutsch waren, mit neutralem Gesichtsausdruck und freischwebender Verachtung darauf, was als nächstes geschehen mochte.

Hoff gab noch einmal ein paar blitzschnelle Kommandos ein.

Das Gesicht entfusselte und rekonfigurierte sich in einer Viertelsekunde, als ob ihm jemand einen Schlag auf den Hinterkopf versetzt hätte.

Heil Hi-Hi-HITT-lrr!

Koepp stand stramm, salutierte und erwiderte den Gruß korrekt. Bei ungefähr der Hälfte der übrigen Gäste funktionierte es auch, etwa bei Jaeckel, der seine Hühnerbrust vorschob, als hätte er einen Stromschlag abgekriegt. Ein paar der jüngeren Männer, wie Drexler und Broger, gaben sich die größte Mühe, nicht dumm aufzufallen, und sei es nur, damit sie nicht unversehens durch irgendeinen geheimen Idiotentest in Sachen Loyalität fielen.

Das Gesicht sah erneut zu Koepp. Sah ihn *an*, dachte Gelft; wenn es ein Trick war, war es ein sehr guter. Das Gesicht schien einen Augenblick zornig werden zu wollen, dann überlegte er es sich anders. Zu Koepp sagte es: *»Heil Hitler!«*, diesmal ohne das elektronische Stottern. Fast perfekt.

Koepps Gesicht hellte sich auf. Das Programm erkannte ihn und redete wirklich mit ihm! Diesmal schlossen sich fast alle bei der Erwiderung des Grußes an.

Fast alle.

Als Gelft den Ausdruck auf dem Gesicht des kleinwüchsigen Mannes, seines ›Gastes‹, sah, fiel ihm dafür buchstäblich keine Beschreibung ein. Er hatte keine Zeit, eine zu suchen. Weiter hinten im Raum lachte jemand.

Karl Hessler, Gründer und Verkörperung der Phoenix Foundation, ließ sein Schnapsglas fallen. Sein Gesicht war puterrot. Die Glühbirnen, die Koepps Uniform-Ausstellungsstück beleuchteten, beleuchteten jetzt den dicken Mann, allzu deutlich, während sein Kichern explodierte und zum Gewieher wurde. Er brüllte wie ein Esel. Er stand kurz davor, zu platzen. Heidrich und Schneider taten tatsächlich einen Schritt *weg* von ihm, als ob das, was ihn befallen hatte, ansteckend war; vielleicht hatten sie auch eher Angst, daß sie selber anfangen könnten, zu lachen.

Gelft beobachtete die anderen, während Hessler sich Luft

zuwedelte und versuchte, sich zu rechtfertigen, den anderen zu erklären, und sei es nur pantomimisch, daß …

Daß er nicht anders konnte, als an das billige alte Computerspiel ›Pong‹ zu denken. Daran zu denken, wie schwer es war, in Europa eine telefonische Fernverbindung zu bekommen. An einen interaktiven Adolf, der ihnen allen Befehle geben würde und schließlich zu einer tragbaren Version führen mußte, dem Ronco Taschenführer …

Daß das hier das gottverdammt Bescheuertste war, was er je gesehen hatte.

Schließlich mußte sich der Amerikaner an der Vitrine anlehnen, in der die SS-Uniform ausgestellt war. Er keuchte jetzt. Er kämpfte darum, mehr Luft zu bekommen, dachte Gelft, so daß er noch ein bißchen mehr lachen konnte. Als Ablenkung gut genug.

Gelft sah, wie die Wut in Koepp den Siedepunkt erreichte. Bevor er zur Vergeltung schreiten und sein Gesicht wahren konnte, wurde am anderen Ende des Raums eine Entscheidung getroffen. Jemand anderer hatte beschlossen, was zu tun war, ohne übertriebene Gefühlsaufwallungen. Das Gesicht auf dem Schirm wandte sich an Koepp – ohne Stottern – und sagte dann etwas Neues, ebenfalls in makelloser Aussprache: »Ausrotten.«

Zuerst verhörte sich Gelft; er dachte, er hätte gehört: »All is rotten.« Koepp aber hatte verstanden. Hessler ebenfalls, der aufhörte zu lachen, als hätte man ihn abgeschaltet. Es war ein Wort, das er auf kreative Weise während seiner ganzen Amateurkarriere mißbraucht hatte, um Büchlein wie ›Holocaustlüge!‹ zu rechtfertigen. Das Spalier der Gesichter, wie Geschworene im Halbdunkel, teilte sich, als Koepp auf den fetten Mann zuschritt.

Hessler wich nach hinten, sein Geist suchte verzweifelt nach einer Entschuldigung. Gelft sah seine Chance und wußte tief im Innern, daß jetzt die Zeit des Jätens, der Auslöschung gekommen war. Zeit zum *Ausrotten*.

Der Schuldige von der Phoenix Foundation schaffte drei Schritte nach hinten, bevor sein Genick gegen Gelfts 10-mm-Glock-Pistole stieß. Der einzelne, ungedämpfte Schuß krachte laut in der grabgewölbeartigen Akustik des unterirdischen Raums. Alle zuckten zusammen. Hesslers unvorsichtige Stimmbänder verspritzten und bekleckerten den Monitor, von dem aus das projizierte Gesicht Hesslers Hinscheiden beobachtete, ohne Haß oder Befriedigung, lediglich völlig konzentriert. Hoff, der es nicht gewohnt war, Kleckse eines wirklich und wahrhaftig toten Burschen in seinem Gesicht zu spüren, sprang auf und wäre beinah in die Luft geschnellt. Gelft zielte als nächstes auf ihn. In weniger Zeit, als Hesslers Leiche brauchte, um zu Boden zu fallen, setzte sich Hoff wieder hin, um sich um seinen eigenen Kram zu kümmern, sein Keyboard zu bedienen und in seinem eigenen Urin zu sitzen, während die inneren Nähte seiner Hose dunkler wurden.

Auf dem Schirm lächelte ihr Führer.

Gelft hatte eine Erleuchtung: jeder Fetzen Information über Hitler war hier synthetisiert worden, und das Produkt wußte über Geschichte, Politik, Strategie, Ökonomie und die menschliche Natur mehr als zehn von ihnen zusammengenommen. Es würde mit jeder Millisekunde mehr lernen und nie etwas vergessen, was es gelernt hatte. Es konnte begreifen, wo zuvor Fehler gemacht worden waren, Irrtümer von einer Million Perspektiven aus betrachten und aus früheren Schwächen unfaßbare Stärken schmieden. Je länger es dachte, desto besser würde es werden, und es hörte *niemals* auf zu denken. Es konnte die Hinfälligkeit des Fleischlichen überwinden, als ein Wesen aus reinem Willen, und diesmal würde dieser Wille triumphieren … wenn sie alle dem zuhörten, was er zu sagen hatte.

Es erinnerte sie alle, zum Beispiel, daran, daß der Erlaß der Roten Armee von 1945, Polen und Deutschland zu entnazifizieren, zum Tode von über fünfundsiebzigtausend Deutschen geführt hatte – Männer, Frauen und Kinder, lauter zivile Nonkombattanten – in über zwölfhundert ›Gefangenenlagern‹, wo sie von Verhungerungsrationen leben mußten, wenn sie nicht am Typhus und der Überbelegung der Kerker starben. Der russische Geheimdienst rekrutierte absichtlich Überlebende des sogenannten Holocaust, damit sie Deutsche einfingen und dieser rachsüchtigen Bestrafung unterwarfen …

und da wagten es diese Heuchler, ›Nie wieder‹ zu greinen?

Gelft sah die Augen der anderen im Dunkeln, die jetzt funkelten, verzaubert von dem heraufbeschworenen Bild, aber noch mehr vom wiedererstarkten Traum. Sie alle spiegelten sich im kühlen Phosphorblick ihres Führers, in endloser Spiegelung und Widerspiegelung. Alle, bis auf die Augen seines Gastes, der verspätete Besucher mit der entspannten Ruhe eines professionellen Killers … oder eines Mannes, der das Böse an diesem Ort zu lesen verstand, vielleicht sogar davon gekostet hatte.

Der kleinwüchsige Mann zitterte. Er zog eine Luger aus seinem Mantel und schrie ein einziges Wort. Es hätte dramatisch sein sollen, ein schockierender Ruf. Statt dessen sah Gelft, daß der Mann kurz davor stand, zu weinen, und der Effekt seiner Geste vom Zittern seiner Stimme zunichte gemacht wurde.

Das Wort war: *Genug!*

Koepps Blick wurde lebendig vor Blutdurst. Die Entschlossenheit seiner Gefolgsleute war besiegelt worden durch das Opfer Hesslers; ihre Seelen waren gekitzelt worden von den verführerischen Versprechen ihrer Kirche. Und jetzt hatte sich ein neues Opfer angeboten – ein Fremder, ein Feigling, der in einem Raum voller Männer eine Waffe auf sie anlegte, während sie ihm den Rücken zugewandt hatten.

Gelft fühlte den Hormonschub seines eigenen Willens zum Handeln. Koepp zu töten wäre fast eine symbolische Enthauptung der Hydra. Irgendeinen der anderen zu töten wäre ein nutzloser Versuch, die ohnehin fast selbstmörderischen Zahlenverhältnisse aufzubessern.

Sein Gast schoß auf das Gesicht auf dem Schirm.

Es gab keine erlösende Explosion von Funken und Splittern. Der Schirm war eine Rückprojektionsleinwand aus elastischem Kunststoff. Alles, was die Kugel ausrichtete, war, ein sauberes, rundes Loch in die Mitte des überlebensgroßen Gesichts zu schießen, ein Makel, den das Gesicht selbst nicht sehen konnte.

Das Gesicht lächelte wieder, die Mundwinkel zuckten etwas nach oben, um die gemeine Freude auszudrücken, die man beim Zerquetschen eines Insekts verspürt. Hoff gab hinter der Konsole ein Geräusch von sich. Er hatte seit Minuten keinen Befehl mehr eingegeben.

Es gab gerade genug Zeit für eine überraschende Bewegung, einen einzigen Schuß, und Gelft handelte, bevor irgend jemand anderer handeln konnte. Er faßte den Mann, der geschossen hatte, in einem ihn leicht anhebenden Ringergriff, während Auer ihm ohne zu zögern die Luger aus der Hand wand – vermutlich, um sie als Souvenir zu behalten, dachte Gelft. Begierig, Punkte zu machen, jetzt, da keine Gefahr mehr bestand, versetzte Biermann dem Fremden einen schweren Fausthieb in die Magengrube, der ihn zusammenklappen ließ und ihn mit den Füßen zappeln ließ. Der Fremde stieß einen Happen Luft aus und fiel zurück in Gelfts Arme.

Gelft wurde sofort zu Koepps Angriffsziel; dieser Störenfried war schließlich Gelfts Schuld. Eine gute Antwort würde jetzt den Unterschied zwischen einer Beförderung … und einer weiteren Hinrichtung ausmachen.

Gelft entschied sich für Klartext. Dies hier, erklärte er, war nicht ein Feind des Reiches, sondern ein Mann, dessen Dienste, sehr ähnlich denen von Auers Phantomnazi, ihnen hinter den Kulissen geholfen hatten, den Chip zu bekommen und Racheengel wie Greene auszuschalten. Vielleicht, schlug Gelft vor, hatte dieser Gast zuviel getrunken, oder der Kampf an irgendeiner anderen Front hatte ihn überbeansprucht. Vielleicht war er auch von Leidenschaft übermannt worden, angesichts des Wunders, dessen Zeuge er soeben geworden war.

Koepp verlangte, den Namen zu wissen. Gelft deckte die einzige Karte auf, die er noch ausspielen konnte: *Aschmaus*.

Der Name ließ Joseph Jaeckel zusammenzucken wie eine elektrische Herzmassage. Er schien das ultraviolette Feuer, das tief in seinen Augen brannte, neu zu entfachen, ihn unter Strom zu setzen wie Frankensteins Blitz. Mit überraschender Agilität ergriff er den Arm des Mannes, den Gelft von der Schwarzen Spinne festhielt, und drehte ihn. Das Hemd wurde zurückgeschoben, und da sah Jaeckel die krumme Unterarmnarbe, die aus dem Griff hervorlugte wie eine Schlange aus ihrem Nest.

Sein Lächeln war wie eine Flamme in seinem Gesicht. Er fragte diesen ›Aschmaus‹, wo er seine Nummer verloren hatte.

Jaeckel war sich bewußt, daß die meisten der anderen ihn heute als ein Fossil betrachteten. 1944 jedoch war er SS-Sturmbannführer Jaeckel gewesen. Er war jetzt alt, ja, und müde ... aber er hätte eine Topfpflanze sein müssen, um den Spitznamen zu vergessen, den man dem Sechsjährigen gegeben hatte, den er einst dabei beobachtet hatte, wie er durch die Asche seines eigenen Volkes tollte.

Seht nur her, scheinen die Augen des Kommandanten zu sagen, mit einem Funkeln des Stolzes. So einen gibt es nur einmal in jedem Krieg. Seht nur, was meine Aschmaus kann.

Hier gab es keinen Rückzug in Hügel zermahlener Knochen und roher, pulverisierter Rückstände geopferter Leben. Jaeckel konnte schwören, daß er etwas hinter den Augen dieses Mannes sehen konnte, etwas, das mit einem Mal zerriß, eine Barriere, die ohne Warnung zusammenbrach. Trotz der lächerlichen Haltung, in der er von Gelft festgehalten wurde, brachte es dieser Jude fertig, seine Hacken zusammenzunehmen und der Kompanie anklagender Augen, die ihn umringte, ein *Sieg Heil!* zuzurufen, während seine Handfläche flach wurde und der Arm versuchte, sich auszustrecken.

Jaeckel sah zu, wie alle Anwesenden von der Geste *fasziniert* waren, so wie der Kommandant damals von ihr hypnotisiert worden war. Aber nur einen Augenblick.

Die Männer, die den Möchtegernstörenfried abschätzig musterten, lachten, und das löste die Spannung, während sie einander mit den Ellenbogen anstießen. Koepp hatte die Lage wieder in seiner Gewalt, suchte aber immer noch nach einer Erklärung für den Eindringling, an dessen Anwesenheit Gelft schuld war.

Jaeckel sagte nichts. Er wollte sehen, wie diese Herren der Neuen Zeit damit zurechtkamen.

Gelft war ein hervorragender Mann. Er schlug sofort vor, diesen ›Aschmaus‹, seinen Geheimagenten, nach draußen zu bringen und ihn anderswo zu erledigen, gerade weil er für ihn die Verantwortung trug. Der verstorbene Karl Hessler würde aus Koepps Teppich gekratzt werden müssen. Es war nicht nötig, noch so ein feuchtes Melodrama in Koepps Haus zu veranstalten. Gelft wollte die Befehlskette anerkennen und Koepp Respekt erweisen.

Jaeckels Meinung dazu wurde bestätigt, als er das Ding mit dem Einschußloch in seinem projizierten Kopf in stummer Zustimmung nicken sah.

Henri stieg, einen Lauf im Nacken, nach oben, dem sicheren Tod entgegen. Es war ihm nicht gelungen, auch nur eines der Ungeheuer am Fuße dieser Stufen zu vernichten. Er war kein religiöser Mann, und so konnte er den Trost von Sterbesakramenten oder Gebeten nicht suchen.

Was hatte er erreicht?

Er war mitten in ihren Unterschlupf spaziert, ein Jude im Herzen der Naziverschwörung, eine Überschreitung, die mit einer Kugel im Kopf geahndet wurde. Er hatte keine Angst gehabt. Er hatte sogar in Wirklichkeit ein unerklärliches Gefühl der Sicherheit und des Abschlusses von etwas empfunden, davon, daß etwas Gutes getan wurde, seit dem Moment, als man ihn einfach so in Koepps Haus eingelassen hatte, mit Hilfe des Mannes, der ihn jetzt töten wollte.

Warum?

Gelft, der Mann, der Henri mit seiner Pistole weiter nach oben trieb, beantwortete alle seine unausgesprochenen Fragen damit, daß er ein einziges Wort flüsterte:

»Doppelgänger.«

Der Raum schien vor Henris Gesichtsfeld zu rotieren; er schmeckte etwas wie plötzlichen Schwindel. Gelft war der Doppelgänger? Bis jetzt war dieser Name nicht mehr als eine Stimme am Telephon gewesen, alterslos, geschlechtslos. Gelft war vom Institut, ein Doppelagent im Netz der Schwarzen Spinne, und dann hatte er noch eine halbe Schraubendrehung vollführt, wie ein Leichtathlet der Intrige, um in Koepps Innerstem Kreis zu landen.

Gelft blieb seiner Rolle völlig treu und befahl Henri, nach oben ins Foyer zu gehen. Freiheit vor dem Lauf einer Waffe. Henris Herz tat einen Satz. Vielleicht gab es doch etwas Gutes auf dieser Welt. Als die Vordertür nur noch ein paar Meter weit weg war, fragte Gelft Henri, ob der sich an seinen Geschichtsunterricht erinnern konnte.

Bevor Henri antworten konnte oder fragen, was das bedeutete, verwandelte sich die Welt in ein einziges weißes Gleißen.

Die Explosion schien das ganze Gebäude anzuheben und dann mit einem Schnaufen wieder absinken zu lassen. Koepps befestigtes Heim senkte sich schief in den Boden, mit genug Wucht, um zufälligen Passanten das Gebiß umzugestalten. Alles, was gestanden hatte, fiel um; alles, was zerbrechlich war, zerbrach. Die Steine des Fundaments wurden mikroskopisch durchgeschüttelt, nachdem sie jahrhundertelang am selben Ort geblieben waren.

Die meisten Lebewesen im Gebäude beendeten ihr Leben als flammender Abfall.

Der befestigte Treppenaufgang kanalisierte den Feuerball, der aus dem Keller heraus aufblühte wie eine Rohrbombenexplosion von der Größe eines U-Bahn-Tunnels. Die Feuersbrunst würde das Haus in der Gelderstraße 33 zu Stein und Asche verbrennen und den Berlinern in der Nachbarschaft am nächsten Morgen noch etwas anderes als den Fall der Mauer zum Tratschen geben.

Hoff, der Technozauberer, verschmolz mit seinem Kontrollpanel, als die Gluthitze sein Skelett mit zerlaufenden Schaltkreisen eins werden ließ. Lötzinn kochte. Die Projektionsleinwand verbrannte schneller als Zelluloid, das man an ein Streichholz hält.

Es gab dort unten in den Flammen keinen Gott. Es gab dort auch keinen Führer mehr.

Zwei Gedanken besiegelten das Ende des neugeborenen Silikonbewußtseins: es erinnerte sich, was *geschieht*, wenn Offiziere eine Zusammenkunft vorzeitig verlassen, und es empfand die bittere Ironie, zweimal im selben Jahrhundert in einem Bunker zu verbrennen.

Oben wurde Gelfts Körper durch die Erschütterung gegen Henri geschleudert. Die Vordertür vor ihnen bog sich, prasselte wie Zunder, fing Feuer und platzte nach draußen. Bruchstücke regneten herab, prallten aufeinander und schufen mehr Bruchstücke, während Verputzstaub giftig emporwirbelte. So muß es in den Kammern gewesen sein, im Herzen der Scheiterhaufen. Der Mann, der als Kind Henri geheißen hatte, dann Aschmaus und dann wieder Henri, wurde von Gelfts schwererem Körper zu Boden geworfen. Dann war er fort, vielleicht für immer.

Clouder kam inmitten von Rauch, Feuer und Panik zu sich, Flammen leckten nach dem Schweiß und Blut in seinem Gesicht, ein heißer Stich von Schmerz pochte in seiner linken Schulter. Seine Beine waren unter einem gefallenen Körper eingeklemmt.

Er erinnerte sich an alles.

Jetzt, da er wieder sehen konnte, hatte er keine Zeit, die Sache zu bewundern. Seine ausgebildete Nase verriet ihm, daß die immer noch prasselnden Trümmer, in deren Mitte er lag, nach C4 stanken – zu viel um nur einen Raum voller leichter Ziele auszulöschen. Vielleicht hatte der Sprengstoffkünstler versucht, einen Ausgleich für die dicken Steinmauern des Gebäudes zu finden.

Jeder der Männer unten mußte tot sein. Hier oben gab es noch ein paar Zuckungen von Leben. Clouder sah einen der Wachhunde – den Jungen namens Rudi – ergraut wie einen Geist und aus beiden Ohren blutend, wie er versuchte, sich schlingernd seinen Weg durch verstreuten Schrott zu bahnen, auf dem Weg zu der Stelle, wo der Durchgang in den Keller gewesen war. Er wirkte ein bißchen wahnsinnig, aber völlig ergriffen von Heldenmut. Hier war endlich eine Gelegenheit, Koepp seinen Wert zu beweisen.

Gelft stöhnte auf, rollte von Clouder und schoß Rudi in die Wange. Sein Kopf wurde mit einem Peitschenschlag blutverklebten Haars zerrissen, und er fiel zu Boden.

Befreit versuchte Clouder sich an einem Mauersturz abzustützen. Er hatte Gelft in dem Augenblick durchschaut, in dem Rudi starb: Gelft hatte mehr Umlegeschalter in seinem Identitätenkoffer als eine Schlange Wirbel. Er hatte Eric Greene mitten auf die Kreuzung aller Intrigen geschubst, nur um sich seine Einladung zu Ernst Koepps Zusammenkunft zu verschaffen. Greenes Leben hatte den Zugang für Gelfts Aktenkoffer gesichert.

Erinnern Sie sich an den Geschichtsunterricht?

Als dieser Trick das erste Mal versucht worden war, hatte ein Stück Konferenztisch Hitler gerettet, das ihn von der Explosion abschirmte. Manche Tricks wurden mit der Zeit besser.

Klaus, der mitgekriegt hatte, wie Rudi ins Gras biß, versuchte, Gelft von hinter einer umgestürzten Täfelung anzugreifen. Clouder sah den Angreifer kommen. Trotz seiner verletzten Schulter brachte er es fertig, vorzutreten und dazwischenzugehen.

Der Junge war größer. Aber was Gelft zu sehen bekam, war ehrfurchtgebietend.

Clouder schien von den Zehenspitzen in die Luft zu schnellen, fing Klaus' Kopf mit der Beuge seines Arms auf und nutzte die Trägheit der Bewegung aus, dem Jungen das Genick zu brechen, mit einem leisen Knacken, das im allgemeinen Chaos unhörbar war. Für Clouder war das Ganze eine einzige, ballettartige Bewegung. Klaus' Augen rollten nach oben, man sah das Weiße. Als Clouder ihn losließ, rutschte er leblos zu Boden, das einzige, was fehlte, war ein Beerdigungstermin.

Gelft hatte Henri in seinem Leben noch nie gesehen. Aber er hatte *Clouder* gesehen, heute morgen, im Hotel.

Alles paßte hervorragend. Aber es war immer noch keine Zeit, die einzigartige Verwandtschaft auszukosten, die Clouder mit diesem Mann empfand, eine Art seelischer Verdopplung, die tausend Fragen aufwarf. Für keine dieser Fragen war jetzt Zeit. Sirenen und Uniformen bewegten sich auf das Haus zu, sich unaufhaltsam dem Vorfall nähernd, der soeben die Nacht hell erleuchtet hatte.

Gelft versuchte, seine Kopfhaut festzuhalten, kam schwankend zum Stehen und war doch noch imstande, Clouder davonzuscheuchen, ihm zu signalisieren, er müsse sofort verschwinden. Der kurze elektrische Moment des Blickkontakts verriet Clouder mehr als jedes Gespräch. Sein Instinkt sagte ihm, daß er sich zur Mauer davonmachen sollte. Dort in der Menge untertauchen. Wasser finden, um sich zu säubern, und ein paar Verbände improvisieren.

Clouder stolperte fort von den Überresten von Koepps Haus, bahnte sich seinen Weg hoch zur Wilhelmsstraße und ließ den geheimnisvollen Mann namens Gelft zurück. Der Doppelgänger stand als Silhouette im Eingang, eingerahmt vom Feuer, bereit, sein Leben voller Lügen fortzusetzen.

Die Berichterstattung des Westberliner Fernsehens und Radios reißt keinen Augenblick lang ab. Reporter schieben jubelnden Bürgern Mikrophone entgegen und fragen sie nach ihren Eindrücken. Fast alle antworten, daß es wahnsinnig sei, völlig verrückt.

Clouder paßt prima rein.

Der Schmadder und körnige Staub, die seine Kleidung besudeln, wird den Wunden, die man überall in die Mauer geschlagen hat, zugerechnet – Löcher, wo die Leute Erinnerungsstücke herausgeschlagen haben. Es ist eine Durst auslösende, staubige Arbeit, wenn man Hacken und Hämmer schwingt. Niemand wird verletzt. Im Augenblick herrscht Überschwang. Wenige Tage später wird es zu Unzufriedenheit und Feindseligkeiten kommen angesichts der Staus, der langen Schlangen, der Überlaufenheit des Ganzen.

Eine junge Frau, die sich atemlos als Gisela vorstellt, bringt einen Erste-Hilfe-Kasten, als hätte sie ihn herbeigezaubert, und fängt an, Clouders Verletzungen zu versorgen. Während sie daran arbeitet, erinnert sie Clouder absurderweise an einen Feldsanitäter. Jemand reicht ihm eine halbleere Flasche billigen Champagner; Clouder nimmt zwei Mund voll, um die Trockenheit in seiner Kehle zu mildern. Als Gisela fertig ist und ihm sagt, daß er wieder in Ordnung kommen wird, küßt sie ihn und verschwindet in der Menge, auf Nimmerwiedersehen.

Clouder lehnt sich gegen die Mauer, halb erleichtert, halb abgefedert. Die Flutwelle der Menge schiebt ihn hin und her, aber sie hält ihn auch aufrecht, während einzelne Menschen vor- und zurückströmen wie Plankton.

Niemand wird hier nach ihm suchen kommen. Sein Arm pocht immer noch gräßlich; er wird sich um richtige medizinische Versorgung kümmern müssen. Aber nur für den Augenblick steht er hier als ein weiteres Gesicht in der Menge, ein unscharfer Fleck, den kein Historiker je herauslösen wird, an den sich niemand wird erinnern wollen. Der Moment der Erleichterung will genossen sein.

Mit einer Büchse Sprayfarbe in der Hand schiebt sich ein moderner Wilder vorbei. Die Menschen machen Platz, als er in meterhohen Buchstaben direkt neben Clouder einen Spruch hinsprüht. DIE MAUER IST TOT. Wilder Jubel. Mit übertriebenen Gesten, wie ein Pantomime, der angibt, lacht er und tauscht die Spraydose gegen die Champagnerflasche in Clouders Hand. Er leert die letzten Tropfen mit einem Grinsen, während die Menge den Buchstaben an der Wand beim Trocknen zusieht.

Clouder hat den Wandspruch aus Versehen gestreift. Als er seine freie Hand ansieht, ist sie naß von Farbe, hellrot.

Er zeigt dem Grafittikünstler seine Hand, entschuldigend, fast treuherzig. Bevor er etwas sagen kann, packt ihn wer und zerrt ihn weg, und niemand sieht, wie es geschieht.

Es ist wahnsinnig hier draußen heute nacht, völlig verrückt.

Zwei auf einmal, zwei auf einmal, zwei auf einmal ...

Wolfie hopste rum wie ein Affe oder ein Kanake (was ja eigentlich verdammt noch mal dasselbe war, genaugenommen, oder?), und lief über vor Pisse und Aufgekratztheit. Sie hatten gerade einen Fisch voller Bargeld an Land gezogen, diese Beute bedeutete tolle Zeiten für beide, und Wolfie und Stanz hatten einen Zwei-auf-einmal-Tag gehabt.

Stanz trat mit seiner Stahlkappenstiefelpitze nach und hörte, wie eine Rippenstrebe brach. Blut rann aus den Nasenlöchern des alten Sacks, mehr Blut umrandete seine gelben Zähne. Nicht, daß sie sich ausgesprochen hätten anstrengen müssen, diesen Burschen zu verletzen; er war schon staubig und angeschlagen gewesen, als sie ihn gefunden hatten, wie ein gebrauchter Teppichüberzug.

Wolfie hatte den Typen als erster erkannt.

Ihr zweiter Fang des Tages rechtfertigte jede Bauernregel, nach der sie lebten. Normalerweise war ihnen das Glück nie hold. Aber das hier war die Ausnahme, die logische Sollbruchstelle, durch die sich ihr Leben noch mal davonstehlen mochte, das außergewöhnliche kosmische Schlupfloch, das Mutanten erlaubt, zu existieren. Ihre zugegebenermaßen engen Horizonte waren erreicht, dann durchbrochen worden.

Der entscheidende Punkt war: diesen Sieg hier genossen sie nur allzusehr.

Stanz hatte den verrückten Künstler mit der Spraydose gespielt, während Wolfie sich den Knaben griff. Wolfie war hundertprozentig sicher: das war derselbe Typ, den sie früher an diesem Arbeitstag hatten entkommen lassen, um sich mit der verblichenen Heike Strab zu vergnügen. Der gleiche kleine Geschäftsmann; man mußte sich nur die Brille und den Koffer dazudenken, aber auch so war er immer noch ein guter Fang, den Wolfie und Stanz sichteten, als sie sich mit den Massen vergnügten, die sich mehr um Petrizid – das Töten von Steinen – kümmerten als um den Mord an irgend etwas anderem.

Sobald erst mal alle auf Stanz' Wandmalerei starrten, war es leicht, ihr benommenes Opfer zu ihrem Pumpstation-Versteck zu schleifen, um es auszunehmen.

Entschuldigen Sie bitte meinen Papa, er hat zu viel getrunken. Amen …

Feuerwerkskörper explodierten am Nachthimmel, und es hatte einen riesigen, arschlauten Knall gegeben, der jedermann sich hatte umsehen lassen, nur wenige Augenblicke bevor Stanz und Wolfie ihren Glückstreffer landeten. Die ganze verdammte Stadt verlor den kollektiven Verstand, und das war den Jungs nur recht. Es bot die beste denkbare Deckung.

Während sie den alten Burschen ausnahmen, bemerkte Stanz die verräterische Narbe an seinem linken Arm, und das half dem angeheiterten Wolfie, herauszufinden, daß ihr jüngstes Opfer tatsächlich ein Jude war. Sie fingen an, ihm in aller Ruhe die Scheiße aus dem Leib zu treten, und versetzten seiner erschlafften Gestalt immer mal wieder einen verdienten Schlag, wenn er wieder zu sich zu kommen drohte. Sie unterhielten sich damit, die Muster anzustaunen, die sein Blut im Dreck machte.

Morgen früh würde Berlin mit einem Weltklasse-Kater erwachen. Die Bürger würden weniger gut gelaunt sein. Höchste Zeit, besonders für Mauerratten, abzuhauen. Wenn die Kräne erst mal ganze Abschnitte der Mauer wegbrachen, würde jede neue Lücke ein Durchlaß für die Ossis werden. Die Pumpstation würde man auf jeden Fall plattmachen.

Jetzt hatten Stanz und Wolfie auch die Mittel, die nächste Station ihres brutalen und möglicherweise kurzen Lebens anzulaufen. Dieser Spaß würde beginnen, sobald sie ein paar letzte Stöße und Schläge und Tritte angebracht hatten. Alibis? Wieso? Heute nacht würden sie nicht erwischt werden. Es gab keinen Trauring oder sonst einen Hinweis, daß irgendein Schätzchen auf diesen alten Schwanz warten würde. Niemand würde den Jungs Fragen stellen. Bis ihre Pumpstation entweder freigelegt oder abgerissen war, würden Stanz und Wolfie längst in neuen Kleidern stecken und cool rumhängen, mit einem warmen Platz zum Pennen und Geld in den Taschen. Sie würden sich – oft! – zuprosten, im

Gedenken an den unbekannten alten Furz, dessen Leben sie gestohlen hatten, auf daß sie ihre eigenen Gläser bis zum Rand füllen konnten.

Ihr Wohltäter atmete immer noch, stoßweise, als die Jungs ihn in einer marionettenhaften Parodie des Geschlechtsverkehrs über Heike Strabs Leiche legten. Als sein demolierter Kopf auf ihre nicht mehr atmende Brust fiel, stöhnte er auf und murmelte Namen. Keiner von ihnen hatte eine Bedeutung.

Als Aschmaus das Gesicht seiner Mutter zum letzten Mal sieht, ist es eine blutige Maske. Sie hat längst aufgehört zu schreien. Sie hat aufgehört, sich zu bewegen. Sie wird auf den Scheiterhaufen geworfen und fällt in Form eines Kreuzes, als ob sie einen Liebsten erwarte, in die Flammen.

Henri, denkt er, obwohl niemand danach fragt. Mein Name ist Henri.

Aber hier gibt es niemanden, der ihn so nennt, nicht mehr. Sein Name segelt davon, ein grauer Fleck auf einer schwarzen Wolke, bis Aschmaus alles ist, was zurückbleibt. Er sieht seine Mama nicht, wie sie qualmt und verbrennt, schmorende Fasern ziehen sie zur Kauerstellung zusammen, als ob sie immer noch Schläge abwehrt. Ein Teil von ihm wünscht sich, er könne ihr sagen, daß es ihm leid tut, aber dieser Teil bleibt besser den Flammen überlassen. Es ist kein Platz für Trauer oder Mitleid oder Reue. Aschmaus steht Habacht vor dem prasselnden Feuer, dann macht er sich wieder ans Geschäft des Überlebens.

Noch immer benommen von der Explosion in Koepps Haus, verführt von einer flüchtigen Zäsur an der Mauer, sah er die Champagnerflasche gar nicht, die auf seinen Hinterkopf hinuntersauste. Jetzt fühlt er die Glassplitter nicht, die zwischen von frischem Blut verklebten Haaren stecken, seinem Blut. Nachdem er ein Leben lang nichts anders gekannt hat, ist er gegen gewöhnlichen Schmerz immun.

Er spürte vorhin die suchenden Hände nicht, die seine Taschen durchwühlten, seine Identitäten freilegten, ihn auszogen. Er ist schwer angeschlagen und desorientiert. Alles was er weiß ist, wenn er noch einmal ohnmächtig wird, wacht er vielleicht nicht mehr auf.

Nur diesen einen Augenblick lang war er unvorsichtig gewesen. Normalerweise hätte er zwei von der Sorte seiner Peiniger schnell und ohne Mühe erledigt. Er hätte sie sogar mit seinem verletzten Arm niedermachen können. Sorgen macht er sich nur über den Schaden, nicht über den Schmerz. Er beschließt, sie beide zu töten, sobald er seine Augen öffnen wird.

Aber Stunden sind vergangen. Stunden, seit sie endgültig abgehauen sind.

Die Frau liegt reglos, halb begraben unter grauem Staub, im Zwielicht. Sie scheint ausdruckslos; ihr nach oben blickendes Gesicht ist ein Schmierbild getrockneten Blutes und aschenen Schmutzes. Seine Berührung registriert nur ihre Kälte, sein Gewicht scheint ihr nichts auszumachen. Es fällt ihm leicht, sie für jemand anderen zu halten. Mama ist so gestorben. Eine Tragödie, eine schlimme Sache. Aber wenigstens hat er überlebt, um …

Um *was* zu tun? Was genau zu erreichen?

Er bleibt ruhig liegen. So müde. Draußen rumoren große Maschinen, der Lärm ist gedämpft durch die Mauern dieses Gefängnisses, seines jüngsten Gefängnisses.

Man hatte ihn zerrissen, auf daß er jagen, töten und überleben lernte, dann wieder zusammengesetzt, damit er leide, während sein innerstes Selbst versuchte, zu teilen und zu herrschen, und sein Körper ihn zwingen wollte, ein weiteres Mal zu überleben. Seine Augen sind geöffnet worden, nun erkennt er seine eigenen ausgeklügelten seelischen Kabalen … aber alles, was sie wirklich sehen, sind krude Parolen in stumpfem Rotbraun an den Wänden, die ihn umstellt haben:

ACHTUNG JUDEN. ALLE JUDEN RAUS!

Niemand kommt, um ihn wegzutragen. Niemand wird ihn an die Blockwände schieben, um ihn besser vernichten zu können. Er kann den unfertigen Fluchttunnel in diesem kleinen Raum nicht erreichen; und wenn er es könnte, würde er in die falsche Richtung fliehen, in eine Sackgasse.

Niemand wird seine Asche wiederaufbereiten, um Ziegel herzustellen, aus denen Orte wie dieser errichtet werden. Er hat die Unsichtbarkeit erlangt, die sein Leben lang die Partnerin seiner Tänze im Schatten gewesen ist.

Draußen wird ein weiterer Mauerabschnitt eingerissen. Er schlägt mit einer donnergleichen Erschütterung zu Boden. Deutsche und Touristen schwärmen darüber aus, reißen sich die Hände blutig in einem irrsinnigen Taumel auf der Jagd nach Souvenirs und Bruchstücken zum Verkaufen. Es wird immer Abnehmer geben, und nie genug Trümmer. Bald werden selbst die Wachtürme und Suchhunde zum Verkauf stehen, für die richtige Summe.

Loses Geröll rieselt zu Boden im vergessenen Hinterzimmer der Pumpstation, ein weiterer Staubschleier vor den immer noch geöffneten Augen der Frau, die seine zu ihm zurückgekehrte Mutter sein könnte. Er hält sich fest an ihr und zittert. Jetzt kann das Kind endlich in Sicherheit den Kopf sinken lassen, um zu ruhen.

Während er schläft, begreift Aschmaus, daß das schreckliche Geräusch, das von außen an seine Ohren schlägt, in der Nacht, nicht das Erwachen eines lange schlafenden Bösen bedeutet. Es ist das rasselnde Todesröcheln von etwas anderem, von etwas, das viel zu lange dazu gebraucht hat, zu sterben.

RAMSEY CAMPBELL

Das Wort
1990

Niemand versucht mich anzusprechen, während ich auf den Lift warte. Wann immer man bei einer Science-fiction-Tagung mit dem Lift hinauffahren will, ist er gerade im letzten Stockwerk, und wenn er dann endlich kommt, stehen so viele Leute davor, wie Fliegen auf einem Scheißhaufen sitzen. Da ist die Frau, deren Taille doppelt so breit ist wie ihr Rest, und unweigerlich ist jemand dabei, der etwas ohne Ärmel trägt und sich nicht viel aus Deodorant macht, und natürlich mindestens ein Schriftsteller, der sich alle Mühe gibt, daß man ihn bemerkt, und jetzt ist da auch noch dieser Strohkopf, der per Walkie-talkie einer anderen Wochenendaushilfe wichtige Nachrichten übermittelt, die er ihm auch hätte zurufen können. Da kommt ein ganzer Haufen mit Tagungsausweisen an der Brust. Und was für nette Namen sie sich da in ihren kleinen Köpfchen ausgedacht haben: *N. Trail* und *Elfan* und *Si Fye*. Ich vertreibe mir die Zeit damit zu überlegen, von wem ich am wenigsten gern etwas wissen möchte. Endlich kommt der Lift, und ich schließe die Tür, bevor die Frau mit den Tätowierungen auf dem kahlrasierten Schädel noch einsteigen kann, aber ein dünner Junge in Anzug und Krawatte schafft es doch noch, sich durch den Schlitz zu quetschen. Er sieht mein *Retard*-T-Shirt und liest mein Namensschild. »Hallo«, sagt er. »Ich bin …«

»Jess Kray«, sage ich ihm, da er offenbar nicht damit rechnet, daß ich lesen kann, »und Sie haben mir die schlechteste Geschichte geschickt, die ich je in meinem Leben gelesen habe.«

Er verzieht das Gesicht, als hätte ihn jemand geschlagen. »Welche war das?«

»Wie viele haben Sie denn geschrieben, die so schlecht waren?«?

»Überhaupt keine, soweit ich weiß.«

Alle tun so, als ob sie ihn nicht beachten, während er sich bemüht, sich nichts anmerken zu lassen. »Sie haben mir die über Frankenstein und die tote Ziege und die beiden Nonnen geschickt«, sage ich so laut, daß es jeder hören kann.

»Seitdem habe ich eine Menge geschrieben.«

»Schicken Sie nur nichts mehr zu *Retard*.«

Mein *Fanzine** heißt nämlich jetzt nicht mehr so, aber das verrate ich ihm nicht. Ich lasse ihn allein mit unserem Publikum in den letzten Stock hinauffahren und schließe mich in meinem Zimmer ein. Ich wollte eigentlich über Sex, Sekten und Subtexte in der Frauen-Horrorliteratur schreiben. Denn mir ist klargeworden, warum ich es nicht über mich bringen konnte, auch nur die Hälfte der Werke der hier besprochenen Autorinnen zu lesen, aber jetzt sind meine Kopfschmerzen zu stark. Ich lege mich aufs Bett, solange ich es mit mir selbst aushalte, und suche mir dann jemand, dessen Gesellschaft ich beim Essen ertragen kann.

Wir sind auf der Tagung *Contraception* in Edinburgh, aber es könnte irgendwo auf der Welt sein, wo die Fans, die sich selbst *Fen* nennen, für ein Wochenende über ein Hotel hereinbrechen. In der Halle stoße ich beinahe mit Hugh zusammen, einem Schriftsteller, dessen Bücher immer tonnenweise in den Geschäften liegen, vielleicht weil niemand sie kauft. Bald wird es keine Bücher mehr geben, sondern nur noch Spiele, die man am Bildschirm spielt, aber ich wette, daß niemand seine spielen will. »Wie geht es dir dieses Jahr, Jeremy?« sagt er dröhnend.

»Ich sterbe wie alle anderen auch.«

Er macht ein unterdrücktes Geräusch, als ob ihn jemand in die Rippen geboxt hätte, und der Rest der Gruppe kommt aus der Bar.

Einer von ihnen ist Jess Kray, der sagt: »Kommen Sie doch mit, Jeremy, wenn Sie fürs Abendessen noch frei sind.«

Er benimmt sich, als wäre er ungeheuer wichtig, lächelt und zeigt die Zähne, um zu zeigen, daß sie echt sind – sehen Sie ruhig nach – und sieht mich mit Augen an, in denen eine Botschaft ganz allein für mich steht. Ich hätte ihm gerne einen Korb gegeben, um zu sehen, wie er mich dann ansieht. Aber Hugh Arschloch sagt: »Ja, komm doch mit«, so daß sie alle wissen, daß er das Gegenteil meint, und jetzt macht es mehr Spaß, mitzugehen als abzusagen.

Hugh Klugscheißer schlägt ein Restaurant namens Godfathers vor. Ich sitze neben seiner pakistanischen Frau und ihrer Freundin, die noch nicht einmal an der Tagung teilnimmt, und ignoriere sie, so daß sie aufhören, Englisch zu sprechen. Ich habe Hugh Nervensäge schon bei den Veranstaltungen oft genug seinen Mist erzählen hören, den er immer wieder aufwärmt: daß es die Pflicht des Schriftstellers ist, der Welt eine neue Sicht zu vermitteln, als ob er das je täte, und daß das Recherchieren der wichtigste Teil des Schreibens ist. Er redet noch wie der Fan, der er einmal war, wie all die anderen *Fens*, die ich kenne: Entweder belehren sie einen oder sie starren einem über die Schulter, als hinge da ein Spiegel hinten. Aber Kray hätte nicht beeindruckter sein können. Hugh Fürsorglich ißt den letzen Bissen seiner Pizza und sagt: »Jetzt geht es mir besser.«

Ich sage: »Dann mußt du dich ja vorher ziemlich beschissen gefühlt haben.«

Kray lacht tatsächlich darüber und verzieht Hugh gegenüber mitfühlend das Gesicht. Ich kann es nicht erwarten, hier herauszukommen und über seine Spielchen zu schreiben. Ich schreibe, bis ich vor lauter Kopfschmerzen nichts mehr sehen kann, und nachdem ich es geschafft habe, ein bißchen zu schlafen, schreibe ich über den Rest der Clowns im Hotel, bis ich die erste Folge der Serie *Parade der Verhaltensgestörten und Mißgebildeten* fast fertig habe, denn genau das sind Tagungen letzten Endes.

Am letzten Tag sehe ich, wie Kray den Redakteur des Verlags auf einen Drink einlädt, was bedeutet, daß er mindestens eine Trilogie verkaufen wird. Das schreibe ich, als ich wieder zu Hause bin. Dann stecke ich wieder in meinem Anzug und stehe hinter dem Schalter der Bank in Fulham. Vor der Scheibe, die mir wenigstens etwas Distanz verschafft, stehen die Menschen Schlange, während ich sie und ihr Leben in Nummern auf dem Bildschirm verwandele. Aber auch auf meiner Seite des Glases rieche ich Menschen, und manchmal spüre ich sie, wenn ich nicht schnell genug bin. Ich spiele das Spiel, nie zu sagen, was ich wirklich denke, und dadurch vergeht der Tag ohne größere Probleme, und der nächste und der nächste. Ich drucke das *Fanzine* in meinem Zimmer aus, schicke es ab und warte darauf, daß die Clowns, über die ich geschrieben habe, sich melden und mir androhen, mich zu verklagen oder zu verprügeln. Das Jahr ist noch nicht vorbei, als ich unter den Buchbesprechungen und dem ganzen unnützen Kram, den Verlage den Herausgebern von *Fanzines* schicken, ein Blatt über Kray bekomme, den interessantesten jungen Schriftsteller dieses Jahrzehnts, dessen erste drei Romane dem Fantasy-Genre eine ganz neue Bedeutung geben werden.

Ich habe gedacht, ich mache einen Witz mit der Trilogie. Ich fordere Exemplare an, um zu sehen, wie schlecht sie sind – sie sind noch schlechter. Sie handeln von einer Gegenwelt, in der jeder seine sexuelle Orientierung wechselt. So wird aus einem schwulen Jungen ein barbarischer Held und aus einer Lesbe seine Geliebte. Einige der Figuren erinnern sich, als sie in die Normalwelt zurückkehren, und die meisten versuchen, auch die anderen daran zu erinnern, bis auf einen, der meint, daß sie alles vergessen sollten, und noch ein ganzer Haufen mehr Unsinn steht dort. Ich überfliege nur ein paar Kapitel des ersten Buches und amüsiere mich über die Tatsache, daß die Leute ein Buch mit dem Titel *Eine Ahnung des Anderen* kaufen, weil sie glauben, daß es anders ist als der übliche Schrott. Offenbar geht die Handlung folgendermaßen weiter: Irgendein Schwächling bringt sich selbst in der Gegenwelt Zauberkräfte bei und wird damit zum Führer in dieser Welt. Neun Monate sind es her, daß ich Kray mit dem Lektor habe reden sehen, also muß ihm das Schreiben noch leichter von der

Hand gehen als das Einwickeln von Leuten, oder er hat sie vorher schon geschrieben. Auf einem Umschlag ist ein Frauengesicht abgebildet, das sich in das eines Mannes verwandelt, auf dem zweiten wird aus einem weißen ein schwarzes, und auf dem dritten besteht das Gesicht nur noch aus Spiegelfolie. Das letzte werfe ich mit besonderer Genugtuung durchs Zimmer. Später lege ich sie aufeinander, um sie *Everybody's Fantasy*, dem Comic-Geschäft in der Nähe der Docks zu verkaufen, und dann höre ich, daß Kray dort Bücher signieren wird.

Wie bringt ein Schriftsteller, von dem noch nie jemand etwas gehört hat, das fertig, selbst wenn es sich nur um einen von *Fens* geführten kleinen Comic-Laden handelt? Ich glaube, es wird langsam Zeit, daß ihn jemand entlarvt. Am Samstag nehme ich die Bücher mit. Die Empfehlungszettel vom Verlag lasse ich drin, damit er sieht, daß ich sie nicht gekauft habe. Vielleicht verkaufe ich sie noch unter seinen Augen, sobald er sie signiert hat. Aber als ich ihn am Tisch hinter drei Stößen seiner Bücher entdecke, springt er sofort auf. ›Jeremy, wie geht es Ihnen! Alle mal herhören, das hier ist Jeremy Bates. Er war mein erster Kritiker.‹

Weiß der Himmel, wen er damit beeindrucken will. Die einzigen Kunden sind Comic-Leser, ein Widerspruch in sich, die aussehen, als ob sie zum ersten Mal ohne ihre Mütter ihre Heftchen kaufen müßten. Und der Besitzer, den ich Kath nenne, wegen seines Kaftans und seiner langen Haare, ist auch nicht gerade beeindruckt, daß Kray meinen Ruf ausnutzen will, nicht daß ihn jemals etwas wirklich beeindrucken könnte, außer wo der nächste Joint herkommt. Ich gebe Kray die Bücher mit den heraushängenden Zetteln, aber er lächelt immer noch. »Mein Verlag hat mir Ihre Besprechung noch gar nicht geschickt, Jeremy.«

Ich sollte ihm sagen, daß das daran liegt, daß ich keine schreiben werde, aber statt dessen murmele ich etwas vor mich hin wie ein Fan. »Schreiben Sie etwas für mich hinein.«

Ins erste Buch schreibt er: ›Für Jeremy, der mich kannte, bevor ich gut war‹, und ›Auf unsere Zukunft‹ ins zweite, ›Auf immer‹ ins hoffentlich letzte. Als er sie mir zurückgibt wie einen kostbaren

Schatz, klemme ich sie mir unter den Arm und blättere ein paar schäbige *Fanzines* durch, damit ich sehen kann, wie viele Leute kommen.

Null. Mr. Niemand und seine ganze Familie. Ein großes rundes Loch ohne Rand. Ein paar Jungen auf Mountainbikes glotzen durchs Fenster und zeigen auf ihn, bis Kath sie fortjagt, und einmal geht eine Frau auf Kray zu, aber nur, um ihn zu fragen, wo die Raumschiff-Enterprise-Abteilung ist. Kaths Frau bringt Kray eine Tasse Kräutertee, der noch nicht einmal mehr dampft, während der Beutel hilflos darin ertrinkt, und es macht Spaß zuzusehen, wie er ihn trinken muß. Wir hängen alle auch noch die zweite Hälfte der Stunde dort herum, dann sagt Kath auf seine unvergleichlich monotone Art, die an einen Schlafwandler erinnert: »Vielleicht können Sie ein paar für uns auf Vorrat signieren.«

Mir ist klar, daß er damit nicht alle Bücher meint, die auf dem Tisch liegen, aber das kann unseren jungen Autor nicht davon abhalten. Nachdem Kray jedes einzelne Exemplar verunstaltet hat, sagt er: »Wie wär's mit Lunch?«

Kath und Mrs. Kath werfen sich einen Blick zu, und Jess Spaßvogel lächelt sie beide nacheinander an. »Ich verstehe. Aber das kommt überhaupt nicht in Frage. Sie können mich das nächste Mal einladen, wenn ich Ihnen eine Stange Geld verdient habe. Heute bin ich dran.«

Sie schütteln beide den Kopf, und ich sehe ihnen an, was sie denken, daß es kein nächstes Mal geben wird, aber Jess Perfekt schenkt ihnen ein noch bestrickenderes Lächeln, bevor er sich zu mir umdreht. »Wenn Sie ein Interview wollen, Jeremy, dann ist das jetzt *die* Gelegenheit. Sie können derjenige sein, der es der ganzen Welt verkündet.«

»Was denn?«

»Das verrate ich nicht.«

In der nächsten Folge meiner Serie möchte ich noch wesentlich mehr Blut vergießen, und außerdem hat mich noch nie jemand zum Essen eingeladen. Ich gehe mit ihm um die Ecke zum *Le Marin Qui Rit*, das ein französischer Koch ohne allzuviel Geld in einem alten Lagerhaus an der Themse eröffnet hat. »Reizend«, sagt Kray, als er die Fischernetze voller Krabben von der Decke hängen sieht und die Kellner in Matrosenuniformen, aber die Preise auf der Speisekarte scheinen nicht den gleichen Anklang zu finden. Sobald wir bestellt haben, steht er auf und stürzt durch die Tür mit der Aufschrift *Matelots*, vielleicht muß er sich wegen der Preise übergeben, und ich blättere in seinen Büchern herum, bis er zurückkommt. Er lächelt und sagt: »Fragen Sie mich, was immer Sie möchten.« Ich habe den Mund noch nicht geöffnet, da sagt er: »Nehmen Sie denn nichts auf?«

»Ich wußte ja nichts davon. Keine Angst, ich erinnere mich an alles. Davon kann meine Ex ein Lied singen.«

Er zieht einen kleinen Kassettenrekorder aus der Manteltasche. »Falls Sie es doch noch einmal überprüfen wollen. Ich habe immer ein Gerät dabei, um meine Gedanken aufzunehmen.«

Das hat er von einem früher einmal erfolgreichen Autor in Edinburgh aufgeschnappt. Der Kellner bringt eine Flasche billigen Fusel, Mutton Cadet, und ich schalte das Gerät ein. »Was, glauben Sie, bedeutet ein Name wie Kray in der Welt?«

»Es ist der Name meines Vaters«, und bestätigt dann meinen Verdacht, denn es stellt sich heraus, daß sein Vater ein polnischer Jude gewesen war, der im Lager gesessen und den Rest seines Namens zurückgelassen hatte, als er mit den Überlebenden seiner Familie nach dem Krieg emigriert war.

»Da wir gerade von Vorurteilen sprechen, wie ist das mit diesem Schwarzen, der sich selbst Nigger nennt, als er zum Helden wird?«

»Ein Nigger ist jemand, dem es etwas ausmacht, so genannt zu werden. Entweder macht man sich die Worte untertan, oder sie sind es, die einen beherrschen.«

»Wie, glauben Sie, ist das bei Ihren Büchern?«

»Ein bißchen von beidem. Ich lerne noch. Ich möchte ein Abenteurer in Sachen Phantasie sein.«

Ich kann es kaum erwarten, über ihn zu schreiben, aber hier kommt mein gedünsteter Lachs. Er wartet, bis ich einen Bissen gegessen habe, und fragt dann: »Was hat Ihnen an den Büchern gefallen?«

Ich bin erschüttert, als mir klar wird, wie viel davon in meinem Gedächtnis hängengeblieben ist – Sätze wie: AIDS ist eine solche Hölle, daß du gleich in den Himmel kommen wirst. »Gar nichts«, will ich sagen, aber sein Lächeln hat mich entwaffnet. »Wo Sie sagen, daß die neue, ursprüngliche Sünde darin besteht, als männliches Wesen geboren zu werden.«

»Nun, das sagt jedenfalls eine meiner Figuren.«

Was will er damit sagen? Seine Worte entgleiten mir, und ich habe keine Ahnung, wohin sie führen. Am Ende bin ich kurz davor, vor Erschöpfung mit dem Gesicht in den Pudding zu fallen. Standhaft widersteht er jeder meiner provokanten Beleidigungen und bringt mich damit an den Rand der Verzweiflung. Als letzte Frage fällt mir nichts Besseres ein als: »Und wohin nun?«

»Nach Florida. Dort werde ich den Sommer mit meiner Familie verbringen. Da kommt man auf Ideen.«

»Ich hoffe, Sie haben welche.«

Er schaltet den Rekorder nicht ab, bis wir unseren Kaffee getrunken haben. Dann gibt er mir die Kassette. »Danke für die Unterstützung«, sagt er und besteht darauf, mir die Hand zu schütteln. Es kommt mir vor wie ein Freimaurertrick oder so etwas Ähnliches, als ob er versucht herauszufinden, ob ich ein Geheimnis weiß – entweder das, oder er übt die Kunst des Händeschüttelns.

Er bezahlt die Rechnung, ohne eine Miene zu verziehen und sagt, daß er zum Bahnhof geht, der auf meinem Heimweg liegt. Das sage ich ihm aber nicht. Ich lasse ihn stehen und gehe einen Umweg durch die Straßen, die ich immer gern habe, ohne Gärten oder Lücken zwischen den Häusern und weniger Sonnenlicht als irgendwo sonst in der Stadt. Solange ich dort bin, brauche ich nicht zu denken, habe ich das Gefühl, daß mir nichts passieren kann, weder von innen noch von außen. Aber ich muß nach Hause gehen und mich um die Kassette kümmern, die in meiner Hosentasche juckt wie ein Bandwurm.

»Ich hatte gehofft, daß vielleicht aus Versehen ein paar seiner Gedanken noch auf dem Band sind, aber da ist nur unser peinliches Geschwafel. Also hat er das Gerät nur gekauft, damit ich ihn aufnehmen kann, oder weil er eine Kopie von unserem Gespräch aufheben will, was mir wahrscheinlicher erscheint. Selbst wenn er mir nicht so vertraut hätte, wäre es ein Kampf; so über ihn zu schreiben, wie ich es mir vorstelle. Tagelang sitze ich daran, und die Kopfschmerzen sind schlimmer denn je. Ich habe das Gefühl, als ob er meine Energie gestohlen und mich in ein Wesen verwandelt hätte, das nur für ihn arbeitet.

Als ich glaubte, genug für eine Ausgabe meiner *PdVuM* geschrieben zu haben, drucke ich die Seiten aus. Ich muß ihnen ausweichen oder darauftreten, wenn ich in der Nacht aufstehe, weil ich mich übergeben muß. Ich schicke die Ausgabe an meine fünf Abonnenten und alle, die mir ihr eigenes *Fanzine* schicken, obwohl das nicht mehr viele sind, seit ich über ihren Mist geschrieben habe. Ich bringe zu den *Constipation-* und *Convulsion-*Tagungen Exemplare mit und verkaufe ein paar an Leute, die noch nie an einer Tagung teilgenommen haben und nicht ablehnen wollen. Als ich in der Nacht anfange, das *Fanzine* anzuschreien und gegen die Stöße von Exemplaren trete, bis sie umfallen, bezahle ich für einen Tisch im Verkaufsraum bei *Contamination*. Aber Samstag nacht brechen sie ein, und am Morgen sind alle Exemplare verschwunden.

Dieses Jahr gehört nicht gerade zu meinen besten. Mein Vater stirbt, und meine Mutter erzählt mir, daß meine Exfrau zu seiner Beerdigung gegangen ist. Die Zweigstelle der Bank schließt auf Grund der Rezession, und es sieht ganz so aus, als wäre ich arbeitslos, aber glücklicherweise bricht sich einer der anderen Angestellten bei einem Autounfall mit Fahrerflucht die Wirbelsäule. Sie versetzen mich nach Chelsea, wo mindestens die Hälfte der Leute in der Mittagspause aussehen, als wären sie nur zufällig gerade in Zivil, und wo alle Mülleimer versiegelt sind, damit keiner eine Bombe hineinlegen kann. Wenigstens läßt die Polizei in diesem Viertel keine Demonstrationen zu, obwohl man sie schreien hört: Es geht um Arbeit oder lebenslänglich, Pornographie oder islamische Blasphemiegesetze oder um eine Ausgangssperre für alle Männer, sobald sie in die Pubertät kommen, oder darum, daß die Gewinne, die beim Verkauf von Alkohol und Tabak erzielt werden, vollständig der Drogenrehabilitation zur Verfügung gestellt sollen oder daß eine Kirchenpflicht eingeführt werden soll … Ein paar Autoren verbieten ihren Verlagen, mir Exemplare ihrer Arbeit zu schicken, wenigstens die haben sich also über mich geärgert. Fast ein Jahr lang gehe ich überhaupt nicht mehr zu Tagungen, bis ich vergessen habe, wie langweilig sie sind, so daß es mir schlimmer erscheint, allein in meinem Zimmer zu sitzen. Zu Ostern fahre ich dann zu *Consternation* nach Manchester.

Ich warte fast eine Stunde an der Auffahrt der Autobahn und sehe, wie ein Wagen zwei Mädchen mitnimmt, die noch nicht einmal halb so lange dort stehen. Ich bin nicht in der Stimmung, mir irgendeinen Blödsinn von dem Fahrer anzuhören, der jetzt endlich anhält. Er fragt mich, was ich Ostern mache, und ich halte ihn schon für so eine Art religiösen Fanatiker, aber als ich ihm von *Consternation* erzähle, versichert er mir, wie begeistert er H. G. Wells und Jules Verne gelesen hat, was mich einen Scheißdreck interessiert. Dann sagt er: »Wo würden Sie denn dieses neue Buch *Das Wort* einordnen, ist das nun *Sci-fi* oder *Fantasy* oder was?«

»Ich weiß nichts von irgendeinem Wort.«

»Ich dachte, er wäre vielleicht einer von Ihnen. Er ist zu einem Verlag gegangen und hat ihm seine Ideen für ein Buch erzählt, und die haben ihn unter Vertrag genommen, für mehr als ich wahrscheinlich in meinem ganzen Leben verdiene.«

»Wieso wissen Sie so viel über ihn?«

»Weil ich Buchhändler bin. Sie erzählen uns schon jetzt, daß das Buch alles andere als ein typisches Erstlingswerk ist. Ich muß mir nur mein altes Gehirn ein bißchen zermartern, dann fällt mir sicher auch der Name wieder ein.«

Ich will ihm gerade sagen, daß er sich nicht bemühen muß, als er plötzlich grinst. »Ich weiß wirklich nicht, wie ich den vergessen konnte, außer daß einem die Kray-Brüder dann wieder einfallen, falls Sie nicht zu jung sind, um sich an deren Schreckensherrschaft zu erinnern. Aber wie ein Krimineller klingt er nun wirklich überhaupt nicht. Jess Kray, so heißt dieser phänomenale Kerl.«

Ich würde ihm ja sagen, daß ich ihn kenne, wenn ich dieser Karikatur nur verständlich machen könnte, daß man ihn nicht zu kennen braucht. Ich beiße mir auf die Zunge, bis ich das Gefühl habe, daß sich meine Zähne berühren, dann merke ich, daß der Fahrer meine Tränen sieht, und ich könnte schreien. Er sagt nichts mehr, bis er anhält und mich aussteigen läßt. »Sie sollten Ihren Leuten von diesem Kray erzählen. Klingt, als ob er ein paar ganz interessante Ideen hätte.«

Jemandem von Kray zu erzählen ist wirklich das letzte, was ich tun würde, besonders wo er mich darum gebeten hat. Ich warte in meinem Hotelzimmer, bis meine Kopfschmerzen schwächer werden, damit ich wieder etwas sehen kann, dann gehe ich in den Verkaufsraum. Statt Büchern sieht man an vielen Ständen *Virtual-Reality-Viewers* oder CD-RCM-Abspielgeräte in Taschenformat. Von Kray kann ich nichts finden, und ein paar Verkäufer starren mich schon so an, als ob ich etwas stehlen wollte, wofür ich ihnen gerne die Tische umgeworfen hätte. Dann sagt der Fette, der immer einen Sombrero trägt: »Kann ich was für Sie tun?«

»Sieht nicht so aus.« Aber er geht nicht weg, und mir fällt nichts anderes ein, als ihn zu verwirren. »Sie haben nicht zufällig *Das Wort*?«

»Nein, aber Jess hat jedem von uns eine Kopie vom Umschlag geschickt«, sagt er und hält ein Stück Pappe hoch mit Buchstaben in der Mitte der rechten Hälfte:

JESS KRAY

DAS WORT

Ich kann nicht sagen, ob sie weiß auf schwarzem Hintergrund oder schwarz auf weiß sind, denn sobald ich mich ein paar Zentimeter bewege, springen sie ins Gegenteil um. Ich schließe die Augen, nachdem ich gesehen habe, daß dieser Idiot es verlegt, der mir keine Exemplare mehr schickt. »Was soll das heißen, er hat Ihnen das geschickt. Er ist doch nur der Schriftsteller.«

»Und er hat den Umschlag entworfen und will, daß jeder weiß, was ihn erwartet, also hat er den Verlag genügend Probeabzüge vom Umschlag drucken lassen, damit er allen, die im Geschäft sind, einen schicken kann.«

Ich frage ihn nicht, was Kray über sein Buch gesagt hat. Als der Fette mit dem Hut sagt: »Sie können Ihre Augen nicht auf ewig verschließen«, möchte ich gerne seine schließen, besonders, als er, sobald ich meine wieder geöffnet habe, fragt: »Sollen wir Sie für ein Exemplar vormerken?«

»Sie werden mir eines schicken.«

»Das bezweifele ich«, sagt er und wird nie wissen, wie nahe er daran war, den Knochen in seiner Nase zu verlieren, aber ich muß meinen Kopf zurück ins Zimmer schaffen.

Vielleicht hat er mich wirklich nicht nur aufziehen wollen. Wieder zu Hause rufe ich Krays neuen Verlag an und bitte um ein Rezensionsexemplar. Ich nenne mich Jay Battis, der erste Name, der mir einfällt, und behaupte, ich sei Herausgeber von *Psychofant* und absolut kein Freund dieses totalen Zynikers Jeremy Bates. Aber das Mädchen vom Verlag sagt, daß Krays Buch Literatur sei, und daher verschickten sie es nicht an *Fanzines*.

Warum sollte mich das kümmern? Außer daß sie mich nicht so behandeln sollte, als wäre ich nicht gut genug für Kray, nachdem ich ihm mehr Publicity verschafft habe, als er verdient hat, zu einer Zeit, als er es wirklich brauchte. Und ich erinnere mich daran, daß er sich bei mir für meine Unterstützung bedankt hat – meinte er damit etwa dieses Buch? Ich fragte die Kuh vom Verlag nach seiner Adresse, aber sie sagt, sie wüßte sie nicht, und erwartet, daß ich ihr das abnehme. Ich könnte sie fragen, wer sein Agent ist, aber mir ist mittlerweile klargeworden, welcher Weg, an ein Gratisexemplar dieses weltbewegenden Werkes heranzukommen, mir am meisten zusagt.

Ich gehe nicht in Kaths Geschäft, denn da kennt man mich. An dem Tag, an dem das Buch erscheint, gehe ich in die größte Buchhandlung von Chelsea. Ein Polizeiwagen steht vor der Tür, und ein Polizist gibt Anweisungen, das Plakat, eine größere Version des Umschlags von *Das Wort*, aus dem Schaufenster zu nehmen. Angeblich hat es einige Fahrer zu sehr abgelenkt. Ich gehe zu dem Tisch, auf dem die Stöße des Buches liegen und mit einem Exemplar in der Hand gleich wieder hinaus, denn das Personal spricht gerade mit den Polizisten. Aber ich werde das Gefühl nicht los, daß Kray mir verzeiht, daß ich sein Buch ›befreit‹ habe, und ich muß mich mit aller Kraft dagegen wehren, es wegzuwerfen.

Obwohl ich die Tür zu meinem Zimmer abgeschlossen habe, fühle ich mich beobachtet. Ich verstecke das Buch unter dem Bett, während ich Spaghetti brate und eine Dose Lachs fürs Abendessen öffne. Dann setze ich mich ans Fenster und beobachte die Streifenwagen auf ihrer Jagd, lausche den Rufen und Schreien, bis es dunkel ist. Als ich beginne zu glauben, daß die Scheinwerfer auf der Suche nach mir sind, ziehe ich die Vorhänge zu, aber dann fällt mir nichts anderes ein, als das Buch zu lesen.

Nur die ersten Seiten. Allein beim Gedanken an über tausend davon vergeht mir die Lust. Ich hasse Bücher, in denen die Dialoge nicht in Anführungszeichen stehen und jeder Absatz mit ›Und‹ beginnt. Und ich habe den Eindruck, als ob die Worte in meinen Kopf hineingleiten, bevor ich sie begreifen kann. Als ich das Buch lese, habe ich das Gefühl, daß ich mich in meiner Wohnung verstecke, mich von der Welt isoliere. Ich stecke *Das Wort* in die Seite meines Bettes, wo ich den Umschlag nicht sehen kann, der mich nervös macht, und schalte das Radio ein.

Kray geistert mir immer noch im Kopf herum. Ich hoffe, daß ich heute am Erscheinungstag jemanden hören kann, der ihn in der Luft zerreißt. Aber es gibt keine Sendung über Bücher im Radio, nur eine über Kunst, wie sie es nennen. Darin besprechen sie eine Eskimo-Rockband, eine Ausstellung von Skulpturen aus gebrauchten Kondomen und eine Inszenierung von *Jesus Christ Superstar*, in dem alle Rollen von Frauen in Rollstühlen gespielt werden. Wie kann ich auch erwarten, daß sie Kray für wert erachten könnten, ihm ihre Zeit zu widmen, und ich verziehe das

Gesicht über die allgemeine Idiotie der Welt, als die Moderatorin plötzlich sagt: »Und nun zu einem jungen Schriftsteller, dessen erster Roman als eine neue Art Buch beschrieben worden ist. Jess Kray, was verbirgt sich hinter Ihrem Buch *Das Wort*?«

»Nun, ich glaube, es ist eher darin zu finden als dahinter. Und ich würde sagen, es könnte die älteste Art von Buch sein, die Art, die schon lange vergessen ist.«

Zuerst kann ich nicht glauben, daß er es tatsächlich ist, denn er hat überhaupt keinen Akzent. Mühsam versuche ich mich daran zu erinnern, was für einen Akzent er denn hatte, und als ich aufgebe, sagt die Moderatorin: »Soll der Erzähler Gott darstellen?«

»Ich glaube, der Erzähler muß so wie Gott für jeden unterschiedlich sein.«

»Sie scheinen Wert darauf zu legen, mysteriös zu erscheinen.«

»Finden Sie nicht, daß das Mysteriöse immer eine Grundlage hat? Es ist nicht dasselbe, als wolle man etwas verbergen. Wir alle haben Bücher gelesen, in denen der Autor versucht, sich hinter dem Geschriebenen zu verstecken, obwohl das unmöglich ist, da der Vorgang des Verbergens genau das offenbart, was man glaubte, verborgen zu haben ...«

»Können Sie dafür ein Beispiel geben?«

»Ich möchte eher sagen, daß jedes Buch, daß Sie je gelesen haben, etwas verborgen hat, und ich möchte nicht, daß das bei meinen so ist.«

»Jedes Buch? Sogar die Bibel? Der Koran?«

»Das sind Versuche, alles zu sagen, ganz gleich wie sehr sich die Gedanken auch widersprechen, und ich glaube, sie alle machen einen fundamentalen Fehler. Vielleicht hat Shakespeare das Problem erkannt, aber er konnte es nicht wirklich lösen. Das ist jetzt meine Aufgabe.«

Ich versuche, die Moderatorin durch reine Willenskraft zu beeinflussen, die Fassung zu verlieren, und sie sagt: »Also um zusammenzufassen: Sie versuchen Shakespeare, die Bibel und alle anderen großen Werke der Weltliteratur zu übertreffen.«

»Mein Buch verbraucht eine Menge Papier. Ich glaube, daß

man, wenn man der Welt nicht mehr gibt, als man sich von ihr nimmt, keine Daseinsberechtigung hat.«

»Wie Sie es an einer Stelle in *Das Wort* auch ausdrücken. Jess Kray, vielen Dank.« Dann spricht sie mit einem Kretik – das ist ein Kretin, der sich für einen Kritiker hält, so wie alle, die meine *Fanzines* angreifen – über Kray und sein Buch. Als der weibliche Kretik sagt, daß sie glaubt, der Erzähler sei Christus, weil es da die Szene gibt, in der er das Licht jenseits des Berges durch die Löcher in seiner Hand sieht, fange ich an, das Radio zu beschimpfen, und zwar eine ganze Weile, bevor ich es abschalte. Ich krieche ins Bett und werde das Gefühl nicht los, daß da ein Licht neben mir ist, das ich sehen kann, wem ich die Augen öffne. Ich halte die Augen die ganze Nacht über fest geschlossen und wache mit dem Eindruck auf, daß sich Teile von Krays Buch tief in mein Gehirn eingegraben haben.

Zum ersten Mal, seit ich mich erinnern kann, freue ich mich auf einen Tag in der Bank. Vielleicht halte ich sogar einmal die Leute auf meiner Seite der Scheibe aus, ohne mit den Zähnen zu knirschen. Aber am Nachmittag kommt Mag, eines der Mädchen mittleren Alters, mit der Abendzeitung hereingewatschelt und schlägt mir damit beinahe ins Gesicht, als ob es meine Schuld wäre. »Sehen Sie sich das an. Wo soll das noch hinführen. Ich weiß nicht, was wird bloß aus dieser Welt.«

GOTTESLÄSTERUNG!
BUCH SOLL VERBOTEN WERDEN.

Ich will nicht weiterlesen, aber trotzdem greife ich nach der Zeitung. Darin steht, daß Kray in der Radiosendung, die ich gehört habe, gesagt hat, daß sein Buch besser als die Bibel sei und die Menschen es an ihrer Stelle lesen sollten. Ein Bischof hat Anzeige erstattet, und irgend so eine schwachsinnige Sekte mit Namen *Christus wird auferstehen* fordert alle Christen auf, das Buch *Das*

Wort zu zerstören, wo immer sie es finden. Also kann ich es mir nicht verkneifen, an dem Geschäft vorbeizugehen, aus dem mein Exemplar stammt, und am dritten Tag steht tatsächlich ein halbes Dutzend dieser Trottel mit Plakaten davor, auf denen steht:

CHRISTUS NICHT KRAY.

Die Polizei fährt nur vorbei, und ich hoffe, daß die Schwachköpfe bald genug haben, denn sie verschaffen Kray nur noch mehr Publicity. Aber am nächsten Tag sind es acht und am übernächsten dann zwölf, und am Wochenende kommen ein paar Kray-Fans hinzu und lesen ihnen aus *Das Wort* vor, um ihnen zu zeigen, daß sie unrecht haben. Und es kommt mir vor, als hätte ich gerade einmal Luft geholt, da gibt es kaum noch eine Buchhandlung im ganzen Land, vor der nicht die Clowns stehen und sich gegenseitig *Das Wort*, die Bibel und den Koran vorlesen. Und dann fährt Kray schließlich von einer Buchhandlung zur nächsten und spricht mit den Leuten.

Immer wieder höre ich die Nachrichten im Radio, um zu erfahren, ob ihn schon jemand ins Jenseits befördert hat, aber leider werde ich immer wieder enttäuscht. Immer wenn ich in meinem Zimmer bin, spüre ich die Anwesenheit des Buches. Ich würde es wegwerfen, aber am Ende liest es dann noch jemand – ich würde es zerreißen und verbrennen, aber dann würde ich mich wie diese Sekte *Christus wird auferstehen* benehmen. Am nächsten Tag reden in der Bank alle darüber, daß Kray mittags in der Stadt ist. Ich zermartere mir mein Hirn auf der Suche nach einer anderen Beschäftigung – alles, nur nicht einer in der Menge sein. Aber was, wenn ihm gerade heute etwas zustößt? Das Schauspiel würde mir gefallen, also schleppe ich mich in der Mittagspause dorthin.

Mindestens einhundert Menschen stehen vor der Buchhandlung. Jemand hat Kray einen Stuhl gegeben, auf dem er jetzt steht, aber wer hat dafür gesorgt, daß ihn die Sonne so unverschämt anstrahlt. Er beantwortet eine Frage und sagt: »Wenn Sie sich die Aufzeichnungen meines Interviews noch einmal anhören, dann wissen Sie, daß ich nie gesagt habe, mein Buch sei besser als die Bibel. Ich bin mir gar nicht sicher, was besser in diesem Zusammenhang bedeuten soll. Ich hoffe, daß mein Buch alle großen Bücher enthält.«

Und er lächelt, und ich warte darauf, daß ihn jemand angreift, aber niemand tut es, nicht einmal verbal. Ich spüre meine Stimme aus meinem Mund herausbrechen, und mir fällt nichts Besseres ein als die Frage, die Strohköpfe so gerne Schriftsteller auf Tagungen fragen: »Woher haben Sie Ihre Ideen?«

So viele aus der Menge starren mich jetzt an, daß ich glaube, die eine Frage gestellt zu haben, die er nicht hören möchte. Ich habe das Gefühl, daß er mehr Augen als eine Spinne hat, mit denen er mich jetzt beobachtet, mehr als ein ganzer Haufen von Spinnen – mehr als die Menschen, die ein Exemplar seines Geschwafels in Händen halten. Kray selbst sieht nur ganz grob in meine Richtung. Ich soll glauben, daß er mich nicht erkannt hat oder daß ich nicht wichtig genug bin, erkannt zu werden. »Sie sind in meinem Buch.«

Ich möchte ihn fragen, warum er vorgibt, mich nicht zu kennen, aber ich kann mir nicht sicher genug sein, daß es wie eine Anklage klingt, und beim Gedanken an die Alternative krümme ich mich vor Ekel. Aber ich werde ihm nicht die Gelegenheit für eine seiner schleimig glatten Antworten geben, und ich rufe: »Wer?«

Ein weiblicher Kray-Fan, die ganz in meiner Nähe steht und alles mit ihrer Videokamera filmt, unterbricht die Aufnahme und dreht sich zu mir um. »Seine Ideen. Sie sollten über seine Ideen sprechen.«

Niemand hat mir zu sagen, worüber ich sprechen sollte, besonders nicht so eine völlig nichtssagende Kuh, die weder ihr Haar vernünftig kämmen kann noch ihre Lippen unter Kontrolle hat. Ich frage mich, ob sie mich auch bei meiner nächsten Frage unterbrechen wird, über die ich jetzt, ohne mir noch richtig darüber klar zu sein, in meinem Kopf stolpere: »Wer ist es, den Sie in Florida getroffen haben?« rufe ich.

Kray sieht mich direkt an, und es fühlt sich an, als ob sein Lächeln meinen Schädel entzweisägt. »Alte Menschen mit alten Ideen, die fast verlorengegangen wären. Sie sind in meinem Buch. Jeder ist in irgendeinem wichtigen Buch enthalten.«

Vielleicht sieht er, wie ich Luft hole, um ihn nach den drei Büchern zu fragen, an die er nicht mehr erinnert werden möchte, denn er redet weiter. »Wie ich eben sagen wollte, ich möchte nur, daß alle einander respektieren. Bitte kritisieren Sie *Das Wort* nicht, bevor Sie es gelesen haben. Wenn sich jemand von dem Buch verletzt fühlt, dann möchte ich es wissen.«

Ich könnte genausogut vom Erdboden verschluckt worden sein oder nie existiert haben. Als er auf eine Antwort wartet, habe ich das Gefühl, daß sein Lächeln sich in meinem Mund verhakt hat. Die Menge tuschelt, aber niemand scheint etwas laut sagen zu wollen. Eine verschwommene Unbestimmtheit schluckt jeden Protest. Dann begleiten zwei Leibwächter Kray zu einer Limousine, die hinter mir aufgetaucht ist. Ich möchte ihn packen und – ich weiß nicht, was ich will, und einer der Begleiter schubst mich aus dem Weg. Ich sehe Krays Rücken, den davonfahrenden Wagen, und die Menge steht da, und alle reden miteinander, und ich muß mir den Nachmittag in der Bank frei nehmen, weil ich das Geld nicht mehr sehen kann.

Wann immer der Schmerz etwas nachläßt, füllt sich mein Kopf mit Gedanken über Kray und sein Buch. Als ich sein Buch neben mir in der Dunkelheit spüre, verfluche ich es, wünsche ihn und das Buch in die Hölle, die so ewig und immerwährend ist wie meine Kopfschmerzen. Nicht, daß ich schon so tief gesunken wäre, daß ich tatsächlich an Verwünschungen glaube, aber es geht mir schon besser, als ich im Radio höre, daß sein Plan wohl nicht aufgeht. Führer der Moslems werfen ihm vor, daß er ihre Gemeinde verführt und dem Islam entfremdet.

Ich suche die Zeitungen ab und höre mir abends die Nachrichten an, falls irgendein Ayatollah einen Preis auf seinen Kopf aussetzt. Einige Buchhandlungen in der Stadt werden von Moslems gestürmt und verstecken ihre Exemplare von *Das Wort* entweder oder schicken sie zurück, und ich wünsche mir, daß sich die Panik noch weiter ausbreitet. Aber in den nächsten Schlagzeilen steht, daß er sich mit den Führern der Moslems treffen und öffentlich mit ihnen über das Buch diskutieren will.

Die Diskussion soll im Spätabendprogramm des Fernsehens in einer sogenannten Kunstsendung live ausgestrahlt werden. Ich sehe es mir nicht an, da ich niemanden kenne, bei dem ich mich zum Fernsehen einladen könnte, aber als es läuft, schalte ich mein Licht aus und setze mich ans Fenster. In mehr und mehr Fenstern flackert es, als ob die Stadt voller Menschen wäre, die wissen wollen, was als nächstes mit Kray geschehen wird. Ich öffne mein Fenster und versuche, die wütenden Rufe der Moslems zu erhaschen, oder Krays Schreie, aber die Stadt war noch nie so still. Als sich mein Kopf langsam mit Gedanken füllt, die ich nicht denken will, gehe ich ins Bett und träume von Kray am Kreuz. Aber am Morgen sprechen alle davon, wie die Moslems am Ende alle auf Krays Seite waren und daß einer von ihnen, ein Universitätsprofessor, *Das Wort* übersetzen wird, in die Sprache, die die Moslems sprechen, welche auch immer das sei.

Und jeder, sogar Mag, die noch wenige Tage zuvor nicht gewußt hat, was aus der Welt werden soll mit jemandem wie Kray, sagt jetzt, wie sie ihn alle bewundern, wie großartig er sich geschlagen hat, und wie sie ihn lieben, und sie wünschten sich, daß sie ihn gesehen hätten, als er in der Stadt war. Als ich ihnen sage, daß ich das Buch habe und es nicht über mich bringe, es zu lesen, sehen sie mich alle an, als ob sie mich bemitleiden. Drei fragen, ob sie es sich ausleihen könnten, und ich antworte ihnen, sie sollen sich ihr eigenes kaufen, da ich nie für meines bezahlt habe, womit ich wenigstens erreiche, daß niemand mehr viel mit mir redet. Ich kann immer noch hören, wie sie über Kray sprechen, und ich spüre, daß sie über ihn nachdenken. In der Mittagspause kaufen sich zwei *Das Wort*, und die anderen, sogar der Filialleiter, wollen es lesen. Ich bin umgeben von Kray, ersticke an seiner Masse. Ich frage mich, ob irgend jemand auf der Welt außer mir eigentlich weiß, wie er wirklich ist. Endlich schließt die Bank, und als ich das Gebäude verlasse, warten zwei Anhänger von *Christus wird auferstehen* auf mich.

Beide tragen Anzüge wie Beamte und sehen aus, als ob sie die Hälfte ihres Lebens damit verbringen, sich das Gesicht zu schrubben und die Kreuze um ihren Hals zu polieren. Sie machen einen Schritt auf mich zu, als mich das Sonnenlicht trifft, und das Mädchen sagt: »Sie kannten ihn.«

»Ich, nein, wen? Wen soll ich kennen?«

Ihr Freund, oder was auch immer er ist, berührt meinen Arm, als wäre es ein geheimes Zeichen. »Wir haben gesehen, wie Sie ihn dazu bringen wollten zu gestehen, wen er getroffen hat.«

»Wir sollten uns irgendwo hinsetzen und darüber reden«, sagt das Mädchen.

Jedesmal, wenn sie sich bewegen, blitzen ihre Kreuze auf, bis meine Augen sich anfühlen wie ein ganzer Friedhof von verbrannten Kreuzen. Wenigstens haben die beiden *Das Wort* nicht geschluckt, und mit ihnen zu reden ist noch besser, als in meinen Zimmer herumzusitzen. Wir finden eine Bank, auf der nicht lauter Arbeitslose sitzen, werfen die McDonalds-Kartons herunter, und die beiden nehmen mich in die Mitte, obwohl ich mich ganz ans Ende der Bank gesetzt habe. »War er ein Freund von Ihnen?« fragt das Mädchen.

»Es sieht so aus, als wollte er jedermanns Freund sein«, sage ich.

»Aber nicht Gottes Freund.«

Es ist unwichtig, wer von beiden das gesagt hat; es hätte von beiden kommen können. »Wieviel wissen Sie denn darüber, was in Florida geschehen ist?«

»So viel, wie er geantwortet hat, als ich ihn gefragt habe.«

»Sie müssen ehrlich mit uns sein. Wir können nichts gegen ihn ausrichten, wenn wir nicht der Wahrheit vertrauen.«

»Warum nicht?«

Darauf wissen sie keine Antwort, da sie offenbar nicht gewohnt sind zu denken. Dann sagen sie: »Wir müssen alles wissen, was wir über ihn herausfinden können.«

»Wer ist wir?«

»Wir glauben, daß Sie einer von uns sein könnten. Sie sind eine verwandte Seele, das sehen wir.«

Das ist nun wirklich das allerletzte, was ich je sein werde. Beinahe springe ich auf und bearbeite ihre glänzenden, frisch shampoonierten Köpfe, damit sie mir nicht nachkommen, aber ich will wissen, was sie über Kray wissen und ich nicht. »Dann muß das der Grund sein, warum ich ihn über Florida befragt habe. Ich weiß nur, daß er, nachdem ich ihn das letzte Mal getroffen habe, nach Florida gegangen ist, und als er von dort zurückkam, hat er *Das Wort* geschrieben. Also was ist dort geschehen?«

Sie sehen sich über meinen Kopf hinweg an, und dann richten sie ihre Augen auf mich. »Da gibt es Menschen, die vor fast hundert Jahren von einem Berg heruntergekommen sind. Wir wissen, daß er sie getroffen hat oder jemanden, der mit ihnen in Verbindung steht. Das muß die Quelle seiner Macht sein. Sonst hätte er niemals gegen den Islam gewinnen können.«

Ich hätte nicht geglaubt, daß man noch schwachsinniger daherreden kann als Kray. »So war er schon, als er noch ein harmloser *Fantasy*-Fan war. Er hat ein geniales Talent, Leute für sich einzunehmen und sich zu verkaufen.«

»Auf diese Weise ist er auch an das Geheimnis, das vom Berg herunterkam, gekommen. Was können Sie uns sonst noch sagen?«

Es macht mir nichts aus, Kray noch verdächtiger erscheinen zu lassen, aber ich will nicht, daß sie glauben, ich wollte ihnen helfen. »Nichts«, sage ich und stehe auf.

Daraufhin ziehen sie beide ein Exemplar ihrer Schriften aus der Tasche. »Bitte nehmen Sie das. Unsere Adresse steht auf der Rückseite, wenn Sie sich mit uns in Verbindung setzen wollen.«

Ich könnte ihnen sagen, daß das sicher nie der Fall sein wird und ihnen die Heftchen ins Gesicht werfen, aber wenigstens kann mich so niemand für einen Kray-Fan halten, solange ich sie in der Hand halte. Zu Hause werfe ich einen Blick hinein und stelle fest, daß sie genauso dämlich sind, wie ich erwartet habe, voller

Geschwafel über die Bibel, Apokalypse, Antichrist, *Antifreeze* und was es sonst noch für Blödsinn gibt. Ich stopfe sie in die Seite meines Bettes und rede mir ein, daß ich der Sekte geholfen habe, Kray zu erwischen. Und ich hoffe weiter, bis ich sein Bild auf dem *Time Magazine* sehe.

Zu diesem Zeitpunkt hat bereits die Hälfte der Bank das Buch gelesen. Ich sehe sie lachen und weinen oder ganz still werden, wenn sie es in ihren Pausen lesen, und wenn sie es ausgelesen haben, dann sehen sie aus, als ob sie ein Geheimnis wüßten, das sie gerne mit der ganzen Welt teilen würden. Ich werde nicht fragen, lieber beiße ich mir die Zunge ab. Jeder, der sich nach dem Buch erkundigt, bekommt als Antwort zu hören: »Lesen Sie es«, oder: »Das müssen Sie selbst herausfinden«, und ich frage mich, ob in dem Buch steht, daß man möglichst viele dazu bringen soll, es zu lesen, so wie früher auf den Filmplakaten stand, man solle niemandem das Ende des Films verraten. Ich rühre mein Exemplar von *Das Wort* nicht an, aber eines Tages stehle ich mich in eine Buchhandlung, um die letzte Seite zu lesen. Natürlich ist es vollkommen unverständlich, aber ich habe das Gefühl, daß ich es verstehen könnte, wenn ich die Seite davor läse, denn vielleicht kann man es rückwärts genauso lesen wie vorwärts. Ich lasse das Buch auf den Tisch fallen und laufe aus dem Geschäft hinaus.

Wenigstens haben sie *Das Wort* jetzt aus den Schaufenstern genommen, um es durch ein anderes Pfund Fett im Umschlag zu ersetzen, aber ich sehe wieder Menschen auf der Straße, die es lesen. Wenn ich irgendwo in der Menge etwas aufblitzen sehe, fürchte ich immer, daß es ein weiteres Exemplar des Buches ist, das die Aufmerksamkeit auf sich zieht. In der Nacht zu Hause fühle ich mich mehr und mehr von dem Buch bedrängt, und ich sage mir, daß ich das einzige Exemplar besitze, das niemand lesen wird. Aber ich muß immer öfter in den Zug steigen und aufs Land fahren, um ihm zu entkommen – nur auf diesen Spaziergängen kann ich sicher sein, daß niemand in der Nähe ist, der es liest. Und wenn ich von diesen Ausflügen zurückkomme, beobachtet er mich von der Bahnhofsbuchhandlung aus.

Es sieht aus wie ein Rekrutierungsplakat, auf dem er für seine Anhänger wirbt, und er braucht noch nicht einmal mit dem Finger auf sie zu zeigen. Während ich in einer Zeitschrift blättere, schiebe ich alle Kopien des *Time Magazine* aus dem Regal, bis sie auf den Boden fallen. Nur eines stecke ich mir vorn in die Hose. Auf dem Weg nach Hause denke ich die ganze Zeit, wie mein Penis jetzt über seinen Mund reibt, und in meinem Zimmer lache ich laut über den Fleck, den ich auf seinem Gesicht hinterlassen habe, bevor ich umblättere.

Die Schlagzeile lautet WAS IST *DAS WORT*? Sie ist in der gleichen Schrift gesetzt wie der Buchtitel auf dem Umschlag. Vielleicht enthält der Artikel endlich das, was ich brauche, um ihn für immer aus meinem Kopf zu verbannen. Aber statt dessen steht darin, wie er seinen Eltern von einem Teil seines Vorschusses ein Haus in Florida gekauft hat und daß *Das Wort* bereits in dreizehn Sprachen übersetzt wird, und mir wird übel. Dann versucht diese dämliche Journalistin noch zu erklären, warum *Das Wort* zu einem solchen Phänomen geworden ist. Als ich zu Ende gelesen habe, beinahe blind vor Schmerzen, glaube ich, daß das alles nur wieder ein Trick von Kray ist.

Der Artikel sagt zuviel und gleichzeitig überhaupt nichts. Die Verfasserin weiß nicht, ob *Das Wort* das Buch ist oder der Erzähler oder die Worte, die so aussehen, als stünden sie aus Versehen in dem Buch. Kray sagt ihr: Wenn ein Buch nicht Sprache ist, dann ist es gar nichts. »Vielleicht also sollten wir ihn beim, verzeihen Sie, Wort nehmen.« Er sagt, er schreibt nur Worte nieder, und jeder Leser muß selbst entscheiden, wozu sich das Ganze zusammensetzt. Also hat sie dann auch noch einen Haufen von Kretiks und Schwindlern versammelt, die ihren Senf dazugeben.

Wenn ich dort gewesen wäre, hätte ich sie allesamt mit den Köpfen aneinandergeschlagen. Einer findet, es sei das komischste Buch, daß er je gelesen hätte, für einen anderen ist es das rührendste, und alle anderen stimmen beiden zu. Eine Frau meint, es sei wie *The Canterbury Tales*, und dann gibt es eine Diskussion, ob es von einer oder von mehreren Figuren erzählt wird, oder ob alle

Figuren nur Variationen einer einzigen sind, oder ob sie uns eine neue Form der Beziehung untereinander aufzeigen. Eine Professorin sagt, daß die Bibel von einer ganzen Reihe von Menschen geschrieben worden ist, aber wenn man es in der Übersetzung liest, merkt man es nicht mehr, wohingegen sie glaubt, daß man bei Kray aufs Wort genau feststellen kann, wo sich die Stimme des Erzählers ändert, »so viele Stimmen wie Menschen, die das Buch verstehen«. Damit beginnen sie, über die Idee aus *Das Wort* zu diskutieren, daß die Menschen in biblischen Zeiten länger gelebt haben, weil sie dem Ursprung näher waren, als ob das erklärte, warum manche Menschen heute länger leben, und all das andere, was mit uns geschieht, daß das Universum sich immer mehr dem Zustand nähert, in dem es war, bevor es Gestalt annahm. Und dann kommt so ein völliger Unsinn, daß die Menschen mehr sündigen, damit die Sünden bis zur Kreuzigung zurückreichen, da Christus sonst nicht zurückkommt, oder vielleicht will das Buch auch sagen, daß die Menschen wissen müssen, wann sie aufhören, bevor sie das Gegenteil erreichen und alles aus dem Gleichgewicht bringen, aber zu diesem Zeitpunkt muß ich schon mit dem Finger die Zeilen entlangfahren und sie laut lesen, obwohl der Klang meiner Stimme die Kopfschmerzen nur noch verschlimmert. Da sind noch immer viele Spalten, die Experten sagen, daß *Das Wort*, wenn man es laut liest, reine Poesie ist und wie einige Passagen fast schon musikalische Form annehmen und daß die Ideen des Buches auf Sufismus und Upanischad und Buddhismus und Behaismus und der Kabbala und dem Gnostizismus und der griechischen und römischen Antike und noch älteren Mythen beruhen, und ich kratze mit den Fingernägeln über das Papier, bis ich am Ende angekommen bin und jemand schreibt: »Ich glaube, der Kern des Buches ist der Mythos, den wir in unserer Zeit so dringend brauchen.« Und alle stimmen ihm zu, und ich zerreiße die Zeitschrift und versuche zu schlafen.

Ich kann all ihr Gefasel noch hören, als ob Kray ihre Stimmen benutzte, um die Menschen zu zwingen, sein Buch zu lesen, damit sie herausfinden, was sie alle so begeistert hat. Am Morgen höre ich sie immer noch auf dem Weg zur Bank, und ich frage mich, wie viele von ihnen der Verlag auf der Rückseite der Taschenbuchausgabe zitieren wird, und dann wird mir klar, wie sehr ich mich vor der Taschenbuchausgabe fürchte, da sich soviel mehr Menschen das Buch dann leisten können. Ich fürchte mich davor, von Menschen umgeben zu sein, die Kray in ihren Köpfen haben, da die Welt dann noch mehr zu einen Ort wird, an den ich aus Versehen geraten bin. Ich muß beinahe darüber lachen, wie ich mich dagegen sträube, daß man mir die Dummheit der Menschen so klar vor Augen führt, obwohl es doch nur bestätigt, was ich geglaubt habe.

Als die Werbung für die Taschenbuchausgabe an Bushaltestellen und auf Plakatwänden erscheint, kann ich nur noch mit halbgeschlossenen Augen durch die Stadt gehen. Auf den Plakaten benutzen sie nicht wieder denselben Trick wie auf dem Umschlag der Erstausgabe, aber das bedeutet, daß der Verlag darauf vertraut, daß nur der Titel und der Name des Autors das Buch verkaufen wird. In der Bank fragt man mich dauernd, ob ich mich nicht wohl fühle, bis ich ihnen antworte, daß ich mein Sonntagsessen nicht mehr bekomme, da meine Mutter einen Herzanfall gehabt hat und im Krankenhaus gestorben ist, nicht, daß das irgend jemanden etwas anginge, aber es ist gut so, da ich kaum essen kann, solange ich auf die Taschenbuchausgabe warte.

Eines Tages entdecke ich das erste Exemplar. Eine Demonstration von Irren, die man aus einem Krankenhaus herausgeworfen hat und die fordern, daß man es wieder öffnet, zieht durch die Straßen, und mittendrin sitzt eine Frau auf einer Bank und liest *Das Wort*, in das sie so versunken scheint, daß sie weder sieht noch hört, was um sie herum vorgeht. Und dann kommt der Mann, auf den sie wartet, setzt sich neben sie und drückt ihr die nassen Lippen auf die Wange, und er lehnt sich hinüber, um zu sehen, was sie liest, und ich sehe, wie er anfängt zu lesen, als ob es ganz gleich wäre, auf welcher Seite man beginnt, da es einen überall hineinzieht. Ich laufe zur Bank, und dort fragt mich eines der Mädchen, ob ich weiß, wann das Taschenbuch erscheint, und als ich sage, ich weiß es nicht, erscheint es mir, als ob ich versuchte, etwas aufzuhalten, was nicht aufzuhalten ist.

Oder bin ich der einzige, der das kann? Den ganzen Tag denke ich darüber nach, wo ich das Interview mit ihm hingelegt habe. Wer auch immer die *PdMuV*-Hefte auf der *Contamination*-Tagung gestohlen hat, ich sollte eigentlich noch die Kassette haben. Ich suche zwischen meinen Kleidern, Tellern und Dosen und in den Dosen und unter den Seiten des *Time Magazine*, das ich zerrissen habe, und unter den Handtüchern auf dem Boden in der Ecke und unter den Gläserresten, die ich in der Spüle zerschlagen habe.

Sie ist nirgendwo. Meine Mutter muß sie irgendwann weggeworfen haben, als sie zum Saubermachen gekommen ist. Ich schreie meine Mutter an, bis ich keine Stimme mehr habe. Zu dem Zeitpunkt habe ich fast alles, was sich bewegen läßt, aus den Fenster geworfen. Sie reißen das Haus gegenüber gerade ab, da wird ein bißchen mehr Müll auf der Straße auch nichts mehr ausmachen, und meine Mitbewohner in diesem Rattenloch scheinen sich nicht zu trauen, mich zu fragen, was ich da tue, aber vielleicht sind sie auch nur zu beschäftigt damit, *Das Wort* zu lesen.

Ende der Woche haben zwei der Sklaven in der Bank das Taschenbuch und leihen es jedem, der fragt, und ich weiß nicht mehr genau, wann sie anfangen, mich mit Krays Worten zu bedrängen. Die meiste Zeit sagen sie Dinge, die sie von jemand anderem gehört haben, aber nach einer Weile fällt mir auf, daß sie angefangen haben, in Zitaten zu sprechen. Wie das Mädchen im Schalter neben meinem, die mir von einer geheimnisvollen Mordgeschichte im Fernsehen erzählt, als plötzlich jemand zu ihr sagt: »Das Geheimnis ist in dir, und es umgibt dich«, und dann lachen sie, als ob sie etwas wüßten, was ich nicht weiß. Oder sie fragt nach der Zeit, und ihre Partnerin in der Komödie antwortet: »Es ist Zeit, sobald du sie dir nimmst.« Und lauter so unsägliches Zeug: »Sieh hinter die Welt« oder »Du bist der Schatten der Unendlichkeit«, was der Filialleiter einmal von sich gibt, als ob er damit alle anderen Zitate übertreffen könnte. Und bevor ich es weiß, grüßen sich plötzlich mindestens die Hälfte der Sklaven morgens nicht mehr mit ›Guten Morgen‹ sondern mit ›Was ist das Wort?‹

Damit fühlt sich die ganze Welt an wie Kopfschmerzen. Auf der Straße sagen es die Menschen, und auch wenn sie an meinen Schalter kommen, bis ich mich frage, ob ich einen Fehler gemacht habe, als ich meine Mutter beschuldigte, die Kassette weggeworfen zu haben, oder ob nicht vielleicht jemand in meinem Zimmer gewesen ist. Aber als der nächste Slogan sich im Müll der Gehirne festsetzt, kann ich mich nicht mehr zurückhalten – als ich ein Mädchen einem anderen antworten höre: »Wie Kray sagen würde.«

»Gibt es irgend etwas, wozu er nichts zu sagen hat?«

Ich glaube, daß ich normal spreche, aber sie halten sich die Ohren zu, bevor sie die Köpfe schütteln und mich traurig ansehen. »Nein«, sagen sie im Chor.

»*Sod*, wenn man Sie hört, glaubt man, ihn zu hören.«

»Vielleicht sollten sie das einmal tun.«

»Vielleicht wird er es tun.«

»Vielleicht wird es jeder tun.«

»Vielleicht ist die Zukunft.«

»Wie Kray sagen würde.«

»Wissen Sie, daß Sie der einzige sind, der ihn noch nicht gelesen hat, Jeremy?«

»Nun, wenn ich dadurch anders bleibe.«

»Falls wir uns nicht in allen anderen wiederfinden …«

»Wie Arschloch Kray sagen würde.«

Eine Frau, die gerade einen Scheck ausstellt, ringt entsetzt nach Luft, und ein anderer Kunde macht mit seiner Zunge klickende Geräusche wie ein Papagei. Ich bin sicher, daß sie mich meinen, weil ich ein böses Wort über ihr Idol gesagt habe. Den Rest des Tages spricht niemand von den Sklaven mit mir, was eine Riesenerleichterung wäre, wenn ich nicht spürte, daß sie Krays Worte denken, auch wenn sie sie nicht aussprechen. Ich nehme an, daß mich der Filialleiter nicht gehört hat, da er in seinem Büro war, um einem Kunden mitzuteilen, daß die Bank ihm sein Haus abnimmt. Aber am Montag ruft er mich zu sich und sagt: »Sie sind sich wohl bewußt, daß noch weitere Einsparungsmaßnahmen geplant sind.«

Er hat auch vorher schon etwas gesagt, aber ich war so beschäftigt damit herauszufinden, wo sich bei ihm *Das Wort* verbirgt. Wenigstens klingt er nicht wie Kray. »Entschuldigen Sie, Mr. Bates, aber gibt es irgendwelche Schwierigkeiten, die Sie mir vielleicht mitteilen möchten?«

»Womit?«

»Ich würde Ihnen gern die Möglichkeit geben, Ihr Verhalten zu erklären. Sie sind sich doch sicher bewußt, daß die Bank von ihren Angestellten eine gepflegte Erscheinung und angemessenes Verhalten erwartet.«

Ich verschränke die Arme und verberge damit vielleicht, was ihn so beleidigt. Ich höre ein Glucksen in meinen nassen Achselhöhlen und höre mich sagen: »Ich habe gedacht, Sie sollten sich in mir sehen.«

»Das war nie als Entschuldigung gemeint. Haben Sie wirklich sonst nichts zu sagen?«

Ich kann es nicht fassen, daß ich mich mit einem Kray-Zitat zu verteidigen versuche. Ich beiße mir auf die Zunge, bis sie so weh tut, daß ich sie herausstrecken muß. »Ich würde Ihnen empfehlen, jemanden um Rat zu fragen, Mr. Bates«, sagt der Filialleiter. »Ich hatte gehofft, es Ihnen schonender beibringen zu können, aber ich muß sagen, daß ich dafür keinen Grund mehr sehe. Auf Grund der wirtschaftlichen Situation bin ich aufgefordert worden, noch mehr Einsparungen im Personalbereich durchzuführen, und Sie werden verstehen, wenn ich sage, daß Ihre Einstellung mir bei der Entscheidung geholfen hat.«

»Hat Kray irgend etwas dazu zu sagen, wie man die Wirtschaft wieder in Ordnung bringen könnte?«

»Ich glaube schon, auf Weltebene, aber ich sehe nicht, wie Ihnen das in Ihrer augenblicklichen Situation weiterhelfen könnte.«

Der Filialleiter sieht mich jetzt etwas milder an – sicher glaubt er jetzt, daß ich doch einer von ihnen bin, und das kann ich nicht zulassen. »Wenn er es versuchte, würde ich ihm das Buch wieder dort hineinstecken, wo es hergekommen ist.«

Der Filialleiter sieht mich an, als ob ich ihn persönlich beleidigt hätte. »Ich glaube nicht, daß unser Gespräch noch weiter geführt werden kann. Wenn Sie während Ihrer Kündigungsfrist noch weiter hier arbeiten, muß ich Sie dringend bitten, sich um ein gepflegteres Äußeres zu bemühen, und entschuldigen Sie, wenn ich so direkt werde, nehmen Sie ein Bad.«

»Wie oft sagt er, daß ich eines nehmen soll?« Ich meine das verächtlich, aber es klingt vielleicht wie eine ernste Frage. »Nicht, daß es mich interessiert. Einen Scheiß tut es das«, sage ich, aber das ist noch nicht annähernd genug. »Und wenn ich es tue, dann kann ich mir wenigstens mit seinem Buch den Arsch abwischen. Und das gleiche gilt für Ihre Kündigung, denn ich will niemanden hier wiedersehen und überhaupt niemanden, der in seinem Kopf Platz hat für diesen, diesen …« Mir fällt kein Wort ein, das schlimm genug für Kray ist, aber das macht nichts, denn ich gehe bereits rückwärts aus dem Büro. »Nur damit es jeder weiß, ich weiß, daß ich gefeuert werde wegen der Dinge, die ich über ihn sage«, füge ich lauter hinzu, damit sie mich trotz ihrer zugehaltenen Ohren hören. Dann schaffe ich es nur mit Mühe, den Weg nach Hause zu finden und das Schlüsselloch und mein Bett.

Da ist so gut wie nichts in meinem Zimmer außer mir und dem Buch. Also habe ich immer noch einen Job, der darin besteht, hierzubleiben und dafür zu sorgen, daß niemand dieses eine Exemplar liest. Das tue ich, bis die Bank mir einen Scheck schickt über das Geld, das sie mir schuldet, den sie mir sicher am liebsten nicht geschickt hätte, und ich denke an all mein Geld, das ich nicht mitgenommen habe, als ich aus der Bank geflohen bin.

Als sie öffnen, stehe ich vor der Tür. Zuerst glaube ich, daß die Sklaven so tun, als ob sie mich nicht erkennen, aber dann frage ich mich, ob sie vielleicht nur einfach zu beschäftigt damit sind, Krays Gedanken zu denken. Ein Sklave nimmt meinen Scheck und das Auszahlungsformular und verschwindet damit länger, als ich selbst bei ihm für möglich gehalten hätte. Dann sehe ich den Filialeiter, der seinen Kopf neugierig aus dem Büro steckt, während ich einen Prospekt aus Glanzpapier zerreiße, in dem steht, wie die Kunden der Bank helfen können, der dritten Welt zu helfen. Ich sehe, daß er einen Angestellten anweist, mir zu geben, was ich will, und dann zieht er seinen Kopf ein wie eine Schildkröte, die man getreten hat, und mir wird plötzlich klar, daß er Angst hat vor dem, was ich bin. Aber was bin ich?

Der Sklave stopft mein ganzes Geld in einen Umschlag und läßt ihn in den Trog unter der Scheibe fallen – den Trog, bei dem ich mich immer gefragt habe, auf welcher Seite die Schweine sind. Ich klemme mir den Umschlag unter den Arm und lasse Jahre meines Lebens hinter mir. Ich gehe so schnell wie möglich nach Hause, durch Straßen, wo jedes Geschäft entweder Ausverkauf hat oder schließt oder beides, und da sehe ich Krays Gesicht.

Es ist eine Zeichnung auf der einzigen Zeitschrift, die es über Bücher noch gibt. Ich muß herausfinden, was er vorhat, aber mit dem Geld wie einem Krebsgeschwür unter dem Arm kann ich das Heft nicht ›befreien‹, ohne daß es die Leute merken. Ich gehe in die Buchhandlung und reiße es aus dem Regal, und als die Leute zurückweichen, fühle ich mich stärker.

Ich habe gerade gelesen, daß *Das Wort* auf dem besten Wege ist, die Bibel als weltweiten Bestseller zu übertreffen, und daß sich eine Kultbewegung in den Universitäten gebildet hat, deren Anhänger behaupten, daß das Buch eine unterschiedliche persönliche Botschaft für jeden einzelnen enthält und daß man es allen, die nicht lesen können, vorlesen sollte, als ein Rausschmeißer, der sich Mühe gibt, auszusehen wie ein Polizist, sich über mich beugt und sagt, ich soll den Fetzen entweder kaufen oder verschwinden. Aber ich habe alles gelesen, was ich wissen will. Das Geld wird mir die Zeit verschaffen, die ich brauche, um zu tun, was ich tun muß.

Wenn ich nur wüßte, was das sein soll. Je länger ich in meinem Zimmer bleibe, desto stärker wird die Versuchung, in *Das Wort* selbst nach Hinweisen zu suchen. Das ist ein Trick. Ich soll glauben, daß es außerhalb seiner Seiten keine Hilfe gibt, aber ich habe etwas anderes zum Lesen. Ich finde die Hefte von *Christus wird auferstehen*, die das Buch fast zerrissen und aus meiner Reichweite fortgeschoben haben. Aber als ich sie und mein Gesicht aus dem Staub unter dem Bett hervorziehe, streiche ich die Seite mit der Adresse glatt.

Es ist dort, wo die meisten Feuer ausbrechen und die Polizei nur noch in gepanzerten Fahrzeugen herumfährt, wenn sie überhaupt hinfährt, und es gibt keine Überwachungskameras und kaum Helikopter. Aber jetzt ist es dunkel. Die Menschen tun es stehend in den Hauseingängen, wenn sie nicht zu Dutzenden umherstreichen und nach Schwächeren suchen. Ich habe Angst, daß sie mich anzünden, denn ich sehe ein paar Hunde an etwas Verkohltem herumreißen, das aussieht, als wäre es einmal jemand gewesen, aber ich scheine niemandem wichtig genug zu sein, daß man sich um mich kümmert, womit sie einen Fehler machen.

Der Zufluchtsort der Sekte liegt mitten in einem hundert Jahre alten Häuserblock, von denen einige keine Dächer mehr haben. Kinder laufen ins Haus, die eine Katze an allen vier Beinen halten, aber sonst kann ich niemanden sehen. Ich fühle, wie die Treppenstufen unter meinen Füßen nachgeben und knirschen, als ich zur Tür der Sekte hinaufsteige, und ich halte mich am Türklopfer fest, um das Gleichgewicht wiederzuerlangen, obwohl sich meine Finger darauf anfühlen, als würden sie zerbröckeln. Ich will gerade mit dem Klopfer auf die rostige Metallplatte schlagen, da bricht plötzlich Feuer in einer Ruine auf der anderen Seite aus und erleuchtet den Raum durch das Fenster neben mir.

Darin steht eine Menge Stühle um einen Tisch, auf denen die Hefte liegen. Aber dann lodern die Flammen noch heller, und ich sehe, daß es gar keine Hefte sind, sondern zwei Exemplare von *Das Wort*. Die Bücher wabbeln plötzlich wie zwei Blöcke Gelatine und bewegen sich über den Tisch auf mich zu, und ich reiße fast den Türklopfer ab, als ich mich von ihm losreiße. Ich falle die Stufen hinunter und höre nicht auf zu laufen, bis ich mich in meinem Zimmer eingeschlossen habe.

Ich bleibe die ganze Nacht wach und passe auf, falls mir jemand gefolgt sein sollte. Auch als der letzte Fernsehschirm verlöscht, kann ich noch nicht schlafen. Und als am Morgen die Wagen kommen und die Straßen von Blut, Erbrochenem und leeren Patronenhülsen säubern, da will ich nicht mehr schlafen, denn es fällt mir ein, daß die beiden von der Sekte die einzigen anderen Menschen waren, die wußten, was Kray war.

Ich gehe hinaus, wenn es auf den Straßen nicht so wimmelt – wenn sie alle zur Arbeit gegangen sind und die Bettler ihre Pfennige zählen. Die Bücher im Schaufenster von Kaths Geschäft und das Schild mit der Aufschrift ›Alles zum halben Preis‹ sehen aus, als ob sie schon seit Monaten dort wären. Die Scheibe ist so schmutzig, daß ich die Titel auf den Buchrücken im Regal, wo Krays stehen müßten, nicht lesen kann. Ich warte in einem ausgebrannten Haus auf der anderen Straßenseite, bis eine Frau mit drei Dobermännern vorbeigegangen ist, damit ich die Scheibe des Geschäfts mit einem Ziegelstein einschlagen kann, aber da kommt Kath in einem Wagen, der jeden Augenblick auseinanderfällt. Er scheint sich nicht dafür zu interessieren, warum ich da bin, und schon gar nicht dafür, Bücher zu verkaufen, also sage ich: »Du bist meine letzte Hoffnung.«

»Ja, okay.« Es dauert mehrere Sekunden, bis er fragt: »Wie?«

»Du hast ein paar Bücher, die ich kaufen möchte.«

»Ja?« Er erwacht zum Leben, soweit das bei ihm überhaupt möglich ist, betritt ohne die geringste Eile sein Geschäft und hebt ein paar von den Büchern auf, die auf dem Boden herumliegen. »Hier sind sie.«

Ich denke, er weiß bereits, welche Bücher ich meine, bis mir klar wird, daß er einfach ganz allgemein alle im Geschäft gemeint hat. Ich gehe zu einem Regal, in dem ich *Das Wort, Das Wort, Das Wort, Das Wort* sehe … »Wo ist *Eine Ahnung des Anderen*?« schreie ich fast.

»Kenne ich nicht.«

»Natürlich kennst du das. Jess Krays ersten Roman und die beiden anderen, die dazugehören. Er hat sie alle signiert, obwohl du das gar nicht wolltest. Du kannst sie doch nicht alle verkauft haben, nicht solchen Mist.«

»Nein?« Kath kratzt sich am Kopf und kramt in seinem Gedächtnis herum. »Nein, jetzt fällt es mir wieder ein. Er hat den ganzen Haufen gekauft. Das muß gewesen sein, als *Das Wort* rausgekommen ist.«

»Dir ist klar, warum er das getan hat, oder?«

»Er wollte einfach nur nett sein. Er hat ein schlechtes Gewissen gehabt, daß er mich auf diesem Haufen sitzengelassen hat, den niemand wollte, also hat er sie zurückgekauft, als er das Geld dafür hatte. Ich wünschte, wir hätten sie noch. Ich habe sie noch nirgends wieder gesehen.«

»Weil er nicht will, daß irgend jemand weiß, daß er sie geschrieben hat, verstehst du nicht? Sonst hätten sie sich vielleicht doch gewundert, wie so jemand etwas schreiben konnte, was die ganze Welt kaufen soll.«

»Du kannst *Das Wort* nicht gelesen haben, wenn du so etwas sagst. Es ist unwichtig, was davor war. Wichtig ist nur, was geschieht, wenn alle daraus gelernt haben.«

Er muß sich auch das letzte bißchen Hirn weggekifft haben. »Ich habe auch einmal so über ihn gedacht wie du«, sagt er jetzt, »aber dann habe ich ihn kennengelernt.«

»Du kennst ihn? Weißt du, wo ich ihn finden kann?«

»Durch sein Buch kennengelernt, meine ich.«

»Aber du hast seine Adresse, wohin du ihm seine Bücher geschickt hast.«

»Die habe ich zum Verlag geschickt.«

»Er hat dir noch nicht einmal seine Adresse gegeben, und du glaubst, er ist dein Freund?«

»Er ist da gerade umgezogen. Er hat nichts zu verbergen, das mußt du glauben.« Mir so viel und so schnell antworten zu müssen, scheint Kath total erschöpft zu haben, aber dann rührt sich doch noch etwas in seinem Gesicht. »Wenn du ihn kennenlernen willst, wie er wirklich ist, dann besuch die *Consummation*, da soll er hinkommen.«

»Ich will mit Fans nichts mehr zu tun haben. Die Leute, die ich jeden Tag treffe, sind schon schlimm genug.«

Kath dreht die Zeitschriften auf der Theke um wie eine Katze, die ihren Haufen vergräbt. »Es soll Lesungen aus *Das Wort* für wohltätige Zwecke geben und eine Diskussionsveranstaltung, wo er dabei ist. Wir würden gern hingehen, aber wir haben gerade ein Kind bekommen.«

»Erzähl mir nicht, daß da jemand ohne *Das Wort* aufwachsen wird.«

»Nein, wir möchten, daß sie ihn eines Tages sieht. Ich meinte damit nur, daß wir es uns im Augenblick nicht leisten können.« Er nimmt ein paar *Fanzines* und schüttelt sie, bis aus einem ein eingelegtes Blatt herausfällt. »Siehst du, hier ist es.«

Es ist die Ankündigung der Tagung *Consummation*, die in zwei Wochen in Birmingham stattfinden soll, und Sonntag, so steht da, ist Jess-Kray-Tag. Ich kann gerade noch verhindern, daß ich das Blatt ganz zusammenknülle. »Kann ich das haben?«

»Ich dachte, du willst ihn nicht kennenlernen.«

»Du hast mich überzeugt.« Ich stopfe mir das Blatt in die Tasche. »Danke, daß du mir gegeben hast, was ich gesucht habe«, sage ich und lasse ihn und seine Bücher aus meinem Gedächtnis weichen.

Ich kann es nicht fassen, daß sich eine ganze Tagung nur um Kray dreht. Die *Fens* sind schon ziemlich dämlich, aber auf eine andere Weise – sie glauben, daß sie weniger dämlich sind als alle anderen. Ich werde wissen, was ich tun muß, wenn ich sie und ihn sehe. Die zwei Wochen bis dahin vergehen nicht, sondern scheinen überhaupt nicht stattzufinden. Am Freitag morgen nehme ich ein Bad, damit ich nicht auffalle, bevor ich es will. Zum ersten Mal fahre ich noch nicht einmal per Anhalter zu einer Tagung, sondern nehme den Zug, damit ich rechtzeitig da bin, um mir alles genau ansehen zu können. Als ich einen Platz gefunden habe, bleibe ich dort sitzen, da ich eine Frau gesehen habe, die *Das Wort* gelesen hat, und ich möchte nicht wissen, wie viele von den Passagieren das gleiche tun. Wir fahren an Häusern mit stählernen Fensterläden vorbei und an Flüssen voller Chemikalien und an Wäldern, die die Kinder immer wieder anzünden, aber ich spüre Krays Worte in all den nickenden Köpfen um mich herum.

Das Tagungshotel liegt nur fünf Minuten vom Bahnhof entfernt. Nach dem zehnten Bettler tue ich so, als wäre ich allein auf der Straße. Das Hotel ist ausgebucht wie der Schädel eines Fans und auch das nächste, und ich muß mich schließlich in einem einquartieren, wo die Treppen so schief sind, daß ich wie ein Betrunkener hinauftorkele, und in meinem Zimmer riecht es nach kaltem Zigarettenrauch und einem alten Regenmantel. Aber das macht nichts, da ich so viel Zeit mit den *Fens* verbringen werde, wie ich aushalten kann. Noch im Tageslicht gehe ich zum Tagungshotel und sehe Polizisten aus ihrem Wagen steigen. Und als erstes fragt mich das Mädchen bei der Registrierung, die einen Ring in der Nase und sechs weitere in den Ohren hat, ob ich *Das Wort* habe.

Mein Gesicht wird ganz hart, aber ich bringe es fertig zu sagen: »Ich habe es zu Hause gelassen.«

»Wenn Sie hier eines haben möchten, Sie bekommen ein freies Exemplar mit der Einschreibung.«

Das wird das nächste sein, das niemand je lesen wird. Ich sage ihr, mein Name sei Jay Batt, und stecke mir das Namensschild, auf das sie ihn geschrieben hat, an die Jacke. Das Buch nehme ich in die rechte Hand und zerquetsche es fast. »Ist er schon hier?«

»Er kommt nicht.«

»Aber ich bin seinetwegen gekommen. Man hat mir versprochen, daß er kommt.«

Sie muß glauben, daß ich aus den gleichen Gründen enttäuscht bin wie sie. »Er hat gesagt, er würde kommen, als wir ihm geschrieben haben, aber jetzt drehen sie einen Film über ihn, den sie nächsten Monat im Fernsehen zeigen. Wissen Sie, was er gesagt hat? Daß wir ihn jetzt, wo wir *Das Wort* haben, nicht mehr brauchen.«

Ich weiß, daß das ein Riesenmist ist, aber ich bin mir nicht sicher, warum. Ich beiße mir auf die Zunge, damit ich nicht anfange zu schreien, und als sie mich wegen meiner Tränen mitfühlend ansieht, flüchte ich in die Bar. Hier sind bereits mehr Leute als Plätze, und ich kenne die meisten – ich habe über sie in meinen *Fanzines* geschrieben. Ich frage mich gerade, wie ich an sie herankommen kann, um herauszufinden, wie sie wirklich über *Das Wort* denken, als sie mich begrüßen wie einen alten Freund. Gleich zwei wollen mir einen Drink ausgeben, bis mir klar wird, warum sie sich so benehmen – weil ich *Das Wort* habe.

Ich trinke, was immer man mir ausgibt, und mache allen klar, daß ich nicht vorhabe, eine Runde zu spendieren. Ich versuche, jemanden wütend zu machen, so wütend, wie sie mich mit ihrer alles verzeihenden Einstellung machen, denn dann sprechen sie vielleicht über Kray. Aber was auch immer ich über ihn und seine Lügen sage, sie sehen mich nur verständnisvoll an und warten geduldig darauf, daß ich es verstehe. Es wird dunkler im Raum, und meine Augen tränen von dem Dreck und Rauch in der Luft, und die Gesichter lösen sich auf, als ob *Das Wort* sie in Knetmasse verwandelt hätte. Dann schreie ich die Organisatoren der Tagung an und grabe meine Fingernägel in den Umschlag des Buches. »Warum sollte jemand einen Film über ihn machen wollen? Es ist viel wahrscheinlicher, daß er nicht herkommen wollte, weil er Angst hat, jemanden zu treffen, der weiß, was er vorher geschrieben hat, wovon wir nichts mehr wissen sollen.«

»So etwas solltest du nicht sagen. Er hat uns dies hier geschickt, sieh nur, da steht alles über den Film.«

Einer der Organisatoren zieht einen glänzenden Prospekt aus seiner Aktentasche. Beim Anblick von Krays lächelndem Gesicht werde ich fast blind vor Wut, aber ich schaffe es noch, den Namen der Produktionsgesellschaft zu lesen. »Und danach soll es eine Live-Diskussion im Fernsehen geben«, sagt der Vorsitzende.

Ich renne meinem Gleichgewicht hinterher zurück in mein Hotel. Irgendwo höre ich Maschinenpistolen, und ich muß dreimal klingeln, bevor mich der bewaffnete Nachtportier hineinläßt, aber jetzt können sie mich nicht mehr aufhalten. Ich schleppe mich in mein Zimmer und zerbreche dabei das Treppengeländer. Dort falle ich aufs Bett und warte auf die Kopfschmerzen. Wann immer sie nachlassen, formuliere ich wieder ein paar Sätze des Briefes, den ich schreiben werde. Die Nacht und das Geräusch der Schüsse schwinden langsam, und mit dem Morgengrauen kehrt die Wirklichkeit ins Zimmer zurück. Es ist so, als ob man Teil eines Buchumschlags wäre, das niemand aus dem Schaufenster nehmen will, aber sie werden mich nicht mehr länger ignorieren können.

Ich schreibe den Brief und ziehe aus dem Hotel aus. An der Rezeption sage ich, daß ich in einer wichtigen Angelegenheit fortgerufen worden bin. Dann kämpfe ich mich durch die Reihen der Taschendiebe bis zum nächsten Postamt, wo ich die Adresse der Fernsehproduktionsfirma bekomme. Als ich den Brief in den Schlitz des Briefkastens stecke, erinnert mich das an die Kirchenbesuche mit meinen Eltern, als ich bei ihnen leben mußte, wo sie einem vor dem Altar etwas in den Mund stecken. Sobald ich den Brief nicht mehr in der Hand halte, weiß ich nicht mehr, ob ich mich leer oder erleichtert fühle, und ich kann mich nicht mehr genau erinnern, was ich geschrieben habe.

Ich verbringe den Sonntag zu Hause und versuche, mich wieder daran zu erinnern. Habe ich wirklich behauptet, daß ich der erste war, der Kray bekannt gemacht hat? Habe ich mich wirklich Jude Carrot genannt, weil ich Angst hatte, daß er sich an das Interview erinnern und den Produzenten anweisen könnte, daß er mich um jeden Preis von ihm fernhalten soll? Wird er nicht einfach sagen, daß er noch nie etwas von mir gehört hat? Ich darf gar nicht daran denken, was das zur Folge hätte. Ich habe das andere Exemplar von *Das Wort* in meinem Hotelzimmer gelassen, als wäre es die Bibel, und ich muß mich zurückhalten, das unter meinem Bett nicht aus dem Fenster zu werfen, damit sie sich auf der

Straße noch um etwas anderes zanken können als den üblichen Müll.

Am Montag weiß ich, daß der Brief angekommen ist. Vielleicht wird es noch ein paar Stunden dauern, bis er den Produzenten der Diskussionssendung erreicht, da ich seinen Namen nicht wußte, aber am Dienstag hat er ihn sicherlich erreicht, und am Mittwoch hätte er die Antwort schreiben müssen, aber es wird Donnerstag, und ich sehe den Briefträger aus dem Lieferwagen steigen, während sein Partner mit dem Gewehr Wache schiebt, aber da ist kein Brief für mich.

Zweimal höre ich das Telefon unten kurz klingeln, aber wahrscheinlich sind es nur die Militärlastwagen. Das ganze Haus wackelt, wenn sie vorbeifahren. Ich denke schon an einen zweiten Brief unter einem anderen Namen, in dem ich schreibe, daß ich Dinge über Kray weiß, die sonst niemand weiß, aber mir fällt nichts ein, was sich vom ersten genügend unterscheiden würde. Ich gehe ins Bett, um nachzudenken, ich stehe wieder auf, um nachzudenken, und so wird es Freitag morgen. Dann höre ich den Lieferwagen des Postboten mit quietschenden Bremsen vor dem Haus halten, gerade so lange, wie es dauert, vom Fahrersitz aus einen Brief durch die Tür zu stecken, denn offenbar können sie seinen Partner nicht mehr bezahlen, dann fährt er quietschend und ratternd weiter über den Gehsteig. Und als ich zur Treppe gehe und hinuntersehe, erkenne ich das Logo des Fernsehsenders auf dem Umschlag.

Ich würde ihn schon im Flur öffnen, aber ich fürchte mich vor dem, was darinsteht. Dann fällt mir ein, daß ich nackt bin, und ich halte mir den Brief vor den Penis, während ich die Treppe hinauflaufe, aber alle im Haus haben Angst, die Tür zu öffnen, wenn sie jemand anderen hören. Ich schließe alle meine Schlösser ab und lege die Kette vor und wische mir die Hände am Hintern ab, damit mir der Brief nicht aus der Hand rutscht, dann reiße ich ihn beinahe halb durch und schüttele das Blatt, bis es sich entfaltet.

Sehr geehrter Mr. ›Carrot‹
Jess Kray sagt.

Plötzlich fühlen sich meine Hände an wie Handschuhe, aus denen gerade jemand die Hände herausgezogen hat, und als ich wieder sehen kann, muß ich den Brief unter dem Bett hervorholen. Ich kämpfe schon damit, einen neuen Namen für den nächsten Brief zu finden, obwohl ich jetzt, wo ich den Namen des Produzenten weiß, vielleicht auch anrufen könnte. Ich reibe mir die Augen, bis ich wieder klar genug sehen kann, um den Namen zu erkennen – es ist eine Frau und sie heißt Tildy Bacon –, und dann zwinge ich meine Augen, zu sehen, was sie geschrieben hat.

Sehr geehrter Mr. ›Carrott‹
Jess Kray sagt, daß er sich freut, Sie bei der Diskussion am 25. begrüßen zu dürfen.

Es steht noch mehr darin, daß sie mir meine Kosten ersetzen und wo ich hinkommen soll, aber ich falle aufs Bett, weil ich gerade entdeckt habe, daß ich noch nicht weiß, was ich tun soll. Das macht nichts, wenn die Kameras laufen und mich das ganze Land sieht, dann werde ich schon wissen, was ich sagen soll. Aber da fehlt etwas bei der ganzen Idee, und das läßt mich nicht los. Es ist so, als ob jemand in mein Zimmer eingedrungen wäre, den ich nicht sehen kann und der mich einfach nicht in Ruhe läßt. Vielleicht weiß ich längst, was ich nicht denken will, aber es vergeht eine ganze Woche, bevor mir klar wird: Ich kann mir nicht sicher sein, daß ich Kray bloßstellen kann, wenn ich nicht *Das Wort* lese.

Einen ganzen Tag lang rede ich mir ein, daß ich es tun muß, und am nächsten Tag ziehe ich das Buch aus seinem Versteck hervor und wische den Staub und die Spinnweben ab. Ich starre den Umschlag an, bis ich glaube, daß er hinter meinen Augen klebt, dann schreie ich mich an, um mich dazu zu bringen, es zu öffnen. Sobald ich das Gedruckte erkennen kann, beginne ich zu lesen, aber es ist, als ob Krays Worte und der Krach der Marschtrommeln, der Sirenen und der Schüsse eins werden – eine breiige Masse, die meinen Kopf anfüllt, bevor ich es verhindern kann, und ich muß das Buch schließen. Die Fernsehdiskussion ist in weniger als einer Woche, und mir fällt nichts anderes ein, was funktionieren könnte, als mich so weit wie möglich von allen Menschen zurückzuziehen, wenn ich das Buch lese.

Der nächste Tag ist ein Sonntag, was allerdings keinen großen Unterschied macht, da auch an Wochentagen ein Haufen Leute auf dem Land herumlaufen, die nichts Besseres zu tun haben. Ich reiße die Deckseiten eines *Christus wird auferstehen* Heftes ab und schlage *Das Wort* darin ein, bevor ich mich auf den Weg zum Kings-Cross-Bahnhof mache, und ich bin sicher, daß einige neugierig nachsehen, ob es *Das Wort* ist, obwohl ich allen aus dem Weg gehe. Ich schlage so lange gegen das Rollgitter, bis mir der Schalterbeamte eine Fahrkarte verkauft. Während ich auf den Zug warte, sehe ich durch das Panzerglas der Buchhandlung die Schlagzeilen der Tageszeitungen, die verkünden, daß gerade ein Krieg in Afrika begonnen hat. Ich ertappe mich dabei, daß ich mich frage, ob es *Das Wort* in diesen Ländern schon als Übersetzung gibt, und dann stelle ich mir eine Welt vor, in der es keine Kriege mehr gibt, weil alle viel zu beschäftigt damit sind, *Das Wort* zu lesen und darüber nachzudenken und darüber zu reden, und meine Fingernägel fangen an weh zu tun, weil ich das Buch so fest halte, damit ich es nicht unter einen Zug werfe.

Als mein Zug losfährt, bin ich fast allein, aber ich sehe mehr Leute, als ich erwartet hätte, in den Straßen. Eine ganze Reihe scheint sich in einer abgerissenen Kirche zu versammeln, und da ist eine große Gruppe in einem Park, der jemand aus einem Buch vorliest – ich kann nicht sagen, ob es schwarz ist oder weiß. Alle Gesichter sind der Sonne zugewandt, als ob sie nicht merkten, daß sie geblendet werden. Als die Stadt allmählich hinter uns zurückbleibt, kann ich diese mit Krays Worten vollgestopften Hirne deutlich spüren, wie sie mein eigenes zurückhalten wollen, daran ziehen wie an einem alten Kaugummi, bis sie endlich loslassen müssen. Dann gibt es nur noch Felder, die aus lauter Linien bestehen, die darauf warten, beschrieben zu werden, und Hecken, auf denen Abfall blüht, und Stunden später pflügen Berge durch Felder und Wälder, als ob die Erdkruste noch nicht erstarrt wäre. Mitten in diesen Bergen steige ich aus. Der Bahnhof besteht nur aus zwei leeren Bahnsteigen, und ich klettere, bis ich tief in einem Wald bin und kaum noch Luft bekomme von der Kletterei. Ich setze mich auf einen umgestürzten Baum, und jetzt gibt es nichts anderes mehr zu tun als lesen. Und ich zwinge mich dazu, *Das Wort* aufzuschlagen und lese, so schnell ich kann.

Ich werde den Kopf erst wieder heben, wenn ich fertig bin. Ich kann spüren, wie die Worte sich in meinen Kopf drängen und sich dort vermehren, aber ich muß verstehen, was er in diese Welt gebracht hat, bevor ich ihn stellen kann. Es ist vollkommen still bis auf das Umblättern und das Reißen, da ich Seite für Seite aus dem Buch herausreiße, nachdem ich sie gelesen habe, aber ich spüre, daß die Bäume näher kommen und über meine Schulter mitlesen, und das Moos gleitet an ihnen herunter, um näher an das Buch heranzukommen, und Tiere laufen über die Zweige, bis sie genau über mir sind. Ich sehe nicht hin, ich lese nur noch schneller, so schnell, daß das Buch in meinem Kopf ist, bevor ich es weiß.

Plötzlich frage ich mich, ob die Seiten mit irgendeiner Droge behandelt sind, aber dann habe ich sie geschlagen, weil ich die Seiten fortwerfe, denn die Droge kann ihre Wirkung sicher nur entfalten, wenn man das ganze Buch in der Hand hält. Ich weiß nicht, wie lange ich das Buch schon laut lese, aber es macht nichts, wenn es mir nur hilft zu verstehen, was Kray vorhat. Obwohl mein Hals weh tut, als ich fertig bin, bringe ich es fertig zu lachen, daß die Bäume zurückweichen. Ich falle auf den Rücken und starre die Wolken an und versuche, darüber nachzudenken, was mir das Buch über ihn verraten hat, was er niemals preisgeben würde.

Mein Körper bebt innerlich und äußerlich, und auch mein Gehirn fühlt sich so an. Da stand etwas über Panik in *Das Wort*, aber wenn ich nachdenke, wird es mir dann klar, wie das Buch sie erzeugt, oder werde ich am Ende nicht in der Lage sein, dem Buch als Heilmittel zu widerstehen? Aber es ist zu spät, ich kann mich schon an die Stelle erinnern, und auch indem ich meine Fingernägel in meine Stirn grabe, kann ich den Gedanken nicht unterdrücken. Kray sagt, daß wir alle einen Geschmack von der Panik bekommen werden, die Christus gespürt hat, wenn wir uns der Zeit nähern, in der die Welt sich ändert. Ich fühle, wie der Gedanke in meinem Kopf aufplatzt, und während ich dagegen ankämpfe, wird es mir plötzlich blitzartig klar, was er nicht eingestehen will, indem er es so formuliert. Er will nicht, daß jemand *seine eigene* Panik bemerkt – daß er einen Grund hat, Angst zu haben.

Ich setze mich auf, ziehe die Beine an und schlinge die Arme darum, bis ich aufhöre zu zittern, dann gehe ich den Wald wieder hinunter. Die mit den Seiten des Buches bedeckte Lichtung scheint eine Bedeutung zu haben, die ich nicht mehr verstehen muß. Einige der Seiten sehen aus, als würden sie sich in Holz zurückverwandeln. Die Nacht kommt mit mir durch den Wald hinunter, und etwas später kriecht ein Zug aus ihm heraus. Ich fahre nach Hause und schließe mich ein.

Jetzt muß ich meine gesamte Zeit aufwenden, *Das Wort* nicht aus meinem Kopf herauszulassen. Sonst ist nur noch wichtig, wann die Fernsehproduktionsfirma mir die Fahrkarte schickt, aber alles um mich herum scheint kurz davor zu stehen, zu reagieren. Wann auch immer ich ein Auto höre, klingt es so, als ob es sich gleich als Postauto zu erkennen gäbe. Wenigstens hilft mir das, den Eindruck zu verjagen, daß alles, was ich von der Welt sehen kann, kurz davor steht, sich selbst zu verraten. Wenn es das ist, was man fühlt, nachdem man *Das Wort* gelesen hat …

Am nächsten Morgen fährt der Postlieferwagen an meinem Haus vorbei und am Tag danach wieder. Wenn der Brief nun gestohlen worden ist oder jemand von der Produktionsfirma ihn zurückgehalten hat? Dann werde ich meine eigene Fahrkarte bezahlen und trotzdem irgendwie in die Diskussionsrunde kommen. Aber dann kommt die Fahrkarte doch noch an, was bedeutet, daß sie versuchen könnten, sie aus meinem Zimmer zu stehlen.

Ich sitze mit der Fahrkarte zwischen den Zähnen am Fenster und beobachte die Straße, lausche auf die verdächtigen Geräusche, wenn sie sich vorbereiten, die Tür einzuschlagen. Aber was, wenn das Zimmer selbst die Falle ist? Oder wollen sie, daß ich das denke und fortgehe? Ich wickele die Fahrkarte in eine Seite aus dem *Christus-wird-auferstehen*-Heft, damit die Tinte nicht verläuft, wenn ich sie mit mir ins Bad nehme, und am letzten Morgen nehme ich ein ausgiebiges Bad, das mir wie eine Art Ritual erscheint. Das wäre eine gute Gelegenheit für sie, mich zu überfallen, aber nichts geschieht, auch nicht auf dem Weg zum Bahnhof, obwohl ich merke, daß mich die Leute ansehen, als wüßten sie etwas über mich. Zum ersten Mal, seit ich mich erinnern kann, hört man keine Geräusche von Gewalt in den Straßen, und habe ich das Gefühl, daß sie jeden Augenblick beginnen werden.

Im Zug setze ich mich so, daß ich das ganze Abteil überblicken kann, und sehe, wie die anderen Passagiere so tun, als beobachteten sie mich nicht. Die ganze Strecke bis Hyde Park Corner rechne ich damit, abgefangen zu werden. Ich trotte gerade die Anhöhe zum Hotel hinauf, als eine Limousine vorfährt und vor den Glastüren anhält. Zwei Leibwächter steigen aus – und dann Kray. Als er sich aufrichtet, sieht er aus wie eine Schlange, die auf dem Schwanz steht. Ich tue so, als ob ich mich für das Schaufenster der Religionsbuchhandlung interessiere, falls er mich bearbeiten will, bevor die Welt zusieht. Ich sehe die Bibel und den Koran und Kray, dessen Spiegelbild sich mit seinem Buch vermischt, als er das Hotel betritt. Er muß mich gesehen haben, warum läßt er mich dann in Ruhe? Weil Passivität sein neuer Trick ist, den er anwendet, seit ich *Das Wort* gelesen habe – er tut nichts, damit ich von ihm und seinen Worten angelockt werde. Das ist der Trick, den er mit der ganzen Welt spielt.

Diese Erkenntnis macht mich nur noch ungeduldiger. Ich

warte, bis ich sehe, daß er in seiner Penthouse Suite angekommen ist, und betrete erst dann das Hotel. Mein Zimmer ist mehr als doppelt so groß wie das, worin ich wohne. Endlich bemerkt die Welt mich doch noch. Ich gieße mir einen Drink aus der Minibar ein, nehme noch ein Bad und ignoriere das Klingeln des Telefons, bis ich glaube, daß ich gerade noch rechtzeitig zur Diskussion im Studio ankommen werde.

Auf dem Bildschirm des Telefons erscheint das Gesicht eines Mädchens, die mir mitteilt, daß ein Taxi auf mich wartet. Sobald wir eingestiegen sind, will sie alles über mich wissen, aber sie wird mich nicht dazu bringen, daß ich nicht mehr weiß, was ich bin. Ich zucke die Achseln, bis sie den Mund hält. Wir sind das einzige Auto auf der Straße, und ich frage mich, ob es plötzlich eine Ausgangssperre gibt oder ob sie alle zu Hause sitzen und auf Kray und mich warten.

Fünf Minuten später fährt das Taxi in die Einfahrt des Fernsehstudios. Das Mädchen eilt mit mir atemlos an einem Wachtposten an der Tür und an einem zweiten hinter einem Schreibtisch vorbei und in einen endlos wirkenden Gang hinein. Ich glaube, daß das der Trick ist, den sie für mich vorgesehen haben, aber dann lenkt sie mich nach links in einen Raum, und ich bin von lauter Stühlen umgeben und stehe vor Kray.

Es sind noch etwa ein Dutzend andere Leute im Raum. Die Überreste des Büffets sind auf einem Tisch und auf den überall herumstehenden Papptellern zu erkennen. Eine Frau mit Augen, die zu groß für ihr Gesicht sind, sagt, sie sei Tildy Bacon, und gibt mir ein Glas Wein, während ein Mädchen mir die Haare kämmt und mein Gesicht pudert, und mir erscheint das Ganze wie ein Ritual aus *Das Wort*. Kray beobachtet mich und redet mit ein paar seiner Spießgesellen und lächelt, und als das Mädchen mit mir fertig ist, bringt er mir ein Stück Kuchen auf einem Teller. »Sie müssen etwas essen, Jeremy. Sie sehen aus, als ob Sie für diesen Augenblick gefastet hätten.«

Er auch. Er ist dünner und sieht älter aus, als ob beinahe alles von ihm in dem Buch stecken würde, oder ist das nur ein Trick, damit ich glaube, ich hätte leichtes Spiel mit ihm? Ich nehme ihm den Teller aus der Hand und spüle den Kuchen mit einem Schluck Wein herunter, und er lächelt mich an. »Es ist bald soweit.«

Meint er die Sendung, die ich auf dem Monitor neben dem Faxgerät sehen kann? Jemand, vielleicht ein Professor oder ein Student, sagt, daß er niemanden getroffen hat, den *Das Wort* nicht verändert hat, und daß er glaubt, daß es für jeden Leser die wichtigste Erfahrung in seinem Leben darstellt. Kray beobachtet mein Gesicht, aber ich werde mir nicht anmerken lassen, wie schwachsinnig ich das alles finde, bis wir auf Sendung sind. Dann sagt Tildy Bacon zu allen: »Gehen wir hinauf? Nehmen Sie Ihre Drinks mit.«

Als das Mädchen, die einmal lernen sollte, wie man richtig atmet, die Gruppe in den Gang geleitet, tritt Tildy Bacon vor mich hin und sieht mich an. Also haben sie es sich bis zum letzten Moment aufbewahrt, mich aufzuhalten. Ich werde warten, bis alle anderen den Raum verlassen haben, und dann wie auch immer sicherstellen, daß sie mir nicht folgen und mich aus der Sendung nehmen kann. Aber sie sagt: »Wir mußten Jess fragen, wie wir Sie auf dem Bildschirm vorstellen, da Sie nicht hier waren.«

Wenn sie glaubt, daß ich sie jetzt frage, was er angegeben hat, was ich tue, dann irrt sie sich. »Ich bin sicher, er weiß es am besten«, sagte ich mit einem beiläufigen Lächeln und gehe um sie herum, bevor sie mich noch länger aufhalten kann, und folge der Prozession durch den Flur.

Zuerst sieht die Anordnung im Studio perfekt aus. Wir sieben, Kray inbegriffen, werden auf Sofas um einen niedrigen Tisch herumsitzen, auf dem Gläser und ein Krug mit Wasser stehen. Krays Leibwächter hingegen müssen hinter einer Scheibe stehen. Aber ich habe es nicht mehr geschafft, die Prozession zu überholen, wie soll ich also jetzt nahe an ihn herankommen. Aber dann sagt er: »Setzen Sie sich neben mich, Jeremy«, und klopft auf das Lederpolster neben sich, und bevor ich mich noch fragen kann, was er damit beabsichtigt, habe ich mich schon zu ihm gesetzt.

Alle anderen setzen sich ebenfalls, und es klingt, als ob etwas

Ledernes aus dem Schlaf erwacht. Die Sendung über Kray läuft auf dem Monitor in der Ecke des Studios. Ein Priester sagt, daß er glaubt, daß das Geheimnis von *Das Wort* verstanden werden muß, dann läuft der Nachspann, und eine Frau, von der ich nicht wußte, daß sie die Diskussion moderieren wird, beugt sich über den Tisch, wartet auf das rote Licht und gibt das Signal. Dann sagt sie: »Also, Jess Kray, was ist Ihr Geheimnis?«

Er lächelt sie und die Welt an. »Wenn ich eines habe, dann muß es in meinem Buch sein.«

Ein Mann mit lauter Löchern im violetten Gesicht, wo vorher einmal Pickel waren, sagt: »Mit anderen Worten, wenn Sie das Geheimnis enthüllen würden, würde es sich nicht verkaufen.«

Ist da etwa noch jemand außer mir, der nicht an *Das Wort* glaubt? Kray lächelt ihn an. »Nein, ich meine nur, daß das Geheimnis für jeden ein anderes sein muß. Es hat nichts mit kommerziellen Interessen zu tun. In manchen Teilen der Welt kostet mein Buch gar nichts.«

Der löchrige Mann scheint zufrieden zu sein, aber eine Frau mit fast mehr Haaren auf der Oberlippe als auf dem Kopf fragt: »Um was zu erreichen?«

»Frieden?«

Um Himmels willen, Kray glaubt tatsächlich, sein Buch könnte Kriege verhindern. Oder meint er, daß er keinen Frieden findet, solange nicht die gesamte Welt *Das Wort* gefressen hat? Die Frau, die das Signal gegeben hat, beugt sich jetzt wieder über den Tisch und will etwas zu Kray sagen mit ihrem Parfüm und glitzernden Händen und Haar, das hin- und hergleitet wie Öl auf Wasser. Sie will die Show in eine Diskussion verwandeln, was ihm die Chance geben wird, daß die Kamera nicht ständig nur ihn zeigt. Ich will irgend etwas sagen, was ihm Schwierigkeiten macht, noch bevor ich weiß, was. »Es soll bedeuten …«

Das hält sie auf, und jeder sieht jetzt mich an. Dann höre ich, was ich sagen werde – daß das Geheimnis von *Das Wort* eine Art von ewigem Leben ist. Aber es gibt kein Geheimnis in *Das Wort*, deswegen bin ich schließlich hier.

»Jeremy?« sagt Kray.

Ich frage mich, ob *Das Wort* in mich eingedrungen ist, ohne daß ich es gemerkt habe – wenn es mich dazu bringt zu sagen, was ich beinahe gesagt hätte, und deswegen ermutigt er mich. Er will, daß ich das für ihn sage, und er spricht von Frieden, wo ich bereits weiß, daß das seine Waffe gewesen ist, und plötzlich sehe ich ganz klar, worum sich alles dreht. Es ist so, als ob mir ein Licht direkt in die Augen scheint, und es macht mir nichts, daß es mich blendet. »Er soll Christus sein«, rufe ich.

Einen Augenblick hört man nur das Leder, dann sagt jemand, den ich nicht zu sehen brauche: »Alle Figuren verkörpern ganz offensichtlich Aspekte von ihm.«

»Wir sprechen von dem Erzähler in *Das Wort*«, erklärt die Moderatorin in die Kamera und beteiligt sich: »Ich hielt ihn für so eine Art Prophet.«

»Christus war ein Prophet«, sagt ein Mann, der, wie ich gerade noch erkennen kann, einen Turban trägt.

»Sagen wir also …«, beginnt die Moderatorin, aber so kann sie Kray nicht vor mir beschützen. »Er weiß, daß ich niemanden in seinem Buch gemeint habe«, rufe ich. »Ich meine ihn.«

Die Worte kommen schneller, als ich denken kann, aber sie fühlen sich richtig an. »Wenn die Menschen nicht an ihn glauben, dann glauben sie nicht an das Buch. Und sie werden nicht an ihn glauben, wenn er sich nicht selbst erlösen kann.«

Ideen kämpfen miteinander in meinem Kopf, als würde er sich endlich von *Das Wort* befreien. Wenn Christus jetzt zurückkäme, dann müßte er sterben, um einer Religion Platz zu machen, die besser funktioniert als seine. Oder wäre es das Gegenteil von Christus, alle Gewalt und alle Veränderung in der Welt zu verhindern? Wie auch immer … ich werde blind vor Panik, weil ich Kray ganz nahe spüre, der mich zwingen will … Er will, daß ich weiterspreche, solange meine Worte außer Kontrolle sind – weil es seine sind, oder weil ich nicht in der Lage sein werde, sie gegen ihn zu richten? Dann merke ich, wie lange er still gewesen ist, und ich glaube, er will, daß ich mit ihm spreche, damit er mit mir sprechen kann. Ist diese Panik, unter der ich leide, seine? Er hat Angst vor mir – Angst vor mir, weil ich …

»Ich glaube, es ist Zeit, daß wir weitergehen«, sagt die Moderatorin, aber sie kann jetzt nichts mehr tun. Ich drehe mich und sehe ihn an.

Er wartet. Sein Lächeln sagt mir, daß ich reden soll – sagen, was auch immer ich sagen will, denn dann kann er antworten, und die Welt wird sich nur noch an seine Antwort erinnern. So ist es, seit die Welt ihn das erste Mal gehört hat. Das sehe ich jetzt, aber er hat mich zu nahe herangelassen. Ich öffne den Mund und neige mich zu ihm hin.

Einen Moment lang sieht es so aus, als ob ich ihn küssen wollte. Ich sehe, wie er den Mund ein wenig öffnet und mit der Zunge die Zähne berührt, ich sehe das Blut in seinen Augen und die Angst – endlich. Ich beuge mich weiter hinunter und ziele auf seine Kehle. Ich weiß, wie ich es machen muß, da ich mir so oft auf die Zunge gebissen habe, und jetzt brauche ich mich weder zurückzuhalten noch anzuspornen. Jemand schreit, es klingt wie die ganze Welt, aber Kray kann es nicht sein, da ich ihm die Stimme herausgerissen habe. Ich hebe den Kopf und spucke sie ihm ins Gesicht.

Aber seine Augen sind noch da. Sie sehen mich an, und ich sehe Vergebung in ihnen oder sogar noch schlimmer – Erfüllung? Dann fällt sein Kopf nach hinten, und sein Hals klafft auseinander, und ich habe Angst, daß er versuchen wird, durch diese Öffnung zu sprechen, und er breitet die Arme aus für die Kamera. Mehr sehe ich nicht mehr, denn in meinen Augen ist nichts mehr außer Licht. Aber es ist noch nicht vorbei, denn ich kann seine Stimme immer noch schmecken wie Eisen in meinem Mund.

Worte wollen aus meinem Kopf hervorbrechen, und ich weiß nicht welche. Jeden Moment werden mich Krays Leibwächter oder sonst jemand packen, aber wenn ich nur … Ich stoße mit den Knien an den Tisch auf der Suche und höre Glas klirren. Ich werfe mich nach vorn und finde eines, und eine Hand packt meinen Arm, aber ich reiße mich los und schlage das Glas gegen meine

Zähne, bis es zerbricht. Jetzt scheint sich das Licht in Schmerz zu verwandeln, der sich in die Welt verwandelt, aber wessen Schmerz ist es – Krays oder mein eigener? Hände reißen an mir, und ich habe keine Zeit zu denken. Als ich mich dazu zwinge, zu kauen und zu schlucken, kann ich mir wenigstens sicher sein, daß ich nie wieder ein Wort sagen werde.

Clive Barker

Chiliade: Ein Augenblick im Herzen des Flusses

1

Und wieder am Fluß: Ich träumte einen Traum von der Wiederkunft. Als ich aufwachte, schrieb ich folgendes nieder.

Während der letzten finsteren Tage, sogar in den Stunden, bevor sich alles für immer veränderte, sogar in den Augenblicken, die dem Augenblick direkt vorausgingen, verleugneten die meisten Menschen auf dem Planeten, was sie wußten. Sie vergruben ihre Aufmerksamkeit unter einer Million belangloser Beschäftigungen. (Selbstredend waren damals alle Beschäftigungen belanglos, vom Brotbacken bis zur Machtausübung: Alle würden sie bald in nichts auflösen.)

Doch der Rest der Welt war nicht so eigensinnig. Haustiere zum Beispiel, selbst die treuesten, verließen ihre Hütten und sprangen über Tore, um den offenen Himmel zu schnüffeln. Das Vieh in den Schlachthäusern streifte seine Furcht ab und muhte vor Freude, sogar als der tödliche Stoß auf sie herabfuhr. Alle Vögel schwiegen und warteten auf eine schönere Musik. Jeder Regentropfen wand sich im Fluge, begierig darauf, wieder aufzusteigen und vor der Menschheit einen Blick auf die Gaben des Himmels zu erhaschen.

Das Pantheon offenbarte sich im Zwinkern eines Augenlides; vielleicht schneller. Gerade war der Planet noch ein Ort des Glaubens, des Zweifels, der Gottlosigkeit, im nächsten Moment war dafür kein Raum mehr. Wer brauchte den Glauben, wenn die Sinne alles bestätigten? Zweifel und Gottlosigkeit waren völlig absurd geworden, nachdem jetzt jede Gottheit, die jemals im menschlichen Bewußtsein erschienen war (und einige Hunderttausend, denen das nicht gelungen war), sich offenbart hatte. Die Wiederkunft war nicht wählerisch; sie machte keinen Unterschied zwischen großen und kleinen Gottheiten. Gewaltige Kräfte der Veränderung wurden freigesetzt; Gottheiten, die ganze Flotten himmlischer Fahrzeuge und alles mögliche heilige Brimborium mit sich brachten; aber auch einige örtliche Gottheiten in fadenscheinigen Gewändern waren anwesend, Wächter bemalter Steine, Geister aus Bambushainen, Erscheinungen, die Wunden heilten und Liebende vereinten, Dämonen, die einsame Straßen und verlassene Hotels heimsuchten. Eine Welt der Sehnsucht und des Verlangens wurde plötzlich zu einem Ort des Übermaßes; und das Ende der Menschheit nahm seinen Lauf, denn es war nichts Unsichtbares mehr zurückgeblieben, nichts, was über ihr Wissen hinausging, und so gab es auch nichts mehr, worauf sie hoffen oder ihre Sehnsucht hätte richten können.

Das habe ich niedergeschrieben, als ich am Fluß saß, und damit ein Buch über die Tage nach der Wiederkunft begonnen; ein Buch, in dem ich mich meiner Leidenschaft für Gottheiten hingeben würde. Ich würde, so beschloß ich, die Gesamtheit des menschlichen Wissens beschreiben. Ich würde in der Nachfolge von Bunyan einen Pilger erschaffen, dessen Fortschritte sich nicht an Prüfungen des Glaubens und seiner Widerstandskraft messen ließe, sondern am Grauen der Gewißheit und der Verzweiflung, das durch grenzenlose Horizonte ausgelöst wird. Seine Begeisterung und seine Frömmigkeit würden bald dahinwelken. Er würde seine Sinne und seine Neugier ohne Furcht vor Tadel befriedigen und langsam im Abgrund vollständiger Gleichgültigkeit versinken. Ich stelle mir vor, wie er durch die Stadt läuft, die von der Offenbarung heimgesucht wurde. In den frühen Morgenstunden rasen Banden wilder Gottheiten durch die Straßen und brüllen ihre Weisheit in den von Blitzen durchzuckten Himmel. Wenige Minuten nach Morgengrauen sind die Durchgangsstraßen verstopft; die Zahl der Menschen auf dem Planeten ist dank einer allgemeinen Auferstehung angeschwollen. (Zwischen den Gottheiten war so etwas wie ein Wettstreit ausgebrochen, wer die meisten toten Seelen auferstehen lassen würde; nachdem alle Gräber leer waren und alle Asche zusammengefügt worden war, sahen sich die Konkurrenten gezwungen, Kühe und Pferde wiederzuerwecken; bald würden sie bei Schafen und Schweinen angelangt sein und sich schließlich bis zu Federvieh herablassen.)

So vergeht der Tag, ein Durcheinander, durch das mein verblüffter Pilger müde seines Weges zieht, seine Energien erschöpft von Wunder über Wunder, von all der göttlichen Pracht, bis er sich schließlich, am Stadtrand angekommen, am Hang eines Berges niederlegt und seine Augen vor den übervölkerten Wolken verschließt. Hinter seinen Augenlidern ist es angenehm dunkel, herrscht eine erholsame Leere. Er möchte für immer dorthin entschwinden. Doch wie soll er diesen glückseligen Zustand erlangen? Wenn er sich tötet, gleich hier auf dem Berg, wird ein eilfertiger Heiland ihn sicherlich finden und wie Lazarus von den Toten erwecken. Er muß einen Ort zum Sterben finden, der nicht sofort entdeckt werden wird. Seufzend steht er auf und steigt zum Kamm des Berges hinauf. Die Landschaft zu seinen Füßen verschafft ihm keinen größeren Trost als die Stadt, die er hinter sich gelassen hat. Jeder Hain hat seine eigene Gottheit, jede Wegkreuzung, jeder Baumstumpf, jeder Kiesel. *Gibt es ein Staubkorn, über daß sich keine der zahllosen Gottheiten erhebt,* überlegt er. *Gibt es einen Ort, an dem er allein sein kann?* Dies nimmt er sich zum Ziel seiner Pilgerreise. Mit unerträglich schwerem Herzen macht er sich auf die Suche nach einem Ort, wo ihn die Auferstehung nicht finden wird.

Ich glaube, es wäre kein gutes Buch geworden; eher eine kleine Spinnerei. Die Essenz befindet sich in diesen Absätzen: Sie enthalten bereits all die ironischen Wendungen, die das umfängliche Werk ausgeführt hätte, und verschwenden weniger Tinte. Jetzt kann ich mich wieder ganz dem Tod am Fluß zuwenden.

2

In meiner Vorstellung fließt der Fluß in beide Richtungen; aber das wißt Ihr bereits. Früher oder später werde ich mich ihm anvertrauen müssen, von ihm forttreiben lassen, wohin er auch fließt. Vielleicht ertrinke ich; vielleicht werde ich ans Ufer gespült. Vielleicht werde ich in den Fluten die Liebe finden. Vielleicht werde ich aus den strömenden Wassern heraus die Welt so sehen, wie nur Heilige sie sehen. Bis zu jenem Zeitpunkt – bis ich den Mut aufbringe, in den Aufruhr zurückzukehren – kann ich nur zusehen und hoffen, daß ich in der Lage sein werde zu beenden, was ich angefangen habe, auch wenn Anfang und Ende einander sehr ähnlich sehen mögen.

Der Mann heißt Devlin Coombs, und bis zum gestrigen Tage war er verheiratet und glücklich. Er arbeitete bei einer kleinen Versicherung in der Stadt, wo er seit zehn Jahren für die Schadensregulierung zuständig war. Dienstags und donnerstags ging er auf die Abendschule und lernte Töpfern. Bisher hat er drei Schalen gedreht, von denen er sagen würde: Die gefallen mir. Er hat keine Kinder. Er mag Beethoven und Aalpastete. Zumindest tat er das. Er wird an Aalpastete keinen Geschmack mehr finden; noch wird er jemals einer Beethovensonate lauschen können, ohne dabei so heftig zu weinen, daß er sie wieder abschalten muß. Er wird nie wieder töpfern; noch wird er jemals wieder mit Mary Elizabeth schlafen, denn letzte Nacht wurde der Leichnam seiner geliebten Frau an das Ufer des Flusses gespült. Es war der 26. Dezember 1999, fünf Tage vor einem verheißungsvollen Tag, fünf Tage vor der Jahrtausendwende, für die die Propheten des Unheils das Ende der Welt versprechen. Sie haben sich um fast eine Woche vertan, denkt Devlin, während er am Fluß entlanggeht; oder die Welt ist frühzeitig untergegangen, denn was ist die Welt ohne Mary Elizabeth wert?

Jetzt konnte er nur noch um sie trauern, um sie trauern und

sich fragen, während er trauerte, wie sie ein solches Ende hatte finden können. Wie war es möglich, daß eine Frau mit derart klaren Moralvorstellungen, eine Frau, die den rechten Pfad nie verlassen hatte, durch einen Mord ums Leben gekommen war?

Er mußte den Leichnam identifizieren, natürlich, und hatte von der Polizei – für die er die nervöse Verachtung eines Liberalen verspürte – nicht das geringste Fingerspitzengefühl erwartet. Er hatte recht. Es gab keines. Er wurde in einen schlecht desinfizierten Raum gebracht und mit dem jämmerlichen Anblick ihres Körpers konfrontiert, der auf einem Tisch aus abblätterndem weißem Emaille lag. Sie war von Kopf bis Fuß von einem Laken bedeckt. Er bat darum, es vollständig zu entfernen. Jetzt endlich zeigte der Inspektor ein Mindestmaß an Einfühlungsvermögen und erklärte ihm, daß er das für keine gute Idee halte.

»Vom Hals abwärts ist sie in einem schrecklichen Zustand«, sagte er.

Devlin antwortete, daß er darauf gefaßt sei. Er wollte sie ganz sehen. Und als der Mann das Laken beiseite zog, bereute er seine Entscheidung nicht. Sie war tatsächlich in einem *schrecklichen* Zustand, ihr Körper geradezu zerfetzt. Aber die Reglosigkeit ihres Körpers war ihm ein sicherer Beweis ihrer Abwesenheit – dieses Gefühl, daß sie fort war, endgültig, sonst hätte sie diese erbärmliche Enthüllung nicht zugelassen – all dies ließ ihn die ganze Angelegenheit besser hinnehmen. Er würde von diese Frau nie wieder etwas wissen wollen. Alles, was er jetzt noch wissen wollte – das einzige Rätsel, das es zu lösen galt – war die Identität des Mannes, der ihr das Leben genommen hatte.

Von der Polizei erfuhr er nichts – sie versicherte ihm nur, daß sie ihr Geschäft verstünden und daß er ihnen am meisten helfen könne, wenn er ihnen erst ihre Fragen beantworten würde, was er tat, und ihnen dann die Arbeit überließe, ohne dauernd nach ihren Fortschritten zu fragen. Das fiel ihm äußerst schwer. Auch wenn er nicht zu ihnen gehörte (zum Zeitpunkt des Mordes an

Mary Elizabeth war er hundert Meilen weit weg gewesen und hatte seiner Mutter über die Schrecken des inzwischen dritten Weihnachtsfestes mit Parkinson hinweggeholfen; sie hatte entsprechend ausgesagt, auch wenn sie in Wahrheit keinen Tag vom nächsten unterscheiden konnte), lag die Schlußfolgerung nahe, daß es zwei Klassen von Verdächtigen gab. Die erste: jemand, der Elizabeth kannte – ein Freund oder ein Arbeitskollege. Die zweite: ein geisteskranker Fremder, dem sie unglücklicherweise über den Weg gelaufen war. Die erste Möglichkeit erschien Devlin eher unwahrscheinlich, fast absurd. Mary Elizabeth hatte einen kleinen Freundeskreis, zumeist Frauen, die langsam in die mittleren Jahre glitten, und einige nette Menschen von der Arbeit, die er zum Großteil bei einem Betriebsausflug oder einem ähnlichen Anlaß kennengelernt hatte. Darunter war niemand, der oder dem er nicht vertraut hätte. So blieb die zweite Möglichkeit die einzig plausible Theorie. Seine Frau war dem Tod anheimgefallen, weil sie ihm zufällig begegnet war. Und mit jeder Stunde, die die Polizei die Verfolgung ihres Mörders hinauszögerte, indem sie völlig unschuldigen Männern und Frauen idiotische Fragen stellte, stieg die Wahrscheinlichkeit, daß der Schuldige ihnen entkommen würde – für immer.

Undenkbar, daß seine Geliebte ihm entrissen wurde und der Dieb der Strafe entkam. Doch je mehr Tage vergingen (und Nächte: er schlief nicht, wollte nicht einmal schlafen, angesichts des leeren Bettes neben sich), desto wütender wurde er, und desto sicherer, daß der Gerechtigkeit nur Genüge getan würde, wenn er diese Angelegenheit selbst in die Hand nähme.

3

Devlins Zahnarzt, dessen Praxis er nach Möglichkeit meidet, ist kürzlich in seine Nähe gezogen. Er wollte gerade zu der Stelle fahren, an der Elizabeth gefunden worden war, als er auf dem Weg zum Auto diesen Mann trifft, einen Edward Littlefield. Littlefield ist ein Mann mit einem breiten Gesicht, weit auseinanderstehenden Zähnen und einem Hang zu markigen Sprüchen, der seinen wenig glanzvollen Beruf zum Anlaß nimmt, alles aus ihm herauszuholen. Doch heute macht er keine Witze über Mundpflege. Er weiß Bescheid, natürlich, und erzählt, er hätte am vorigen Abend das Fernsehinterview mit Devlin gesehen, in dem dieser sich über die mangelnden Aktivitäten der Polizei beschwert hatte. Er wäre sehr gerührt gewesen.

»Sie müssen die Sache selbst in die Hand nehmen«, sagt er und erklärt, daß er aus Erfahrung spricht. Sein Sohn ist im Alter von sechs Jahren verschwunden und nie gefunden worden.

»Bis auf den heutigen Tag«, sagt Littlefield, »wünsche ich mir, ich hätte weniger der Polizei und mehr meinen Instinkten vertraut. Ich hätte den Jungen finden können, wäre ich nicht zu Hause gesessen und hätte ich nicht jedes Wort geglaubt, das sie mir erzählt haben.« Sein Blick schweift die Straße hinunter, als ob er immer noch damit rechnet, daß er seinen Sohn entdecken wird – der seit neunzehn Jahren vermißt wird –, wie er gerade zwischen den Platanen Verstecken spielt. »Meine Frau hat vor einigen Jahren eine Frau kennengelernt, die behauptet, sie hätte uns helfen können, und ich habe gedacht: Lieber Gott, wo warst du, als ich dich gebraucht habe?«

»Tut mir leid, ich kann nicht ganz folgen. Wer war diese Frau?«

»Meine Frau hat sich wirklich intensiv mit ihr unterhalten. Ich weiß nicht …« Er heftet seinen Blick mit überraschender Direktheit auf Devlin. »Glauben Sie?« fragt er leise.

»Woran?«

»Na, an so etwas eben. Übernatürliches Zeug. Übersinnliche Phänomene …«

»Ich weiß nicht.«

»Aber Sie würden es auf einen Versuch ankommen lassen?«

»Na ja, die Polizei hilft mir sicher nicht weiter. Und ich habe Angst.« Er hält abrupt inne und starrt zu Boden.

»Spucken Sie's aus«, fordert Littlefield ihn auf, wie er es erhofft hatte.

»Ich habe Angst, daß ich verrückt werde, wenn ich nicht herausfinde, wer es getan hat … ich meine, *niemals* … ich werde einfach verrückt.«

Littlefield nickt. Erneut blickt er die Straße hinunter. »Ich kenne das Gefühl«, murmelt er. »Keine Möglichkeit, etwas zu Ende zu bringen. Wie ein Buch, dem die letzten Seiten fehlen. Und man weiß, daß sie immer fehlen werden. Wie sehr man auch sucht, wie intensiv man auch beten mag. Damals habe ich jede Nacht gebetet: *Lieber Gott, sag mir, wo mein Sohn begraben liegt.* Irgendwann ist man so weit. Sag mir nur, wo er begraben liegt.«

Devlin sagt eine ganze Weile nichts; Littlefields Offenheit ist ihm peinlich. Wenn er jetzt auf der Stelle davonlaufen könnte, würde er es tun, aber er muß diesen Mann noch etwas fragen: nach dem Namen der Hellseherin, wo er sie erreichen kann. Er muß es nicht aussprechen. Littlefield sieht ihm in die Augen und zieht bereits seine Brieftasche hervor, kritzelt Name und Telefonnummer auf ein Kärtchen. »Komisch«, sagt er, während er schreibt. »An manche Telefonnummern erinnert man sich sofort, an andere gar nicht. Ich konnte mir die Nummer meiner Schwiegermutter nie merken, obwohl ich sie tausendmal gewählt haben muß. Aber die hier« – er reicht Devlin die Visitenkarte – »kann ich auswendig, ohne daß ich auch nur einen Augenblick nachdenken müßte.«

Sie verabschieden sich voneinander. Devlin steckt das Kärtchen nicht weg. Er behält es in seiner verkrampften Faust und ruft die Frau sofort an, als er zu Hause angekommen ist. In dem Augenblick, als er den Hörer in der Hand hat und ihre Stimme hört, hat er plötzlich das Gefühl, als wäre sie es gewesen, die ihn gerufen hat, und er hätte nur geantwortet.

So nehmen die Dinge ihren Lauf, und er findet sich vor jenem unauffälligen Haus in Cumberland wieder, mit seinem gepflegten Rasen und der blauen Tür, und wird in eine Wohnung hereingebeten, die sich so vollständig vom Äußeren des Hauses unterscheidet, daß er das Gefühl hat, er sei aus der Realität in einen Traum getreten. Seine Führerin heißt Shirley Dunbar. Sie ist um die Fünfzig, frisch blondiert, und mußte vor hundert Pfund eine ziemliche Schönheit gewesen sein. Sie hat für sie beide einen Happen gerichtet: Schinkensandwiches, Christstollen mit Früchten und Rum und zwei Gläser Scotch. Sie lassen sich in dem düsteren Salon nieder, dessen Gipswände mit zahllosen Leinenfetzen bedeckt sind, auf die zusammenhanglose Zeichen geschmiert wurden, und sie wünscht ihm guten Appetit; dies sei die letzte Mahlzeit, die er innerhalb der nächsten vierundzwanzig Stunden zu sich nehmen solle. Vielleicht noch etwas Wasser, aber nichts Festes. Er müsse erst seinen Körper reinigen, bevor er sich auf den Weg machen könne.

»Wohin?« will Devlin wissen.

»Zurück, um zu sehen, was passiert ist«, antwortet Shirley. In ihrem Mund vermengen sich Kuchen und Whiskey, und sie kaut genießerisch. »Sie nehmen das Licht und gehen zurück.«

»Ich dachte, Sie …«

»Ich?«

»… ich hab' gedacht, dafür seien Hellseher da. Sie … ich weiß nicht … sprechen mit den Geistern oder so.«

»Nein, ich nicht.«

»… aber ich weiß nicht …«

»Was?«

»Aber ich weiß nicht, wie das alles funktioniert.«

»Sie wissen eine Menge über Ihre Frau«, antwortet Shirley. »Ich nicht. Sie haben sie nach ihrem Tod gesehen. Ich nicht. Sie sind wahrscheinlich an der Stelle gewesen, wo sie gefunden wurde …«

»Ja.«

»– ich nicht. Sehen Sie, meine Aufgabe besteht darin, ihnen die Reise zu ermöglichen.«

»Sie selbst machen nie …?«

»Eine Reise?«

»Ja.«

»Nein. Nicht, wenn ich es vermeiden kann. Als ich jünger war, nun ja, da bin ich gelegentlich selbst los. Früher war ich *neugieriger*, vermute ich mal. Ich dachte, es gäbe mehr Wissenswertes, als ich schlußendlich vorfand.«

»Mehr Wissenswertes?«

»Einen großen Plan hinter allen Dingen«, antwortet Shirley. Ihre schwammigen Hände zeichnen ausgefranste Kreise in die Luft. »Aber natürlich stellt man irgendwann fest …«

»Was?«

»Da gibt es nichts. Wissen Sie, da steckt schlicht unser Wunschdenken dahinter, aber das genügt nicht. Ich meine, unterm Strich. Es genügt einfach nicht.«

Devlin ist sich nicht ganz im klaren darüber, wieviel er eigentlich versteht, aber er beschließt, keine weiteren Fragen zu stellen, was Shirley nichts ausmacht, denn sie bedarf keiner weiteren Aufforderung, um einfach Gedanken aneinanderzureihen. Sie erzählt ihm, in verwirrenden Momentaufnahmen, die Geschichte ihres Lebens. In Belfast geboren, mit siebzehn verheiratet, alle ihre Kinder an unterschiedlichen Krankheiten gestorben; entdeckte ihre Fähigkeiten, nachdem ihr Ehemann (den sie immer nur Mister Dunbar nennt) mit »einer Dame« davongelaufen war und sie in einem leeren Haus mit dem Wahnsinn liebäugelte. Sie hatte ein Talent geerbt, vielleicht von ihrer Mutter – eine Fähigkeit, hinter den Schleier zu blicken, wie sie sich ausdrückt, der zwischen uns und den Toten hängt. Als sie schließlich das Wesen dieser Fähigkeit durchschaute, ließ sie alles hinter sich. Als ob sich die Frau, die sie bis zu diesem Zeitpunkt gewesen war, einfach in Luft aufgelöst hätte. Sie hatte den Namen Dunbar beibehalten – anstatt wieder ihren Mädchennamen anzunehmen – um sich daran zu erinnern, daß sie einst eine normale verheiratete Frau gewesen war.

Schließlich kommt sie zum Kern ihres Monologes. »Sie fragen sich sicherlich«, sagt sie, »worauf das alles hinausläuft.«

»Nun ja …«, erwidert Devlin.

»Vertrauen ist wichtig«, fährt sie fort. »Ich meine, Sie stehen dort, ich stehe hier, und irgendwie müssen wir einander vertrauen, wenn wir derart einander zugeführt worden sind.«

»Sie glauben, wir sind zusammengebracht worden?«

»O ja, es war Ihr Schicksal, hierherzukommen, Devlin«, erklärt sie ihm. Devlin würde sie gerne fragen, wie dieser Glaube an Vorherbestimmung zu ihrer Ablehnung eines größeren Zusammenhangs paßt, doch dann beschließt er, ihren Redefluß nicht zu unterbrechen, und läßt sie einfach reden. »Ich habe Gegenstände in diesem Haus …«, fährt sie fort, »die Sie nicht einmal in Rom oder Jerusalem finden würden. Und wissen Sie was, ich glaube, die sind hier besser aufgehoben als in irgendeinem kunstvollen Reliquienschrein. Die meisten heiligen Gegenstände sind im Grunde eher bescheidener Natur, finden sie nicht auch? Ein Nagel, eine Locke, ein Stein …« Ihre Stimme wird weich, als sie von all diesen Schätzen spricht, und die letzten Zweifel weichen aus Devlins Herz. Er betrachtet ihr vom Whiskey gerötetes Gesicht und ist sich sicher, daß sie ihm nichts vormacht. Sie redet über einfache Dinge, die durch ihre Berührung mit dem Wunderbaren einen besonderen Status erhalten haben. *Und wenn dies bei einem Stein oder einem Nagel möglich ist,* denkt er, *weshalb dann nicht bei einem Menschen?* Diesem Gedanken folgt der erste Hauch von Hoffnung, den er verspürt, seit ihm mitgeteilt wurde, daß er seine Frau verloren hat.

Er kann nicht anders, er muß jetzt sprechen; er verspürt eine neue Kraft in sich.

»Ich möchte anfangen«, sagt er. »Bitte. Ich möchte gleich anfangen.«

»Sie haben bereits angefangen, merken Sie das nicht?« erklärt sie ihm. »Sie haben in jenem Augenblick angefangen, als Sie meinen Namen zum ersten Mal gehört haben. Aber ich möchte, daß Sie sich über die Tragweite Ihrer Reise im klaren sind.«

»Das interessiert mich nicht.«

»Sollte es aber«, weist sie ihn in scharfem Tonfall zurecht. »Hier geht es nicht um Leben und Tod. Das wäre einfach. Nein. Hier geht es … um …«

»Was?«

»Es läßt sich nur schwer in Worte fassen«, erwidert sie. Nach einer nachdenklichen Pause fährt sie fort: »Ich verstehe Ihren Schmerz, und ich möchte ihn lindern, aber nur ein Gegenstand in diesem Haus kann Ihnen wirklich helfen, und das ist die Flamme.«

»Eine Flamme?«

»In etwa. Sie werden selbst sehen. Wie ich gesagt habe, es ist eine Flamme. Aber ... es ist auch weit mehr als das. Sie wurde während des ersten Jahres meines ... wie soll ich es nennen? ... meines zweiten Lebens hierher gebracht. Der Mann, dem ich sie verdanke, wollte sie loswerden und gab sie mir.«

»Wozu ist sie gut?«

»Sie wird den Weg zurück zu Ihrer Frau erleuchten. Zurück zu jenem Augenblick, als sie starb, wenn sie das sehen möchten.«

»Das will ich.«

»Das und nur das?«

»Ja.«

»Können Sie das beschwören?«

»Ja.«

»Das ist äußerst wichtig, Devlin.«

»Ich verstehe nicht, weshalb.«

»Nun, dann erkläre ich's Ihnen. Heilige Sachen haben einen eigenen Willen. Unheilige desgleichen. Sie haben ... *Absichten*. Nicht alle. Manche sind genau das, was sie zu sein scheinen. Aber diese Flamme ...«

»Was für *Absichten*?«

Shirley zuckt mit den Schultern und schenkt sich einen weiteren ordentlichen Schluck Whiskey ein. »Ich will nur, daß Sie sich völlig darüber im klaren sind, was Sie wollen.«

»Ich will wissen, wer meine Frau umgebracht hat«, erwidert Devlin. »Was gibt es da noch zu erklären?«

4

Sie sagt ihm, er solle am nächsten Tag bei Sonnenuntergang wiederkommen. Sie sagt ihm, er solle Kleider aus Baumwolle oder Seide anziehen, Schuhe aus Leder – nichts aus künstlichen Materialien. Sie wiederholt ihre Anweisung, daß er nichts essen dürfe. Er möchte wissen, was ihn erwartet. Sie sagt ihm, daß sie das nicht weiß. Jeder Fall ist anders. Dies ist keine exakte Wissenschaft. Wir haben es, fährt sie fort, mit den Grundsubstanzen unserer Seelen zu tun – nur ein Dummkopf würde behaupten, er würde das *verstehen*. Dann sagt sie ihm, er solle gehen. Er kehrt in die Wirklichkeit zurück; seine Wahrnehmung der Dinge hat sich mehr als ein bißchen verändert. Während er nach Hause fährt, muß er mindestens ein dutzendmal anhalten, weil seine Gedanken einfach davontreiben. Er ertappt sich bei der Überlegung, wieviel von der Welt um ihn herum mit Bedeutung aufgeladen ist. Ist jeder Zentimeter des Asphalts unter den Rädern seines Wagens, jede tote Motte auf seiner Windschutzscheibe ein Splitter eines größeren Geheimnisses? Herrschen Kräfte in der toten Materie seiner Fingernägel, in der eingetrockneten Spucke in seinen Mundwinkeln? Wenn ja – was für eine Welt ist das doch; und wie sehr, wie sehr wünschte er, er könne Mary Elizabeth davon erzählen.

Am nächsten Tag kehrt er wie abgesprochen zu Shirleys Haus zurück. Sein Magen knurrt, seine Haut juckt ein wenig, er fühlt sich etwas benommen. Er steht auf der Schwelle und redet sich zu: Beruhige dich. Du bist Herr deines Körpers und deines Geistes. Schließlich wolltest du es so. Beruhige dich. Dann klopft er an die Tür. Sie schwingt auf, er tritt ein und ruft Shirleys Namen. Er erhält keine Antwort, doch das ist auch nicht nötig. Er hat kaum den Flur betreten, da sieht er ein flackerndes Licht im Wohnzimmer und weiß, daß er erwartet wird. Er zögert nicht länger, sondern betritt den Salon, ein Lächeln auf den Lippen. Möglicherweise sieht Shirley dieses Lächeln – sie selbst ist nirgends zu sehen – doch sein Blick wird ausschließlich von der Flamme angezogen. Sie schwebt in der Nähe des Herdes in der Luft und wirft ein silbriges Licht. Als er näher kommt, fühlt er ihre Wärme auf seinem Gesicht und seinen Händen; er öffnet seine Handflächen und verspürt ein Stechen. Muß er sein Verlangen äußern? fragt er sich. Nein, nein; das Licht weiß. Es ist in seinem Schädel, erleuchtet die Finsternis, tröstet ihn.

Behutsam schließt er seine hohlen Hände darum; genauso, als würde er einen Löwenzahn in die Hand nehmen, oder einen Schmetterling. Es bedankt sich für seine Sorgfalt: dringt durch seine Poren in ihn ein. Sein Fleisch reagiert mit wohligen Schauern, als ob sein Körper eine Reinigung erfahren hätte und das Licht gleich einem lang erhofften Regen durch seine staubigen Fasern rinnt. Erst als er sich auf die Anwesenheit des Lichtes eingestellt hat, macht sich die geißelnde Kraft seines Flusses bemerkbar. Inzwischen ist er jedoch von der Veränderung viel zu erregt, als daß ihn das kümmert. Er hat seine Aufgabe gefunden und kein Interesse daran, es zu verleugnen. Noch wäre er dazu in der Lage. Das Licht hat jeden Schein der Vornehmheit abgelegt und kommt jetzt mit ganzer Macht, durchdringt ihn, wäscht ihn aus, ein spirituelles Brechmittel, daß ihn von Kopf bis Fuß erzittern läßt.

Und gerade als es den Anschein hat, als würde sein ganzer Körper davongespült, hält es in seiner gewaltigen Reinigung inne, ist plötzlich ganz ruhig in ihm.

Er wartet, er rechnet damit, daß Shirley auftaucht und ihm einige Anweisungen mit auf den Weg gibt. Doch sie kommt nicht. Zehn Minuten vergehen, fünfzehn, zwanzig: Immer noch wartet er. Schließlich findet er sich mit der Tatsache ab, daß ihm keine weitere Orientierung zuteil werden wird von Shirley oder von irgend jemand anderem. Er ist bei diesem Unternehmen auf sich gestellt.

»Nun denn …«, murmelt er; es hat den Anschein, als ob er ein Zwiegespräch mit dem Licht erwarten würde. »Sollen wir …?«

Er wollte sagen: Sollen wir zum Fluß gehen? Doch er kommt nicht dazu, den Satz zu beenden. Das Licht bewegt sich, er spürt ein bedeutsames Drängen in sich, und einen verschwommenen Augenblick später befindet er sich auf der Straße. Er ist sich der Bewegungen seiner Körperteile nicht bewußt; er ist sich nicht der geringsten Anstrengung bewußt. Er hat schlicht seinen Standort gewechselt und ist kurz davor, seine Wünsche Wirklichkeit werden zu lassen.

(Vielleicht ist an dieser Stelle eine Bemerkung über Shirley angebracht. Sie befindet sich in dem Haus, das Devlin gerade verlassen hat. Sie liegt ausgestreckt im Badezimmer auf dem Fußboden, wo ein heftiger Schlaganfall sie bewegungsunfähig gemacht hat. Er wird sich in den nächsten drei Stunden als tödlich erweisen. Sie wird krampfhaft versuchen, das Telefon zu erreichen, und scheitern. Sie wird beten, doch sie wird nicht verschont werden. Schließlich wird sie Worte des Dankes sprechen, in einer Urinlache liegend, in einem sterbenden Körper gefangen, für ein Leben, das nicht ohne Sinn und Zweck gelebt wurde. Und währenddessen vergißt sie sich; oder vergißt zumindest ihren augenblicklichen Zustand. Sie befindet sich wieder auf den Straßen von Belfast, im Alter von neun Jahren. Gesegnetes Alter, unschuldiges Alter. Bevor sie weiß, was Sex ist; bevor sie den Glauben an Gott und Pfarrer O'Connor verloren hat. Bevor ihre Mutter des Lebens überdrüssig und ihr Haar weiß wurde. Ein Sommertag, sie läuft verträumt die Galway Street entlang, schnuppert das Grün der nahen Berge.

Dies ist der Augenblick, den sie zum Zeitpunkt ihres Todes erleben wird: ein Augenblick, an den sie sich seit Jahren nicht mehr erinnert hat, der sie jetzt in seine Arme nimmt und sanft in den Tod hinübergleiten läßt.

5

Devlin findet sich am Fluß wieder. Er kann sich nicht an die Straßen erinnern, die er auf dem Weg hierher entlanggegangen ist. Er erinnert sich nur an die Ruhe, die paradiesische Ruhe, *in* der Flamme zu sein, aus ihr zu *bestehen*. Er weiß, wo er ist. Er befindet sich einige hundert Meter flußaufwärts von der Stelle, wo Mary Elizabeth' Leiche gefunden wurde, ganz in der Nähe der Kirche mit den drei großartigen Fenstern und dem einen aus einfachem Glas. Er überlegt, ob die Geschwindigkeit seiner Gedanken ihn bis zum Ort der Tat transportieren würden. Aber nein, sein Körper gehorcht scheinbar wieder den gewohnten Gesetzen. Er setzt sich in Bewegung, seine Muskeln gehorchen ihm wieder, tragen ihn das Ufer entlang. Während er vorwärtsschreitet, wird der Himmel langsam heller. *Graut schon der Morgen?* fragt er sich. Die Nacht hatte doch kaum angefangen. Nein, er bemerkt, daß dies nicht der Neujahrstag ist, der langsam anbricht; langsam kehrt er an jenen Nachmittag zurück, an dem Mary Elizabeth ihr Leben verloren hat.

Ein kleines Mädchen rennt laut lachend an ihm vorbei. Sie läßt sich nicht anmerken, ob sie ihn sehen kann, doch vielleicht ist sie auch zu sehr mit ihrer Flucht oder Verfolgung beschäftigt, um ihn zu bemerken. Er beobachtet, wie sie davonrast, ihre Stimme leiser wird. Dann wirft er einen Blick das Ufer hinunter und fängt am ganzen Körper an zu zittern, denn dort – kaum zwanzig Meter von ihm entfernt – steht Mary Elizabeth. Er war nicht auf die Wirkung vorbereitet, den ihr Anblick auf ihn haben würde. Er zittert so heftig, daß es fast einem Anfall gleicht; er muß sich zusammennehmen, um auf den Füßen zu bleiben. Tränen schießen ihm in die Augen und tragen Brechungen des Lichts aus seinem Herzen herauf; einen Augenblick lang blenden sie ihn, bevor sie seine Wangen hinabrinnen.

O Gott, hoffentlich kann er mit ihr sprechen. Nur ein paar Worte, nichts Besonderes, er möchte ihr nur sagen, wie sehr er sie geliebt hat.

Doch bevor er auf sie zugehen und es versuchen kann, sieht er, wie sie sich umdreht; sieht, wie ein Mann sie zwischen den Bäumen hindurch verfolgt. *O Himmel*, denkt er, *nicht so bald! Laß es nicht geschehen, bevor ich Gelegenheit hatte …*

Doch *warte*. Was passiert da? Sie scheint sich vor dem Mann nicht zu fürchten, sondern lacht ihn aus, und das Gesicht des Mannes verrät keine böse Absicht, sondern alberne Ausgelassenheit. Er schielt, er streckt die Zunge heraus, nur zu ihrer Unterhaltung. Und bei Gott, auch wenn es eine kindische Vorführung ist, amüsiert sie sich königlich. Als er sie einholt, stößt sie ihn nicht von sich; sie schüttelt nur den Kopf, wie eine liebevolle Mutter über die Possen ihres Kindes. Soweit ist das gar nicht von der Wahrheit entfernt; ihr Begleiter ist ungefähr halb so alt wie sie: höchstens zwanzig, mit kaum verheilten Pickelnarben. Devlin erinnert sich vage daran, daß sie von ihm erzählt hat; vielleicht hat sie auf einem Foto eines Bürofestes auf ihn hingewiesen. Er bedeutet ihr nichts; oder zumindest hatte er nie einen Verdacht, daß es anders sein könnte. Jetzt hat er einen Grund, sich seine Gedanken darüber zu machen, als sie zuläßt, daß seine Hand über ihr Schulter streicht, über ihren Hals, über ihre Brust! Sie leistet keinen Widerstand; zumindest fast keinen. Wieder sieht sie ihn so nachsichtig an; ein erhobener Finger, ein leichtes Kopfschütteln, als wollte sie sagen: Werd nicht frech, nicht hier, nicht hier. Die zurückhaltenden Gesten werden jedoch ignoriert; ihr Liebhaber tollt vor ihr herum, wirft ihr lüsterne Blicke zu, streichelt sie, versperrt ihr den Weg.

Sie schäkert mit dem Tod, Devlin ist sich sicher. Zu irgendeinem Zeitpunkt wird sie etwas sagen oder etwas tun, das diesen Jungen ärgern wird, und das Lächeln wird verschwinden und die Luftsprünge werden aufhören, und es wird Blut fließen. Sie hat ihn gerade zur Seite geschoben, als ob sie weitergehen möchte, doch sie kokettiert nur. Er läuft neben ihr, flüstert ihr etwas zu, daß ihr die Schamesröte ins Gesicht treibt und Glanz in ihre Augen bringt. Devlin kennt dieses Funkeln. Es gab eine Zeit, da es ihm galt; und was für ein großartiges Geschenk es war, versprach es doch die vielfältigsten Vertraulichkeiten. Jetzt gilt dieser Blick diesem verdammten Kerl, und er erhält das Versprechen, die Küsse, die Berührungen. Er vögelt mit ihr, zweifelsohne, wenn die Neckereien vorbei sind, auf dem Rücksitz seines Autos …

»O Gott«, murmelt Devlin.

Und sie scheint ihn gehört zu haben. Zumindest schaut sie in seine Richtung, und in ihrem Gesicht bilden sich Sorgenfalten.

»Was ist los?« will ihr Begleiter wissen.

»Ich hab' gedacht, ich hätte …« Sie schüttelt den Kopf und tut den Gedanken ab. Doch im selben Augenblick ändert sie ihre Meinung. »Er ist hier«, sagt sie.

»Wer?«

»Mein Mann.«

»Red keinen Unsinn«, sagt der Junge nachsichtig und küßt sie zur Beruhigung auf die Lippen. Sie hat gegen seinen Trost nichts einzuwenden, sondern erwidert seinen Kuß.

O Gott, seufzt Devlin erneut, *o Gott*. Falls Mary Elizabeth ihn dieses Mal hört, läßt sie sich nichts anmerken. Sie gestattet ihrem Liebhaber, ihren Mantel aufzuknöpfen, und er fummelt am Ausschnitt ihres Kleides herum. Devlin ist entsetzt: Sie läßt zu, daß er ihre Brust entkleidet, hier in aller Öffentlichkeit. Ihre Brustwarze hat sich in der Kälte aufgerichtet; er wärmt sie mit seinen Lippen, und sie schließt freudig die Augen.

O du Hure, denkt Devlin. *Wie kannst du nur, wie kannst du mir nur die Liebe vorenthalten, die du mir als deinem Gatten schuldest – mir drehst du im Bett den Rücken zu und sagst, daß du daran kein Interesse mehr hast – und du willst es doch! Schau dich an, du Miststück, mit deiner Hand zwischen seinen Beinen, mit deiner Zunge in seinem Mund!* Devlin wird speiübel. Er möchte wegsehen, aber er kann seine Augen nicht von dem Anblick abwenden. Sie werden es doch wohl nicht hier und jetzt miteinander tun; sicherlich sind sie nicht so heiß aufeinander, daß sie auf diesem eisigen Boden vögeln könnten? Der Kerl flüstert ihr etwas zu und knetet langsam ihre Brust. Sie lacht, ihre Wangen sind gerötet. Wie lange ist es her, daß er diesen Glanz in ihren Augen gesehen hat? Fünf Jahre ist es mindestens her, seit sie lustvoll angeschwollen auf den Kissen lag, bereit, ihn zu empfangen.

Nie wieder. Dies ist das letzte Mal, daß er sie so sehen wird, für immer und ewig …

Während sein Gehirn diese Gedanken formt, schaut er instinktiv über seine Schulter und entdeckt einen weiteren Zeugen der Untreue seiner Frau. Das dichte Unterholz und die Schatten der Bäume verdecken das Gesicht des Mannes, doch seine Bewegungen lassen Devlin vermuten, daß er ihn kennen wird, wenn er hervorkommt. Devlins Verdächtigungen scheinen doppelt falsch gewesen zu sein: Erst hatte er gedacht, Mary Elizabeth sei durch die Hand eines Fremden zu Tode gekommen; dann hatte er dem Jungen an ihrer Seite die Schuld zugeschoben. Jener dort ist der Mörder; Devlins Überzeugung wächst mit jeder Sekunde. Sein Herz schlägt schneller; sein Atem kommt stoßweise. Warum verspürt er eine solche *Erregung*? Und dann, und dann …

… weichen die Blätter beiseite, die Zweige werden auseinandergeschoben, und er sieht das Gesicht des Mannes, der Mary Elizabeth ums Leben bringen wird. In diesem Augenblick erinnert er sich, was für ein gutes Gefühl das gewesen war, zwischen den Bäumen hervorzukommen, wie rechtschaffen er sich in seiner Wut vorgekommen war, wie stark, wie froh; ja, froh, daß endlich alle Zweifel weggewischt waren, angesichts dieser Frau, die sich stöhnend begrapschen ließ.

Einmal vollbracht, hatte er die Tat vollständig verdrängt, sich vor sich selbst versteckt, um nicht völlig den Verstand zu verlieren. Aber es ließ sich nicht länger abstreiten.

Ich habe es getan. Ich habe es getan. Ich habe es getan.

Und so kann er nur zuschauen. Er will nur noch zuschauen. Er kann die Aufführung dieser Szene nicht mehr verhindern; sie ist bereits Geschichte. Eigentlich ist er hierhergekommen, um den Schuldigen zu enttarnen, und da ist er, in all seiner rachsüchtigen Pracht; er schwingt das Messer mit solcher Geschwindigkeit, daß den Liebenden keine Zeit zur Flucht bleibt. Er sticht den Jungen ins Kreuz und stößt ihn zu Boden. Er ist noch nicht tot, aber er ist zu schwer verletzt, um weit zu kommen. Dann macht Devlin sich über Mary Elizabeth her, die schluchzt, sie sei unschuldig, unschuldig; er hätte sie überrascht …

Devlin sagt nur: *Ich habe dich beobachtet.* Dann fährt er ihr mit dem Messer über die Kehle. Er möchte sie nicht gleich umbringen. Blut fließt, natürlich, aber nur ein wenig. Er zieht erneut durch, doch dieses Mal hält sie schützend einen Arm hoch, und er schneidet ihr in die Hand; Blut spritzt. Sie schreit, und wie auf Kommando fängt Devlin an, wild auf sie einzustechen.

Während er sich bei der Arbeit zusieht, fällt ihm alles wieder ein. Seine Gedanken eilen voraus, den Schrecken entgegen, die noch folgen werden. Er wird weiter auf sie einstechen, lange nachdem sie zu Boden gegangen ist und aufgehört hat, um Hilfe zu rufen. Er wird sie an der Brust verletzen. Er wird ihre Bluse aufknöpfen und auf ihrer Brust herumkritzeln. Er wird sich die Hose aufknöpfen, um auf sie zu urinieren, doch da ihm dies nicht gelingt, wird er sich ihrem Liebhaber zuwenden, der vom Tatort fortgekrochen und vor Blutverlust zusammengebrochen ist. Er befindet sich bereits im Delirium, als Devlin auf ihn zukommt; er blickt zu seinem Mörder auf und lächelt, als befände er sich in einer Wiege und sein Vater sei gekommen, um ihm seinen Gute-Nacht-Kuß zu geben. Devlin ersticht ihn nicht, sondern aus einem perversen Verlangen heraus nimmt er ihn in die Arme und schleppt ihn zum Fluß hinunter. Selbst jetzt ist sich der Junge der Gefahr noch nicht bewußt, in der er schwebt. Er starrt Devlin weiter verträumt an, sogar noch, als dieser ihn ins Wasser fallen läßt, das sich sofort über seinem Kopf schließt. Der Junge hat keine Kraft mehr; er kann nicht einmal mehr zappeln, um sich an der Oberfläche zu halten. Hinab und hinfort reißt es ihn; er ist an die See verloren.

Devlin schaut zu, wie er zur Leiche seiner Frau zurückkehrt. Sein Gesicht ist entsetzlich schlaff; wie das Gesicht eines Idioten. Aber ihr Gesicht ist noch schlaffer. War sie jemals so schön, wie er einmal geglaubt hat? Objektiv spricht nichts dafür. Auf Photographien sah sie noch nie besonders hübsch aus; fast so, als hätte sie für die Aufnahmen geprobt, die man bald von ihr machen würde, wie sie dort im Gras liegt. Niemand hatte den Glanz wahrgenommen, den er in ihr gesehen hatte (vielleicht hatte ihr junger Liebhaber ihn auch gesehen, doch der würde keine Oden mehr auf ihre Schönheit schreiben); nein, das würde ein Teil dieses Rätsels bleiben, das niemand je lösen würde, denn niemand wußte, wie es war, in ihrem Bann zu stehen.

Dieser Gedanke, mehr als jeder andere, ließ ihm keine Ruhe. Sie war seiner unbändigen Wut zum Opfer gefallen, und das war schrecklich. Doch noch schrecklicher war, daß niemand ihre Macht verstehen würde.

Versteckst du dich immer noch? hört er jemanden sagen.

Er hält die Luft an, sieht sich um. Es ist niemand da, nur er und die Toten.

Er lauscht weiter, und die Stimme kehrt zurück, aus seinem eigenen Mund herauf. Die Worte leuchten von innen heraus. *Du kannst nicht ihre Schönheit dafür verantwortlich machen,* flüstert er sich selbst zu. *Du bist hierhergekommen, weil du verstehen wolltest. Also schau genau hin. Nimm das Licht mit dir und schau hin.*

Er muß nicht erst fragen, wohin er geht. Es gibt nur einen Ort, wo er die Wurzel dieses gnadenlosen Zorns suchen kann: in der Seele des Mannes, der vor ihm kam.

Und mit diesem Gedanken führt das Licht seinen Phantomkörper über die Wiese zu seinem Alter Ego, das mit blutigen Händen im Gras sitzt.

Stell deine Frage, spricht das Licht, und pflichtbewußt folgt er der Aufforderung. *Wie hat dies alles angefangen,* will er wissen. Er spricht, so laut er kann. Der Mann gibt mit keiner Reaktion zu erkennen, daß er die Frage gehört hat; aber er holt tief Luft und steht auf, und in diesem Augenblick ist Devlin verschwunden, als ob es nur dieses Atemzugs bedurft hätte, um in sich hineinzugelangen. Die Welt verschwindet und läßt ihn im Dunkeln zurück. Es ist eine *blasse* Dunkelheit, obwohl so etwas nicht möglich sein sollte: Die Schwärze ist eher eine Eigenschaft ihrer unheimlichen

Losgelöstheit als ihres Farbtons. Das Auge kann sich an nichts festhalten, in keiner Richtung. Devlin hat jedoch keine Angst. Das Licht erfüllt sein Herz immer noch mit Ruhe. Die Dinge werden sich aufklären, denkt er, er muß nur Geduld haben.

Wieviel Zeit verbringt er in diesem Nirgendwo zwischen den Welten? Es ist unmöglich, das herauszufinden. Nach und nach gerinnt das Grau vor ihm, wie ein Ding, das geschmolzen wurde und sich an seine ursprüngliche Form erinnert, sich wieder seine Bedeutung zurückgibt. Vor sich sieht er ein Fenster, und dahinter einen Baum. Es riecht nach Frühling. Er spürt die Brise im Gesicht, die sanft die mit Blüten beladenen Zweige wiegt. Irgendwo im Haus hinter ihm wird eine Tür zugeschlagen, doch er dreht sich nicht um. Er kennt dieses Haus, dieses Fenster, diesen Baum. Er weiß sogar, was er vorfinden wird, wenn er ans Fenster tritt, obwohl er diesen Augenblick über dreißig Jahre lang aus seinen Gedanken verbannt hat.

Ich bin ich, denkt er. *Ich befinde mich in meiner Erinnerung.*

Und was sieht er, aus dem Fenster durch die dichten Zweige und Blätter hindurch? Er sieht einen Mann und eine Frau, die sich paaren, einander aufs leidenschaftlichste umschlungen halten. Eine Bö kommt auf; der Baldachin hebt sich und verdeckt den Anblick. Er ärgert sich; er möchte mehr sehen. Er wartet und wird mit einem kurzen Blick belohnt, und noch einem, doch er sieht nicht genug, um seine Neugier zu befriedigen. Er wendet sich vom Fenster ab und rennt durch das Haus. Alle Fenster stehen offen, und der Wind bewegt alles, was er nur bewegen kann. Vorhänge tanzen, Papier fliegt umher, ein Topf mit Geranien ist umgefallen. Endlich hat er die Hintertür erreicht, und er schaut hinaus auf den scheckigen Rasen unter dem Baum. Er sieht seine Schwester – dreizehn Jahre älter als er – das Kleid fast über das Gesicht gezogen, so daß ihre untere Körperhälfte, obwohl sie völlig nackt ist, so aussieht, als rage sie aus einem mit Spitzen besetzten Sack heraus. Sie seufzt und stöhnt, während ein Mann, der (bis auf seinen Phallus, der halb erregt heraushängt) vollkommen angezogen ist und den der junge Devlin nicht kennt, das weiche Fleisch zwischen ihren Beinen betatscht. Dann nähert er sich jenem Ort mit dem Mund, packt das Mädchen unter den Knien und hebt ihre Füße vom Boden, um sie besser verschlingen zu können. Ihre Seufzer werden lauter, und sie ruft seinen Namen. *O Stephen,* sagt sie, *das ist so schön, o ja, das ist so schön.*

Der junge Devlin sieht mehr, als er sehen wollte, aber das heißt nicht, daß er wegschauen könnte. Das rosafarbene Fleisch seiner Schwester, ihre nasse Spalte, der kleine Knoten ihres Anus, den ihr Liebhaber jetzt mit der Zunge bearbeitet; ihre kleinen Hände, die sie zu Fäusten ballt, während sie sich unter ihm windet.

Könnte er jetzt weglaufen? Nein, nie. Obwohl er die drohende Katastrophe in seiner Magengrube spürt; obwohl er fast in Zeitlupe sieht, wie die Rüschen ihres Kleides herabgleiten wie ein Schleier; obwohl er weiß, daß sie ihn entdecken werden beim Zuschauen und die Konsequenzen schrecklich sein werden, kann er nicht weglaufen.

Und dann passiert es. Die Augen seiner Schwester werden sichtbar, suchen erst das Gesicht ihres Liebhabers und entdecken dann, unmittelbar darauf, das Gesicht ihres Bruders. Sie schreit sogleich los, macht Stephen auf die Anwesenheit eines Spions aufmerksam, stößt ihn von sich und versucht, ihre Blöße zu bedecken.

Ihr Liebhaber ist aufgestanden, und sein Phallus wippt wie ein fetter, bedrohlicher Finger. Mit fünf oder sechs Schritten hat er den Jungen erreicht und schlägt so fest auf ihn ein, daß Devlin sofort zu Boden geht und sich übergibt, während die Welt weiß wird. Seine Schwester ist aufgestanden. Ihre Empörung über die Anwesenheit eines Zeugen hat sich in Panik verwandelt, als die Schläge weiter herabprasseln.

»Bring ihn nicht um!« schreit sie. *»O Stephen, nein!«*

Sie stürzt herbei und packt ihren Liebhaber am Arm, um die Faust zu bremsen, bevor sie Devlins Schädel wie ein zartes Ei zerschlägt. Für ihre Mühen erntet sie selbst einen Schlag, fest, fest, ins Gesicht. Ihm folgen ein weiterer und noch einer, bis sie sich schließlich wehrt und flucht; doch statt Worte spuckt sie Blut. Sie fällt auf die Knie und packt Stephens Phallus, der immer noch steif ist. Befürchtet er, daß sie ihn abreißen könnte? Oder ist er nur aufs neue erregt von ihrer Gewalt und läßt es ohne einen Gedanken an die Folgen hervorbrechen? Sie kann nicht mehr sprechen; ihr Gesicht ist zu zerschlagen. Und doch hält sie weiter seine Männlichkeit fest, absurderweise, während die Schläge sie noch mehr verletzen.

Unter dem Dunstschleier seiner Schmerzen fühlt Devlin, wie die Ruhe des Lichts über ihn kommt; spürt, wie der Besucher, der er jetzt ist, aus dem Opfer schlüpft, das er einst war; und bewegt sich unaufhaltsam auf den Mann zu, der seine Schwester verstümmelt.

Ich möchte wieder an den Fluß zurückkehren, bittet er das Licht, doch während er noch spricht, weiß er bereits, daß seine Reise erst begonnen hat. Er hat sich auf die Suche nach einem Schuldigen begeben, doch nachdem er seine eigene Schuld entdeckt hat, kann die Suche dort nicht enden. Wenn Devlin, der Mann, getötet hat, weil Devlin, der Junge, leiden mußte, was war dann mit dem, der ihn verletzt hat? Woher kam *seine* Gewaltbereitschaft?

Er schlüpft in Stephens Fleisch, wie die Flamme einer Kerze am Mittag, unsichtbar und doch in der Lage, Feuersbrünste zu entzünden.

6

Ihr wißt, was als nächstes passiert. Die Parabel ist vollkommen durchsichtig. Aber ich muß es Euch erzählen. Ich muß meinen Glauben bewahren, daß meine Bedeutung nicht nur in der groben Fortbewegung der Erzählung besteht, sondern in den Feinheiten der Syntax und der Kadenzen. Andernfalls kann jede Geschichte auf ein paar reizlose Sätze reduziert werden; eine Abfolge von

Ursache und Wirkung, dies und dies und dies, erst heiraten, dann sterben sie. Das Erzählen von Geschichten muß noch eine übergeordnete Bedeutung haben, ebenso wie unser Leben.

Also weiter: Devlin ist in der Erinnerung des Mannes gefangen, der ihn mißhandelt hat. Dort findet er ein schmutziges Zimmer vor sowie ein schmutziges Bett. Jemand hat in das Bett geschissen, ausgiebig, Exkremente auf den Kissen verschmiert, sogar auf der Wand, an der das Bett steht. Es stinkt entsetzlich.

Sein geliehener Blick gleitet zum Spiegel, in dem er für einen Augenblick einen Mann mit einem Gürtel sieht, der zum Bett hinübergeht, ein Kleinkind im Alter von drei oder vier Jahren aus seinem Versteck zieht und ohne Gnade auf es eindrischt. Der Scheißer, zweifelsohne; sein Hintern ist mit dem Zeug vollgeschmiert. Doch die Strafe geht weit über das Verbrechen hinaus. Innerhalb weniger Minuten erreicht das Plärren des Kindes eine solche Lautstärke, daß Devlin-in-Stephen hysterisch losschreit. Sofort bereut er seinen Ausbruch. Das verschissene Kind wird beiseite geworfen, und die Strafe wird nun an Stephen vollzogen: weitere Schläge, weitere Schreie.

Und mitten in der Hitze der Auseinandersetzung kehrt die Ruhe des Lichtes zurück, und wieder bewegt sich Devlin weiter, aus einer Erinnerung heraus in die nächste; in das Gehirn des Mannes mit dem Gürtel hinein. Ist alles so einfach? denkt er unterdessen; beruht alles nur auf Wutanfällen, die sich durch die Generationen fortpflanzen? Ist das der Kern der Geschichte, für immer und ewig?

Er befindet sich nicht mehr in Stephens Kopf, sondern im Kopf des Mannes – ist er der Vater oder der Stiefvater? – der ihn schlägt. Er spürt den schweren Körper des Mannes und dessen schwere Seele, und vor sich sieht er nicht den heulenden Stephen, sondern einen Jungen mit freiem Oberkörper, einem Lächeln im Gesicht und einem Messer in der Hand. Die Klinge ist blutig, und ebenso die Hand dessen, der sie führt: das Blut seines Opfers. Hinter dem Jungen sieht er eine Ansammlung schmuddeliger Gesichter, die das Spektakel genießen. Dies sind die Erinnerungen des Mannes, wenn er seinen Gürtel schwingt: Erlebnisse aus seiner Kindheit, als der starke Mann der Schule seine Kumpane damit unterhält, einen hilflosen Jungen mit dem Messer zu quälen. Devlin hört den Jungen schluchzen; es klingt fast so wie Stephen oder er selbst.

Ich hab's kapiert, sagt er, in der Hoffnung, das Licht würde ihn verstehen. Er muß die in die Vergangenheit reichende Kette nicht weiter verfolgen: Das Prinzip ist vollkommen klar. *Bitte,* sagt er, *du kannst mich jetzt loslassen.* Aber er hat etwas in Bewegung gesetzt, das er aus eigener Kraft nicht aufhalten kann. Erneut verspürt er die Begeisterung, mit der er seine Nachforschungen angefangen hat, sein heftiges Verlangen, den Schuldigen zu finden, der ihm seine Liebe genommen hatte. Er wurde hinfortgerissen, in den Körper des Jungen hinein, der ihm vorausging. Und dort fand er, mit entsetzlicher Unvermeidlichkeit, die Grausamkeit, die seine Seele verdarb. Eine Erinnerung an die Mutter des Jungen, die aus der Küche kommt, wo sie gerade dabei war, Fleisch aufzuschneiden, den Geruch des toten Fleisches immer noch an den Händen, und ihm mit entsetzlicher Beiläufigkeit für irgendein Fehlverhalten eine Ohrfeige verpaßt. Der Grund ist bedeutungslos. Er wird jeden Tag hundertmal von seiner Mutter geschlagen; es bleiben keine Male zurück. Aber er haßt sie für die Selbstverständlichkeit, für ihre Gleichgültigkeit. Eines Tages, schwört er sich, wird er den Mut haben, das Messer dort von der Theke zu nehmen und es durch ihr gedankenloses Herz zu stechen …

Genug! schreit Devlin ein weiteres Mal. Natürlich ohne Erfolg; er gleitet bereits in die Hausfrau mit den blutigen Händen, in diese Frau hinein, die sich über Schmerzen keine Gedanken macht, die ihren oder die eines anderen, die vollkommen abgehärtet ist, fast tot. Sie sieht ihrem Onkel zu, der ein Tier abhäutet, dessen Herz noch schlägt, und an dem Blick, den er ihr zuwirft, erkennt sie, daß seine erbärmliche Arbeit ihn erregt hat: die Qualen des Tieres und die Verletzlichkeit des kleinen Mädchens, die noch keine zehn ist und nackt noch süßer als der gehäutete Körper, der auf der Steinplatte zuckt. Bald wird er mit seinen Fingern in sie eindringen, und sie wird sich wünschen, sie wäre tot …

Und auch er wünscht sich das, im Augenblick der Tat. Wünscht sich, er wäre ein sterbendes Tier, schuldlos an all diesem Leiden, statt der Mann, der er ist, ohne daß er etwas daran ändern kann, in seiner ganzen Erbärmlichkeit. Stets sieht er sich im Augenblick des Mißbrauchs am deutlichsten, während sie schluchzt, er solle sich beeilen, bitte Onkel, bitte Onkel …

In seiner Jugend hat er einen Geistlichen gekannt, der ihm erklärte, daß Schuld und Leid das Salz des Glaubens seien, uns vor dem Wurm der Zufriedenheit bewahren, uns bei Gesundheit halten, auf daß Gott uns am Ende der Zeit verschlingen und ins Paradies bringen möge. Diese Worte haben ihn im Laufe der Jahre immer wieder heimgesucht: haben seinen Kopf mit der Vorstellung gefüllt, er läge ausgestreckt auf Gottes Tafel, neben all den Körpern der anderen sündigen Seelen. Der Gedanke daran, verschlungen zu werden, erregte ihn, und in seiner Erregung dachte er an Kinder und wie er sie mit sich an jene Tafel holen könnte, damit er am Tag des Jüngsten Gerichts nicht allein wäre.

Er sieht den Pfarrer vor seinem inneren Auge, während er von der Steinplatte zurücktritt, damit das vergewaltigte Mädchen sich bedecken kann. Er sieht, wie Tränen die Wangen des Mannes hinunterlaufen. Und die Suche geht weiter, in den Kopf des Priesters hinein; in eine Erinnerung in einer Erinnerung in einer Erinnerung …

Der Priester hat jeden Glauben an seine eigene Unschuld während eines kleinen Krieges in Europa verloren, als er sich in einen Soldaten verliebte. Sie hatten einander nie berührt, außer um sich die Hände zu schütteln, noch haben sie Worte der Zuneigung gewechselt. Aber der Priester war sich sicher, daß seine zarten Gefühle erwidert wurden, und am letzten Tag des Krieges wollte er dem Mann seine Leidenschaft gestehen. Er entdeckte ihn, nach langem Suchen, unter einem Leichenhaufen. Ein alter Soldat rollte die Leichen gerade in das Massengrab, und als er sah, wie der Priester das Gesicht seines Geliebten anstarrte, fragte er: *Kanntest du diesen Mann?*

Der Priester schämte sich seiner Gefühle und antwortete mit

nein, er kenne diesen Mann nicht, er wäre nur in Gedanken über die allumfassende Macht des Todes versunken. Der Totengräber tat so, als würde er ihm glauben, doch er wußte es besser. Er haßte Priester – ihr scheinheiliges und selbstgefälliges Gerede – und witterte eine Gelegenheit, es diesem Mann heimzuzahlen. Wenn es Inspiration ist, die ihr sucht, sagte er und winkte den Priester näher an die Leiche des Soldaten heran, dann müßt ihr nicht weiter suchen. Mit diesen Worten entblößte er die Hüften des Soldaten, die bis auf die Knochen zersprengt worden waren.

Angesichts des Priesters, der zurückweicht, blaß wird und schreiend davonläuft, bricht der Totengräber in lautes Lachen aus, auch wenn es ein humorloses Lachen ist.

In seiner Jugend hatte er selbst sehr geliebt, und seine Geliebten verloren: zwei Schwestern, mit denen er fünf Jahre lang in gottloser Glückseligkeit gelebt hatte, bis eine Seuche sie dahinraffte, sie und die sechs Kinder, die sie ihm geschenkt hatten; alle innerhalb von einer Woche.

Die Seuche war von einem Mann auf die Frauen übertragen worden, der wußte, daß seine Berührungen den Tod mit sich brachten. Er steckte sie an, indem er den Kindern einen Kinnstüber versetzte und den Frauen mit dem Daumen über die Wangen strich. Er hatte sich die Krankheit in Afrika geholt, wo er sich als Söldner verdingt und solche Grausamkeiten gesehen hatte, daß er den Verstand verlor und in der Verbreitung der Seuche eine gute Tat sah.

Und so weiter; und weiter; Gedanken in Gedanken, Leiden über Leiden.

Devlin hat aufgehört zu weinen. Er ist bereits immun gegenüber den Qualen, deren Zeuge er wird. Er hat den Zweck seiner Anwesenheit vergessen; er weiß nicht einmal mehr, wer er ist. Er fliegt und fliegt, eine lange Reihe von Niederlagen und Grausamkeiten entlang; Unschuldige werden bestraft und Schuldige belohnt, grundloses Leiden, unverdientes Sterben. Manchmal befindet er sich im Körper eines Mannes, einer Frau, eines Kindes. Er spürt, wie sich ihre Gestalt um ihn herum verändert, während das Licht ihn die Reihe der Taten und Täter hinabträgt. Ein vages Verständnis keimt in ihm, daß diese Reise ihn schlußendlich zu einem ursprünglichen Zustand führen wird, daß er zu einer ersten Ursache zurückreist. Doch diese Vorstellung ist zu kompliziert, als daß er sie länger hätte festhalten können; im nächsten Augenblick ist sie verschwunden, und er gleicht einer geistlosen Ladung, die in die Vergangenheit geschickt wurde; sein Gehirn gleicht dem Gehirn eines Schlafenden, der nur die unbestimmte Gestalt der Träume zu fassen bekommt.

7

Und am Ufer des Flusses hören die Vögel allmählich auf zu zwitschern. Die kalte Luft vibriert; sie schüttelt einige Frostsplitter von den dünnsten Grashalmen. Es liegt etwas in der Luft.

Der Fluß ist selbstverständlich zu gewaltig, um davon beeinflußt zu werden. Er strömt weiter, sein Verlauf unverändert. In einiger Entfernung flußabwärts von dieser Stelle sucht Shank den Mann aus den Bergen, von dem er glaubt, daß er seine Frau umgebracht hat; in wenigen Stunden wird er selbst tot sein und im Herzen des Flusses davongetragen werden. Die Vibrationen werden stärker, und eine Gestalt erscheint zwischen den Bäumen, von ihrem eigenen seltsamen Licht erleuchtet.

Nicht weit entfernt von diesem Ort möchte Oswald Agnes' Leiche vom Ufer des Flusses wegbringen; dort trifft er auf etwas, was er für ein Gespenst hält. Das ist es nicht. Es ist schlicht unser armer verlorener Devlin, der umherwandert. Er hat das Ufer des Flusses erreicht und ist auf die Leiche gestoßen, und dieser Anblick hat ausgereicht, ihn soweit wachzurütteln, daß er wieder ein Gefühl für sein Ziel bekommen hat. Er erinnert sich an Shirleys Haus; er erinnert sich an den Schmerz und das Unverständnis, das ihn dorthin getrieben hat. Und natürlich erinnert er sich an die Tat, die er vor sich versteckt hat: seine süße Mary Elizabeth, die blutend vor ihm lag.

Diese andere Frau (ein noch mitleiderregenderer Anblick, wenn das möglich ist, als die Leiche seiner Frau), die da vor ihm im Schlamm liegt, läßt ihn ansatzweise wieder zu Verstand kommen. Soll heißen: Er ist wieder er selbst. Den wechselseitigen Bezug der Ereignisse bemerkt er jedoch nicht. Er denkt, er sieht die Leiche seiner Frau vor sich, die sich irgendwie verändert hat. Er tritt näher heran, um sie besser zu sehen. Nein, das ist keinesfalls seine Mary Elizabeth.

Wer ist das? fragt er den Fluß. Der Fluß tobt weiter, ohne ihm zu antworten.

Er wendet den Kopf von ihr ab und entdeckt – zwischen den Bäumen – eine Gestalt, in Tierfelle gekleidet, die ihn beobachtet. *Ist das der Mörder,* überlegt er, *habe ich ihn auf der Flucht überrascht?* Was für einen jämmerlichen Anblick er doch bietet: ein schattenhaftes Geschöpf, das nie Frieden finden wird.

Bei diesem Gedanken fängt er zu weinen an. Nicht über den Mann, der vor ihm steht und nicht einmal schuldig sein mag, sondern über sich selbst, der sich auf einer endlosen Reise verirrt hat, zumindest bis er zum ersten Verbrechen vorgedrungen ist, zur Erbsünde. Und wie soll er auf einer Reise dieser Bedeutung nicht den Verstand verlieren? Unmöglich.

Er fragt den Mann zwischen den Bäumen: *Wer ist das?* Ohne wirklich eine Antwort zu erwarten. Er ist auch nicht weiter überrascht, als der Mann plötzlich davonrennt, zwischen den Bäumen hindurch, und Devlin allein am Fluß zurückläßt; sein Herz ist zu voll, als daß er noch hätte Fragen formulieren können. Wovon ist es voll? O, nichts Reines, nichts, das der Geschichte ein nettes moralisches Ende beschert hätte. Er empfindet keine brennenden Schuldgefühle wegen des Verbrechens, das er in eintausend Jahren am Ufer des Flusses begehen wird; er hat kein tieferes Verständnis erlangt, wie das Herz des Menschen funktioniert. Er hat auf seiner Reise nur erfahren, was er bereits gewußt hat –, daß Grausamkeit Grausamkeit gebiert. Na und? Was ist schon dabei, wenn er von den Händen anderer Menschen geformt wurde, mit seinen eigenen Händen anderen weh zu tun? Eine solche Wiederholung hat nichts Schönes, keine tiefere Bedeutung. Shirley hatte recht; es gibt keinen großen Plan.

Also, wohin jetzt? überlegt er. Muß er immer weiter ziehen, immer weiter, sich mit diesem entsetzlichen Abstieg abfinden? Anscheinend bleibt ihm keine andere Wahl. Er hat sich damit abgefunden, daß er jegliches Bewußtsein seiner selbst verliert, während er sich fortbewegt, die Jahrtausende hinab, durch Leben hindurch webt, die nicht die seinen sind, und irgendwie doch, weil er aus ihnen hervorgegangen ist: die groteske Summe all ihrer Leiden und all ihrer Gewalttaten.

Wenn er sich an mich wenden könnte, wenn er mich in meiner Hütte am Fluß aufspüren könnte – worum, so frage ich mich, der ich über sein Schicksal entscheide, würde er mich bitten?

Ich stelle mir vor, wie er an meine Schwelle tritt, sich unter dem moosbewachsenen Ast hindurchbückt, der den Sturz des Eingangs bildet, mir in die Augen blickt und sagt: *Bist du mein Schöpfer?*

Ich antworte ihm: *Ja, der bin ich.*

Du hast mich hierhergebracht? will er wissen.

Ich antworte ihm: *Ja, das habe ich.*

Und wohin werde ich jetzt gehen? fragt er.

Nun, erkläre ich ihm, *die Möglichkeiten sind klar. Der Fluß …*

…fließt in beide Richtungen, fährt er gereizt fort; *ja, ja, das habe ich mitbekommen. Also geht es entweder vorwärts oder zurück, verstehe ich dich da richtig?*

Ich zucke mit den Schultern. *Kurz und bündig,* sage ich.

Mir gefällt keine der beiden Möglichkeiten, erwidert er. *Wenn ich zurückkehre, was wartet dort auf mich? Ich kann mich der Polizei stellen, auf Unzurechnungsfähigkeit plädieren und es mit den Gerichten versuchen. Kein besonders reizvoller Gedanke. Und wenn ich meinen augenblicklichen Weg fortsetze, werde ich als Affe enden. Der erste Affe nach dem Sündenfall, das droht mir. Auch das gefällt mir nicht besonders.*

Dann sag mir, was du möchtest, fordere ich ihn auf.

Ich suche einen Ausweg, ich will eine Chance haben, erlöst zu werden. Ich will …

Er hält mitten im Satz inne, blickt sich um.

Was ist? will ich wissen.

Ich habe etwas gehört …

Was?

…da weint jemand.

Das ist keineswegs ungewöhnlich, erkläre ich ihm. *Vielleicht ist jemand in den Fluß geraten …*

…und ertrinkt, meinst du?

Das kommt vor, antworte ich.

Und du bleibst einfach hier sitzen? sagt er, und versucht erst gar nicht, seine Empörung über meine Passivität zu verstecken.

Erneut zucke ich mit den Schultern. *Wenn sich jemand in den Fluß wirft und es dann bereut, ist das sein Problem.*

Aber wenn es ein Unfall war, sagt er, *wenn sie nur den Fluß entlangspaziert und ausgerutscht sind, ohne eigentlich …* Inzwischen stehen ihm Tränen in den Augen. *Wenn sie einfach nicht anders konnten.*

So wie du? sage ich leise.

Er starrt mich wütend an. Doch die Tränen fließen weiterhin. Sie füllen seine Augen und laufen dann seine Wangen hinab. *Wenn ich nur alles rückgängig machen könnte. Wenn ich nur an ihr Grab treten und sie wiedererwecken könnte.*

Ich hatte einmal eine Vision.

Von was?

Von Menschen, die rückwärts lebten. Ein Mann grub die Leichen aus …

Da schreit wieder jemand, unterbricht er mich und wendet sich von mir ab. *Dort draußen ist jemand.*

Warte, ich habe dir meine Vision noch nicht erzählt.

Scheiß auf deine Visionen, erwidert er, *die helfen mir jetzt auch nicht weiter. Du bist genauso verloren wie ich.*

Mit diesen Worten läßt er mich in meinem Versteck zurück, und die eingebildete Unterhaltung ist zu Ende.

Und doch höre ich ihn immer noch. Obwohl er nie wirklich bei mir war, obwohl ich hier am Fluß immer allein war und darauf gewartet habe, daß mich eine Geschichte findet, höre ich ihn dort draußen, über das Rauschen des Wassers hinweg.

Warte, ruft er. *Warte.*

Das ist eine ganz neue Entwicklung, denke ich bei mir. Der Mann verhält sich, als ob er einen Teil seiner Zielstrebigkeit wiedergefunden hätte, als ob er mich hinter sich lassen und trotzdem ein Eigenleben führen könnte. Das ist natürlich unmöglich. Ich habe ihn für meine Geschichte heraufbeschworen; er kann außerhalb meines Traumes nicht existieren; er kann sich auf keine Reise begeben, die ich mir nicht zuvor ausgedacht habe. Und doch weiß ich, als ich mich von meinem Platz im Schatten erhebe, daß er mich eines Besseren belehren wird, und der Gedanke versetzt mich in Hochstimmung. Devlin ist an einen Ort gegangen, den ich noch nicht gesehen habe. Ich kann ihm nur folgen, so seltsam das klingen mag.

Ich trete in das Zwielicht hinaus und sehe mich nach ihm um. Dort ist er, kaum zwanzig Meter von meinem Versteck entfernt, und läuft zwischen den Bäumen davon. Die Flamme, die er trägt, flackert in ihm und wirft ihr Licht auf das Gras, auf die Baumstämme, auf die nackten Äste über seinem Kopf. Ich beobachte ihn, verzaubert. Auch der Mann, der Devlin durch sein Weinen hier heraus geführt hat, sieht ihn an: Pater Michael. Er kniet neben der toten Agnes, die Klinge, mit der er ihr solches Leid zugefügt hat, in den Händen. Er hat seine Robe hochgezogen und seine Geschlechtsteile entblößt. Er hat wohl vor, sich selbst dort, neben ihr, zu verstümmeln, damit sein eigenes Geschlecht ebensowenig wiederzuerkennen ist wie das ihre, so daß er ihr, wenn er verblutet ist, unterhalb der Taille ähnlich geworden ist.

Doch als er Devlin bemerkt, verbannt er derartige Gedanken aus seinem Kopf. Er läßt das Messer fallen und hört auf zu weinen.

O Herr, murmelt er, ohne damit Gott lästern zu wollen. Der Mann, der sich zwischen den Bäumen auf ihn zubewegt, sieht seinem lange Zeit abwesenden Heiland tatsächlich ähnlich. Das Licht, das aus ihm dringt; die süße Ruhe seiner Züge; und vor allem die Art und Weise, wie er die Arme nach Pater Michael ausstreckt, als ob er vergeben würde, was bis zu diesem Augenblick unverzeihlich schien.

Was soll ich tun? Soll ich eingreifen und ihm seinen Irrtum ausreden? Ihm erklären, daß der Mann, von dem er sich Vergebung erhofft, die gleiche Schuld auf sich geladen hat; daß er nur ein armer Sünder ist, der sich am Fluß in der Zeit verirrt hat? Nein, das würde der langen Reihe von Grausamkeiten nur eine weitere hinzufügen; es hätte keinen Sinn, außer daß es vielleicht meinen Neid auf den Trost beruhigt, der ihm zuteil wird.

Ich gehe etwas näher heran, in der Hoffnung, ihrer Unterhaltung lauschen zu können, doch ich bin nicht schnell genug. Als ich in Hörweite gekommen bin, haben sie bereits die wenigen Worte gewechselt, die sie sprechen wollten, und Pater Michael steht auf und läßt das Messer fallen, mit dem er sich entmannen wollte. Er streckt seine Hände nach seinem Erlöser aus – Tränen des Dankes rinnen über sein Gesicht –, und in diesem Augenblick hebt Devlin die Arme. Er will ihn nicht umarmen; er zeigt dem reuigen Sünder die Flamme, die sich – zumindest sieht es für mich so aus – endgültig in seiner Brust niedergelassen hat. Sie flackert im Rhythmus seines Herzens, ihre Glut wird mit stetiger Regelmäßigkeit durch seinen Kreislauf gepumpt. Ich kann zusehen, wie sie sich ausbreitet, sogar durch das Gewebe seines Hemdes und seiner Hose hindurch: als ob er von innen nach außen von der Flamme verzehrt würde. Es ist durchaus möglich, daß dies der Fall ist. Hat Shirley nicht festgestellt, daß heilige Gegenstände ihre eigenen Absichten haben?

Was auch immer dieser Anblick bedeuten mag, er hat Pater Michael in seinen Bann geschlagen. Zweifelsohne bestärkt es ihn noch in seinem Glauben, daß vor ihm ein Heiliger steht. Er streckt die Hand aus, um seinen leuchtenden Retter zu berühren, da wird die Flamme plötzlich ehrgeizig, und in einem erschreckenden Augenblick verzehrt sie Devlin Coombs' Fleisch und Knochen vollständig, zusammen mit den Kleidern, die Fleisch und Knochen bedecken. Zurück bleibt nur ein herrliches Filigran leuchtender Venen mit dem Herzen im Zentrum. Devlin gibt keinen Laut von sich, während er verbrennt. Es scheint fast, als hätte das Licht einfach wieder die Illusion der Stofflichkeit zerstört; als ob er die ganze Zeit schon eine Erfindung der Flamme gewesen wäre, und nicht die meine.

(Das ist ein interessanter Gedanke: Außer der Flamme existiert nichts; wir anderen sind nur Schatten, die sie auf eine Buchseite wirft, mich eingeschlossen. Und ich habe geglaubt, ich würde Devlin seine Wahnvorstellungen gönnen, ihn in dem Glauben lassen, er hätte einen eigenen Willen; vielleicht gönnt mir die Flamme diese Illusion, die mir gestattet, ihre Allmacht in eine Fiktion zu kleiden.)

Pater Michael hat aufgehört zu weinen; dies alles ist zu gewaltig für Tränen. Er sieht zu, mit dem verzauberten Lächeln eines kleinen Kindes, während die Flamme das tut, was er sich sicherlich heimlich gewünscht hat: Sie bewegt sich seine Finger entlang in seinen Körper hinein. Das Muster der Venen, Devlins schemenhafte Hinterlassenschaft, folgt seinem Schöpfer und geht, wohin die Flamme geht. Erwartet er, daß die Flamme ihn reinigen wird? Dann wird er enttäuscht. Sein Körper umhüllt die Flamme ganz, schließt sie ein. Als sie in ihm verschwunden ist, bleibt nichts zurück, nicht der geringste Schimmer, der zeigen würde, daß er mit ihrer Anwesenheit gesegnet ist. Der Wald ist düster, der Fluß rauscht, und eine Frau liegt tot im Gras.

Pater Michael schaut sie nicht noch einmal an. Er läuft ungefähr achtzig Meter von ihr fort, findet einen Platz, von dem aus er den Himmel sehen kann, und legt sich hin, mit ausgestreckten Armen.

Erst nach einigen Stunden wird mir klar, was er beabsichtigt. Er beabsichtigt nichts, er will nur dort im Gras liegen und seinen Körper sterben lassen.

Es ist keine schnelle Angelegenheit, glaubt mir. Er bleibt noch fünf Tage am Leben, so wie er daliegt. Der Gestank seiner Ausscheidungen zieht die Aufmerksamkeit wilder Tiere an, die überrascht feststellen, daß dieses Stück Menschenfleisch noch atmet.

Am zweiten Tag seines Martyriums kommt Oswald mit zwei Männern aus dem Dorf und holt Agnes' Leiche. Offensichtlich hat Oswald sie gewarnt, daß es an diesem Ort spukt, denn sie verweilen nicht, sondern heben die Leiche auf und tragen sie schnell fort. Keiner von ihnen bemerkt Pater Michael; noch versucht er, ihre Aufmerksamkeit auf sich zu ziehen.

Die frühen Morgenstunden jenes ersten Tages des Jahres Eintausend vergehen, und die langen kalten Nächte; eine der Nächte bringt leichtes Schneegestöber. Von Zeit zu Zeit höre ich die Zähne des Paters klappern; in der vierten Nacht fällt er ins Delirium, in dessen Wirren er manchmal lateinische Gebete spricht, manchmal redet er wie mit einem unsichtbaren Gefährten. Mehr als einmal bin ich versucht, mich neben ihn zu setzen und ihm zuzuhören. Aber ich beherrsche mich. Diese Zeit gehört ihm. Er hat seine Einsamkeit verdient.

Kurz vor Mitternacht, am fünften Januar, wird sein Atem schnell und flach und hört dann ganz auf. Ich fühle mich einsam, als er fort ist, obwohl ich diese Männer, diese Zwei-in-Einem, nicht so gut gekannt habe, wie ich zuerst dachte. Wenn ich ehrlich bin, habe ich ihn sogar kaum gekannt. Wenn ich darüber nachdenke, ist es nicht Einsamkeit, die ich empfinde. Vielleicht ist es Neid, daß sie einander gefunden haben, ihre Seele durch den Glauben an die Flamme erlösen konnten und von ihrem Glauben so getröstet wurden, daß sie eines erbärmlichen Todes sterben konnten und das Licht immer noch als einen Segen empfanden.

Nach einer Weile gehe ich ans Ufer und betrachte den Fluß.

Wieder etwas später schreibe ich diese letzten Worte nieder und lege mein Notizbuch so hin, daß es hoffentlich gefunden wird. Dann suche ich mir eine Stelle, an der die Strömung stark genug ist, daß ich ihr nicht widerstehen kann, und wate hinein.

Ich weiß nicht, ob Johannes der Täufer in sein Ziegenfell gehüllt auf mich wartet, die Hände zur Taufe erhoben; ich weiß nicht, ob Christophorus mich auf seine Schultern setzen und mich Kind heißen wird; oder ob Christus herbeieilt, während Karpfen um seine Füße herumspringen, begierig, ihre Regenbogen um seine durchstochenen Füße zu streuen.

Oder ob ich einfach davongetragen werde, den Blick durch das klare Glas meiner Augen gen Himmel gerichtet, in der Hoffnung, bevor ich ertrinke, noch die Sonne, den Mond und die Sterne nebeneinander am Firmament hängen zu sehen.

DOUGLAS E. WINTER

Das Ende
Ein Nachwort

Vor langer Zeit habe ich eine Anthologie mit Originalerzählungen unter dem Titel *Prime Evil* (dt. ›Horror vom Feinsten‹) herausgegeben. Das Buch sollte die schwer definierbare Erzählform feiern, die unter dem Begriff ›Horror‹ bekannt ist und in den 80er Jahren Auflagenrekorde erzielte. Seinen Inhalt dachte ich mir als Horrorliteratur für Leute, die keine Horrorliteratur lesen: ein Schaukasten namhafter Autoren und anspruchsvoller Prosa, der die Leser an die große literarische Tradition erinnern sollte, die von der Festlegung auf ein Genre trivialisiert wurde. Meine Ambitionen wurden belohnt, und der Verkaufserfolg des Buches zog einen unvermeidlichen Vorschlag des Verlages nach sich: die gefürchtete Fortsetzung.

Ich lehnte ohne zu zögern ab. *Prime Evil II* schien mir ein Widerspruch in sich. Es gab noch genügend über Horrorliteratur zu sagen, und die Entlohnung war gut; aber per Definition kann der zweite Band einer Serie nur das wiederholen, was ihm vorausgegangen ist. Auch lag eine bittere Ironie in dieser Vorstellung: Ein weiterer Besuch des gleichen Territoriums würde nur die Grenzen des Genres befestigen, die *Prime Evil* in erster Linie hatte aufbrechen sollen. Ein zweiter Band schien ungefähr so notwendig wie ein siebter oder ein siebzehnter. Was Leser – und Autoren – benötigten, war etwas Neues. Ich versprach meinem Verlag und mir selbst, daß ich in der Lage war, etwas Besseres abzuliefern als eine Fortsetzung, wenn nicht sogar etwas Einmaliges.

Die Idee war, als ich auf sie stieß, nicht völlig neu. Mit schöner Regelmäßigkeit stecken Schriftsteller ihre Köpfe zusammen (für gewöhnlich in einer Kneipe) und schwingen wilde Reden über gemeinsame Projekte und – gelegentlich – über die haarsträubende Möglichkeit, daß ein Ensemble begabter Köpfe zusammen einen Roman schreibt.

Wie andere habe ich von Zeit zu Zeit darüber nachgedacht, ob sich diese müßigen Unterhaltungen im Druck verwirklichen ließen. Es gibt Präzedenzfälle, einschließlich dreier Romane, die in den 30er Jahren vom ›Detection Club‹ erarbeitet wurden, einem Zusammenschluß britischer Krimiautoren, zu dem Anthony Berkley, Agatha Christie, Milward Kennedy und Dorothy L. Sayers gehörten. Zur Jubiläumsfeier des *Fantasy Magazine* dachte sich Julius Schwartz ›The Challenge from Beyond‹ (September 1935) aus, eine Reihe von Geschichten, die nacheinander der Feder solcher Giganten der Pulp-Zeit wie Robert E. Howard, H. P. Lovecraft, A. Merritt und E. E. ›Doc‹ Smith entflossen. Vor nicht ganz so langer Zeit wurde das ausgelassene *Naked Came the Stranger* (1969) von einer pseudonymen Bruderschaft verfaßt. Doch diese Texte litten alle unter ihren eigenen Vorgaben, die die Autoren zwangen, die Charaktere, Schauplätze, Handlungsfäden und – im Dienste des Erzählzusammenhangs – den Schreibstil einander anzupassen. Vorstellungskraft und individuelle Stimme, diejenigen Eigenschaften, die unsere besten Autoren ausmachen, wurden auf einen gemeinsamen Nenner heruntergedrückt.

Ein etwas flüchtigeres Unternehmen ist die sogenannte ›Shared World‹-Anthologie, in der die einzelnen Geschichten alle in einer fiktiven Landschaft mit eigenen, festgelegten Regeln spielen. Diese Bücher werden immer beliebter, zwingen jedoch (wie der Name andeutet) die Autoren, Charaktere und Schauplätze zu teilen, für gewöhnlich zum Zwecke der Vermarktung erfolgreicher Comicserien, Fernsehserien oder Filme. Autoren phantastischer Literatur (mit Ausnahme derer, die schreibtechnische Herausforderungen schätzen oder auf das Einkommen angewiesen sind) finden nur selten ihre Inspiration oder schaffen kaum große Literatur, wenn sie ihr Talent den Bedürfnissen anderer unterordnen. Aus ähnlichen Gründen lassen manche Autoren die Finger von Anthologien mit einer übergeordneten Thematik, die die Geschichten mit einem gemeinsamen, wenn auch dünnen Faden verbinden wollen.

Um die besten und begabtesten Autoren zusammenzubringen, bedurfte ich eines Forums, das völlige kreative Freiheit bot, gleichzeitig jedoch den erzählerischen Schwung eines Romans hervorbrachte. Einige Zeit bezweifelte ich, daß es eine Lösung gäbe.

Eines Nachts erwachte ich und geriet in die Fänge der Schlaflosigkeit. Meine Gedanken schweiften zehn Jahre in die Zukunft, bis ans Ende eines weiteren Jahrzehnts – das Ende eines Jahrhunderts gar –, wenn ich unvorstellbare fünfzig Jahre alt werden würde. Da ich 1950 geboren bin, scheint mein Leben in Jahrzehnte eingeteilt, und das Jahr 2000 war für mich von offensichtlicher Bedeutung; doch mir wurde bewußt, daß jenes Jahr für uns alle mit einer besonderen Bedeutung verbunden war und daß sein Verlauf ein literarisches Denkmal verdiente.

Mathematisch betrachtet markiert das Jahr 2000 das letzte Jahr des zwanzigsten Jahrhunderts (und nicht, wie viele glauben, das erste Jahr des einundzwanzigsten). Die Zahl an sich, mit all ihren Nullen, ist entmutigend, insbesondere nach einem Jahr mit einer dreifachen Neun. Die Art und Weise, wie wir Jahreszahlen schreiben, lesen und wahrnehmen, wird sich grundlegend ändern; doch ich bezweifle, daß die Erde beben oder der Mond sich blutrot färben wird. Obwohl wir Erzählungen von Raserei angesichts der Jahrtausendwende 999 kennen, schenken die Historiker den Geschichten weitverbreiteter Panik, die angeblich das Ende des ersten Jahrtausends begleitet haben soll, keinen Glauben mehr.

Der Verlauf von eintausend Jahren – einer Chiliade, wie Clive Barker feststellt – ist für den christlichen Glauben von besonderer Tragweite; doch seine Bedeutung wurde verzerrt, so daß viele meinen, die Jahrtausendwende sei der Vorbote des bevorstehenden Untergangs. In Wirklichkeit folgt das Jahrtausend, das im 20. Kapitel der *Apokalypse des heiligen Johannes* beschworen wird, erst auf das Fegefeuer; es entspricht der tausendjährigen Herrschaft Christi auf Erden, während der die Heiligkeit sich ausbreiten wird, vor der Nacht des Jüngsten Gerichtes und der sprichwörtlichen Vollendung.

Das Wort Apokalypse wird ebenfalls in mißverständlicher Weise auf eine überwältigende Katastrophe bezogen, wenn nicht gar auf das Ende der Welt. Wie uns der anderslautende Titel des delirierenden Meisterwerkes des heiligen Johannes nahelegt, bedeutet Apokalypse – nach dem griechischen *apokalyptein* ›aufdecken‹ – Offenbarung. Ebenso wie die *Offenbarungen* des heiligen Johannes das letzte Buch des Neuen Testamentes bilden, sind die letzten Jahre eines Jahrhunderts – insbesondere eines Jahrtausends – voller verborgener apokalyptischer Gedanken. Es ist ein globaler Geburtstag, eine Zeit der Besinnung und der Erwartung. Eine Zeit der Offenbarungen.

Gibt es eine bessere Möglichkeit, das Ende des zwanzigsten Jahrhunderts und den Beginn des einundzwanzigsten, das Ende des zweiten Jahrtausends und den Beginn des dritten mit einer Reihe von Erzählungen zu kennzeichnen, die jede in einem Jahrzehnt der verstrichenen hundert Jahre spielt? Hier empfahl sich eine Struktur, die es den Autoren erlaubte, ihrem Herzen zu folgen, durch ihre chronologische Beharrlichkeit jedoch den Rahmen und die Verbindlichkeit eines Romans schuf.

Das Ergebnis, die erste ›Roman/Anthologie‹, sollte den Titel *Millenium* tragen. Während der nächsten sieben Jahre zeigten sich die Schwierigkeiten, diesen hohen Anspruch zu erfüllen. In der Zwischenzeit erregte meine Arbeit die begeisterte Aufmerksamkeit des Verlages HarperCollins. Eine Fernsehserie schnappte mir meinen Titel vor der Nase weg, und ich machte mir einen neuen zu eigen: *Offenbarungen*.

Trotz meiner Unstetigkeiten antworteten die Autoren, die ich um Beiträge gebeten hatte, mit Enthusiasmus und Energie. *Ihre* Herausforderung als gewissenhafte Schriftsteller bestand darin, unsere *Leser* durch Unterhaltung herauszufordern, die die Phantasie anregt und in ihren besten Momenten genau das bietet, was unser Titel verspricht: Offenbarungen. Sie werden herausfinden, daß den Autoren, die diese Reise mit mir gemacht haben, dies gelungen ist.

Es gab keine Regeln: die Autoren konnten sich ein Jahrzehnt aussuchen, hatten den Titel des Buches im Hinterkopf und erhielten die seltene Gelegenheit, sich auszubreiten – sie konnten ohne festgelegte Seitenzahl schreiben. Die Erzählungen, die eher die Bezeichnung Kurzromane verdienen, wurden in keiner bestimmten Reihenfolge geschrieben. Keiner bekam zu sehen, was einer der anderen geschaffen hatte, mit Ausnahme von David J. Schow und Craig Spector, denen ich F. Paul Wilsons ›Arier und Absinth‹ zusteckte, nachdem ich den ersten Entwurf von ›Den Festungsbau schleifen‹ gelesen und die Schnittpunkte ihrer Geschichten erkannt hatte. Als das letzte Jahrzehnt beendet war, nahm Clive Barker die entmutigende Arbeit auf sich, einen Kurzroman zu schreiben, der sich um das Jahrhundert ›herumwickeln‹ und trotzdem ein Stück Literatur bleiben würde, das um seiner eigenen (und, in seinen Händen, grandiosen) Qualitäten willen gelesen werden konnte.

Obwohl ich Autoren zur Teilnahme einlud, die für ihre Vorliebe für düstere Phantastik bekannt sind, verwandte ich nicht einmal den Begriff ›Horror‹ in meiner Beschreibung des Buches. Der einst harmlose Spitzname war manchen ein Schimpfname geworden, vielen ein Ghetto. Obwohl er ein gutes Etikett eines vielumfassenden literarischen Genres ist – nennen Sie mir einen großen Schriftsteller, der nicht eine übernatürliche Erzählung geschrieben hat –, wird der Begriff ›Horror‹ von Klischees verdorben, gewöhnlich Abfallprodukte des kommerziellen Verlagswesens in schwarzem Einband, meist von Vampiren oder von Serienkillern handelnd (und manchmal von beidem).

Ich wollte Literatur, die mit einer eigenständigen Stimme zu mir sprach, mich in einen Dialog verwickelte, und ich wählte diejenigen Autoren aus, deren Worte mich bewegt und überrascht hatten, die in Zeiten der Wiederholungen und der Übersättigung lebendig geblieben waren. Ich hoffte, daß die Literatur, die unter dem Begriff ›Horror‹ bekannt ist, den Schritt ins einundzwanzigste Jahrhundert überstehen würde; und ich wollte den Lesern der *Offenbarungen* diese Zuversicht vermitteln.

In den letzten Jahren des neunzehnten Jahrhunderts erfuhr die westliche Horrorliteratur und die Literatur des Übersinnlichen eine grundlegende Veränderung. In nur wenigen Jahren wurden eine erstaunliche Zahl grundlegender Werke der Horrorliteratur veröffentlicht, darunter *The Strange Case of Dr. Jekyll and Mr. Hyde* (dt. *Der seltsame Fall des Dr. Jekyll und Mr. Hyde*) von Robert Louis Stevenson (1886), *The Picture of Dorian Gray* (dt. *Das Bildnis des Dorian Gray*) von Oscar Wilde (1891), *The Great God Pan* (dt. *Der große Gott Pan*) von Arthur Machen (1894), *The Island of Doctor Moreau* (dt. *Die Insel des Doktor Moreau*) und *The War of the Worlds* (dt. *Der Krieg der Welten*) von H. G. Wells (1896 bzw. 1897–98), *Dracula* (dt. *Dracula*) von Bram Stoker (1897), *The Turn of the Screw* (dt. *Die Drehung der Schraube*) von Henry James (1898), *The Hound of the Baskervilles* (dt. *Der Hund der Baskervilles*) von Arthur Conan Doyle (1901), *The Monkey's Paw* (dt. *Die Affenpfote*) von W. W. Jacobs (1902) und *Heart of Darkness* (dt. *Herz der Finsternis*) von Joseph Conrad. Obwohl es anderslautende Erklärungsmöglichkeiten gibt – der imperiale Niedergang der europäischen Staaten, die neuen Medien (billig hergestellte Zeitungen und Bücher, durch die das geschriebene Wort erstmals in der Geschichte ein Massenpublikum erreichte) –, ist es verführerisch, die Rolle in Betracht zu ziehen, die die näher rückenden Doppelnullen, das Ende des Jahrhunderts, in den Psychen kreativer Menschen spielte.

Das *fin de siècle* bezeichnet den Übergang dieser Literatur von der ›gothic novel‹ zu eher bildhaften Darstellungsformen. Mit dem neuen Jahrhundert und dem Aufkommen der visuellen Medien (Spielfilme, und später Comics und Fernsehen), wurde die visuelle Darstellung des Grauens beherrschend. Die Ästhetik des Sehens hat unsere Populärkultur seither völlig dominiert und die

Monsterfilme der Fünfziger und die bluttriefenden Spezialeffekt-Filme der Achtziger und Neunziger hervorgebracht, in denen die optische Illusion Vorrang vor der eigentlichen Erzählung erhält; in den schlimmsten Fällen ist die einzige menschliche Rolle die des Opfers.

In seinem feinsinnigen, moralischen Fernsehspiel ›The Monsters are due on Male Street‹ (*The Twilight Zone*, 1960), warnt Rod Serling davor, wie gefährlich es ist, das Monströse in einer anderen Haut als der unseren zu suchen. Ebenso wie Jane Austens *Northanger Abbey* (1818) mit seiner Kritik an der übermäßigen Beschäftigung mit dem Äußerlichen den sicheren Sonnenuntergang der ›gothic novel‹ ankündigte, unterstreicht Rod Serlings einfaches Szenario, in dem Menschen wie du und ich mit der Raserei eines McCarthy einander als Monster verdammen, wie sehr die Herrschaft der Kreaturen auf tönernen Füßen steht. Diese Autoren rufen uns ins Bewußtsein, daß Horrorliteratur nicht nur aus der beruhigenden Heuchelei finsterer Häuser und entstellter Körper besteht. Sie wird uns nie in Sicherheit wiegen, denn sie wächst, sie verändert sich; sie handelt von unserem Bedürfnis, dem Unbekannten entgegenzutreten, dem Unerforschlichen; und dem Gefühl, das uns durchdringt, während wir uns in ihrem Bann befinden.

Nachdem wir die Monster bei Tageslicht gesehen haben, müssen wir uns der Wahrheit stellen: Die wahren Monster sind wir. Obwohl sie zweifelsohne weiterleben und noch viele Jahre herrschen werden, legt der Erfolg von Christopher Pike und R. L. Stine bei jungen Lesern nahe, daß das Bibelwort seine Richtigkeit hat: Es ist an der Zeit, sich von den kindischen Dingen zu trennen.

Als Schöpfer und Konsumenten der düsteren Phantastik finden wir uns an einem Wendepunkt wieder, demjenigen der Träumer und Liebhaber nicht unähnlich, die dem ausgehenden neunzehnten Jahrhundert ins Auge blickten. Vielleicht ist die Wechselbeziehung zufälliger Natur, das Ergebnis gesellschaftlicher und technologischer Kräfte, die sich um Kalender nicht scheren. Doch vielleicht ist da etwas anderes am Werke, während die Uhr die letzte Minute jenes hundertsten Jahres abzählt – bis zum Ende und zum Anfang eines Jahrtausends –, ein metaphysisches Sehnen, das uns auffordert, weiterzuziehen: einem anderen Grauen entgegen, einem Grauen, das wie jeder neue Tag unendlich viele Möglichkeiten birgt.

Obwohl ich allen Mitarbeitern und Mitarbeiterinnen an den *Offenbarungen* zu ewiger Dankbarkeit für ihre bemerkenswerten Leistungen (und ihre Geduld) verpflichtet bin. muß ich doch David J. Schow – er weiß schon warum – für die nächste Runde *Black-and-Tans** auswählen; desgleichen Clive Barker, der stets für mich da war.

Die Begeisterung und Unterstützung meiner ursprünglichen Lektorin Hilary Rose (die ich schmerzlich vermisse), wurden von John Silbersack und Caitlin Blasdel bei HarperCollins U. S und Jane Johnson bei HarperCollins U. K. noch überboten. Jedem von ihnen spreche ich meinen herzlichsten Dank aus.

Offenbarungen ist eines der wenigen Bücher, das einer Gruppe von Anwälten bedurfte, um bis in die Druckerei zu gelangen, und ich muß Dan Brooks und Eamonn Foley bei Layton, Brooks & Hecht meine Anerkennung für die Hilfe aussprechen, einem gewissen Jemand eine wertvolle Lektion erteilt zu haben.

Mein Dank geht auch an Peter Schneider, Walter Jon Williams und Amy Stout für ihre Ehrlichkeit und Integrität; an Michael Barry und William C. Winter für Rat und Unterstützung; an Steven Sprill fürs Mittagessen; an Dr. Anton Trinidad für seine mahnenden Worte an die gelegentlich Törichten; und vor allem an meinen Agenten Howard Morhaim und meine Frau Lynne, die stets zu mir gehalten haben.

Douglas E. Winter
Detroit, Michigan, 1990 –
Oakton, Virginia, 1997

Die Autoren

Clive Barker wurde am 5. Oktober 1952 in Liverpool geboren und hat seine Karriere als Dramatiker und Illustrator begonnen, den Buchmarkt jedoch mit seinen *Books of Blood* (dt. *Bücher des Blutes*) im Sturm erobert. Zu seinen Romanen gehören *The Damnation Game* (dt. *Spiel des Verderbens*), *Weaveworld* (dt. *Gyre*), *Imajica* (dt. *Imajica*), *Everville* (dt. *Stadt des Bösen*) und *Sacrament* (dt. *Das Sakrament*), sowie ein Buch für junge (und ältere) Erwachsene, *The Thief of Always (dt.* Das Haus der verschwundenen Jahre). Er hat die Drehbücher zu den Filmen *Hellraiser*, *Nightbreed* und *Lord of Illusions* geschrieben und gleichzeitig Regie geführt; seine Zeichnungen wurden in angesehenen nordamerikanischen Galerien ausgestellt. Er lebt in Beverly Hills, Kalifornien. Weitere Informationen finden sich auf *The Web of Lost Souls* (www. clivebarker. com).

Poppy Z. Brite wurde am 25. Mai 1967 in New Orleans, Louisiana, geboren, wo sie gegenwärtig lebt und einen einzigartigen Schreibstil pflegt. Sie hat die Romane *Lost Souls* (dt. *Verlorene Seelen*), *Drawing Blood* (dt. *Wo das Böse erwacht*) und *Exquisite Corpse* (dt. *Untiefen der Lust*) sowie den Thriller *The Lazarus Heart* veröffentlicht. Ihre Kurzgeschichten und Artikel sind in zahlreichen Büchern und Zeitschriften erschienen, einschließlich *Cemetery Dance*, *Rage*, *Spin*, *Spy* und *VLS*; einige davon wurden in *Wormwood* (britische Ausgabe: *Swamp Foetus*) gesammelt. Sie ist die Herausgeberin der *Love-in-Vein*-Anthologien und hat eine (inzwischen auch auf deutsch erschienene) Biographie über Courtney Love geschrieben. Weitere Informationen finden sich auf der *Pandora Station* (www.negia.net/~pandora/).

Ramsey Campbell wurde am 4. Januar 1946 in Liverpool, England, geboren und hat seinen ersten Erzählungsband *The Inhabitant of the Lake and Less Welcome Tenants* bereits mit sechzehn Jahren fertiggestellt. Seither hat er sich zu einem der meistgelesenen Autoren von Kurzgeschichten unserer Zeit entwickelt, der auf über zweihundert Erzählungen und zehn Erzählungsbände zurückblicken kann. Zu den neusten seiner fünfzehn Romane gehören *The Long Lost*, *The One Safe Place*, *The House on Nazareth Hill* und *Needing Ghosts* (dt. *Gespenstersuche*). Er hat zahlreiche Anthologien herausgegeben, schreibt regelmäßig Artikel und bespricht Filme für BBC Radio Merseyside. Er lebt in Wallasey, England.

Christa Faust wurde am 21. Juni 1969 in New York City geboren, hat acht Jahre als professionelle Domina gearbeitet, bevor sie nach Los Angeles gezogen ist, wo sie ihre Peitsche gegen eine Schreibmaschine eingetauscht hat und seither als Autorin düsterer erotischer Geschichten ihr Geld verdient. Ihre Erzählungen sind in *Love in Vein*, *Hot Blood*, *Noirotica*, *Gargoyles* und *Young Blood* erschienen. Sie ist in ihrem eigenen Bondage-Video aufgetreten und treibt sich in einem nicht zu beschreibenden Aufzug in nicht zu beschreibenden Gegenden herum; Photographien von ihr sind in Zeitschriften wie *Tattoo Savage*, *Rage*, aber auch in der *New York Times* erschienen. Weitere Informationen auf der *Pandora Station* (www.negia.net/~pandora/).

Charles Grant wurde am 12. September 1942 in Newark, New Jersey geboren. Er hat über einhundert Bücher geschrieben, einige von Pseudonymen gedeckte Ausflüge in die Welt der Fantasy, des Humors und der Liebesromane unternommen sowie zwanzig Anthologien veröffentlicht. Seine eigenen Erzählungen finden sich in

A Glow of Candles, *Tales from the Nightside* und anderen Sammelbänden. Zu seinen Romanen gehört die Oxrun-Serie, der kürzlich erschienene *Raven and Jackals* und das Millenium Quartett, das mit *Symphony* und *In the Mood* beginnt. Er lebt in Newton, New Jersey.

Joe R. Lansdale wurde am 28. Oktober 1951 in Gladewater, Texas, geboren, verbrachte sein ganzes Leben in Osttexas und kann dies mit seinem Akzent beweisen. Seine Begabungen reichen von der Kriminalliteratur über Thriller, Fantasy, Horror und Abenteuerromane bis zu Western; er hat über zweihundert Kurzgeschichten geschrieben, vier Drehbücher fürs Fernsehen (darunter *Batman: The Animated Series*), drei Drehbücher für die große Leinwand und diverse Comic-Scripts. Außerdem hat er sieben Anthologien herausgegeben. Zu seinen Romanen gehören *Act of Love* (dt. *Akt der Liebe*), *Nightrunners* (dt. *Nightrunners*), *Cold in July* (dt. *Kalt brennt die Sonne über Texas*), *Drive-In* (dt. *Drive-In*), *Savage Season*, *Mucho Mojo* (dt. *Texas Blues*), *Two Bear Mambo* (dt. *Mambo mit zwei Bären*), *Bad Chili* und eine posthume Zusammenarbeit mit Edgar Rice Burroughs, *Tarzan: The Lost Adventure*. Er lebt in Nagadoches, Texas.

Elizabeth Massie wurde am 6. September 1953 in Waynesboro, Virginia, geboren, lebt immer noch dort und veröffentlicht seit 1984 Erzählungen in einer Vielzahl von Zeitschriften und Anthologien, unter anderen in *Women of Darkness*, *Obsessions*, *A Whisper of Blood*, der *Borderlands*-Reihe und der *Best New Horror*-Reihe. Ihre Geschichten liegen in den Bänden *Southern Discomfort* und *Shadow Dreams* gesammelt vor; ihr erster Roman trägt den Titel *Sineater*. Sie hat Texte für jüngere Leser geschrieben, und zwar *American Chills: Ghost Harbor* und die *Daughters of Liberty-Trilogie;* sowie das Drehbuch für das Fernsehspiel ›Rhymes and Reasons‹, das den Parents' Choice Award gewonnen hat.

Richard Christian Matheson wurde am 14. Oktober 1953 in Santa Monica, Kalifornien, geboren und hat es überlebt, mehr als fünfhundert Folgen für Fernsehserien zu schreiben. Er ist einer der führenden Drehbuchautoren Hollywoods. Seine Kurzgeschichten sind in *Penthouse*, *Twilight Zone*, *Omni* und einigen wichtigen Anthologien erschienen; viele davon wurden in den Bänden *Scars and other Distinguishing Marks* und *Dystopia* gesammelt. Sein Debütroman heißt *Created By*. Er trommelt in der Rockband *The Existers* und lebt in Malibu.

David Morrell wurde am 24. April 1943 in Kitchener, Ontario, geboren und arbeitete als Professor der Literatur an der University of Iowa, bevor er sich ganz dem Schreiben widmete. Bekannt ist vor allem sein Roman *First Blood* (dt. *Rambo*); und eine Reihe von Thrillern, darunter *The Brotherhood of the Rose* (dt. *Der Geheimbund der Rose*) und zuletzt *Extreme Denial*; aus seiner vielseitigen Feder stammt jedoch auch ein Western, *Last Reville*; ein Fantasyroman, *The Hundred-Year Christmas*; ein Horrorroman, *The Totem*; und eine beeindruckende Studie über den Tod seines Sohnes, *Fireflies*. Er lebt in Santa Fe, New Mexico.

David J. Schow wurde am 13. Juli 1955 in Marburg, Westdeutschland, geboren und in die USA importiert (wo er jetzt in den Hügeln von Hollywood lebt). In den Achtzigern unternahm er einen Ausflug in die Welt der Literatur und der Drehbücher. Seine Erzählungen liegen in den Bänden *Seeing Red*, *Lost Angels* und *Black Leather Required* vor; außerdem hat er die Romane *The Riff* und *The Shaft* verfaßt. Er hat *Silver Scream* herausgegeben und ein Begleitbuch zu der Fernsehserie *Outer Limits* verfaßt. Zu seinen Drehbüchern gehören *Leatherface: Texas Chainsaw Massacre III*, *The Crow*, und Folgen der Serien *Freddy's Nightmares*, *Tales from the Crypt*, *The Outer Limits*, *Perversions of Science* und *The Hunger*.
Craig Spector wurde am 16. Juli 1958 in Richmond, Virginia, geboren und ist der Co-Autor von sechs Romanen: *The Light at the End*, *The Cleanup*, *The Scream*, *Dead Lines*, *The Bridge* und *Animals*.

Seine Erzählungen sind in einer Vielzahl von Zeitschriften und Anthologien erschienen. Er ist auch Mitherausgeber der beiden *Book-of-the-Dead*-Bände. Er hat einen Abschluß mit Auszeichnung vom Berklee College of Music in Boston und ist ein vielseitiger Songwriter und Musiker, zu dessen Aufnamen der Soundtrack zu *The Bridge* gehört. Er lebt in Pasadena, Kalifornien, und arbeitet an unterschiedlichen TV- und Kino-Projekten, sowie an einem neuen Roman, *A Question of Will*. Weitere Informationen erhalten Sie unter CraigS666@aol.com

Whitley Strieber wurde am 13. Juni 1945 in San Antonio, Texas, geboren, wo er heute noch lebt. Er hat zahlreiche düster-phantastische Romane verfaßt, darunter *The Wolfen*, *The Hunger*, *The Night Church* und *The Forbidden Zone*. Mit *War Day* und *Nature's End* (beide gemeinsam mit James Kunetka verfaßt), sowie *Majestic* (dt. *Majestic*) wandte er sich der apokalyptischen Science-fiction und politischen Themen zu. Sein kontroverses Buch *Communion: A True Story* (dt. *Die Besucher*) erzählt die beunruhigende Geschichte seiner eigenen Erfahrungen mit fremdartigen Besuchern, die er in *Transformation* (dt. *Transformation*) und *Beakthrough* weiter erkundet hat. Weitere Informationen unter www.strieber.com.

F. Paul Wilson wurde am 17. Mai 1946 in Jersey City, New Jersey, geboren und hat bereits während des ersten Jahres seines Medizinstudiums Kurzgeschichten verkauft. Seither halten sich seine Karrieren als Arzt und Bestsellerautor die Waage. Er hat bisher sechzehn Romane verfaßt, unter anderem im Bereich Science-fiction (*Healer*, *Wheels within Wheels*) und Horror (*The Keep*, *The Tomb*, *Black Wind*). Seit neuestem schreibt er Medical-Thriller: *The Select*, *Implant* und *Deep as the Morrow*. Einige seiner Erzählungen liegen in *Soft & Others* gesammelt vor. Für die Horror Writers of America hat er die Anthologie *Freak Show* herausgegeben. Weitere Informationen unter www.siue.edu/~kcole/f.paul/f.paul.html.

Douglas E. Winter wurde am 30. Oktober 1950 in St. Louis, Missouri, geboren und ist Teilhaber der Anwaltskanzlei Bryan Cave LLP. Er hat kritische Arbeiten zur Literatur und zum Film sowie eine Reihe von Kurzgeschichten verfaßt. Er veröffentlicht regelmäßig Texte in führenden Zeitschriften und Zeitungen, und zu seinen elf Büchern gehören *Stephen King: The Art of Darkness*, *Faces of Fear*, *Prime Evil* (dt. *Horror vom Feinsten*) und eine geplante Biographie/Werkanalyse über Clive Barker. Eine Trilogie seiner kürzeren Erzählungen findet sich in *American Zombie*. Er lebt in Oakton, Virginia, einem entfernten Vorort von Washington, D. C. Weitere Informationen unter OneEyeDog@aol.com.

Er wird alle Tränen von den Augen abwischen:
Der Tod wird nicht mehr sein,
keine Trauer, keine Klage, keine Mühsal.
Denn was früher war, ist vergangen.
Die Offenbarungen des Johannes 21:4

Copyrights und Übersetzer

Chiliade: Eine Meditation über den Menschen und die Sünde (*Chiliad: A Meditation – Men and Sin*) Copyright © 1997 by Clive Barker. Ins Deutsche übertragen von Hannes Riffel.

Der Große Knall (*The Big Blow*) Copyright © 1997 by Joe R. Lansdale. Ins Deutsche übertragen von Hannes Riffel.

Wenn ich sterbe, bevor ich aufwache (*If I Should Die Before I Wake*) Copyright © 1997 by David Morrell. Ins Deutsche übertragen von Susanne Zilla.

Arier und Absinth (*Arians and Absinthe*) Copyright © 1997 by F. Paul Wilson. Ins Deutsche übertragen von Frank Borsch.

Triaden (*Triads*) Copyright © 1997 by Poppy Z. Brite and Christa Faust. Ins Deutsche übertragen von Hannes Riffel.

Auf dem Rücken des Schwarzen (*Riding the Black*) Copyright © 1997 by Charles Grant. Ins Deutsche übertragen von Susanne Zilla.

Die offenen Türen (*The Open Doors*) Copyright © 1997 by A. W. Strieber. Ins Deutsche übertragen von Susanne Zilla.

Hinweise

Die biographischen Angaben über die Autoren übersetzte Hannes Riffel.

F. Paul Wilson möchte sich bei Charles Bracelen Flood für sein bemerkenswertes Buch *Hitler: The Path to Power* (Houghton Mifflin, 1989) bedanken, das die Hauptquelle für die historischen Informationen in ›Arier und Absinth‹ bildet.

Chyna Shepard ist eine junge Frau, die nach einer harten Kindheit die Regeln des Überlebens beherrscht. Sie schließt selten Freundschaft, wie etwa mit Laura, die Chyna für ein Wochenende zu ihrer Familie einlädt. Doch selbst in der Geborgenheit des Farmhauses im idyllischen Oregon findet sie keine Ruhe. Und in diesem Fall erweisen sich ihre Instinkte als zuverlässig.
Ein Mann dringt in das Haus ein. Er liebt es, Worte aus den Buchstaben seines Namens zu bilden und sie seinen Opfern zuzuflüstern, bevor er sie umbringt. Er ist ein Mensch, der in seinem Leben nur ein Ziel kennt: jeden Moment auszukosten, ohne Furcht, ohne Bedenken.

ISBN 3-404-14184-9

BASTEI LÜBBE

Bedrohlich ragt die Silhouette des alten, seit Jahrzehnten leerstehenden Irrenhauses über Blackstone auf. An seiner Stelle soll ein modernes Einkaufszentrum entstehen und der Kleinstadt neuen Wohlstand bringen. Doch als die erste Mauer fällt, erwacht das Böse in dem alten Gemäuer wieder zum Leben. Eine dunkle Gestalt schleicht durch die Straßen Blackstones und verteilt geheimnisvolle Geschenkte mit einer grauenvollen Vergangenheit, die scheinbar unbescholtene Bürger ins Verderben stürzen werden …

ISBN 3-404-14394-9

BASTEI
LÜBBE

Seit ihrer Scheidung hat die 34jährige Computerexpertin ihr Leben unter Kontrolle. Niemand wird Susan Harris jemals wieder fremdbestimmen. Und niemand wird ungebeten in ihr abgeschiedenes Leben eindringen. Dafür sorgt schon *Alfred*. So nennt sie ihren unsichtbaren Diener: ein ausgetüfteltes computergesteuertes Überwachungssystem, das jede Veränderung in ihrer Villa registriert. Eines Nachts schlägt das Security-System Alarm. Susan fährt aus dem Schlaf hoch. Die Kameras zeigen keine Veränderungen in und um das Haus herum. Als sie *Alfred* nach dem Grund des Alarms fragt, erklingt immer die gleiche Antwort: *Es ist alles in Ordnung, Susan.* Aber sie spürt, daß nichts in Ordnung ist. Irgendwo im Haus lauert eine Gefahr ...

ISBN 3-404-14218-7

BASTEI
LÜBBE